SABRINA JANESCH

DIE
GOLDENE
STADT

ROMAN

Rowohlt Taschenbuch Verlag

Die Arbeit der Autorin am vorliegenden Buch
wurde vom Deutschen Literaturfonds e.V.
und der Kunststiftung NRW gefördert.

Veröffentlicht im Rowohlt Taschenbuch Verlag,
Reinbek bei Hamburg, Dezember 2018
Copyright © 2017 by Rowohlt · Berlin Verlag GmbH, Berlin
Umschlaggestaltung Anzinger und Rasp, München
Umschlagabbildung Martin Chambi / V U / laif
Satz aus der Janson bei Pinkuin Satz und Datentechnik, Berlin
Druck und Bindung CPI books GmbH, Leck, Germany
ISBN 978 3 499 27258 5

Das für dieses Buch verwendete Papier ist FSC®-zertifiziert.

Für Benjamin und Mila

Till a voice, as bad as Conscience, rang interminable changes
On one everlasting Whisper day and night repeated – so:
«Something hidden. Go and find it. Go and look behind the Ranges –
Something lost behind the Ranges. Lost and waiting for you. Go!»

RUDYARD KIPLING, *The Explorer*

LIMA, STADT DER KÖNIGE

Mit rasendem Herzen und Tintenflecken auf den Händen tritt Augusto Berns aus dem Portal des Hotel Maury. Es ist sieben Uhr morgens, die Nacht war kurz. Die Sonne steht bereits am Himmel; ihre Strahlen dringen durch die letzten Nebelbänke und lassen die Ausläufer der Anden gleißend hell aufleuchten.

Berns stützt sich auf die Knie. Feiner Pazifikdunst dringt in seine Lunge, gierig atmet er ihn ein, schmeckt Salz und Staub. Sofort wird er durstig. Den Dreiteiler nach Kleingeld abgeklopft: Wie viel ist noch da? Die Münzen werden gezählt und gleiten zurück in die Hosentasche, dann läuft Berns los.

Vor der Calle de Villalta kreuzt eine Pferdebahn, Berns tritt unter die Krone eines ausladenden Flammenbaums. Hier, im Schatten, überkommt ihn einer dieser Momente, in denen alles, was er in den vergangenen Jahren getan hat, auf seinen Schultern lastet. Er setzt sich auf eine nahe Bank und harrt aus, eine halbe Stunde lang, eine ganze Stunde lang. Die ersten Geschäfte öffnen bereits, Kaufmänner hasten zu den Kontoren an der Kreuzung mit der Calle de Nuñez. Brotverkäufer ziehen vorbei, immer gefolgt von sehnigen Nackthunden, die nach allem schnappen, was von ihren Karren fällt.

Um Berns herum segeln die feuerroten Kelche des Flammenbaums zu Boden, ein Kolibri schwirrt auf ihn zu und bleibt kurz vor seinem Gesicht in der Luft stehen. Berns macht keine Anstalten, den Vogel zu vertreiben. Als er wieder freier atmen kann, das Gewicht von ihm weicht, steht er auf und begibt sich zum Hauptplatz der Stadt.

Auf dem weitläufigen Gelände vor der Kathedrale und dem Präsidentenpalast verteilen sich Fächerpalmen; Tauben wuseln um die Füße der Passanten, die zu den Geschäftsstraßen und Regierungsgebäuden eilen. Ein- und zweispännige Kutschen passieren die Arkaden und die Stände der Kräuterhändler, Schreiber, Wahrsager, Wunderheiler, Hexer und Affenzähmer.

Berns lenkt seine Schritte zum Brunnen in der Mitte des Platzes. Noch immer liegt der Geschmack von Salz und Staub auf seiner Zunge. Er beugt sich hinab, als wolle er sein Taschentuch anfeuchten, und führt etwas Wasser zu seinem Mund. Danach wäscht er seine Hände. Als Berns aufblickt, bemerkt er neben sich eine verschleierte Frau. Sie zwinkert ihm zu und fragt, was denn da sprudle: Schnaps der Helden? Welchen Gegner er denn heute schon bezwungen habe? Lachend geht sie davon, an ihrem Handgelenk blitzt ein goldenes Armband.

Berns fallen die Investoren ein, die Kapitalisten, die er angeschrieben hat. Was, wenn sie morgen nicht erscheinen, weil er ein wichtiges Detail übersehen oder den falschen Zeitpunkt gewählt hat? Bei dem Gedanken krampft sich etwas in ihm zusammen, so stark, dass er meint, das panamaische Fieber sei zurückgekehrt.

Ein Blick auf die Uhr: Noch immer bleibt mehr als eine Stunde. Eine Stunde bis zu seiner Verabredung, das ist nichts – aber dreißig Stunden bis Huacas del Inca, wie soll man das aushalten?

Der Kiosk am Eingang zur Calle Mantas führt über ein

Dutzend verschiedener Zeitungen und Magazine. Berns greift in die Auslage, überfliegt die Titelseiten von *El Nacional*, *El Comercio*, *El País*, *El Ateneo* und einiger anderer Blätter. Er findet fünf Artikel, die von ihm, Berns, und seiner Entdeckung berichten. Seiner Entdeckung! Da lässt er die Zeitung sinken, sein Blick gleitet hinüber zu den Ausläufern der Anden. Berns spürt, wie seine Handflächen feucht werden, vielleicht ist es die Aufregung, oder die pralle Sonne. Er bedankt sich beim Kioskbesitzer, lässt sich vom Schuhputzer nebenan die Stiefel polieren und geht schließlich zum Café Tortoni an der Calle Valladolid.

Zwanzig Centavos für Kaffee und Zuckerkringel, mehr als doppelt so viel wie in jeder anderen Bar der Stadt. Berns trinkt und seufzt kaum hörbar, als er in das Gebäck beißt. Er lässt sich ein Glas Eiswasser bringen, zögert den letzten Schluck Kaffee endlos hinaus, tippt noch die kleinsten Zuckerkrümel vom Teller.

Eine halbe Stunde später biegt Berns in die Calle de Espaderos ein, an deren Ende sich der Club Nacional befindet. Korallenbäume säumen das Portal, es ist nicht zu verfehlen. Vor der Treppe bleibt Berns stehen, rückt seine Krawatte zurecht, dann erst wagt er es, die Stufen hinaufzusteigen. Zweimal ist er schon hier gewesen, jedoch beide Male in Begleitung eines Clubmitglieds.

Im Empfangsraum fällt der Schein venezianischer Lampen auf Wandgemälde, gusseiserne Säulen und Brüsseler Teppiche. Die Lobby erstreckt sich über den gesamten vorderen Teil des Erdgeschosses; Marmortreppen führen in die oberen Räume, eine weit offen stehende Doppeltür erlaubt den Blick in den blauen Salon. Dort sitzen Herren auf Polstermöbeln und rauchen Zigarre. Berns kneift die

Augen zusammen, kann aber auf Anhieb niemanden ausmachen, den er kennt.

In einer Nische zwischen Haupteingang und blauem Salon sitzt wie gewöhnlich der Portier Ignacio Ortiz, berüchtigt für seine Humorlosigkeit und den betrübten Gesichtsausdruck derer, die am Magen leiden.

«Heute findet kein Publikumsverkehr statt. Diplomatischer Besuch. Sie haben eine schriftliche Einladung, Señor?»

«Augusto Berns. Ich habe eine Verabredung.»

«Ist das so.» Der Blick des Portiers flackert über Berns' Anzug, die Tasche, den Hut, irgendetwas scheint nicht zu passen. Er zögert, noch bittet er Berns nicht herein. Hinter Berns betritt eine Gruppe von soignierten Herren den Empfangsraum. Die Herren nesteln vielsagend an ihren Jacketts herum. Sie räuspern sich.

Da ist er wieder, der Gedanke an den morgigen Tag, und mit ihm kehrt die Nervosität zurück. Berns fährt sich über die Stirn, die Stimmen aus dem Salon werden lauter.

«Darf ich fragen, mit wem?»

Jetzt kommt Leben in die Gruppe am hinteren Ende des blauen Salons. Man erhebt sich von den Polstermöbeln; wenn Berns sich nicht täuscht, handelt es sich um die bolivianische Delegation, die seit gestern in der Stadt ist. Inmitten der gedrungenen, penibel gekleideten Bolivianer erkennt er seine Verabredung. Langsam bewegt sich die Gruppe auf den Empfangsraum zu.

«Allerdings», sagt Berns und nimmt den Derby ab, ordnet sein Haar.

«Nun?»

«Ich treffe den Präsidenten.»

«Was Sie nicht sagen.» Ortiz fängt an, in seinen Papieren zu wühlen, aber da ist es schon zu spät. Das Geflüster der Männer hinter Berns verstummt, denn nun betritt die Delegation die Lobby, und in ihrer Mitte, einen Kopf größer als die Bolivianer um ihn herum, schreitet der Präsident der Republik Peru, Andrés Avelino Cáceres. Alle Blicke sind auf seine stattliche Erscheinung geheftet: die blau-weiße Uniform mit den Epauletten, der ausladende Backenbart, das leicht hervorstehende linke Auge, das markante Kinn. Die Zeit der Bolivianer ist um, Cáceres muss zum nächsten Termin, aber noch immer reden sie auf ihn ein. Cáceres lächelt, Berns denkt: präsidial.

«Señor el Presidente», sagt Berns. Da erst bemerkt ihn Cáceres, lacht auf und schiebt sich an den Bolivianern vorbei.

Die beiden Männer umarmen sich und klopfen einander auf die Schultern.

«Augusto!», sagt Cáceres. «Ich dachte schon, du kommst nicht mehr.»

«Ich wurde aufgehalten.»

Ortiz hat jetzt plötzlich viel Papier, das er sortieren muss. Da scheint Präsident Cáceres etwas einzufallen. Er bittet um Aufmerksamkeit, schart die Bolivianer in einem Halbrund um sich und Berns.

«Meine Herren, wissen Sie, was ein Held ist?»

Stille. Niemand rührt sich.

«Ein Held ist einer, der Glück hat. Der sich mit den richtigen Menschen zu umgeben weiß. Auch wenn Sie das vielleicht nicht glauben – aber ein Held steht niemals allein. Als wir vor über zwanzig Jahren Callao gegen die Spanier verteidigten, wer rettete mir da das Leben? Dieser Mann hier! Und danach, wer erkundete dieses Land wie kein Zweiter, vermaß es und verband seine Städte mit der Eisenbahn? Dieser Mann hier! Wer verbrachte Jahre in den Bergen und im Dschungel, wo er eine unglaubliche Entdeckung machte? Meine Herren, dieser Mann hier ist Augusto Berns – ein Mann der Tat, ein Macher, ein ganz großer Realist!»

1. TEIL

I.

FLUSSGOLD

Als Kind wäre Rudolph August Berns beinahe an einer Fliege erstickt, die in seine Luftröhre gelangt war. Stundenlang konnte er mit weit geöffnetem Mund und glasigen Augen dasitzen: Legionen von Römern zogen dann an ihm vorbei und überquerten den Rhein ungefähr an der Stelle, an der gerade die Fähre nach Mündelheim ablegte.

Die Römer – was war das jedes Mal für ein Spektakel! Der Rhein war plötzlich kein bleierner Fluss mehr, sondern ein reißender Strom, und drüben, auf der anderen Seite, wohnten nicht die Mündelheimer Bauern, sondern wilde Germanen, die ihr Land verteidigen würden – und Klipper Eu, unten am Ufer, mit seinem zerrissenen Mantel und der Goldpfanne, war nicht Klipper Eu, sondern Gaius Julius. Gaius Julius und seine Männer hatten ganz Gallien unterworfen, doch nun stießen sie auf den Fluss, vor dem sie gewarnt worden waren. *Rhenus* hieß das Wasser, das sie jetzt überqueren mussten; auf dem Land dahinter lag ein Fluch, und wer es betrete, so hieß es, sei dem Tode geweiht.

Hinter Gaius Julius ging ein Soldat mit Brustschild, der die römische Standarte trug. Der goldene Adler funkelte und glänzte in der Sonne. Das Trampeln Hunderter Pferde und Männer war zu hören; von irgendwoher drang ein Lied, sonderbar fern und fremd. Und da: Einige der Soldaten führten Pferde, beladen mit kostbaren Schatullen, Schätze mussten sich darin befinden, Gold- und Silbermünzen, schwer genug, einem einfachen Mann ein Loch in die Hosentasche zu reißen – und Perlenketten, Edelsteine, Goldreife, ganze Barren!

Als Gaius Julius auf die Brücke ritt, flatterte und bauschte sich sein Umhang im Wind. «Barbaricum», sagte er und legte seine Stirn in Falten. Obwohl er es nur flüsterte, drang es bis herüber zum Apfelbaum, auf dem Rudolph saß und hinunter zum Rhein schaute. Dann warf Gaius Julius einen Blick zurück nach Westen und überquerte schließlich die Rheinbrücke. Auf der anderen Seite angekommen, drehte er sich ein letztes Mal um und winkte Rudolph zu. Eine kaum wahrnehmbare Bewegung der Hand war das, unbemerkt von den Soldaten und dem Standartenträger; Rudolph aber wusste, dass die Geste einzig ihm galt, über zweitausend Jahre hinweg, und dass Gaius Julius ihn mindestens so klar sah wie er ihn.

Aber bevor Gaius Julius sich wieder abwenden konnte, um mit wehendem Umhang nach Germanien zu reiten, war da diese Fliege. Die überreifen Früchte des Apfelbaums lockten Schwärme von Insekten an. Schmetterlinge, Bienen, Wespen und Fliegen tummelten sich auf den Äpfeln und stoben hoch bis zu Rudolphs Platz auf dem Ast. Die Arme schlaff, der Mund trocken, war sein Blick in eine andere Welt gerichtet; eine Welt ohne Fliegen, ohne empörtes Aufsummen, plötzlichen Schmerz und Hustenreiz.

Rudolph hustete sich vom Baum herunter, fuhr mit seinem Finger in den Mund und weiter in den Rachen, aber da war nichts zu holen, da war nur die Atemnot, das Röcheln – und plötzlich war da Gaius Julius, der ihn packte und nach oben hievte. Dann kam die Schwärze, die sich nach einer Zeit in die Stimme der Mutter verwandelte, in etwas Kühles unter seinem Hinterkopf, ja, in den Geruch von Bohnensuppe mit Speck und sogar in das Geheul von seinem kleinen Bruder Max. Am Ende aber verblasste auch das, und über Rudolph kreiste nur noch der goldene Adler der Legion.

Rudolph August Berns war das erste Kind des Kaufmanns Johann Berns und seiner Frau Caroline. Die beiden hatten sich in Solingen kennengelernt, wohin der junge Kaufmann geschäftlich gereist war. Neben einigen vorzüglichen Messern und anderen Stahlwaren hatte er das Bild eines Mädchens mitgebracht, das, wie er seinen Eltern versicherte, protestantischer und häuslicher kaum sein konnte. Man heiratete schnell. Der junge Mann war nicht ganz, was sich die Eltern des Mädchens vorgestellt hatten. Aber immerhin führte er gemeinsam mit seinem Vater erfolgreich eine Weinhandlung, und so hatte man zugestimmt. Das junge Ehepaar zog in Johanns Elternhaus in Uerdingen. Es lag umgeben von Obstfeldern, die der Familie Berns seit Jahrhunderten gehörten. Kaum einen Steinwurf entfernt floss der Rhein an dem kleinen, wohlhabenden Städtchen vorbei, aus dem immer mehr Fabrikschlote gen Himmel ragten.

Das obere Geschoss des Hauses teilten sich Johann und Caroline mit Johanns Vater Wilhelm, der sich die meiste Zeit in den Geschäftsräumen im Erdgeschoss aufhielt. Die Mutter war schon lange verstorben.

«Das Geschäft kommt zuerst», sagte der alte Berns, wann immer man ihn aufforderte, mit der Familie eine

Mahlzeit einzunehmen. Meist brachte das Dienstmädchen dem alten Mann einen Teller vom Mittagessen hinunter ins Erdgeschoss, wo er hastig zwischen Bottichen und Flaschen aß.

Was wäre die Weinhandlung Berns gewesen ohne den Alten, der über das Treiben wachte und die Kundschaft in Gespräche verwickelte? Nach einem Leben in Uerdingen kannte er alles und jeden, eines jeden Eltern, Kinder, Großeltern und Haustiere, ja sogar ihre Gebrechen, Vorlieben, Nöte und Sorgen. Gesprochen wurde nur von Wein.

Schon bald nahm Johann Berns zu, ließ sich einen Vollbart wachsen und verkehrte häufiger in den Schänken des Ortes. Aus dem *jungen Berns* wurde *der Berns*, der endlich von den anderen Kaufmännern beachtet und respektiert wurde. Man besuchte ihn im Geschäft, lud ihn zum Abendessen ein, und selbst der alte Melcher, Besitzer der größten Destillerie Uerdingens, schlug ihm eine Zusammenarbeit vor. Seitdem führte Berns hauptsächlich Weinbrände aus dem Hause Melcher, und natürlich den Uerdinger Doppelwacholder. Mehrere Dutzend der braunen Flaschen standen jederzeit im Regal; die vorbeiziehenden Arbeiter waren durstig und er, Berns, ein guter Verkäufer. Das Geschäft lief besser denn je. Nur eines fehlte, und das war ein Sohn.

Rudolph August kam im Jahre des Herrn 1842 auf die Welt. Rudolph, weil der Vater es so wollte, und August, weil so der Lieblingsbruder der Mutter hieß. Schon nach wenigen Jahren aber, in denen Elise und Max nachfolgten, zeigte sich, dass Rudolph August wenig vom Temperament seines Onkels an sich hatte; auch seiner pragmatischen, nüchternen Mutter glich er nicht. «Vielleicht kommt er mehr nach deiner Familie», sagte Caroline zweifelnd zu ihrem Mann, aber wirklich vorstellen konnte sie sich das nicht.

«Hans Guck-in-die-Luft» nannte ihn sein Großvater, nach der Figur aus einem Buch, das er dem Jungen geschenkt hatte. Rudolph hatte es studiert und schnell zur Seite gelegt. Ihm war nur das lieb, was er selber fand und für sich entdeckte. Nur dann, so kam es ihm vor, hatte er wirklich Anspruch darauf, nur dann war es sein und real.

Die meiste Zeit saß der Junge verträumt da und stierte unablässig auf irgendeine Sache, die seine Aufmerksamkeit fesselte. Weckte man ihn aus diesem Zustand und befragte ihn nach seinem Tag oder dem Grund für die dreckige Hose oder das fehlende Geld im Portemonnaie, so bekam man die haarsträubendsten Dinge zu hören. Von schwarzen Reitern war da die Rede, von Irrlichtern, die ihn hinausgelockt hätten, von Geistern, die ihm den Weg weisen wollten zu den Verstecken römischer Schätze, von Seeungeheuern, Drachen und dergleichen mehr. Tatsächlich verspürte Rudolph eine sonderbare Verbindung zu den Legenden vergangener Zeiten und ihren sagenhaften Reichtümern. Er konnte es weder sich selber noch sonst irgendwem erklären, aber manchmal kam es ihm vor, als sei die Welt in seinem Kopf wesentlicher als die, die ihn umgab.

«Lügen», sagte die Mutter. «Ach was», sagte der Vater. «Der Junge hat Phantasie!» Aber es half nichts. Auch nicht die Erklärung des Vaters, dass Einfallsreichtum für einen Geschäftsmann mindestens genauso wichtig sei wie sorgfältige Buchhaltung und die Fähigkeit, kritisch zu denken. Die Mutter antwortete bloß, dass er dem Jungen nicht noch mehr Flausen in den Kopf setzen solle, es sei so schon schlimm genug.

Rudolph spürte, wie etwas Scharfes seine Kehle hinabfloss. Vielleicht schmeckt so der Tod, dachte er. Scharf und süß und zugleich ein wenig nach Wacholder. Ein Ruck ging durch seinen Körper; er meinte, die Augen zu öffnen, und erkannte Vater und Mutter neben sich auf dem Boden. Auch Max und Elise waren da, heulten und versteckten sich hinter den gebeugten Rücken der Eltern. Auf der Eckbank hinten in der Stube saßen Großvater und Klipper Eu. Klipper Eu hielt ein Glas Weinbrand in der Hand, sein Atem hatte sich noch immer nicht beruhigt, so schnell war er mit dem Jungen auf den Armen ins Berns'sche Haus gerannt.

Alles schien wie immer, und doch stimmte etwas nicht: das Haar der Mutter etwa, das beständig die Farbe wechselte; der Großvater, der plötzlich ganz jung aussah; der Bruder, der sich immer wieder in seine Schwester verwandelte. Außerdem war da ein Soldat, der seelenruhig auf dem Kaminsims saß und die Beine baumeln ließ. Rudolph hatte ihn nie zuvor gesehen, und dabei kannte er doch mittlerweile so gut wie jedes Gesicht aus der römischen Legion. Es gab schmale Gesichter mit hohen Wangenknochen, breite Gesichter mit kräftigem Kinn, olivfarbene Teints, tiefbraune, bleiche; Legionäre mit schwarzen Haaren, blonden, braunen, es war alles dabei. Die meisten trugen rundliche Helme und Kettenhemden, die von groben Gürteln zusammengehalten wurden. Aber der hier? Der merkwürdige Herr auf dem Kaminsims schien so gar nicht zu ihnen zu gehören. Die tiefliegenden Augen, der graue Bart und die scharf geschnittene Nase wären Rudolph aufgefallen, auch trug der Mann einen länglichen Helm, der von einer breiten Krempe umgeben war. Seine Vorderseite lief spitz zu, obenauf prangten gelbe und rote Federn. Woher kam der Mann, und was machte er auf dem Kaminsims? Aber sosehr Rudolph sich auch anstrengte, er schaffte es nicht, den Mund zu öffnen und ihn zu fragen.

Über all der Verwunderung bemerkte Rudolph erst spät, dass er längst seinen Körper verlassen hatte und sich neben ihm befand. Wie sonderbar das war! Ohne jede Anstrengung stand er auf, ließ seinen Körper hinter sich und betrachtete den Raum: das Sofa, auf dessen Sauberkeit die Mutter allergrößten Wert legte, die Stickarbeit, die noch auf der Fensterbank ruhte, die Geranien, die zu sehr in der Sonne standen und bereits rötliche Blätter bekommen hatten. Das war der Raum, wie er ihn kannte, aber gleichzeitig waren da noch zehn andere Räume – Variationen desselben Raumes, andere Möglichkeiten seiner selbst. Mal war er winzig klein, dann wieder unendlich groß, mal erschien er wie auf ein Blatt gemalt, dann wieder bogen sich die Wände wie Kautschuk. Plötzlich verwandelte sich das Haus in das Haus der Kradepohls nebenan, dann in Melchers Villa, in Klipper Eus Kate, wurde zu einem Zirkuszelt, einer mongolischen Jurte, einem Mauseloch – nichts stand fest, alles war möglich.

«Die Wirklichkeit», sagte auf einmal der merkwürdige Herr auf dem Kaminsims, «ist in Wirklichkeit nichts weiter als der kleinste gemeinsame Nenner beschränkter Geister.» Da erkannte Rudolph, dass es sich bei dem Herrn unmöglich um einen Römer handeln konnte. Der Oberkörper des Mannes war ja fest eingeschlossen in eine silberne Schale, und anstelle grober Hosen aus Leinen bauschte sich rot gestreifter Stoff über engen Stiefeln.

Und dann diese Sporen! Sie klirrten, wenn sie einander streiften. Plötzlich war es Rudolph, als hätte er den Mann bereits irgendwo gesehen, doch dieser Eindruck verflog, bevor er ihn ganz fassen konnte.

«Das verstehe ich nicht», wollte Rudolph sagen, aber schon überkam ihn ein weiterer Hustenanfall. Da war es wieder, das Gefühl, im eigenen Körper zu stecken: Blut, das aus Nase und Mund fließt, Luft, die in die Lungenflügel dringt. Er spürte, wie sich dünne Ärmchen um seinen Hals klammerten. Rudolph stemmte sich hoch, dann erst öffnete er die Augen.

Als Erstes schaute er zum Kaminsims. Der merkwürdige Herr war verschwunden. Nur Klipper Eu saß noch immer in der Ecke, das leere Glas vor sich auf dem Tisch. Großvater war eingeschlafen. Max hielt Rudolph noch immer eng umklammert, so eng, dass der Vater seinen Griff vorsichtig lösen musste. Rudolph schmiegte den Kopf in die nach Staub und Kernseife riechende Armbeuge seines Vaters. An der Tür erkannte er seine Mutter, die Doktor Lewin hereinließ.

«Atmet er?», fragte der Doktor.

«Tut er», sagte Rudolph. Dann übergab er sich.

Den Rest des Tages verschlief Rudolph. Später wurde ihm berichtet, dass er großes Glück gehabt hatte. Die Fliege war nicht in seiner Luftröhre stecken geblieben, sondern bis in die Lunge eingesogen worden. In den nächsten Tagen, so Doktor Lewin, würde Rudolph sie stückchenweise aushusten. Vorsichtshalber verschrieb der Doktor ihm Eierlebertran. Von Fliegen und anderen Insekten solle er sich vorerst fernhalten.

«Da hast du's», sagte die Mutter, als Lewin mit zwei

Flaschen Cognac unterm Arm gegangen war. «Fernhalten soll er sich. Vielleicht wird es Zeit, dass du ihn zu dir ins Geschäft nimmst, Johann.»

«Ja, vielleicht wird es Zeit», sagte Johann Berns. Jede andere Antwort wäre sinnlos gewesen. Ab morgen würde der Junge seine Tage in der Weinhandlung verbringen, jedenfalls dann, wenn Caroline im Hause war und aus dem Fenster der Stube sehen konnte, ob er sich auf der Obstwiese oder am Rhein herumtrieb. Als Rudolph davon hörte, stieg ein Schluchzen die Kehle hinauf, und er musste sich sehr konzentrieren, es nicht entweichen zu lassen. Er liebte seinen Vater, aber seine Freiheit liebte er noch ein wenig mehr.

Ein bisschen verhielt es sich wie mit dem Kaleidoskop. Vater hatte es ihm geschenkt, seither war es Rudolphs liebstes Spielzeug. Auf der Hülle der kleinen Röhre waren Kinder zu sehen, die auf Pferdchen ritten oder Drachen steigen ließen. In ihrer Mitte aber, größer als sie alle, stand ein Kind, das in ein Kaleidoskop blickte. Rudolph spürte, dass dieses Kind mehr wusste und mehr sah als die anderen, die in ihr Spiel vertieft waren. Sie waren so stark mit ihrer Umgebung verbunden, dass sie gar nicht begriffen, dass die Welt unzählige Formen annehmen und in unterschiedlichen Varianten gleichzeitig existieren konnte. Dabei genügte doch ein Blick in das Kaleidoskop, um zu verstehen. Sah man durch die Röhre und bewegte sie ein klein wenig, verwandelte sich sofort, was man sah, es bog sich und nahm eine neue Gestalt an. Das Spiel der Formen und Farben war so reich und mannigfaltig, dass sich nur ein einfältiges Gemüt mit einer einzigen Variante zufriedengeben konnte.

Natürlich brauchte Rudolph das Kaleidoskop schon bald nicht mehr; wann immer er es wünschte, konnte er die Welt vor seinen weit aufgerissenen Augen zum Verschwimmen bringen und ihre zahllosen anderen Entwürfe studieren. Und was gab es dort nicht alles zu sehen! Rudolph blickte stets ein wenig mitleidig auf die anderen Kinder von Uerdingen. Sie spielten Fangen, Verstecken und ahnten nichts von dem Reichtum, der sie umgab.

Dann aber kam die Anweisung der Mutter und die Verbannung in das Geschäft des Vaters. Die Weinhandlung war ein unerträglich langweiliger Ort für einen Jungen wie Rudolph. Für einen Erwachsenen, dessen Ambitionen und Interessen weit über Uerdingen und die Rheinprovinz hinausgingen, allerdings auch. Seit Johann Berns die Weinhandlung vergrößert hatte und bei Melchers Destillerie ein- und ausging, schien ihm das Leben plötzlich einfallslos und kalkulierbar. Nur der Großvater hing an den alten Geschäftsräumen und klagte über jede Veränderung.

Es war, wie Rudolph sagte: «An diesem Ort steht selbst mein Kopf still.» Denn während Max und Elise mit der Kinderfrau im Garten spielen durften, war Rudolph in den ewigen Schatten der Eichenvertäfelungen und Schnapsbottiche gefangen. Selbst das Kaleidoskop vermochte kaum gegen die Braun- und Schwarztöne, die hier vorherrschten, anzukommen.

Wenn keine Kundschaft im Geschäft war, las der Vater Rudolph die Fortsetzungsgeschichten aus der Zeitung vor. Der alte Berns steckte währenddessen seine Nase in die Geschäftsbücher und tat so, als würde er sie prüfen. Natürlich waren seine Augen schon längst zu schlecht dafür. Von den Geschichten hatte vor allem eine das Interesse des Jungen geweckt: die Reiseberichte aus Peru von Johann Jakob von Tschudi.

Das Vorlesen dauerte entsetzlich lange, denn wann immer der Vater an eine Stelle kam, über die er sich sehr wunderte, legte er die Zeitung zur Seite und fuhr sich gedankenverloren durch den Bart. Wenn er das tat, zwirbelten sich danach die Härchen auf der linken Seite etwas schiefer empor, Rudolph kannte das bereits. «Der Mann hat sich was getraut», sagte der Vater für gewöhnlich, bevor er kurz seinen alten Herrn betrachtete und etwas leiser wiederholte: «Der hat sich wirklich etwas getraut.»

Die meisten der Geschichten handelten von den wundersamen Zuständen in den Städten und Dörfern der Anden; von schier unerschöpflichen Silberminen und dem verborgenen Gold der Inka. Gold! Viele der Berichte schienen Rudolph erfunden, so eigentümlich und frei wie seine eigenen Tagträume.

«Kann denn das alles wahr sein?», fragte er manchmal, und sein Vater wiegte den Kopf, fuhr sich ein weiteres Mal durch den Bart und sagte, dass man diese Dinge schwerlich überprüfen könne; so gesehen seien es einfach passable Geschichten, wahr oder nicht. Eines jedenfalls stehe fest, und das sei, dass sich der Mann etwas getraut habe.

Einmal belauschte Rudolph ein Gespräch seines Vaters mit dem alten Melcher. Der Großvater war nicht dabei; er lag oben in seinem Bett, Doktor Lewin war bei ihm. Lewins Sorgenfalten wurden immer tiefer, je öfter er bei ihm vorbeisah. Eigentlich wollte Rudolph seinen Vater nicht belauschen, das meiste, was besprochen wurde, war sowieso langweilig und betraf nur den Alkohol – aber dieses Gespräch war anders. Schon wie Melcher in das

Geschäft gekommen war und dem Vater vertraulich auf die Schulter geklopft hatte. Sofort hatte der Vater Rudolph fortgeschickt und einen seiner besten Weine hervorgeholt. Melcher, das wussten alle, hasste Spirituosen und trank selber nur französischen Weißwein.

«Worüber wir neulich sprachen», sagte Melcher und nahm einen Schluck. Es gehörte durchaus nicht zu seinen Angewohnheiten, die Sätze zu vollenden. Jetzt raschelte Zellophanpapier; der Vater hatte eine Packung teures Früchtebrot aus Frankreich geöffnet.

«Ich erinnere mich sehr gut», hörte Rudolph seinen Vater sagen. Er selber versteckte sich hinter der angelehnten Tür, die zum Lager führte. Aber war das wirklich die Stimme des Vaters? Plötzlich klang sie angespannt, aufgeregt sogar. Ein bisschen wie Rudolphs eigene Stimme, nur älter, tiefer.

«Hast du mit deiner Frau gesprochen?»

Rudolph hörte, wie etwas auf den Boden fiel. Das Miauen einer der Katzen, ein Poltern, der Vater fluchte – was er daraufhin zu Melcher sagte, drang nicht bis hinter die Tür zum Lager. Worum ging es? Melcher stellte sein Glas auf den Tresen. Er sprach jetzt etwas lauter, wie mit einem Schwerhörigen. Aber Vater hatte sehr gute Ohren. Ihm entging selten etwas.

Melcher redete immer lauter und lauter auf Vater ein, seine Stimme überschlug sich, man verstand ihn kaum. Es ging, so viel ließ sich heraushören, um die Welt, bessere Möglichkeiten und größere Märkte. Uerdingen! Was sei schon Uerdingen!

«Melcher!», sagte der Vater schließlich. «Es ist noch nicht so weit. Geht das in deinen Schädel hinein?»

Rudolph wusste nicht, dass sein Vater sich traute, so

mit dem alten Melcher zu sprechen. Ebenso wenig wusste er, was es mit den größeren Märkten auf sich hatte. Eines aber lernte er an jenem Tag, und das war, dass sein Vater mit ihm nicht über alles sprach.

«Redest du nicht mehr mit mir?», fragte der Vater später, als Rudolph stundenlang schweigend neben der Tür saß.

«Nein, tue ich nicht. Geht das in deinen Schädel hinein?», fragte Rudolph zurück. Und weil er den Blick des Vaters nicht ertrug, packte er seine Mütze und rannte aus dem Haus.

Kurz überlegte er, zum Rhein zu laufen, dann entschied er anders. Anstelle der Straße hinab zum Rhein ging er die Niederstraße hinauf, in Richtung des Marktplatzes. Der Platz war ihm bisher so weitläufig vorgekommen, dass er sich, wann immer er ihn betrat, verloren vorkam. Etwas hatte sich verändert. Melchers Stimme tönte in seinem Kopf: Uerdingen! Was war schon Uerdingen!

Um auf den Markt zu gelangen, musste man an der Kolonialwarenhandlung Herbertz vorbeigehen. Rudolph stockte und blieb stehen. Säcke voller Kaffee lagen dort hinter dem Schaufenster; Schokoladentafeln türmten sich auf einem Tischchen, und über alldem hing ein ausgestopfter Affe von der Decke. Ein echter Affe! Seine Glasaugen waren auf einen unbestimmten Punkt vor dem Schaufenster gerichtet.

Sie hätten ihm wenigstens ein Stück Schokolade in die Hand geben können, dachte Rudolph und drehte sich erbost um. Dann fasste er sich ein Herz und ging zur Mitte des Marktplatzes. Jetzt stand er genau den Häusern der Gebrüder Herbertz gegenüber. Ach was, Häuser – Paläste! Drei identische Prachtbauten reihten sich da aneinander, mit drei prunkvollen Eingangstüren und drei ausladenden, schmiedeeisernen Balkonen darüber. Sein eigenes Elternhaus war ungleich schmaler und bescheidener. Rudolph drehte sich einmal um die eigene Achse. Die Reichtümer der Neuen Welt, von denen Vater gesprochen hatte, kamen ihm in den Sinn. Wo wäre einst Platz für *seinen* Palast? Es war ja schon alles verbaut, überall wohnte, verkaufte, lebte man bereits. Vielleicht hatte Melcher recht, und es gab irgendwo größere Märkte als in Uerdingen.

Die Gebrüder Herbertz gehörten zu den reichsten und wichtigsten Familien in Uerdingen, das wusste Rudolph. Der Älteste von ihnen, Balthasar Napoleon Herbertz, hatte für sich und die beiden Jüngeren die Häuser erbaut. Das wollte Rudolph auch. Max und Elise sollten die schönsten und größten Häuser am Platz bekommen, dafür würde er schon sorgen. Max mit seinem Sommersprossengesicht – immer schaute er stumm zu seinem großen Bruder auf und versuchte, ihm in allem nachzueifern. Und Elise: Elise war ein zartes Mädchen, der geringste Windstoß konnte sie umwerfen, auf sie musste man besonders achtgeben.

Natürlich war es einfacher, reich und wichtig zu werden, wenn man einen Namen wie Balthasar Napoleon trug. Aber *Rudolph August*? Es war, als hätten die Eltern nicht bedacht, welche Wege sein Leben nehmen könnte, als wären sie nicht alle denkbaren Szenarien durchgegangen. Wahrscheinlich hatten sie sich nicht einmal vorstellen können, dass er später einen wohlklingenderen Namen benötigen würde. Ja, die Eltern von Balthasar hatten sich freilich etwas einfallen lassen. Nur waren die ja auch auf die Idee gekommen, mit fremdländischen, eigenartigen

Produkten zu handeln, und nicht mit Wein und Cognac, so wie alle. Was war nur los mit seinen Eltern? Rudolph wollte es nicht ganz glauben, aber vielleicht litt auch sein Vater an dieser sonderbaren Krankheit, die die meisten Leute im Laufe ihres Lebens befiel: diesem steifen Verharren in der unmittelbaren Umgebung, in all dem, was man seit jeher kannte. Darüber hinaus schien es für sie nichts zu geben; es wurde nichts gesehen, nichts entdeckt, nichts erfunden oder erdacht. Wie ein entstellender Mangel kam dies Rudolph stets vor, wie ein tierisches Verbleiben im Ausgangszustand, mochte er noch so mickrig und erbärmlich sein.

Nachts lag er häufig wach. Selbst wenn seine Augen bleischwer vor Müdigkeit waren und er Max und Elise bereits in ihren Betten tief atmen hörte, fand er nicht in den Schlaf. Für gewöhnlich zogen sich auch die Eltern bald in ihr Schlafzimmer zurück, nachdem sie die Kinder zu Bett gebracht hatten. Stille kehrte daraufhin im Haus ein. Dann war Urdingis Zeit gekommen.

Urdingi, das war das alte Uerdingen der Merowinger. Es lag nicht weit entfernt vom heutigen Uerdingen – mitten in den Fluten des Rheins. Nach Überschwemmungen und schweren Wintern mit viel Eisgang hatte der Fluss sein Bett nach Westen verlagert, und so war das Urdingi der Germanen in den Fluten des Rheins versunken.

Rudolph stellte sich vor, dass eines Nachts, ganz plötzlich, noch bevor jemand Alarm schlagen oder sich retten konnte, der Rhein über das Dorf gekommen war und jeden lebendigen Körper bis zum Bersten mit Wasser gefüllt hatte. Und weil der Rhein seine Sedimentmassen über das Dorf und alles und jeden hatte rollen lassen, lag noch immer alles an derselben Stelle, an der es sich seit Hunderten von Jahren befunden hatte.

Von seinem Fenster aus war es nur ein Steinwurf bis zu den ersten Häusern Urdingis, tief unten, im Wasser. In der Nacht, das wusste Rudolph, erwachten die Bewohner Urdingis zum Leben, und je weiter die Nacht fortschritt, desto schwieriger wurde es zu entscheiden, welches Uerdingen das realere war: das Uerdingen der Gebrüder Herbertz oder Urdingi, die Siedlung der Merowinger. Vieles glich sich, stellte Rudolph verwundert fest. Ähnlich wie auf dem Markt kamen beim Thing die wichtigsten Männer des Dorfes zusammen; und auch in Urdingi lebte eine Familie, die eine besondere Hütte besaß und reicher war als alle anderen.

Es gab viele große Familien – eine von ihnen zählte mindestens sieben rothaarige Kinder –, einen Verrückten, der von den anderen gemieden wurde, einige ältere Frauen, die etwas außerhalb lebten, und eine Familie mit drei Kindern und einem Greis, die ganz nah am Rhein wohnte. Der älteste Sohn – ein kräftiger Junge, blitzgescheit, hochgewachsen und stets bei der Sache – musste nur zur Tür hinaustreten und durch den Obstgarten gehen, schon befand er sich am Ufer des Flusses. Dort traf er sich häufig mit dem Verrückten, seinem besten Freund.

Der Name des Jungen war Thorleif, auch das wusste Rudolph. Überhaupt kannte er mittlerweile Thorleif und seine Familie sehr gut. Der Vater war Jäger und liebte seine Kinder über alles. Er und Thorleif gingen oft zusammen auf die Jagd, streiften über die Felder und sprachen in ihrem kehligen, wundersamen Dialekt miteinander. Die Mutter war streng und achtete auf Ordnung in der Hütte, so gehörte sich das wohl. Thorleifs Geschwister waren noch klein, er musste auf sie achtgeben, sonst gingen sie verloren. Sein Vater und er, sie waren die Männer im Haus. Es war ein ruhiges Leben in Urdingi. Thorleif wuchs heran in dem Bewusstsein, einst der Anführer seines Dorfes zu werden, wichtige Schlachten zu schlagen, Schätze zu heben und Land zu entdecken, das keiner vor ihm entdeckt hatte. Auch die anderen im Dorf schienen es zu fühlen und zollten Thorleif den gebührenden Respekt. Wenn er an den Mädchen vorbeiging, schlugen sie die Augen nieder; lief er durch den Wald, verstummten die Vögel, nur um kurz darauf noch lauter und schöner zum Gesang anzuheben.

Das war Thorleif, dem ein aufregendes Schicksal in die Wiege gelegt worden war – aber Thorleif wohnte in Urdingi, und nicht in Uerdingen, so wie Rudolph.

Die Tage, an denen Vater mit hinunter an den Rhein kam, gehörten zu den schönsten. Kurz nach Sonnenaufgang gingen sie los. Rudolph trug die gusseiserne Pfanne, deren Griff er abmontiert hatte. Seiner Mutter gegenüber hatte er behauptet, die Zigeuner, die durch Uerdingen gezogen waren, hätten sie gestohlen – zusammen mit ein paar Gläsern Marmelade, die ebenfalls aus Mutters Küche verschwunden waren. Sie hatte ihm kein Wort geglaubt.

Vater trug den Korb mit drei belegten Broten und einer Flasche Weinbrand, eine Schaufel und einen Eimer. Wenn er und Rudolph am Fluss ankamen, war Klipper Eu meist schon seit Stunden auf der Kiesbank zugange. Den Flitter ließ er in eine leere Sardinenbüchse rieseln.

«Goldwaschen is wie Fischen», sagte Klipper Eu immer. «Du weißt nie, was du kriegst, und am Ende sind deine Füße kalt.»

Vater gehörte zu den wenigen, die sich mit Klipper Eu unterhielten – zumindest wenn es niemand außer Rudolph bemerkte. Er wusste, wie viel dieser sonderbare Mann seinem Sohn bedeutete. Während Rudolph sich in Gegenwart anderer Kinder anstrengen und zusammenreißen musste, konnte er mit Klipper Eu so gedankenverloren sein, wie er wollte. In seiner Gegenwart lag nur Gutes, nie hätte er den Jungen verspottet, geschubst oder verprügelt. Klipper Eu war ein verlässlicher Freund.

Klipper Eu, hatte Vater einmal erzählt, sei jahrelang auf einem großen Schiff gefahren, und nicht bloß auf dem Rhein, sondern auf allen Meeren der Welt. Irgendwann habe er es da draußen nicht mehr ausgehalten, und deshalb sei er nach Uerdingen zurückgekehrt. Hier aber habe er es genauso wenig aushalten können, und so sei er eben verrückt geworden. Wenn man keine anderen Möglichkeiten mehr habe, dann gebe es immer noch diese eine: verrückt werden. Rudolph hatte versucht, seinem Vater zu erklären, dass es immer und zu jedem Zeitpunkt eine unvorstellbare Anzahl von Möglichkeiten gab, aber schon nach einigen wenigen, unzusammenhängenden Sätzen hatte er aufgegeben. Eines aber war ihm klargeworden – wenn er jemals den Eindruck hätte, keine anderen Möglichkeiten mehr zu besitzen, dann würde er lediglich falsch denken. Dachte man richtig, sah man die anderen Versionen deutlich vor sich. «Es ist alles eine Sache der Einstellung», hatte er seinem Vater noch gesagt, aber der war längst nicht mehr bei der Sache gewesen.

Die Kiesbank war der beste Platz auf der Welt. In einer Biegung des Flusses gelegen, bestand sie aus dunklem Kiesel und Sand, der schwerer war als der Sand, den man andernorts finden konnte. Während Vater Klipper Eu das Brot und die Flasche hinlegte, fingerte Rudolph die kleine Phiole aus seiner Jackentasche. Melcher hatte sie ihm einmal aus der Destillerie mitgebracht. Sie war kaum so groß wie Rudolphs Daumen, besaß einen bronzenen Verschluss, und in ihrem Innern glitzerte Goldstaub.

Rudolph lehnte die Phiole gegen Klipper Eus Sardinenbüchse. Das war das Startsignal. Vater begann mit der Schaufel, ein Loch in den Kies zu graben, und wenn er die Lage mit Sand erreicht hatte, befüllte er damit den Eimer. Rudolph zog seine Schuhe aus, nahm eine Pfanne voll Sand und ging hinab ans Wasser. Das Auswaschen war eine schwierige Angelegenheit. Wenn die Strömung sehr stark war, riss sie alles Material sofort aus der Pfanne heraus. War sie zu schwach, musste man alles Schwenken und Auswaschen selber erledigen, und nach kürzester Zeit schmerzten die Handgelenke.

Bei Klipper Eu sah es unendlich leicht aus. Seine riesigen Hände ließen die Pfanne mühelos im Wasser kreisen, ganz so, als wöge sie nicht das Geringste. Auch konnte er eine ganze Pfanne sehr schnell abziehen – meist war er schon fertig, wenn Rudolph noch nicht einmal den groben, hellen Sand aus seiner Pfanne herausgewaschen hatte. War nur noch schwarzer Sand übrig, nahm ihm der Vater die Pfanne aus der Hand und wusch ihn vorsichtig aus. Zu wertvoll sei der, um aus Versehen davongespült zu werden, sagte er seinem Sohn und kehrte ihm dabei den Rücken zu. Er war sehr geschickt. Wann immer er mit Rudolph Goldwaschen ging, befanden sich am Ende einige Körnchen Gold in der Pfanne – ganz anders, als wenn Rudolph alleine ging.

«Dein Vater is ein guter Mann», kommentierte Klipper Eu jedes Mal das Schauspiel. «Aber vom Goldwaschen hat er keine Ahnung.» Mit Blick auf die Phiole protestierte Rudolph. Auf seine Nachfrage hin schwieg Klipper Eu. Er war wohl wirklich so verrückt, wie alle sagten.

Einmal schenkte Klipper Eu ihm ein daumennagelgroßes Stück Katzengold. Vor der Tür zum Berns'schen Haus hatte er den Jungen abgefangen.

«Is nicht echt», hatte Klipper Eu gleich dazugesagt. «Sieht bloß so aus. Kenn eine Stelle, da is alles voll davon. Is aber nicht echt.»

Bis auf die Größe war es wirklich fast unmöglich, einen Unterschied zu den Goldpartikeln in Rudolphs Phiole zu erkennen. Vielleicht war der Glanz etwas kühler, etwas silbriger – aber wem würde das schon auffallen? Sicher nicht einem Fünfjährigen, dachte Rudolph. An diesem Tag würde er nicht zu seinem Vater ins Geschäft gehen und auch nicht hinauf zu seinem Apfelbaum. An diesem Tag wollte er Max eine Freude machen. Der Kleine war noch nie auf der Kiesbank gewesen! Was würde er für Augen machen, wenn er unter dem Stein, den Rudolph ihm zeigen würde, ein Stück Gold fände … Rudolph spürte ein Kribbeln im Bauch, wenn er daran dachte. Max würde sehr, sehr glücklich sein.

Den Stein fest in der Hand umschlossen, lief Rudolph zur Kiesbank. Er hatte sie ganz für sich alleine. Es war Mittwoch, Markttag, und niemandem würde es ausgerechnet heute einfallen, Gold zu waschen. Es galt, ein gutes Versteck für das Nugget zu finden. Es durfte weder zu offensichtlich sein – Max sollte keinen Verdacht schöpfen – noch zu abgelegen, sonst würde Rudolph es vielleicht selber nicht wiederfinden. Vor allem durfte es nicht zu nah am Wasser sein, für den Fall, dass es den

Boden plötzlich wegriss. An jeder Stelle hatte Rudolph etwas auszusetzen, es war, als gäbe es auf der gesamten Kiesbank kein geeignetes Versteck. Da bemerkte er, dass Klipper Eu seine Schaufel neben einem großen Stein hatte liegenlassen. Vielleicht war das ein Zeichen.

Rudolph nahm die Schaufel und hob vorsichtig ein kleines Loch neben dem Stein aus. Er hockte sich hin, wühlte aus Vergnügen ein bisschen mit den Händen darin und verlor darüber fast das Katzengold. Er bekam es wieder zu fassen und pfiff durch die Zähne. So beschäftigt war er, dass ihm gar nicht aufgefallen war, wie sich ein feiner Herr von der Böschung aus genähert hatte. Vielleicht ein Spaziergänger? Denn wie ein Goldwäscher sah er nun wirklich nicht aus. Rudolph wusste, wie der aussah: wie ein Düsseldorfer. Die Düsseldorfer, die nach Uerdingen kamen, trugen alle hohe Hüte, weiße Kragen und lange, schwarze Mäntel, und an ihren Fingern blitzten schwere Goldringe.

«Na, was hast du denn da, Junge?» Der Herr war in seinen schwarzen Lackschuhen doch wirklich auf den Kies getreten!

«Nichts», sagte Rudolph und drehte das Katzengold verlegen in seiner Hand.

«Ich glaube doch, ich habe etwas in deiner Hand gesehen.»

Rudolph konnte nicht anders, er musste dem Herrn das Katzengold zeigen.

«Das ist kein Gold», sagte Rudolph. «Das ist nichts weiter, das habe ich nicht gefunden, ich wollte es nur für meinen Bruder …»

«Papperlapapp», sagte der Herr. Er nahm Rudolph das Nugget aus der Hand und hielt es vor sein rechtes Auge.

«Ganz bemerkenswert ... Wo genau hast du das gefunden?»

«Nein, der Herr», stotterte Rudolph verwirrt. «Hab ich nicht! Das ist doch gar nichts, das ist nur ein Stein, den mir der Klipper Eu geschenkt hat!»

Jetzt wollte er am liebsten losheulen. Schon spürte er, wie sich seine Kehle zusammenzog. Der Herr wollte einfach nicht begreifen.

«Wo kommt es her, Junge? Wie viel willst du dafür haben? Na los, sag schon!»

Es war zum Verzweifeln, der Herr redete einfach immer weiter. Als könnte er gar nicht hören, was Rudolph sagte. Der Wunsch zu weinen wurde immer stärker. Schon verzog es Rudolph den Mund, die Nasenflügel blähten sich – aber da passierte etwas Seltsames: Der Mann steckte das Nugget in seine Manteltasche und drückte Rudolph einen Taler in die Hand. Dann hastete er die Böschung hoch.

Rudolph blieb noch eine Weile auf der Kiesbank stehen und sah auf das Geld in seiner Hand. Er konnte noch immer nicht ganz begreifen, was geschehen war. Was würde nun aus seinem Geschenk für Max? Erst nach einiger Zeit fasste er einen neuen Entschluss. Sobald seine Schuhe wieder trocken wären, würde er in die Herbertz'sche Kolonialwarenhandlung gehen und Max den Affen kaufen.

Und dann kam der Tag, der die Zukunft brachte. Am 29. September 1849 las Vater morgens aus der Zeitung vor: «Die Zukunft ist da! Die Eisenbahn kommt! Was lange vorbereitet wurde, wird morgen endlich wahr und in die Geschichte eingehen. Nicht die Revolutionäre, die Eisenbahn schafft's! Dies wird schon bald das Ende der morastigen Landwege sein, der betrunkenen Postillione und überladenen Kutschen. Uerdingen wird angeschlossen an die Bergisch-Märkische-Bahn, und bald schon an ganz Preußen! Gott segne König Friedrich Wilhelm IV.!» Was der König mit der Eisenbahn zu tun hatte, verstand Rudolph nicht ganz.

In der Schule hing eine Daguerreotypie, von der aus der Monarch triefäugig und stumpf auf die Wand gegenüber stierte. Unmöglich, dass so jemand die Zukunft brachte. Die Zukunft, das wusste Rudolph, hatten Männer gebracht, die wochenlang auf den Obstfeldern gearbeitet hatten. Nur dass das jetzt keine Obstfelder mehr waren, sondern Teile der Eisenbahnstrecke. Rudolph hatte die Arbeiten von seinem Apfelbaum aus genau verfolgt. Einer der Männer stach besonders hervor. Anders als die übrigen schleppte er keine Schwellen hin und her oder verlötete Gleisteile, sondern stand mit einem Heft in der Hand daneben, kratzte sich ab und zu an der Stirn und brüllte Befehle, so laut, dass sie bis an Rudolphs Versteck im Baum drangen.

Das, so erklärte Vater später, sei der Ingenieur. Und die Ingenieure, so fügte er hinzu, nähmen die Welt nicht hin, wie sie war, sondern bauten sie sich so zurecht, wie es ihnen passte.

Darüber hatte Rudolph lange nachgedacht. Jetzt wusste er, was er dem Lehrer das nächste Mal sagen musste, wenn der die Kinder fragen würde, was sie einmal werden wollten. «Schatzsucher» schien kein anerkannter Beruf zu sein, der Ohrfeige nach zu urteilen, die diese Antwort Rudolph beim letzten Mal eingehandelt hatte.

Rudolph behielt jenen Tag, der die Zukunft brachte, vor allem als ein Beben in Erinnerung, das durch die Erde und die Dinge ging. Schon während des Frühstücks war es ihm aufgefallen: Ein Kitzeln stahl sich von den Fußsohlen bis hinauf in die Haarspitzen. Niemand am Tisch konnte stillsitzen, auch Vater und Mutter schienen aufgeregt und sprangen immer wieder auf. Selbst Großvater, der kaum noch gehen konnte, hatte Vater gebannt zugehört, die Augen weit aufgerissen, als könne er kaum glauben, was gerade geschah.

Vater trug seinen schwarzen Anzug, sogar die goldene Uhr hatte er angelegt; Mutter eilte in einem blassrosa Spitzenkleid umher und suchte nach der Perlenkette ihrer Großmutter. Auch die Kinder waren hergerichtet worden: Rudolph steckte in einem schon etwas eng sitzenden, dunkelblauen Hemd, Max trug einen der neumodischen Matrosenanzüge, und Elise thronte da in ihrem bauschigen weißen Sonntagskleidchen. Es war ein ungewöhnlich warmer Tag; sie alle rutschten auf ihren Stühlen hin und her, schwitzten und meinten doch, von einem Beben nichts zu merken. Als Rudolph sie darauf ansprach, verneinten sie bloß, und die Mutter fragte, was er schon wieder aushecke. Sie erwartete keine Antwort, das wusste Rudolph.

Draußen auf der Straße erzitterte das herbstwelke Laub der Linden, und durch die Erde ging ein Vibrieren, das sich auf die Häuser und ihre Wände übertrug. Max und Elise bekamen keinen Bissen hinunter, und er, Rudolph, war ganz damit beschäftigt, das Fensterbrett zu umklammern und aus dem Fenster zu starren, zu dem das Getrappel der Passanten heraufdrang. Dann hielt er es nicht mehr aus.

«Wir müssen los!», schrie Rudolph endlich. Max und Elise krähten es ihm nach und verschütteten ihre Milchnudeln, niemand scherte sich darum. Großvater lachte. Es war wirklich ein besonderer Tag.

Noch nie hatte Rudolph so viele Menschen auf den Straßen gesehen. Sie alle zogen zum neuen Bahnhof, an dem in Kürze die Eisenbahn eintreffen sollte. Und man ging zu Fuß! Mutters Wangen waren gerötet, das Haar spätestens an der Kreuzung von Nieder- und Bahnhofsstraße in Unordnung geraten. Max und Elise gingen brav an Vaters Händen. Vor lauter Staunen bekam Max den Mund nicht zu: Durch die Bahnhofsstraße wogte ein Meer aus schwarzen Anzügen, Zylinderhüten und festlichen Kleidern.

Die Familie geriet in eine Gruppe von Schlossern, davor liefen die Gebrüder Herbertz mit ihren Gattinnen, außerdem waren da Kaufmann Holdinghausen, Brauereibesitzer Wienges, Doktor Lewin, die Arbeiter aus den Destillerien, die Schmiede – sie alle gingen zusammen.

«Also doch Revolution», sagte der Vater leise, aber außer Rudolph, der nicht von seiner Seite wich, und Bäcker Stinges, der neben ihnen lief, hatte ihn niemand gehört.

«Der Zukunft entgegen!», brüllte ein junger Mann mit senfgelbem Mantel und einer Mütze, die aussah wie ein aufgeweichtes Brot. Als sich ein Gendarm nach ihm umdrehte, hantierte er umständlich an seiner Pfeife und ließ sich etwas zurückfallen.

Der Platz vor dem Bahnhof war in einen riesigen Biergarten verwandelt worden. Man nahm auf den Bänken Platz, trank Wienges' Bier und aß Stinges' Brötchen. Die Kapelle spielte auf, der Bürgermeister sprach zu seinen Bürgern, aber es half alles nichts – die Bahn ließ auf sich warten. Wienges war vorbereitet. Mehrere Bierkutschen standen abseits, immer bereit, einen Engpass zu überbrücken. Nach kurzer Zeit schon spielte die Kapelle lauter, der Bürgermeister hielt aus dem Stegreif eine bierselige Rede, in der es um Napoleon, Napoleons Bauch und seinen lächerlichen Hut ging. Natürlich erinnerte er auch an den Besuch des Franzosen in Uerdingen. Das sei aber gar nichts gewesen gegen den heutigen Tag! Die Menge johlte, längst gab es keine Sitzplätze mehr, die Brötchen waren ausverkauft.

Dafür war das feine Oszillieren der Erde nun deutlich zu spüren. Rudolph packte seine Geschwister und rannte mit ihnen am Bahnhofsgebäude vorbei, hin zu einer Stelle an den Gleisen, an der noch nicht so viele Menschen standen. Jetzt hielt es auch die Erwachsenen, die bis dahin auf den Bänken sitzen geblieben waren, nicht mehr an ihren Plätzen: Alles drängte und schubste in Richtung Gleise.

Auch der Vater war aufgestanden und versuchte, zu den Kindern vorzudringen, aber die Menschen standen zu eng beieinander, es ging weder nach vorne noch zurück. Die Vögel in den Linden schrien, die Hunde jaulten, die Schindeln auf dem Dach des Bahnhofsgebäudes klapperten; hinten, bei den Biertischen, hörte man lautes Lachen und das Schreien einer Frau, wieder jaulte ein Hund – nein, es war kein Hund, diesmal war es die Bahn, die Bahn am Horizont.

Rudolph ließ seine Geschwister los und ballte die Hände zu Fäusten. Das, was wie ein Jaulen geklungen hatte, wurde zu einem ohrenbetäubenden Brüllen; in einiger Ferne sah man eine Rauchwolke aufsteigen, aus der sich langsam die Lokomotive herausschob. Aber genau in diesem Moment wälzte sich der uniformierte Bahnwärter in

Rudolphs Blickfeld. In seiner Verzweiflung stieß Rudolph den Mann zur Seite und rannte auf die Schienen. Jetzt konnte er sie sehen: die Lokomotive, sie war es wirklich!

Rudolph fiel es später schwer zu erklären, warum er sich nicht hatte fortbewegen können. Es war, als hätte der Anblick der sich nähernden Lokomotive ihn gelähmt: ein feuer- und wasserspeiender Koloss, der die ganze Welt um ihn herum in Rauch und Dampf hüllte.

Die Kupplung starrte ihn wie aus zwei aufgerissenen Augen an, immer näher kam die Lokomotive, das Stampfen der Räder, das verzerrte Gesicht des Lokomotivführers auf dem Führerstand, die Rauchkammer, das aufblitzende Spitzensignal, der Aufschrei der Menge! Schon türmte sich die Esse hoch in den Himmel – da packte jemand Rudolph am Arm und zog ihn von den Gleisen. Im nächsten Moment schob sich die Lokomotive über die Stelle, an der Rudolph eben noch gestanden hatte, und kam am Bahnhof mit ohrenbetäubendem Quietschen zum Stehen.

Rudolph löste sich aus dem Griff seines Retters, drängte vor zu den Rädern, sie zu berühren, sie zu umarmen, aber schon kam der Lokomotivführer vom Stand heruntergesprungen.

«Das Grinsen werd ich dir austreiben!»

Er schrie noch etwas, ein goldener Schneidezahn blitzte auf, dann schlug er Rudolph ins Gesicht – einmal, zweimal, dreimal. Blut spritzte, aber Rudolph war es ganz egal, Rudolph war glücklich. Mit einem Lächeln auf den Lippen verlor er drei Milchzähne. Dann schritt sein Vater ein, im Hintergrund spielte die Kapelle wieder auf.

Das Beben hatte nachgelassen.

Von Berlin hörte Rudolph das erste Mal an dem Tag, an dem sein Großvater beerdigt wurde. Spät am Abend, die Kinder waren längst im Bett, tönte es aus dem Schlafzimmer der Eltern: Berlin, Berlin, immer wieder Berlin. Das war der Bass des Vaters. Max und Elise schliefen einfach weiter, die beiden hatten viel geweint, so etwas strengt an. Rudolph hatte stumm neben dem offenen Sarg gestanden und darauf gewartet, dass es passierte: dass er den Großvater sah, wie er war, und gleichzeitig, in einer anderen Version, als einen gesunden jungen Mann voller Kraft und Tatendrang – aber nichts dergleichen geschah. Großvater hatte alle anderen Versionen von sich mit in den Tod genommen.

Dabei hätte Doktor Lewin ihm durchaus noch ein paar Monate zollfrei, wie er sich ausdrückte, zugebilligt, Nierenleiden hin oder her. Doch es hatte nichts geholfen. Erst war Großvater blass geworden, dann hatte er unter Schwindel und Übelkeit gelitten, und am Ende war er nicht einmal mehr die Treppe ins Geschäft hinuntergekommen. So sehr hatte es ihn in den Beinen gejuckt, dass er Rudolph aufforderte, ihn mit einer Gabel zu kratzen. Dann aber waren die Krämpfe gekommen, und die Zeit der Gabeln war vorbei. Vater hatte am Fenster gestanden, und die Mutter war ständig hin und her geeilt. Einzig Rudolph hatte die ganze Zeit auf dem Stuhl neben Großvaters Bett gesessen. Als Großvater anfing, nach Luft zu schnappen, wusste Rudolph, dass es bald vorbei sein würde. Die letzten Worte, die Großvater sagte, waren «Hans Guck-in-die-Luft», was danach kam, verstand Rudolph schon nicht mehr. Der Tod hatte Großvater an der Angel, und er ließ ihn so lange zappeln, bis alle Kraft aus ihm gewichen war. «Hans Guck-in-den-Tod», flüsterte Rudolph, als es vollbracht war. Die Gabeln hatte die Mutter später alle fortgeschmissen.

Und nun also der Streit. Warum mussten Erwachsene immer in der Nacht streiten? Wieder dieses Wort: Berlin. Jetzt hatte es auch die Mutter ausgesprochen. Merkwürdig anders klang es aus ihrem Mund, wie etwas Unfeines, etwas, über das man mit niemandem sprach, weil es sich einfach nicht gehörte. Rudolph schlich sich an seinen schlafenden Geschwistern vorbei und hinaus in den Flur.

«Hast du gar kein Schamgefühl?», hörte er da seine Mutter fragen. Beinahe hätte er geantwortet, aber die Schlafzimmertür der Eltern war noch immer geschlossen, sie konnte ihn unmöglich bemerkt haben.

«Das Geschäft kommt zuerst», sagte Vater. «Aber wir machen's anders als der Alte. Wir trauen uns was.»

Rudolph presste sein rechtes Ohr so eng an die Tür, dass er das Mahlen eines Holzwurms hören konnte. Als sich in das Mahlen des Wurms das Weinen der Mutter mischte, begriff Rudolph, dass eine Entscheidung gefallen war. Warum nur konnte er sich nicht darüber freuen? Berlin klang wie eine große Stadt, viel größer als Uerdingen. Aber wie er da vor der Tür der Eltern stand, überkam ihn das Gefühl, dass etwas unwiederbringlich zu Ende gehen würde, etwas, das sich nie wieder herstellen ließe. Verwirrt wischte er sich eine Träne ab, lief zurück in das Kinderzimmer und weckte Max. Zusammen saßen sie bis zum Morgen auf Rudolphs Bett und zählten die Münzen, die sie mit dem Verkauf von Katzengold verdient hatten. Nach Berlin durfte man nicht mit leeren Händen fahren, das war klar.

In den nächsten Wochen gab es viel zu tun. Melcher ging bei ihnen nun ein und aus.

«Eine eigene Vertretung in Berlin, das ist doch –!» Der Sauerbraten der Mutter schmeckte Melcher besonders gut. Wann immer er kam, schob ihm Rudolph eine von Großvaters Gabeln hin. Kaum hatte die Mutter sie nach dessen Tod fortgeschmissen, hatte Rudolph sie wieder aus dem Müll hervorgeklaubt. Niemand schien es bemerkt zu haben.

Die Eltern waren damit beschäftigt, mit Melcher und dem Notar die Bedingungen eines Kaufvertrags auszuhandeln. Melcher wollte nicht nur für den Umzug aufkommen, er würde ihnen sogar das Berns'sche Haus samt Geschäft zu einem guten Preis abkaufen. Natürlich verpflichtete sich der Vater im Gegenzug, Melchers Waren anzubieten. Sogar ein Lokal mit darüberliegender Wohnung hatte Melcher in Berlin aufgetan: ein kleines Geschäft in der Friedrichstadt, und wer etwas von Berlin verstand, wusste, was das hieß.

«Das heißt Profit!», sagte Melcher. «In der Friedrichstadt, mein Freund, da geht die bessere Gesellschaft einkaufen. Und was will die bessere Gesellschaft? Sicher kein trübes, stinkendes, gepanschtes Bier, was, Frau Berns!»

Aber Caroline Berns sah bloß auf ihre Hände und seufzte. Melcher griff Rudolph am Arm und zog ihn zu sich heran. Ob der kleine Herr denn eine Vorstellung von Berlin habe? Von der großen Stadt? Das sei etwas anderes als Uerdingen, darauf könne er sich gefasst machen. Eigentlich sei das gar keine Stadt, sondern eine lebendige Kreatur, die sich ständig verändere, sich selber immerfort neu erfinde. Er werde schon sehen!

Klipper Eu saß wie immer auf der Kiesbank. Rudolph erkannte ihn schon von weitem an seinem zerschlissenen Mantel. Bei der umgestürzten Weide hatte er es sich bequem gemacht. Anders als sonst rannte Rudolph aber nicht das Ufer entlang, sprang nicht über die Weidenäste und rutschte auch nicht die Böschung hinab. Seine Füße wogen Zentner, und jeder Schritt kostete unendlich viel Kraft. Dabei hatte er sich doch genau zurechtgelegt, was er Klipper Eu erzählen wollte: Die Stadt Berlin sei so groß, bis zum Horizont und hinauf zum Himmel reiche sie! Riesige Paläste baue man dort, Tunnel, Kanäle, einfach alles! Berlin würde von Leuten mit Phantasie erbaut und bewohnt, und deshalb, so wollte er sagen, sei Berlin ein besserer Ort für ihn, Rudolph. Klipper Eu musste es einfach begreifen.

Aber dann war da bloß Klipper Eus wissender Blick, der Schlapphut, der darüber hing, und plötzlich war alles vergessen.

«Wir müssen weg», sagte Rudolph.

«Ich weiß», sagte Klipper Eu.

«Ich hab Angst.»

«Ich weiß.»

Stumm reichte Rudolph ihm die Phiole, auf deren gläsernem Boden sich der Goldflitter hin und her schob. Klipper Eu steckte sie wortlos in die Innentasche seines Mantels. Dann nahm er Rudolphs Hand und steckte etwas hinein. Als Rudolph sie öffnete, fand er darin eine silberne Münze. Sie war uneben und ihre Ecken so scharf, dass man sie als kleines Messer hätte benutzen können. Auf einer der Seiten erkannte Rudolph eine Kornähre, auf der anderen vielleicht einen Kopf, aber mit Sicherheit ließ sich das nicht sagen.

«Hat Gaius Julius hier für dich liegen lassen», sagte Klipper Eu. «Als er den Fluss überquerte. Is aber schon was her.»

Rudolph umarmte Klipper Eu so heftig, beinahe rutschte er vom Weidenstamm herunter. Er schmiegte sich an Klipper Eus Hals, dorthin, wo sich Falten tief in die Haut gruben und ein verzweigtes Netz bildeten. Wie eine Landkarte, dachte Rudolph. Wie eine Landkarte, die keiner lesen kann außer mir.

Zum Abschied sagte er Klipper Eu, dass er ihm ganz sicher schreiben werde, und er solle ihm auch ganz sicher schreiben, und zwar nach Berlin, nach Berlin, ob das in seinen Kopf hineingehe? Sicherheitshalber, für den Fall, dass es nicht in seinen Kopf hineinging, steckte er Klipper Eu einen Zettel in die Manteltasche. Darauf stand: Weinhandlung Berns, Leipziger Straße 72, Berlin.

DREI BRIEFE OHNE ANTWORT

War die Leipziger Straße nach der Ankunft der Familie noch genauso beschaulich wie das Wohnviertel, das sie umgab, so entwickelte sie sich schon bald zur Hauptverkehrsader der Friedrichstadt. Die Revolution und die Barrikadenkämpfe waren an ihr vorbeigezogen, ohne Schäden zu hinterlassen. Erst noch ganz aus Schotter, wurde die Fahrbahn wenig später gepflastert; die Bürgersteige ließ man mit Granitplatten auslegen, den Rinnstein darunter verbergen, die Zahl der Gaslaternen erhöhen. Passierten in der ersten Zeit nur vereinzelt Droschken und Kutschen das Berns'sche Haus, so wurde der Verkehr rasch immer dichter, Pferdeomnibusse fuhren umher, und unweit des Potsdamer Bahnhofs hörte man das Pfeifen der Verbindungsbahn, die zwischen den Kopfbahnhöfen Berlins hin- und herpendelte.

Kaum zwei Blocks entfernt von der Berns'schen Weinhandlung befand sich das Palais Hardenberg, in dem der Preußische Landtag zusammenkam. Die Adligen, die dort ein und aus gingen, wohnten in den Häusern nahe der Zollmauer, die den Warenschmuggel verhindern sollte. Die prächtigen Ministergärten, die sich gleich davor erstreckten, eigneten sich aufs beste für den Konsum von französischem Wein und allerlei Spirituosen. Nur zu gern belieferte Johann Berns seine Kundschaft persönlich. Die Herrschaften schätzten seinen politischen

Sachverstand – das Abonnement der Vossischen Zeitung machte sich bezahlt.

Den zahlreichen Hugenotten in der Nachbarschaft zu Ehren schrieb Berns in feinen Lettern auf seine Ladenfenster «Raffiné – Distingué – Enchanté». Man kaufte gerne bei Monsieur Berns. Einmal hörte Rudolph zufällig, wie sein Vater über Südfrankreich sprach. Das Land seiner Ahnen, seiner Familie! Davon wusste Rudolph nichts, und seine Mutter, bei der er sicherheitshalber nachfragte, ebenso wenig. Dafür aber dauerte es nicht lang, und die Berns'sche Weinhandlung belieferte den Leipziger Garten und den Königsgarten, beliebte Gaststätten im weitläufigen Rückgelände der Bürgerhäuser. Unter hohen Bäumen trank man dort guten Weißburgunder oder, seit neuestem, Uerdinger Doppelwacholder, der von allen bestellt wurde, auch wenn ihn niemand wirklich mochte. In jedem Fall war die Flasche hübsch anzusehen, und der hohe Preis ließ darauf schließen, dass es sich tatsächlich um etwas sehr Raffiniertes und Distinguiertes handeln musste.

Das Pfeifen und Stampfen der Verbindungsbahn drang bis hinauf in Rudolphs Zimmer. Von seinem Fenster aus konnte er das Treiben auf der Leipziger Straße und dem Dönhoffplatz genau verfolgen. Die Kinder der Marktweiber jagten um den Obelisken herum, schrien und schmissen mit gestohlenen Äpfeln, ganz so, als bemerkten sie gar nicht die Stadt um sie herum. Wie nur konnte man sich hier um Obst bekümmern?

Ergab sich die Gelegenheit, den Eltern am Abend davonzulaufen, ging Rudolph auf Wanderschaft. Mit der Zeit schien es, als würde die Stadt Rudolphs Phantasie noch mehr entfachen; manchmal fiel es ihm selber schwer zu entscheiden, was Wirklichkeit war und was Vorspiegelung eines regen Geistes. Rudolph hatte einen Namen dafür gefunden: das kaleidoskopische Denken. In Berlin gedieh es vorzüglich. Hier hielt sich niemand an den einen, schnöden Entwurf. Hier brachte man Wirklichkeit und Phantasie zusammen, und was dabei herauskam, wurde umgesetzt. Das war eine Stadt ganz nach Rudolphs Geschmack. Er brauchte nur die Augen zu schließen, schon sah er sich als leitenden Ingenieur, der durch die Straßen ging und mit einem Stück Kreide die Stellen markierte, an die er seine wundersamen Werke setzen wollte. Er, Rudolph August Berns, war Visionär vom Dienst und wichtigster Mann im Stab.

Und war diese Stadt etwa kein Wunderwerk? Ganz Berlin sollte mit Wasser versorgt werden, aber nicht mehr aus Brunnen, sondern aus Leitungen, es stand in der Vossischen Zeitung und war schier unglaublich. Die Water-Works-Company aus London errichtete ein Pumpenhaus am Stralauer Tor? Ein Erkundungsgang stand an! Hinter dem Königlichen Museum wurden die Arbeiten für ein weiteres Museum begonnen? Da musste man hin! Tausende von Pfählen wurden dort in den Boden gerammt, um die schweren Bauten zu halten. Hätte sich Rudolph das ausgedacht und seiner Mutter erzählt, hätte sie ihn geohrfeigt, so viel stand fest. Wegen liederlichen Lügens und Maulaffenfeilhaltens. Dachten sich die Ingenieure etwas Derartiges aus, entwarfen sie einen Plan und setzten ihn in die Tat um. Eichenstämme, die Paläste hielten! Es gab mehr Wunder als Tage, um sie zu bestaunen.

«In Berlin», so schrieb Rudolph in einem der ersten Briefe an Klipper Eu, «interessiert sich niemand für Gold.

Hier kommt es vor allem auf Stein an und was man mit ihm bauen kann.»

Den Eltern gehe es gut, Max werde wohl einst Vaters Geschäft übernehmen, und er, Rudolph, nun ja, er interessiere sich hauptsächlich für die Stadt. «Die Ingenieure scheren sich nicht um die Beschränkungen der Umwelt. Nicht das, was da ist, ist wichtig, sondern das, was sie sich vorstellen. Alles andere wird angepasst. In der Schule ist es übrigens langweilig, aber Vater sagt, wenn ich Ingenieur werden will, muss ich noch das Gymnasium machen.»

Klipper Eu antwortete nie auf Rudolphs Briefe, vielleicht konnte er nicht lesen. Dabei hatte Rudolph ihm alles deutlich auseinandergesetzt: wie er nach dem Gymnasium zum Militär gehen würde, dann auf die Ingenieurs- und Artillerieschule in Charlottenburg, wie er die Stadt gestalten würde und ihren Bewohnern dienen. Es gebe ja noch so viel zu tun – und auf einen wie ihn habe man gerade gewartet, wie ihm die Mutter regelmäßig versichere.

Mit der Zeit wurde Rudolph es müde, Briefe nach Uerdingen zu schicken, und so begann er, ein Tourenjournal für seine Schwester Elise zu führen. In seinen Briefen hatte er verschwiegen, dass Elise seit ihrer Ankunft in Berlin kränkelte und meist daheim bei der Mutter bleiben musste. «Für Elise», stand in Kapitallettern auf der Kladde. Nicht einmal der Vater kannte sich so gut in Berlin aus wie Rudolph. Im Schlaf hätte er den Weg von der Münzstraße hinaus in den Tiergarten bis zu den Lokalen «In den Zelten» gefunden, hätte beschreiben können, was die Sängerinnen für Kleider trugen, die in die Singakademie strömten. Sein liebstes Spiel war es, Elise raten zu lassen, welche von seinen Beschreibungen der Wahrheit entsprachen und welche er frei erfunden hatte.

Einmal schob er ihr während des Abendbrots die Kladde unter dem Tisch zu. Mutter und Vater redeten gerade über die Kutschfahrt durch den Tiergarten am Wochenende. Auch die Bonvoisiers, die Chabons und die Löwenthals würden ausfahren, man werde sich sicherlich begegnen. Konnte es etwas Langweiligeres geben? Max hatte nur Augen für die Schale, in der das Fleisch dampfte. Heimlich legte sich Elise die Kladde auf ihren Schoß und schlug sie auf. «Spaziergang Numero 87» stand dort.

Wahrhafte Beschreibung und Künstlerische Abkontrafeiung Berliner Realia. Der König hat mit seinem Entschluss, das Berliner Schloss zu versilbern, das ganze Land verblüfft. Angeblich habe er eine Vision gehabt und verbitte sich weitere Nachfragen.

Von oben bis unten soll das Schloss mit fein getriebenen Silberplättchen geschmückt werden, sodass es bei Sonnenschein derart stark gleißt, dass man es kaum mit bloßem Auge betrachten kann. Darüber hinaus sollen alle Unterlagen und Akten des Landes vernichtet werden. Das diene der allgemeinen Verrätselung, so die Begründung. Eines nicht allzu fernen Tages, wenn unsere Kultur am Boden liegt und überall wüste Einöde herrscht und Schweigen, steht da der silberne Palast, und diejenigen, die ihn einst finden, werden sich fragen: Was nur hatte diese Pracht zu bedeuten? Welche Zivilisation hat solchen Reichtum besessen und solche Schönheit hervorgebracht? Das Berliner Schloss, so der König, sei mit Sicherheit das Einzige, das die Zeiten überdauern werde, und zur allgemeinen Ehre und zum Ruhm in der Nachwelt sind nun alle preußischen Bürger aufgerufen, ihre Silberwaren unverzüglich aus dem Fenster zu schmeißen, damit sie im Laufe des Tages eingesammelt werden können. Ziel ist es, sie zentral einzuschmelzen. Die Versilberung der Schlossmauer reicht bereits fünf Fuß hoch. Es ist ein Schimmern, ein Blitzen und ein Glitzern, wie es sich niemand vorstellen kann, der nicht wenigstens einmal davorstand. Allerdings sind die staatlichen Silberreserven nun aufgebraucht. «Bürger Berlins!», hört man überall in den Straßen den Ausrufer. «Werft euer Silber auf die Straße! Am besten sofort!»

Rudolph betrachtete Elise, wie sie langsam den Kopf hob. Ihr Blick schien in die Ferne zu gehen. Hatte er zu dick aufgetragen? Vielleicht hätte er den Teil mit dem Ruhm und der Nachwelt weglassen sollen, sicher, das war es gewesen, diese gewisse Geschwätzigkeit hatte ihn verraten. Das konnte Elise sicher durchschauen, Elise, mit ihrem schlauen, kleinen Köpfchen – ganz anders als Max … Max saß neben seinen Geschwistern am Tisch und stopfte sich den Mund mit dicken Bohnen voll. Aber Elise war nicht auf den Kopf gefallen, sie – bevor Rudolph den Gedanken zu Ende führen konnte, scheppterte es, es klirrte und rasselte, Dutzende von silbernen Gabeln, Löffeln und Messern flogen aus dem geöffneten Fenster hinab auf die Leipziger Straße. Es klang, als ritten die Dragoner wieder gegen die Barrikaden an, als gäbe es wieder Tumulte, Aufruhr und Kämpfe in den Straßen.

Aber es war nur Elise, die kurz entschlossen den Kasten mit dem Tafelsilber aus der Kommode gerissen und aus dem Fenster befördert hatte. Rudolph lachte so sehr, dass er darüber seinen Teller umwarf und sich beinahe auf die gestärkte Serviette übergab. Max fing an zu heulen, die Eltern saßen wie versteinert da und ließen so Elise noch

genug Zeit, sich die silberne Kette mit dem Madonnen-
amulett vom Hals zu reißen und hinterherzuschmeißen.

«Elise!», brüllte der Vater endlich. Die Mutter sprang
auf und schüttelte das Mädchen, das stotterte, es habe
nur seinen Beitrag leisten wollen. Für die Ehre. Und den
Ruhm. In der Nachwelt.

Die Kladde wurde daraufhin konfisziert, das Silber,
das noch nicht fortgetragen worden war, von der Straße aufgesammelt, und für viele Wochen war der Ausblick auf den Dönhoffplatz das Einzige, was Rudolph von
der Stadt blieb. Noch immer schmissen die Kinder der
Marktweiber jeden Tag Obst umher. Diese Affen! Es war
eine Last. Immerhin blieb Rudolph das kaleidoskopische
Denken. Es half über die ärgsten Stunden hinweg. Die
liebste Vision war ihm die eines Anzugs, mit dessen Hilfe
man sich wie ein Vogel oder wie eine Fledermaus aus dem
Fenster stürzen und davonfliegen konnte. Daran dachte
er oft, dachte an die Straßen, die er überfliegen würde,
die Kirchen und die Plätze, bis hinab zur Spree.

Nach drei Wochen hatte die Mutter ein Erbarmen und
erlaubte Rudolph, hinunter in die benachbarte Buchhandlung zu gehen.

Die Trautweinsche vertrieb hauptsächlich geogra-
phische Titel und Literatur, die sich mit Gebieten in
Übersee, mit Kolonien im Allgemeinen und deutschen
Expeditionen im Speziellen befasste. Das erste Mal hatte
Rudolph das Geschäft mit seinem Vater betreten, der dort
nach Büchern über Ägypten gesucht hatte. Der Vater hatte alles mitgenommen, was er zum Thema finden konnte, und wenige Wochen später Baron von Bunsen, einen
bekannten Diplomaten und Ägyptologen, zum Dinner im

Familienkreise geladen. Während des Essens hatte er mit Einsichten in die fremde Materie geglänzt. Rudolph hatte jede seiner Regungen verfolgt, alle Bemerkungen, die er wie nebenbei fallenließ, memoriert – es war, als führte der Vater einen komplizierten Tanz auf, den er über Wochen einstudiert und nun zur Perfektion gebracht hatte. Seit dem Umzug nach Berlin mochte er für seinen Sohn weniger Zeit haben, aber dessen grenzenlose Bewunderung war ihm gewiss.

Wann immer sich Rudolph jetzt langweilte, ließ er sich in der Trautweinschen die Bücher zeigen und wählte eines aus. Meistens griff er zu Berichten von Reisenden, die in Südamerika unterwegs waren. Peru, so las er dort, habe goldene Adern, und seine Handwerker hätten schon vor Jahrtausenden Schmuck aus Gold hergestellt, hätten sogar Kleidung, Instrumente, ganze Wände, Dächer und Straßen aus Gold geschaffen – bis die Spanier ins Land kamen und die Inka alle Geheimnisse offenbaren mussten. Alle, bis auf eines. Sein Name lautete El Dorado. Wo sonst konnte die verlorene Stadt liegen, wenn nicht hier? Gonzalo Pizarro selber hatte sie gesucht und war gescheitert; entdeckt hatte er lediglich den Amazonas.

Selbst Humboldt war nach Peru gereist und hatte sich lange in den Anden aufgehalten. Rudolph studierte all seine Schriften. Ganz anders als Tschudi interessierte sich Humboldt nicht für die Alltäglichkeiten, die es dort zu beobachten gab, sondern befasste sich mit etwas viel Wesentlicherem: den ingenieurtechnischen Riesenwerken der Inka. Es sei unbegreiflich, las Rudolph in einem der Bände, wie ein Volk ohne Gebrauch des Eisens prachtvolle Straßen von Cuzco nach Quito und von Cuzco zur Küste von Chili errichten konnte. Auf über zehntausend Fuß verliefen so vollendete makadamisierte Kunststraßen, wie sie nicht einmal die Römer in Europa geschaffen hätten.

Und nicht einmal die Preußen in Berlin, fügte Rudolph in Gedanken hinzu.

Auch von El Dorado sprach Humboldt, und immer wenn Rudolph auf dieses Wort stieß, hielt er kurz inne und betrachtete die Gänsehaut, die sich auf seinen Armen bildete. Er kannte es längst: Kein Autor, keine Schrift über Südamerika oder die Anden, die ohne eine Erwähnung der verlorenen Stadt auskämen. El Dorado, so war es schon bei den spanischen Chronisten nachzulesen, sei eine verlassene Stadt, verloren und beinahe vergessen, irgendwo im Dschungel der Berge. Eine Stadt der Könige und Königinnen musste es gewesen sein – denn, so gingen die Berichte, dort bestehe alles aus reinem, feinem Gold: die Brücken, die Häuser, die Straßen, die Bäder. Diese Stadt, so hieß es, sei ein Meisterwerk, ein Wunder der Baukunst, das jeden, der es finden würde, erstaunen, begeistern und gleichzeitig reich machen würde.

Mit der Zeit entwickelte Rudolph eine eigene Theorie. Er glaubte nicht mehr daran, dass El Dorado eine Stadt der Könige gewesen sein konnte. Wenn es sie wirklich gegeben hatte und sie nun verloren sein sollte, musste sie weit entfernt von allen besiedelten Landstrichen liegen, tief in den Bergen – kein Ort für Könige. Aber ein Tempel, eine Anlage, um die Götter anzurufen ... Das hätte erklärt, warum die Stadt *El Dorado* genannt wurde, nach dem göttlichen Edelmetall Gold. Je mehr Rudolph über die Inka lernte, umso stärker wuchs seine Faszination für dieses Volk und die kunstvollen Rätsel, die sie der Nachwelt hinterlassen hatten. Riefen sie nicht förmlich nach jemandem, der sie lösen konnte und zur Belohnung das Gold an sich nahm?

Selbst der Vater blätterte in Humboldts Bänden, wenn Rudolph sie versehentlich liegen ließ. «Der hat sich was getraut», sagte Rudolph aufmunternd, wenn er den Vater dabei beobachtete, aber vergebens. Entweder war Johann Berns in die Lektüre versunken, oder aber, und das schien wahrscheinlicher, er war mit den Gedanken längst bei einem Problem mit seinen Lieferanten. Lange schon bezog man die Ware nicht nur vom Rhein, sondern auch aus Frankreich. «Direktemang», wie Johann Berns sagte.

Ausgerechnet das Französische Gymnasium. Der Vater bestand darauf, denn auch die Söhne seiner besten Kunden gingen auf die Schule in der Niederlagstraße. Noch während der Aufnahmefeier beschwerte sich Rudolph bei seinem Vater, dass er lieber auf eine andere Schule gegangen wäre, eine, deren Ausrichtung etwas naturwissenschaftlicher und menschenfreundlicher sei, aber der Vater hörte kaum zu. Bei der Rede des Direktors hielt er zwar heimlich Rudolphs Hand, sein Blick aber wanderte umher und verweilte immer wieder bei den Diplomaten und Bankiers.

«Eine richtige Entscheidung», flüsterte er seinem Sohn zu, «begreift man oft erst im Nachhinein.» Rudolph weigerte sich, diese Theorie nachzuvollziehen. Als das Orchester aufspielte, entzog er dem Vater seine Hand.

Am ersten Schultag hörte Rudolph die Glocke schon aus der Ferne läuten. Der Stoff des neuen Hemds juckte, die Tasche mit den Lehrbüchern wog schwer, zu allem Überfluss regnete es. Am Ende der Niederlagstraße war bereits das Kronprinzenpalais zu sehen, hinter dem sich das Collège befand. Mit seinen beiden ausladenden Treppen und den großen Fenstern wirkte es gar nicht wie eine Schule – eher wie die etwas vernachlässigte Wohnstatt eines Landadligen.

«Du wirst sehen», hatte der Vater Rudolph versichert, «im Collège verkehrt nur die beste Gesellschaft. Aus Moldau, Russland und Belgien schicken die ersten Familien ihre Knaben hierher. Die Anstalt wird mit Sicherheit sogar dem Herrn Berns junior zur Ehre gereichen!»

In Strömen floss das dreckige Wasser von den Granitplatten des Trottoirs auf die Straße und über die Platanenblätter, die sich im Rinnstein gesammelt hatten. Rudolph setzte Fuß vor Fuß. Bei dem Gedanken, griechische Dramen auf Französisch zu lesen, zog sich ihm der Magen zusammen. Was für eine Zeitverschwendung. Lieber wäre er abgebogen und zur Baustelle des Neuen Museums gegangen, dort gab es mehr zu lernen, Konkretes. Der einzige Trost war, dass er nach dem Abitur nach Charlottenburg würde gehen können, um dort seiner Bestimmung als Ingenieur zu folgen. Aber das lag weit in der Zukunft.

Jeder Schritt trug ihn dem Collège zu, die Absätze stießen in den Granit, der Blick senkte sich auf die grauen Poren des Steins – aber als er aufsah, war Rudolph nicht mehr in der Niederlagstraße, sondern auf einer Kunststraße der Inka, die geradewegs über einen Andenpass führte. Wie fein der Granit bearbeitet worden war! Natürlich war die Anstrengung zu groß, um sich in solche Details zu vertiefen, in diesen Höhen ließ sich kaum atmen. Tief unten im Tal erstreckte sich der Dschungel, durch das Flickwerk der Wolken konnte man ihn gut erkennen. Man brauchte nur seine Mulis kurz anzuhalten, dann –

In dem Moment krachte es, Rudolph sackte in die Knie, fiel auf den Hosenboden und betrachtete verwundert, wie unzählige Äpfel sich auf dem nassen Granit um ihn herum verteilten. Jemand schrie: «Du Esel, du!», und Rudolph befand sich wieder in Berlin. Er war einer Marktfrau vor den Handkarren gelaufen. Der Mantel war besudelt, die Tasche nass. Viel schlimmer: Die Szene, die sich unweit des Schulgebäudes abspielte, wurde von einem Schüler des Collège verfolgt. Noch während Rudolph damit beschäftigt war, zu sich zu kommen und die Flüche der Marktfrau abzuwehren, lief der Schüler herbei, schüttelte Rudolphs Hand – «Paul Güßfeldt, Bruder!» – und begann, die Äpfel aufzusammeln.

«Woher wusstest du, dass ich zum Collège will?», erkundigte sich Rudolph Minuten später, als sie schon den Eingang erreicht hatten.

«Ein Schritt vorwärts, zwei Schritte rückwärts, der klassische Gang des ersten Tages.» Interessiert verfolgte der Junge, wie Rudolph seine Tasche von einer in die andere Hand wechselte und die Platanenblätter von seinem Mantel streifte. Rudolph erwiderte den Blick. Paul Güßfeldt mochte in seinem Alter sein, vielleicht ein Jahr älter, züchtete auf seinem Kopf das störrischste Haar, das Rudolph je gesehen hatte, und blickte aus neugierigen, freundlichen Augen in die Welt.

«Was gab es auf dem Trottoir eigentlich zu gucken?»

«Wusstest du, dass die Straßen der Inka ebenfalls aus Granit bestanden?»

Jetzt würde sich erweisen, was dem Güßfeldt zuzutrauen war.

«Natürlich. Aber wusstest du, dass auch der höchste Berg der Anden wahrscheinlich aus Granit besteht?»

«Der Aconcagua?»

Paul und Rudolph schwiegen einen Moment lang ehrfürchtig und nickten sich schließlich zu. Ihre Freundschaft war besiegelt, gemeinsam betraten sie das Schulgebäude.

Im Treppenhaus roch es so stark nach Urin, dass es Rudolph den Atem verschlug. Zur Wahl stand, so wenig wie möglich und nur durch den Stoff des Mantels zu atmen oder aber jede Deckung aufzugeben und den Gestank vollends in sich aufzunehmen. «Das ist der Duft des Collège», sagte Güßfeldt. Dann stieg er die Treppe hinab ins Kellergeschoss, Rudolph folgte. Vor einer Tür auf halber Höhe blieb Güßfeldt stehen. Rudolph verstand nicht. Was befand sich hinter dem Durchlass? Ein geheimes Versteck? Ein Schrank?

«Und das hier ist das Klassenzimmer der Sextaner: der Bums.»

Güßfeldt klopfte. Ein Schüler öffnete die Tür. Es war so dunkel im Flur, dass Rudolph kaum seine Gesichtszüge erkennen konnte.

«Zu spät», sagte der Junge. «Ich soll alle aufschreiben, die zu spät kommen.» Noch bevor er sich umdrehen und zur Schiefertafel marschieren konnte, hielt ihn Güßfeldt am Unterarm fest. Er sei doch der Bruder von Alexander Fournier? Na also. Was er sich denn dabei denke, einen Kriegshelden zu belästigen? Jawohl, er habe richtig gehört, dieser junge Mann hier habe sich während der Revolution besonders hervorgetan. An den Barrikaden habe er gekämpft, und nun könne er sich kaum auf der Straße bewegen, ohne angesprochen zu werden. Da blieben Verspätungen nicht aus. Fournier, dem man ansah, dass er Güßfeldt kein Wort glaubte, ließ Rudolph ein.

In dem niedrigen Kellerraum saßen etwa zwanzig Schüler. Ein einziges schmales Fenster unter der Decke spendete etwas Licht. Rudolph musste an die Lagerräume seines Vaters denken; sie hätten ein besseres Klassenzimmer abgegeben. Einige der Gesichter, die sich langsam vom Halbdunkel abhoben, erkannte er von der Aufnahmefeier wieder. Stumm nickte man einander zu.

Bevor Güßfeldt sich von Rudolph verabschiedete, um hinauf ins Klassenzimmer der Quinta zu gehen, fragte er schnell einen Jungen in der ersten Reihe nach seinem Namen – Peter Karg – und schrieb ihn eilig an die Tafel. Fournier rang mit sich, ob er Kargs Namen von der Tafel löschen sollte, aber da öffnete sich schon die Tür, und Doktor Zanschke trat ein.

Doktor Zanschke war Mitte fünfzig, untersetzt und trug stets einen bodenlangen schwarzen Mantel. Mit seiner goldumrandeten Brille verband ihn eine besondere Beziehung: Wann immer er sie abnahm, fuhr er mit den Fingerspitzen mehrfach über das Gestell, reinigte mit einem Taschentuch die Tischplatte vom Kreidestaub und legte sodann die Brille, parallel zur Tischkante, vorsichtig auf der Oberfläche ab. Doktor Zanschke war Theologe, sprach ein leidenschaftliches Französisch und unterrichtete Deutsch in den unteren Klassen. Für Luthers Thesen wäre er in den Tod gegangen.

Jetzt aber sagte er: «Mes chers enfants – einer macht den Anfang. Peter Karg, je vous en prie.» Dann griff er zum Rohrstock und forderte Karg auf, nach vorne zu kommen und sich über das Lehrerpult zu legen. Zwölf Hiebe lang schaute Rudolph in das hochrote Gesicht des Schülers. Als Peter Karg sich langsam zurück auf seinen Stuhl gleiten ließ, wimmerte die ganze Klasse mit ihm. Über dem Boden schwebten einige graue Flusen, die sich vom Hosenstoff gelöst hatten. Die Sexta galt schon bald als die pünktlichste aller Klassen, bis hinauf in die Oberprima.

Der Bums machte Rudolph zu schaffen. Noch im Schlaf verfolgte ihn die Enge des Raumes, das Gefühl des Erstickens. Auch meinte er zu bemerken, dass sich seine Augen bereits verschlechtert hatten. Versuchte er, dem Bums zu entkommen, indem er seinen Geist schweifen ließ – während einer Schreibarbeit oder während der Pausen, die die Schüler drinnen zu verbringen hatten –, so versagte er kläglich und blieb gefangen in den Wänden des Klassenzimmers. Der Bums, beklagte er sich beim Vater, absorbiere jeden Gedanken an eine andere Welt, wie Löschpapier, wie Sand, der, auf den Straßen ausgestreut, das Blut der Revolutionäre aufnehmen soll.

In den ersten Wochen schlief Rudolph so schlecht, dass er Mühe hatte, sich am Frühstückstisch wach zu halten. Ihm zuliebe waren die Eltern dazu übergegangen, die Tischgespräche auf Französisch zu führen – so lange, bis er eines Morgens aufstöhnte, er halte es nicht mehr aus, er müsse das Genuschel noch den ganzen Tag ertragen: Franz-zeesch am Koll-eesch.

Bald schon kamen zur Schlaflosigkeit ein Lungenleiden, eine melancholische Verstimmung und der immer wiederkehrende Gedanke an den Tod. Seit dem Besuch im Schauspielhaus, den er gemeinsam mit Max, Elise und der Mutter unternommen hatte, ließ ihn eine Arie Beethovens nicht mehr los: *In questa tomba oscura*. Als Max anfing, die Arie auf dem Flügel einzustudieren, wankte Rudolph ins Gesellschaftszimmer, nahm seinen Bruder an die Hand und führte ihn vor die erstaunten Eltern.

Wenn er, Rudolph, länger gezwungen sei, in der jetzigen Klassenformation zu verbleiben, würden die Eltern in Zukunft mit nur einem Sohn zurechtkommen müssen. Einen Tag länger im Bums, und er werde tot umfallen, so viel sei sicher. Summa summarum biete das Jenseits bestimmt mehr als ein Diesseits im Untergeschoss, das ihm keine Luft zum Atmen und keinen Raum zu entkommen lasse. Mit diesen Worten legte er die feuchte Hand des Bruders in die Hände seiner Mutter. Dann schloss er die Augen und ließ sich rücklings auf den Teppich fallen.

Doktor Zanschke zeigte sich äußerst beeindruckt von Madame Berns. In einem Bericht an Direktor Lhardy, den er kurz nach ihrem Besuch verfasste, schrieb er: «Das Wesen des Schülers Berns ist sicherlich als nervös und überspannt zu bewerten – wenn dies auch in der heutigen Zeit keine Seltenheit darstellt. Aber abgesehen von seinen Zuständen, von denen die Mutter mir so anschaulich wie plausibel berichtete, kenne ich den Schüler – dringt man einmal durch zu ihm, id est! – als hochintelligent, begabt, rasch in der Auffassung und latent unterfordert vom üblichen Pensum der Sexta. Mit Erlaubnis der Direktion, die hiermit erfragt wird, stelle ich den Antrag, den Schüler Rudolph August Berns vor der Zeit die Prüfungen für die Quinta ablegen zu lassen. Je suis votre serviteur, A. Z.»

Lhardy folgte dem Vorschlag. Sonderbehandlungen jeglicher Art missfielen ihm zwar, aber da ihm der außergewöhnlich wache Geist des Jungen bereits aufgefallen war, ließ er Rudolph die Prüfungen durchlaufen. «Der junge Berns», wie er später in seinem Tagebuch festhielt, «hat mit Bravour bestanden. Genauer gesagt war seine

Prüfungsleistung die beste der letzten Jahre. Sicherlich bedarf es der Leitung und Aufsicht, um seine beizeiten übertriebenen Ideen zu mäßigen. Dann aber lässt sich das Beste hoffen.»

In der Quinta kannte man Rudolph bereits. Gleich am ersten Tag bekam er einen Sitzplatz zugewiesen zwischen Paul Güßfeldt, Edmund Prinz von Radziwill und Richard Kahle. Man freundete sich schnell an. Radziwill entstammte einem alten Adelsgeschlecht und begeisterte sich für die Geschichte Polens; Kahle war Mitglied der Schauspielgruppe am Collège und rezitierte ständig Verse aus griechischen Dramen; Güßfeldt interessierte sich hauptsächlich – es gab niemanden, der es nicht wusste – für das Bergsteigen. Sein größter Wunsch war es, eines Tages nach Südamerika zu reisen und zu beweisen, dass der Aconcagua unmöglich ein Vulkan sein konnte. Rudolph Berns hatte sich, auch das wusste längst jeder im Collège, auf die Inka und die sagenumwobene Stadt El Dorado spezialisiert.

So unterschiedlich die Interessen der Freunde sein mochten, so war doch jeder von ihnen auf die gleiche Weise seiner Leidenschaft tief ergeben. Man nahm sich gegenseitig ernst und fühlte sich dabei unerhört erwachsen. Die Mitschüler dagegen folgten den Wegen, die ihre Lehrer vorgaben. Radziwill, Kahle, Güßfeldt und Berns kamen sie wie tumbe Schafe vor.

Vor allem Güßfeldts Vulkantheorie und Rudolphs Obsession mit der verlorenen Stadt bildeten ein unerschöpfliches Thema für Gespräche, an denen auch der Geographielehrer der Quinta, Doktor Ritter, teilnahm. Doktor Ritters Eifer für sein Fach imponierte den Schülern; selbst Kahle und Radziwill, die mit Geographie sonst wenig anfangen konnten, hörten ihm aufmerksam zu, wenn er über die Morphologie der Kontinente und die Reisen des großen Alexander von Humboldt redete. Kaum aber kam die Sprache auf Vulkane oder verlorene Städte, geriet Doktor Ritter in Rage, überhörte Nachfragen, Proteste und selbst die Schulglocke.

Als die Zeit für den Aufsatz in Geographie kam, beschlossen Rudolph und Güßfeldt, sich mit ihren Anliegen an den Fürsten der Wissenschaft persönlich zu wenden. Jeder von ihnen sandte einen Brief an Alexander von Humboldt: Güßfeldt mit der Bitte um Einschätzung, was die Beschaffenheit des Aconcaguas anging; Berns mit der Bitte um Einordnung El Dorados in die Bautraditionen der eingeborenen Völker Südamerikas. Güßfeldt erhielt postwendend Antwort: In zittriger Handschrift schrieb Humboldt, dass es sich beim Aconcagua, vergleiche man ihn mit den bekannten Vulkanen von Chili, insbesondere dem Maipo, durchaus um einen Vulkan handeln könne. Der Vulkanismus sei in jener Region aufs stärkste ausgeprägt. Er selber habe den Aconcagua bekanntermaßen nie bestiegen, auffällig sei jedoch die wolkenartige Kappe, die seinen Gipfel die meiste Zeit umgebe.

Rudolph hingegen wartete vergebens auf eine Antwort. Nächtelang fragte er sich, wie es sein konnte, dass sich Humboldt für Geröll interessierte, eine Frage über etwas so Wesentliches wie El Dorado aber ignorierte. Um sicherzugehen, dass Humboldt den Brief wirklich bekommen hatte, schrieb er einen zweiten. Auch dieser blieb ohne Antwort. Jahre später – noch immer tief in seiner Ehre gekränkt – verfasste Rudolph einen dritten, diesmal drängenderen, deutlicheren Brief. Humboldt schwieg.

Die Freunde trafen sich am häufigsten bei Radziwill in der Wilhelmstraße. Im Palais des Fürsten gingen täglich so viele Besucher ein und aus, dass der Majordomus kaum den Überblick behalten konnte.

«Früher besuchten Goethe, Chopin und Mendelssohn Bartholdy dieses Haus», seufzte er, wenn sich die Schüler durch den Nebeneingang ins Palais stahlen.

«Und jetzt Kahle, Güßfeldt und Berns», sagte Radziwill zufrieden.

Der junge Prinz bewohnte mehrere Salons im zweiten Stock; ein Kammerdiener brachte den Freunden Kakao und Wiener Gebäck, wann immer sie danach verlangten. Rudolph musste sich zwingen, den Blick abzuwenden von dem Funkeln der Goldbeschläge und Kronleuchter. So einen Reichtum, dachte er, konnte unmöglich ein Mann allein ansammeln – so ein Reichtum musste über Generationen aufgebaut werden. Was aber, wenn die eigenen Ahnen damit beschäftigt gewesen waren, Birnen und Zwetschgen zu vergären und dem Rhein beim Vorbeifließen zuzuschauen? Was sollte daraus schon werden? Es war nicht gerecht.

Manchmal, wenn der Fürst die polnischen Abgeordneten des Landtags geladen hatte, hörten die Freunde dröhnendes Gelächter bis hinauf in den zweiten Stock. «Les Polonais», zuckte Radziwill mit den Schultern. «Ils sont un peu sauvages.» Lieber mischten sich die Freunde unter die Gesellschaft, die im Salon der Mutter zusammenkam. Gelehrte, Dichter und Musiker aus Paris unterhielten sich hier über die eigenen Befindlichkeiten und die der Welt.

Einmal war sogar Michail Dmitrijewitsch Gortschakow, der Vizekönig von Polen, anwesend. Bereits angetrunken, bestand er darauf, ausschließlich Russisch zu sprechen. Als er anfing, mit Mobiliar um sich zu werfen und die Damen zu düpieren, holte Rudolph eine Flasche Uerdinger Doppelwacholder aus seiner Tasche. Eigentlich hatte er sie dem Fürsten als Geschenk überreichen wollen, mit den besten Grüßen seines Herrn Vaters. Nun aber öffnete er die Tür eines geräumigen Schranks, in dem für gewöhnlich die Stühle aufbewahrt wurden. An diesem Abend waren sie im Salon verteilt, und so stand der Schrank leer.

«Ihro Majestät», sagte Rudolph zum Vizekönig. «Dies hier schickt Euch der König der Rheinprovinz mit untertänigsten Grüßen und der gut gemeinten Warnung, dass der Genuss dieses Getränks nur von wenigen Erlesenen vertragen wird.»

Mit diesen Worten stellte er die Flasche auf dem Boden des Schranks ab. Michail Dmitrijewitsch Gortschakow rülpste und tätschelte Rudolphs Wange. Sein Atem stank nach eingelegten Heringen. Dann wandte sich der Vizekönig ab und stieg wankend in den Schrank. Kaum dass er die Flasche prüfend in der Hand wog, schloss Rudolph die Tür hinter ihm und drehte den Schlüssel um. Die Anwesenden schrien begeistert auf.

«Voilà», sagte Rudolph. «Was machen wir jetzt?» Radziwill lachte, Kahle zitterte, Güßfeldt schüttelte den Kopf und meinte, man müsse den Fürsten benachrichtigen.

«Ach was», sagte Radziwills Mutter mit deutlichem polnischem Akzent. «Den lassen wir erst mal vizeköniglich schlafen.»

Tatsächlich drang aus dem Schrank bald ein Prusten und ein Schnarchen. Vorsichtig schloss man die Tür wieder auf, und am nächsten Tag war alles vergessen. Entgegen Kahles Prophezeiung hatte Rudolph August Berns keine diplomatische Katastrophe verursacht. Europa sei, so Kahle, vorerst gerettet, aber sicherheitshalber solle Berns nicht in die Politik gehen.

Im Herbst 1858 kam Prinzessin Izabela aus Warschau zu Besuch, und sie wünschte, die Stadt kennenzulernen.

«Welche Stadt kann sie denn bloß meinen?», wunderte sich Fürst Radziwill, der nur die polnische Hauptstadt etwas gelten ließ. Sein Sohn Edmund, dem er die Unterhaltung der Cousine aufgetragen hatte, rief seine Freunde zu Hilfe. Das letzte Mal war er Izabela als Achtjähriger begegnet – und damals habe sie ihn gezwungen, eine Handvoll Schlamm oder eine Kröte zu essen, ganz sicher war er sich da nicht mehr. So oder so solle man sich vor ihr in Acht nehmen, sie habe Krallen wie ein Kätzchen und scharfe kleine Marderzähne, die teuflische Wunden verursachten.

Vorsorglich hatte Rudolph sich die Haut mit Hirschtalg eingeschmiert. Baruch Simonson, der Besitzer der Apotheke nebenan, hatte ihm versichert, dass dies die beste Art sei, die Haut auf arge Strapazen vorzubereiten. Rudolph kam etwas verspätet am Palast der Radziwills an. Die Straßen waren an diesem Tag voll von Menschen, die zum Schloss strömten – Prinz Wilhelm sollte zum Regenten von Preußen erklärt werden. Wegen der Eile, vor allem aber wegen des Hirschtalgs klebte Rudolph nun das Hemd auf der Haut, er schwitzte, kratzte und zupfte sich. Der Majordomus schüttelte den Kopf, als er den derangierten jungen Herrn in Radziwills Salon geleitete.

Radziwill und Güßfeldt standen am Bücherregal und schienen sehr angestrengt etwas zu suchen. Nicht einmal ein laut durch den Salon geschmettertes «Hochwürden, habe die Ehre!» ließ sie herumfahren. Rudolph seufzte. Ob die beiden Kanaillen eigentlich wüssten, was sich draußen gerade tue? Radziwill und Güßfeldt ignorierten ihn. Sicher, man könne gerne hier herumsitzen und Samtkordeln zwirbeln, oder aber man gehe ... An dieser Stelle brach Rudolph ab, denn da bemerkte er eine junge Frau auf einem der Kanapees.

Interessiert wandte sie ihm den Kopf zu. Und was das für ein Kopf war: braune Locken, achtlos zusammengesteckt über einem Gesicht aus Alabaster, lange Wimpern, die sich über dunkle Augen bogen, eine Reihe schneeweißer Zähne, die hinter zarten Lippen glänzten. Nie hatte Rudolph etwas Schöneres gesehen. Es war schier unerträglich. Und dieser Blick! Als könnte sie in seinen Kopf hineinsehen.

«Äh ...», sagte Rudolph. «Aha.» Die Situation war unüberschaubar. Jetzt lächelte die Prinzessin.

«Bonjour», sagte sie. «Du musst Rudolph sein.»

«Bitte beißen Sie mich nicht», sagte Rudolph und hätte sich ohrfeigen können.

«Aber nein», sagte Izabela. «Besonders viel scheint an Ihnen ja nicht dran zu sein.» Ihr Blick glitt über Rudolphs Oberkörper, sofort begann er wieder zu schwitzen. Der Hirschtalg machte alles nur noch schlimmer. «Edzio, was hast du deinen Freunden von mir erzählt?»

Endlich ließen Radziwill und Güßfeldt vom Bücherregal ab und setzten sich zur Prinzessin. Rudolph fragte sich, ob er es wagen sollte, an die Prinzessin heranzutreten oder gar ihre Hand zu küssen. Lieber verbeugte er sich und nahm auf einem der Sessel Platz.

Das cremeweiße Kleid der Prinzessin ergoss sich über

die Kante des Kanapees. Zu gerne hätte Rudolph seinen Saum berührt. Stattdessen musste er mitanhören, wie Radziwill wirres Zeug stotterte. Güßfeldt grinste wie ein Trottel. Es war kaum auszuhalten. Man musste eingreifen.

«Ich hörte, Sie sind zum ersten Mal in Berlin?»

«Ja, ich dachte, es könne nicht schaden, einmal die Provinz kennenzulernen. Aber Berlin steht doch Warschau in einigem nach! Zudem fließt zu Hause die Weichsel und hier bloß die Spree.»

«Ein mageres, unbedeutendes Flüsschen», beeilte Rudolph sich, ihr zuzustimmen.

Die Prinzessin zwinkerte ihm aufmunternd zu, ein Zähnchen blitzte zwischen den Lippen hervor. Wenn er doch nur ebenfalls adlig gewesen wäre, ein Fürst, oder wenigstens ein Graf, ein Baron, ach was, wenn er irgendeinen Adelstitel besessen hätte! Dann wäre er ihr ebenbürtig gewesen, und nicht nur ein bürgerliches Amüsement. *Berns* – das musste in ihren Ohren lächerlich klingen.

«Aber kennen Sie den Rhein?»

Radziwill und Güßfeldt mochten mit den Augen rollen, wie sie wollten. Rudolph erzählte nun von den Wassermassen, die, von der Schweiz kommend, bis in die Nordsee pflügten; von Walfischen, die sich manchmal darin verirrten und schließlich an Land gezogen wurden, von ihren riesigen, dampfenden Leibern, die noch Stunden später zuckten und sich regten …

Hier stockte Rudolph, aber Izabela hörte weiterhin zu, sie sah ihm direkt in die Augen, und es war, als forsche sie in ihnen, während er verzweifelt kaleidoskopische Pirouetten aufführte. Schließlich erlöste sie ihn.

«Ich würde so gerne einmal einen Walfisch sehen», seufzte sie.

«Aber Sie sind doch viel schöner als ein Walfisch», sagte Rudolph und biss sich auf die Zunge.

«Finden Sie?», fragte Izabela. «Wirklich schöner als der schönste Walfisch?»

Hastig nickte Rudolph, ein Walfisch sei wirklich nichts gegen sie, selbst ein sehr großer, stattlicher – aber bevor er weiterreden konnte, beugte sich die Prinzessin zu ihm herüber und hauchte einen Kuss auf seine Wange.

Das war's, dachte Rudolph, jetzt kann ich sterben. Rasch stand er auf und schlug vor, an die frische Luft zu gehen. Man könne zum Schloss fahren, dort werde Prinz Wilhelm heute zum Regenten von Preußen erklärt, beide Häuser des Landtags versammelten sich im Weißen Saal. Sie wolle doch Berlin kennenlernen? Das sei *die* Gelegenheit.

Die Prinzessin bestand darauf, zu Fuß zum Schloss zu gehen. Vor jedem Palais, jeder Kirche hielt sie an und ließ sich von den jungen Männern die Merkmale erklären. Ihr Lachen und ihre erstaunten Ausrufe waren noch auf der anderen Straßenseite zu hören, aber das störte sie kaum. Ihre unbekümmerte Nonchalance beeindruckte Rudolph zutiefst. Verwundert bemerkte er, der sich sonst nicht viel aus damenhaften, übermäßig von sich selbst eingenommenen Mädchen machte, wie sehr er sich zu der Polin hingezogen fühlte. Am liebsten hätte er sie gefragt, wofür sie sich interessierte – wahrhaft interessierte, im Grunde ihres Herzens. Aber weil er Radziwills Spott fürchtete, schwieg er und hasste sich dafür.

Am Ziel angekommen, blieb ihnen nichts anderes übrig, als sich durch die Menschenmenge in Richtung Schlossportal zu schieben. Prinz Wilhelm, die Minister und der

Kanzler seien ohnehin längst im Schloss, versicherte ein Reporter, der sich neben ihnen aufgebaut hatte. Wahrscheinlich stehe Wilhelm just in diesem Moment bei dem leeren Thron und leiste seinen Schwur. Damit beginne eine neue Ära.

Die neue Ära ließ sich Zeit – so viel Zeit, dass Radziwill loslaufen konnte, um Schmalzstullen von einem der umherziehenden Verkäufer zu holen. Rudolph zierte sich, Güßfeldt knabberte ungeschickt an der Rinde, einzig die Prinzessin biss herzhaft hinein. Das Schmalz glänzte auf ihren Lippen. Hungrig sah Berns ihr zu. Wie lange denn so ein Schwur dauere, wollte sie wissen. Es sei wohl kaum so kompliziert, Preußen zu – sie beendete ihren Satz nicht, denn plötzlich kam Bewegung in die Menge. Das Portal hatte sich geöffnet, Soldaten bildeten ein Spalier, dann traten Prinzregent Wilhelm von Preußen und Kanzler Friedrich von Zander heraus.

Alles drängte nach vorne. Schon hob der Prinzregent die Arme, offenbar wollte er seinen Untertanen etwas verkünden. So gut es ging, versuchte Rudolph, dem Druck der Menschen standzuhalten; aber so stark schob und knuffte es von hinten, dass er von Radziwill, Güßfeldt und Izabela getrennt wurde. Er rief nach Radziwill, aber es kam keine Antwort, seine Rufe gingen unter im Rufen und Tosen der Masse.

Nach kurzer Zeit fand sich Rudolph am Rand der Menschenmenge wieder, in der Nähe der Schleusenbrücke. Sein Schmalzbrot hatte er irgendwo verloren. Jemand trat versehentlich gegen seinen Knöchel; Rudolph bückte sich und tastete nach dem Schmerz. Als er sich wieder aufrichtete, bemerkte er eine verlassene Tilbury-Kutsche, vor der ein Schimmel nervös schnaubte und mit den Hufen scharrte. Sein Ledergeschirr war reich plattiert und musste ein Vermögen gekostet haben. Wo steckte bloß der Kutscher? Im Gewimmel war niemand auszumachen, der erkennbar zu diesem Gefährt gehörte. Vielleicht, dachte Rudolph, war der Kutscher abgedrängt worden oder zu Tode getrampelt, oder er hatte schlicht die Orientierung verloren ... Was, wenn der Wagen gestohlen würde? Er schien brandneu. Wieder blickte Rudolph sich um, dann sprach er ein paar Umstehende auf die Kutsche an, aber keiner wusste etwas dazu zu sagen. Nicht einmal ein Schutzpolizist war in der Nähe, den man hätte benachrichtigen können ... Hilflos legte Rudolph seine rechte Hand auf den Kutschbock.

Auf dem Untergestell fiel ihm ein kleiner Schriftzug auf: «Oranienburger Straße 67». Er kannte die Adresse. Natürlich, das war es. Ein Stich ging ihm durch die Brust. Er trat an das Pferd heran und streichelte ihm über die Nüstern. Es schnaubte auf und ließ ihn gewähren. Mit dem Finger fuhr er über die Maserung und die Wirbel des Fells. Oranienburger Straße 67 – das ist unglaublich, dachte Rudolph, es ist unglaublich, und doch ist es wahr. Ich muss den Wagen sicher zu seinem Besitzer zurückbringen. Wer weiß schon, was dem Kutscher widerfahren sein mag. Noch einmal vergewisserte sich Rudolph, dass kein Polizist in der Nähe war. Die sichere Rückführung der Kutsche war nun einwandfrei seine eigene, persönliche Pflicht. Als Dank dafür würde er vielleicht endlich, nach all den Jahren, eine Antwort erhalten.

Bevor Rudolph sich besinnen konnte, saß er schon auf dem Kutschbock, nahm die Leinen in die Hand und ließ die Bogenpeitsche vorsichtig über die Kruppe des Schimmels streifen. Auf nach Hause, sollte das heißen. Folgsam trabte der Schimmel auf die Schleusenbrücke und bahnte sich seinen Weg vorbei an Zweispännern und Droschken. Niemand schenkte dem jungen Mann auf dem Einspänner Beachtung – der Prinzregent sprach gerade eindringlich zu seinem Volk, es wurde gejubelt und geschrien, und wer einen Zylinder trug, riss ihn sich vom Kopf und schwenkte ihn in der Höhe.

Als der Schimmel in die Werder Straße einbog, glaubte Rudolph, Radziwill, Güßfeldt und Izabela im Menschengewühl zu sehen, aber noch bevor er reagieren konnte, war er bereits hinter den Mauern der Bauakademie verschwunden, und vor ihm tat sich der Werdersche Markt auf. Vor der Münze hatten sich einige Ulanen versammelt; ihre Helme und Lanzen blitzten in der Sonne. Was sollte er nur tun? Rudolph blickte an sich herab – immerhin trug er seinen besten Anzug, wie immer, wenn er Radziwill besuchte. Aber eine eigene Kutsche? Er war keine siebzehn Jahre alt!

Rudolph versuchte, den Schimmel anzuhalten, ihn vor einem der Tordurchlässe zum Stehen zu bringen, doch wie sehr er auch an den Leinen riss, der Schimmel trabte unbeirrt weiter. Die Ulanen drehten sich nicht einmal nach Rudolph um, ganz so, als ob er unsichtbar geworden wäre, seit er den Wagen bestiegen hatte. Aber er war es nicht. Bleich krampften sich seine Hände um die Leinen; ihm war, als zittere er am ganzen Körper, durchgerüttelt vom unebenen Pflaster der Straße und dem Gedanken daran, was passieren würde, wenn der Wagen sein Ziel erreicht hätte.

Schon preschte er über die Jägerstraße hinaus auf den Gendarmenmarkt, vorbei am Französischen Dom und am Schauspielhaus – war das am Straßenrand Doktor

Zanschke gewesen? –, bog ein in die Charlottenstraße, dann nach Unter den Linden und ritt im Galopp auf das Denkmal Friedrichs des Großen zu. Der Wagen krachte, quietschte, beinahe streifte er eine Frau in malvenfarbenem Kostüm. Einige Passanten schrien ihm hinterher, nun war es passiert, nun war er aufgefallen – aber Friedrich der Große saß auf seinem Pferd, stemmte den rechten Arm in die Seite und starrte ausdruckslos in die Luft, ganz so, als stehe keine Katastrophe unmittelbar bevor, kein Aufprall, kein Unfall, ganz so, als könne rein gar nichts passieren, als könne man unversehrt in die Universitätsstraße einbiegen und weiterrasen in Richtung Spree. Und tatsächlich – weiter ging es, immer weiter, vorbei an Kindern, ihren Ammen, an Ulanen und Gardeoffizieren, immer weiter, bis zur Artillerie-Kaserne. An ihr vorbei ging es auf die Ebertsbrücke, hier wurde der Schimmel etwas langsamer. Mehrere Boote lagen im Wasser der Spree, eines hatte Heu geladen, ein anderes Kartoffeln. Merkwürdig, dachte Rudolph, wie klar all das gerade schien, als hätte er plötzlich alle Zeit der Welt, als zähle nur dieser eine Eindruck.

Schon gelangte der Wagen über die Artilleriestraße in die Oranienburger Straße, mit ihren teuren Geschäften und den jüdischen Herrschaften in Pelzmänteln und Brokatstolas. Vor einem der Bürgerhäuser fiel der Schimmel endlich in den Schritt, sein Fell glänzte schweißnass. Das Tor der Nummer 67 stand weit offen. Rudolph fuhr ein. Noch immer hielten seine Hände die Leinen eng umschlossen. Als der Wagen anhielt und er seinen Griff endlich löste, lief Blut das Handgelenk hinab. Aber was machte das schon, er hatte es geschafft, er hatte die Kutsche zu ihrem Besitzer zurückgebracht.

Ein betagter Diener kam aus dem Hintereingang gelaufen und fragte, ob er von der Apotheke komme. Rudolph zögerte erst, wollte erzählen, was geschehen war, dann aber entschied er sich anders und bejahte. Der Mann stellte sich als Johann Seifert vor und sagte, dass der Herr ihn bereits erwarte. Wo er eigentlich den Peter gelassen habe? Der Bursche habe nur zur Apotheke fahren und sofort zurückkommen wollen. Rudolph ignorierte die Frage und wischte sich mit einem Taschentuch über die Stirn. Dann betrat er nach Seifert die Wohnung. Sie gehörte Alexander von Humboldt.

Das Schreibzimmer lag verlassen da; die Lichter gelöscht, die Vorhänge zugezogen. Seifert bedeutete Rudolph hineinzugehen – «Von mir lässt er sich ohnehin nichts mehr sagen!» – und zog hinter ihm die Tür zu.

Rudolph hörte, wie sich Seiferts Schritte entfernten. Was tat er hier? Wonach würde er zuerst fragen? Es war lange her, dass er Humboldt geschrieben hatte. Rudolph schloss die Augen, und als er sie wieder öffnete, befand er sich eigenartigerweise immer noch am selben Ort. Dies hier, das stand fest, war keine seiner Fabulierungen, keine Vision, die sich über eine bohrend langweilige Schulstunde oder den lähmenden Alltag gelegt hatte – dies hier war real. Es half nichts, man musste sich zusammenreißen.

Was für ein Durcheinander in diesem Zimmer herrschte! Auf den Tischen, den Regalen und sogar dem Boden verteilten sich Hunderte von Briefen, Folianten und Büchern, dazwischen entdeckte Rudolph im Halbdunkel Büsten, Globen, ausgestopfte Adler, Tukane und sonderbare Reptilien, die aussahen, als seien sie von einem fiebernden Kind erdacht worden. Auf einem der Tische befand sich eine Landkarte, die so groß war, dass sie über seine Kanten hinausragte. Sie zeigte den südamerikanischen Kontinent. In seiner Mitte, im brasilianischen Mato Grosso, stand eine Tasse Kaffee. Rudolph stellte sie zur Seite und bemerkte den Papierstoß, der die linke obere Ecke der Karte beschwerte. Eine ordentliche kleine Handschrift bedeckte die erste Seite, mit Randnotizen, Anmerkungen und Zeichnungen. Der fünfte Band des *Kosmos*! Jeder wusste, dass Humboldt am letzten Teil seines Werkes arbeitete. Ein Wettrennen mit dem Tod: Humboldt war neunundachtzig Jahre alt.

Gerade wollte Rudolph nach den Blättern greifen, als er hinter sich ein Räuspern hörte. Er fuhr herum. Nun, da seine Augen sich an das Zwielicht gewöhnt hatten, sah er auf einem Stuhl, halb versteckt hinter einem Bücherregal, einen Greis sitzen – kerzengerade, wach und in bestem Sonntagsstaat. Humboldts Blick musste die ganze Zeit auf ihm, Rudolph, gelegen haben. Seinen Mund umspielte ein grimmiges Lächeln.

«Sie sind gar nicht von der Apotheke, nicht wahr, mein Junge?»

Noch auf dem Kutschbock war Rudolph vor Aufregung kaum bei Sinnen gewesen – jetzt, wo er vor Humboldt selber stand, fühlte er Ruhe und Erleichterung. Dies hier war einer der seltenen Momente, in denen Zeit und Raum glücklich zusammenfanden, in denen sie sich genau nach Plan zueinander verhielten und ausnahmsweise nicht das taten, was ein liederlicher Zufall ihnen diktierte.

«Aber nein», sagte Rudolph. «Bitte verzeihen Sie die Störung. Es ist leider recht dringend.»

Humboldt betrachtete ihn aufmerksam. «Öffnen Sie

die Vorhänge, entzünden Sie die Lampen, mein Sohn, Fossilien haben schlechte Augen.»

Rudolph tat, wie ihm befohlen, und wandte sich wieder dem Hausherrn zu. Sein Herz war nun ganz ruhig. Er wusste, was er fragen wollte. Es war alles vorbereitet, alles da.

«Wie sind Sie nur an Seifert vorbeigekommen? Hat er Sie nicht gebissen? Nicht einmal ein bisschen? Nein? Nun, wir wollen mal sehen … Sind Sie der, der Geld für die Nordkapexpedition benötigt?»

Rudolph schüttelte den Kopf.

«Nein? Gut, diese aufgeblasene Kröte wird nämlich keinen Taler von mir bekommen! Dann wollen wir mal sehen … Sind Sie der mit dem Botanischen Institut in Mexiko-Stadt? Nein? Oder der, der eine Expedition in die Rocky Mountains anführen will? Kilimandscharo? Ural? Durchquerung der Gobi? Erforschung des Beringmeers? Vermessung des Viktoriasees? Wie wäre es mit der Wüste Lop Nor? Auch nicht?»

Humboldt hustete, sprach weiter, röchelte und brach ab. Rudolph überlegte schon, ob er Seifert holen sollte, aber da hatte Humboldt sich wieder gefangen.

«Nein? Nein! Was zum Teufel wollen Sie dann hier?»

Rudolph dachte einen Moment nach, bevor er antwortete. Dann sagte er: «El Dorado.»

«Wie meinen?» Humboldt verzog keine Miene, einzig seine Augen schienen noch zielgerichteter, noch aufmerksamer.

«Ich meine … Nun, erst einmal möchte ich Ihnen ein Geschenk überreichen. Aus den Wassern des Rheins, mit tiefster Ehrerbietung.»

Mit diesen Worten holte Rudolph die Römermünze,

die ihm Klipper Eu zum Abschied geschenkt hatte, aus seinem Beutel hervor und legte sie dem schlohweißen Greis in die Hand. Prüfend hob Humboldt die Münze vor sein rechtes Auge, leckte ihre Ränder ab und legte sie sich auf die Zunge. Eine Weile lang kaute er auf ihr herum und horchte in sich hinein. Dann nahm er die Münze aus dem Mund und säuberte sie zufrieden mit einem Deckenzipfel.

«Ein Denar», sagte er. «Sehr hübsch. Aber jetzt raus mit der Sprache, Sie Faultier. Ich habe keine Zeit. Tagsüber geht es bei mir zu wie in einem Branntweinladen. So viele Menschen! Manchmal komme ich erst um drei Uhr nachts dazu, meine Arbeit fortzusetzen. Diese Grippe ist das Beste und das Schlechteste, was mir passieren konnte. Ich bin schwach, o ja! Dafür bleiben aber die aufdringlichsten Schmeißfliegen fort. Fürchten sich vor Tropenkrankheiten. Ha! Die Grippe! Das Gerippe hat eine Grippe, es ist zum Totlachen!»

Humboldt nahm die Münze erneut in den Mund. Seinen durchdringenden Blick wandte er keine Sekunde von Rudolph ab.

«Ich verstehe, Herr, dass solch delikate Angelegenheiten nicht in Briefen verhandelt werden sollten. Deshalb frage ich Sie, von Angesicht zu Angesicht: Was wissen Sie von der verlorenen Stadt der Inka? Einem Geist wie dem Ihren bleibt sicher nichts verborgen. Sie waren jahrelang in Südamerika. Über die Ungenauigkeiten und Fehler bei der Verortung bin ich im Bilde. Aber: Sollten sie nicht nur vom wahren Dorado ablenken? Ich habe Prescott und de la Vega studiert. Den Inka war der Ort ihrer Herkunft stets heilig, ein Mysterium. Cuzco kann es nicht sein; Cuzco war der Mittelpunkt ihrer Welt, nicht ihr Ursprung. Ich frage Sie also, mit allem Respekt und aller Hochachtung: Ist es vielleicht nicht einleuchtend, den heiligen und so verehrten Ort ihrer Herkunft mit der Legende von El Dorado gleichzusetzen? Gold wurde nur für sakrale Bauten verwendet. Die heiligste ihrer religiösen Stätten müsste demnach ausgekleidet und übervoll sein mit jenem Edelmetall. El Dorado!»

Humboldt spuckte die Münze aus. «Sie sind wohl Inka-Gelehrter, wie? Jetzt erinnere ich mich! Sie sind der Schatzsucher! Natürlich! Nun hören Sie mir genau zu, junger Mann. Das ist vielleicht Ihre letzte Chance, sich in den Griff zu kriegen. El Dorado, mein Sohn, ist eine Fata Morgana. Ein Gespenst, ein Alb, ein Wahn, in die Welt gekommen, um schwache Gemüter zu verwirren. Seit der Zeit der Konquista jagen Scharen von Hanswürsten dem Gold hinterher! Warum, frage ich Sie, warum?»

Rudolph begann, unmerklich zu zittern. Er sei nicht am El Dorado der Hanswürste interessiert, sondern vielmehr am El Dorado der Entdecker, der Erbauer, der Visionäre. Diese Stadt aus Gold, errichtet im Dschungel oder gar hoch in den Anden, müsse doch ein Meisterwerk sein. Ein großes Werk der Baukundigen und der Goldschmiede, etwas ganz und gar Einzigartiges, das niemals in Vergessenheit geraten könne und ewig fortlebe als Mythos, als Legende. Verloren, nicht vergessen. El Dorado möge in seinen, Humboldts, Ohren lächerlich klingen; wie man es nenne, sei aber völlig zweitrangig. Die goldene Stadt – sie sei das größte Geheimnis der Inka.

«Die goldene Stadt?», stieß Humboldt hervor. «Sie delirieren ja! Wissen Sie was? Jetzt gehen Sie nach Hause, machen brav Ihr Abitur, studieren hernach ein wenig und lassen sich zum Ingenieur ausbilden, und dann, junger

Mann, dann lösen Sie ein Billett nach Südamerika und graben einen Kanal durch Panama! Jawohl, mit einer Schaufel und einem Eimer. *Das* wäre ein Ziel, das sich lohnt, verfolgt zu werden – das, mein Lieber, das wäre ein großes Werk.»

«Ich fürchte, Sie verstehen nicht ganz», sagte Rudolph. Panama? Kanal? Wovon redete Humboldt bloß? Sosehr Rudolph sich auch für das Ingenieurswesen begeisterte – darum ging es jetzt nicht.

In Lima habe er einmal einen Herrn gekannt, sagte Humboldt schließlich. Juan Aliaga, direkter Abkömmling von Jéronimo de Aliaga, der zusammen mit Pizarro nach Peru gesegelt sei. Ein kluger Mann. Ein gebildeter Mann. Stattlich obendrein, mit starkem Kiefer und festem Blick. Habe sich eines Tages auf die Suche nach einer geheimnisvollen, verlorenen Stadt gemacht. Man habe ihn gewarnt, bekniet und bedroht, alles umsonst. Er habe nur noch davon gesprochen, dass seine Vision ihn verpflichte. Ein verrücktes Huhn, dieser Kreole. Leider sei er nie wieder aus der Sierra zurückgekommen, sie habe ihn mit Haut und Haaren verschlungen.

Humboldt lachte. Als er Rudolphs starren Blick registrierte, hörte er augenblicklich auf. Schatzsuche, das müsse er, Rudolph, sich einprägen, sei keine Arbeit, sondern Wahnsinn. Er solle an sich halten und Panama nicht aus dem Auge verlieren, so werde vielleicht etwas aus ihm.

Dann ließ er den jungen Mann hinausgeleiten. «Unser Geschäft», so teilte er Seifert mit, «ist nun beendet. Übrigens soll jemand nach Peter und dem Apotheker Ausschau halten, es gab wohl Unregelmäßigkeiten.»

Als Rudolph die Oranienburger Straße entlangging, bemerkte er ein zusammengefaltetes Blatt Papier in seiner Hosentasche. Es war eine Seite aus Humboldts Manuskript, dem fünften Teil des *Kosmos*. Er konnte sich nicht daran erinnern, es eingesteckt zu haben.

Für gewöhnlich brauchte man von der Oranienburger Straße bis hinab zur Leipziger Straße zu Fuß etwa eine halbe Stunde. Dieses Mal aber brauchte Rudolph weniger als zehn Minuten bis zur Kreuzung von Charlottenstraße und Leipziger Straße. Er dachte weder an den Panamakanal noch an Juan Aliaga oder Prinzessin Izabela. Eine sonderbare Energie beseelte ihn, seit er Humboldts Haus verlassen hatte. Er war bei Alexander von Humboldt gewesen, das war alles, was im Moment zählte, er hatte mit ihm gesprochen – ja: hatte mit ihm konferiert –, das war mehr, als Güßfeldt oder Doktor Ritter jemals von sich würden behaupten können. Er, Rudolph August Berns, war zu ihm, dem großen Gelehrten, vorgedrungen. Das musste er sofort dem Vater erzählen. Was für ein Fest! Die Mutter würde es nicht glauben, Max würde den Mund nicht zubekommen, und Elise würde ohnmächtig werden – nur der Vater würde es wirklich verstehen können, was dieses Treffen für ihn, Rudolph, bedeutete. Er musste schnell nach Hause, bevor er vergaß, was Humboldt genau gesagt hatte.

Ausgerechnet jetzt staute sich der Verkehr auf der Kreuzung. Rudolph war kaum einen halben Häuserblock von zu Hause entfernt, schon sah er das Schild der Berns'schen Weinhandlung, «Raffiné – Distingué – Enchanté», es kitzelte in seinem Bauch, gleich würde er es allen erzählen. Vielleicht würden sie sogar mit einer Flasche elsässischen Crémants darauf anstoßen – wie genau er in Humboldts Wohnung gelangt war, musste er ja nicht erklären. Oder wenn, dann nur dem Vater. Niemand sonst würde es begreifen können.

Auf der Kreuzung lag allerhand Schrott herum, mehrere Leute waren damit beschäftigt, Holz, Metallteile und Kleiderstücke aufzusammeln. Als gäbe es nichts Besseres zu tun, als gäbe es nichts Dringenderes … Rudolph streifte einen Mann, der einen grauen Zylinder forttrug, und rannte in die Weinhandlung hinein. Die Ladentür stand offen, natürlich, es war ja mitten am Tag. Der Laden aber war leer, nicht einmal der Assistent war zu sehen. Wahrscheinlich befand man sich auf Kundenbesuch, oder … Es gab noch eine Möglichkeit. Rudolph blickte rasch auf seine Taschenuhr. Vier Uhr. Zu der Zeit trank der Vater für gewöhnlich mit der Mutter eine Tasse Tee. Wie im Flug nahm er die Stufen hinauf in die Wohnung, riss die Tür auf und brüllte: «Ratet, was passiert ist!»

Stille. Offenbar war niemand zu Hause. Da hörte Rudolph, wie jemand die Treppe zur Wohnung heraufkam. Es war Baruch Simonson. Der Apotheker konnte unmöglich bereits seinen Vorrat an Rotwein aufgebraucht haben, erst letzte Woche hatten sie ihm zwei Kisten geliefert.

«Mein Sohn», sagte er.

Dass weitsichtige Leute immer so bekümmert aussehen mussten! Es war zu drollig. Dann fiel Rudolph auf, dass Simonsons pechschwarzer Bart zitterte. Aber was war das? Simonson weinte.

«Was ist los? Was ist passiert?» Mutter mochte Herrn Simonson, das wusste Rudolph.

«Es ist dein Vater, Junge. Es gab einen Unfall mit einer Kutsche, hier, direkt vor der Tür.»

«Einen Unfall?», fragte Rudolph. Plötzlich war es merkwürdig still in ihm. Simonsons Worte hallten in sei-

nem Innern nach, dann stellte sich ein hohes Sirren ein.
«Was erzählen Sie denn da?»

«Er war auf der Stelle tot», sagte Baruch Simonson.
«Es tut mir unendlich leid, mein Junge.»

«So ein Blödsinn», flüsterte Rudolph. Er hörte sich
selber kaum. Da fiel ihm der graue Zylinder ein, den jemand von der Straße aufgesammelt hatte. Natürlich, jetzt
wusste er, warum er ihm so bekannt vorgekommen war.
Er rannte hinaus, die Straße hinunter, brüllte aus voller
Lunge: «Der Zylinder, der Zylinder!», rannte so schnell,
dass ihm die Tränen kreuz und quer über die Wangen
liefen, rannte bis zur Spittelbrücke, wo er von Baruch Simonson eingeholt wurde. Simonson packte Rudolph und
sank mit ihm zusammen auf das Trottoir, wo sie so lange
verharrten, bis ein Schutzpolizist auf sie zukam und fragte, ob er irgendwie behilflich sein könne. Konnte er nicht.

3.

GLÜHENDES EISEN

Max Berns, fünfzehnjähriger Schlosserlehrling in der Schirmfurniturenfabrik der Gebrüder Dültgen in Dültgensthal, schrieb am 3. November 1859 an den Berliner Apotheker Baruch Simonson:

Geehrter Herr!
Über ein Jahr ist vergangen, seitdem wir Berlin verließen, und Ihrer Bitte um Mitteilung unserer Befindlichkeit komme ich gerne nach.

Hier hielt Max inne. Er hatte gerade noch Zeit genug, die Feder zur Seite zu legen, schon krampfte sich sein Inneres zusammen – da war sie, die Metallkolik! –, er hustete, presste seine Hand gegen den Mund und zwang sich, hinauszublicken ins Tal, zu den Bächen, die es teilten, und dem schweren Buchenwald dahinter. Etwa ein Dutzend vertäfelte Fachwerkhäuser duckten sich dort draußen in eine Mulde zwischen zwei Hügeln. Gerade waren sie deutlich zu sehen, die Schneedecke reflektierte das Mondlicht, die Schieferplättchen der Fassaden leuchteten hell auf. Der Schmerz verebbte.

Zum Glück war auf dem Papier keiner der grünlichen Speicheltropfen gelandet. Papier war kostbar, und das hier war sein letzter ordentlicher Bogen. Wenn er den beschmierte, musste er neues Briefpapier oben in Wald kaufen – einem Dorf, in dessen Mitte eine Festung stand, die man Kirche nannte und um die sich eine Handvoll niedriger Häuser verteilte. Im Winter war Wald fast eine Stunde zu Fuß entfernt.

Kurz nachdem wir zu Onkel Peter gezogen sind, hat Mutter einen Kupferarbeiter namens Gustav Kronenberg geheiratet. Herr Kronenberg verwaltet unser Erbe. Er hat weißblonde Haare, einen roten Kopf und schimpft viel mit den Lehrlingen, vor allem mit Rudolph – und das, obwohl der sehr schnell begreift, das meiste sofort. Nachts, wenn er denkt, es hört ihn niemand, lernt er Spanisch und übt sich in der Aussprache. Die Wände hier sind dünn und aus Holz.

Vaters Tod hat Rudolph übrigens am schwersten von uns allen getroffen. Nach unserer Ankunft hier hat er tagelang nichts gegessen und nicht geschlafen, hat bloß neben dem Ofen gesessen und eine Zinnkanne angestarrt. Eines Morgens dann hat Onkel Peter das Fenster geöffnet, die Kanne in hohem Bogen hinausgeschmissen und gesagt, dass der Junge nun in die Schmiede müsse, die Erstgeborenen kämen in die Schmiede, das sei schon immer so gewesen, und die weiße Glut werde ihm schon die Flausen austreiben. Onkel Peter hat Rudolph am Arm gepackt und über den Hof rüber in die Fabrik gezogen, ohne Socken und Schuhe. Und dabei hat Rudolph über den ganzen Hof geschrien, dass er Ingenieur werden wolle, In-genieur, ob man wisse, was das sei.

Das ist aber schon lange her. Uns geht es gut. Onkel Peter sagt jetzt, Rudolph sei der beste Lehrling, den er je gehabt hätte, und der sonderbarste Kauz von hier bis nach Solingen oder sogar noch weiter. Ich kann viel von meinem Bruder lernen.

Vor einem Monat wurde uns ein Brüderchen geboren, es

heißt Oswald, und sein Geschrei übertönt beinahe das Getöse
vom Wasserrad draußen am Lochbach. Ich muss enden, es ist
spät, und morgens wird um halb sechs das Feuer entfacht.
Das ist meine Aufgabe.
   Hochachtungsvoll,
   Max Berns.

Rudolph saß im Flur vor dem kleinen Fenster und hörte, wie Max die Metallfeder zur Seite legte, den Stuhl nach hinten schob und sich ins Bett legte. So lange war der Bruder sonst nie wach – normalerweise sank er nach dem Abendbrot ins Bett und rührte sich nicht mehr. Was Max wohl so spät noch umgetrieben hatte? Wie gern wäre Rudolph jetzt aufgestanden und zu Max gegangen, aber er konnte sich nicht bewegen. Müde zuckte er mit den Schultern. Das war ein Fehler, denn die Muskelstränge hatten sich so verkrampft, dass der Schmerz wie glimmende Eisenspäne in sein Fleisch hineinschoss. Zitternd erhob sich Rudolph: Die Mutter hatte das Licht im Haus gegenüber gelöscht, auch hinter Elises Fenster war längst alles dunkel. Ihn fror. Als er den regelmäßigen Atem seines Bruders hörte, ging er hinüber in seine Kammer und schloss die Tür hinter sich. Über seinem Bett, dort, wo vorher das Kruzifix gehangen hatte, bewegte sich die Manuskriptseite aus Humboldts *Kosmos* im Windzug. Die kleine Skizze eines Vulkans hätte Rudolph im Schlaf nachzeichnen können, und die Textpassage darunter kannte er längst auswendig: «Wenn nun aber auch im Alterthum unbestreitbar der Begriff feuerspeiender Berg an den des Vulcan geknüpft war, so wurde eine solche Verknüpfung sprachlich doch immer nur als Werkstätte des Feuergottes, als ein ihm geweihter Ort bezeichnet.»

Rudolph streckte sich auf seinem Bett aus und versuchte, an seinen Vater zu denken oder an Berlin. Ihr gemeinsames Leben in der Stadt schien unendlich weit entfernt. Nach dem Umzug hatte Rudolph sich zuerst geweigert, den Tod des Vaters zu akzeptieren. Lieber stellte er sich vor, der Vater und er gingen einem sonderbaren Experiment nach: der Kommunikation zwischen den Welten. In dieser Vorstellung waren sie zwei Forscher, die die Dimensionen untersuchten und die Möglichkeiten ausloteten, ihre Grenzen zu überwinden. Lange Zeit war dies Rudolphs liebster Tagtraum gewesen. Erst nach einigen Monaten, als der Vater anfing, auffällig oft zu schweigen, nahm die Wirklichkeit um Rudolph auch andere Formen an. Manchmal kam ein Schiff durch Dültgensthal gepflügt, eine Dreimastbark unter vollen Segeln. Die Häuser der Dültgens waren dann keine Wohnhäuser, sondern Teil eines Hafengeländes. Mühelos glitt die Bark durch das Tal. Wann immer sie an dem Haus, in dem Rudolph schlief, vorbeisegelte, wurde sie langsamer, als zögerte sie, aber bevor Rudolph aus dem Fenster und an Deck springen konnte, hatte die Bark sich wieder entfernt. *Paramaibo* war der Name des Schiffs, sein Ziel Callao bei Lima. Rudolph Berns war fast achtzehn Jahre alt und kontrollierte jeden Morgen, ob er nicht Spuren eines Schiffsrumpfes im verschneiten Hof fände. Er wusste: Mit einundzwanzig wäre er volljährig, dann würde er zum Militär eingezogen werden. Wenn er es nicht schaffte, Preußen vorher zu verlassen, gäbe es auf Jahre kein Entkommen.

Was hätte wohl der Vater an seiner Stelle getan? Der Tod des Vaters war nun ein Jahr her, und noch immer hatte Rudolph das Gefühl, er müsse sich nur umdrehen, um ein Gespräch mit ihm zu beginnen. Die Leere und die

Stille, die sich auf dieses Gefühl hin einstellten, erfüllten ihn mit Kummer. Ablenkung war rar.

Immerhin hatte Baruch Simonson ein Buch geschickt, mit besten Grüßen aus der Trautweinschen Buchhandlung. Es war der Reisebericht eines gewissen E. S. de Lavandais, der viel Zeit in Peru verbracht hatte. Gerade wollte Rudolph danach greifen, da bemerkte er draußen, auf dem verschneiten Fensterbrett, ein sonderbares Wesen. Sein plumper Körper nahm mehr als die halbe Fensterbreite ein, es starrte aus roten Augen in Rudolphs Kammer. Sicher war es ein Vogel – nur was für einer? Ein langer roter Schnabel ragte wie ein Säbel hervor, ein Kranz aus den längsten und feinsten Federn, die Rudolph je gesehen hatte, plusterte sich um den nackten Kopf. Die Federn des Tieres schillerten in allen Farben, ganz so, als wären sie aus flüssigem Öl, als könnten sie unmöglich aus festem Stoff bestehen. Streifte eine Schneeflocke das Gefieder, glitt sie ab und schmolz.

«So etwas gibt es gar nicht», flüsterte Rudolph. Vorsichtig ging er auf das Fenster zu und öffnete es. Eine Schneewehe fuhr ins Zimmer, riss an Vorhängen und Papieren – sogar die Manuskriptseite löste sich von der Wand und segelte so lange durch die Luft, bis es Rudolph gelang, sie einzufangen. Mit dem Ärmel wischte er ein paar Schneeflecken von der Oberfläche.

Der Vogel blieb ruhig auf der Fensterbank sitzen und verfolgte jede seiner Bewegungen. Jetzt legte er den Kopf schief und betrachtete aufmerksam das Blatt Papier, das Rudolph noch immer in der Hand hielt. Rudolph selber nahm es kaum mehr wahr, er merkte nicht, dass die Tinte verlief, dass es eingerissen und aufgeweicht war – er hatte nur noch Augen für das wundersame Tier.

Vom Hals bis hinauf zur Ohröffnung des Vogels verlief eine Ader, die gleichmäßig pochte. Gerade schillerten die Brustfedern violett, nein, veilchenblau, und der Kranz, der Kranz – war es möglich? Die Federn des Kranzes wechselten von Sekunde zu Sekunde die Farbe. Das Tier streckte seinen Kopf in den Raum herein, sein roter, faltiger Hals wurde immer länger … Da hob Rudolph die Hand und berührte den Federkranz. Er war real. Die Federn, und mit ihm alle Farben des Regenbogens, glitten durch seine Finger. Rudolph wagte nicht zu blinzeln. Als er den Schnabel berührte – war er sengend heiß oder eiskalt? –, zuckte das Tier zurück, schrie ein ohrenbetäubendes *Chru Chru*, entriss Rudolph das Papier und flog davon.

«Gib's wieder her!» Rudolphs Schrei musste in ganz Dültgensthal zu hören gewesen sein. Hinter ein paar Fenstern wurde es hell, aber Rudolph achtete nur auf das Schlagen der Flügel und das Knacken der Äste. Fassungslos beugte er sich aus dem Fenster. Was war gerade geschehen? Als er begriff, dass er nicht träumte – die Manuskriptseite war wirklich verschwunden, überall in der Kammer lag Schnee –, da stürzte er die Treppe hinab, lief aus dem Haus und über den Hof, sprang über den Lochbach und rannte in den Wald, wo er den Vogel vermutete. Äste streiften sein Gesicht, Brombeerranken zerrissen ihm die Nachthose, Schnee kroch unters Hemd, und überall Blätter, Blätter, nichts als Blätter. Aber keines war das richtige.

Mit klopfendem Herzen blieb Rudolph auf der Kuppe eines Hügels stehen und horchte in die Nacht hinein. Nicht das leiseste Geräusch war mehr zu hören – kein Knacken mehr, kein Flügelschlagen, nicht einmal ein Rascheln oder Scharren. Der Wald hielt den Atem an. Als

Rudolph an sich hinabsah und feststellte, dass er barfuß war, traf ihn die Kälte. Er kehrte zurück in seine Kammer und schloss das Fenster. Mittlerweile war noch mehr Schnee hineingeweht worden.

Mit einem Stück Kreide schrieb er Humboldts Satz vom Feuergott auf die Innenseite seiner Tür, an die Wand zeichnete er das Bild des Berges, der Feuer spuckte. Dann zog er das Buch von Lavandais unter seinem Bett hervor, klaubte die Daunendecke vom Laken und ging zurück in den mondhellen Flur. Bis Schichtbeginn blieben drei Stunden. Draußen schneite es noch immer.

Nachdem Caroline Berns, geborene Dültgen, nach Dültgensthal zurückgekehrt war und nochmals geheiratet hatte, quartierte ihr Bruder Peter Dültgen das frischgebackene Ehepaar und Elise in einem der neueren Häuser ein, direkt an der Straße, die hinaufführte nach Wald. Gustav Kronenberg hatte entschieden, dass das Haus zu klein sei, um auch noch Max oder Rudolph darin unterzubringen, und so war den beiden jungen Männern eine Unterkunft eingerichtet worden in einem Haus, das eigentlich bereits hätte abgerissen werden sollen. Es lag direkt am Abhang eines Hügels.

Das untere Stockwerk wurde als Lagerraum für Kartonagen benutzt; eine steile Treppe, deren Stufen zu schmal waren, um den Fuß ganz aufzusetzen, führte hinauf in den oberen Stock. Dort befanden sich zwei Kammern, die so niedrig waren, dass jeder, der sie betrat, sich unweigerlich den Kopf an den Balken stoßen oder in Spinnweben verfangen musste. Bewegte man sich auf dem Dielenboden, quietschte und knarrte es so erbärmlich, dass man meinte, das ganze Häuschen würde zusammenbrechen oder fortgetragen werden von dem Wind, der durch die undichten Fenster und ums Haus herum pfiff. Nie hätte Rudolph es sich träumen lassen, derart hausen zu müssen – er fühlte sich erniedrigt und gedemütigt zugleich. Ihm war eine Zukunft in Berlin versprochen worden, und um die fühlte er sich nun betrogen.

Die beiden Kammern waren mit Bett, Stuhl und Kommode samt Wasserkrug möbliert. Man hatte sich nicht die Mühe gemacht, die Böden von Moos, von Erde und den allgegenwärtigen Bucheckern zu befreien. Hinter seiner Tür fand Rudolph eine ganze Reihe von Tannen-Blättlingen, die auf den feuchten Dielen gediehen. Unter dem Bett wuchsen Gruppen von Hallimaschen; in der Nacht verbreiteten sie ein mattes Licht, durch das die Schatten der Spitz- und Rötelmäuse huschten.

Die Mahlzeiten nahm die Familie gemeinsam im Haupthaus ein. Kamen die Mutter und Elise zu den Brüdern herüber, stopften sie Löcher in der Kleidung der jungen Männer und steckten ihnen Butterkekse und Würste zu. Nichts hätte Rudolph mehr beschämen können. Butterkekse und Würste! Es war eine Schmach.

Seit seiner Ankunft in Dültgensthal hatte Rudolph unzählige Nächte durchwacht und nach draußen gestarrt, immer in der Erwartung, das, was er um sich herum sah, möge sich als böser Traum entpuppen. Falls es so war und er wirklich nur träumte, wollte er dabei sein, wenn das Tal samt seinen simplen, abergläubischen, arbeitswütigen Einwohnern sich mit einem leisen Knall in Luft auflöste und in seinen Berliner Salon verwandelte. Das wäre ein Fest. Er würde sich noch einmal unter dem Damastplumeau umdrehen, sich ein letztes Mal durch die Seidenkissen wühlen, zur Chaiselongue am Fenster hinübergehen und auf den ersten Pferdeomnibus des Tages warten. Beim Frühstück dann würde er dem Vater von seinem absurden Traum erzählen, man würde gemeinsam darüber lachen und die Köpfe schütteln.

Stattdessen: die Schlosserlehre. Gustav Kronenberg hatte versucht, Peter Dültgen davon abzubringen, Max und Rudolph in die Fabrik aufzunehmen. Immerhin seien es seine – Kronenbergs – Stiefsöhne, und deshalb könne er ihre Eignung als Schlosser beurteilen. Bei den beiden handle es sich um verzogene Großstädter mit Mädchenhänden, die nichts rücken würden – am besten sei es, so hatte Gustav Kronenberg verkündet, man schicke Rudolph und Max stante pede zum Militär, irgendwohin, wo sie nicht im Weg herumstünden. Im Weg herumgestanden, so hatte Peter Dültgen erwidert, habe Kronenberg von allen Lehrlingen einst am meisten. Und wenn Kronenberg Rudolph und Max nicht unterstütze, so werde er höchstpersönlich dafür sorgen, dass Kronenberg aus dem Plötzen gar nicht mehr rauskomme. Tagein, tagaus am Plötzfass, das sei nicht schön. Kronenberg hatte sich schließlich gefügt – und im Gegenzug angekündigt, dass weder Max noch Rudolph an das Erbe des Vaters kämen, solange sie nicht erwachsen wären, verheiratet und auf eigenen Füßen stünden.

Und das konnte dauern. Keiner der Brüder wusste, wie ein Hammer zu führen war. In der Fabrik hing ein vertrocknetes, hässliches Ding an der Wand. Als Kronenberg Rudolphs Blick bemerkte, sagte er, dass er ruhig glotzen könne, das da sei der Arm von jemandem, der nicht aufmerksam gewesen sei, zack, Arm in die Transmission, zack, Arm ab, zack, Lehmboden voller Blut. Nächster Tag Beerdigung, Tage später erst den Arm gefunden, irgendwo im Koks – so gehe es, da könne er schauen und es sich gleich merken, dafür hänge das Ding da, so sei das in einer Fabrik. Später erzählte einer der Arbeiter, dass eigentlich keiner wisse, ob das wirklich ein echter Arm sei. Im Prinzip könne es sich ebenso gut um einen Wels aus der Itter handeln, genau lasse sich das nicht mehr sagen, vertrocknet, wie das Ding sei. Jedenfalls, so der Arbeiter, habe es schon dort gehangen, als er bei den Gebrüdern Dültgen angefangen habe, und das sei über vierzig Jahre her.

Rudolph überstand diese Zeit, indem er sich auf die Lehren seines Kaleidoskops besann, auf das kaleidoskopische Denken. Man brauchte an seinem Blick, an seinem Verständnis von der Welt nur ein klein wenig drehen, und schon präsentierte sie sich in einem ganz anderen, erträglicheren Licht. In Dültgensthal wurden Paraplüs hergestellt? Nicht für Rudolphs Begriffe. In seiner Vorstellung wurden in der Fabrikhalle, deren Besitzer natürlich er, Rudolph August Berns, war, Versatzteile für eine wundersame Maschine gebaut. Sie sah aus wie ein kleines Schiff und konnte durch die Lüfte fliegen. Rudolph musste nicht einmal die Augen schließen, um genau zu sehen, wie die Maschine zusammengebaut wurde und wie man ihn, den Ingenieur Berns, feierte. Das war eine Welt, in der es sich aushalten ließ. Mit der Maschine konnte man weite Strecken zurücklegen; bis nach Berlin, oder bis nach Südamerika. Es war eine gute Erfindung, eine sinnvolle Erfindung.

Max war schnell an eine Werkbank gestellt worden, wo er am wenigsten störte. Von dort aus konnte er immerhin durch ein rußverschmiertes Fenster nach draußen blicken. Rudolph hingegen arbeitete an der Esse. Hundertzwanzig

Grad heiß war es dort, man musste nackt in einem Wasserfass stehen, mit einem nassen Lappen auf dem Kopf.
Literweise troff einem der Schweiß von der Stirn, jede
Stunde musste Salz geschluckt werden, sonst schwand die
Kraft dahin. Wenn der Vater ihn nur so hätte sehen können … Vor lauter Fassungslosigkeit schaffte es Rudolph
manchmal nicht mehr, das weiß glühende Eisen im Feuer
zu wenden. Es war, als ob ihm sein Körper nicht gehorch-
te, er konnte sich einfach nicht bewegen.

Aber gegen das Lernen und das Begreifen konnte sich
auch Rudolph nicht wehren, egal, wie sehr er die Fabrik
verabscheute und sich nach dem gepflegten Comptoir
seines Vaters sehnte. Nach wenigen Wochen an der Esse
hörte Rudolph aus dem Lärm in der Fabrik die einzelnen
Maschinen heraus, sah mit einem Blick, wenn eine Maschine unrund lief, erkannte am Klirren, wer den Hammer führte, machte am Geräusch der Schritte aus, wer
an ihm vorbeilief, konnte aufgrund des Rauschens exakt
bestimmen, wie viel Wasser das Wehr gerade passierte.

Eines Tages drehte Rudolph sich um und ging hinüber
zu Peter Dültgen. Seine gedrungene, massive Gestalt
war sogar vom anderen Ende der Halle aus leicht zu erkennen. Wie alle Dültgens besaß er dichtes braunes Haar,
das, kaum abgesengt, sofort und um eine Spur störrischer
nachwuchs. Mit hellblauen, eng zusammengekniffenen
Augen wachte Peter Dültgen über die Geschicke der Fabrik. Im Grunde seines Herzens war er ein freundlicher
Mensch. Weil er aber der Inhaber der Fabrik war, meinte
er, diese Tatsache verbergen zu müssen: «Ein Direktor
hat Respektsperson zu sein!» Doch er machte niemandem
etwas vor.

«Die Bohrmaschine läuft unrund», sagte Rudolph. Er

mochte seinen Onkel – den Feuergott, wie Max und er ihn heimlich nannten –, sosehr er sich auch dagegen wehrte.

Überrascht sah ihn Peter Dültgen an. «Was hast du gesagt?»

Stumm zeigte Rudolph auf das Ständerbohrwerk und den Riemen, der hinauf zur Decke lief. «Unrund», wiederholte er. Da wusste Peter Dültgen, dass sein Neffe sich in sein Schicksal gefügt hatte.

Ohnehin konnte es nicht schaden, sich mit den Dingen auszukennen. Alles Weitere würde sich schon ergeben. Für die Zeit nach Dültgensthal musste so viel mitgenommen werden wie möglich, das war klar. Viel passte nicht hinein in eine Seekiste, das wusste Rudolph, aber die Aufnahmefähigkeit seines Kopfes schien unbegrenzt. Eines jedenfalls hatte er begriffen: Man durfte sich keine Zeit lassen. All das Gute, was einem widerfuhr, war nichts als eine Leihgabe, nur das Schlechte war einem auf ewig sicher. Von den Werbern, die manchmal durchs Dorf zogen und in den Schenken haltmachten, hatte Rudolph erfahren, dass so gut wie wöchentlich Schiffe nach Amerika segelten. Zu lange konnte er ihren Berichten aus der Neuen Welt aber für gewöhnlich nicht zuhören: Er hatte kein Geld für Bier, und wer nicht bestellte, wurde rausgeschmissen.

Wenn die Mutter Rudolph etwas Geld zustecken wollte, lehnte er es dennoch ab. Zu Geld und Reichtum würde er schon allein kommen. Er war schließlich kein Kronenberg, der sich sein Leben lang mit Kupfer zufriedengab, kein Dültgen, dem die Herstellung von Paraplüs genügte. Er war ein waschechter Berns, und als solcher würde er sein Schicksal selber in die Hand nehmen. Mit diesen Gedanken ließ es sich leichter ertragen, in Lumpen zu gehen und auf modrigem Stroh zu schlafen.

Wie genau funktionierte eine Transmission? Wie verlief das Möbiusband? Konnte man es lange Zeit betrachten, ohne den Verstand zu verlieren? Welches Gefälle hatte das Wasserrad, war es ober- oder unterschlächtig? Was war in der Werkstatt vorzuziehen: Rüb- oder Leinöl? Und zum Beizen besser Alaun oder Kienruß? Wann war Quecksilber, wann Scheidewasser zu verwenden? Wie viele Hole hatte das Zieheisen, und wie oft musste der Schmiededraht nachgeglüht werden? Wie viele Tonnen wog die Dampfmaschine, wie viele Umdrehungen machte sie pro Minute, wie lang war die Königswelle? Und, ebenfalls wichtig: Tunkte man die Ohrstöpsel aus Schafswolle besser in Mandelöl oder Vaseline?

Mochte Dültgensthal öd und wüst sein, wollte man überleben, galt es, die Leere mit jedweder Erfahrung und Erkenntnis zu füllen. Stopfte man sich die Schafswolle nur tief genug in den Schädel hinein, so ließ sich die Traurigkeit aussperren, und hielt man sich lang genug bei den Maschinen auf, füllten ihre Bewegungen und Abläufe das Bewusstsein beinahe bis in die hinterste, geheimste Ecke aus. *Chefingenieur Berns entwickelt Flugmaschine* – wenn sich die Arbeit gar nicht mehr ertragen ließ, blieb stets diese Schlagzeile, an die man denken konnte. Das war immerhin etwas.

Rudolph war spät dran. Drüben in der Halle rumorte und klirrte es schon, ein Hämmern, Quietschen und Wummern drang heraus. Max war ohne ihn losgelaufen, dumpf erinnerte Rudolph sich daran, das Klopfen an seiner Kammertür überhört und weitergeschlafen zu haben.

Anscheinend war er in der Nacht doch irgendwann einge-
nickt, denn wieder war ihm im Traum das Schiff erschienen: Diesmal aber hing das Rahsegel schlaff herab, und
das Schiff machte so wenig Fahrt, dass er Zeit hatte, an
Bord zu gehen. Selbst seine Truhe konnte er mitnehmen.
Als er sie an Deck öffnete, war nichts darin außer dem
vertrockneten Ding von der Fabrikwand.

Natürlich fanden sich auch dieses Mal keine Spuren
eines Schiffsbugs im Schnee. Dafür türmten sich im
Hof Koks und Stahlbarren, schon schaffte ein halbes
Dutzend Arbeiter das Material in die Halle – das Feuer
in der Esse glühte bereits, angefacht vom langen Atem
der Blasebälge. Wenn nur der Demmeltrather Bach und
der Lochbach mitspielten … Ihr Wasser trieb das Rad an,
und das Rad die mannshohen Bälge. Gefroren die beiden
Sammelteiche, mussten sie mit der Schaufel ran.

Ob der Kronenberg schon in der Halle war? Erwischte
er Rudolph bei seinen «Betrachtungen», würde es wieder
Ärger geben. *Der junge Herr*, wie Kronenberg ihn nannte,
hatte die Angewohnheit, sich in Anblicke zu versenken,
und das, so Kronenberg, sei mindestens weibisch, vielleicht sogar französisch, in jedem Fall aber verwerflich.
Bei dem Gedanken an seinen Stiefvater spuckte Rudolph
aus. Als ob Dültgensthal nicht schon Bestrafung genug
gewesen wäre.

Drüben bei seiner Mutter brannte bereits Licht, natürlich, der kleine Oswald wachte früh auf. Mit steifen
Fingern knotete Rudolph sich die Lederschürze um die
Hüfte und lief hinüber in die Fabrik. Die Holzschuhe kla-
ckerten dumpf auf dem festgestampften Lehmboden der
Halle. Holzschuhe! Sie gehörten nun einmal zur Arbeits-
kleidung. Wie nur konnte man von alldem berichten?

Was wussten schon Radziwill und Güßfeldt … Am besten war es, man ging gar nicht auf ihre sorgenvollen Nachfragen ein. In seinen Briefen sprach Rudolph von Fortschritt und der weißen Glut des Stahls: Aus dem Schoß der Erde reiße man das Erz und forme daraus die Zukunft. Manchmal fragte er nach der Prinzessin. Noch immer fielen ihm von Zeit zu Zeit Izabelas schlanke Arme ein, ihr Lachen, das Klimpern ihres Perlenschmucks. Berlin lag vierundsiebzig Meilen vom Mittelalter entfernt, Warschau hundertsiebenundvierzig.

Nah am Eingang stand die Dampfmaschine. Längst schon pfiff und schmauchte sie, liefen unzählige Riemen über die Königswelle an der Decke, hinab zu den Bohrmaschinen, den Dreh- und Ziehbänken, den Walzen, den Schneidewerken und den Schleifscheiben. Ohrenbetäubender Lärm erfüllte die Halle. Rudolph seufzte und schob sich die Stöpsel in die Ohren. Max und der Kronenberg schaufelten Koks, das Feuer loderte, Schweiß lief ihnen die nackten Oberkörper hinab. Wie schmächtig Max doch neben Kronenberg war, Kronenberg mit seinem wulstigen Stiernacken und den rußschwarzen Oberarmen. Aus Kronenbergs Schürze ragte eine Schmiedezange hervor, ohne die er sich nirgendwo blicken ließ. Verglichen mit seinem Vater, dachte Rudolph, wirkte der Kronenberg wie ein Stück Nutzvieh. Er war der Einzige der ganzen Arbeiterschaft, dem die Kupfermiasmen nichts ausmachten, der nicht grün, schwermütig und asthmatisch wurde, sondern rot, feist und fleischig blieb. Vieh war nun einmal Vieh.

Ein Großauftrag aus der Schweiz: In Winterthur brauchte man Bausätze für dreihundert Schirmgestelle. «Die

Paraplüs der Gebrüder Dültgen», so hieß es in der Bestellung, «stehen im Rufe, selbst montanen Wetterlagen zu trotzen. Die Bestellung bezieht sich auf das Standard-Modell nebst einer Selektion von versilberten Knäufen und Löwenköpfen aus Messing.»

Rudolph stellte sich an die Schleifscheibe, wo bereits körbeweise Schienen und Streben lagerten. Tuch über Mund und Nase gezogen – schon flogen die ersten Partikel. Im Licht des Feuers und der Petroleumlampen gleißten sie hell auf. Bald waren die ersten Streben des Tages geschliffen. Später würden sie mit Messingstiften verbunden und vernietet werden, dann mit verzinktem Draht auf den Schirmstock eingebunden. Zwischen zwei Streben warf Rudolph einen Blick auf das Ding an der Wand. Es hing noch immer dort, vielleicht um eine Spur schiefer, vielleicht war es wirklich bloß ein Wels.

Einer der Männer rieb mit Salzsäure die Plötze von den Blechen, der Gestank zog durch die gesamte Halle. Was war das für ein Rotieren, ein Pochen, ein Kreischen! Stöcke, Schieber, Gabeln, Bügel, Spitzen, Knöpfe, Kronen wurden hier getrieben, gebohrt, gedreht, geplättet, Draht in rechteckiger, runder, dicker, dünnster Form gezogen … Da drüben sprühte es Funken, hinten in der Esse lag schon das Metall im Feuer. Hämmer rasten hinab auf weiß glühenden Stahl, Boraxhauch lag in der Luft und vertrieb den Sauerstoff, in den Walzen knirschte es, und über all das legte sich das Hämmern und Fräsen, das Klirren der fertigen Teile in den Wannen, das Zischen der Bleche in den Plötzfässern, rote, schwere Männerleiber, versengte Haare, pochende Muskeln, und alles, alles, selbst das Blut – schwarz von Zunder.

Erst nach Mittag war Rudolph mit den ersten beiden

Körben fertig. Der pulverisierte Granit und der Zinnober waren zur Neige gegangen. Max schob gerade eine Stange Roheisen ins Feuer, seine Brustmuskeln spannten sich, die Lippen wurden dünn. Aber es gab keine Zeit für Betrachtungen, es gab nur Körbe und immer wieder Körbe voller Streben. Hunderte von Enden, die geschliffen und poliert werden mussten. Rudolph machte die stupide Arbeit nichts aus. Wenn er nur in Ruhe gelassen wurde, konnte er ganz bei sich und seinen Phantasien sein, bei der Flugmaschine oder dem Hafengelände. Auf das kaleidoskopische Denken war Verlass: Anders als die Wirklichkeit um ihn herum enttäuschte es nie.

Wann immer Kronenberg eine neue Ladung abstellte, glitt sein Blick prüfend über Rudolphs Gesicht und nahm von Mal zu Mal einen verdrosseneren Ausdruck an. *Dem jungen Herrn* war einfach nicht beizukommen. Stundenlang saß er mit der gleichen Miene über der Schleifscheibe, wischte sich nicht einmal übers Gesicht, wenn ihm der Schweiß in die Augen lief. Nicht einmal zu atmen schien er.

«Na, Rudolph», sagte Kronenberg, «wenn du für jede Strebe einen Taler hättest, wärste ein reicher Mann!» Er lachte. «Biste aber nicht, bist bloß 'ne arme Wurst.»

Dann zog der Kronenberg seine Zange aus der Schürze und ging zurück zum Schneidewerk. Rudolph atmete pfeifend aus. Gerade war ihm eingefallen, dass sich die Leistung des Wasserrads um ein Vielfaches erhöhen ließ, würde man den Hügel hinter dem Lochbach abtragen. Wie schwierig konnte das schon sein? Aber bevor er den Gedanken vertiefen konnte, schweifte sein Geist ab, immer weiter fort, bis aus den Hügeln des Rheinischen Schiefergebirges hohe Berge mit Eiskappen geworden waren, aus den Buchenwäldern ein wogender Dschungel, aus Kerbtälern und Siepen steile Schluchten und aus den verscharrten Ambossen hinter dem Schuppen die vergessenen Schätze einer Zivilisation, die weit höher entwickelt war als die der Dültgens.

Keine Stunde mehr bis Feierabend. Ausgerechnet jetzt stockte die Walze, das Messingband lief nicht mehr durch, die Arbeiter fluchten. Was war geschehen? Rudolph musste etwas entgangen sein. Überrascht lief er hinüber und stellte sich gerade in dem Moment hinter Kronenberg, als dieser herumfuhr. Er stieß Rudolph mit seiner Bewegung zu Boden und in die Messingbleche. Wie das schepperte! Scharfes Metall fuhr in nacktes Fleisch. Die Unterarme, mit denen Rudolph seinen Fall abzubremsen versuchte, erwischte es besonders schlimm: Fast bis hinab zum Ellenbogen zogen sich zwei tiefe Schnitte, aus denen Blut quoll.

Max half seinem Bruder hoch und presste Lappen gegen die Wunden – aber das hohe Sirren, das sich einstellte, das ließ sich nicht fortpressen, das blieb sogar, als der Kronenberg anfing zu schreien, dass das die Höhe sei, warum er, Rudolph, sich überall herumdrücken müsse, am Ende sei das mit der Walze seine Schuld, jawohl, Sabotage, Manipulation! Würde doch jeder wissen, dass die jungen Herren die Fabrik hassten.

«Lass ihn», brummte Peter Dültgen. «Der muss erst einmal verbunden werden.»

«Beim Militär würden sie's ihm schon geben», sagte Kronenberg.

«Vielleicht», antwortete Rudolph. Das Sirren lenkte etwas ab. Max hielt ihn, das half. «Aber es ist nicht die Fabrik, die wir hassen.»

Onkel Peter fiel ihm ins Wort, er solle zur Mutter rübergehen, die werde ihn verbinden. Er könne sich den Rest des Tages freinehmen, wenn er wolle. Rudolph schüttelte vage den Kopf und ließ sich von seinem Bruder die Lappen mit ein paar Zwecken feststecken. Dann ging er hinüber zum Bottich mit Essigwasser. Eine Kelle reichte, den Durst zu stillen, zwei waren genug, um den Hunger zu vertreiben, drei verdarben den Magen.

Die anderen standen noch immer um die Walze herum. In Rudolphs Bauch gluckerte das saure Wasser. Überrascht blickte er auf die Zange, die sich plötzlich in seiner Hand befand. Wann nur hatte er sie an sich genommen? Sie gehörte dem Kronenberg. Ohne zu überlegen oder sich umzudrehen, lief Rudolph zur Esse. Die Griffe der Zange glühten rot auf. Schnell zog er sie heraus, tauchte sie ins Fass, und als sie nicht mehr dampfte, fasste er sie durch einen der Lappen und legte sie quer über Kronenbergs Platz an der Werkbank.

Dann ging er zurück zu den Schleifscheiben. Es dauerte keine zwei Streben, bis ein gellender Schrei durch die Halle fuhr. Der Kronenberg hatte seine Zange wiedergefunden. Das Sirren in Rudolphs Kopf verklang.

Da niemand genau gesehen hatte, was passiert war, durfte Rudolph August Berns seiner Arbeit in der Fabrik weiter nachgehen. Peter Dültgen teilte Gustav Kronenberg mit, er würde wohl etwas vergesslich oder saumselig – am wahrscheinlichsten sei schließlich, dass er selber seine Zange in die Esse gelegt habe, warum auch immer. Im Stillen dachte er: Jetzt ist Rudolph zu weit gegangen, es muss etwas geschehen.

So oder so verhängte Kronenberg einen Bann über das Wohnhaus der Familie. Fortan durfte sich Rudolph ihm nicht mehr nähern. Abends trug ihm die Mutter das Essen hinauf in seine Kammer. Sie brachte ihm nur die besten Stücke und das zarteste Gemüse. Kronenberg sah es nicht gerne, wenn sie lange bei ihrem Sohn blieb, was sie aber nicht bekümmerte. Rudolph war mittlerweile zu einem jungen Mann herangereift, der seinem Vater von Jahr zu Jahr stärker ähnelte. Das volle dunkelblonde Haar, das spätestens gegen Mittag unordentlich auf die Stirn fiel; die munteren blauen Augen, das kräftige Kinn … Mit seinen neunzehn Jahren war Rudolph jetzt schon größer, als Johann Berns es gewesen war, und sein Kreuz um eine Spur breiter. Die Mutter ertappte sich häufig dabei, wie sie Rudolph versonnen ansah.

Caroline Berns vergaß darüber jeden Streit, den sie mit ihrem Ältesten gehabt hatte, und verspürte Zuneigung und Mitleid. Es brach ihr das Herz, dass bei Tisch, wenn alle Kinder zusammenfanden, Rudolph fehlte.

Bis er aufgegessen hatte, saß sie bei ihm und fuhr ihm über den Rücken. Für gewöhnlich saß er zusammengekauert über dem Buch, das Simonson geschickt hatte, Schweiß auf der Stirn von der Hitze der Petroleumlampe, die Augen starr auf die Seiten vor ihm gerichtet. Was genau sich auf seinem Teller befand, spielte keine Rolle.

Einmal brachte ihm die Mutter feinsten, zartesten Braten vom Hirsch; nicht einmal da legte Rudolph das Buch beiseite. Lavandais berichtete gerade über Ruinen im peruanischen Hochland, so groß und ausladend wie Pompeji und Herculaneum. Ihre geheimen Kammern und Höhlen, so mutmaßte Lavandais, seien voller Gold, wenn auch nur äußerst schwer zu entdecken und freizulegen.

Voller Gold. Kurz blickte Rudolph an sich hinab, auf das fadenscheinige Hemd, den speckigen Kragen, die

Wollsocken, die die Mutter bereits zum dritten Mal geflickt hatte. In Berlin hatte er einen eigenen Kastorhut aus geschorenem Biberfell besessen ... Gold! Ob Lavandais wirklich wusste, wovon er berichtete? Keine zwei Seiten später jedenfalls das: Peru, schrieb Lavandais, das sagenhafte, unbeschreibliche, unwahrscheinliche Peru befinde sich in einem wirtschaftlichen Aufschwung, die Industrie benötige Ingenieure und Fachkräfte eines jeden Metiers.

Als Rudolph die Ungeheuerlichkeit dieser Aussage begriffen hatte, sah er auf und stellte voller Überraschung fest, dass seine Mutter neben ihm auf dem Bett eingeschlafen war. Eine Spinnwebe hatte sich in ihrem Haar verfangen. Es war nachlässig nach hinten gekämmt, eine Spange aus Kupfer hielt es im Nacken zusammen. Die schmutzstarrende Schürze der Mutter war zu Boden geglitten, ein einfaches hellblaues Kleid aus Kattun kam darunter zum Vorschein. In Berlin hätte die Mutter ihre Nase darüber gerümpft, hier trug sie es so gut wie jeden Tag. Der Kronenberg hatte unnötige Anschaffungen verboten.

Seit wann mochte sie bei ihm gewesen sein? Das Fleisch auf dem Teller war längst kalt, das Fett geronnen, das Kraut zusammengefallen. Sogar in mundgerechte Portionen hatte sie ihm das Gericht geschnitten. Rudolph führte es gerührt zu seinem Mund. Eigentlich mochte er Wild nicht – heute aber schmeckte es ihm so ausgezeichnet wie sonst nur Königsberger Klopse.

Von Zeit zu Zeit trafen Briefe aus Michigan ein. Vor Jahren war einer der Gebrüder Dültgen, Wilhelm, in die Vereinigten Staaten ausgewandert, hatte an der Küste des

Huronsees ein Fremdenheim samt Poststation eröffnet und so viele Kinder gezeugt, dass man daheim in Dültgensthal den Überblick verloren hatte. Ohnehin konnte kaum jemand Wilhelms kleine Schrift entziffern – bis zu Rudolphs Ankunft hatten die Briefe fein säuberlich in einer Schatulle gelagert, die Peter Dültgen eigens für diesen Zweck geschmiedet hatte. Rudolph war ein Meister im Entziffern. Jeden Sonntag saß er nun mit seinem Onkel über den Briefen und las von ozeangleichen Seen, von Indianern, die in den Wäldern lebten, von Büffeln, Karibus und wilden Truthähnen; von Pilzen, so groß wie die Dültgen-Schirme und von riesenhaften Preiselbeeren, die merkwürdiger schmeckten als alles, was man sich vorstellen könne.

Die Stunden mit Onkel Peter waren Rudolph der liebste Teil der Woche. Nun aber waren seit der letzten Sendung bereits Monate vergangen. Längst schon hatte Rudolph die Gesellenprüfung bestanden, hatte in der Fabrik weitergearbeitet, ein wenig Geld gespart, das Wehr, das von einem Schlammsturz verschüttet worden war, freigeschaufelt, den Sammelteich ausgebaut, hatte im Itterbach erfolglos nach Welsen geangelt, dann Schutzgitter für die Transmission in der Fabrik geschlossert, in der Schenke oben in Wald gesessen und so lange Bier getrunken, bis auch er nicht mehr «Walder Dorf» sagte, sondern «Wauler Dorp», so wie alle anderen, hatte in der Kirche eine Skizze vom Rocksaum der Mutter Gottes angefertigt und nach ihrem Vorbild eine feingliedrige Kette für seine Mutter geschmiedet, hatte das Schmuckstück in einem Bad aus Goldchlorid, Ätzkali und Zyankali vergoldet und sich dabei schließlich eine Vergiftung zugezogen. Im Fiebertraum hatten sich die Häuser der Dültgens in Gürteltiere verwandelt, die mit ihren schimmernden Panzern aus Schieferplättchen raschelnd im Buchenwald verschwunden waren, eins nach dem anderen, so lange, bis in Dültgensthal nur Leere zurückblieb: Lehmboden und Mondschein, der sich darüberlegte.

Erst als das Zyankali Rudolphs Körper verlassen hatte, rief Peter Dültgen ihn zu sich. Ein neuer Brief aus Amerika! Vorsichtig ließ sich Rudolph am Esstisch nieder. Wenn man sich nicht zu schnell bewegte, waren die Dinge relativ fest und verlässlich: Die Wände schwankten dann kaum, auch der Tisch wogte nicht hin und her. Da war er, der Brief, glatt und voller Stempel, was für ein Anblick. Rudolph hätte ihn tagelang betrachten können, ohne ihn zu berühren, ohne den Umschlag zu öffnen – bloß verharren und sich vorstellen, was darin stehen mochte, wovon wohl berichtet wurde. Das Geheimnis, dachte er, trägt größere Schönheit in sich als das geschriebene, festgelegte Wort.

Auf seinen Unterarmen schlängelten sich zwei glänzende rötliche Narben. Aufgeregt zuckten sie, während Rudolph den Brief aus dem Kuvert holte. Peter Dültgen stellte zwei Gläser auf den Tisch und eine Flasche Schnaps. Uerdinger Doppelwacholder. Uerdingen, wann war das gewesen? Plötzlich streikten Rudolphs Finger, ganz so, als seien sie gefroren. Als sie sich langsam wieder bewegen ließen, murmelte Rudolph «Raffiné, Distingué, Enchanté» und stieß mit seinem Onkel an.

«Crawford's Quarry, im August 1862», las Rudolph endlich. «Lieber Bruder, bald schon will es Herbst werden in Michigan, die Winde rasen über den See und rütteln am Sturmfang vor unserer Tür. Noch aber scheint alles ruhig.

Man darf nicht zu viel Zeitung lesen, vor allem nicht die Detroiter Abendpost. Unser Sohn Konrad ist mit dem Dienstmädchen Louise auf und davon, und Maria fehlt nun jemand, der ihr mit den Gästen hilft. In der letzten Saison hatten wir fünf Lehrer und zwei Holzarbeiter hier, außerdem haben wir den Gemüsegarten vorne beim Ahorn neu gemacht und einen zweiten Bootsanleger gezimmert. Es gibt viel zu tun, wir schaffen es kaum noch allein.»

Hier brach Rudolph ab. Vor seinem inneren Auge breiteten sich der Huronsee und die umliegenden Wälder aus – das war Amerika. Und da war auch schon die Poststation, ein kleines Fachwerkhaus, das exakt so aussah wie die Häuser in Dültgensthal und auf dessen weißem Holzzaun die Worte standen: *Home of the Dueltgens.*

Da schreckte Rudolph auf und las weiter: Wie man wisse, sei die Familie mit vielen Kindern gesegnet, die meisten von ihnen aber zu klein, um mit anzupacken. Es sei unsäglich schwer, Deutsche aus Detroit oder Ann Arbor zu bewegen, hinaus in die Wildnis zu kommen. Ob es nicht einen patenten jungen Mann in der Familie gebe, den man ihnen vielleicht schicken könne?

Rudolph stockte. Peter Dültgen sah ihn lange an, dann las Rudolph weiter.

Vor allem Schlosser und Schmiede brauche man doch sehr, die Bezahlung sei gut, das Essen auch, vor allem aber gebe es Platz in Hülle und Fülle, ja, man könne sich die Menge an Platz wirklich kaum vorstellen.

Abgesehen davon sei es ratsam, in der warmen Jahreszeit zu reisen, wenn sich die Stürme gelegt hätten, in Frage komme der nächste Frühling oder Frühsommer, Juni etwa, Mai vielleicht. Man warte gespannt auf Antwort.

Rudolph legte den Brief zurück auf den Tisch und

trank ein zweites Gläschen von Melchers Weinbrand in einem Zug aus. Ihm schwindelte, mit beiden Händen umfasste er die Tischplatte. Geld – darauf kam es an. Rasch überschlug Rudolph, wie viel er über die letzten Jahre beiseitegelegt hatte. Viel war es nicht.

«Ich komme für die Schiffspassage auf», hörte Rudolph da Onkel Peter sagen. «Für alles andere selbstverständlich auch.»

«Und das Militär?», fragte Rudolph. Im nächsten Mai wurde er einundzwanzig, dann würde man ihn holen kommen. Wer floh, galt als Deserteur. Er dachte an das Schild auf dem weißen Holzzaun.

«Willst du in die Armee?», fragte Peter Dültgen. Er kannte die Antwort.

«Du wirst also über Rotterdam gehen müssen», sagte er. Es passierte alles zu schnell, in Rudolphs Kopf ging alles zu langsam, die beiden Geschwindigkeiten passten nicht zueinander. «Aus Bremerhaven lassen sie dich ohne Armee-Nachweis nicht ziehen.»

«Der Kronenberg wird mich verpfeifen», sagte Rudolph. «Der sieht mich lieber in Uniform als in Amerika. Und Mutter würde es das Herz brechen, wenn ich fortginge.» *Home of the Dueltgens*. Dieses Schild, er bekam es einfach nicht aus seinem Kopf heraus.

«Um Caroline werde ich mich schon kümmern», sagte Peter Dültgen. «Aber dem Kronenberg können wir nicht trauen. Wir müssen uns etwas einfallen lassen.»

Darüber verging ein halbes Jahr.

Nur noch wenige Stunden – dann war es so weit, dann würde Rudolph August Berns ausziehen, um Soldat zu werden in der preußischen Armee. In Düsseldorf gab es eine Militärschule, dorthin würde er am Nachmittag reisen. Aber bis dahin würde noch gefeiert werden, denn wenn der älteste Sohn auszog, um sein Leben selber in die Hand zu nehmen, dann musste man das würdigen. So hatte es jedenfalls Peter Dültgen gesagt, und alle hatten ihm zugestimmt, wenn auch aus unterschiedlichen Gründen. Bei sich hatte er gedacht: Wenn der Junge erst drüben in Michigan ist, werdet ihr euch über die Erinnerung an die letzten gemeinsamen Stunden freuen.

Es war ein ungewöhnlich warmer Frühlingstag. Unter der blühenden Kastanie im Hof hatte man alle Tische und Stühle aufgestellt, die man finden konnte, hatte bunte Sträuße aus Tulpen und Nelken darauf platziert und plattenweise geschmierte Brote, Kuchen und Liköre hinausgetragen. So schnell, wie alles verzehrt und ausgetrunken wurde, konnte man kaum für Nachschub sorgen. Vor allem der Likör und der Schnaps waren sehr gefragt, aber es wurde ja auch viel gesungen und gelacht. Onkel August hatte sein Akkordeon ausgepackt und aufgespielt, so etwas macht durstig.

Natürlich waren die meisten bereits angetrunken erschienen, es war immerhin ein Sonntag. Sonntag Kantate 1863, Rudolph hatte im Kalender nachgesehen, dann hatte er sich rasiert, dann hatte er sich noch mal rasiert, aber am Ende hatte alles nichts geholfen, und so war er hinausgegangen auf seine Feier. Tief in seinem Inneren war ihm ganz schwarz zumute.

Zwischen Mutter und Elise auf der einen, Max und Oswald auf der anderen Seite stand ein leerer Stuhl, das war sein Platz. Unmittelbar davor prangte die dunkelblaue Torte, die Elise zu seinem Abschied gebacken hatte. Obenauf saß eine Pickelhaube aus Marzipan. Das Stück, das Elise ihrem Bruder herausgeschnitten hatte, lag seit einer Stunde auf seinem Teller. Er brachte es kaum über sich, seine Mutter anzublicken, seine Schwester, seine Brüder ... Zu allem Unglück musste Peter Dültgen am Tischende präsidieren und Reden halten auf seinen Neffen, das Militär und Preußen im Allgemeinen. Neben seinem Teller stand eine leere Flasche Schnaps. Wie wollte er gleich die Kutsche lenken? Vielleicht würde Onkel August fahren, das mochte sein. Der begnügte sich mit Apfelsaft und einem Wurstbrot. Rudolph wurde schlecht. Verzweifelt stocherte er in seinem Tortenstück herum. Die Mutter tätschelte seine Hand. Wenn doch nur ihre langen Blicke nicht wären! Würde sie ihm verzeihen? Da, jetzt beugte sie sich zu ihm rüber.

«Hast du Angst, Junge?» Rudolph schüttelte den Kopf, sie lächelte und nahm seine schweißnasse Hand und gab ihm einen Kuss darauf. «Das ist der Weg der Männer», sagte sie. «Du tust das Richtige. Dein Vater wäre stolz auf dich!»

Wie schön die Mutter heute aussah – sie trug das weiße Kleid, das der Vater ihr einmal in Berlin gekauft hatte, die Haare waren lose hochgesteckt, und manchmal lachte sie sogar. Natürlich zwang sie sich dazu, das wusste Rudolph. Wenn sie sich unbeobachtet fühlte, entglitten ihr die Gesichtszüge, dann seufzte sie und befühlte immer und immer wieder das Spitzentuch, das auf dem Tisch lag.

«Jetzt geht's hinaus!», rief Peter Dültgen. Gleich war es so weit, man würde in die Kutsche steigen und nach Düsseldorf fahren. Peter Dültgen nickte Rudolph aufmunternd zu und wies mit seinem Schnapsglas in Richtung Hofeingang, wo das Gespann bereits auf ihn wartete. Aber dann war da noch Max. Max saß neben ihm, sah müde aus und hatte die ganze Zeit über noch kein Wort gesagt. Sogar den Kuchen, den er sonst so liebte, verschmähte er. Beiden ging die Trennung nah. Oft hatte Rudolph in den letzten Tagen darüber nachgedacht, Max mit sich zu nehmen. Jedes Mal hatte er den Gedanken wieder verworfen. Max würde es nie aushalten, von der Familie getrennt zu sein. Er war aus anderem Holz geschnitzt als Rudolph, so viel stand fest.

In der Kutsche lag schon Rudolphs Reisetruhe. Sein Reisepass befand sich darin, Wechselwäsche, außerdem ein dicker Pullover, ein Päckchen mit Proviant und der Umschlag mit *Uncle Williams* Adresse samt dem Geld, das Onkel Peter ihm bereits gegeben hatte. «Was sollst du damit schon groß anstellen», hatte er gelacht und ihm auf die Schulter geklopft: «Türmen?» Das Geld reichte aus für eine Rotterdam-New-York-Passage zweiter Klasse auf einem Dampfschiff. Peter Dültgens Neffe sollte nicht segeln, sondern fahren, und zwar nicht auf dem Zwischendeck, sondern an der frischen Luft.

Alles war bereitet, der Auszug zum Greifen nah. Die Jahre in Dültgensthal – schnell versuchte Rudolph, sich ihre Dunkelheit in Erinnerung zu rufen. Es wollte nicht gelingen. In seiner Verzweiflung fragte er sich, ob er dabei war, den größten Fehler seines Lebens zu begehen. Mit einundzwanzig! Er wusste sich keine Antwort darauf zu geben.

«Wirst du eine eigene Uniform bekommen?» Das war Elise. Vor lauter Aufregung hatte sie rote Wangen bekommen. «Und ein Gewehr? Und eine Pickelhaube?» Ihre Augen glänzten.

«Ich denke schon», sagte Rudolph langsam. Jedes Wort

brannte wie Feuer in seinem Mund. «Weißt du, wie soll ich denn sonst Eindruck bei den jungen Damen machen?»

Elise kicherte. Wann er sie denn besuchen komme? Aber dann bitte in Uniform, damit auch alle sähen, dass ihr Bruder beim Militär in *Düsseldorf* sei! Düsseldorf, das sei so aufregend, sie könne gar nicht aufhören, es zu sagen: Düsseldorf, Düsseldorf …

«Na –» Rudolph sah sich hilfesuchend nach Peter Dültgen um, der aber gerade dabei war, seinen Mantel von einem Malheur mit Sahnehering zu reinigen, und nicht zugehört hatte.

«Mit dem Ausgang ist es wohl schwierig in der ersten Zeit, es gibt ja so viel zu lernen. Aber sobald es geht, komme ich zurück, versprochen!» Jetzt spürte Rudolph, wie seine Augen anfingen zu brennen.

«So schnell kommt der nicht wieder!» Der Kronenberg war gar nicht so betrunken, wie Rudolph gedacht hatte. Aber wie einfach es jetzt war, ihn zu ignorieren. Einzig seine Mutter tat ihm leid, die mit dem Nutzvieh hierbleiben musste und mit dem kleinen Oswald, der neugierig umherlief und Kuchen in sich hineinstopfte. Max und Elise würden schon ihren Platz finden. Da bemerkte Rudolph, wie Max neben ihm aufstand und ihn mit sich hochzog. «Komm mit», flüsterte er. Zusammen gingen sie hinter den Schuppen am Wehr. Die Fabrikhalle, das Wehr, die Häuser. Als Rudolph sah, wie friedlich das alles im Sonnenschein dalag, wurde seine Qual unerträglich, und für einen Moment nahm er sich vor, wirklich nach Düsseldorf zu gehen und Soldat zu werden.

«Ich möchte dir noch etwas geben, bevor du fährst», sagte Max und reichte ihm ein Lederetui. Rudolph öffnete es: Ein großes Klappmesser befand sich darin, auf der Klinge stand in breiten Lettern *Solingen*. «Hab ich nicht selber geschmiedet, keine Sorge», sagte Max und grinste verlegen, Rudolph verzog das Gesicht zu einer Grimasse. Nein, ein talentierter Schlosser war sein Bruder wirklich nicht.

«Danke. Brauch ich doch aber gar nicht, beim Militär», sagte er schließlich. «Kriegt man ja alles abgenommen.»

«Lüg mich nicht an. Ich weiß ja doch, was du vorhast.» Max holte einen Umschlag aus seiner Hosentasche. «Das ist alles Geld, was ich habe. Nimm's und schick's mir irgendwann zurück, wenn du willst.»

Die beiden Brüder fielen sich in die Arme. Sie lösten sich erst voneinander, als sie die Pferde wiehern hörten. August und Peter Dültgen saßen bereits oben auf dem Wagen, der Rest der Familie hatte die Plätze unter der Kastanie verlassen und sich neben der Kutsche aufgestellt. Schon war es an der Zeit loszufahren, der Weg nach Düsseldorf war weit.

Rudolph gab Max eine letzte Kopfnuss, dann lief er hinüber zur Kutsche. Rasch wurden Hände geschüttelt – dass der Kronenberg immer nasse Handflächen haben musste, es war widerwärtig –, Oswald wurde in die Luft gehoben, Elise umarmt. Dann kam das Unsägliche: der Abschied von der Mutter.

«Es ist doch nur Düsseldorf», murmelte sie verwundert, als sie das nasse Gesicht ihres Sohnes auf dem Hals spürte. Kurz zögerte sie und fasste ihn am Hinterkopf. «Nicht wahr, mein Junge?»

«Natürlich, Mutter, du hast ja recht.» Rudolph nickte, gab sich einen Ruck und stieg schnell nach oben auf den Kutschbock. Die Mutter reichte ihm ihr seidenes Taschentuch nach. Er steckte es in seine Weste. Noch im selben Moment zogen die Pferde an. Eilig hatten sie es heute.

Rudolph drehte sich erst um, als sie bereits Wald erreicht hatten. Die Mutter war hinter der Kutsche auf die Straße gelaufen, ihr weißes Kleid bauschte sich im Wind. Regungslos stand sie da und sah dem Wagen nach. Rudolph hob den Arm und winkte ihr zu. Wie klein alles geworden war – noch sah man die Kastanie, die Fabrikschlote, die Schieferhäuser, sogar der Krämerladen von Onkel August war noch zu erkennen. Aber schon nach der nächsten Kurve hatte Rudolph diese Dinge hinter sich gelassen, und für einen kurzen Moment war ihm, als hätte es sie nie gegeben.

4.

DER ALBATROS

Das Meer, das Meer! Spiegelglatt lag es unter dem Bug. Rudolph Berns stand an der Reling und dachte: Ich hab's geschafft, ich hab's wirklich geschafft. Es fiel schwer zu begreifen, dass es sich um keinen Tagtraum handelte – zum ersten Mal seit langer Zeit, so schien es Rudolph, hatte die Wirklichkeit sein eigenes, geheimes Denken eingeholt. Sein Staunen darüber war grenzenlos. In die Freude mischte sich allerdings die Erinnerung an die Mutter und an die Geschwister: Rudolph hatte sein Leben in die Hand genommen, um den Preis, alle, die er liebte, getäuscht zu haben. Vor allem am Anfang der Reise hatte das schwer auf seinem Gewissen gelastet. Nun aber, mit jeder Seemeile, die sie zurücklegten, rückte Rudolphs neues Leben ein Stück näher und sein altes Leben in die Vergangenheit. Die See, sie machte wehmütig und frei zugleich.

Vor einigen Tagen schon hatte die Concorde, eine vierhundert Tonnen schwere Bremer Viermastbark, Madeira passiert. Die Nächte waren mild geworden, der Wind, der das Schiff so rasch durch die Biskaya und vorbei am Kap Finisterre getragen hatte, träge. Die Mannschaft flickte Segel und schrubbte unablässig die Planken. Kapitän Geelen sah Müßiggang nicht gern, schon gar nicht an Deck. Es war nur eine Frage der Zeit, bis jemand Rudolphs Namen bellen und ihm Lappen und Eimer in die

Hand drücken würde. Dabei war keineswegs Eile geboten. Die Concorde rollte so ruhig in der Dünung, dass sich im Klüvernetz Fliegende Fische verfingen. Ihre Flügel schillerten im Sonnenlicht und zuckten so lange umher, bis die Fische sich befreit hatten und zurück ins Wasser fielen. Delfine umspielten den Bug, in einiger Entfernung zog eine Gruppe von Schweinswalen durch den tiefblauen Ozean. Die Segel hingen schlaff an den Rahen; ohne Wind kein Vorwärtskommen, da konnte die Mannschaft brassen, was sie wollte.

Das gab Rudolph viel Zeit zum Nachdenken. Mit jedem Schlag des Bimssteins auf die Planken kehrten die Bilder vom Abschied aus Dültgensthal zurück: die Mutter auf der Straße, Max hinter dem Schuppen, Onkel Peter auf dem Kutschbock. Noch aus Rotterdam hatte er geschrieben und um Vergebung gebeten. In der Nacht, wenn alle schliefen, legte er sich manchmal das Taschentuch seiner Mutter auf das Gesicht. So ließ sich die Einsamkeit etwas besser aushalten. Im Zwischendeck, neben Stoffballen und Eisenwaren, drängten sich die Kojen der Matrosen dicht an dicht, und doch fühlte sich Rudolph so allein wie nie.

Bis zur Westküste Südamerikas waren es über zwölftausend nautische Meilen, und wenn die Passatwinde nicht bald einsetzten, würde die Concorde Peru nie in drei Monaten erreichen. Noch vermied Rudolph, an das Ziel der Reise zu denken. Früher hatte er sich nie um Zweifel geschert. Jetzt, mitten auf dem Meer, nahmen sie ihm manchmal den Atem. Er hatte kein Geld, und er hatte keine Freunde dort, wo er hinfuhr, nicht einmal entfernte Bekannte. Was nur würde er nach der Ankunft mit sich anstellen?

Wenn ihn einer der Matrosen beim Schrubben oder beim Auf- und Abbewegen des Pumpspills fragte, was er eigentlich vorhatte in Peru, so biss sich Rudolph auf die Lippen und schwieg. Was ging die seefahrende Bande El Dorado an, was verstand sie schon von den Inka oder den Schätzen der Berge? Sie befanden sich vor Afrika, da verbot es sich ohnehin, von Peru zu sprechen. Peru schien noch immer unendlich weit entfernt, und obwohl Rudolph sich schon lange auf See befand, kam es ihm nicht sehr wahrscheinlich vor, dass er jemals ankommen würde. Der Atlantik, Kap Hoorn. So hießen die Hindernisse, sie durfte man nicht unterschätzen.

Erlaubt hingegen war das Studium der Seemannsarbeit und der Sprache, der man sich auf dem Schiff bediente. So nutzlos dieses Studium für ihn, Rudolph, auch sein mochte – es brachte willkommene Ablenkung. In den schlaflosen Nächten, die er im Zwischendeck verbrachte, sagte er die Segel auf, die sich hoch über die Decks spannten.

«Willste nicht lieber Spanisch lernen?», fragte ihn Wim Piets, der Bootsmann. Kopfschüttelnd hatte Wim den jungen Mann dabei beobachtet, wie er sich an der Reling hochgestemmt hatte, ganz so, als wolle er kopfüber ins Wasser springen. Aus ihm wurde man einfach nicht schlau. Aber muskulös war er ja, der Sonderling, vielleicht stimmte es, was er sagte, und er hatte wirklich als Schlosser gearbeitet. Seine tiefblauen Augen blickten für einen jungen Kerl erstaunlich unbeirrt umher; die Mundpartie dabei stets angespannt, als sei er daran gewöhnt, sich Dinge, die er sagen wollte, zu verkneifen. Starke Unterarme, um die sich zwei Narben wanden, und ein breiteres Kreuz als die meisten Matrosen, die auf dem

Schiff anfingen. Sonst eher ein sehniges Bürschchen mit dunkelblonden Haaren und einer Haut, die schneller braun wurde als rot. Über seine hohen Wangenknochen zog sich ein Band von Sommersprossen. Wahrscheinlich war er jünger, als er vorgab.

Rudolph ließ die schmerzenden Arme hängen. «Kann ich längst», sagte er.

«Du hast se ja nicht mehr alle», grinste Wim wohlwollend. Dann drückte er Rudolph den Bimsstein in die Hand und wies auf ein paar Matrosen, die bereits unter dem Fockmast mit Eimern, Lappen und Steinen zugange waren. «Nu laufen se alle barfuß, nu muss das Deck glatt sein, Junge. Ab zum Beten!»

Dort, wo die Boote lagen, war das Holz besonders rau. Feine Splitter hoben sich von den Teakplanken, hier gab es auf Tage zu tun. Und lag da nicht ein Schatten über dem Holz, als sei einmal ein Fass Teer oder Pech umgestoßen worden? Sosehr man auch scheuerte, der Fleck wollte und wollte nicht verschwinden … Dafür kam Rudolph ein anderer Gedanke, ganz von allein. Er stellte sich vor, als Konquistador zusammen mit den Pizarro-Brüdern über den Atlantik zu segeln; an Bord hatte er das Sagen, und er verrichtete nicht die geringste Arbeit. Sie fuhren in dem Bewusstsein, eine neue Welt zu erobern, eine Welt, in der sie Könige wären und alles, was sie fänden, ihnen gehören würde.

Bald aber kroch Rudolph Staub in die Kehle – der Durst, den er auslöste, wurde unerträglich, die Vision verschwand. Als er eine Kelle vom Wasserfass nehmen wollte, erklang vom Achterdeck Gelächter. Rudolph erkannte Hartemink, Smidt, Gildemeister und Corssen, die seekranken Kaufmänner aus Bremen. Sie hatten sich

bereits an Bord befunden, als Rudolph in Rotterdam da-
zugekommen war. Ihre grünliche Gesichtsfarbe hatte
einer vornehmen Blässe Platz gemacht, die sich scharf
von den dunklen Anzügen und Hüten abhob. Vor allem
Hartemink legte Wert darauf, auch bei der Überfahrt
sorgfältig gekleidet zu sein: Rudolph hatte bereits mehr
als drei verschiedene Anzüge gezählt, die Hartemink abwechselnd zur Schau trug. Besonders ein marineblauer
Dreiteiler nahm sich so vornehm aus, dass sogar Kapitän
Geelen in Harteminks Gegenwart auffällig oft an seine
Mütze fasste.

Rudolph betrachtete sich selbst: der nackte, sonnenverbrannte Oberkörper, die Hose, die in Fetzen von den
Oberschenkeln herabhing und nach Talg stank. Keine
einzige Münze befand sich mehr darin, sein ganzes Kapital hatte er für die Passage auf der Concorde ausgeben
müssen. Ausgerechnet ein deutsches Schiff! Aber Rudolph hatte schon zu lange in Rotterdam gewartet, zu viel
Poker in den Schenken am Dock gespielt, und Wim Piets
hatte auf jede Nachfrage verzichtet. Dass unter diesen
Voraussetzungen an Bord mitgearbeitet werden musste,
war klar.

Drüben auf dem Achterdeck wurde jetzt Madeirawein
aus großen Gläsern getrunken. Für ihn, Rudolph, stand
nur das Fass mit Süßwasser bereit, und das auch nur, wenn
keiner hinschaute. Rudolph kannte sich aus mit Demüti-
gungen; was nicht heißt, dass er sich an sie gewöhnt hatte.
Er verabscheute die Hartherzigen, die Geizigen dieser
Welt. Ihm fiel ein, dass Onkel Peter eine Dampferpassage
nach New York für ihn vorgesehen hatte. New York? Was
war schon New York?

Hartemink bemerkte Rudolphs Blick und hob mokant

das Glas in seine Richtung. Da stellte sich Rudolph hin, wie Hartemink es gerne tat – betont breitbeinig und mit emporgerecktem Kinn. Die Matrosen lachten, einem fiel vor lauter Ausgelassenheit der Eimer mit der Lauge um. Als Hartemink das Schauspiel begriff, schenkte er ein Glas Madeira ein und kam damit zu Rudolph herüber.

«Monsieur Zwischendeck!», sagte Hartemink und prostete ihm nochmals zu. Die Hälfte des Glasinhalts verschüttete er – versehentlich, musste man wohl annehmen – auf die Planken.

«Pardonnez-moi», sagte Hartemink. Der Wein versickerte blutrot zwischen den Planken, Smidt und Gildemeister oben auf dem Achterdeck wieherten vor Lachen. Rudolph verachtete Hartemink, seine Visage, seinen nasalen Tonfall. Dennoch musste er, Rudolph, vor ihm niederknien. Richtig war das nicht – und doch musste es geschehen. Wieder einmal kam Rudolph die Welt vor wie ein unordentlicher, gedankenloser Entwurf. Wortlos ließ er sich zu Boden sinken und fing an zu wischen.

Wenn ich die goldene Stadt finde, dachte er, werde ich mir von ihrem Gold Anzüge aus den Schuppen Fliegender Fische fertigen und genug Wein kommen lassen, um ganze Hafenbecken damit zu füllen. Dann werde ich vor niemandem mehr knien und niemandes Deck mehr schrubben.

Rudolph Berns war als Einziger nicht seekrank geworden. Nicht in der Nordsee und auch nicht im Ärmelkanal, wo die Concorde, kaum aus Rotterdam ausgelaufen, in einen Sturm geraten war. Dröhnend waren die Sturzwellen gegen das Schiff geprallt, die Balken hatten geächzt, dass man meinte, sie müssten auseinanderbrechen. Dazu das

Johlen und Getrampel der Seeleute an Deck, das Beben und Zittern des Rumpfes, wenn das Schiff von einer Woge erfasst wurde – von seiner Koje im acht Fuß hohen Zwischendeck aus hatte Rudolph die Kaufmänner Hartemink, Smidt, Gildemeister und Corssen in der vornehmen Kajüte über ihm erst sich übergeben, dann lauthals beten gehört. Schließlich hatten sie wie kleine Kinder geheult.

Rudolph kam das Leid und das Zetern der Herren vor wie eine kränkliche Schwäche. Hatte man nie gelernt, sich zusammenzureißen? Wer stets wie eine Made im Speck gelebt hat, dachte Rudolph, der wundert sich, wenn es mal anders zugeht. Er dagegen verspürte kaum Angst oder Unwohlsein. Endlich einmal tat sich etwas! Da wusste er, dass er sich auf die Stärke in seinem Inneren verlassen konnte. Die anderen waren seekrank. Rudolph war stolz.

Bei einer starken Krängung des Schiffes lösten sich die alten Musketen von der Wand und prallten gegen Rudolphs Koje. Daraufhin kletterte er durch die Luke an Deck und wagte sich zum ersten Mal auf die Brücke zu Kapitän Geelen und Steuermann Terheiden. Im Ölzeug standen sie da und spähten mit ihren Fernrohren hinaus in die Nacht. Geelen rief: «Junge, wir sind an Calais und Dover vorbei, wie kann das sein?» Als ob er, Rudolph, etwas davon verstünde.

«Meinetwegen kann's so weitergehen», antwortete er. Später luden Geelen und Terheiden ihn in die Kapitänskajüte ein und zeigten ihm, wie man auf der Karte Distanzen mit dem Zirkel abmisst. Die Concorde machte in jener Nacht elf Knoten – das sei nicht normal, sagte der Kapitän, das sei ganz außerordentlich. Warum er, Berns, eigentlich nicht seekrank sei? Ob er sich fürs Segeln interessiere? Die Aufmerksamkeit des Kapitäns tat Rudolph gut. Er merkte, dass er sich allein gefühlt hatte. Von da an suchte er Geelens Nähe.

Einige Tage lang drehten sich nun die Gespräche um Takelage, Segel und Rahen – aber schon nach kurzer Zeit handelten sie von Südamerika und dem Leben an sich. Einmal nahm sich Rudolph ein Herz und fragte Kapitän Geelen, ob er an die Geschichten der Alten glaube, an die Berichte von Wundern, von Erscheinungen und verlorenen Städten. El Dorado erwähnte er mit keinem Wort. Kapitän Geelen meinte, der junge Mann spräche von Religion, und winkte ab.

«Ich glaube an das, was ich sehe», sagte er. Alles andere sei Seemannsgarn. Und Garn bleibe nun einmal Garn! Welches Alter es habe, spiele keine Rolle.

Kurz darauf aber kam die Flaute, der Stumpfsinn, die Verzweiflung. Wie viele Fliegende Fische konnte man von den Planken aufsammeln und in den Ofen der Kombüse schieben, wie oft mit dem Bimsstein über die Planken gehen? Die Langeweile wurde unerträglich. Zu sehr durfte man sich in seinen Tagträumen nicht verlieren, sonst fiel man auf und wurde bestraft. Die Brise wurde immer schwächer und hing als matter Hauch in den Segeln, auf den Rahen ließen sich bereits Seeschwalben nieder, ungestört vom Fluchen, Pumpen und Wischen unten an Deck.

Rudolph dachte an seine Mutter, dachte an Onkel Peter. Es war richtig gewesen aufzubrechen, und doch fühlte es sich so falsch an, dass es ihm manchmal die Luft abschnürte. Mit der Zeit begriff Rudolph, dass das Richtige zugleich das Falsche sein konnte, es kam nur auf die Perspektive an. Dachte man zu viel darüber nach, konnte man verrückt werden. Vielleicht war das der Grund, warum Wim Piets die Männer so schuften ließ. Arbeiten war gesünder als Grübeln. *Simmelieren.* Als Rudolph dieses Wort einfiel, dachte er an seinen Vater, der es manchmal benutzt hatte, und packte den Bimsstein eine Spur fester.

Als nach einigen Tagen endlich der Teide am Horizont erschien, das Schiff sich also den Kanarischen Inseln näherte, war die Erleichterung unter den Matrosen groß. Die weiße Kuppe des Vulkans leuchtete hell über dem Wasser.

«Genug geschrubbt», sagte Wim jetzt. Sechs Köpfe fuhren hoch, Bimssteine und Besen fielen polternd zu Boden.

«Heute Abend laufen wir ein. Werden für ein paar Tage vor Anker liegen – höchste Zeit, die Fässer sind bald leer. Und was bekämen dann die werten Badegäste sonst zu trinken?»

«Meerwasser?», antwortete Rudolph skeptisch und streckte den Rücken durch. Ob Zügigkeit auf diesem Schiff gar nichts bedeute?

«O doch», sagte Wim. Spätestens am Kap Hoorn würde es noch so zügig werden, dass Monsieur Berns nach seiner Frau Mutter krakeelen werde.

Da lief Rudolph rot an und schwor sich, dass dergleichen niemals passieren würde, selbst wenn das Schiff zerbersten, selbst wenn seine Splitter an die Felsen Feuerlands gespült werden sollten.

Aus Angst, die Concorde könne ohne ihn den Hafen von Santa Cruz de Tenerife verlassen, weigerte sich Rudolph, von Bord zu gehen. Bei sich dachte er: Ich habe ohnehin kein Geld, um irgendetwas zu kaufen. Bis Callao würde es bei Schwarzbrot, Graupen und eingesalzenem Speck bleiben – an einen Ersatz für die zerrissene Hose war ebenso wenig zu denken. Vom Mitteldeck aus betrachtete Rudolph die eigentümlichen Wedel der Palmen und die geduckten weißen Häuser im Hafen. Hartemink, Smidt, Gildemeister und Corssen ließen sich an die Hafenkante rudern. Hartemink trug einen hellen Anzug und einen Hut, der ihn schon von weitem als Tropenreisenden auswies. Dabei hatte Hartemink selber noch getönt, dass man sich lediglich im Hafen umschauen werde, um – wie er sagte – einmal die Glieder auszustrecken.

Kaum landete das Boot an, wurden die Männer umringt von spärlich bekleideten Frauen. Man machte keine Anstalten, sie abzuwehren.

Rudolph kniff die Augen zusammen. Irgendwo hinter dem Zollgebäude befand sich wohl das Hotel, womöglich sogar mit richtigen Federbetten, Wein, feinen Speisen am Abend und sauberem Wasser, um sich damit zu waschen. Rudolph lernte, dass man viel ertragen und sich doch gleichzeitig nach Komfort sehnen konnte.

Einer der Matrosen brachte ihm vom Hafen eine eigenartige Frucht mit, die nach Anis schmeckte, und Wim erbarmte sich und schenkte Rudolph eine abgelegte Hose aus seiner Seemannskiste. Kapitän Geelen war jetzt so beschäftigt, dass sich kaum noch Zeit für Gespräche fand. Dennoch war ihm aufgefallen, dass Rudolph stundenlang auf den Teide starrte und Skizzen anfertigte.

«Mir scheint», sagte Geelen eines Abends, «dich zieht es in die Berge und nicht aufs Meer. Wie ich höre, soll es in den Anden sehr interessant zugehen. Gibt wohl allerhand Gelichter, das sich dort herumtreibt.»

«Räuber und Plünderer», sagte Rudolph. «Sie zerstören die Ruinen, schänden die Gräber. Die meisten wissen nicht das Geringste über die Inka. Buddeln allein reicht aber nicht. Nur wenn man sie begreift, hat man eine Chance, etwas wirklich Wichtiges zu finden, etwas von Belang, von so großer Bedeutung, dass …»

Aber da gesellte sich schon Wim Piets dazu, und das Gespräch war beendet.

Drei Tage lag die Concorde vor Anker. Während Kapitän Geelen und der Smutje die Vorräte an Frischwasser, Fleisch, Zitronen und Branntwein aufstockten, wurden die Nähte zwischen den Schiffsbalken kalfatert und das Tauwerk mit Labsal einbalsamiert. Zeit für Betrachtungen gab es nicht. Gerade hatte Rudolph die Keepen des Backstags mit der Mischung aus Teerfirnis und Terpentinspiritus bestrichen, da frischte es auf. Der Passat war wieder da, jetzt konnte es nicht mehr lange dauern. In den drei Tagen vor Teneriffa hatte Rudolph sich einen Plan zurechtgelegt, wie er, einmal in Peru angekommen, verfahren wollte. Seitdem schlief er etwas besser, auch die diffuse Angst, die manchmal über ihn gekommen war, verschwand.

Die Concorde lief zusammen mit den Barken Columbia und Edmond aus. Rudolph stand mit Kapitän Geelen und Steuermann Terheiden auf dem Achterdeck und blickte zu den Menschen, die sich auf den Decks der Barken drängten.

«Auswandererschiffe», sagte Terheiden. «Nach New York, die haben's nicht mehr weit. Gibt viele Deutsche in den Staaten. Bauern, die meisten. Was hast du eigentlich vor, in Peru?»

New York? Da fiel Rudolph Uncle William ein, der vergeblich auf seinen Neffen warten würde. Plötzlich packte ihn eine so heftige Übelkeit, dass er sich über die

Reling beugen musste. Vielleicht wurde er jetzt doch seekrank.

«Ich werde mich wohl zuerst bei der Eisenbahn verdingen», sagte er, nachdem sein Magen sich wieder beruhigt hatte. «Als Schlosser findet man überall etwas zu tun. Ich will in die Berge, verstehen Sie?»

«Eisenbahn? In den Anden? Die wirst du wohl erst bauen müssen, bevor du dich bei ihr verdingen kannst», sagte Terheiden. «Die meisten Europäer machen sich eine falsche Vorstellung von Peru. Denken, das ganze Land sei aus Gold gemacht, dabei ist es genauso staubig und bitterarm wie der Rest des Kontinents.»

Mit diesen Worten zog sich Terheiden in die Kajüte zurück. Geelen lehnte sich gegen die Reling und dachte: Ein paar weniger Grillen, und der Junge würde einen guten Seemann machen.

«Kapitän Geelen», sagte Rudolph schließlich, «hatten Sie jemals das Gefühl, die Welt hat unrecht in dem, wie sie sich zeigt?»

Kapitän Geelen meinte, sich verhört zu haben, und bat um Wiederholung: Die Welt habe unrecht?

Nun ja, antwortete Rudolph, «unrecht» sei vielleicht etwas vage. Er habe jedenfalls den Eindruck, dass sich das eigene Leben nicht immer im besten Licht präsentiere. Seine Umstände erschienen oft lieblos entworfen, dahingeschludert, von wem auch immer. Da gelte es doch, die Dinge selber in die Hand zu nehmen, nicht wahr? Sie zu ändern, mit aller Kraft der Hände und des Geistes?

Kapitän Geelen schob sich die Mütze in den Nacken und kratzte sich an der Stirn. Wim Piets hatte tatsächlich recht: Der Junge war ein *schwieriger Fall*, wie sich der Bootsmann ausgedrückt hatte. «Ein Holzkopf bist du ja nicht gerade, Berns», brummte Geelen und griff zum Fernrohr. «Aber eins sag ich dir: Folg bloß nicht deinen Hirngespinsten. Vertrau auf deine Hände, Junge, dann bringst du's vielleicht zu was in Peru.»

Rudolph richtete sich auf und wollte erzählen von den unzähligen Stunden, die er mit den Berichten großer Andenreisender zugebracht hatte. Wollte erzählen, wie er ihre Routen immer und immer wieder studiert hatte, so lange, bis er sich einen Reim auf die Lage der Ruinen hatte machen können. Er war noch nicht fertig, da bemerkte er, dass etwas den Kapitän ablenkte. Am Horizont erkannte er den Grund für die Unruhe: eine spanische Fregatte.

«Nach Südamerika», brummte der Kapitän. «Was die dort zu suchen haben?» Geelen gab den Befehl anzuluven, und kurz darauf setzte sich das Schiff höher an den Wind, Kurs Süd-Südwest.

Das Kreuz des Südens! Rudolph war gerade eingeschlafen, als der Matrose im Vortopp es aussang. Mit klopfendem Herzen sprang Rudolph aus dem Beiboot. Seit einigen Tagen schon war es so warm, dass sich die Luft im Zwischendeck staute und Rudolph sich heimlich in eines der Boote schlich, um dort die Nacht zu verbringen. Den Kopf im Nacken, vorbei an Großmast und Rahen, konnte er das Kreuz am Himmel deutlich erkennen: Mitten im hellen Band der Milchstraße schienen vier Sterne auf. Es war so weit, das Schiff überquerte den Äquator. Obwohl der Mond im ersten Viertel stand, war die Nacht unnatürlich hell. Bei der Kajüte klapperten die Türen, Terheiden lief heraus, Hartemink, Smidt, Gildemeister und Corssen folgten – selbst der Kapitän war aus der Koje gesprungen.

Rudolph hatte sich noch nicht sattgesehen, da erregte

etwas anderes seine Aufmerksamkeit. Er blickte nach unten, ins Wasser. Es leuchtete. Wo das Wasser das Schiff berührte, wogten die Fluten blau schimmernd von ihm fort. Wie war das möglich? Es musste ein Wunder sein, ein Phänomen, das die Sinne verwirrte. Das war ganz nach Rudolphs Geschmack. Er lächelte.

Auf dem Hauptdeck versammelten sich nun Mannschaft und Passagiere. Kapitän Geelen ließ ein Fässchen Wein hervorholen, das er speziell zu diesem Zweck auf Teneriffa besorgt hatte. Den Herren Kaufmännern wurde zuerst eingeschenkt, und Smidt ließ es sich nicht nehmen, einige gewichtige Worte zu sprechen über die Seefahrt, den Welthandel und so patente Männer wie Kapitän Geelen. Rudolph nutzte den Moment, um seinen Zinnbecher aus dem Zwischendeck zu holen.

Die Südhalbkugel, das ist etwas, dachte Rudolph, darauf lohnt es sich anzustoßen. Südamerika war nun nicht mehr weit entfernt. In wenigen Monaten schon würde sich erweisen, ob sein Plan aufging, ob er Arbeit fände. Stärker als zuvor spürte er, dass er jetzt ganz auf sich gestellt war. Dies hier war der eine Versuch, der gelingen musste. Rudolph schwankte zwischen Euphorie und Furcht und konnte dennoch nicht begreifen, warum sich jemand für ein Leben in Eintönigkeit entscheiden würde. Sein Vater fiel ihm ein, der Umzug nach Berlin. *Der hatte sich was getraut.* Rudolph sah hoch zum Süderkreuz, nippte an seinem Wein und prostete schließlich dem Firmament über sich zu.

Am Vormittag des 30. Mai 1863 tauchte ein Riese aus dem Wasser auf. Deutlich zeichneten sich die Schulter- und die Rückenpartie ab. Der Riese bewegte sich nicht, ganz ruhig lag er im Wasser und wartete auf die Ankunft der Concorde. Rudolph war seit dem Morgen damit beschäftigt, Kartoffeln abzubürsten. Ein Riese … Moment, das konnte nicht sein. Vielleicht stiegen ihm die giftigen Sporen des Kartoffelschimmels in den Kopf? Ohne weiter darüber nachzudenken, ließ Rudolph die Bürste fallen und lief auf den ersten Matrosen zu, den er finden konnte.

Wie sich herausstellte, lag vor dem Schiff kein Riese, sondern Brasilien. Schon waren die Berge von Rio de Janeiro klar zu erkennen: Der Gávea, der Corcovado und der Zuckerhut türmten sich Hunderte von Fuß hoch über dem Hafen der Stadt.

«Muss ich dich anbinden?», erkundigte sich Wim Piets, als er sah, wie weit sich Rudolph über die Reling beugte. Viel fehlte nicht, und Rudolph hätte eines der Boote zu Wasser gelassen, um an Land zu rudern. Südamerika … Von der Küste her wehte ein süßlicher Pflanzenduft, in der glatten See näherten sich dem Schiff Schildkröten und Delfine. Ein überwältigendes Gefühl: wenn sich das Geschehen der eigenen, inneren Welt anglich. Eine Gnade war das, und eine schiere Ungeheuerlichkeit. So muss sich das Glück anfühlen, dachte Rudolph.

Als die Concorde im Hafen von Rio de Janeiro eingelaufen war, brachte es Rudolph kaum über sich, das Schiff zu verlassen. Was war geschehen? Dies hier war die Neue Welt, *seine* neue Welt, die er sich selber auserkoren hatte und die er jetzt betreten würde. Er fühlte sich überwältigt und liebte sie bereits so unbändig, dass ihm beinahe schwindelig wurde. Bei Radziwill neben Izabela zu sitzen war nichts gewesen im Vergleich hierzu.

«Jetzt geh schon», brummte Wim Piets hinter ihm und

schubste Rudolph hinaus auf die Pier. «Aber vergiss nicht, dass du nach Peru willst. In Rio sind schon viele klebengeblieben.»

Da ließ Rudolph die Matrosen und die Kaufmänner an sich vorbeiziehen, blickte stumm auf die Hafenmeisterei, die Berge dahinter und das weiße Band der Strände, das sich an sie schmiegte. Ein Stück versetzt im Inland lag die Stadt. Sie war das Tor zum Kontinent. Noch immer spürte Rudolph das Schwanken des Schiffes in den Beinen, meinte, dass die Pier sich bewegte, und setzte sich vorsichtshalber auf einen Hafenpoller.

Südamerika ... Wie einer seiner Tagträume kam es Rudolph vor, nur intensiver. Die Pier unter seinen Füßen schwankte noch immer, und so verfolgte er das Treiben an den Docks, sog die Luft ein, betrachtete einen türkisfarbenen Falter, der sich auf seiner Hose niedergelassen hatte, und skizzierte die Palmen, die sich kreuz und quer über die Dächer der Zollhäuser bogen.

Als das Schwanken endlich nachließ, lief Rudolph über das Hafengelände und weit darüber hinaus. Er konnte den Hafen kaum noch sehen, da sank er verschwitzt auf die Bank einer Schenke und trank das Kokoswasser, das die mitleidige Wirtin vor ihm abstellte. Dort verfasste er einen Brief an Onkel Peter, in dem er ihn über die sichere Überfahrt informierte. Danach schrieb er an Richard Kahle und Paul Güßfeldt. «Meine verehrtesten Kanaillen: Es meldet sich hiermit ein alter Freund aus der Neuen Welt und richtet aus, dass er es mit heiler Haut nach Brasilien geschafft hat. Ein rechter Höllenspaß! In wenigen Tagen schon geht es ums Kap. Es ist wohl kaum so wild, wie man gemeinhin erzählt. Hochachtungsvoll, Rudolph August Berns.»

Drei Wochen später zerfleischte Rudolph August Berns vor Angst seine Unterlippe. Die Concorde war vor Kap Hoorn in eine schwere Sturmserie gesegelt. Feuerland war noch nicht erreicht, da hatte man auf der Concorde bereits die Ladung gesichert, das Großsegel eingeholt und mit Reffbändseln am Baum eingehängt, Bullaugen und Luken wetterfest verriegelt.

Einem antarktischen Unwetter aber hatte der Viermaster nichts entgegenzusetzen. Orkanwinde attackierten die Breitseite des Schiffes. Es regnete, hagelte und schneite zugleich. Das Schiff krängte so sehr, dass Eiswasser eindrang in die Kajüte und ins Zwischendeck. Nach dem ersten Sturm schon hatte Rudolph Wim Piets Anweisung, das Zwischendeck nicht zu verlassen, missachtet und sich lieber an den Fockmast gebunden. Wenn er ersaufen sollte, dann wenigstens im Angesicht der Schöpfung. Auch wollte wohl Gott angerufen werden, und von hier draußen machte man sich zweifelsohne besser bemerkbar. Die Seemänner hangelten sich an Seilen über das Deck, um nicht von Bord gespült zu werden. Die Rippen des Schiffes knirschten, mit einem gewaltigen Krachen rissen Sturmsegel entzwei. Da hieß es: Lenzen vor Topp und Takel! Das Schiff wurde dem Sturm überlassen, ohne Segel, ohne Steuerung, jetzt gab es nichts mehr zu wollen oder zu tun. Die nahe Steilküste, das war Feuerland, und die Concorde war nichts als ein Haufen Splitter, der wie durch ein Wunder noch in Schiffsform zusammengehalten wurde.

Rudolph betete, den Mund voll Wasser und Eis, schrie nach der Mutter Gottes: Gegrüßet seist du, Maria, voll der Gnade, bitte für mich in der Stunde meines Todes, Amen! Danach schrie er nach seiner eigenen Mutter. Von Wim Piets war ohnehin nichts mehr zu sehen, vielleicht hatten die Wellen ihn mitgerissen. Die Angst hatte jetzt vollends von Rudolph Besitz ergriffen, sie benebelte Sinne, Verstand und Zeitgefühl. Das war Kap Hoorn, in seiner See lagen Zehntausende von Toten. Daran aber dachte Rudolph nicht. Sein Instinkt hatte übernommen, und der kannte nur zwei Kategorien: Leben oder Sterben.

Dann – ein Moment gespenstischer Stille, in denen Sonnenstrahlen durch die tiefliegenden Wolken brachen. Rudolph rutschte am Mast hoch und riss seine vom Eis verklebten Lider auseinander. Da sah er ihn. In einem Wellental, das so still neben dem Schiff stand, als sei es eingefroren, schwebte ein schneeweißer Albatros. Jedes Detail fand Eingang in das weit aufgerissene Auge des Vogels: die Gischt, die Gletscher, der Mast und auch das kleine Menschlein daran, das sich vor Angst verzehrte. Der Albatros hingegen fürchtete rein gar nichts. Hier, in dieser Welt, gehörte alles ihm. Angst, wovor?

Rudolph wollte lauthals auflachen. Nun fielen die Sonnenstrahlen auf die Berge Feuerlands, und für einen Augenblick sah es so aus, als seien sie nicht mit Schnee bedeckt, sondern mit feinen Plattierungen aus Silber und Gold. Der Sturm fiel in sich zusammen, Ruhe kehrte ein.

Am nächsten Tag hatte die Concorde die Westküste Südamerikas erreicht.

Bei der Insel Chiloé gingen sie zum ersten Mal vor Anker. Rudolph skizzierte jeden Berg und jeden Vulkan, der sich vom Horizont abhob.

«Südamerika ist groß», kommentierte Terheiden. «Wenn du alles festhalten willst, wirst du noch ein paar mehr Hefte brauchen.»

Rudolph sollte das nur recht sein. Er, Rudolph August

Berns, würde diesen Kontinent erkunden, bis er ihn in- und auswendig kannte, alles studieren, was es über ihn zu wissen gab. Bei Patagonien fing er eben an. Chiloé, stellte er fest, war dicht bewaldet; aus dem Urwald im Inneren der Insel stieg eine Rauchsäule hoch, die im feinen, allgegenwärtigen Nieselregen aufging. Vom Ufer her näherte sich ihnen eine Gruppe von einfachen Kanus. Die Eingeborenen winkten den Seemännern schon von weitem zu und hielten Hühner, Kalebassen und verschiedene Säckchen in die Höhe. Geelen ordnete an, dass niemand das Schiff verlassen sollte, zu sehr fürchtete er die Pamperos, die antarktischen Winde, die in diesen Breiten zu jeder Zeit auftreten konnten.

Chile – dieses Land nahm und nahm kein Ende. Rudolph kam es vor, als ob es in derselben Geschwindigkeit, mit der die Concorde daran vorbeifuhr, schmaler und schmaler wurde, so lange, bis es zum Nordpol reichte und niemand mehr darauf stehen konnte.

Kurz vor Valparaíso, in der Nacht, ging ein Ruck durch das Schiff. Der Rumpf erzitterte. Geelen glaubte, auf eine Untiefe aufgelaufen zu sein. Terheiden und Piets rannten unter Deck, aber nirgends war ein Leck zu sehen, und in der Bilge stand nicht mehr Wasser als sonst. «Ein Erdbeben», brummte Kapitän Geelen. «Ab ins Vortopp und Wellen aussingen.»

Der Hafenmeister von Valparaíso bestätigte am nächsten Morgen, dass sich ein *terremoto* ereignet hatte: Etwas weiter im Inland habe sich sogar die Erde aufgetan, schwarze Dämpfe seien herausgetreten und hätten die Luft verdorben. Einige englische Minenbesitzer und ihre Familien seien dabei ums Leben gekommen. Wie schnell der Mann sprach, und wie sich seine Zunge um jeden

Konsonanten herumwand, als laufe sie Gefahr, sich an ihnen zu verbrennen ... Auch Valparaíso kam Rudolph seltsam vor: Lose Gruppen von bunt angestrichenen Häusern, die sich zwischen die Schluchten klemmten, und zuäußerst am Meer eine Hafenzeile, in der sich ein englisches Geschäft an das nächste drängte.

Nun waren es nur noch wenige Tage, bis sie in Peru sein würden. Mit dem Solinger Messer, das Max ihm geschenkt hatte, schnitzte Rudolph ein Wort immer wieder in die Balken neben seiner Koje: Do-ra-do, ein Wort, oder drei? Do-Ra-Do, Do-Ra-Do, ein Wort, das wieder anfing, kaum dass es zu Ende gegangen war, ein Zauber, der aus sich selber hervorging, sich auslöschte und zugleich neu erschuf.

Am 3. August 1863 um zehn Uhr abends fuhr die Concorde in die Bucht von Callao ein. Für kurze Zeit waren im Mondlicht die Umrisse der Insel San Lorenzo zu erkennen – dann kam Nebel auf und wurde so dicht, dass Kapitän Geelen beschloss, den Hafen von Lima erst am nächsten Morgen anzulaufen.

«Charakterprobe für Monsieur Zwischendeck!», sagte Hartemink, als er Rudolphs angespannten Gesichtsausdruck bemerkte. Die umstehenden Matrosen lachten. Schnell konterte Rudolph, er habe nichts gegen Charakterproben einzuwenden. Ob er, Hartemink, eigentlich ein guter Verlierer sei? Zu verlieren sei nämlich auch eine Charakterprobe. Wim Piets mahnte die Männer zur Ruhe, Rudolph hielt dagegen, man habe lediglich von Karten gesprochen. Nicht wahr? Eine Runde Poker, um sich die Zeit zu verkürzen? Aber Verlieren zähle natürlich nur, wenn man auch wirklich etwas dabei verliere ...

Hartemink willigte ein. Allerdings musste das Karten-spiel in die Kajüte verlegt werden, da der Nebel mittler-weile so dicht war, dass man auf Deck kaum noch vom Kreuz- zum Großmast sehen konnte. Rudolph war alles gleich. Auf den Ort kam es nicht an.

Die Petroleumlampe, die auf dem Tisch der Kajüte stand, streute mattes Licht auf Polstermöbel, Federbetten, sogar auf einen gusseisernen Ofen. Was hätte Rudolph vor Feuerland für Feuer gegeben … Beim Gedanken an die patagonischen Gletscher erbebte er, zwang sich aber, ruhig zu bleiben. Rings um den Kartentisch scharten sich die Matrosen, die das Spiel nicht verpassen wollten. Sie ließen Hartemink nicht aus den Augen. Wim Piets würde die Karten austeilen, das ging in Ordnung. Hartemink setzte sich und legte als ersten Einsatz eine Münze auf den Tisch. Rudolph, dem die Münzen schon lange aus-gegangen waren, riss alle Knöpfe von Hose und Jacke und sammelte sie in seinem Schoß. Einen davon legte er als Einsatz neben Harteminks Münze.

Wim Piets wartete ab, ob Hartemink protestieren wür-de, aber als jeder Kommentar ausblieb, teilte er die Kar-ten aus. Kaum hatte Hartemink sein Blatt besehen, legte er zwei weitere Münzen auf den Tisch. Berns ging ohne zu zögern mit. Piets deckte drei Karten auf, Hartemink nickte bedächtig und erhöhte um drei Münzen. Rudolph starrte versonnen auf das Geld vor ihm. Was könnte man davon nicht alles kaufen. Dann seufzte er und legte drei Knöpfe dazu.

«Ohne die Knöppeken wirst du deine Hose verlieren, kaum dass du an Land gehst», grinste Hartemink. Piets deckte die vierte Karte auf. Nach einigem Überlegen ver-doppelte erst Hartemink, dann Rudolph. Zwölf Münzen und zwölf Knöpfe lagen nun auf dem Tisch. Viel blieb Rudolph nicht mehr. Es stimmte: Würde er jetzt verlieren, müsste er sich die Hose mit einem Seil um den Leib binden.

«Hast du überhaupt noch Knöpfe?», fragte Piets bei der letzten Einsatzrunde.

«Ich setze mein Messer», sagte Rudolph und legte das Geschenk seines Bruders auf den Tisch. Das Herz schlug ihm bis hinauf in den Hals. «Aber nur unter einer Bedingung: wenn Sie den dunkelblauen Anzug setzen. Die Münzen können Sie meinetwegen wieder einstecken.»

«Bist du dir sicher?», fragte Wim Piets, doch Rudolph beachtete ihn gar nicht. Hartemink lächelte fein und nahm die Münzen vom Tisch. Einer der Matrosen ächzte auf. Rudolph mochte ein Kauz sein, trotzdem gehörte er eher zu ihnen als zu den feinen Pinkeln!

«Gesetzt», sagte Hartemink, ging hinüber zu seiner Truhe und holte die Anzughose, das Jackett und ein Hemd heraus. Er hängte die Kleidungsstücke über die freie Stuhllehne neben sich. Gespannt verfolgten die Matrosen das Schauspiel. Der Kapitän hatte eine Ration Branntwein genehmigt, draußen gab es ohnehin nichts zu schaffen. Morgen würde die Ladung gelöscht werden, man würde eine Woche in Peru verbringen, bevor die Concorde, beladen mit Kautschuk, Balsaholz und Panamahüten, den Hafen wieder verlassen und die Rückreise um Kap Hoorn antreten würde.

Hartemink sagte, er würde das Messer wohl gleich über Bord schmeißen, minderwertige Ware könne er nicht gebrauchen. Rudolph verzog keine Miene. Als die Ruhe über ihn kam, legte er sein Blatt auf den Tisch.

Lange vor allen anderen stand Rudolph in seinem neuen Anzug an Deck, das Gesicht mit Salzwasser gewaschen, die Haare sorgfältig gelegt. Dreizehn Wochen lang war Rudolph kein einziges Mal seekrank gewesen, aber nun, da sich die Nebelschwaden lichteten und im blassen Osthimmel die Anden aufragten, wurde ihm anders zumute. Ihre schieren Ausmaße erinnerten Berns an die Ungeheuerlichkeit seines Vorhabens. Erste Sonnenstrahlen fielen auf die felsige Landzunge und ließen sie golden aufleuchten. Kormoranschwärme kreisten über der Bucht, der Morgen brach an.

Hinter der Concorde tauchten immer mehr Masten aus dem schwindenden Nebel auf. Sie waren nicht allein. Dutzende von Schiffen hatten den Morgen abgewartet, bevor sie in den Hafen von Callao einfuhren. Ein Gefühl der Eifersucht stellte sich ein, und hätte Rudolph nur gekonnt, hätte er den anderen Schiffen verboten einzulaufen. War es nicht sein Land? Gab es irgendjemanden, der sich damit so lange beschäftigt hatte wie er? Er, Rudolph Berns, hatte ein Anrecht darauf, die anderen mochten sich zum Teufel scheren. Der Vater – war er da? Konnte er ihn hören?

«Der hat sich was getraut», sagte Rudolph schließlich und spürte eine Hand auf seiner Schulter.

«Wer?», fragte Kapitän Geelen. Rudolph hatte ihn gar nicht an Deck kommen gehört – für einen besonders leichtfüßigen Gang war der Kapitän eigentlich nicht bekannt.

«Sie natürlich», antwortete Rudolph. «Unser Leben verdanken wir Ihrem Navigieren am Kap.»

«Navigieren kann man das kaum nennen», sagte Geelen. «Und du willst wirklich nicht an Bord bleiben?»

Rudolph schüttelte den Kopf, der Kapitän nickte. Dann drückte er Rudolph einen Silber-Sol und eine der Musketen aus dem Zwischendeck in die Hand.

«Für den ersten Tag», sagte er. «Und die Muskete ist nur geliehen, verstanden?»

Rudolph nickte und schüttelte Geelens Hand. Die eisernen Pulverpfannen der Musketen hatten in der feuchten Witterung längst angefangen zu rosten. Aber das verschwieg er, eine Muskete war schließlich eine Muskete.

«Geh gegen zwei Uhr ins Hotel Internacional. Um diese Zeit sitzt dort meistens ein Mister Thorndike von der Peruvian Railway Company und speist zu Mittag. Vielleicht kann der etwas für dich tun. Vergiss nicht, ihn herzlich von Kapitän Geelen zu grüßen.»

Das Städtchen Callao bestand aus einem großen Hafengelände, einem Fort und einigen Straßen, die tiefer in das Innere des Landes führten. Kühler Pazifikdunst bedeckte alles mit einer feinen, kaum merklichen Lage aus Feuchtigkeit. Im matten Sonnenlicht ähnelten sich die pastellfarbenen Fassaden der Häuser, nur die Holzbalkone gaben ihnen ein unverwechselbares Gesicht. Von ihnen herab troff üppige tropische Vegetation, die sich mit ihren Ranken und Blüten über das Mauerwerk legte.

Westwind brachte den Gestank von Guano; scharf fuhren die Dünste in Rudolphs Lunge, als er aus dem Zollgebäude trat. Sein Gang hatte sich während der Wochen auf der Concorde verändert, er war schwerer geworden, ruhiger. Rudolph Berns lag nun gut im Wind, nichts war mehr lose oder flatterhaft. Die Hände griffen fester, die Augen blickten sicherer, und die Stimme, gestählt im Schreien gegen den Wind, klang eine Nuance tiefer.

Mit angehaltenem Atem lief Rudolph am Fort vorbei, das zwischen dem Hafen und dem Städtchen lag. Glückseligkeit übermannte ihn. Zum ersten Mal in seinem Leben hatte er das unbestimmte Gefühl, dass die Dinge sich am rechten Platz befanden. Er war wirklich in Peru, und nichts konnte ihn jetzt noch daran hindern, sich vorbehaltlos und unwiderruflich diesem Land zu verschreiben.

Nur nicht so aussehen, als wisse man nicht, wo man langmusste. Dabei den Blick fest auf ein beliebiges Haus richten und wenn möglich nicht über Unrat stolpern. Rudolph spürte sehr wohl, dass ihm die Händler und Lastenträger nachblickten, und gab sich alle Mühe, wie ein Ortskundiger durch die Straßen zu gehen. Es dauerte nicht lange, und er sah sich vor seinem inneren Auge als berühmter Geschäftsmann, in bestem Sonntagsstaat; auf dem Weg zu einem Geschäftsessen, bei dem er hofiert würde von Partnern und Investoren. Rudolph befühlte den Silber-Sol in der Hosentasche. Ein miserables Startkapital, dachte er, aber wer könnte daraus etwas machen, wenn nicht ich?

Weit hinter dem Städtchen schoben sich die Ausläufer der Küstenkordillere ins Land hinein. Ihre Höhenzüge wiesen die Richtung ins Gebirge, ins echte Kernland der Inka. Dorthin zu reisen war unverschämt teuer, das wusste Rudolph, mit einem Sol kam man nicht weit. Vor einem Ausstattungsgeschäft, über dem in großen Lettern der Name Bryce stand, hielt Rudolph an. Wie es wohl wäre, hineinzugehen, sich als Lord Cochrane, den berühmten Admiral, vorzustellen, die Meute von Trägern als seine Diener auszugeben und die sofortige Konfiszierung sämtlicher Waren anzuordnen? Ganz helle sah der Bryce nicht gerade aus, hinter der Glasscheibe war er gut auszumachen, wie er gerade ein Paar Lederstiefel wichste. Aber da drehte er sich um, und plötzlich war in der Scheibe nur mehr Rudolphs Spiegelung zu erkennen, ein junger Mann mit braungebranntem Gesicht. Die Kieferpartie, die Stirn, über der sich das dichte Haar lockte, selbst die stolze Nase – vom Vater, man konnte es nicht leugnen. Die Arbeit auf dem Schiff hatte seine Schultern breiter werden lassen; das Dunkelblau von Harteminks Anzug glich dem seiner Augen. Er war, das spürte er instinktiv, das, was man gemeinhin als gut aussehend bezeichnete; eben ein Berns durch und durch.

«Ein Berns erarbeitet sich rechtschaffen seinen Wohlstand!», hörte er seinen Vater Johann Berns donnern. Rudolph seufzte und lief weiter. Längst noch war es nicht zwei Uhr, vom Hotel Internacional keine Spur. Nach dem Weg konnte er nicht fragen, immerhin war er nun ein Einheimischer, und nach dem Weg fragen, das hieß, sich eine Blöße geben.

Zwei Stunden später wanderte Rudolph noch immer umher: das Haar unordentlich, der Anzug feucht und besudelt von einem Zusammenprall mit einem Pelikan, der nahe der Mole ins Trudeln geraten war. Trotz allem lag ein verzückter und ungläubiger Ausdruck auf seinem Gesicht – er konnte sich einfach nicht sattsehen an den Formen und Farben Perus.

Vor einem Obststand blieb Rudolph stehen und überlegte, ob es wirklich angehen konnte, dass alles, was sich auf dem Wägelchen befand, essbar sein sollte. Pferdekopfgroße, hellgrüne Früchte lagen da beieinander; Bällchen, die aussahen wie kleine Schildkröten; rötliche Zapfen,

Schlangenkörper, wundersame Früchte, die ihre Farbe je nach Lichteinfall wechselten – all das lag dort ausgebreitet, und stand man nur nah genug davor, dann bemerkte man einen süßen Geruch. Die Schildkrötenfrüchte nahmen sich am merkwürdigsten aus, von ihnen waren nur noch wenige Exemplare übrig. Ungläubig starrte Rudolph sie an und fuhr mit den Fingern ihre sonderbaren Schuppen entlang. Die Obsthändlerin lachte und sagte, dass der werte Herr wohl gerade erst angekommen sei. Mit diesen Worten nahm sie seine Hand und legte eine der geschuppten Früchte, die sie Cherimoya nannte, hinein.

Rudolph bedankte sich zögernd. Die Cherimoya verschlang er samt Kernen und Schale, dann erkundigte er sich nach dem Weg zum Hotel Internacional.

Das Hotel Internacional war ein breiter zweigeschossiger Bau mit umlaufender Galerie. Es befand sich in zweiter Reihe unweit des kleinen Bahnhofs, der Callao mit Lima verband. In hellroten, wenn auch ausgeblichenen Lettern prangte sein Name über dem steinernen Portal. Einst mochte das Gebäude beige gestrichen worden sein – nun, durch das Salz und die Feuchtigkeit der Luft, war die Farbe so gut wie abgeblättert und gab den Blick frei auf Balken aus Zedernholz und verputzte Bambusstreben. Zwischen dem Hotel und dem angrenzenden Postamt lag ein schattiger Innenhof; dort hatte das Internacional seine Schenke eingerichtet.

Immer wieder ging Rudolph am Durchgang zum Innenhof vorbei und schreckte jedes Mal davor zurück, ihn zu betreten. Was, wenn er sich blamierte? Wenn er sich auf Spanisch falsch ausdrückte? Thorndike war der Einzige, an den er sich mit einer Empfehlung wenden konnte. Auf den ersten Eindruck kam es an, das wusste Rudolph.

Schließlich hatte er schon so oft mit pochendem Herzen und langsamem Schritt das Hotel passiert, dass der Portier ihn misstrauisch beobachtete. Als Rudolph seinen abschätzigen Blick bemerkte, blieb er stehen. Der Vater fiel ihm ein, wie er mit Baron von Bunsen über Ägyptologie gefachsimpelt, wie er vor seinen Kunden mit frei erfundenem Französisch brilliert und am Ende sogar unter den benachbarten Ministern als Politik-Ass gegolten hatte. Rudolph fuhr sich übers Haar und wischte die Handflächen an den Oberschenkeln ab. Dann lief er zum Durchgang, grüßte den Portier mit aller Herablassung, derer er fähig war, und betrat den Innenhof.

Im Schatten eines Flammenbaums saßen mehrere Herren mit Zylindern, rauchten Zigarre und tranken Bier. Neben dem Rosenbeet gleich am Eingang zum Hof schlief ein Indio; ein peruanischer Nackthund irrlichterte zwischen den Stühlen und Tischen umher, und oben, in den Ästen des Baumes, flogen Kolibris, die überall und nirgends zugleich waren. Wer von den Anwesenden war nun Thorndike? Und was würde er ihm überhaupt sagen? Rudolph fasste in seine Hosentasche, der Silber-Sol befand sich noch immer darin.

Als ein Kellner in Livree auf ihn zukam und sich erkundigte, ob er ihm helfen könne, da ignorierte ihn Rudolph erst einmal und fragte dann, den Blick scheinbar zerstreut abgewendet, wo der gute alte Thorndike sitze. Er könne gerade so schlecht sehen, seine Augen seien entzündet, ja ja, die Sonne. Der Kellner, ein junger Kreole, dessen Blick bei der Musterung des Neuankömmlings an der Muskete hängengeblieben war, wies etwas zögerlich auf zwei Männer, die ihre Köpfe im Gespräch eng zusammengesteckt hatten. «Mister Thorndike speist heute mit Oberstleutnant Cáceres.»

Der Ältere von beiden mochte um die sechzig Jahre alt sein, sicherlich handelte es sich um Thorndike. Sein Gesicht war rot angelaufen, er trug einen grauen Dreiteiler, der sich über einen Schmerbauch spannte. Neben ihm saß wohl Oberstleutnant Cáceres, der kaum wesentlich älter als Rudolph sein konnte. Ein kastanienbrauner Bart zierte sein Gesicht, das volle Haar lag pomadiert und geteilt in akkuratem Seitenscheitel. Das linke Auge schien lahm zu sein; es verharrte einen Moment länger in der Betrachtung als das rechte, was dem Mann einen melancholischen Ausdruck verlieh. Cáceres' Uniform war tadellos und vom selben Blau wie der Anzug, in dem Rudolph steckte. Anscheinend wollte Cáceres etwas von Thorndike. Noch im Sitzen versuchte er, kleiner zu wirken als sein Gegenüber, hielt den Kopf etwas gesenkt. Überrascht bemerkte Rudolph, dass Cáceres ihm sympathisch war.

Dann drückte er die Schultern durch und forderte vom Kellner – in diesem Falle – eine Flasche des besten Champagners, den man in diesem Etablissement serviere. Was habe man vorrätig, Moët & Chandon? Veuve Clicquot?

Der Kellner war zu irritiert, um zu antworten – keinen dieser Namen hatte er je zuvor gehört –, und murmelte etwas, das Rudolph nicht verstand. Der tat durchaus indigniert und händigte dem Kellner den Sol aus, mit einer Geste, die andeutete, dass dies wohl reichen müsse. Ohne eine Miene zu verziehen, nahm der Kellner das Geld entgegen und verschwand hinter einer Tür, um kurz darauf mit einer grün schimmernden Flasche zurückzukommen.

Als er sie auf dem Tisch der beiden erstaunten Männer abgestellt hatte, trat Rudolph an sie heran.

«Meine Herren», sagte er. «Mister Thorndike? Señor Cáceres? Es ist mir eine Freude und eine Ehre zugleich.»

Oberstleutnant Cáceres stand auf und schüttelte Rudolph die Hand. Thorndike blieb sitzen und räusperte sich. In aller Ruhe leerte er sein Weinglas, bevor er sich aus der Champagnerflasche einschenkte. Dann erst wandte er sich Rudolph zu.

«Cáceres, Thorndike, sicher, wer sollte das nicht wissen? Sind Sie gerade vom Mond gefallen, Kerl? Wie ist Ihr Name?»

Rudolph August Berns zögerte keine Sekunde. Sein Herzschlag beruhigte sich. Drei Stunden waren mehr als genug gewesen, um die Frage zu klären, wie sein Name von nun an lauten sollte.

«Wenn es beliebt, Sire: Augusto Rodolfo Berns.»

Die Flasche Champagner war schnell geleert. Allein die Nennung von Geelens Namen hatte Thorndike so aufgebracht, dass er zwei Gläser Champagner direkt hintereinander in sich hineingegossen hatte, um seinen Hustenanfall zu bewältigen. Berns, der sich auf dem freien Stuhl neben Cáceres niedergelassen hatte, rutschte unangenehm berührt auf der Sitzfläche hin und her. Warum gab Geelen ihm eine Empfehlung für jemanden, der ihn nicht ausstehen konnte?

«Geelen?», stieß Thorndike schließlich hervor. «Geelen kann mich mal kreuzweise! Der Letzte, den er mir empfohlen hat, arbeitete keine fünf Tage im Lager und verschwand dann mit dem Geld aus der Kasse.»

«So etwas käme mir nie in den Sinn», sagte Berns.

Stehlen, er? O nein. Er stamme aus einer ehrbaren, wohlhabenden Familie, in der sich Betrug und Diebstahl absolut verbaten. Er erzählte von der Rheinprovinz, dem florierenden Unternehmen seiner Verwandten und seiner Lehre als Schlosser.

«Wohlhabend, aha!» Thorndike hielt die Tischplatte so eng umklammert, als wolle er den Tisch gleich umstoßen. Oberstleutnant Cáceres fühlte sich sichtlich unwohl – immer wieder richtete er sein rechtes Auge entschuldigend auf ihn, Berns.

«Das behaupten hier alle! Kaum wird der Abschaum aus Europa hier angespült, macht er schon einen auf Rockefeller. Aber Arbeit gibt's hier nicht. Schon gar nicht umsonst! Abschaum, sage ich, Abschaum!»

Mit diesen Worten stand Thorndike auf, verbeugte sich und verließ mit einem deutlich hörbaren Rülpser den Innenhof des Hotel Internacional.

«Ich bin wohl zum falschen Zeitpunkt gekommen», murmelte Berns und dachte an den Sol, den er eben ausgegeben hatte. Warum in aller Welt hatte er mit Hartemink nicht um Geld gespielt? Er war ein Idiot. Wie sollte er nun nach Lima gelangen? Woher das Geld für ein Zugticket nehmen? Er wandte sich Cáceres zu.

«Keineswegs», sagte Cáceres. «Tatsächlich war Señor Thorndike heute sogar etwas besser gelaunt als gewöhnlich. Sie müssen ihn entschuldigen, die wirtschaftliche Lage in Peru ist immer noch sehr schwierig.»

Berns erkundigte sich, wie lange es wohl dauerte, zu Fuß nach Lima zu laufen.

Durch die Wüste? Zu Fuß? Cáceres lachte. Das sei wohl kaum notwendig. Zwar stimme es, dass es schwierig sei, geregelte Arbeit zu finden. Aber wie es sich füge, sei er, Oberstleutnant Cáceres, gerade in der Nähe von Callao stationiert. Es gehe das Gerücht, dass die Spanier Südamerika zurückerobern wollten. Angeblich seien ihre Schiffe bereits auf dem Weg – Königin Isabella, diese fette Kuh, sei völlig wahnsinnig. Sie suche Krieg, um ihre Generäle zu befrieden. Wie dem auch sei, im letzten Monat seien ihm, Cáceres, einige seiner Männer am Fieber krepiert, nun sei das Artillerie-Bataillon Pichincha unterbesetzt.

Hier hielt Cáceres inne und griff nach Berns' Muskete. Schlosser also sei er? Ob er sich mit Schwerartillerie auskenne?

Berns beobachtete den Oberstleutnant, wie er Geelens Waffe in der Hand wog. Die Frage hallte in ihm nach. Sollte er sich nun unter Umgehung des einen Militärs in die Reihen eines anderen begeben? Dafür hatte er nicht den ganzen Weg aus Preußen zurückgelegt. Aber wählerisch kann nur sein, wer über Alternativen verfügt. Berns strich sich so getragen wie möglich über die Schöße seines Jacketts, und beinahe wäre ihm herausgerutscht: Jahrelang bei der preußischen Armee gewesen! Als Ingenieur Kanonen, Haubitzen und Mörser versorgt! Jawohl! Obendrein eigenhändig den Rhein umgeleitet, ein Manöver sondergleichen!

Dann aber atmete er bloß aus und sagte: «Ein wenig.»

Cáceres nickte zufrieden und stellte die Muskete zurück an ihren Platz. Für den Fall, dass man jemals wieder im Fort von Real Felipe Stellung beziehen müsse, brauche man jemanden für die Blakely- und Armstrong-Kanonen. Jemanden, der sich mit Metall auskenne. In der Nähe des Forts müsse außerdem die Stückgießerei auf Vordermann gebracht werden. Allerdings brauche man Männer, die

148

nicht nach wenigen Wochen desertieren. Dass die Spanier kämen, stehe so gut wie fest, nur wann, sei kaum abzusehen. Vielleicht morgen, vielleicht erst in zwei, drei Jahren.

«Zwei, drei Jahre?» Berns zwang sich, ruhig zu bleiben. Nur so ließ sich verlässlich handeln.

«Danach werden Sie Peru kennen – Land, Leute und Gepflogenheiten. Danach sind Sie Peruaner, Augusto.»

Wenn ich dann noch lebe, dachte Berns. Lieber als Preuße leben denn als Peruaner sterben. Aber er sagte: «Ich habe Zeit.»

Es gab unendlich viel zu überdenken, das war die Lehre, die Berns aus den Berichten anderer Perureisender gezogen hatte. Auf den Schultern von Giganten stand es sich schwindelerregend hoch. Wer sich einen Überblick verschaffen wollte, hatte keine andere Wahl. Man brauchte Ruhe, um nachzudenken und Pläne zu schmieden.

Zwei, drei Jahre. Was hatte Wim Piets gesagt? Der Albatros ist ein langlebiger Vogel, einer, der älter wird als die meisten Menschen. Die Jahrzehnte ziehen an ihm vorbei, ohne ihn zu berühren. Was waren da schon zwei, drei Jahre?

II. TEIL

5.

CALLAO 1866

Die Seefestung Real Felipe war die größte ihrer Art
in ganz Südamerika. Sie war auch die hinfälligste.
Ausgerechnet die Spanier hatten sie hundert Jahre zuvor
erbaut, als Bollwerk gegen Piraten, Korsaren und alles,
was vom Meer her kam. Auf einer Landzunge vor dem
Städtchen Callao gelegen, schob sie sich wie eine Speer-
spitze in den Pazifik; von den Plattformen ihrer kreisrunden Wehrtürme sah man an klaren Tagen bis hinaus auf
die Inseln San Lorenzo und El Frontón.

Die Masten der von Übersee eintreffenden Barken,
Briggs und Schoner zogen an den Baracken der Soldaten
vorbei. Manchmal, wenn Berns auf seiner Pritsche lag,
hörte er das Knarzen der Bugspriete und der Wanten.
Dann dachte er an die Reise, die hinter ihm lag; häufiger
aber an seine Mutter und an Onkel Peter, der geglaubt
hatte, sein Neffe würde nach Michigan ausziehen. Es hatte einige Wochen gedauert, bis er den Mut aufgebracht
hatte, ihnen aus Peru zu schreiben und von seiner Lage zu
berichten. Als Antwortbriefe kamen, dauerte es wiederum
Wochen, bis Berns sich traute, sie zu öffnen. Die Mutter
beklagte, dass er unaufrichtig gewesen war; Onkel Peter
schrieb lediglich, er, Rudolph, solle sich vor den giftigen
Dünsten des Dschungels in Acht nehmen – und dass er,
sollte er einmal nach Dültgensthal zurückkehren, tüchtig
die Hosen hochgezogen bekäme.

Die Scham darüber, die Familie belogen zu haben, hatte sich mit den Monaten in ein dumpfes Schuldgefühl verwandelt, das Berns ständig mit sich herumtrug. Es hatte sich tief in seinem Innersten festgesetzt und wäre, so dachte er, nur dann zu tilgen, wenn er einst erreichen würde, was er sich vorgenommen hatte: Er musste Entdecker werden und die verlorene Stadt der Inka finden. Dieser Plan klang hier, in Peru, noch aberwitziger als zuvor, Berns behielt ihn daher lieber für sich. Wann immer ihn jemand fragte, was ihn nach Peru getrieben hatte, so antwortete er: Mein Vater ist gestorben. Daraufhin kam nie eine Rückfrage.

Vorerst wurde Berns, wie alle heimwehkranken Soldaten, vom Lied der Kormorane und Seelöwen eingelullt, und manchmal, im Halbschlaf nur, kam es ihm so vor, als habe er das Zwischendeck der Concorde noch nicht verlassen und alles, was Peru für ihn bereithielt, liege noch vor ihm, tausend Seemeilen entfernt.

Seit der Unabhängigkeit hatten die Peruaner die Festung nicht mehr benötigt und so vernachlässigt. Allein das Pichincha-Bataillon war mittlerweile zwischen den halb verfallenen Mauern der Anlage stationiert. Tag für Tag waberte die Feuchtigkeit vom Pazifik herüber und ließ alles klamm und morsch werden; standhaft trotzten ihr nur die zwei Wehrtürme, die sich wie Burgen im weitläufigen Terrain der Festungsanlage erhoben. Im spiralförmigen Inneren des einen befand sich das Gefängnis; im anderen das Depot. Dieses verband eine riesige Rampe mit dem Exerzierplatz, der sich in der Mitte der Anlage erstreckte. Borstiges Gras wuchs an seinen Rändern und überall dort, wo leuchtend rot blühende Flammenbäume etwas Schatten spendeten. Niedrige Gewölbe zogen sich die

Flanken entlang; zusammen mit den Soldaten lebten dort Hunderte von Fledermäusen. In den Geruch von Schimmel und Fledermauskot mischte sich stets eine Note von Schwefel, die sich von keiner Meeresbrise vertreiben ließ. Die Soldaten behaupteten, sie deute auf die Anwesenheit des Teufels hin – waren es doch genau diese Gewölbe, in denen die Spanier all das Gold zwischengelagert hatten, das sie aus der Neuen Welt in ihre alte verschifften. Das Blut der Inka habe an den Barren geklebt, so sagten die Männer; daher der Schwefelgeruch.

Berns glaubte nicht an den Teufel. An freien Tagen untersuchte er systematisch Gewölbe für Gewölbe, aber wie sich herausstellte, hatten die Spanier weder etwas vergessen noch irgendwelche Spuren hinterlassen.

«Eine Spur suchst du?», fragte Delgado, einer von Berns' Kameraden. «Die ganze verdammte Festung ist eine Spur!»

Aber sie bestand nicht aus Gold, und mit den Inka hatte sie auch nichts zu tun.

Im hinteren Teil der Anlage, weit entfernt von der Mauer, die die Festung vom Hafen trennte, befand sich die kleine Offiziersvilla. Eine rosenumstandene Holzveranda überblickte die gesamte Festung. Ein Tamarindenbaum beugte sich über ihr Geländer und ließ seine länglichen Früchte auf die Bohlen fallen, wo sie jede Menge Schmetterlinge und Falter anlockten.

Hier war der Sitz der Generäle und Befehlshaber; jetzt, zu Kriegszeiten, gingen selbst Präsident Prado und Kriegsminister Gálvez in der Villa ein und aus. Auch Coronel Andrés Avelino Cáceres, dem das Pichincha-Bataillon unterstand, war hier untergebracht. Mit seinen dreißig Jahren hatte er bereits gegen die Vivanco-Rebellion gekämpft – dabei war sein linkes Auge verletzt worden –, hatte im Krieg gegen Ecuador gedient, war ins chilenische Exil gegangen und hatte sich schließlich Prados Revolution angeschlossen. Jetzt befehligte er über zweihundert Männer. Prado war nun Präsident, und Cáceres ein angesehener Oberstleutnant, der jüngste, den das Militär je gesehen hatte. Wenn er seinem Oberst José Joaquín Inclán meldete, einem gutmütigen Mittfünfziger, zuckte der Bart stets ein wenig, was Inclán großzügig übersah.

Noch vor dem Appell drehte Cáceres mit durchgedrücktem Kreuz jeden Morgen eine Runde durch das Fort. Dreißig Jahre und schon ein stattlicher Mann, schwer gebaut, breite Schultern, gravitätischer Gang. Die Verwundung hatte ihn sanft gemacht. Die eine Hälfte des Gesichts: entschlossen, unerschrocken, fester Blick. Die andere, entstellte: scheinbar um Jahre älter, ledrig, furchtvoll. Die Männer im Pichincha-Bataillon sagten, das rechte Auge blicke in den Sieg, das linke in die Niederlage. Welches würde recht behalten? Die meisten Soldaten hatten bereits den Krieg gegen Ecuador erlebt und erinnerten sich nur zu gut an den Geruch geronnenen Blutes.

Während seines morgendlichen Rundgangs im nördlichen Teil der Festung entging nichts Cáceres' Aufmerksamkeit; nicht das geringste Häuflein Dreck, nicht das kleinste Stückchen Abfall, keine verlorene Mütze, nicht einmal ein Schnürsenkel durfte herumliegen. «Sauberkeit dient eurer Sicherheit», pflegte er zu sagen. Er liebte seine Männer sehr. Im Krieg gegen Ecuador hatte er Dutzende Kameraden sterben sehen; unter seinem Kommando würden die Dinge anders laufen, das hatte er dem heiligen San Jorge versprochen. Einmal sah Berns, wie

Cáceres frühmorgens einen Pelikan, der im Fort gelandet war und sich verletzt hatte, hinüber ins Lazarett trug. Seitdem nannten die Männer ihren Oberstleutnant zärtlich *el pelícano*, und wer schlecht über ihn sprach, dem wurde die Nase gebrochen.

Die meisten der Männer stammten aus einfachen Verhältnissen; *costeños*, die nie weiter ins Inland als bis nach Lima vorgedrungen waren, und eine Handvoll Quechua aus den Bergen um Ayacucho, die Stadt, aus der auch Cáceres kam. Er kannte all ihre Namen, wusste, auf welchen Pritschen sie schliefen, wie langsam oder schnell sie ihre Ration Branntwein tranken und wie gewissenhaft sie ihren Dienst verrichteten: Artilleristen waren nicht nur für sich selber, sondern auch für die Batterien und die Depots verantwortlich.

Berns hatte sich unter den Soldaten schnell ausgezeichnet. Kaum zum Bataillon gestoßen, hatte er mit der Arbeit in der Stückgießerei begonnen. Im Falle des Falles wollte niemand in der Festung auf die Anlieferung von Kanonenkugeln angewiesen sein. Schon nach kurzer Zeit glühten die ersten Kugeln in Berns' Feuer, und der Rauch der Esse mischte sich mit dem Nebel, der vom Pazifik herüberdrang. Es dauerte nicht lang, und Berns wurde nicht nur in der Gießerei eingesetzt, sondern auch oben bei den Batterien; dem *Preußen*, wie Cáceres ihn nannte, schien alles zu liegen, was aus Metall war. Ein tüchtiger Waffenschmied, dachte Cáceres, wenn er Berns breitbeinig und mit nacktem Oberkörper beim Ofen hantieren sah. Wollen doch mal sehen, ob wir nicht auch einen tüchtigen Soldaten aus ihm machen können.

Berns spürte, dass sein Oberstleutnant ihn genau beobachtete. Und weil er Cáceres ebenso sehr mochte wie alle anderen im Fort, versah er seine Arbeit an der Esse und an den Batterien mit so viel Sorgfalt und Präzision, dass selbst Onkel Peter in Dültgensthal stolz auf ihn gewesen wäre. Plötzlich reute ihn kein einziger Tag mehr, den er mit der aufreibenden Schlosserarbeit verbracht hatte. Wenn nur der Cáceres mich schätzt, dachte er, wenn er mich nur bemerkt! Lag Cáceres' Blick auf Berns, so wandte er ihm stets das rechte, intakte Auge zu.

Eines Tages kam Cáceres zu Berns mit der Bitte um detaillierten Bericht über den Zustand der Batterien. Als Berns zögerte und immer wieder auswich, sagte Cáceres: «Augusto, ich weiß, was ihr Europäer von uns haltet. Die ehrliche Meinung, wenn ich bitten darf. Wie steht es also um die Batterien?»

«Sie sind Schrott», antwortete Berns schließlich.

Das war es dann wohl, dachte er. Er würde die Pritsche wirklich vermissen, und an manchen Tagen, so kam es ihm jetzt vor, war die Suppe gar nicht allzu wässrig. Warum bloß konnte er nicht den Mund halten?

«Verdammt», sagte Cáceres. «Kriegst du sie wieder hin?»

Seitdem kam Berns jeden Abend auf die Veranda der Offiziersvilla und berichtete dem Oberstleutnant von den Fortschritten des Tages. Er zog diesen Bericht stets etwas in die Länge, immer wieder suchte er nach Ausdrücken im Spanischen, auf diesem Weg konnte er mehr Zeit mit dem Oberstleutnant verbringen. Berns wusste nicht genau, was es war, aber in Cáceres' Anwesenheit fühlte er sich erleichtert und aufgehoben. Eines Abends begriff er dann: Er, Berns, hatte Heimweh und Sehnsucht nach vertrauten Menschen. Die letzte Umarmung war die von Mutter gewesen, dachte Berns, dann fiel ihm ein, dass auch Kapitän Geelen ihn zum Abschied umarmt hatte. Jetzt vermisste er selbst ihn. Durfte ein Soldat solche Gefühle hegen?

Als Cáceres es sich zur Gewohnheit machte, während ihrer Treffen zwei Gläser Branntwein einzuschenken, wagte Berns, von seiner Überfahrt zu erzählen, und als Cáceres Zigarren bringen ließ, erzählte er von Berlin. Die beiden Männer wurden bald Freunde; und doch hofften beide inständig, der andere würde nie erfahren, wie viel ihnen die abendlichen Berichte bedeuteten.

Seit über anderthalb Jahren besetzten die Spanier jetzt schon die guanoreichen Chincha-Inseln; den Gouverneur hatten sie interniert, die spanische Flagge gehisst und nun auch peruanische Häfen im Süden blockiert. Im Februar erst hatte die spanische Schwadron die unbewehrte Stadt Valparaíso in Chile angegriffen. Gerüchte besagten, dass sie auf dem Weg nach Callao war, um es anzugreifen und zu zerstören.

Präsident Prado nahm die Gerüchte ernst und ließ Vorkehrungen treffen. Und das hieß: Alle Zivilisten von Callao evakuieren! So viele Bataillone und Freiwillige wie möglich in die Befestigung! Infanterie- und Kavallerietruppen davor stationieren, für den Fall, dass die Spanier anlandeten! Feuerwehrbrigaden aufstellen, Hospitäler vorbereiten! Callao, das stand fest, würde dem iberischen Furor nicht so hilflos zum Opfer fallen wie Valparaíso.

Anfang März stießen drei zusätzliche Bataillone und die Gruppe der Freiwilligen zu den Artilleristen. Sie biwakierten auf dem Exerzierplatz. Weil dem Staat das Geld ausging – die Chincha-Inseln, die die meisten Devisen einbrachten, waren noch immer besetzt –, erhielten die Soldaten erst keine Bezüge und schließlich auch keine Nahrung mehr. Was sie zum Überleben brauchten, musste im Hafen zusammengesucht oder erbettelt werden. «Es ist eine Schande», knurrte Cáceres und gab seinen Sold für mehrere Säcke Reis aus, die er unter den Männern verteilte.

Bald schon ergingen weitere Befehle: Kanonen auf die Wehrtürme transportieren! Auf Lafetten montieren! Feuerspritzen aufprotzen! Heizöfen für die Stückkugeln installieren! Zündstifte in die Mörser einbringen! Hundert Tonnen Schwarzpulver im Munitionsmagazin einlagern!

Die Arbeit an der Esse, am Feuer, hatte Berns beinahe vergessen lassen, dass die Bataillone einen Angriff erwarteten. Erzählten die Kameraden abends von Ecuador und den Kämpfen, die sie dort erlebt hatten, dachte er: Wenn nur die Schlacht an uns vorüberzieht! War auch der letzte Erzähler eingeschlafen, kam die Angst. Auch die Zweifel fuhren stets starke Angriffe. Warum Peru, warum die verlorene Stadt? An manchen Tagen erhob Berns sich schweißnass zum Morgenappell und spürte, dass nur ein umfassender Erfolg einst all seine Entscheidungen würde rechtfertigen können. Alles darunter wäre eine niederschmetternde Bilanz.

Am 10. März wurde Berns an die Armstrong-Kanonen beordert, die der Stolz der Armee waren. Ihre Wartung erforderte Fingerspitzengefühl, und dass Berns gut mit Metall konnte, wusste jeder.

«Man könnte meinen, du hast Talent», sagte Cáceres. Zum ersten Mal merkte Berns, dass er sich gern schmeicheln ließ; vielleicht auch nur von Cáceres. Es gab viel zu tun, und Berns vergaß darüber fast die Berge und ihre

Ruinen. Hielt er zwischendurch inne, stellte er sich vor, er, Augusto R. Berns, sei oberster Befehlshaber der peruanischen Armee. Er sah sich selbst in reich ausgestatteter Uniform einhergehen, in luxuriösen Gemächern residieren und tagein, tagaus darüber nachdenken, wie Peru am besten zu verteidigen sei. Ich wäre ein würdiger Kriegsminister, dachte Berns. Aber in seiner Vorstellung war die Festung Real Felipe keine Ruine, sondern ein befestigter Landeplatz für Gold und Juwelen. In seiner Phantasie hatten die Spanier so viel Schätze aus dem Landesinneren herbeigeschafft, dass sie gar nicht alles verladen konnten und die Reste notgedrungen im Untergrund der Festung verscharren mussten. Die Wirklichkeit, Berns kannte das bereits, sah ganz anders aus.

Vier Armstrong-Kanonen von dreihundert Pfund und fünf Blakely-Kanonen von fünfhundert Pfund zählten die Geschütztürme. Die gusseisernen Geschosse der Kanonen trugen dünne Ledermanschetten, die sich während der Zündung lösten und für maximalen Drall sorgten. Wochenlang hatte Berns an den Ölern gewerkelt, dünnen Blechen, zwischen denen sich Talg und Leinöl befand. Ans Rohr angebracht, wurden sie schließlich mit Pappe und Bienenwachs abgedichtet. Leinöl reinigte die Rohre und half leidlich gegen den Hunger. Zwei Schlucke von dem Zeug, und es ließ sich einige Stunden weiterarbeiten.

Dann die Blockverschlüsse: Blöcke wurde geschlossert, Kupferringe gezogen, Schrauben eingedreht, Tag und Nacht glühte das Feuer in der Esse, und Berns' Kameraden staunten: Der Preuße schwitzt gar nicht! Wer jahrelang am Feuer arbeitet, hatte er ihnen erklärt, dem geht der Schweiß abhanden. Nach der Zeit der Instandsetzung kam die Zeit der Manöver; nach der Zeit der Gefechtsübungen aber kam die Zeit der Lethargie. Wo nur steckten die Spanier? Jetzt war es schon April. Falls sie wirklich vorhatten, Callao zu zerstören, zogen sie es anscheinend vor, die peruanische Armee durch Hinhalten zu zermürben. Die Männer langweilten sich. Berns dachte wieder an die Inka und ihre Städte. War El Dorado wirklich golden, oder barg es vielmehr einen großen Schatz? Bezeichnete der Name die Stadt selber oder eher ihren einstigen Herrscher?

«Das ist Taktik. Hinauszögern führt zu Unaufmerksamkeit, und die Unaufmerksamkeit des Feindes ist ein mächtiger Verbündeter», brummte Cáceres. Jeden Morgen nach Appell, Meldung und Befehlsausgabe behauptete er, er könne die Spanier in seinem linken Auge spüren; spüren, dass die sich längst vor Callao befänden. Cáceres zuliebe verbat sich Berns jeglichen Müßiggang. Immerfort sah man ihn mit dem Stückvisierer in der Hand die Kanonen abgehen. Man konnte sich nicht oft genug versichern, dass die Rohre glatt, eben und ohne alle Gruben und Löcher waren! Vor allem mit den Kanonen oben auf den Wehrtürmen war Berns unzufrieden. Selbstverständlich waren sie längst von erfahrenen Artilleristen getestet worden, auch hatte man sie bereits mit Wasser gefüllt und auf Gallen untersucht … Aber das tat nichts zur Sache. So lange er, Berns, für die Rohre verantwortlich war, würden sie täglich kontrolliert werden.

Daneben gab es noch das Studium der Karten. Schließlich musste es eine Zeit nach dem Militär geben, eine Zeit, in der keine Spanier umhersegelten und ganze Nationen lähmten. Dann würde er endlich Geld verdienen, das der Rede wert war, und wenn er genug Geld beisammenhätte, ginge es hinauf in die Berge. In Bryces Ausrüstungsgeschäft hatte Berns sämtliches Kartenmaterial über das peruanische Hochland erstanden, das es dort gab. Viel war es nicht gewesen, aber immerhin waren darauf die größten Flussläufe und Bergzüge verzeichnet.

Bis zum Festungsort Ollantaytambo hatten die Spanier alles Land auf der Suche nach Gold und Schätzen durchkämmt; hier hatte eine bedeutende Schlacht stattgefunden. Hinter Ollantaytambo ragte eine gewaltige Bergkette auf, die Cordillera Vilcabamba. In ihrer Mitte thronte der gewaltige Salcantay. Wie kam es, dass ausgerechnet jener Ostabhang der Anden so gut wie unerforscht war? Wie konnte diese Gegend den großen Entdeckern und Chronisten entgangen sein? Berns vergegenwärtigte sich die Schriften von Tschudi, Humboldt und de Lavandais; soweit er sich erinnern konnte, hatte keiner von ihnen die Cordillera Vilcabamba je genauer erforscht. Was, wenn sie das größte, das vollkommenste Werk der Inka in sich barg?

Berns hängte die größte Karte, in deren Mitte ein riesiger weißer Fleck prangte, über seine Pritsche und befragte jeden seiner indianischen Kameraden zu den Bergen seiner Heimat und den Ruinen, die sich dort befanden. Schnell stellte sich heraus, dass er mehr über die Berge und die Inka wusste als irgendjemand sonst in der Festung. Manchmal erzählte er von den alten Inkastraßen, die einst das gesamte Inkareich durchzogen hatten, *Tawantinsuyu* hatte es geheißen, Land der vier Teile. Sein Herrscher, der Inka, war neben dem Sonnengott Inti und der Erdgöttin Pachamama als Gott verehrt worden. Kleider aus Gold und der Wolle von Fledermäusen hatte er getragen, stets nur einmal, dann wurden sie verbrannt. Dem Inka, erzählte Berns, habe man sich nur barfuß und nur mit einer Last auf dem Rücken nähern dürfen, ohne ihm je ins Gesicht zu sehen. Über Gärten und Häuser aus Gold habe der Inka verfügt, Alpakas aus Gold, Schmetterlinge, Maispflanzen, ja: Bäume aus Gold! Aber das sei lange her, und die Spanier hätten alles eingeschmolzen. Angeblich habe es ein Idol gegeben, eine goldene Statuette des Gottes Inti, die sprechen konnte und den Inka zu Siegen über ihre Nachbarvölker verholfen hat.

Berns erzählte den Kameraden auch von der Gefangennahme des Inka Atahualpa durch Francisco Pizarro; Atahualpas Untergebene füllten seine Zelle bis zur Decke hinauf mit Gold, um ihn freizukaufen. Die Schmelzöfen, die die Schmuckstücke und Idole einschmolzen und in Barren verwandelten, brannten vierunddreißig Tage lang. Die Spanier nahmen das Gold und töteten Atahualpa nichtsdestotrotz.

Mit dem Heimweh wurde es langsam besser; anfangs jeden Monat, dann jeden zweiten und schließlich nur noch jeden dritten Monat schrieb er seiner Mutter und schilderte ihr wortreich die wundersame Tier- und Pflanzenwelt der zentralperuanischen Küste. Die Umstände des Alltags im Fort erwähnte er nicht. Die Mutter berichtete im Gegenzug von den Geschwistern und den Ausflügen nach Düsseldorf und an den Rhein; seine heimliche Ausreise kommentierte sie nie wieder. Ihre Briefe legte Berns unter sein Kopfkissen, bis sie zerknitterten und so speckig wurden, dass sie kaum noch zu lesen waren.

Das Spanische ging Berns mittlerweile so flüssig über die Lippen, dass er kaum noch nach Worten suchen musste. Selbst Quechua ließ er sich von seinen Kameraden beibringen. Bald schon konnte er sich mit ihnen in der Sprache der Andenbewohner unterhalten. So oft sah man ihn Notizen und Karten vergleichen, dass die Kameraden ihn schließlich *el tesorero*, den Schatzmeister, riefen. Sie wussten, dass Berns auf der Suche nach Gold war – nach viel Gold. Berns verzieh ihnen die Spottrufe. Die Soldaten wurden für ihre Arbeit nur mit Schnaps entlohnt, die meiste Zeit waren sie damit beschäftigt, im Hafen nach Essbarem zu suchen – Berns erhielt immerhin, so wie die Ingenieure, jeden Monat einige Münzen.

Viel war es nicht, aber die Alternative bestand darin, auf einer der Haciendas Zuckerrohr zu ernten. Thorndike hatte recht gehabt, geregelte Arbeit war Mangelware. Auf den Plätzen von Lima und Callao knieten junge Engländer und Deutsche im Staub und bettelten mit ihren Hüten in den Händen die Passanten an.

Noch immer hoffte Berns, dass die Spanier nicht gegen Callao fahren würden. Wer zog aus, die Schätze der Inka zu suchen, und starb in einer Schlacht um die Küste? Es hatte eine Weile gedauert, bis er wirklich begriff: Die Kanonen, die Kugeln, die Musketen, all das diente einzig dazu, Menschen zu töten. Aufs Wasser zu schießen, das mochte vielleicht angehen; aber wenn die Schlacht kam, wie sollte er bloß auf Menschen zielen? Da schämte sich Berns und verwünschte sein Talent für Metall.

Eines Tages im April, Cáceres' Reis war längst aufgebraucht, fischte Berns aus dem Hafenbecken einige halbtote Ährenfische, die er über einem kleinen Feuer briet. Keine Stunde später kamen die Magenkrämpfe, zwei Stunden später das Fieber.

Weil er sich eine Vergiftung eingehandelt hatte, durfte Berns umziehen ins Lazarett, wo die Luft besser zirkulierte als in den stickigen Gewölben der Baracken. Eigentlich war das Lazarett den Schwerkranken vorbehalten. Berns aber hatte in den ersten Tagen so stark gefiebert, dass der Sanitäter mit einem raschen Ende rechnete. In seinem Wahn hatte Berns angefangen, von dem Konquistador Pizarro und dem Inka Atahualpa zu phantasieren, und gar behauptet, die beiden stünden neben seinem Bett. Einer der indianischen Artilleristen, der hinzugerufen worden war, schwor Stein und Bein, dass Berns fließend Quechua sprach. Als der Sanitäter nachfragte, was genau es war, das Berns auf Quechua sagte, schüttelte der Soldat den Kopf und lief davon.

Jetzt aber war das Fieber verschwunden, auch die Krämpfe hatten den Körper verlassen. Draußen wurde es langsam hell, ein neuer Tag brach an, ein Tag, an dem andere sicher längst ihr Glück machten – Hartemink, dieser Hund, wo er wohl steckte? – und er, Berns, zum Nichtstun verdammt in dieser Anlage festsaß. Was war aus seinen eigenen Plänen geworden? Seinen Träumen? Plötzlich fiel ihm ein, was einer der Infanteristen ihm erzählt hatte: Draußen, auf San Lorenzo, befänden sich Höhlengräber der alten Moche-Kultur; Mumien seien dort zu finden, Körper, in Fischernetze gewickelt, mit Augen und Lippen aus purem Gold.

Bevor Berns genauer darüber nachdenken konnte, schnürte er schon seine Stiefel und lief hinüber zur Mole. In der Festung schlief noch alles, nicht einmal Cáceres hatte seine Runde begonnen. Den Wachen zu entgehen war im dichten Nebel nicht schwer. Natürlich würde man seine Abwesenheit beim Appell bemerken, aber was machte das schon. Cáceres würde es ihm sicher nachsehen. Die Spanier hatten wahrscheinlich den Sextanten falsch herum benutzt und kreuzten mittlerweile irgendwo vor der australischen Küste, da konnte Cáceres' linkes Auge so viel zucken, wie es wollte. Heute würde er, Berns, vorgeben, was an diesem Tag geschehen sollte.

Lautlos glitt der Kiel der Jolle ins Wasser. In der windstillen Luft stand der Nebel so dicht, dass man kaum bis zum Ende der Mole sehen konnte. Jemandem wie Berns konnte das nichts ausmachen. Hatte er etwa nicht wochenlang die Bucht und die vorgelagerten Inseln studiert?

Keine Brandung – die zwei Meilen bis zur Bucht von San Lorenzo würden sich wie von selbst rudern. In der Jolle lagen eine Schaufel, ein Gewehr, drei leere Jutesäcke und eine Tasche mit etwas Trinkwasser, Branntwein und Zwieback. Frühstück würde es erst auf San Lorenzo geben.

Dumpf erklang das Heulen eines Seelöwen aus dem Nebel; ein anderer, weiter entfernt, stimmte ein. Berns nickte. Den Tieren war er nicht verborgen geblieben! Sie hatten einen sechsten Sinn für das, was um sie herum vor sich ging, nein, ihnen konnte man nichts vormachen. Berns griff nach dem Gewehr und legte es sich auf den Schoß. Es durfte unter keinen Umständen nass werden – immer wieder kam es vor, dass Seelöwen versuchten, ihre massigen Körper auf ein Boot zu wuchten, selbst wenn es sich in Bewegung befand. Und das hätte den sicheren Untergang seiner Jolle bedeutet. Ein Blick auf den Kompass, dann hieß es: schneller rudern, weiter rudern. Wenn sich die Nebelschwaden lichteten, musste er aus dem Sichtfeld der Festung verschwunden sein.

Bald hörte Berns die Seelöwen nicht mehr; nach seiner groben Schätzung befand er sich jetzt kurz vor der Stelle, an der die Bucht von Callao in den Pazifik überging. Ein Pelikan traf irgendwo klatschend auf das Wasser, dem Laut nach war die Landung missglückt. Einen Moment lang war Krächzen und Flügelschlagen zu hören, dann herrschte wieder Stille. Der Nebel selber ist ein Geräusch, dachte Berns, ein weiches, dumpfes Gleiten, das alles um sich herum aufsaugt.

Warum sich wohl eine hochentwickelte Kultur entschlossen hatte, ihre Toten draußen auf einer Insel zu begraben? Ihm sollte es recht sein, würde ihm doch so wenigstens niemand beim Suchen und Graben in die Quere kommen. An Land waren die Hacienderos und ihre Handlanger allgegenwärtig, keinen Spatenstich konnte man da setzen, ohne sofort von Indios umgeben zu sein, die wissen wollten, was man trieb. Don Lucho aus Lamayeque war berüchtigt dafür, jeden zu töten, der sich den Huacas auf seinen Ländereien auch nur näherte. *Huacas*, die geheimen Stätten der Ahnen – als Berns das Wort dachte und immer wieder für sich wiederholte, ruderte er schneller. Erst letzte Woche hatte Don Lucho angeblich einen Chinesen umgebracht, der eine goldene Rüstung aus einem Grabhügel geborgen hatte. Mit einem Spaten sollte er ihn enthauptet haben! Der Kopf des Chinesen, so hatte ein Infanterist berichtet, sei noch ein gutes Stück weitergerollt und habe dabei unablässig Chinesisch geplappert.

Dieses Risiko konnte Berns nicht eingehen, nicht so kurz vor dem Ziel. Wenn er genug von seinem Sold gespart hätte, würde er aufbrechen in die Berge. Bis dahin würde er sich auf San Lorenzo umsehen … Was hatten die Indios im Bataillon gesagt? Auch die Moche hätten das Gold geliebt. Die Vasen und Krüge, die manchmal aus dem Wüstensand zum Vorschein kamen, seien viel feiner gearbeitet als die Artefakte der Inka. «Glaub ich nicht», sagte Berns in seinem Boot. Feiner als die der

Inka? Was für ein Blödsinn. Heute würde er, Berns, an Land gehen, entdecken, was es zu entdecken gab, und alle Funde genauestens kartographieren und aufzeichnen. Dann würde man sehen, welche Kultur feiner gewesen war als die andere.

Langsam ging die Ruderei in die Arme. Es war zwar windstill, dafür hatte eine unterseeische Strömung die kleine Jolle gepackt und zog sie auf das offene Meer hinaus. Immerzu musste man kämpfen, das wusste Berns mittlerweile, kämpfen für die Richtung, in die man eigentlich wollte, denn die Welt hatte nichts Besseres zu tun, als einen immer wieder vom eingeschlagenen Weg abzubringen. Berns richtete seinen Oberkörper auf und stemmte sich mit den Füßen gegen den Boden der Jolle. So konnte es eine Weile weitergehen. Warum nur hatte er keinen der Knechte zum Rudern mitgenommen? Er war ein Idiot, jawohl, das war er. So kurz nach der Vergiftung, noch geschwächt vom Fieber, und dann gleich –

Klirr!

Was war das gewesen? Ein Geräusch aus unmittelbarer Nähe war zu ihm gedrungen. Das war kein Pelikan, kein Seelöwe und schon gar kein Delfin. Berns zog die Ruder lautlos ins Boot, beugte sich vor und horchte angestrengt in den Nebel hinein. Ohne das Plätschern der Ruder im Wasser waren sie deutlich zu hören: Stimmen, spanische Wortfetzen, Poltern, und immer wieder dieses Klirren. Berns erstarrte: So klang nur Metall auf Metall!

Vom offenen Meer her kam ein Windstoß und brachte Bewegung in die Schwaden. Vor ihm, keine dreihundert Fuß entfernt, schob sich eine gewaltige metallene Wand aus dem Nebel. Unsäglich hoch erhob sie sich über die Wasseroberfläche. Was war das – ein Schiff etwa? Da, dort stand etwas auf dem Bug … Aber bevor Berns den Namen des Schiffes entziffern konnte, zog es sich erneut zu, und wieder war nichts zu sehen außer einer weißen diffusen Masse.

Was Berns draußen in der Bucht gesehen hatte, war die spanische Flotte. Mit unbewegter Miene hörten sich Oberst Inclán und Oberstleutnant Cáceres seinen Bericht an.

«Isabella hat die Numancia geschickt», sagte Cáceres, kaum dass Berns von der metallenen Wand im Meer erzählt hatte.

«Das größte Schiff der Welt», sagte Oberst Inclán.

«Gepanzert», antwortete Cáceres. Sofort wurde Kriegsminister Gálvez verständigt, der den Befehl ausgab: Klar zum Gefecht! Jetzt liefen alle auf ihre Plätze.

Es war mittlerweile Viertel vor zehn. Die spanischen Schiffe mussten über Nacht von den Chincha-Inseln hergesegelt sein; nun lagen sie bei den Inseln San Lorenzo und El Frontón unbewegt im Nebel. Sobald der Admiral der Spanier, Casto Méndez Núñez, das Zeichen zum Angriff gab, würden sich die Fregatten der Festung auf Schussweite nähern.

«Königin Isabella glaubt, sie könnte Peru zurückerobern», sagte Oberst Inclán. «Sie will unseren wichtigsten Hafen einnehmen und die Regierung an der Schnauze packen.»

Minister Gálvez hielt vor den Bataillonen eine Ansprache. «Peruaner! Vor gut vierzig Jahren marschierten in dieser Festung noch die Spanier. Unsere Väter haben sie vertrieben und über die Meere fortgejagt. Heute wollen Isabellas Schergen Peru zurückerobern – wir aber werden sie ein weiteres Mal vertreiben, mit der Männlichkeit eines Volkes, das seine Ehre höher schätzt als das eigene Leben! Soldaten! Heute kämpfen wir für ganz Amerika. Verteidigen wir die Ehre und die Freiheit eines Kontinents. Viva el Perú!»

Und Berns dachte: Wenn ich überlebe, Herr, so gelobe ich, niemals wieder die Hand zu erheben gegen meinen Nächsten. Viel Zeit für Gebete blieb allerdings nicht mehr. Berns hatte gehört, kurz vor einer Schlacht fassten Soldaten Mut und verspürten eine sonderbare Kraft. Noch merkte er davon nichts. Immerhin: Blanke Panik blieb aus. Er dachte an seine Mutter. Ob sie auch an ihn dachte?

Cáceres trieben andere Fragen um. «Hast du den Admiral gesehen?», wollte er von Berns wissen.

«Admiral Méndez Núñez?», fragte Berns. «Im Nebel? Ich habe ja kaum die Insel vor mir gesehen!»

«Und das Geschwader? Die anderen Schiffe, wie lagen sie? In Formation?»

«Da draußen gab es nichts außer der Wand!», wiederholte Berns. Dann fielen ihm die undeutlichen Worte ein, die er gehört hatte, und wie seltsam sie geklungen hatten.

«Das ist ihr *castellano*. Meinetwegen können sie das mit sich auf den Meeresboden nehmen.» Cáceres spuckte aus.

Gegen welche Batterie würde die Numancia zuerst fahren? Von Chincha hatte man gehört, dass die Spanier mit sieben Dampfschiffen gekommen waren, außerdem mit sieben Hilfsschiffen und mit insgesamt mehr als zweihundertfünfzig Kanonen. Die Peruaner zählten kaum mehr als fünfzig Kanonen in der Festung sowie dreizehn Kanonen auf den Schiffen. Dennoch hätte die Stimmung nicht besser sein können. Endlich tat sich etwas! Branntwein wurde ausgeteilt, in den die Soldaten eine Prise

Schwarzpulver mischten; das machte verwegen. Berns verzichtete.

Es dauerte nicht lange, da befand sich Kriegsminister Gálvez persönlich in der Südzone. Sein Pferd gab er einem Kavalleristen, der es mit sich nahm. Vor den Mauern hörte man das aufgeregte Wiehern der Tiere. Es war schon fast elf Uhr. Draußen in der Bucht hatte sich der Nebel verzogen, jetzt konnte jeder das spanische Geschwader genau erkennen. Da lag sie, die Numancia. Sorgenvoll blickte Berns immer wieder hinaus. Aber es musste vieles vorbereitet werden, die Abläufe gaben Sicherheit. Die Batterie Independencia war voll besetzt, die Batterie Pichincha bereit zum Gefecht, die Kugeln ordentlich zu genau ausgerichteten Pyramiden gestapelt, jetzt brauchte man nur noch zu peilen und zu feuern.

Cáceres und seine Männer waren an die Südzone kommandiert worden; sie standen unter Gálvez' direktem Befehl. Der Minister hatte seine Paradeuniform angezogen und seinen Schnurrbart gewichst. Um ihn herum: ein Chaos, als hätte man sich nie auf einen Angriff vorbereitet. Auf den Wehrtürmen vermisste man Munition. Und wie sah es auf dem Geschützturm Junín aus? Hakte der Flaschenzug, mit dem die Kugeln in die Rohre eingebracht wurden? Plötzlich fehlten um das Ayacucho-Fort herum Sandsäcke – warum war das nicht vorher aufgefallen? –, die Männer liefen kreuz und quer, hin und zurück zum Munitionslager, holten Schwarzpulver nach, und allerorts hörte man nur ein einziges Wort: Numancia, Numancia!

«An die Rohre!», donnerte Cáceres. «Sánchez, Delgado, Cournoyer, Higgins – Kugelschieben!»

Berns stand mit einigen anderen unterhalb der Armstrong-Kanonen und dachte an die Metallwand draußen im Meer. Was sollte eine Kugel dagegen schon ausrichten? Ganz sicher bedeutete diese Schlacht ein Ende, ob sie auch einen Anfang bedeutete, blieb abzuwarten. Berns bereute nun, seinen Zwieback nicht mit Branntwein und Schwarzpulver hinuntergespült zu haben.

Delgado, der älteste Artillerist, lachte immerfort, ein anderer holte immer wieder seinen Rosenkranz hervor, wiederum ein anderer faselte ununterbrochen vom ausladenden Hinterteil seiner Angebeteten.

«He, Delgado», sagte Berns. «Was gibt es zu lachen?» Da verstummte Delgado, und Berns wünschte, er hätte nicht gefragt. Er selbst spürte sein Herz bis hoch in den Hals klopfen. Kurz schloss er die Augen und dachte an den Rhein, an das Kap, dann an den Vater. Er war vierundzwanzig Jahre alt. Wie viele Jahre würden noch folgen?

Vor der Mole gingen die Torpedoboote Loa und Victoria in Formation. Die Dampfboote Tumbes, Sachaca und Colón hatten längst den Hafen dichtgemacht. Auch die Hafenstraße lag ausgestorben da.

Elf Uhr dreißig. Die Fregatten in der Bucht hatten die Inseln hinter sich gelassen und bewegten sich langsam auf den Hafen und auf die Festung zu. Sofort legte sich das Gerenne: Die Männer standen auf ihren Posten, an den Flaschenzügen, den Kanonen, den Sandsäcken. Starrten und warteten auf den Schießbefehl des Kriegsministers. Der ließ auf sich warten; die Schiffe befanden sich noch außer Reichweite.

Drehte man sich um, hätte man meinen können, die Schlacht habe längst begonnen: Auf den Straßen von Callao war niemand mehr zu sehen, selbst die Hunde und Hühnergeier schienen sich auf die Hügel hinter dem Städtchen zurückgezogen zu haben.

Auf den Wehrtürmen blickte alles gespannt hinaus in die Bucht. Wann würde die Schlacht beginnen? Jetzt konnte es Berns auf einmal kaum noch erwarten. Voller Ingrimm lud er die Kanonen. Über ihm, auf dem Junín-Turm, stand Minister Gálvez regungslos an der Brüstung. An einem haushohen Mast wehte eine riesige peruanische Flagge. Irgendetwas daran sah falsch aus. «Oberstleutnant Cáceres», brüllte Berns. Dabei befand sich Cáceres direkt neben ihm. «Die Flagge! Die Spanier könnten sich keine schönere Markierung wünschen!» Cáceres schlug Berns auf die Schulter, stieg die Stufen hoch zur Brüstung und redete auf den Minister ein. Der hörte Cáceres sichtlich unbeeindruckt an, dann schickte er ihn fort. Die Flagge blieb oben.

Berns dachte: Der Fetzen wird viele Leben kosten, und Cáceres: Hoffentlich sind die Spanier so dumm, wie man sagt.

Um kurz vor zwölf Uhr kam Bewegung ins spanische Geschwader. Unmittelbar trat Stille im Fort ein, die Soldaten verfolgten aufmerksam, wie sich das monströse Gebilde auf die Küste zuschob. Da war die Numancia! Das Geschwader um sie herum zerfiel in eine V-Formation: Die Numancia führte den südlichen Flügel an, hinter sich die Fregatten Almansa und Resolución; im Norden bewegten sich die Fregatten Villa de Madrid, Berenguela und Reina Blanca auf die Küste zu. Der Rest der Flotte, darunter die Korvetten, schien sich hinter San Lorenzo versteckt zu halten.

«Die Numancia nimmt Fahrt auf!», schrie Cáceres. Berns nickte. Jetzt war die Angst von ihm gewichen; nur

noch Verachtung war geblieben, für die Spanier da draußen, für Admiral Méndez Núñez, überhaupt für alle, die
sich gegen ihn stellten. Neben Berns pinkelte sich einer
der Stückknechte in die Hosen, er war ja noch ein Junge.
In der Tat war es ein seltsamer Anblick: ein Schiff, riesiger als alles, was man bis dahin gesehen hatte. Sein Rigg
schien groß genug, um es bei starkem Wind in die Lüfte
zu heben. Die vernieteten Eisenplatten, die Schornstein
und Korpus umgaben, waren noch von der Festung aus
klar zu erkennen, auch der Rammsporn hob sich deutlich
über die Wasseroberfläche. Aus den Stückpforten blitzten
die Kanonen hervor; weit darüber, an Deck, befand sich
der gepanzerte Kommandostand mit seinen Sehschlitzen.
Dort stand sicher Admiral Méndez Núñez und befahl
die Auslöschung Callaos, von einem Schiff aus, das kein
Schiff war, sondern eine Festung.

«Bereiten wir Méndez Núñez einen Empfang, an den
er sich nicht erinnern wird!» Heiseres Lachen, jetzt
kam Leben in die Männer. Gegen die Numancia würden
höchstens die Blakely- und die Armstrong-Kanonen ankommen, sie waren jetzt am Zug.

«Feuer!» Cáceres schrie den Befehl heraus, es wurde
gestopft und gepeilt. Die spanischen Fregatten kamen
immer näher. Da brüllte der Minister neben ihm: «Halt!
Feuer einstellen! Unsere Sache ist die ehrenhafte Verteidigung – nicht der Angriff!»

Cáceres glaubte, sich verhört zu haben. Ob der Minister den Befehl wiederholen könne? Berns war alles egal,
was zählten Befehle, wenn sie sinnlos waren? Vielleicht
hatte der Minister den Verstand verloren! Die Fregatten
würden nie wieder so angreifbar sein wie jetzt, wo sie
noch ihre Positionen bezogen.

Aber Cáceres hatte keine Wahl: Dem Befehl des Ministers musste Folge geleistet werden. Die Männer begannen, an den Nägeln zu kauen und zu fluchen. Einige nüchterten aus und dachten wohl daran zu desertieren.

«Beherrsch dich», sagte Cáceres zu Berns, der düster zu Gálvez hinüberblickte. «Wenn du so leicht deine Emotionen zeigst, bringst du's nie zum Präsidenten.»

«Zum Teufel mit den Ämtern dieser Welt», stieß Berns hervor. «Es ist dein Land, das bombardiert werden soll.»

«Strategie ist nicht dein Gebiet», flüsterte Cáceres. «Und das des Ministers anscheinend auch nicht.» Dann schwieg er einen Moment. «Trotzdem werden wir uns nicht kaputtschießen lassen, hörst du!»

Als Berns erkannte, dass sie dem Minister nicht vertrauen konnten, kam die Angst zurück. Einzig die Gelassenheit seines Oberstleutnants spendete etwas Trost. Cáceres war kaum sechs Jahre älter als Berns. Woher nahm er nur diese Zuversicht?

Da zerriss es plötzlich das Meer und die Atmosphäre. Die Numancia hatte gefeuert. Die Schlacht – jetzt war sie da! Steine, Staub und Sand überall, ein hohes Sirren, als Berns die Augen öffnete; wo waren die Männer hin, geflohen? Ach nein, das Rote auf dem Boden, das war Blut, und etwas weiter, an der Befestigungsmauer, lagen Körperteile. Wer würde jetzt die Armstrong-Kanonen bedienen? Immerhin brüllte der Minister jetzt den Feuerbefehl. Berns lief zu Cáceres, der noch stand, zusammen ging es hoch auf den Geschützturm, während unten, bei den Sandsäcken, auf die Fregatten gefeuert wurde. Die Nordbatterie schoss bereits zurück, auch die Torpedoboote fuhren schon gegen die Spanier. Beißender Pulverrauch lag über der Festung, nur die Flagge, natürlich, die Flagge, die flatterte in klarer Luft weit über den Köpfen. Berns fiel es schwer zu atmen, am Fuß des Turms erkannte er einen abgetrennten Kopf … Den schicken wir auch noch rüber, dachte er, dann ging die Kanone los, die Villa de Madrid lag in Position, die Stückpforten deutlich sichtbar, die Karronaden, die Männer, die – Treffer! Treffer! Den Schornstein hatte es zusammengehauen. Jubel am Geschützturm! Berns schrie, bis der Hals schmerzte, auch die Münder der anderen standen weit offen, tot wie lebendig, es machte keinen Unterschied, gehört wurde nun nichts mehr, es gab nur das Sirren in den Ohren und das Schwarzpulver, das in den Augen und auf den Lippen brannte.

Bis die Armstrongs wieder schießen konnten, dauerte es fast eine halbe Stunde. Wer noch stand und seine Hände bewegen konnte, machte sich daran, die Kanonen erneut einzurichten – viele Männer waren es nicht mehr, selbst Oberst Inclán packte mit an. Verwundert bemerkte Berns, dass seine Arme zitterten; aber nicht vor Angst, sondern vor Anstrengung. In der Bucht war jetzt eine Explosion zu hören – die Almansa brannte lichterloh.

«Das Pulverlager», schrie Inclán. «Getroffen!» Eine Kugel nach der anderen wurde abgeschossen. Drüben die Vencedora, auch sie hatte einen Treffer abbekommen. Feuer brach aus, jetzt nässten die Spanier schon ihr Pulver, um nicht in die Luft zu gehen. Cáceres lachte, das linke Auge irr gen Himmel gerichtet.

Voller Entsetzen stellte Berns fest, dass sein Körper alle nötigen Handlungen von allein ausführte. Die Armstrong stopfen, schieben, anzünden … Er sah seinen Armen dabei zu, als gehörten sie einem anderen. Ich muss hier fort, pochte es in ihm. Ich bin kein Soldat, ich will nicht sterben. Jetzt wusste er, dass es ein Fehler gewesen war, nach Peru zu gehen.

Es krachte, Holz prasselte, Pulver regnete herab und Flusen von Menschenhaar, jetzt gab es keine Luft mehr, nirgends. Was war das, ein feindlicher Treffer? Der eigene Rückstoß hatte eine Blakely von der Lafette gefegt. Ihr Rohr stakte aus der Mauer am Fort, gesplissenes Metall, wo war die Kugel hin? Das Brückengeländer der Numancia war getroffen! Befand sich der Admiral tatsächlich auf dem Schiff? Am Ende hatte Cáceres recht, und Admiral Méndez Núñez würde sich an den Angriff nicht erinnern. Während die Männer sich in die Arme fielen, kroch Berns über die Sandsäcke hinüber zum Fahnenmast. Ein paarmal beherzt gezogen, schon lag die Flagge vor ihm. Er löste sie von den Seilen und rannte zum Munitionslager, wo er sie in einer Ecke versteckte. Sollte der Minister ihn doch strafen, wenn er wollte. Zurück auf dem Geschützturm, nickte ihm Cáceres dankbar zu.

In der Bucht hatte sich in aller Ruhe die Blanca in Position gebracht – es gab noch längst keinen Grund zu feiern. Als Berns die Augen zusammenkniff, meinte er Ruderboote zu erkennen, die sich von der Blanca her der Batterie näherten. Die Spanier wollten anlanden. Wer stand noch, wer hatte ein Fernrohr? Higgins war im Dunst nicht auszumachen, hatte er etwa bei der Blakely gestanden? Schnell zu Inclán. Der reagierte sofort und befahl, den Landestreifen zu sichern. Zwanzig Mann mit Gewehren runter an die Mauer, vor die Anlage! Dann kamen die Namen. Berns war nicht dabei, man brauchte ihn bei den Kanonen. Die Männer um ihn herum aber erstarrten. Ungläubig blickten sie ihren Kommandanten an. Vor die Mauer? Das war ein Todeskommando. Inclán brüllte, das

sei ein Befehl. Ob man warten wolle, bis die Spanier her-
überkämen und sich per Handschlag vorstellten?

Das wollte man nicht. Cáceres, der sah, dass die Männer Angst hatten, schrie: «Valor!», und schlitterte als Erster den Geröllhaufen hinab, der über die Außenmauer vor
die Anlage führte. Wenn *el pelícano* ging, gingen die Männer mit. Auch Berns machte unwillkürlich einen Schritt
vorwärts, da fasste ihn Inclán an der Schulter. Er musste
kein Wort sagen: Berns wusste, wo er hingehörte. Aber
Cáceres, Cáceres hatte die Festung mit solcher Leichtigkeit verlassen, als wolle er angeln gehen. Berns liefen die
Tränen über das Gesicht.

«Feuert!», brüllte Cáceres. «Feuert um unser Leben!»
Die Blanca lag noch immer in Position, für den Moment
hatte sie das Feuer eingestellt. Die Boote der Spanier waren nicht mehr zu sehen, aber das bedeutete nichts.

Es war bereits Nachmittag. Der Flaschenzug funktionierte noch. Berns stopfte, schob, und der Artillerist, der
sich geweigert hatte, Berns' Worte im Fieberwahn zu
übersetzen, peilte. Stopfen, schieben, peilen, schießen,
stopfen, schieben, peilen, schießen. Die Druckwellen der
Kugeln schoben die Oberfläche des Wassers wie Eisschol-
len auseinander. Die Männer vor der Anlage standen noch,
es war ein Wunder. Wo nur steckten die Spanier? Cáceres,
das sah Berns von oben, stand mehrere Schritte vor den
anderen Männern, als wolle er mit seinem Körper nicht
nur seine Kameraden, sondern die ganze Festung abschir-
men. Wie breit konnte der Rücken eines Menschen sein?

Plötzlich stand Kriegsminister Gálvez höchstselbst in
seiner besudelten Paradeuniform neben Berns, alle Soldaten packten mit an, die Blanca, die würde man kriegen,
wenn nur erst die Armstrong wieder einsetzbar wäre …

Dann der Schrei des Ministers: «Wo ist die verdammte Flagge? Das hier ist Peru, ihr Arschlöcher!» Und Inclán, dem es jetzt nicht auf die Form ankam: «Vergiss die Flagge, du Idiot!» Die Lunten taugten nichts mehr, Inclán zündete die Ladung mit seiner Zigarre an.

Dutzende von Soldaten arbeiteten den Türmen zu, der Junín schoss noch, der Merced ebenso. Auf den zählte man, dort standen zwei Armstrong-Kanonen. Es ging doch alles, es ging doch! Bald ist die Schlacht vorüber, dachte Berns, eigentlich ist schon fast wieder Frieden, eigentlich ist schon fast wieder alles gut. Ein sonderbares Gefühl der Leichtigkeit überkam ihn, dann meinte er, ein Stück über dem Boden zu schweben.

Plötzlich gingen die Kanonenkugeln aus. Berns sprang hinab und belud den Flaschenzug. Wie aber sollte man wieder hinauf, wenn es dort mit einem Mal von Artilleristen nur so wimmelte? Oben auf dem Turm war kein Platz für so einen Menschenauflauf, nicht neben den Kugeln und dem Pulver. Mindestens ein halbes Dutzend Säcke stand dort, wie viel Pulver mochte das sein, hundertfünfzig, zweihundert Kilo? Genug, um das Geschwader in Einzelteilen nach Gibraltar zu befördern. Minister Gálvez war im Gedränge kaum noch auszumachen, irgendwo dort oben musste er stehen, Soldat unter Soldaten.

Wumm! Ein Schlag ging durch Luft und Erde, der Geschützturm explodierte. Die Blanca hatte eine Granate abgefeuert und mitten in die Pulversäcke getroffen. Berns, der gerade die Leiter hatte hochklettern wollen, wurde durch die Luft geschleudert – doch noch bevor er in ein paar Sandsäcken landete, bemerkte er einen Riss zwischen Zeit und Raum. Einen Moment lang konnte man dort, wo der Riss klaffte, in ein riesiges, farbenprächtiges Kaleidoskop blicken, und Berns wunderte sich sehr. Dann verlor er das Bewusstsein.

Als Berns die Augen wieder öffnete, brannte die Welt um ihn herum. Den Geschützturm gab es nicht mehr, die Artilleristen und der Kriegsminister konnten die Explosion unmöglich überlebt haben. Wer jetzt aber erstarrte, war so gut wie dahin. Die Festung lag zerstört vor Berns; mehr als zwanzig Männer waren in den Gräben vor den Mauern zerschossen worden. Sánchez, Delgado, Cournoyer – alle in Fetzen gerissen. Da fiel Berns sein Freund Cáceres ein, der das Fort mit seinem Körper hatte schützen wollen. An seinen Tod wollte Berns nicht glauben.

Lafettenwagen und unnütze Metallteile verteilten sich auf dem Exerzierplatz, Schutt und Steine überall … Die Batterien Maipú und Independencia hatte es auch getroffen, die schwiegen nun. Aber drüben, bei Santa Rosa, da ging was. Einige Kanonen waren dort noch in Betrieb, eine davon hatte eben einen Treffer gelandet. Berns sah mehrere Wassersäulen aufsteigen, eine jede viele hundert Fuß hoch. Die Festung wurde jetzt im Minutentakt bombardiert.

«Torpedos», flüsterte einer, der im Dreck lag. Berns aber dachte nur noch an Cáceres. Ihn musste er jetzt finden.

Hoch! Erstaunt stellte Berns fest, dass er sich nicht bewegen konnte. Der Sand unter ihm wurde in immer größeren Kreisen von Blut getränkt, wessen Blut war das? Berns fuhr mit seinen Händen am Körper hinab, es schien alles noch ganz zu sein, alles da, alles dran, warum aber reagierten seine Beine nicht? Probeweise stieß er sich mit dem Ellbogen in den Oberschenkel, Gefühl war noch vorhanden – es war nicht das eigene Blut, na bitte! Aber wem gehörte es dann?

Schnell sich selber eine Ohrfeige verpassen, dann noch eine, und endlich hinaus vor die Anlage, dorthin, wo man ungeschützt war und beinahe schon tot. Jede Minute vor der Außenwand, das wusste Berns, konnte ihn das Leben kosten. Er schrie nach Cáceres und hörte seinen eigenen Schrei nicht, lief über Schutt und Geröll, stieg über tote Leiber, abgetrennte Gliedmaßen. Einundzwanzig Männer hatten hier gestanden? Jetzt stand niemand mehr. Wollte er überleben, musste er zurück in die Festung. Aber was lag da, unter einem hinabgefegten Lafettenwagen? Diese Stiefel kannte Berns. Mit aller Kraft stemmte er sich gegen das Holz. Unter dem Wagen lag Cáceres, voller Staub und Blut, aber unbestreitbar Cáceres. Berns packte ihn bei den Achseln und schleifte ihn, rückwärts und Schritt für Schritt, hinter die Festungsmauern. Am Munitionslager ließ er Cáceres nieder und tastete nach seinem Puls. Er lebte. Die rechte Schulter war verletzt worden, die Brust wohl auch.

Da: ein Treffer vor der Anlage. Dort, wo Cáceres bis eben gelegen hatte, spritzte der Schotter hoch. Die Außenmauer, die gab es nun nicht mehr. Berns kauerte sich mit geschlossenen Augen neben Cáceres und hielt seine Hand. Stille kehrte in der Bucht ein, dann waren kurz hintereinander drei Kanonenschüsse zu hören. Die Kugeln landeten im Wasser. Wie spät mochte es sein, sechs Uhr? Langsam kehrte das Gehör zurück. Cáceres schlug die Augen auf und fragte, ob er gestorben sei.

«Sehe ich für dich aus wie ein Engel?», fragte Berns, obwohl ihm nicht zum Scherzen zumute war. «Ich habe dich aus dem Schutt geholt.»

«Danke, mein Freund», sagte Cáceres. Mehr gab es nicht zu sagen. Sie schüttelten sich feierlich die Hände, dann umarmten sie einander.

Die Rauchschwaden über der zerstörten Festung und der Bucht legten sich allmählich. Die Ruhe hielt an. Bei der Mole wieherte ein Pferd.

«Ist die Schlacht vorbei?», fragte Berns. Cáceres richtete sich stöhnend auf, verharrte einen Moment lang, horchte. Berns sagte, er werde Hilfe holen, und lief los.

Vom Hafen her drangen Viva-Rufe. Vielleicht ist alles überstanden, dachte Berns. Vorstellen konnte er es sich nicht. Die Außenmauern waren vollends zerstört, die Baracken getroffen, nur die Offiziersvilla war wie durch ein Wunder verschont geblieben. Die Gräben vor den Wällen und die Batterien aber boten den traurigsten Anblick. Auf einem Schutthaufen blieb Berns stehen. Unzählige verrenkte Leiber lagen da beieinander, alles Kameraden, die eben noch gelebt hatten.

Ein halber Tag hatte ausgereicht, um Verwüstung über den Hafen und das Fort zu bringen. Und jetzt? Berns kniff die Augen zusammen und blickte hinaus auf den Pazifik. Das Wasser erstreckte sich ruhig und tiefblau bis zum Horizont; schon segelten die Pelikane wieder über dem nördlichen Küstenstreifen, nur die Seelöwen waren noch nicht zurückgekehrt. Das spanische Geschwader war offenbar abgezogen. Sie verstecken sich hinter den Inseln, dachte Berns, was für Feiglinge. Nur die Numancia war gerade noch zwischen San Lorenzo und El Frontón zu erkennen. Wahrscheinlich würden die Spanier ihre Toten im Sand der Inseln verscharren, dort sollten sie ruhen bei den Toten der Moche mit ihren Augen aus Gold. Ruhen!

Das konnte man Berns nun nicht mehr vormachen. Der Tod, das war eine Sache der Zerstörung, des Horrors. Berns hatte gelernt, ihn zu fürchten. Unten im Graben heulte einer auf, und bei der Abtao-Batterie liefen einige Soldaten umher.

«Wir hätten das Feuer eröffnen sollen», sagte Berns zu sich selber. Dann wandte er sich um und ging weiter. Vor ihm lag die Offiziersvilla; weiter hinten die Batterien. Vom Merced-Turm her kam ihm ein Mann entgegen. Er winkte. Es war Oberst Inclán.

Die Schlacht von Callao, so sagte man später, habe für beide Seiten die Niederlage gebracht und sei doch als Triumph in die Geschichte eingegangen. Hunderte hatten den Tod gefunden, darunter Kriegsminister Gálvez, Zahllose waren verletzt worden oder blieben vermisst. Callao selber ging unbeschadet aus der Schlacht hervor. Einzig die Festung und die Schiffe hatten große Schäden erlitten; noch Wochen später war die Pazifikküste vor Callao übersät mit Holzplanken und Splittern.

Das spanische Geschwader floh von der südamerikanischen Küste und nahm Kurs auf die Philippinen. Es sollte das letzte Mal sein, dass Spanien versuchte, Südamerika zurückzuerobern. Es hieß, Königin Isabella habe vor Gram über den missglückten Angriff einen Kammerdiener erschlagen, ihm das Haar ausgerissen und das Körperfett herausgesaugt; aber dies war nicht mehr als ein Gerücht, das so schnell aufgekommen war, dass es kaum der Wahrheit entsprechen konnte.

Als Berns diese Geschichte voller Abscheu im Lazarett Cáceres erzählte, lachte der bloß und sagte, dass sie sich wohl ein indianischer Soldat ausgedacht hatte; der *pishtaco*, ein Vampir, der Fett aus toten Körpern sauge, sei eine Gestalt der Anden. Cáceres war längst auf dem Weg der Genesung: Die Wunden an Schulter und Oberkörper verheilten bereits, und die Schmerzen ließen sich ertragen. Er lebte immerhin, anders als so viele. Cáceres wusste, dass er sein Leben dem Mut des Freundes zu verdanken hatte.

Berns war jetzt ein Held. Das bewahrte ihn nicht davor, schwermütig zu werden. Cáceres fiel auf, dass Berns weniger redete als zuvor, kaum noch aß und nicht einmal reagierte, wenn man ihn auf die Berge und die Geschichte Perus ansprach: Themen, die ihn sonst immer interessiert hatten.

Als Cáceres schließlich genesen aus dem Lazarett entlassen wurde, lud er Berns aus Dankbarkeit zu Freunden nach Lima ein. Das Ehepaar César und Eliana Aramburu, befreundet mit Cáceres seit Kindheitstagen, schwelgte dort vergnügt im Wohlstand und bewohnte einen Palast mit zwanzig Zimmern.

Der Junge braucht einen Ortswechsel, dachte Cáceres, Lima wird ihm guttun. Gott weiß, dass César und Eliana mehr Platz als genug haben!

Nach knapp einer Woche im Palast der Aramburus starrte Berns noch immer vom vergitterten Balkon hinab auf die Straße. Eseltreiber gab es da, Karawanen von Maultieren, Melonenverkäufer, Wasserträger, Huren, Verschleierte, Wahrsager, scharenweise Kinder, aber alles rauschte, brandete an Berns vorbei. Seit der Schlacht fühlte er sich unendlich bedrückt, und es war, als würden alle Eindrücke von einem schwarzen Loch verschluckt. Schloss er die Augen, sah er noch immer die Toten vor sich. Berns dachte: Wenn Sterben so einfach ist, wie kommt es dann, dass ich noch lebe? Er war vierundzwanzig Jahre alt und fürchtete den Tod wie ein alter Mann. Sein Herz war schwer.

Nicht einmal der Gedanke an die verlorene Stadt der Inka vermochte ihn zu animieren, und es schien ihm, als sei El Dorado nichts als eine leere Worthülse, eine entfernte Erinnerung an etwas, das er sich einmal erträumt hatte. Erst als Cáceres Eliana Aramburu darum bat, einige Inka-Artefakte zu Berns bringen zu lassen, erhellte sich sein Gemüt etwas; aber schon kurze Zeit später stierte er erneut lieber vom Balkon, als sich mit den silbernen Idolen zu befassen.

Cáceres stellte ihm den Bürgermeister von Lima vor, den Theaterdirektor, den Straßenbaumeister, den Bischof und seine Mutter, doch Berns nickte bloß, und jeder nahm an, der Preuße würde kein Spanisch verstehen. Cáceres berichtigte diese Vermutung nicht. Das kleinste Geräusch reichte aus, um Berns zusammenfahren zu lassen; legte ihm Cáceres oder César Aramburu die Hand auf die Schulter, stöhnte er auf und drehte sich zur Seite.

«Die Schlacht ist ihm nicht bekommen», sagte Cáceres.

«Er ist kein Soldat», antwortete César Aramburu.

«Was ist er dann?», fragte Cáceres.

Als die Schlacht einen Monat zurücklag, kündigte Präsident Prado an, seine Truppen feiern zu wollen. Die Bataillone oder das, was von ihnen übrig war, sollten vor seinem Palast in Lima aufmarschieren, dann würden die Gefallenen und die Überlebenden geehrt werden.

Die Plaza Mayor, auf der die Truppenschau stattfinden sollte, lag keine zwei Blocks entfernt von dem Anwesen der Aramburus. Cáceres bat Berns darum, die neue Uniform anzulegen; als Berns der Bitte nicht nachkam, befahl

Cáceres es ihm, und als auch das nicht wirkte, gab er der Magd den Auftrag, Berns in seine neuen Kleider zu stecken.

«Die Melancholie wird dich noch umbringen!», rief er. Da lachte Berns zum ersten Mal seit der Schlacht, aber es klang anders als früher.

Zu Fuß liefen sie hinüber zur Plaza, die Aramburus begleiteten sie. Auf der Straße drehten sich ein paar verschleierte Frauen nach den beiden Männern um; Cáceres war eine imposante Gestalt, und auch Berns hatte nun alles Jungmännliche abgelegt und wirkte mit seinem langsamen Gang und dem sorgfältig frisierten, ausgeblichenen Haar wie der schwermütige Spross eines Adelsgeschlechts von weit her.

An den Laternen flatterten weiße und rote Bänder, Hunderte von Menschen bevölkerten den Platz, die Glocken der Kathedrale läuteten. Franziskanermönche gingen umher und schwenkten kleine Fässchen mit Weihrauch – nur Berns war nicht feierlich zumute. Eine ruhmreiche Schlacht? Wohl kaum, dachte Berns, eher eine sinnlose Vernichtung von Leben. In der Armee, das wusste er jetzt, lag nichts Gutes, man hielt sich besser von ihr fern und kümmerte sich um die eigenen Geschicke.

Die Überlebenden der Schlacht positionierten sich direkt neben das Podest des Präsidenten. Ich lebe, dachte Berns, wie kann das nur sein? Cáceres stand bei ihm und hielt den Kopf gesenkt. Um die Veteranen wogte mehr Volk, als Berns jemals zuvor in Peru gesehen hatte: eine jubelnde Menge, darunter Frauen und Kinder, Menschen, die auf Bänken standen, auf Eseln geritten kamen oder sich von ihren Dienern tragen ließen. Der Brunnen in der Mitte des Platzes wurde bereits mit Italia-Schnaps gefüllt. Nach der Truppenschau, so hieß es, dürfe jeder Soldat einen Becher voll abschöpfen. Vorher aber würde Präsident Prado seine Rede halten. Schon hatte er sich auf dem Podest in Stellung gebracht: Beine breit auseinandergestellt, den Bauch eingezogen, die Brust hervorgestreckt, den Bart wehrhaft nach vorne gesträubt.

Wie auf einem Geschützturm, dachte Berns. Gleich trifft eine Granate und zerhaut ihn in tausend Stücke. Aber nichts dergleichen geschah.

«Patrioten! Vor fünfundvierzig Jahren stand San Martín genau auf diesem Platz und erklärte die Unabhängigkeit unseres Landes. Heute stehen wir hier und erklären: Spanier, fahrt nach Hause und kommt nie wieder. Scheiße, jawohl!»

Die Menge johlte, Prado lachte, und unter den Viva-el-Perú-Rufen waren seine weiteren Worte kaum mehr zu verstehen. Er beendete rasch seine Rede und begann, die Namen der Soldaten zu verlesen, die an der Schlacht teilgenommen hatten. Wer noch am Leben war, wiederholte seinen Namen. Oberst Inclán hatte als Kommandant die Aufgabe und Ehre, dem Präsidenten nach jedem Gefallenen zu antworten. Nach jedem *muerto* ein Jubelschrei des Volkes: Viva, viva, viva!

Oberst Toribio Zavala? Muerto! Viva!

Ich lebe, dachte Berns.

Artillerie-Hauptmann Juan Salcedo? Muerto! Viva!

Warum?, fragte sich Berns. Wer hat das entschieden?

Kriegsminister José Gálvez Egúsquiza!

Als der Name verlesen wurde, schwieg Kommandant Inclán für einen kurzen Moment, dann sagte er: «Den Heldentod gestorben bei der Verteidigung des Vaterlandes und der Ehre Amerikas.»

Das Volk schrie begeistert auf, und Präsident Prado erklärte, dass Gálvez ab jetzt für alle Zeiten als Oberbefehlshaber der peruanischen Schwerartillerie gelte. Denn für alle Zeiten habe man den Spaniern klargemacht, dass sie in Amerika nichts verloren hätten. Der gestrige Tag gehe als Dos de Mayo in die Geschichte ein. Prados Stimme zitterte, es mochte an seiner Heiserkeit liegen.

Dann: die Verleihung der Medaillen. Prado reichte die Liste der zu Ehrenden an seinen Sekretär weiter, nun versagte seine Stimme völlig.

Oberst Inclán! Der Aufgerufene trat vor und ließ sich die Medaille ans Revers stecken. Oberstleutnant Del Valle! Unteroffizier Iglesias! Kapitän Johnes! Kapitän Carillos! Oberstleutnant Cáceres! Dann wurde es schwierig. Die Brauen des Sekretärs zogen sich zusammen, er wendete das Papier hektisch hin und her, beriet sich rasch mit dem Präsidenten und schrie schließlich mit Aplomb heraus: Coronel Berrness! Berns schaute sich um, und als sich unter den Soldaten niemand regte, trat er vor. Eine Medaille. Jetzt würde er seiner Mutter schreiben müssen; auch dass er die Schlacht überlebt hatte, durfte von Interesse sein. Ob Max wohl schon in der Armee war? Berns hatte versprochen, das Geld, das sein Bruder ihm bei der Abreise gegeben hatte, zurückzuschicken. Das durfte er nicht vergessen.

Die Kapelle spielte auf, die Menschen begannen zu tanzen. Auch das Spektakel am Brunnen war offiziell eröffnet. Anstelle von ordinärem Flusswasser aus dem Rímac sprudelte nun edler Schnaps aus den zwei oberen Schalen und floss hinab ins Auffangbecken. Ein Foto sollte gemacht werden. Präsident Prado stellte sich mit seinem silbernen Becher vor die Schnapsfontäne, dann hieß es: warten. Der

Fotograf und seine drei Assistenten hatten große Mühe, den Apparat, ein schwarzes, ausladendes Ungetüm, vor dem Brunnen aufzubauen. Das Gerät wollte nicht halten. Vielleicht war ein Teil davon beim Transport auf die Plaza Mayor vom Esel gefallen und beschädigt worden.

Als es endlich so weit war, rief der Fotograf zu den Medaillenträgern herüber, sie sollten sich zum Präsidenten stellen. Niemand bewegte sich. Selbst Oberstleutnant Cáceres war plötzlich sehr damit beschäftigt, seinen Becher an der Uniform zu polieren. War es denn nicht sonderbar? Die Öffnung des Apparats musste immer wieder justiert werden, so lange, bis sie leicht nach oben zeigte – ganz wie eine Kanone, dachte Berns. Und neben dem Apparat, im Dunkelkammerzelt, lagerte da etwa keine Munition, keine absonderlichen Pülverchen und Substanzen?

«Bis jetzt hat noch jeder überlebt, von mir fotografiert zu werden», rief der Fotograf. «Das ist eine Kamera und keine Haubitze, die Herren.»

Da gab sich Berns einen Ruck, packte Cáceres am Unterarm und lief mit ihm hinüber zum Brunnen. Kurze Verbeugung vor dem Präsidenten – machte man das so? Dann stellten sie sich neben ihm auf.

«Jungs, jetzt wird's ernst!» Der Präsident zog Cáceres und Berns zu sich, der Fotograf verschwand unter dem schwarzen Vorhang, werkelte am Gerät herum, und dann passierte sehr lange Zeit gar nichts. Die Öffnung starrte unbewegt auf die Männer, aber kein Projektil löste sich, kein Schuss ertönte, keiner schrie und fiel. Berns bemerkte erstaunt, dass der Gedanke an den vielen Schnaps hinter seinem Rücken ihn beruhigte. Gerade, als er dachte, dass der ganze schöne Alkohol im Brunnen doch wohl längst verdampft sein müsste, tauchte der Fotograf wieder unter dem Vorhang auf. Er hustete und bedankte sich für die Geduld. Ob es denn so schlimm gewesen sei? Jetzt sei der Moment für immer festgehalten. Erst die Ewigkeit, dann das Saufen, bitte schön.

Der Fotograf lief mit den Platten ins Dunkelkammerzelt. Kaum hatten sich die Planen hinter ihm geschlossen, glitt der Becher des Präsidenten in den Traubenschnaps. Es folgte Cáceres' schmaler Kelch, dann Berns' hohle Hand. Schnell reichte Cáceres ihm den Kelch und bat Prado, seinen Kameraden zu entschuldigen. Er sei nicht von hier.

«Für eine Medaille hat es immerhin gereicht», sagte der Präsident. Berns verschluckte sich, widerstand aber dem Drang zu husten.

«Mit Verlaub», sagte er, als er wieder sprechen konnte, «wir haben nur unsere Pflicht getan.»

Der Präsident betrachtete ihn aufmerksam und fragte schließlich, was er sich wünsche – von Herzen.

Berns war sprachlos. Auf so eine Frage war er nicht vorbereitet. Was antwortete man wohl darauf? Die Pupillen des Präsidenten waren tiefbraun, fast schwarz.

«Ich liebe Peru», sagte er. Das war alles, was ihm einfiel.

Jetzt lächelte Prado. Warum lächelte er? Was gab es da zu lächeln? Cáceres räusperte sich, na endlich. Der Preuße hier, sagte er, wünsche sich sehnlichst, als Ingenieur in die Berge zu gehen. Zur Eisenbahn. Er rede von nichts anderem, es sei eine rechte Qual.

Überrascht sah Berns auf. Was hatte Cáceres da gesagt?

«Natürlich, natürlich, zur Eisenbahn, meinetwegen», sagte Prado. Aber warum in aller Welt es ausgerechnet die Berge sein müssten?

6.

Vierzehntausend Fuss über dem Meer

Doktor Tamayo war ein erfahrener Ingenieur. Jeden Morgen vor Sonnenaufgang gab er als Erstes eine Ration Kokablätter an die Männer seiner Truppe aus, dann lobte und küsste er sie, und manchmal, wenn er es für notwendig hielt, verteilte er zusätzlich Kopfnüsse, Hiebe und Tritte.

Auf diese Weise hatte Peruvian Railways innerhalb von nur fünf Jahren die Küste Perus mit dem Inland verbunden. Beinahe täglich fuhr nun die Eisenbahn von Mollendo nach Arequipa, bis hoch hinauf nach Puno am Titicacasee. Die Stadt Juliaca mit Cuzco zu verbinden schien hingegen unmöglich. «Bis ihr mit der topographischen Karte fertig seid, wachsen euch weiße Haare», hatte man den Ingenieuren im Büro von Peruvian Railways gesagt. Zwischen Juliaca und Cuzco gab es Pässe zu überwinden, die über vierzehntausend Fuß hoch lagen, eine Höhe, auf der einem das Blut aus den Schleimhäuten schoss. «Es wird Jahre dauern, bis euch eine Basismessung gelingt», hatte man im Büro gesagt. «Die Messketten werden euch einfrieren», hatte man im Büro gesagt, «der Magnetismus der Berge wird den Theodoliten zerstören, die Indios die Vermarkungen sabotieren, die Höhensonne eure Gehirne verwirren, die Kondore eure Leiber auseinanderreißen. Eine Aufgabe für Jahrzehnte!» Das Büro rechnete nicht mit dem Überleben seiner Ingenieure.

Trotz aller Widerstände war die Vermessungstruppe im November 1871 aufgebrochen. Sie bestand aus Doktor Tamayo, einem untersetzten, stets korrekt gekleideten Mittfünfziger, Publio Donnelly, einem rothaarigen Ingenieur aus Tacna mit Schwäche für Zoten und Italia-Schnaps, Antonio Ramirez, einem hochgeschossenen Ingenieur aus der Sierra, sowie Augusto Berns, mit seinen knapp dreißig Jahren der Jüngste und Schweigsamste der Gruppe. Begleitet wurden sie von einem Dutzend indianischer Maultiertreiber und Träger.

Fünf Jahre waren seit der Schlacht vergangen; fünf Jahre lang hatte Berns sich immer weiter, Stück für Stück, von der Küste und Callao forttrianguliert und sich schließlich in die Berge hinübergerettet. Die Albträume aber waren ihm bis in die Sierra gefolgt. Nacht für Nacht fuhr er hoch und wollte sich vor den Kanonenkugeln in Sicherheit bringen, aber immer, wenn er aufwachte, waren da keine Kanonenkugeln mehr, sondern nur der sternenübersäte Südhimmel und ein paar verschlafene Ingenieure, die darüber fluchten, dass sie mit einem Kriegsgeschädigten zusammenarbeiten mussten.

Die Arbeit in der Sierra war hart, vor allem wenn man schlecht schlief. Für Berns war die Plackerei dennoch das Beste, was ihm passieren konnte. Mit der Zeit merkte er, dass harte Arbeit ihn abzulenken vermochte; und je mehr Pässe sie überquerten, Abhänge hinabschlitterten, Gletscher passierten und Hochebenen vermaßen, desto mehr füllte sie die Leere an, die sich in ihm ausgebreitet hatte.

Eines Tages, beim Packen des Rucksacks, fiel Berns sein kleines Notizbuch in die Hände. Es hatte sich in einer Seitentasche hinter einer Lederabdeckung versteckt. Seit Jahren hatte er es nicht mehr in den Händen gehalten.

Zögerlich schlug er es auf und überflog seine Notate. Die Inka, verlorene Städte, Gold, Schätze, kaleidoskopisch ineinander verschränkte Ornamente …

Es reizte Berns zum Lachen. Ein unschuldiger, kindlicher Geist hatte die Notate und Skizzen angefertigt, so kam es ihm vor, einer, der von der Geschichte der Inka viel und vom Leben so gut wie nichts verstand. Wie konnte ein Mensch, der den Tod gesehen hatte, sich mit solchen Flausen aufhalten? Berns verstaute das Notizbuch ganz zuunterst im Rucksack. Dann machte sich die Vermessungstruppe unter Doktor Tamayo weiter auf den Weg nach Cuzco, und die wüsten Hochanden ließen Berns vorerst vergessen, was er mit sich trug.

Weiß leuchteten die Gletscher über den kahlen Hängen der Berge. Die Puna, die trockene Steppe inmitten der Kordilleren, spannte sich scheinbar endlos auf und wurde nur ab und zu belebt von den Herden der wilden Vikunjas. Grelle Höhensonne und tiefe Schatten wechselten sich ab in den von Spanischem Moos überwucherten Schluchten; manchmal suchten die Männer tagelang nach der Stelle, an der eine Hängebrücke auf die andere Seite führte.

Wann immer sie ihr Lager für die Nacht aufschlugen, dachte Berns: Mein Gott, es ist, als würde ich durch die Bücher meiner Jugend wandern. Da sahen die Ingenieure, wie Berns plötzlich lächelte und zufrieden nickte, und wunderten sich sehr. Die Höhenluft, geschadet hatte sie schon vielen, aber niemandem geholfen. Doktor Tamayo sagte: «Das Hochland hat seinen Gespenstern den Sauerstoff abgezogen», und Donnelly, der das Hochland hasste, kommentierte: «Berge zu vermessen haben wir, bei Gott, genug.»

So war über die Zeit aus dem Soldaten Berns der Ingenieur Berns geworden. Doktor Tamayo schätzte ihn mehr als Donnelly und Ramirez, die, sobald es vorteilhaft schien, zu Wehleidigkeit neigten oder zu Begriffsstutzigkeit; Berns aber verfügte über eine rasche Auffassungsgabe und, so kam es Doktor Tamayo jedenfalls vor, endlose Kraftreserven. Seine Befindlichkeiten ließ er stets zurückstehen hinter der nächsten Strecke, den nächsten Höhen- und Festpunkten. Trotz aller Entbehrungen achtete er auf akkurate Haar- und Körperpflege. Manchmal, wenn Berns von einem Erkundungsrundgang zurückkam, mit seinem dunkelblonden Vollbart, den er sich vor einiger Zeit zugelegt hatte, den blanken blauen Augen im wettergegerbten Gesicht und dem gravitätischen, nachdenklichen Gang, dachte Doktor Tamayo: Wenn ich's nicht besser wüsste, hielte ich ihn für einen Gentleman aus Lima, der sich in die Berge verirrt hat.

Aber Berns verrichtete Arbeit für zehn, und das unterschied ihn von den weichlichen Hauptstädtern. Wie sonst war es zu erklären, dass die Truppe in weniger als vier Monaten die gesamte Strecke von Juliaca bis fast an die Tore von Cuzco vermessen hatte? An Donnelly und Ramirez hatte das sicher nicht gelegen. Allein hätte der Berns das auch geschafft, dachte Doktor Tamayo, ohne mich, Donnelly und Ramirez, er ganz allein mit Theodolit, Nivellier, Dreibein und eventuell den Indios, um die Pfeiler zu tragen.

Was Berns abends studierte, im Schein seiner Petroleumlampe, während Donnelly und Ramirez längst schliefen, blieb ihm verborgen. Mit Eisenbahnstrecken hatte es nichts zu tun.

Sie waren nun noch zwanzig Meilen von Cuzco entfernt. Das war so gut wie nichts.

Vielleicht, überlegte Berns Jahre später, vielleicht wäre alles anders gekommen, hätte die erste Ruine, die er in seinem Leben gesehen hatte, nicht einen größeren Eindruck auf ihn gemacht als einst die Stadt Berlin.

Aber wie er da auf die Ruine von Piquillacta zuritt, zufällig als erster Reiter an diesem Tag, die Sonne sich gerade über das Salcantaymassiv schob, ihre Strahlen langsam ins Tal von Oropesa vordrangen und schließlich die Ruine golden aufleuchten ließen, da vergaß er zu triangulieren, vergaß die Skizzen der Umgebung, vergaß die Festpunktkartei, die Übersichtskarte und die Markierungen. Piquillacta war eine Festung, die über einem engen Durchlass thronte. Ringsherum nichts als Einöde, karge Hügel, zwei, drei Seen, die in der Entfernung aufschienen. Und doch befand sich genau hier, überwuchert von Moos und Gestrüpp, eine ausgedehnte Anlage, vielleicht sogar eine Stadt.

Berns drehte sich um, aber von Tamayo und den anderen war noch keine Spur. Er stieg von seinem Pferd ab, band es an einen Eukalyptusbaum und folgte einem Pfad, der in das Labyrinth der verfallenen Bauten führte. Ockerfarbene, grob behauene Steinmauern formten Häuser, Innenhöfe, kleine Passagen, die die Gassen miteinander verbanden. Zwischen ihnen ragte immer wieder feineres, solideres Mauerwerk auf, in dem sich Nischen befanden, manchmal viele hintereinander. Berns hatte keine Eile. Mochten die anderen denken, was sie wollten – zum ersten Mal seit langer Zeit fühlte er sich nicht getrieben, sondern beseelt. Jetzt konnte er sich vorstellen, wie es für Pizarros Männer gewesen sein musste, dieses Land einzunehmen – wie schwer die Rüstung auf ihren Schultern gewogen hatte, wie wundersam die Menschen auf sie gewirkt haben mussten, ihre Tiere und schließlich ihre sonderbar makellosen Städte, die sich über das Land verteilten. Vielleicht war es die Last der vergangenen Monate, die Berns mit sich herumtrug, aber plötzlich meinte er, das Gewicht der Rüstung am eigenen Körper zu spüren, und das veränderte seine Sicht auf die Ruine, in der er sich befand. Mit einem Mal war dies hier keine flüchtige Station, sondern ein historischer Moment, dem unzählige historische Momente nachfolgen würden. Warum vermessen, wenn man entdecken konnte? Als Berns meinte, ein Schwert an seiner Seite klirren zu hören, kam er wieder zu sich und war kein Konquistador mehr – aber immer noch Entdecker.

Die anderen ließen weiter auf sich warten, und so fertigte Berns Skizzen an und untersuchte Fundamente. Zwischen den Trümmern aus Trachyt und Porphyr lagen Scherben zerbrochener Krüge und Reste alter Webstoffe. Die meisten Häuser waren bereits geplündert worden: aufgebrochenes Erdreich, ausgehobene Höhlen, menschliche Schädel und Knochen, die lose beieinanderlagen. Was blieb zu entdecken, wenn alles in Scherben vor einem lag?

Eine leise Stimme in Berns' Kopf fragte: Und das Gold, willst nicht auch du das Gold? Da dachte Berns: Ich will das Gold, aber ich würde es auf ehrenhafte Weise an mich nehmen. Ein Entdecker ist kein Räuber.

Berns erreichte einen Pfad, der zwischen zwei Häusergruppen den Hang hinabführte, da hörte er Tamayos Rufe. Der Pfad weitete sich zu einer breiten Straße, die schnurgerade auf ein Tor zulief. Hinter dem Tor lag der Angostura-Pass, und dahinter das Tal von Cuzco. Keine zwölf Meilen von hier stand der Sonnentempel – seit Jahrhunderten wartete er auf jemanden, der ihn lesen konnte. Berns strich versonnen durch seinen Vollbart. Ein Soldat war er sicher nicht. Vielleicht, dachte er, vielleicht bin ich auch kein Ingenieur. Das kleine Notizbuch steckte er nun in seine Hemdtasche, direkt über seinem Herzen.

Doktor Tamayo, Donnelly, Ramirez und die Maultiertreiber hatten sich unter dem Eukalyptusbaum niedergelassen.

«Wenn du bei jeder Ruine anhältst, Berns», sagte Doktor Tamayo, «brauchen wir noch eine Woche bis nach Cuzco.»

«Mag sein», antwortete Berns. Dann setzte er sich zu den Männern und teilte den letzten Fladen Maisbrot mit ihnen. Als auch der Kaffee in seinem Topf zu duften begann und ein Puna-Ibis in der Entfernung rief, fragte er die Männer, ob sie schon einmal von Manco Cápac gehört hätten. Sie schwiegen, und so erzählte Berns von der Legende um die Höhle Pacaritambo. Die Inka glaubten, dass ihr Stammesvater Manco Cápac zusammen mit seinen Geschwistern vom Sonnengott Inti auf die Erde geschickt worden war. In der Höhle Pacaritambo, die an einem geheimen Ort liege, seien sie zu sich gekommen und durch die mittlere ihrer drei Öffnungen ans Tageslicht gekrochen. Manco Cápac habe einen Stab seines Vaters, des Sonnengottes, in den Händen gehalten: Auf sein Geheiß hin sollten sie dort, wo sie den Stab mit einem Schlag in der Erde versenken konnten, eine Stadt gründen. Diese Stadt sollte Cuzco werden, der Nabel der Welt.

Angeblich, so Berns, hätten spätere Inkaherrscher diesen Ort, jene Höhle, besucht, ausgebaut und mit Gold verkleidet.

Er wartete gespannt auf eine Reaktion der Männer. Sie

aber sahen ihn ausdruckslos an und gaben kein Wort von sich.

«Pacaritambo wurde bis heute nicht entdeckt», sagte Berns endlich. «Begreift ihr nicht? Dieser Ort muss die Grundlage für die Legende von El Dorado sein!»

Doktor Tamayo stieß einen Pfiff aus und nickte anerkennend.

«Du magst viel gelesen haben, Augusto», sagte er. «Aber wenn El Dorado – pardon, Pacaritambo – sich irgendwo im Tal von Cuzco befinden würde, hätte man es wohl bereits gefunden.»

«Ich glaube nicht, dass es sich irgendwo in der Nähe von Cuzco befindet», antwortete Berns. «Ich glaube nicht einmal, dass es sich irgendwo im Hochland befindet. Ist euch niemals aufgefallen, wie oft die Inka den Jaguar dargestellt haben? Sie haben ihn als Gott verehrt, als Mittler zwischen den Welten.»

«Na und?», fragte Donnelly.

«Der Jaguar stammt aus dem Regenwald», sagte Berns, dann verstummte er. Er hatte schon mehr erzählt, als er eigentlich wollte.

«Was bist du, ein Experte für Altertümer?», zog Ramirez ihn auf.

«Noch nicht ganz», sagte Berns. «Aber bald.»

An diesem Abend versank Berns in tiefes Grübeln, und die Männer meinten schon, die Schlacht hätte ihn erneut eingeholt. Donnelly sagte: «Der riecht schon Stadtluft. Ich gebe ihm zwei Tage in Cuzco, dann ist er wieder mit Theodolit und Dreibein unterwegs.» Doktor Tamayo aber dachte: Irgendetwas ist anders als vorher. Das Funkeln in Berns' Augen, die Zerstreutheit … Was nur war in seinen besten Ingenieur gefahren? Vielleicht war es doch die dünne Luft, oder der Magnetismus. Oder hatte der Preuße sein Gerede von der verlorenen Stadt wirklich ernst gemeint?

Doktor Tamayo sorgte sich zu Recht. In Berns tobte ein Kampf. Auf seinem Alpakafell lagen zwei Notizhefte: eines, in dem er Exzerpte über die Inkakultur angefertigt hatte, und eines, in dem sich die Skizzen für die Eisenbahntrasse befanden. Die Trasse war da, real. Ebenso real war seine Anstellung als Ingenieur. Wie aber verhielt es sich mit der verlorenen Stadt der Inka?

Wer sie fand, würde als großer Entdecker, ja, als Held in die Geschichte eingehen. Wer allerdings seine gut bezahlte Arbeit niederlegte, um im Dschungel zu scheitern, war ein Idiot. Für ihn, Berns, war es ein großes Glück gewesen, dass Cáceres ihm den Posten bei der Eisenbahn vermittelt hatte. Ohne Präsident Prado hätte er es nie so weit gebracht. Wenn er scheiterte, könnte er kaum auf ähnliche Umstände hoffen.

Dann aber fiel Berns wieder der Sonnentempel in Cuzco ein, die Bergzüge, die vor ihm lagen, und er spürte stärker denn je, dass er das Wagnis eingehen musste. Andernfalls würde er verkümmern und verkrüppeln, eingesperrt in ein Büro in der Hauptstadt.

«Ich weiß jetzt, was kommt», sagte Berns.

«Jetzt kommt erst einmal Cuzco», brummte Donnelly, schon im Halbschlaf.

Kaum hatten sie das Tal von Oropesa hinter sich gelassen, lag ihnen das Tal von Cuzco zu Füßen. In nördlicher Richtung öffnete es sich zu einer weiten Ebene, die allmählich gegen die Berge anstieg. Dort hinten, an ihrer höchsten Stelle, ausgebreitet auf sieben ockerfarbenen Hügeln, lag Cuzco. Seine Kirchtürme reflektierten das Abendlicht so überdeutlich, dass man meinte, nach ihnen greifen zu können. Wie eine Fata Morgana, dachte Berns, eine Stadt, die zu wirklich scheint, um real zu sein. Würde er derjenige sein, dem sie ihre Geheimnisse offenbarte? Seit seiner Kindheit hatte er sich mit den Inka und ihren Bauten beschäftigt, nie war er jemandem begegnet, der mehr über sie wusste als er selber. (Kurz überlegte er, Humboldt davon auszunehmen, ließ es aber bleiben.) Ob es ausreichte, würde sich bald zeigen.

Wieder stiegen sie ab, stellten den Dreifuß auf und peilten den Pass von Angostura und den Kirchturm der Kathedrale von Cuzco an. Als Berns die Instrumente ausgerichtet hatte, begannen Cuzcos Glocken zu läuten. Ramirez, der aus den Bergen stammte, fiel auf die Knie, riss den Hut vom Kopf und beugte sich so tief, dass seine Stirn die Erde berührte.

«Die Glocken sind den Indios heilig», flüsterte Donnelly. «Sie wurden gegossen aus den goldenen Idolen ihrer Vorfahren.»

Berns nickte, nahm ebenfalls den Hut ab und salutierte ehrfürchtig. Da vorne lag seine Zukunft. Er war so aufgeregt, dass er kaum die Zügel ruhig halten konnte. Auch das Pferd schien aufgekratzter als sonst und trippelte umher.

«Berns brütet was aus», sagte Doktor Tamayo zu Donnelly. Der aber saß in Gedanken schon in einer Schenke der Stadt und zuckte bloß mit den Schultern.

Es wurde bereits dunkel, als sie die Stadt erreichten. Die Männer stiegen ab und gingen hinter den Maultiertreibern und ihren Tieren auf das Stadttor zu. Berns konnte kaum noch seine Gesichtszüge beherrschen: Ein breites Lächeln lag auf seinen Lippen, Schweiß rann ihm in die Augen, aber es machte ihm nichts aus.

Kurz vor dem Stadttor lag eine kleine weiß getünchte Kapelle. Sie gehörte zum Friedhof der Stadt, der sich hier erstreckte. An seinem Portal hielt Berns kurz an, um Luft zu holen; freilich sah es für die anderen so aus, als würde er sich bekreuzigen und rasch ein Gebet sprechen.

Schon wollte Berns sich abwenden, da bemerkte er neben sich einen Hohlraum in der Friedhofsmauer und erschrak. Ein Skelett stand dort, gestützt von einer eisernen Stange, und hielt zwei Banner aus Blech in den Händen: *Ich bin Pablo Biliaca*, war dort zu lesen, und: *Memento Mori*.

«Was ist das?», fragte Berns. Verärgert stellte er fest, dass seine Stimme zitterte. Die leeren Augenhöhlen des Skeletts schienen exakt auf ihn gerichtet zu sein, die knöchrigen Finger streckten ihm die Banner entgegen, als hätte er, Biliaca, in dieser Position jahrelang genau auf ihn, Berns, gewartet. Berns räusperte sich und wiederholte seine Frage.

Tamayo zuckte mit den Schultern, aber Ramirez erzählte, es handle sich angeblich um einen Handwerker, der am Dach der Kathedrale gearbeitet hatte. Eines Tages sei er eben runtergefallen. Das sei alles. Und Berns dachte: So gedenkt man derer, die ihr Werk nicht vollenden. Sie werden zu belanglosem Gespött. Plötzlich fror ihn, und er wickelte seinen Poncho enger um sich.

«Da hast du's», sagte Tamayo. «Herrschaften, vor uns liegt die Stadt. Darf ich bitten?»

Am Stadttor lehnte ein Indio in flammend rotem Gewand, der die Truppe, kaum war sie näher gekommen, auf Que-

chua bestürmte; Tamayo wehrte ihn ab. Heimlich drückte Berns dem Mann einen Hartkeks in die Hand. Als sie
schon ein gutes Stück durch die Stadt geritten waren, ließ
er sich etwas hinter die Karawane zurückfallen und betrachtete die Kirchtürme, die kleinen begrünten Plazas,
das Gewirr der Gassen, das sich vor ihm ausbreitete. Das
war es also: Cuzco!

Berns war so überwältigt, dass er kaum den Boden unter den Sohlen seiner Stiefel spürte, kaum das Knirschen
auf Lehm und das Dahingleiten auf glattgeschmirgelten
Granitquadern.

An den Rändern der Gassen saßen Menschen und boten
ihre Waren feil: Kartoffeln in allen Formen und Farben,
säckeweise Kokablätter, gekochte Maiskolben und immer
wieder riesige Bottiche voll Chicha-Maisbier. In der Gas-
senmitte verlief eine Furche, durch die bestialisch stinkendes Abwasser floss. Berns zog sich seinen Schal über
die Nase und betrachtete wie hypnotisiert die Fundamente der umliegenden Häuser: Gut sechs Fuß hoch türmten
sich dort riesige Granitblöcke. Die Spanier hatten sich
nicht die Mühe gemacht, die Ruinen der Inkapaläste dem
Erdboden gleichzumachen, und ihre Häuser einfach auf
deren Überreste gesetzt. Aus dem Weiß der Wände schoben sich hölzerne Balkone; und wo immer eine Straße
sich zum Stadtrand hin öffnete, gab sie den Blick frei auf
die Hügel des Hochplateaus.

Indios aller Stämme, aller noch so entlegenen Täler,
fanden hier zusammen, trieben Handel oder huschten,
verlässliche Träger der ältesten Geheimnisse, durch die
Gassen. Die größte Gruppe stellten die sonnenverbrann-
ten, barfüßigen Indios des Hochlands, die mit regloser
Miene Lamas oder Alpakas hinter sich herzogen und da-

bei unentwegt Kokablätter kauten. Ganz in Schwarz gekleidete, großgewachsene Indios gab es hier, dann wieder kleine, gedrungene, mit Hüten, die aussahen wie Pfannkuchen; wieder andere kleideten sich in purpurfarbene Fetzen und trugen mit großem Ernst wollene Bommeln in allen Farben des Regenbogens auf den Köpfen.

«Wo kommt ihr alle her?», wollte Berns sie fragen, wollte sie packen und fragen: «Wie sieht es da aus?» Aber die Karawane war mit den anderen schon fast hinter der nächsten Ecke verschwunden, und so musste Berns sich losreißen und aufschließen.

Rechter Hand schob sich ein Hügel in die Stadt hinein, der Sacsayhuamán, auf dem die Inka ihre riesenhafte Festung erbaut hatten.

«*Das* ist eine Inkaruine», sagte Berns, doch Tamayo hörte ihn nicht. Die gigantischen Steintrümmer, aus denen die Festung errichtet worden war, hatten allen Angriffen getrotzt; selbst die Spanier hatten sie in ihrem Furor nicht zerstören können.

Auf der Plaza San Francisco blieb die Truppe stehen. Das Büro hatte sie an eine gewisse Doña Centeno, eine wohltätige Witwe und Großgrundbesitzerin, empfohlen – Hotels gab es hier nicht. Die Maultiere würden in ihrem Hof versorgt, die Maultiertreiber in einem der Nebentrakte untergebracht werden. Doña Centeno, so hatte man ihnen gesagt, bewohne mit ihren beiden Söhnen ein großes Haus, in dem Gäste stets gern gesehen seien. Wo nur befand es sich?

Nach einigem Umherirren wies Tamayo auf ein schweres Portal. «Das hier ist es wohl», sagte er. «Gehen wir hinein?»

Doña Centeno hatte sich bereits in ihre Gemächer zurückgezogen. Ihr Majordomus, ein untersetzter Indio mit schwarzem Samtjackett und bloßen Füßen, führte die Männer durch die Flure zu ihren Zimmern. Hatte Tamayo tatsächlich von einem *Haus* der Witwe gesprochen? Doña Centeno bewohnte einen so ausladenden, reich ausgestatteten Palast, dass Berns sich unwillkürlich nach Venedig an den Canal Grande versetzt wähnte. Wie immer, wenn er mit großem Reichtum konfrontiert war, fühlte er Hochachtung in sich aufsteigen, in die sich eine sonderbar köstliche Erregung mischte. Fast zeitgleich überkam ihn stets der Drang, auftrumpfen zu wollen, zu beweisen, dass er, der scheinbar Unterlegene, in Wirklichkeit haushoch überlegen war. Eine Witwe! Wahrscheinlich hatte sie hundert Jahre Zeit gehabt, die Reichtümer anzuhäufen.

Vorhänge aus Damast verhüllten die Fenster, bestickte Tapisserien bedeckten die Wände. Im Halbdunkel der Salons erkannte Berns Schnitzereien aus Ebenholz, Statuen aus Marmor, in jedem Saal einen Konzertflügel. Da dachte Berns an den Flügel, den sie in Berlin besessen hatten, und fragte sich, was aus ihm wohl geworden war.

Der Flur der Witwe war mit bodentiefen französischen Spiegeln aus Kristallglas geschmückt; die zerlumpten Gestalten, die darin zu sehen waren, mit ihren knielangen, vor Dreck starrenden Mänteln, wollten so gar nicht zu ihrer Umgebung passen. Da schämte sich Berns und nahm sich vor, niemals, unter keinen Umständen, zu scheitern, zu verlieren oder gar Abstand zu nehmen von seinem Vorhaben. Nur so konnte er den Gedanken ertragen, seine Mutter mit dem Nutzvieh und seine Geschwister mit einer ungewissen Zukunft zurückgelassen zu haben.

Dann betrat Tamayo das Gemach, das der Majordomus ihm wies. Donnelly und Ramirez wurden gemeinsam untergebracht, und bevor Berns sich verabschieden konnte, wurde er weitergeführt, bis auch er ein Zimmer angewiesen bekam. Als sich die Tür hinter ihm schloss, überfiel Berns die Müdigkeit der letzten Tage. Es reichte gerade noch dafür, die goldbedruckte Tapete wahrzunehmen, den weichen Brüsseler Teppich und den Waschtisch aus Bronze zu bestaunen, den ein dienstbarer Geist bereits mit Wasser gefüllt hatte. Dann ließ er sich auf das Bett fallen. Den Brokatüberwurf zurückschlagen: kaum machbar. Schon im Halbschlaf fragte sich Berns, ob er das Ozelotweibchen, das ihn vorsichtig beschnupperte und immer wieder mit der Pfote berührte, nur träumte.

«Miez», flüsterte er. Dann schlief er ein.

Als Berns erwachte, war es bereits früher Nachmittag. Zum ersten Mal seit Jahren hatte er viele Stunden am Stück geschlafen; im Traum war ihm nicht Callao mit seinen Haubitzen und Karronaden erschienen, sondern El Dorado mit seinem Gold und seinen verborgenen Schätzen.

Berns hatte so das Frühstück verschlafen und den Majordomus, der ihm frische Kleidung brachte; hatte verschlafen, wie Tamayo ihn rüttelte und ihm ins Ohr brüllte, dass heute Abend der große Empfang beim Präfekten stattfinde und man vorher noch einen Termin im Bauamt habe, wo man Doktor Sáenz von Peruvian Railways berichten müsse; hatte verschlafen, wie eine Magd das Wasser des Waschtisches auswechselte und schließlich wie Ramirez und Donnelly das Zimmer betraten und einige Runden auf dem Flügel spielten, nicht ohne laut und schief singend den Akzent ihres deutschen Kollegen zu imitieren.

Stunden später setzte sich Berns mit einem Ruck auf. Jetzt fiel ihm alles ein: der Empfang, natürlich! Und Präfekt von Cuzco war mittlerweile niemand anderes als sein Freund Andrés Avelino Cáceres. Nach der Schlacht war ihm das Zepita-Bataillon unterstellt worden; kurze Zeit später hatte Cáceres den Oberbefehl über das Departement von Cuzco übernommen. Zum Präfekten war es dann nur noch ein kleiner Schritt gewesen. Berns gönnte seinem ehemaligen Oberstleutnant den Erfolg. Jetzt würden sie sich wiedersehen, nach sechs Jahren! Wie spät war es überhaupt? Berns lief hinaus in den Flur, um Tamayo zu suchen, aber dessen Zimmer war leer. Nicht einmal einen Zettel hatte Tamayo ihm hingelegt. Auch von Ramirez und Donnelly war keine Spur.

Dafür stellten sich jetzt Hunger und Durst ein. Wann hatte er das letzte Mal etwas getrunken? Er musste die Küche finden. Wer sich vornimmt, El Dorado zu entdecken, darf an solch einer Aufgabe nicht scheitern, dachte Berns. Kurz betrachtete er sich in einem der Spiegel: an der Stirn eine offene Blase vom Sonnenbrand, das Gesicht zerkratzt, die Augen darin stechend blau, der Bart eine Spur zu lang. Berns fand sich hässlich, aber imposant und ging mit dem langsamen, sicheren Schritt, den er sich in der Sierra angewöhnt hatte, an den Salons vorbei.

Aus den Türen wuselte barfüßige Dienerschaft, die auf seine Fragen nicht reagierte. Waren sie letzte Nacht auch durch so viele Treppenhäuser gekommen? Welcher Mensch brauchte derart viele Salons? Küchen befinden sich immer unten, sagte sich Berns, Courage, Berns!

Oder war er gerade im Kreis gelaufen? Orientierungslos ging er weiter. Gerade als er die offene Tür eines Salons passierte, stürmte jemand heraus. Berns stolperte und fiel.

Eine Frau in Hosenanzug! Berns blinzelte und vergewisserte sich zweimal, dass die Erscheinung, die er über sich sah, tatsächlich real war und nicht seiner Vorstellung entsprungen. Nie zuvor hatte er eine Frau Hosen tragen sehen … Eine Ungeheuerlichkeit! Berns war so verwundert, dass er einen Moment länger in der Hocke verharrte.

«Hoppla», sagte die Frau. Sie schien etwa Mitte vierzig zu sein, hatte ein rundliches Gesicht und schwarzes Haar, das sich von ihrer weißen Haut abhob. Ein Paar honigbrauner Augen zwinkerte Berns zu.

«Hoppla», wiederholte Berns. Dann schwieg er vorsichtshalber, auf sein Mundwerk war gerade kein Verlass. Der Blick der Frau verwirrte und erregte ihn zugleich. Noch dazu erschien hinter ihren Hosenbeinen das Ozelotweibchen. Sie reichte ihm die Hand, half ihm auf und lächelte verschwörerisch.

«Pardon viele tausend Mal», sagte Berns. Er sei auf der Suche nach der Küche. Sein Name sei Berns, er sei Gast in diesem Hause. Tatsächlich habe er sich noch gar nicht bei der Witwe für ihre Gastfreundschaft bedanken können. Die alte Dame sei wohl häufig unpässlich?

«Eigentlich fühle ich mich noch ziemlich fidel», sagte die Frau. «Sie hingegen wirken etwas, nun ja, angeschlagen. Darf ich mich vorstellen: Ana María Centeno Sotomayor, Witwe des verstorbenen Pedro Romainville.»

Berns fiel auf die Knie, küsste die Hand der Witwe und bat um Verzeihung: Er sei Preuße und wisse nicht, was sich gehöre. Wenn sie möge, könne sie ihn gerne ohrfeigen, in der Tat wäre es ihm eine Ehre, nein, ein Vergnügen, ein Genuss! Sie könne das durchaus wörtlich nehmen.

«Das hätten Sie wohl gerne!» Die Witwe lachte. Im Übrigen gräme sie kaum etwas so sehr wie eine beschädigte Lieferung. Mit gespreizten Fingern begutachtete sie die offene Brandblase an Berns' Stirn. Ach was, beschädigt – völlig demoliert sei er ja! Sie werde ihn höchstpersönlich in die Küche begleiten und ihn dort etwas herrichten, das sei ja kein Zustand.

Die Witwe beugte sich herab, das Ozelotweibchen sprang ihr auf die Schultern und umschlang ihren Hals mit seinem gepunkteten Schwanz. Dann schritt Doña Centeno davon, und Berns blieb nichts anderes übrig, als ihr zu folgen.

Eine Frau wie eine Eisenbahn, dachte er. Was für eine Lust es sein musste, von ihr überrollt zu werden!

In der Küche angekommen, säuberte die Witwe Berns' Wunde und setzte ihm einen Teller mit Fleisch und purpurfarbenen Maiskolben vor. Betroffen blickte Berns auf seinen Teller, dann zurück zu Doña Centeno mit den honigbraunen Augen und den Grübchen auf den Wangen.

«Sie sind wunderschön», sagte er schließlich, erstaunt über seine eigene Ehrlichkeit.

«Finden Sie!», sagte Doña Centeno vergnügt. «Können Sie das überhaupt beurteilen?»

«Ich denke schon», sagte Berns. Prinzessin Izabela fiel ihm ein. Sicher, seit er Lima verlassen hatte, war kaum Zeit gewesen, an Frauen zu denken. Dieser Zustand hatte sich gerade schlagartig geändert. Berns mochte fähig sein, sich tief in eine Arbeit, in einen Gedanken zu versenken; in vielerlei Hinsicht aber war er ein Mann wie jeder andere. Jetzt zum Beispiel schweiften die Gedanken ab. Die Nähe eines weiblichen Körpers benebelte den Verstand, plötzlich verschoben sich Ziele und Prioritäten.

Die Witwe fuhr sich durchs Haar und fragte, was er denn eigentlich hier tue, in den Bergen, so weit von zu Hause entfernt.

«Ich bin Ingenieur», sagte Berns. Er überlegte kurz und fügte hinzu: «Ich baue Bahntrassen.»

«Unsinn», entgegnete die Witwe freundlich. «Wollen Sie mich veralbern? Was tun Sie *wirklich* hier?»

Wie macht sie das nur?, fragte sich Berns. Dann hörte er sich sagen: «Ich werde die Cordillera Vilcabamba erforschen. Das ist mein Plan für die nächsten Jahre. Mir sind so gut wie alle alten Reiseberichte und Routen bekannt. Niemand ist bisher tiefer in die Vilcabamba-Region vorgedrungen. Dabei muss sich dort, jenseits von Ollantaytambo, ein bedeutender Ort der Inka befunden haben. Vielleicht sogar – eine heilige Stätte.»

«Was macht Sie da so sicher?», fragte die Witwe. «Hinter Ollantaytambo schließt, soviel ich weiß, das Amazonasbecken an. Die Inka aber waren kein Dschungelvolk.»

«Sagt Ihnen die Ruine Choquequirao etwas?» Berns nahm einen Schluck von dem Bier, das die Witwe ihm hingestellt hatte.

«Ich habe davon gehört.»

«Nun, die Inka haben Gebäude und Siedlungen immer auf ihre Umgebung ausgerichtet, auf andere Städte oder wichtige Gipfel. Kein Ort stand allein. Mir scheint, alles war verbunden zu einem Netz von riesigen Ausmaßen. Jede Stätte stellte darin einen kleinen Knotenpunkt dar. Es heißt, Choquequirao soll eine große Stadt gewesen sein. Warum hat man sie so tief in die Sierra hineingesetzt? All das will ich erforschen. Will herausfinden, wie die Ruinen zueinander stehen.»

Wahrscheinlich, fügte Berns hinzu, seien erhebliche Reichtümer zu entdecken; ihretwegen habe er sich aber nicht auf den Weg gemacht. Natürlich würde er sich nicht wehren, sollte der Wohlstand an seine Tür klopfen.

«Das trifft sich bestens», sagte die Witwe. Sie selber schwärme nämlich ebenfalls für Artefakte, für Gold, Silber und Bronze. Die Reisenden, die sie beherberge, brächten ihr häufig aus Dankbarkeit von den Expeditionen wunderbare Raritäten mit, die sie in einem der Salons im Erdgeschoss sammele. Die wahren Schätze allerdings befänden sich woanders. Ob Berns sie vielleicht einmal begutachten wolle?

Über eine Wendeltreppe stiegen sie hinab in das Halbdunkel des Kellergewölbes. Doña Centeno ging mit einer kleinen Petroleumlampe voran. Als sich die Augen an die Lichtverhältnisse gewöhnt hatten, waren sie schon am Ende der Treppe angekommen. Berns erkannte vor sich einen schmalen Holzsteg, der über aufgerissenen Erdboden führte. Wonach wurde hier gegraben? Scherben und kleinere Gesteinsbrocken verteilten sich auf der Erde, Genaueres war nicht auszumachen.

In einem Nebenraum schließlich lagerten, ausgebreitet auf Decken aus Alpakawolle, unzählige Figurinen, Idole, Werkzeuge und Schmuckstücke – manche sorgsam aufgereiht, andere aufeinandergetürmt, weil der Platz knapp geworden war. Die Gold- und Bronzestücke glänzten hell auf, wenn die Witwe mit der Lampe an ihnen vorbeiging.

Seit Berns den Keller betreten hatte, war es ganz still in ihm geworden. Das hier war eine Schatzkammer! Wie viele Männer hatte es gebraucht, sie zu füllen? Wie lange waren sie unterwegs gewesen? Nur eines stand wohl fest: Ihr großes Ziel hatten sie nicht erreicht, sonst wären sie berühmt geworden und reich. Immerhin, sie hatten es geschafft, aus dem Dschungel zurückzukehren. Auf der Suche nach der verlorenen Stadt der Inka mussten seit der Konquista Hunderte, Tausende von Männern gestorben sein. Sie würden dort draußen in ihren Höhlen, auf dem Grund der Schluchten, auf Berns warten. Plötzlich meinte er, hier unten im Keller keine Luft mehr zu bekommen, aber da kam schon die Witwe herüber und hielt ihm einen bauchigen Krug aus Silber entgegen.

«Um nach Artefakten zu suchen, muss ich nicht einmal das Haus verlassen. Das meiste habe ich direkt unter meinem Keller gefunden. In gewissem Sinne ist mein Palast ergiebiger als die meisten Ruinen in den Bergen. Sie müssen wissen, mein lieber Berns: Wir stehen auf den Grundfesten des Palastes des alten Inca Roca. Des fünften Inka.»

«Des sechsten.» Berns betrachtete sein Spiegelbild auf dem silbernen Krug. Die bauchige Wölbung verzerrte sein Gesicht, ließ den Bart endlos lang werden und die Augen monströs hervortreten. Der Palast des Inca Roca! Es war schier unglaublich.

«Ich würde gerne einen Moment hierbleiben», sagte er schließlich mit belegter Stimme.

«Lassen Sie sich Zeit», hörte er die Witwe sagen. Sie war mit der Lampe in den hinteren Teil des Gewölbes verschwunden, um Berns wurde es dunkel, sein Spiegelbild verschwand. «Hier hinten befindet sich übrigens etwas durchaus Außergewöhnliches.»

Berns folgte dem Schein des Lichts und fand Doña

Centeno auf einer Wolldecke wieder. Er kauerte sich dazu. Zwischen Bündeln antiker Webstoffe lagen hier einige Krüge und Amphoren mit den wundersamsten Verzierungen. Ein Gewirr aus Armen und Beinen bedeckte sie, ein Zusammenschluss von – Berns stockte der Atem. Vorsichtig wendete er einen der Krüge, betrachtete das riesige Glied, das sich an zwei runden Brüsten rieb. Eine Umdrehung weiter, und es stieß, bereits halb verschwunden, in eine enge Öffnung hinein. Vorsichtig beugte sich die Witwe vor und nahm Berns den Krug aus den Händen, dabei streifte sie ganz versehentlich mit ihrem Arm die Wölbung seiner Hose. Mit leicht geöffnetem Mund betrachtete Doña Centeno, wie Berns ein Stöhnen unterdrückte. Dann fegte sie Amphoren und Krüge beiseite. Berns packte sie um die Hüfte und zog sie über sich. Wie straff und überraschend muskulös sich ihr Körper anfühlte … Oberschenkel schlossen sich um sein Becken, und Berns ließ seine Daumen in Richtung von Doña Centenos Gürtelschnalle laufen. Schon wollte er sich vorbeugen, um die weiße Haut ihres Halses zu küssen, da drückte Doña Centeno ihn zurück auf die Wolldecke, öffnete ihre Bluse und Berns seinen Mund.

Zwei Stunden später, gebadet zwar und frisch frisiert, dafür mit zittrigen Knien und einem salzigen Geschmack auf der Zunge, traf Berns bei den Feierlichkeiten zu Ehren der Eisenbahngesellschaft ein. Die Witwe hatte ihn nur ungern gehen lassen; auch Berns wäre lieber geblieben, wusste aber, dass er den Tag nicht ungenutzt verstreichen lassen durfte.

«Die Stadt Cuzco begrüßt die Pioniere der Eisenbahn», stand auf einem Banner, das an den Arkaden des Rathauses befestigt war. Pioniere der Eisenbahn. Berns schämte sich, als er begriff, dass auch er damit gemeint war. Er blieb vor dem Banner stehen, zog seine Weste zurecht und kontrollierte die rote Nelke, die er sich ans Revers gesteckt hatte. Dann gab er sich einen Ruck. Jetzt galt es, den Abend hinter sich zu bringen. Was Berns zu sagen hatte, würde Tamayo nicht gefallen – ja, er würde ihn für wahnsinnig halten. Wo sonst fand man in Peru eine so gut bezahlte und anspruchsvolle Stelle als Ingenieur? Hier wurde ihm ein regelmäßiges Einkommen geboten, mit dem er eine Familie ernähren, eine Casa im besten Viertel von Lima kaufen könnte. Berns hielt inne. Plötzlich, an der entscheidenden Stelle, der wichtigsten Wegbiegung, kamen ihm wieder Zweifel an seinem Vorhaben. Was, wenn der Plan eines Jungen nicht zu einem erwachsenen Mann passte?

Als er die Kapelle aufspielen hörte, betrat Berns endlich durch das Portal den kleinen Innenhof des Rathauses. In der Mitte des Hofs wehten bereits bunte Röcke im Tanz. Berns nahm den Hut ab und mischte sich erwartungsvoll unter die Menge – er war keiner jener Europäer, die Berührungsängste mit den Eingeborenen hatten! Seinetwegen konnten die Herrschaften so indianisch aussehen, wie sie wollten, das war ihm ganz gleich, darauf kam es Berns nicht an.

«Señor Berns, von den Toten auferstanden?» Ramirez drückte Berns ein Glas Bier in die Hand. Hinter ihm stand Donnelly und grinste. Berns dachte: Ich werde die beiden vermissen. Darüber wurde er ganz wehmütig.

«Jawohl, Strecke zur Hölle vermessen und Aktion abgeblasen!»

Donnelly und Ramirez lachten und stießen an. Berns

nahm einen Schluck, dann schob sich ein bekanntes Gesicht vor die beiden Assistenten: Doktor Sáenz aus dem Peruvian-Railways-Büro in Arequipa war für die Feier angereist. Er begrüßte Berns und gratulierte ihm zu der vollbrachten Leistung. Wie sie es eigentlich über den La Raya geschafft hätten? Das sei ihm, Sáenz, ganz unerklärlich.

Berns erschauerte bei der Erinnerung an den eisbedeckten Pass, sagte aber, man habe sich nun einmal zusammengerissen; dort, wo er herkomme, sei die Luft gewissermaßen noch dünner. Dann erkundigte er sich nach Doktor Tamayo. Er müsse mit ihm sprechen, habe ihn aber bislang nicht finden können. Es sei wirklich sehr dringend. Berns wurde schlecht vor Aufregung.

Donnelly und Ramirez zuckten mit den Schultern. Unter den Arkaden erkannte Berns endlich Cáceres, die Orden an seiner Uniform blitzten auf, und, tatsächlich, er trug einen Backenbart. Eine Traube von Männern umringte ihn. Beherzt schob sich Berns dazwischen und salutierte. Beim Anblick seines alten Freundes wurde ihm ganz leicht zumute, am liebsten hätte er Cáceres umarmt, aber das ging wohl nicht.

«Augusto, mein Freund», sagte Cáceres, «du alte Kanaille, lebst du immer noch?» Dann schloss er ihn in die Arme.

«Hat sich so ergeben», sagte Berns. «Den Backenbart willst du doch nicht stehen lassen, oder?»

«Ein Amt, ein Backenbart.»

«Auf ein Wort, Andrés», sagte Berns. «Wenn ich dir erzählen würde, ich plane eine Expedition, was könntest du dann für mich tun?»

Bevor Cáceres sein Erstaunen ausdrücken oder gar antworten konnte, baute sich Doktor Tamayo vor den beiden Männern auf und begrüßte sie. Begleitet wurde er von einem schmerbäuchigen Mann in Paradeuniform.

Berns entschuldigte sich für seine Verspätung und sagte, dass er etwas Dringendes mit ihm zu besprechen –

«Ich kann es mir denken», antwortete Tamayo. «Woher hast du eigentlich den Anzug? Du siehst so adrett aus, man bekommt es direkt mit der Angst zu tun. Das hier ist übrigens der Bürgermeister von Cuzco, Don Hernán Mario Galindo. Steh gerade, du Schuft! Don Galindo, das ist einer unserer besten Ingenieure, Augusto Rodolfo Berns.»

Der Bürgermeister schüttelte Berns die Hand und erkundigte sich, ob der Herr zufällig adlig sei oder besonders wohlhabend. Nicht? Ob man denn wenigstens mit den Aliagas oder den Romeros in Lima und Arequipa befreundet sei? Auch nicht. Vorwurfsvoll blickte er Doktor Tamayo an: So verschwendete man hier seine Zeit!

Berns schwieg und zwang sich, reumütig zu lächeln. Der Fettwanst war Bürgermeister, das musste berücksichtigt werden. Vorsichtig griff er Tamayo am Arm und versuchte, ihn beiseitezuziehen. Er musste es nun endlich loswerden – bevor er es sich am Ende anders überlegte und klein beigab, sich fügte in ein unbedeutendes, gewöhnliches Leben wie alle anderen. Aber Tamayo war nicht beizukommen, er schüttelte Berns einfach ab.

«Lassen Sie sich nicht täuschen», sagte er gerade. «Der Berns hat es faustdick hinter den Ohren. Im Übrigen sollten wir die Ansprache halten, bevor die Leute unter den Tischen liegen.»

«Ich muss mit dir reden», sagte Berns.

«Maul halten», sagte Tamayo. Dann beugte er sich zu

Berns: «Übrigens, der Herr, der dort drüben am Tisch sitzt, das ist hier so etwas wie der liebe Gott. Wenn du also beten willst, kannst du dir gleich den neuen Namen einprägen: Miguel Forga. Vielleicht solltest du ihn dir auf den Unterarm tätowieren, der Sicherheit halber. Ich würde dich ja vorstellen, aber Forga isst gerade, und wenn Forga isst, wird Forga nicht gestört, das ist eine Regel, und die muss man beachten.»

«Was bringt den Fortschritt?», donnerte Tamayo schließlich vom Podest über die Köpfe der Feiergesellschaft. Hätte die Kapelle nicht aufgehört zu spielen, er hätte sie mit Leichtigkeit übertönt. Neben ihm standen Doktor Sáenz aus Arequipa, Berns und Bürgermeister Hernán Mario Galindo. Auch Donnelly und Ramirez waren bei ihnen, Berns hatte darauf bestanden. Alle Gesichter wandten sich den Männern zu.

«Die Eisenbahn! Und um Ihnen den Rest zu ersparen, sie bringt ebenfalls Nachrichten, Passagiere, Waren und die gottverdammte – Verzeihung, Pater Ugarte – Zukunft!»

Berns dachte an den Tag, als die Eisenbahn nach Uerdingen gekommen war, dachte an das zitternde Laub der Linden und seinen Vater, wie er vergnügt mit Max und Elise am Bahnhof gestanden hatte, an die Mutter und ihr Haar, das in Unordnung geraten war … Plötzlich meinte Berns, wieder dieses Vibrieren zu bemerken, ein zartes Beben, das durch die Erde ging und sich allen Dingen mitteilte. Und wirklich: Die Gläser auf den Tischen begannen zu klirren, die Blumenbouquets schwankten, einige Damen stießen leise Schreie aus. Ein Erdbeben! Dieses Mal bewegte sich die Erde tatsächlich, aber Berns war solche

Phänomene gewohnt. Regungslos blieb er neben dem Bürgermeister stehen, der sichtlich anfing zu schwitzen.

«Ruhe!», brüllte Tamayo. «Das ist nur ein Erdbeben, Herrschaften, nicht der Weltuntergang, verstanden? Hier wird gar nichts untergehen, bis Cuzco nicht mit der Eisenbahn verbunden wurde, ist das klar!»

Ruhe kehrte ein, auch das Beben ließ nach. Tamayo musste man sich einfach fügen, ob man wollte oder nicht. Jetzt war es gewiss zu spät, um mit ihm zu sprechen. Hauptsache, er würde die Rede rasch hinter sich bringen, Hauptsache, Berns würde bis dahin nicht den Mut verlieren.

«Aber schauen Sie mich an. Ich bin alt. Ich bin siech, gotteslästerlich, kurz: Ich stehe mit einem Fuß im Grab. Nicht mal die glorreiche Peruvian Railway Company würde es schaffen, mit einem Wrack wie mir diese Trasse zu bauen. Ein Werk, das Jahre verschlingen wird und Unsummen an Geld! Doch verzweifeln Sie nicht, meine Damen und Herren! Dieser Mann hier» – er zog Berns zu sich heran – «dieser Mann hier wird heute von oberster Stelle zum leitenden Ingenieur der Cuzco-Trasse ernannt! Seine besten Jahre wird er opfern, um Sie elende Sünder mit der Außenwelt zu verbinden! Ein Hoch auf Augusto Berns!»

Die Kapelle spielte einen Tusch, die Menge applaudierte, selbst der Bürgermeister klopfte Berns mit seinen schweißnassen Händen auf die Schulter. «Ein Lebenswerk», flüsterte er ihm ins Ohr. «Nichts für Hänflinge!» Da wurde Berns übel, und das Einzige, was ihn davor abhielt, sich schwallartig zu übergeben, waren die Damen in der ersten Reihe, die erwartungsvoll zu ihm aufblickten. Eine von ihnen könnte er zur Braut nehmen und ein sicheres Leben führen, eines, von dem er ohne Scheu auch seiner Mutter und dem Kronenberg berichten würde … Der Kronenberg! Die Erinnerung an seinen feisten Nacken und den tumben Gesichtsausdruck grämte Berns. Sollte er etwa so werden wie das Nutzvieh? Niemals!

«Ich fürchte, hier liegt ein Missverständnis vor», sagte Berns schließlich. Er war vorgetreten und stand nun zwischen Tamayo und der Menge. Was er zu sagen hatte, ging nur seinen Kollegen etwas an. Warum nur musste es ausgerechnet jetzt so still im Innenhof werden?

«Ich kündige», sagte Berns. «Ab dem heutigen Tage lege ich meine Arbeit bei Peruvian Railways nieder.»

Jetzt, da er es ausgesprochen hatte, fühlte er sich unerhört leicht und unbeschwert. Er kündigte, jawohl! Es lag nicht an Tamayo oder der Eisenbahn, es hatte ausschließlich mit ihm, Berns, zu tun.

Hinter ihm hustete einer verlegen.

Doktor Tamayo meinte, sich verhört zu haben, und bat um Wiederholung: kündigen? Was um alles in der Welt habe er denn vor? Hier gehe es um eine ganz große Leistung, ein Meisterwerk der Ingenieurskunst!

«Ich will aber keines bauen, ich will eines finden. Tamayo, ich gehe als Entdecker in die Berge.» Berns erschrak selbst, als er seine Worte hörte. Kaum aber waren sie verklungen, fühlte er, dass er die Wahrheit gesprochen hatte, seine ureigene, ihm angestammte Wahrheit. Er würde als Entdecker in die Berge gehen. Nun gab es keinen Raum mehr für Zweifel und Ausflüchte, nun gab es nur noch den Blick nach vorn.

Berns sprang vom Podest, bahnte sich seinen Weg durch den Innenhof und lief hinaus auf die Plaza del Regocijo.

Es war vollbracht! Er, Berns, war ein freier Mann. Als er durch die Straßen ging, spürte er das Blut in seinen Händen pulsieren: Sein Schicksal lag vor ihm, es musste nur richtig angepackt werden.

7.

HARRY POKER SINGER

Eine Woche darauf lud Ana Centeno Berns zum Dinner in ihren privaten Salon. Ohnehin waren sie einander ständig begegnet: auf den Fluren des Palastes, auf dem Markt, auf dem Platz vor der nahegelegenen Kathedrale. Zunächst zufällig, dann absichtlich. Berns hatte gar nicht erst versucht, seine Faszination für Ana Centeno zu verbergen; was sie ihrerseits überaus schätzte. Sie war keine zwanzig mehr und wusste, was sie wollte. Zum ersten Mal seit langer Zeit aber schien es ihr, als wüsste sie plötzlich auch, *wen* sie wollte.

Als Berns mit großen Erwartungen den Salon betrat, saß Ana Centeno auf einem Sessel und arrangierte ein Lilienbouquet. Die Damastvorhänge waren zugezogen, das Licht der Kerzenleuchter erhellte eine üppig gedeckte Tafel. Berns fuhr der betörende Geruch der Lilien in die Nase; gierig sog er ihn ein und betrachtete Ana Centeno, wie sie sich vom Sessel erhob. Vorsichtig zupfte sie ihre smaragdgrüne Bluse zurecht, dann eilte sie Berns entgegen. Auf ihrem Dekolleté lag eine Kette mit einem goldenen Jaguarkopf als Anhänger. Unter anderen Umständen wäre Berns dieses Schmuckstück aufgefallen – jetzt aber hatte er nur Augen für die Frau, die es trug.

«Bin ich zu früh?», fragte er verlegen.

«Das will ich hoffen.»

Berns küsste zur Begrüßung Ana Centenos Hand, etwas

länger und hingebungsvoller, als er eigentlich wollte. Ana entzog sie ihm und umarmte ihn so fest, dass Berns die Wärme ihres Körpers spürte. Strähnen ihres schwarzen Haares hatten sich während der Umarmung vom Hinterkopf gelöst und umspielten ihr Gesicht. Berns traute sich nicht, sie ihr hinters Ohr zu streichen; stattdessen überreichte er einen Strauß Rosen, den er vom Markt mitgebracht hatte. Sie sollten wohl rosafarben sein; die meisten von ihnen changierten allerdings auffällig in ein starkes, leuchtendes Rot.

Ana Centeno besah sie lange, roch an ihnen und befühlte ihre Dornen. Dann zog sie die Vorhänge zur Seite, beförderte das Lilienbouquet mit einem beherzten Wurf aus dem geöffneten Fenster und stellte die Rosen in die leere Vase.

«Ich liebe Rosen», seufzte sie.

Sie aßen spärlich von den Forellen und der Quinoaterrine, die einer der Diener ihnen servierte. Statt förmlich zu speisen, saßen sie eng beieinander, tranken Wein und hielten Händchen wie ein junges Paar. Berns dachte: Ana Centeno pfeift auf die Gesellschaft und ihre Zwänge. Sie ist stark und zart zugleich. Nichts hätte an einer Frau anziehender sein können.

Ana Centenos honigfarbene Augen funkelten vergnügt. Sie genoss es, von Berns angesehen und studiert zu werden. Berns lächelte, als er es bemerkte, legte seine Hände um Ana Centenos Wangen und küsste sie auf die Stirn. Da seufzte sie auf und legte ihren Kopf auf seine Schulter. Gemeinsam schwiegen sie eine Weile, dann fragte Berns nach ihrer Ehe. Er hielt ihrem langen, forschenden Blick stand. Fünf Minuten vergingen, dann zehn.

Es dauerte eine Viertelstunde, bis Ana Centeno begann, von ihrer eintönigen, behüteten Kindheit in Cuzco zu erzählen. Als Spross einer der ältesten Familien dieser Stadt – der Konquistador Diego Centeno war mit den Pizarro-Brüdern über den Atlantik gekommen – habe sie sich keinerlei Extravaganzen erlauben dürfen. Kaum sei sie achtzehn geworden, habe sie Pedro Romainville geheiratet, einen französischen Kaufmann, der im Süden Perus durch Import-Export-Geschäfte zu großem Reichtum gekommen war. Beinahe zwanzig Jahre lang sei sie mit ihm verheiratet gewesen. Ihre beiden Söhne, Eduardo und Adolfo Romainville, seien schon junge Männer und studierten, jedenfalls die meiste Zeit. Im Moment befänden sie sich übrigens in Arequipa, sonst hätte er, Augusto, sie sicher kennengelernt.

«Pedro Romainville», wiederholte Berns. «Was für ein glücklicher Mann.»

«Er starb an einem Herzinfarkt», sagte Ana Centeno. «Seitdem sitze ich in diesem Palast und zähle Scherben.»

«Komm mit mir», hörte sich Berns sagen. Unter Tränen lachte Ana Centeno auf, dann wischte sie sich mit einer Serviette das Gesicht trocken. Sie könne nicht aus Cuzco fort, weil sie die Geschäfte des Hauses führen müsse. Sie sei Verwalterin. Und Mutter. Für Träume oder Abenteuer bleibe da wenig Raum. Sie fuhr mit den Fingern durch Berns' Haar und fragte ihn, warum ausgerechnet ein Preuße sich die Schätze der Inka in den Kopf setze. Von allen Völkern auf der Erde!

Berns nahm ihre Hand, legte sie auf sein Gesicht und atmete den Geruch ihrer Haut. Dann verschränkte er seine Finger mit den ihren und erzählte vom kleinen Marktplatz in Uerdingen, von den drei Herbertzhäusern, die allen Raum für sich beanspruchten, erzählte von der Enge in Dültgensthal und schließlich von seinen Lektüren als Kind.

«Die Inka haben Rätsel und Gold hinterlassen, Ana», sagte Berns. «Für beides brenne ich. Als kleiner Junge hatte ich das Gefühl, ich könnte derjenige sein, dem sie das größte ihrer Rätsel vermacht haben.»

«Hast du immer noch dieses Gefühl?»

Berns schwieg und betrachtete ihre verschlungenen Hände. Er wusste, dass er nicht beides haben konnte: ein bürgerliches Leben in Cuzco und das freie Leben in den Bergen. Abgesehen davon käme er, ein nahezu mittelloser Ausländer, ohnehin nicht für Ana Centeno in Frage, da machte er sich keine Illusionen. Statt zu antworten, beichtete er, dass er seinen Posten bei der Eisenbahn gekündigt hatte.

Ana Centeno riss die Augen auf, setzte sich Berns kurzerhand auf den Schoß und sagte, dass es Selbstmord sei, ohne Aussicht auf finanzielle Mittel in die Berge zu gehen. Berns genoss für einen Moment die Wärme und den Druck ihres Körpers auf seinem.

«Ana, ich habe Mittel», sagte er schließlich.

«Hast du nicht, Augusto», sagte Ana Centeno. «Du hast einen Rucksack und eine Spitzhacke. Wenn du in die Sierra ziehst, werden deine Geldreserven innerhalb weniger Monate oder sogar Wochen aufgebraucht sein. Jeder Alkalde jedes Dorfes wird Geld von dir wollen, etwas von deinem Proviant, etwas von deiner Kleidung. Und bevor du weißt, wie dir geschieht, sitzt du mittellos im Dschungel und wunderst dich, warum Moos auf deinen Beinen wächst.»

Berns drehte den Kopf zur Wand und zwang sich, ruhig zu bleiben. Auf dem Gemälde, das dort hing, kam der Heilige Geist als goldener Kolibri vom Himmel herab. Just in dem Moment, als Berns seinen Mund öffnete, um etwas zu entgegnen, löste sich der goldene Kolibri vom Gemälde, drehte einige Pirouetten über dem Esstisch, schwirrte genau vor sein Gesicht, verharrte dort einen Moment und stob dann, eine Acht beschreibend, ins Dunkel des Salons hinein.

«Wenn jemand sein Ziel so genau vor Augen hat wie ich, Ana», sagte Berns schließlich, «dann wird er es auch erreichen. Mit seinem Willen formt er die Wirklichkeit um sich herum, sein Wille ist stärker als alle Ideen, die ihn umgeben, verstehst du?»

«Nein, verstehe ich nicht», sagte Ana Centeno. «Ich werde bei Forga ein Wort für dich einlegen. Du wirst ihn treffen, und mit ein bisschen Glück nimmt er dich in seinen Ingenieursstab auf. Dann kannst du umherstreifen und, wann immer du es brauchst, Geld auf einer seiner Haciendas verdienen. Ich habe dich gern, begreifst du das nicht!»

Berns begriff. Er umarmte Ana Centeno, und so verharrten sie, bis eine Bedienstete Stunden später in den vermeintlich leeren Salon platzte, um abzuräumen.

Vor der Expedition gab es viel zu erledigen. Bei Leoncio Moscoso, einem spanischstämmigen Kaufmann, bestellte Berns ein Zelt, einen gewachsten Mantel, Stiefel aus Leder und aus Kautschuk, einen aufrollbaren Schlafsack aus Pferdehaar, ein Schaffell, zwei robuste Petroleumlampen, zwei Macheten, ein Glas Chininpulver – verlässlich gegen Fieber und Schmerzen –, mehrere Flaschen Branntwein, Sattelzeug, ein Gewehr, einen Lederhut, Vitaminsalze,

Jod, Seife, Papier, Graphit, Verbandszeug und nicht zuletzt Seile, Schaufel, Pickel, Axt, Eimer, Nägel, Hammer,
Jutesäcke, Flickzeug, einige Töpfe, Tassen und Teller,
eine Goldpfanne und etwas Quecksilber. Außerdem bat
er um fünf Maultiere und ein Reitpferd. Ana Centeno
versprach Berns, ihm ihren Maultiertreiber Pepe zur Verfügung zu stellen; er sei der Beste, den man für eine Reise
in die Sierra bekommen könne.

Nach knapp einer Woche hatte Berns auch den Proviant
zusammengetragen. Im Lagerraum der Witwe stapelten
sich nun säckeweise Maismehl und Quinoa, Kartoffeln,
Linsen, Reis und Pökelfleisch. Berns stand inmitten der
Waren und dachte: Dies ist nun mein Leben. Niemand
bestimmt darüber außer ich selbst. Ob es jemals etwas gegeben hatte, das ihn so glücklich machte wie diese Säcke
und Bündel? Er konnte sich nicht erinnern. Nur dass er
sich von Ana Centeno würde trennen müssen, trübte sein
Glück ein wenig, wann immer er daran dachte. Der Mutter schrieb er einen Brief und schilderte ihr seine Ankunft
in Cuzco. Dass er die Anstellung bei der Eisenbahn gekündigt hatte, erwähnte er nicht. Als seine Postanschrift
gab er Ana Centenos Palast an.

Bis zum Ende der Regenzeit blieben Berns vier Wochen. Dann wollte er aufbrechen. Vier Wochen – das war
nicht viel Zeit, musste man sich durch eine ganze Bibliothek arbeiten. Seit Jahrhunderten horteten die Mönche in
den Räumen des Sonnentempels die Dokumente und Berichte aller Reisenden und Chronisten, die je durch Cuzco gekommen waren. Ohne das Studium dieser Quellen,
dachte Berns, ist jede Suche nach El Dorado vergeblich,
ein Stochern im Nebel, ein bloßes Umherirren in den
Weiten des Dschungels.

Kurz nach Sonnenaufgang ritt Berns über die Plaza Mayor. Als er in die Avenida El Sol einbog, ließ er sein Pferd in den Schritt fallen. Am Ende der Straße, am anderen Ufer des Flusses Huatenay, sah Berns den klobigen Bau des Klosters von Santo Domingo stehen, seine massive Inkafassade, die blühenden Gärten, die ihn umgaben. Der Sonnentempel war kurz nach der Konquista demoliert und schließlich in ein Kloster verwandelt worden. Vor der monumentalen Außenmauer des Klosters stieg Berns ab, hob den Blick und versuchte, sich vorzustellen, dass dieses Gebäude einst vollkommen mit Gold ausgekleidet gewesen war; ein Dach aus goldenen Strohhalmen, die Wände bedeckt von getriebenen Gold- und Silberplatten, der Garten übervoll mit goldenen Maispflanzen, lebensgroßen Lamafiguren, Trompetenbäumen und Abertausenden von goldenen Schmetterlingen, die sich beim leisesten Windhauch auf und ab bewegten. Die Konquistadoren hatten unterschiedslos alle Artefakte aus Gold eingeschmolzen und als Barren nach Spanien verschifft.

Ein Barbar, wer diese Wunderwerke zerstört hat, dachte Berns. Wäre er vierhundert Jahre früher geboren worden – was hätte er in dieser neuen Welt alles entdecken können. Natürlich wäre er dann in Uerdingen als Fruchtbauer verrottet und hätte es kaum einmal auf die andere Seite des Rheins geschafft. Nein – es war dieses Leben oder keines. Es galt, das Beste daraus zu machen.

Berns bat den indianischen Pförtner, ihn zu Prior Jorge zu bringen. Ana Centeno selber hatte ihn an den Vorsteher des Klosters verwiesen und ihm ein Empfehlungsschreiben mitgegeben.

Mit einem Blick registrierte Berns den alten Brunnen im Hof; bemerkte den Wandelgang, der bis zur Außenwand führte und dort plötzlich abbrach; den blutroten Ara, der mit gestutzten Flügeln auf einer Bank herumlief. Jeder Inka war an genau diesem Ort gewesen, dachte Berns. Jeder Inka und jeder Konquistador. Dies hier war die Heimat der Götter und des Goldes.

Aus dem Wandelgang kam ihm jetzt der Prior entgegen, ein dicklicher Mann mit dem strengen Gesicht eines Heiligen. Berns grüßte und verbeugte sich vor ihm.

Prior Jorge lächelte. «Was führt Sie zu uns?», fragte er und nahm das Empfehlungsschreiben der Witwe entgegen, das Berns hervorgeholt hatte. Er steckte es ein, ohne es auch nur zu überfliegen. Berns betrachtete die Gestalt des Priors. Die Hände, die scheinbar ruhig über dem Bauch gefaltet waren, fuhren in Wahrheit rasend schnell über die silbernen Perlen eines Rosenkranzes. Er kalkuliert, dachte Berns.

«Die Suche nach Erkenntnis», antwortete er schließlich und beugte den Kopf. Wenn es ihn nicht ganz täuschte, trug der Prior italienische Schuhe; Berns nahm sich vor, den Händler Moscoso danach zu befragen.

«Die Messe ist bereits gelesen», sagte Prior Jorge und führte Berns hinaus in den Innenhof. Aus den Trompetenbäumen und dem Dickicht von Kantutasträuchern schwirrten Kolibris hoch. Die beiden Männer nahmen Platz auf der Bank. Der Ara, der vor ihnen diesen Ort besetzt hatte, flatterte erbost auf und krächzte ohrenbetäubend laut.

Dass die Messe schon vorüber sei, betrübe ihn sehr, sagte Berns. Ob er sich erlauben dürfe, dem Prior ein Geschenk zu überreichen? Unter seinem Poncho zog er nun ein Säckchen feinster gemahlener Kakaobohnen hervor. Der Prior blickte kurz hinein und übergab es einem

Mönch, der gerade zwei Tassen Kaffee brachte. Als der Mönch mit dem Säckchen verschwunden war, fragte Prior Jorge unvermittelt: «Sind Sie nicht Protestant, mein Sohn?»

Wieder krächzte der Ara auf, die Kantutasträucher schickten ihren benebelnden Duft herüber, und einen Moment lang wusste Berns nicht, was antworten.

«Ja», sagte er endlich. «Sie haben völlig recht. Genau deswegen bin ich hier. Sehen Sie, ich bin ein armer Ketzer, hineingeboren in ein heidnisches Land.»

Der Prior nickte und legte Berns seine Hand auf den Arm. Berns registrierte die Rührung des Kirchenmannes und redete weiter, die Stimme leise, fast ein wenig gebrochen.

«Aber muss nicht auch Preußen zum rechten Glauben geführt werden? Müssen wir denn für alle Zeit verdammt sein? Prior, ich flehe Sie an, denken Sie an die Kinder, die armen Kinder! Und sind etwa nicht an genau diesem Ort, in Cuzco, Tausende von Indios, ja, ganze Völkerscharen bekehrt worden? Wie das zustande kam, das will ich hier nachlesen, in Ihrer Bibliothek genau studieren. Mit diesem Wissen werde ich dann einst nach Hause zurückkehren und das Licht des Katholizismus aufstellen in dem finsteren Land, das Preußen ist.»

Als Berns fertig gesprochen hatte, kämpften beide vor lauter Ergriffenheit mit den Tränen. Er habe nicht gewusst, sagte der Prior mit belegter Stimme, dass es Menschen wie ihn in Europa gebe.

Wenige, antwortete Berns, wenige. Aber umso schwerer wiege die Last der Verantwortung auf ihm.

Der Prior leerte mit einem Zug seinen Kaffee. Dann fasste er unter seinen Talar, holte einen Schlüsselbund hervor und stand umständlich auf. Er wolle Berns gerne die Bibliothek für seine religiösen Studien zur Verfügung stellen. Nordeuropa müsse missioniert werden, das habe er schon lange gedacht!

«Sie müssen wissen», fügte er hinzu, «alle Weile kommen Reisende, verderbte Subjekte, nach Cuzco, die getrieben sind von der Sucht nach Gold. Sie alle wollen in den alten Chroniken forschen. Und wissen Sie, wie viele von denen ich schon in die Bibliothek gelassen habe?»

«Keinen einzigen natürlich», antwortete Berns wie aus der Pistole geschossen. Der Prior nickte zufrieden. Verderbte Subjekte!, wiederholte er genussvoll. Leider nur wisse er nicht, ob Berns mit seinem Anliegen hier, im Kloster, fündig werde. Die Bibliothek sei gleichzeitig das Lager, insgesamt etwas vernachlässigt, und was für Schriften sich genau darin befänden – kurz, das entzöge sich seiner Kenntnis. Die Türen stünden ihm jedenfalls immer offen.

Nachdem die beiden Männer einander höchst zufrieden die Hände geschüttelt hatten, führte Prior Jorge Berns zu einem Gewölbe im hinteren Teil des Klosters. Vor einer schweren Tür aus Zedernholz blieb der Prior stehen, übergab Berns den Schlüssel und kündigte an, er werde ihm schon morgen Papier und Schreibgerät kommen lassen – für die Inventur, gleichsam. Berns verbeugte sich und schloss die Tür auf.

Alles Wissen über die Neue Welt! Berns' Herz schlug so stark, dass er meinte, der Prior müsse das Pochen unter dem Poncho wahrnehmen. Hatte er allerdings erwartet, dass ein helles Gleißen, ein überirdisches Licht aus der Bibliothek ihm entgegenstrahlen und ihn blenden würde, so hatte er sich getäuscht. Als er die Tür unter ohrenbetäubendem Quietschen aufzog, drang bloß kalte, klamme Luft aus der Dunkelheit, und eine Ratte taumelte hinaus ins Tageslicht. Der Prior verabschiedete sich eilig.

Berns nahm einen tiefen Atemzug und trat ein. In der Mitte des Raumes stand ein mächtiger Schreibtisch aus Palisanderholz, auf dem sich Dutzende von Büchern und Folianten stapelten. Auch die Schränke, die ihn umgaben, die Kommoden, die Regale, selbst der Boden – alles war übervoll und übersät mit Bänden, Dokumenten und Papieren. Darüber lagen eine daumenbreite Staubschicht und ein dichter Bezug von Spinnweben. An den Seiten des Gewölbes türmten sich Truhen mit Stoffen, außerdem Ballen, Bündel, alles übereinander und durcheinander, als habe ein Erdbeben sie in Unordnung gebracht.

«Heilige Mutter Gottes», flüsterte Berns. Vier Wochen, er hatte nur vier Wochen! Dann erinnerte er sich daran, dass die Pizarro-Brüder nur unwesentlich länger dafür gebraucht hatten, ganz Peru zu erobern. Die waren allerdings auch zu viert gewesen. Berns lehnte sich gegen den Schreibtisch und betrachtete ein Regal, aus dem ein zerfledderter Foliant hervorquoll. Für einen Moment sehnte er sich danach, nicht allein zu sein, jemanden zu haben, der an seiner Seite stand – Max, seinen Bruder Max! Oder wenigstens Donnelly und Ramirez. Aber er war ganz auf sich gestellt. Was ihn bis jetzt nicht gestört hatte, ließ ihn, vis-à-vis den vergangenen Jahrhunderten, erschaudern.

Berns verbrachte die ersten sechs Tage damit, die Bücher ordentlich zu stapeln und zu reinigen. Erst danach konnte er sich daranmachen, sie durchzusehen und zu studieren. Wie im Rausch fertigte Berns Skizzen an, notierte, übertrug und dachte nach. Die Inka, das wurde ihm noch einmal klar, waren pedantische Mathematiker und Astronomen gewesen. Nichts, aber auch gar nichts schien dem Zufall überlassen worden zu sein. Jeder Tempel, jede Stadt, jede Mauer verwies auf ein Gegenüber, einen anderen Tempel, eine andere Stadt, eine andere Mauer, und war durch die Konstellation der Sonne und des Mondes untrennbar mit seinem manchmal fernen Gegenstück verbunden. Die Ruinen, dachte Berns, muss man nur lesen können, dann führen sie von allein zum Ziel.

Die letzte große Entdeckung hatte vor einigen Jahrzehnten stattgefunden: Der Franzose Lavandais war auf die Ruine von Choquequirao gestoßen, eine befestigte Stadt, in die sich die Inka nach der Konquista zurückgezogen hatten. Sie konnte niemals El Dorado sein – die Inka, dachte Berns, wären auf keinen Fall so unvorsichtig gewesen, die Spanier auf ihr Allerheiligstes aufmerksam zu machen. Die Stadt, in der sie ihr Gold und ihre Schätze gehortet hatten, musste sich folglich noch irgendwo im Dschungel verbergen.

Immer wieder las Berns davon, wie besessen die Inka von dem Ort ihres Ursprungs gewesen waren. In ihren Legenden war es mal eine Höhle, aus denen die Urväter kamen, mal ein Tempel, und immer lag er weit westlich von Cuzco, hinter der Sierra. Dies, dachte Berns, ist der wahre Urgrund für die Sage um El Dorado – die wahre, verlorene Stadt der Inka.

Eines Tages, Berns hatte seit etwa zwei Wochen sein Studium betrieben, kam er ins Kloster und traf auf Prior Jorge, der ihm die Hand schüttelte und ihn wissen ließ, dass sein Partner sich bereits in der Bibliothek befinde.

«Mein Partner?», fragte Berns. Sofort wurde er misstrauisch. Erlaubte sich hier jemand einen Scherz? Oder plünderte gar seinen Schatz?

«Aber ja», sagte Prior Jorge. «Gehen Sie nur, gehen Sie nur. Er schien etwas angespannt. Kommt er auch aus Preußen?»

Berns murmelte etwas Unverständliches und lief voll düsterer Vorahnungen hinüber zur Bibliothek. Die Tür stand weit offen. Ein fahler Lichtstrahl fiel vom Innenhof ins Gewölbe und legte sich über den Schreibtisch. Ein kräftiger, groß gewachsener Mann saß auf Berns' Platz, hatte die Stirn in Falten gelegt, die Finger in den roten Haarschopf vergraben und studierte einen Folianten, der aufgeschlagen vor ihm lag. Berns erkannte auf den ersten Blick, dass es sich um den Bericht von Francis de Laporte de Castelnau handelte. Einen Moment lang betrachtete er die Lederstiefel, die Hose aus grobem Leinen und den breiten Filzhut, den der Mann sich in den Nacken geschoben hatte. Wie ein Studiosus sah er nicht gerade aus. Ein Trittbrettfahrer, dachte Berns. Dennoch war der Mann so vertieft in seine Lektüre, dass er Berns erst bemerkte, als der ihm den Folianten unter dem Gesicht wegzog und mit einem lauten Schlag zuklappte.

An einem Hocker neben dem Mann lehnte eine alte Winchester mit abgesägtem Lauf; als Visier diente ein Goldnugget von der Größe eines Maiskorns. Wo das Nugget wohl herkam? Nein, schalt sich Berns, das war nicht die Frage, die Frage war doch: Was trieb dieser Kerl in Berns' Bibliothek, an seinem Arbeitsplatz?

«So», sagte Berns. «Und wer zum Teufel bist du?»

Der Mann rückte seinen Stuhl etwas nach hinten und ließ seinen Blick über Berns' Statur gleiten, über den haselnussbraunen Vollbart, die verbrannte Haut jener, die über die Sierra gekommen waren. Berns fiel auf, dass die Augen des Mannes unterschiedlich gefärbt waren – rechts grün, links braun. Der spöttische Zug um dessen Mund verflog, als er merkte, dass Berns seinem Blick nicht, wie die meisten, auswich.

«Harry Singer», sagte er. «Sehr angenehm.»

«Augusto Berns», sagte Berns. Als Singer aufstand, überragte er Berns um eine gute Kopflänge. Er hielt ihm die Hand hin, Berns schlug zögerlich ein. Schwierig, Singers Alter zu schätzen, dachte er, interessant. Sein Körper war klobig, geformt von schwerer Arbeit, seine Sprache das schleppende, weiche Spanisch eines Yankees.

«Ich höre, du studierst die alten Folianten», sagte Singer. «Steht wohl viel Interessantes drin, wie?»

Berns presste verärgert die Lippen zusammen und begann, die Folianten, die Singer aus den Regalen gezogen hatte, wieder an ihren Ort zu stellen.

«Allerdings», sagte er. «Aber nur für jemanden, der weiß, was er sucht. Ich bin übrigens derjenige, der hier wie ein Knecht geschuftet hat. Das Vorrecht der Benutzung liegt praktisch bei mir.»

«Was soll das heißen: praktisch?»

Berns drehte sich um und fand sich Auge in Auge mit dem Eindringling. Strähnen roten Haares fielen bis auf die Nasenwurzel. Witz und Esprit lagen in diesem Gesicht; keinerlei Feindschaft ging von ihm aus, sondern nur freundliche, offene Neugier. Ohne es zu merken, lächelte Berns. Der Mann war ihm angenehm, er wirkte ruhig und selbstbewusst.

«Das soll heißen, dass theoretisch darüber verhandelt werden kann. Unter gewissen Bedingungen. Ich kann es mir nicht leisten, Fehler zu machen. Ich stehe ganz am Anfang.»

«Schön, Berns. Du stehst am Anfang. Ich stehe am Ende. Vielleicht treffen wir uns irgendwo in der Mitte.»

Berns schwieg einen Moment lang. Singer setzte sich wieder und streckte die Beine aus. Er hatte Zeit und konnte sich gedulden.

«Wüsste nicht», sagte Berns schließlich, «warum ich einem Fremden von meinem Plan erzählen sollte.»

«Schon gut, Mann, schon gut. Nette Geschichte, übrigens, die du dem Prior erzählt hast. Hat mir gut gefallen. Als ich die gehört hab, da dachte ich mir: Singer, da ist einer, der ist originell, der lässt sich was einfallen und setzt es auch um. Dachte, wir könnten uns mal unterhalten. Will dich aber nicht länger aufhalten. Behalt deinen Plan meinetwegen für dich.»

Jetzt wirkte Singer resigniert. Berns wollte nicht, dass er ging, und so zuckte er mit den Schultern und gab kleinmütig zu, dass von einem *Plan* eigentlich kaum die Rede sein könne. Noch nicht. Vom Innenhof her waren aufgeregte Männerstimmen zu hören, jetzt musste Berns schon etwas lauter sprechen. Abgesehen davon sei er allein, und das passe ihm, alles in allem, ganz gut.

Singer nickte. Dann stand er auf und griff nach seiner Winchester.

«Man muss etwas wagen», sagte Singer, Hut und Winchester in der Hand. «Das ist es doch, oder? Eigentlich hat man sein Leben doch vertan, wenn die Leute später nicht sagen: *Der hat sich was getraut.*»

Berns spürte, wie seine Kehle trocken wurde. Er bat Singer, noch einmal Platz zu nehmen. Wie lange war es her, dass er diesen Satz gehört hatte? Nachdenklich ging

Berns vor den Bücherstapeln auf und ab. Singer war ein Fremder. Aber es konnte nicht schaden, ihn ein wenig auf die Probe zu stellen. Was er, Singer, von den Inka wisse?

«Zu wenig», sagte Singer. «Deswegen bin ich hergekommen.»

«Und vom Dschungel?»

«In der Wildnis kenn ich mich aus. Kannst sie meinetwegen auch Dschungel nennen.»

Vielleicht war unter den Mönchen Streit ausgebrochen, oder sie trieben böse Geister aus; das Stimmengewirr im Hof wurde lauter, einzelne Worte drangen herüber, die Berns nicht verstand, außerdem das Getrappel von Hufen. Berns fasste sich in den Bart und betrachtete gedankenverloren die Narben auf seinen Unterarmen.

«Ich rede nicht von irgendeiner Wildnis, sondern von einer ganz besonderen. Der Nebelwald der Cordillera Vilcabamba ist undurchdringlich. Die Peruaner nennen ihn *ceja de la selva*. Sein Dickicht ist getränkt in Dunst und Wolken. Wenn mich nicht alles täuscht, haben gute Männer vor mir dort alte Inkawege entdeckt, die sie nicht weiterverfolgt haben. Zu verwachsen waren sie, zu rätselhaft, zu beschwerlich die Reise. Aber, das frage ich mich: Wo führen sie hin?»

«Ich nehme an, du hast eine Vermutung.»

Jetzt schrie jemand im Innenhof auf, ein Schuss fiel. Berns und Singer warfen einander einen raschen Blick zu und liefen hinaus in den Wandelgang. Sie kauerten sich hinter eine Balustrade und versuchten, an den Säulen vorbei in den Innenhof zu spähen. Zwischen zwei Kantutasträuchern erkannte Berns einen zerlumpten Mann mit schwarzem Filzhut. Er drückte Prior Jorge mit vorgehaltenem Gewehr gegen den Brunnen.

«Chuqui Martínez», flüsterte Singer.

«Wer?», flüsterte Berns zurück. Die anderen Mönche, fiel ihm ein, sammelten heute in der Stadt Spenden. Prior Jorge war allein! Der Ara schrie aufgeregt und hüpfte umher; Chuqui Martínez packte ihn an den Füßen und zerschmetterte seinen Kopf am Brunnenrand. Berns zuckte zusammen, als der Körper des Vogels davonflatterte, um schließlich auf halbem Wege zwischen Brunnen und Bibliothek liegen zu bleiben.

«Was sucht er hier?», fragte Berns, nachdem ihn Singer zurück in die Bibliothek gezogen hatte.

«Das Übliche», sagte Singer. «Den Kirchschatz. Das ist ein Bandit, Berns, und zwar ein ganz gewöhnlicher. Gesinde und Gelichter aus den Bergen. Kommt in die Stadt, wenn ihm das Geld ausgeht.»

«Prior Jorge wird nicht zulassen, dass der Kirchschatz gestohlen wird.» Berns fühlte, wie die Angst in ihm hochstieg, als er sah, dass Chuqui Martínez Prior Jorge auf die Knie drückte. Dachte an Callao, die Numancia, die Kameraden, die vor seinen Augen gestorben waren.

«Ich werde Prior Jorge helfen. Kann ich auf dich zählen?»

«Lenk du Chuqui ab, ich kümmere mich um den Rest», sagte Singer und griff nach seiner Winchester. «Vertrau mir, Berns.»

«Wenn uns das gelingt, Singer, erzähle ich dir von einem Schatz, größer als jeder Kirchschatz der Welt.»

Singer lächelte. Die Anwesenheit des Banditen im Innenhof schien ihn in keiner Weise zu beunruhigen. «Easy», sagte er. «Eins nach dem anderen.»

Die beiden Männer nickten einander zu, dann fasste Berns in eine der Truhen, die neben der Tür standen, zog eine abgelegte Mönchskutte hervor, streifte sie über und stürmte nach draußen.

«Nein!», brüllte er. «Nein! Nein! Nein!»

Noch bevor Berns die beiden Männer am Brunnen erreicht hatte, packte ihn Singer, der ihm gefolgt war, von hinten und warf ihn zu Boden.

«Was zur Hölle machst du denn unter der Woche in der Stadt, Chuqui?», rief Singer. Der hob überrascht das Gewehr und ließ für einen Moment von Prior Jorge ab.

«Wer bist denn –»

«Komm schon, Chuqui», unterbrach ihn Singer. Als Berns sich umdrehte, erkannte er den Abdruck der Winchester unter Singers Poncho. «Erinnerst du dich nicht mehr? Ich bin's, Singer. Wie's aussieht, sind wir beide gleichzeitig auf die Idee gekommen, das Kloster zu untersuchen. Schau mal, den hier hab ich gefunden, als er sich davonmachen wollte.» Er trat Berns mit dem Stiefel in die Seite, und Berns dachte: Das war fester als nötig, Singer. Singer spielte doch, oder? Er spielte doch?

Chuqui, der sichtlich verwirrt war, zuckte mit den Schultern und sagte, dass der Prior nicht reden wolle, aber das werde sich gleich ändern.

«Braucht er gar nicht», sagte Singer. «Der da hat gesungen. Sag's, Bursche, sag Chuqui, wo das Gold ist!»

Berns starrte Singer fassungslos an – was sollte er denn jetzt sagen? –, dann rappelte er sich auf und stammelte, der Prior habe es aus der Sakristei an einen geheimen Ort bringen lassen, um es zu schützen. Er selber habe geholfen, die goldene Monstranz hinüberzutragen …

«Hol sie her, Kerl», sagte Chuqui. «Aber wenn was schiefgeht –» Er stieß dem Prior mit dem Gewehr zwischen die Schulterblätter.

238

Singer nickte Berns zu, zwinkerte kaum merklich, dann stellte er sich zu Chuqui, den er, wie er sagte, schon lange etwas habe fragen wollen.

Berns setzte sich in Bewegung und lief zurück zum Säulengang. Was erwartete Singer von ihm? Bei einem Blick über die Schulter sah Berns, wie Singer mit Chuqui lachte und feixte. Entweder ist Singer ein Genie oder ein Schurke, dachte Berns und hoffte auf das Erstere.

Die feinste Truhe aus der Bibliothek: Messingbeschläge, Wurzelholz. Zurück in den Hof ging es nun langsamer, die Truhe war schwer, musste schwer sein. Kurz vor Singer und Chuqui hielt er an und setzte die Truhe auf dem Boden ab.

«Es tut mir leid», sagte Berns. Prior Jorge stöhnte.

«Mach sie auf», sagte Chuqui.

Berns rührte sich nicht. Als Chuqui ihn nochmals aufforderte, antwortete Berns, dass er das leider nicht könne. Er dürfe die Monstranz nicht berühren, das sei eine schwere Sünde.

«Er hat recht», flüsterte Prior Jorge.

Chuqui Martínez rollte mit den Augen. «Dann öffne du sie, Singer.»

«Nach dir, Chuqui.»

Chuqui Martínez zögerte einen Moment, dann ließ er von Prior Jorge ab und wandte sich der Truhe zu. Kaum hatte er sich zu ihr hinabgebeugt, trat Singer einen Schritt vor und schlug ihm mit dem Kolben der Winchester auf den Hinterkopf. Chuqui brach zusammen.

Stille. Singer setzte sich benommen auf die Balustrade, Berns half Prior Jorge vom Boden auf.

«Geht es Ihnen gut, Prior?», fragte Berns.

«Gott segne dich, mein Sohn», sagte Prior Jorge.

Wie sich herausstellte, war Harry Singer ein studierter Mineraloge aus den Vereinigten Staaten und bereits seit zehn Jahren in Peru. Neben den Edelmetallen hatte er eine Schwäche für Poker. Weder das eine noch das andere hatte ihm Glück gebracht. Peru, hatte er daheim in San Francisco gelesen, sei das Land der verschütteten Goldminen, der Schächte und Adern. Dutzende, wenn nicht Hunderte von reichhaltigen Goldminen seien in Vergessenheit geraten, als die Spanier und die Portugiesen aus dem Land gejagt worden seien. Seither lägen sie verborgen in der Sierra und warteten auf neuerliche Erschließung.

Eine Erzählung, die Horden von Glücksrittern ins Land lockte. Die meisten starben kurz nach ihrer Ankunft am Fieber oder verschwanden in der Sierra. Nicht so Harry Singer. Harry Singer investierte sein Geld in solide Ausrüstung, lernte Spanisch und scherte sich nicht ums Wetter oder um Insekten. Dennoch: Der Erfolg blieb aus. Wo waren sie, die Schächte und Tunnel, in denen Goldbrocken lagen, so groß wie Pferdeköpfe? Wenn es sie gab, mussten sie so hoch oder unzugänglich liegen, dass der Dschungel sie förmlich verschluckt hatte. Wann immer ein Tunnel offen und einsehbar in den Berg hineinführte, konnte man sicher sein, dass man darin nicht auf Gold traf.

Zehn Jahre erfolgloser Streifzüge durch das Land hatten den Prospektor Singer bankrottgehen lassen; nicht einmal für die Rückreise in die Staaten war noch Geld übrig. In seiner Verzweiflung stand Singer schon auf dem Dach der Jesuitenkirche: resigniert, fertig. Aber wie er ein letztes Mal auf die Stadt hinabblickte, erkannte er in der Ferne das Kloster von Santo Domingo. Da fiel ihm ein, dass er *eine* Goldquelle des Landes vernachlässigt hatte:

die Ruinen. Was man jedoch bei einer wahllosen Grabung zutage förderte, war kaum der Mühe wert. Man brauchte schon einen Plan, eine Strategie, um wirklich fündig zu werden. Gab es nicht etliche Männer, die auf diese Weise reich geworden waren? Und Berichte von Ruinen und Schätzen, die in den Bergen auf ihre Entdeckung warteten? Vielleicht, meinte Singer, könnte die Bibliothek des Santo-Domingo-Klosters darüber Aufschluss geben. Mit diesem Gedanken hatte er sich auf den Weg zum Kloster gemacht. Er hatte nichts mehr zu verlieren und konnte genauso gut ein letztes Mal alles auf eine Karte setzen. Harry Singer mochte ein glückloser Prospektor sein; ein gewiefter Pokerspieler war er allemal.

Dann also Prior Jorge, Berns, Chuqui Martínez. Über einer Flasche Wein saßen Berns und Singer noch am selben Abend beisammen und erzählten. San Francisco, Berlin – ferne Ort der Vergangenheit. Sie konnten aber auch zusammen schweigen. In einer Gesprächspause dachte Singer: Das, was Berns betreibt, hat nichts mit dem leeren Gewäsch einfältiger Schatzsucher aus Cuzco zu tun – Berns hat aus seiner Suche eine Wissenschaft gemacht. Er mochte den Preußen, der so voller Energie schien, und hegte schon bald brüderliche Gefühle für ihn. Berns seinerseits dankte dem Zufall oder dem Heiligen Geist, ihm Singer zugeführt zu haben. Jetzt erst begriff er, wie viel Scheu er davor gehabt hatte, allein in die Wildnis zu gehen. Er fühlte sich erleichtert.

Aber wo ein gemeinsamer Plan entstand, da musste es auch Vertrauen geben. Und selbst wenn ich Singer alles erzählen würde, dachte Berns, wie sollte er mich übervorteilen? Keiner schafft es auf sich gestellt im Dschungel, und die Cordillera Vilcabamba ist wild und rau.

«Die Inka», sagte Berns, «waren fast übermenschlich talentierte Ingenieure. Haben Straßen und Wege über Pässe und Abhänge geführt, wo vorher kaum ein Fuß Platz war. Innerhalb weniger Tage konnte der Inka mit Hilfe seiner Läufer Nachrichten von einem bis ins andere Ende seines Reiches schicken. Die Straßen wurden instand gehalten, und nach jeder Tagesstrecke wartete ein Tambo, ein Weghäuschen, auf den Läufer. Dort fand er Unterschlupf und genug zu essen. Auf diesen Komfort werden wir allerdings verzichten müssen.»

Berns berichtete auch von seinem Plan für die Zeit nach der großen Entdeckung. Sobald man El Dorado gefunden hätte – verschüttet, verwachsen, überwuchert vom Dschungel –, würde man genau seine Lage bestimmen, die wichtigsten Merkmale skizzieren und schließlich die Artefakte untersuchen.

«Alles schön und gut», sagte Singer. «Aber was ist mit dem Gold?»

«Wenn wir die verlorene Stadt erst gefunden haben, werden wir reicher sein, als du dir vorstellen kannst», antwortete Berns. Beutelweise, ach was, *körbeweise* würden sie das Gold heraustragen! Abgesehen davon redeten sie hier nicht von irgendeiner beliebigen Ruine, sondern von der wichtigsten Stätte ganz Südamerikas. Sie musste liebevoll freigelegt werden, vorsichtig erkundet. Plünderung und hirnloses Gewühle kamen nicht in Frage.

Die Regenzeit neigte sich dem Ende zu. Berns kannte mittlerweile jeden Folianten der Bibliothek, hatte sich dutzendfach mit Singer beraten über die beste Technik, Gold zu waschen, hatte nächtelang Poker mit ihm gespielt und eine nicht unbeträchtliche Summe verloren, hatte bei

Moscoso so lange geübt, sein Zelt aufzubauen, bis er es auch im Dunkeln, einhändig und betrunken schaffte; hatte gelernt, Feuer zu machen, Wunden abzubinden, Meerschweinchen auszuweiden und zehn verschiedene Gerichte nur aus Linsen, Eiern, Bohnen und Reis zuzubereiten. Als ihn Ana Centenos Nachricht erreichte, dass Pepe nun endlich zurück in der Stadt sei, war Berns gerade damit beschäftigt, die Knoten zu üben, die er auf der Überfahrt nach Südamerika gelernt hatte. Fast zehn Jahre war das nun schon her. Vor welchem Kontinent Kapitän Geelen wohl gerade kreuzte?

Zum Dinner bei Ana Centeno brachte Berns auch Singer mit, den er als seinen Partner vorstellte. Über Ana Centeno sagte er, dass sie *das Phänomen Ana Centeno* sei; eine Frau, die er verehre und bewundere. Ana Centeno lachte und drückte Berns unauffällig die Hand. Sie würde ihn vermissen.

Wie seltsam, dachte sie, während ihr Blick über Singers rotes Haar und seine sonderbar gefärbten Augen glitt. Die beiden reden und bewegen sich genau gleich – als wären sie Brüder. Sie bat die beiden Männer, neben sich Platz zu nehmen, dann ließ sie Pepe rufen.

Kurz darauf erschien im Türrahmen des Salons ein kräftiger Indio mit schulterlangem gekräuseltem Haar und einem soliden Goldring am Daumen, der Berns sofort auffiel. Das grobe Tuch des Hemdes spannte über den Oberarmen; zahllose Insektenbisse hatten Narben auf Hals und Nacken hinterlassen. Verlegen drehte Pepe seinen Hut in den Händen. Berns grüßte und bat ihn, mit ihnen zu speisen. Überrascht ließ sich Pepe am Tisch nieder. Das Essen, das ihm vorgesetzt wurde, wagte er kaum anzurühren.

«Das ist Pepe», sagte Ana Centeno. «Pepe ist nicht mit Gold aufzuwiegen.»

Mit Gold wahrscheinlich schon, dachte Singer, sprach es aber nicht laut aus.

«Wir brechen auf in die Cordillera Vilcabamba, vorbei an Ollantaytambo und am Wakaywillque», sagte Berns. «Ana sagt, du seist schon hundertmal im Dschungel gewesen? Tausendmal oben in der hohen Puna?»

«So ist es, Herr. Aber die Cordillera Vilcabamba, die …»

«Zeig's ihm, Pepe», sagte Ana Centeno und reichte dem Indio ihr scharfes Fleischmesser. Fragend blickte Pepe sie an. Das Blut, sagte Ana Centeno. Wie er, Augusto, wahrscheinlich wisse, färbe sich das Blut derer, die sich ständig im Hochland bewegen, schwarz.

«Das wird nicht nötig sein», sagte Berns. «Ich glaube auch so, dass –»

Aber da hatte Pepe bereits das Messer genommen und sich in den linken Zeigefinger geschnitten. Pechschwarz tropfte das Blut zwischen Schweinerippchen und Süßkartoffeln auf seinen Teller. Singer, der bis dahin gleichgültig auf den Rippchen herumgekaut hatte, schob das Essen weit von sich und blickte Pepe vorwurfsvoll an.

«Schwarzes Blut», sagte Ana Centeno. «Bist du zufrieden, Augusto?»

Berns reichte Pepe seine Serviette. Falls er wirklich mit ihnen kommen wolle, sagte er, sei Pepe Teil der Gruppe. Auf Gedeih und Verderb.

Pepe nickte. Nach Ruinen wolle man suchen, nicht wahr, das sei es doch? Verlorene Städte? Nun, da habe er schon eine grobe Vorstellung.

«Das Übliche?», fragte er dann noch seine Herrin.

«Nicht ganz», sagte sie und lächelte. Dann schickte

sie Pepe mit seinem Teller fort. Berns und Singer sollten noch bei ihr bleiben. Ob er, Singer, sich vielleicht für Gold und Altertümer interessiere?

Am Tag darauf beglich Berns endlich Moscosos Rechnung und stellte fest, dass Ana Centeno recht behielt: Gute Ausrüstung kostete ein Vermögen. Ein Großteil seiner Ersparnisse war nun aufgebraucht. Dafür hatten aber auch die Zweifel an seinem Vorhaben seit der Verbindung mit Singer deutlich abgenommen. Jesuitenkirche hin oder her – Singer verfügte über Bärenkräfte und einen langen Atem. Zusammen würden sie alles vollbringen, was sie sich vornahmen.

Vor der Abreise gab es aber noch etwas anderes zu erledigen. «Hochverehrtester, gescheitester Monsieur Berns!», schrieb Berns seinem Bruder Max, «bitte finde anbei fünfzig Dollar. Ich denke, damit müsste meine Schuld bei dir getilgt sein. Dein Messer trage ich übrigens jeden Tag bei mir. Bald werde ich die zivilisierte Welt hinter mir lassen und in die Berge gehen. Ich gelobe, alle halbe Jahre einen Brief zu schreiben, lieber Bruder, wenn ihr keinen bekommt, so sprecht ein Gebet für mich. Wenn ich es schaffe, lege ich eine Fotografie von meinem Maultier und meiner Wenigkeit in voller Expeditionsmontur bei. Der mit Hut bin ich. Dein Bruder Augusto R. Berns.»

Berns faltete sorgfältig den Brief zusammen und steckte ihn in einen Umschlag. Er wusste, jetzt würde das Heimweh kommen und die Sehnsucht mit sich bringen. Als er fühlte, dass es Anlauf nahm, lehnte er sich vorsichtig im Sessel zurück und schloss die Augen.

Nur eines hielt Berns noch auf: sein Treffen mit Forga.

Mal um Mal war es verschoben worden; erst hatte Forga geschäftlich in Arequipa zu tun, dann wieder in Lima, und schließlich hieß es, Forga sei melancholisch und wünsche, niemanden zu sehen. Als Berns endlich eingeladen wurde, Forga bei der Jagd zu begleiten, sagte er sofort zu. Alles Geschäftliche, so ließ Forga ihm schriftlich mitteilen, könne währenddessen oder im Anschluss besprochen werden. So oder so zeige sich bei der Jagd der Charakter eines Menschen doch am klarsten.

Wie verabredet traf Berns um neun Uhr morgens vor Forgas Palast ein. Er trug seinen neuen Hut, den gewachsten Mantel und die hohen Schnürstiefel; schließlich wusste man nicht, in welches Terrain die Jagd führen würde, und es war von größter Wichtigkeit, souverän und vorbereitet auszusehen. Das Gewehr hing über seiner Schulter, in den Taschen klimperte die Munition.

Forga stand bereits auf der Straße, umgeben von seiner Dienerschaft. Einige der Männer waren damit beschäftigt, Seile auf der Straße auszubreiten – warum sie das taten, blieb Berns ein Rätsel.

Forga trug etwas in der rechten Hand, das wie ein Knüppel aussah. Sein breites Gesicht verzog sich zu einer Grimasse, als Berns ihn ehrfürchtig grüßte und Waidmannsheil wünschte. Berns bemerkte, dass Forga schwitzte: Er trug einen Anzug aus dunkelgrünem Madapolam, auf dem sich schon jetzt dunkle Ränder an Brust und Rücken ausbreiteten. Die Augen hielt er unablässig auf Berns geheftet. Er glaubt, er durchschaut mich, dachte Berns, meint, er hätte schon Hunderte wie mich gekannt. Berns lächelte. Wo waren eigentlich die Reitpferde?

«Wohin geht es heute?», erkundigte sich Berns. «Kleintier oder Großtier?»

«Hundetier», sagte Forga. «Und es geht nirgendwo hin, wir bleiben genau hier, Berns.»

In dem Moment kam ein Hund um die Ecke geschossen, und gerade als er vor der Gruppe zurückschreckte und umkehren wollte, rissen Forgas Diener das Seil unter ihm hoch und schleuderten das Tier in die Luft. Mit einer Behändigkeit, die Berns ihm nie zugetraut hätte, sprang Forga dazu und ließ den Knüppel auf den Schädel des Hundes niedergehen. Das Tier jaulte auf, Blut und Hirnmasse spritzte auf den Boden und auf Forgas Anzug – aber da kam schon der nächste Straßenköter angerannt, er rannte um sein Leben, denn hinter ihm trieb eine indianische Meute lärmend und schreiend die herrenlosen Hunde der Stadt vor sich her, mitten in Forgas besudelte Arme.

«Hier, Berns», schrie Forga und drückte ihm einen Knüppel in die Hand. «Der Nächste gehört dir!»

Ein großer gescheckter Mischling lief über das Seil, Berns sah die Panik in seinen Augen, sah, wie er hochgeschleudert wurde, fühlte den Knüppel in Händen – und ließ den Moment verstreichen. Der Hund landete auf dem Rücken und schoss wimmernd davon.

«Was tust du, Berns?», brüllte Forga. «Hast du Mitleid mit einem Köter? Die sind eine Plage, eine Krankheit, eine Pest! Willst du nun für mich arbeiten oder nicht?»

Einer der Diener hatte den Hund eingefangen und zu Forga gebracht; der drosch auf ihn ein, diesmal auf die Wirbelsäule, die Schreie des Hundes waren entsetzlich. Der Mann ist ein Monster, dachte Berns, er ist wahnsinnig, er hat mehr Hirn auf seinem Jackett als im Kopf.

Forgas Augen funkelten, seine speckigen Hände schlossen sich erwartungsvoll um den Knüppel. Da! Die Hetzer hatten eine ganze Meute zusammengetrieben und jagten sie die Straße hinunter. «Zeig dich, Berns!», schrie Forga.

Und Berns zeigte sich. Er versuchte, die Tiere so mit dem Knüppel zu treffen, dass sie lediglich bewusstlos wurden. Natürlich musste man sie stark genug erwischen, damit sie nicht gleich wieder anfingen zu zappeln und zu jaulen. Bei einigen, die zu zart gebaut waren, ging es schief.

Berns meinte zu weinen; als er sich ins Gesicht griff, spürte er, dass es Blut war, das ihm die Wange hinablief. Ein Schluchzen arbeitete sich vom Zwerchfell hoch zur Kehle; dort wurde es abgeschnürt und wieder heruntergeschluckt. Ana hatte gesagt, er brauche Forga, brauche das Geld, brauche die Arbeit. Brauchte er all das tatsächlich?

Forga machte keine halben Sachen, er stand in einer Lache aus Blut und Gedärm, das Gekröse quoll ihm schon aus den Stiefeln, das Gejaule und Gekläffe war ohrenbetäubend. Jetzt spielte er Berns einen jungen Mischling zu, hellbraun mit schwarzen Schlappohren, und trotz des Schlachtens und Wütens um ihn herum hatte er einen so ergebenen Blick, dass es Berns das Herz brach. Töte mich ruhig, schien der Blick zu sagen, ich verstehe wohl, dass dieses Opfer nötig ist, zögere nicht, es ist nur ein kleines, unbedeutendes Leben, das ich für dich gebe. Berns schloss die Augen und schlug zu.

«Kommen wir zum Geschäftlichen», sagte Forga. Er hatte sich umgezogen und saß nun in einem weißen Leinenhemd hinter seinem Schreibtisch. Berns vermied, ihm direkt ins Gesicht zu schauen. In Gedanken griff er zum dolchartigen Brieföffner und …

«Du hältst dich bereit, auf jeder meiner Haciendas jederzeit eingesetzt zu werden. Der Lohn wird dir gutgeschrieben, bis du wieder in Cuzco bist. Verstanden?»

«Woher weiß ich, wo und wann es Arbeit gibt?», fragte Berns. Er flüsterte fast. Jetzt verfluchte er sich, dass er auf Ana Centeno gehört hatte.

«Meine Leute werden dich finden, wenn sie dich brauchen, darauf kannst du dich verlassen. Ich gebe dir eine Liste meiner Haciendas und die Namen ihrer Verwalter. Hauptsächlich geht es um die Konstruktion von Öfen und Wassermühlen. Damit kennst du dich wohl aus, wie?»

Berns nickte. Dann fragte er, wie zu verfahren sei, wenn er das Geld früher brauche. Bevor er nach Cuzco gelangen könne.

«Du willst dein Geld früher?», prustete Forga los. «Was willst du dir davon im Dschungel kaufen? Flechten und Lianen vielleicht?» Er lachte so laut und so lange, bis sein Kopf rot anlief. Dann beugte er sich vor und packte Berns am Kinn. Etwas an Berns gefalle ihm, sagte Forga, deshalb gebe er ihm jetzt einen guten Rat: Wie man höre, sei Berns auf der Suche nach Ruinen und Schätzen – El Dorado, nicht wahr? Berns reagierte nicht. Nun, da solle er sich gut vor den Indios der Sierra in Acht nehmen, die hätten es gar nicht gerne, wenn in den Gräbern ihrer Vorfahren herumgewühlt würde. So mancher habe sich schon mit einem Loch im Kopf neben einer Inkamumie wiedergefunden.

«Eine Frage noch», sagte Berns ungerührt. «Wo werden eigentlich die Hundekadaver hingebracht?»

Der Uferstreifen des Huatenay war übersät mit dem Unrat der Stadt und ihren toten Hunden, die von den

Häschern Woche für Woche hier abgeladen wurden. Ein Taschentuch gegen Mund und Nase gepresst, stakste Berns durch die Kadaver. Von der Brücke hatte er das hellbraune Fell des Mischlings entdeckt, den er hatte erschlagen sollen. Als er ihn erreichte, stellte er fest, dass der Hund noch lebte, und so hob er ihn hoch und trug ihn auf den Armen zurück in die Stadt. Berns taufte ihn auf den Namen Asistente.

Die verbleibenden Tage vergingen schnell. In der Nacht vor dem Ausritt wachte Berns auf, weil er meinte, die Stimme seines Vaters gehört zu haben. *Mein Junge*, hatte die Stimme gesagt, *mein Sohn, mein guter Junge.* Mit klopfendem Herzen setzte Berns sich auf und blickte durch das Fenster auf den mondbeschienenen Hof. Er war leer. Vom anderen Ende des Salons, wo sich Singer für die Nacht einquartiert hatte, drang regelmäßiger, ruhiger Atem. Auch Asistente schlief, den schmächtigen Körper eng an Berns' Beine geschmiegt.

Berns streichelte liebevoll seinen Hund, dann verschränkte er die Arme hinter dem Kopf und starrte zur Zimmerdecke. Morgen in der Frühe würde es losgehen. Auf dem Weg würde er immer wieder mit Indios und Dorfbewohnern sprechen; vielleicht gab es unter ihnen einige, die sich an die Geschichten und Legenden ihrer Vorfahren erinnerten. Siedlungen und Dörfer mochten in Vergessenheit geraten – aber ganze Städte, Tempel? Wahrscheinlich war Lavandais ganz ähnlich vorgegangen, bevor er Choquequirao gefunden hatte. Das Wichtigste, das Eigentliche, war ihm selbstverständlich entgangen. Choquequirao musste der Anfang einer Suche nach der verlorenen Stadt sein; ihr Anfang, nicht ihr Ende. Allein er, Berns, würde Blickachsen und Verbindungslinien richtig zu deuten wissen. Lavandais war einfach daran vorbeispaziert! Jetzt, da er selber losziehen würde, wunderte sich Berns sehr darüber.

Plötzlich kam ihm ein schrecklicher Gedanke. Berns setzte sich auf, stieg aus dem Bett und rüttelte seinen Partner wach.

«Was ist los?», fragte Singer schlaftrunken.

«Was ist, wenn Lavandais gelogen hat? Was, wenn es da draußen gar keine Stadt der Inka gibt?»

Singer wiegte den Kopf und murmelte verschlafen, dass er, Berns, ihm doch lang und breit erklärt habe, wie man Ruinen lese. Falls Lavandais wirklich gelogen haben sollte, würde es ihm, Berns, doch sicher bald auffallen, oder? Man würde einfach andere Ruinen entdecken. «Und jetzt schlaf», gähnte Singer. «Ein müder Gringo würde im Dschungel nicht einmal seinen eigenen Hintern finden.»

Aber Berns schlief nicht. Berns dachte an den Pass, zu dem sie hochsteigen mussten, dachte an die Flüsse, die es zu überqueren, und die Cañons, die es zu passieren galt. Dachte an die wilden Stiere, die seit Jahrhunderten frei durch die Wälder zogen, dachte an die Pumas und Jaguare, von denen er so viel gelesen hatte, an Kondore, groß genug, um Menschen davonzutragen.

Es half ihm, sich vorzustellen, wie er die verlorene Stadt finden würde. Als Erstes, dachte Berns, werde ich ihr meinen Namen und das Datum einschreiben. Kreide, Kohle. Jetzt war es April 1872. Wie lange es wohl dauern würde, sie zu finden? Eine merkwürdige, kristalline Stille kam über ihn, und er fühlte sich so ruhig wie nie zuvor. Sollten doch die Einwände, Zweifel und Mahnungen in Cuzco bleiben. Er, Berns, hatte sich der größten Herausforderung seines Lebens zu stellen.

8.

Die Expedition

Der Weg in die Cordillera Vilcabamba führte über die karge Hochebene, die zwischen dem Tal von Cuzco und dem Tal von Yucay lag. Gegen Mittag hatten Berns, Singer und Pepe sie bereits halb überquert und das Dorf Chinchero erreicht. Auf dem Marktplatz hielten sie an und führten die Maultiere zu einem Brunnen. Neben dem Beckenrand saßen ein paar Indios, die die Männer mit unbewegten Gesichtern grüßten. Asistente sprang ungestüm um sie herum, Berns nickte ihnen zu, Singer ließ den Blick über die Nischenwände am Rande des Marktplatzes schweifen.

Während des Rittes hatte Singer immer wieder bei auffällig geformten Felsen angehalten und sie so genau untersucht, dass selbst Berns ungeduldig geworden war und kommentiert hatte, dass sich die verlorene Stadt wohl kaum zwanzig Meilen von Cuzco befinde. Heimlich verspürte er Genugtuung darüber, dass Singer ihre Mission so ernst nahm. So konnte er darauf vertrauen, dass Singer über lange Zeit zu ihm halten würde. Man muss schon sehr besessen oder wenigstens verzweifelt sein, um in den Dschungel zu gehen, dachte Berns. Singer, das wusste er, war hauptsächlich verzweifelt. Mit der Zeit, so hoffte Berns, würde sich auch die Besessenheit einstellen.

«Wenn wir bei jedem behauenen Stein halten, Singer», hatte er schließlich gesagt, «sind wir noch in hundert

Jahren nicht am Ziel angelangt.» Zum ersten Mal oblag Berns die Führung einer Gruppe; in der süßen Gewissheit, dass er ihr wichtigstes Element war, leitete er die Karawane mit starker Hand, aber nicht ohne Mitgefühl. Doktor Tamayo war ein guter Lehrmeister gewesen.

Während sich Singer daranmachte, das Pflaster unterhalb der Nischenwände zu untersuchen, verteilte Berns Kokablätter und besprach mit Pepe den weiteren Weg. Sobald sie den Dschungel erreichen würden, wollten sie Halt einlegen in Santa Rosa, einer kleinen Siedlung oberhalb des Apurímac-Flusses. Dort galt es, mit den Indios zu sprechen und Hinweise auf Ruinen zu sammeln. Und nicht zuletzt: Von dort aus würde man nach Choquequirao gelangen, zu jener Ruine, die Auskunft geben sollte über andere, vielleicht sogar unentdeckte Städte in der Umgebung.

Als die Indios auf der Plaza anfingen zu murren – Singer hatte einen Stein aus dem Pflaster gebrochen –, ritten sie weiter. Über zwölftausend Fuß über dem Meer. Der Atem ging schwer, aber die Zügel lagen locker in Berns' Händen. Immer wieder stellte er sich vor, wie Pizarro denselben Weg eingeschlagen hatte, um El Dorado zu entdecken. Nun war er, Berns, unterwegs, um zu vollbringen, was seit dreihundert Jahren niemandem gelungen war. Wenn er einst aus diesen Bergen zurückkehren würde, dann als reicher und berühmter Mann, dessen Name für alle Zeiten untrennbar verbunden wäre mit seiner Entdeckung.

Keine drei Meilen hinter Chinchero fiel das Hochplateau in das viertausend Fuß tiefer gelegene Yucay-Tal ab. Vor der Steilklippe hielten die Männer an. Pepe blickte finster auf die alte Inkastraße, die in engem Zickzack den Abhang hinabführte. In der Tiefe erstreckte sich eine fruchtbare grüne Ebene; Haciendas, Felder, Wiesen und Koppeln waren zu sehen, umgeben von den schnee-bedeckten Gipfeln des Chicón, des Sahuasiray und des Kuntur Wachana. Wollte man in den Dschungel, musste man diese Berge auf einer Passroute überqueren.

Im Tal angekommen, schälten sich die Männer aus ih-ren Ponchos und Wollpullovern. Riesenkolibris huschten durch blühenden Ginster, warmer Wind fuhr über Wie-sen, durch Kirsch- und Pfirsichbäume und die Pappeln, die die Stromschnellen des Urubamba säumten. Asistente jagte dem Getier im Dickicht hinterher, verschwand für eine Weile, nur um kurz darauf voller Kletten und Dis-teln wieder aufzuschließen.

Die Berghänge waren übersät von Agaven mit ihren Blütenstämmen, Spanisches Moos hing von den Felsvor-sprüngen herab und ließ das Tal aussehen, als wäre es über und über mit Spinnweben bedeckt. Immer wieder nahmen nahe Gletscher und Berge die Sicht, als gäbe es kein Weiterkommen, als wäre alles weitere Vordringen vergebens und sinnlos. Berns nickte jedes Mal zufrieden, wenn sie eine Kurve nahmen und sich das Tal wieder wei-tete. Hinter der letzten Kurve, am Ende des Tals, tauchte schließlich ein majestätisches Fort auf. Zu dessen Füßen hatten sich die Häuser eines Dorfes geschart.

«Ollantaytambo», rief Berns, noch bevor Pepe ein Wort sagen konnte.

Hier kehrten die Männer ein, stockten ihre Vorräte auf und erweiterten ihre Ausrüstung um einige Wolldecken. Der Pass, den sie überqueren mussten, lag auf über fünf-zehntausend Fuß; wer hier schlecht ausgestattet war, er-fror.

«Wolldecken für den Dschungel!», brummte Singer, dem unnötige Ausgaben zuwider waren, aber Berns bestand auf diese Anschaffung. Er kannte die Berichte, wusste von vielen Männern, die in den Bergen zu Tode gekommen waren, weil sie die Gefahr unterschätzt hatten. Es kam jetzt darauf an, klug zu handeln. Und das bezog sich nicht allein auf die Suche nach Ruinen. Berns drosselte Ungeduld und überbordendes Glück gleichermaßen. Zwei Wochen blieben sie in Ollantaytambo, bevor sie weiterritten.

Auf dem Weg zum Pass wurde es so kalt, dass die Männer ihre Hände in wollene Tücher einwickeln mussten. Bald verloren sie ein vollbeladenes Maultier; es rutschte auf schneebedecktem Geröll aus und stürzte mit einem langgezogenen, klagevollen Schrei hinab in den Talgrund. Ein jeder von uns hätte auf diesem Tier sitzen können, dachte Berns. Singer fragte Pepe, ob nicht lieber er die Tiere führen sollte, aber Pepe antwortete nicht, er dachte: Schon fast am Choquetakarpo und erst ein Tier verloren, das soll mir mal einer nachmachen! Kurz darauf stieg dichter Nebel auf, und Pepe trieb die Karawane zu einer Höhle, in der die Männer die Nacht verbrachten.

In den frühen Morgenstunden ließen sie den Pass hinter sich und begannen den Abstieg in den Dschungel. Reiten war längst unmöglich geworden; der alte Inkapfad, auf dem sie sich bewegten, war so steinig und der Untergrund so locker, dass sie abgestiegen waren und die Maultiere am Zaumzeug führten. Jeder falsche Tritt konnte einen Steinschlag auslösen, der sie mit ins Tal hinabreißen würde.

Schweigend stießen sie in die Neblina, die Dunstschwaden, die über dem Regenwald lagen, und von einem

Moment auf den anderen wurde es unerträglich warm. Der Geruch von blühendem Heliotrop und weißem Ingwer nahm den Männern fast den Atem; grüne Papageien schossen wie Kugelblitze durch das Kaleidoskop von Riesenfarnen, Sumachgewächsen und Luftpflanzen. Der Pfad verlor sich in einem vertrockneten Flussbett und verschwand schließlich ganz.

Vor ihnen lag nun eine undurchdringliche grüne Wand. Das Herz schlug Berns bis zum Hals, als er die Machete vom Maultier löste und damit auf die Lianen und das Dickicht aus Pfahlrohr einschlug. Um seinen Kopf herum tanzte ein Schwarm mikroskopisch kleiner Fliegen, die in jede seiner Poren stachen. Die Männer waren bald so tief in das Tal vorgedrungen, dass sich Nebelschwaden, Baumkronen und Lianen über ihnen geschlossen hatten und so gut wie kein Licht mehr durchließen. Jeder Schritt wurde begleitet von stetigem Tropfen und leisem Gluckern; Feuchtigkeit legte sich über das Blattwerk und die Stämme, perlte herab an Myrtensträuchern und den pink glasierten Blüten der Bromelien. Moose und Flechten speicherten das Wasser, das der Nebel brachte, und gaben nach wie Schwämme, wenn man auf sie trat.

Kurz vor Anbruch der Dämmerung kamen sie an einen Fluss. Berns drehte sich um und blickte in die Richtung, aus der sie gekommen waren, aber von einer Schneise war nichts mehr zu sehen. Kaum niedergeschlagen und herabgedrückt, hatte sich die Vegetation wieder erhoben. Berns schmerzte das Handgelenk vom ungewohnten Umgang mit der Machete, der Geschmack von Blut breitete sich in seinem Mund aus, und nach dem langen Abstieg vom Pass zitterten seine Oberschenkel bei der geringsten Belastung.

Singer und Pepe schlossen zu ihm auf und starrten in die vorbeiströmenden Wassermassen.

«Was zur Hölle, Pepe», sagte Singer.

Pepe zuckte lediglich mit den Schultern und sagte, dass dieser Fluss letztes Jahr noch nicht da gewesen sei.

«Es hilft nichts», sagte Berns. Er fuhr sich über das zerstochene Gesicht. Weit waren sie nicht gerade gekommen. Aber was hatte er sich vorgestellt? Wäre es einfacher gewesen, sich in der Wildnis zu bewegen, hätten sich längst Scharen von Schatzsuchern hindurchgewälzt. Frohsinn ließ sich nicht herbeikommandieren; Niedergeschlagenheit stellte sich allerdings ebenso wenig ein. Ich bin im Dschungel, dachte Berns, wahrhaftig im Dschungel. Was zählte da schon ein Fluss? Alle Hindernisse erschienen ihm klein ob des Wunders, wirklich in der Cordillera Vilcabamba angekommen zu sein.

«Morgen suchen wir nach einem Übergang. Heute Nacht bleiben wir hier.»

Pepe nickte, Singer klopfte Berns auf die Schulter, dann ging es an die Arbeit. Etwas weiter den Fluss hinab fand sich ein ebener Korridor, hier wollten sie ihr Lager errichten. War der Untergrund einmal von Gestrüpp und Steinen befreit, konnte man darauf das Zelt aufbauen. Asistente, der meinte, es sei für ihn, ließ sich sofort darin nieder. Berns war so leicht ums Herz, dass er ihn gewähren ließ.

Vom Zelt aus spannten die Männer ein Seil zu einem nahen Lorbeerbaum; sie hängten ihre feuchte Kleidung daran und alle Gerätschaften, die sie nicht auf die Erde legen wollten. Unweit des Zeltes, an einer mit Gras bewachsenen Stelle, banden sie die Maultiere an. Die Säcke mit Proviant und Ausrüstung wurden ans Zelt herangeschafft, sodass alles schnell zur Hand war, ob man ein trockenes Hemd brauchte, ein Stück Seife oder ein wenig Tabak. Pepe sammelte Holz für das Lagerfeuer, und bald loderten die Flammen. Singer legte zwei große flache Steine in die Glut; auf den einen stellten sie die Kanne für den Kaffee, auf den anderen die Kanne für den Kokatee. Schließlich holte Pepe eine Art Dreifuß herbei und platzierte ihn über dem Feuer. An einem gusseisernen Haken hängte er den Topf auf, dann gab er ein Stück Schweinefett hinein, außerdem Wasser, getrocknete Kartoffeln sowie drei Fische, die er im Fluss gefangen hatte.

Während der Essensgeruch über das Lager zog, bereiteten Singer und Berns bereits ihre Nachtstatt im Zelt vor. Nach längerer Diskussion wurde Asistente hinausbefördert. Auf die Zeltplane legten sie eine Wolldecke, darauf ihre Schlafsäcke aus Leinen und Rosshaar und zuoberst die wollenen Ponchos. So heiß die Tage sein mochten, so kalt und klamm waren die Nächte. Die Gewehre lehnten in einer Ecke des Zeltes, die Beutel mit der Munition und dem Pulver hingen an einem Pfahl. Zu guter Letzt, gerade als der Kaffee zu duften begann, wurde hektisch nach den Vitaminsalzen gesucht. Berns fluchte, er war sich sicher, sie bei Moscoso bestellt zu haben, aber er fand sie nicht, weder in seinem eigenen noch in Singers Gepäck. Singer winkte ab – wenn jemand im Dschungel umkäme, dann nicht aus Vitaminmangel –, Berns jedoch griff nach seiner Machete und verschwand im Dickicht des Nebelwaldes. Als er zurückkam, trug er sein Hemd zu einem Sack geknotet über der Schulter. Es war über und über mit dottergelben Papayas gefüllt.

Der Tag ging nahtlos in die Nacht über. Schweigend aßen die Männer im Schein des Feuers und lauschten den

Geräuschen des Dschungels: Ein Brüllen war das, ein Krachen und Prasseln in den Baumkronen, ein Fauchen, ein Kieksen und Japsen. Fledermäuse wurden vom Feuerschein angelockt und schossen um die Köpfe der Männer herum. Einmal sauste ein leuchtender Käfer an Berns' Schläfe vorbei; mit strahlendem Lichtbogen verschwand er in die Dunkelheit.

«Woher weißt du eigentlich, dass es El Dorado ist, wenn du es einmal gefunden hast?», fragte Singer unvermittelt.

Berns ließ seine Papaya sinken. Jetzt schaute auch Pepe herüber. Erheiterung stieg in Berns auf, diese Frage wäre ihm nie eingefallen; war er doch mehr als gewiss, dass sich die verlorene Stadt der Inka ihm sofort und unmissverständlich mitteilen würde.

«Ich werde es erkennen», antwortete Berns schließlich. «El Dorado wurde von Leuten wie mir erbaut. Deshalb werden Leute wie ich es finden.»

Die Expedition kam nur langsam voran. Einige Wochen nachdem sie tiefer in die Ceja de la Selva vorgedrungen waren, verhedderten sich die Maultiere so sehr, dass man sie kaum noch losschneiden konnte. Der Wald war so dicht geworden, dass man jeden Schritt aus dem Dickicht von Lianen, Ranken und Pfahlrohr mühsam freischlagen musste. Schweren Herzens willigte Berns ein, die Maultiere zurückzulassen und sich die nötigste Ausrüstung selber auf die Rücken zu schnallen. Pepe entließ die Tiere mit einem Schlag auf die Kruppen in die Wildnis. Singer schimpfte, Berns zwang sich, guten Mutes zu bleiben. Dieses Mal fiel es etwas schwerer als sonst.

«Du bist vielleicht so stur wie ein Maultier», sagte Singer, «aber bist du auch so stark?»

Manchmal wurde es so dunkel um die Männer, dass sie sich fragten, ob ein Unwetter heraufzog oder ob sie die Dämmerung nicht bemerkt hatten und die Nacht bereits angebrochen war. Und immer wieder waren es nur die Zweige der Lorbeer- und Mahagonibäume, die sich über ihren Köpfen mit den Lianen zu einem undurchdringlichen Geflecht verbunden hatten. Die feuchte Dschungelerde, auf der sie liefen, verwandelte sich zusehends zu knöcheltiefem Schlamm. Das Gewicht der Ausrüstung und des Proviants ließ sie so weit hineinsinken, dass es Kraft kostete, einen Fuß vor den anderen zu setzen. Die Etappen, die sie Tag für Tag zurücklegten, wurden kürzer, und die Liste mit den Verletzungen, die sie sich zuzogen, länger.

«Valor!», schrie Pepe, wann immer Berns und Singer zurückfielen. Keiner der beiden antwortete. Ohnehin musste man sich auf das Blattwerk vor einem und das Hantieren mit der Machete konzentrieren: Im Nebelwald lebten unzählige giftige Schlangen, die nicht nur am Boden krochen oder sich an Felsen hinaufschlängelten, sondern jederzeit von herabhängenden Ästen und Stämmen schnellen konnten. Die Schlangen, kommentierte Singer, flöhen wenigstens, wenn man sich ihnen nähere. Schlimmer und regelmäßiger machten den Männern die anderen Kreaturen des Nebelwaldes zu schaffen. Abends, in ihren hastig errichteten Lagern, kämpften sie gegen Schwärme fliegender Dschungelkakerlaken, die von den Lebensmitteln angezogen wurden, und gegen handtellergroße Taranteln, die mit Vorliebe die Schlafsäcke und Stiefel der Männer besetzten. Noch gefährlicher als die Taranteln waren die mit fingerdicken Schilden bewehrten Skorpione; ihre Fühler maßen über einen Fuß, und ihre rasiermesserscharfen Scheren glichen denen eines Hummers. Dabei war die Anzahl der Skorpione und Taranteln wenigstens überschaubar. Aber die Insekten! Ganze Schwärme von Sandfliegen, Bremsen und Moskitos hüllten die Männer ein und ließen sich nicht einmal durch Feuer und Rauch vertreiben. Bald schon waren ihre Körper übersät mit aufgekratzten Pusteln, Blasen und Furunkeln.

«Wolltest du Entdecker werden?», fragte Singer. «Jetzt bist du Entdecker.»

Breiteten die Männer frisch gewaschene Hemden oder Hosen auf den Flussfelsen aus, so legten die tropischen Hautdasseln ihre Eier ins Gewebe der Wäsche. Die Larven schlüpften durch Hautporen in die Körper und wurden dort, unter der Haut, fingergliedgroß. Berns trug ein gutes Dutzend davon an seinen Unterarmen umher; sah, wie sie sich in seinem Fleisch wanden und bewegten, aber weil sie mit zahllosen Widerhaken ausgestattet waren, war es schier unmöglich, sie herauszuziehen. Einmal schnitt er kurzerhand eine besonders große Larve heraus, woraufhin die Wunde sich entzündete und wochenlang nicht abheilte.

Der Dschungel, notierte Berns in seinem Tagebuch, ist eine Bestandsaufnahme, eine Prüfung, eine Wägung. Was man an Ausrüstung und Charakter nicht mit hineinnimmt, kann man dort nicht erwerben. Alle Kraft, Disziplin und Entschlossenheit muss bereits vorhanden sein, denn in Zeiten der Herausforderung wird nichts dazugewonnen, sondern nur abgefragt.

Pepe und Singer fielen nachts in tiefen Schlaf. Einzig Berns litt, seit sie den Dschungel betreten hatten, an fast krankhaft geschärften Sinnen. Wie konnte man nachts schlafen, wenn man umgeben war vom Nebelwald und seinen Geschöpfen? Nachtvögel schrien in den Bäumen, es geiferte, gackerte und keckerte so laut von den Ästen herab, dass Berns kaum einschlafen konnte. Anfangs hatte er Pepe und Singer zu überzeugen versucht, dass sie abwechselnd Wache halten sollten; jedes Mal aber waren sie auf ihrem Wachposten eingeschlafen, und so hatte Berns aufgegeben.

Mit der Zeit lernte er die Geräusche der Nacht kennen, so wie er die Geräusche in der Fabrik von Peter Dültgen kennengelernt hatte. Wenn er sie benannte und sich das Tier, das sie verursachte, dazu vorstellte, gelang es ihm manchmal, in einen leichten Schlaf zu fallen. Was man kennt, daran gewöhnt man sich.

Eines Nachts aber, alle drei Männer schliefen bereits, ertönte über ihrem Zelt ein heiseres Brüllen. Berns setzte sich auf. Sein Puls raste: Dieses Geräusch war neu. Bei dem anhaltenden, rauen Grollen musste es sich um eine große Raubkatze handeln – einen Puma, vielleicht sogar einen Jaguar. Am Abend zuvor hatten sie ihr Zelt unter einer vorstehenden Felsplatte aufgestellt; das Tier befand sich womöglich genau über ihnen. Auch Asistente war wach geworden und zwängte sich durch einen Spalt ins Zelt hinein. Berns griff panisch nach seinem Gewehr, versuchte, Pepe und Singer zu wecken, die aber drehten sich unter seinen Tritten und Stößen bloß um und schliefen weiter. In tiefster Dunkelheit – er wagte nicht, die Lampe anzuzünden – lud Berns das Gewehr. Stille war draußen eingekehrt.

Gerade als Berns meinte, das Tier sei vielleicht im Wald verschwunden, erklang wieder das Brüllen. Es schien aus noch geringerer Entfernung zu kommen. Berns trat nochmals beherzt gegen Singer, doch der stöhnte bloß auf und bewegte sich nicht. Mit zitternden Händen schob Berns die Zeltplane beiseite. In allernächster Nähe hörte er Laub und Zweige rascheln. Neben dem Zelt lag ein schwerer Ast; er tränkte ihn mit dem Öl der Lampe, entzündete ihn und trug ihn als Fackel vor sich her.

Kaum hatte Berns den Schutz des Zeltes verlassen, drehte er sich um und schwenkte die Fackel in Richtung der Felsplatte. Sie war leer. Er zog einen Kreis zum Waldrand, zurück zum Zelt – und sah schließlich am Fuße der Felsen, die die Platte trugen, zwei gelbe Augen aus der Dunkelheit aufblitzen. Berns schrie – aus voller Kehle und auf Deutsch –, er fluchte, drohte, fuchtelte mit der Fackel. Es nutzte nichts. Das Paar Augen bewegte sich nicht. Nach und nach konnte Berns in der Dunkelheit die Umrisse eines hüfthohen, hell gefleckten Tieres erkennen, das ihn wie hypnotisiert beobachtete. Ein Jaguar! Berns ließ fassungslos die Fackel sinken.

Schweißnass hielt seine linke Hand das Gewehr umklammert. Um es abfeuern zu können, musste er die Fackel niederlegen. Was tun? So blieb Berns stehen, zwischen Dschungelsaum und Zelt – in der einen Hand die Fackel, in der anderen das Gewehr –, und wandte seinen Blick nicht vom Jaguar. Immer stärker hob das Tier sich vom dunklen Hintergrund des Waldes ab. Berns sah die Fangzähne im halb offenen Maul, die kräftigen Beine, das makellose Fell und den breiten Nacken. Die Augen aber waren das Erstaunlichste – voller Ruhe und Gleichgültigkeit waren sie auf Berns gerichtet, ungetrübt von Emotion oder Unsicherheit.

Berns wusste, dass ein Jaguar mit einem einzigen Sprung

seine Beute erlegte; ein Sprung, ein Biss. Warum war das Tier so nah ans Zelt herangekommen? Als der Jaguar ein Knurren von sich gab, rammte Berns die Fackel in den Boden und packte mit beiden Händen das Gewehr. In dem Moment raschelte es hinter ihm. Singer war aufgestanden! Er rief Berns etwas zu, schlug ihm auf die Schulter. Da verschwand der Jaguar mit einem Satz im Gebüsch.

Sprachlos starrte Singer auf die Stelle, wo das Tier gesessen hatte. Dann drehte er sich zu Berns um, auf dessen Stirn der Angstschweiß perlte.

«Was ist los?», fragte Singer. «Warum hast du nicht geschossen?»

Es dauerte Monate, bis sie ihre erste große Ruine entdeckten. Berns war von der anvisierten Route immer wieder abgewichen, weil er überzeugt war, dass Lavandais etwas übersehen haben musste. So waren sie in all der Zeit Santa Rosa, der Siedlung bei Choquequirao, nicht einmal nahe gekommen. Darüber stellten sich langsam Missmut und Unzufriedenheit ein; erst bei Pepe und schließlich auch bei Singer. Der hatte nicht vergessen, dass Berns es gewesen war, der ihn zu Konzentration und Eile angehalten hatte. Und jetzt trieben sie sich schon gut ein halbes Jahr durch die Sierra. Berns hatte Mühe, Pepe und Singer zu erklären, dass in dieser Gegend noch der kleinste Hinweis von größter Bedeutung sein konnte.

«Ich bin dir damals gefolgt, weil du einen soliden Plan ausgearbeitet hattest», sagte Singer zu Berns, als die Männer nach einem besonders langen Tag das Zelt aufbauten. Ob der sich nun in Luft aufgelöst habe? Falls dem so sei, meinte Singer, wäre es wohl an der Zeit, den Rosenkranz aus der Tasche zu holen.

«Der Plan ist der Plan», sagte Berns. «Ich will nur sichergehen. Wie viele Gelegenheiten haben wir? Das hier ist kein Pokerspiel, Harry.»

Verletzt davon, dass Singer ihm nicht vertraute, rief er Asistente zu sich, griff nach seiner Machete und lief in Richtung einiger Felsen, die sich im Grün des Nebelwaldes abzeichneten. Berns wusste, dass einer allein im Dschungel nicht bestehen konnte. Mittlerweile wusste er aber auch, dass es für ihn schwer erträglich war, ständig mit anderen unterwegs zu sein. Luft, dachte er, ich brauche Luft!

Berns hatte beinahe die Felsen erreicht, da stolperte er. Verärgert schlug er mit der Machete nach der Wurzel, die ihn fast zu Fall gebracht hatte, aber die Machete glitt laut klirrend ab.

Er stutzte: Dort, im Untergrund, verbarg sich nicht etwa ein verholztes Pflanzenglied, sondern ein symmetrisch beschlagener Granitstein. Berns atmete tief ein und richtete sich auf. Unmöglich, dachte er – an dieser Stelle, ausgerechnet hier? Dann begann er, auf das dichte Geflecht aus Lianen und Ästen vor sich einzuschlagen. Er kam etwa fünf Fuß weit, dann stieß er auf eine Mauer, die auf die Felsen zulief.

Berns wurde vor unbändiger Freude schwindelig. Schon sah er Platten aus massivem Gold vor sich, sah einen über und über mit Juwelen geschmückten Tempel, sah sich selber auf einem Thron aus Gold und Silber sitzen … Sein eigenes Lachen ließ ihn aus dieser Vision aufschrecken, er griff nach einem Kieselstein und warf ihn ausgelassen in das Blattwerk des Dschungels. Dann rief er Pepe und Singer zu sich.

Unweit des Lagers verteilten sich Mauervorsprünge, Häusergruppen und Fassaden einer ehemaligen Befestigung. Bambus und Pfahlrohr hatten den Großteil der Ruine überwuchert, und durch den jahrhundertealten Bewuchs von Moosen und Flechten bemerkte man die Granitblöcke nicht einmal dann, wenn man unmittelbar vor ihnen stand. In den Berichten des Santo-Domingo-Klosters waren sie weder verzeichnet noch beschrieben. Selbst Pepe hatte nie von ihnen gehört, was ihn in den nächsten Tagen nachdenklich und wortkarg machte.

Berns hingegen war sich seiner Sache jetzt vollkommen sicher. Die Cordillera Vilcabamba, das betrachtete er nun als erwiesen, steckte voller Ruinen und musste somit eine Gegend gewesen sein, in die sich die Inka mit Vorliebe zurückgezogen hatten. Auch wenn diese erste Ruine profan und grob wirkte – ein erster Vorstoß war gemacht.

Singer sagte: «Wen kümmert es, was es einmal war? Die Hauptsache ist doch, dass wir Gold darin finden.»

Das war gleichzeitig das Problem. Der Regenwald hielt die Mauern und ihre Fundamente so eng umschlungen, dass es Tage dauerte, bis die Männer eine Schneise durch die Gebäudegruppen geschlagen hatten. Berns lief immer wieder ihre Wände ab. Das hatte alles er entdeckt, er allein! «Zufall», sagte ihm eine leise Stimme. «Instinkt», sagte Berns. Er hatte den Inka ein Geheimnis entrissen, ein Rätsel gelöst. Zu gerne wollte er glauben, dass dies ein Bund war, den er mit ihnen geschlossen hatte. Er war ihrer würdig, das hatte er nun bewiesen.

«Die Befestigung schützt nicht das Yucay-Tal vor dem, was aus dem Dschungel kommt», sagte Berns. «Sie schützt den Dschungel und alles, was in ihm ist, vor dem, was aus dem Yucay-Tal kommt.»

«Das wären in diesem Fall wir», sagte Singer.

Während Singer und Pepe mit Schaufeln, Spaten und Seilen zugange waren, fertigte Berns – Asistente immer an seiner Seite – Skizzen an, vermaß die Außenwände und verzeichnete alle Gebäude, die sie freilegen konnten. Als er alles genau betrachtet und bedacht hatte, griff auch er zur Schaufel. Singer hatte natürlich recht: Waren sie etwa nicht auf der Suche nach Gold?

Die Kammern, die sie bis jetzt aufgebrochen hatten, waren leer gewesen; Berns schlug vor, unterhalb der Felsen zu graben, wo er einige zugemauerte Höhlen ausgemacht hatte. Es dauerte nicht lange, da stießen sie mit dem Brecheisen auf einen Hohlraum. Sie hielten kurz inne, um sich zu beraten. Pepe meinte, dass es sich um ein Grab der Ahnen handeln müsse, weshalb er lieber beiseitetrat. Singer machte sich umso vehementer an die Arbeit. Berns fragte sich, ob sie gemeinsam Grabschändung betrieben, schlug aber nichtsdestotrotz auf die Steine vor sich ein.

«Was haben die Toten schon von ihren Gaben?», fragte Singer. Immer stärker bearbeitete er die Steine, die sie noch von dem Hohlraum trennten. «Wenn das Gold einem Lebenden von Nutzen sein kann, weshalb sollte es dann bei einem Toten verkommen?»

«Sei vorsichtig», sagte Berns und versuchte, durch das aufgebrochene Loch etwas zu erkennen. Vor ihnen lag ein niedriger Raum. Berns und Singer nickten einander zu und kletterten hinein. In der Rückwand des Raums befanden sich drei Nischen, in jeder davon kauerte eine Mumie. Ihre Gliedmaßen hatte man mit fein gewobenem Stoff eng an den Oberkörper gebunden; auf den Schädeln klebten dunkles Haar und einige Stofffasern mit

Federbesatz. Berns erkannte an der Art des Stoffes, dass es Adlige gewesen sein mussten, und betrachtete sie ehrfürchtig. Wie alt mochten sie sein? Ob sie je ihrem Gott, dem Inka selber, begegnet waren? Die vertrocknete Haut spannte sich derart um die Gesichter und Öffnungen der Münder, dass es aussah, als seien diese Menschen in lautlosem Schreien gefangen. Der Tod, so kam es Berns vor, musste ungeheuer schmerzvoll sein, unerträglich und ewig.

«Lass sie», sagte Berns, als Singer eine der Mumien aus der Nische hob und auf den Boden legte. Kaum hatte Singer den Webstoff zur Seite geschlagen, zerfiel der pergamentene Körper zu Staub, und übrig blieb nur, was zwischen Oberschenkel und Leib gepresst worden war: ein goldener Spiegel und zwei goldene Fibeln. Singer wischte den Spiegel an seiner Hose ab und ließ ihn in seinen Beutel gleiten.

«Hier, für deine Haarpracht», sagte er und gab Berns die beiden Fibeln. Dann packte er die nächste Mumie und drückte sie Berns in die Arme: «Die hier gehört dir!»

Berns hielt die Mumie im Arm wie einst seinen kleinen Halbbruder Oswald: voller Entsetzen über ihre Verletzlichkeit und Verwunderung darüber, wie leicht sie war. Erschrocken legte er sie zurück in die Nische. Berns hatte das Gefühl, keine Luft mehr zu bekommen, und kletterte hinaus. Vor den Felsen hustete er und rang nach Luft. Als er bemerkte, dass Blut aus seiner Hand lief, öffnete er sie. In ihr lagen noch immer die Fibeln – er hatte sie die ganze Zeit fest umklammert gehalten.

Etwas entfernt stand Pepe und schüttelte missbilligend den Kopf. Dann wandte er sich um und ging zurück zum Lager.

Bald schon zogen die Männer weiter, tiefer hinein in die Sierra. Die Wochen vergingen. In ihren Beuteln befanden sich mehrere Dutzend Fibeln, Anhänger und Armbänder aus Silber und Gold. Reich sind wir nicht geworden, dachte Singer, und Berns: Hoffentlich reicht es, um Singer bei Laune zu halten.

Er selber hatte viele Jahre Zeit gehabt, sich auf eine lange, entbehrungsreiche Suche einzustellen. Die Mühsal des Dschungels machte ihm zwar zu schaffen – aber sie entmutigte ihn nicht. All das hatte Berns vorausgesehen. Nur die Wetterumschwünge, die waren neu.

Als Regen einsetzte und nicht mehr aufhörte, neigte Pepe noch mehr als sonst zu vielsagender Schweigsamkeit, Singer trank mit verzerrter Miene einen selbstzubereiteten Kräutertee, und sogar Berns ärgerte sich über den Schimmel auf den Seiten seines Notizbuchs und die klamme Kleidung, die schon seit Wochen nicht mehr recht trocknen wollte. Selbst der Strohhut auf seinem Kopf war verschimmelt! Einen der beiden Lederstiefel, längst bedeckt von Pilzsporen in drei verschiedenen Farben, trug in der Nacht ein gefräßiges Opossum davon. Nun blieb Berns nichts anderes übrig, als sich mit einer schnell zurechtgeschnittenen Sandale aus Zeltplane zu behelfen. Auch nahm er plötzlich ein sonderbares Jucken unter seinen Fingernägeln wahr; als er genauer hinsah, bemerkte er, dass sich dort kleine Würmer eingenistet hatten und sich langsam unter dem Nagelbett herauswanden.

«Die nächste Regenzeit ist bald da», gab Berns zu, und Singer entgegnete: «Sie hat vor zwei Tagen angefangen.»

Da fragte sich Berns, ob er mit seinen Theorien falschlag und die Cordillera Vilcabamba zwar alles Mögliche in sich barg, nicht aber die verlorene Stadt der Inka. Der

Gram, der in ihm aufstieg, ließ sich immer schlechter verbergen und fiel schließlich selbst Singer auf, der sonst Nebensächlichkeiten ignorierte.

«Hör mal, Berns», sagte er schließlich. «Versteif dich nicht so. Wenn's nicht El Dorado ist, ist's eben was anderes. Mich schert es herzlich wenig, was genau uns reich macht. Oder wenigstens am Leben hält.»

«Für dich ist das etwas anderes», antwortete Berns. Wer sollte ihn jemals verstehen, nachvollziehen können, was diese Expedition für ihn bedeutete? Seit seiner Jugend versuchte er, die Stadt zu finden; erst in den Büchern, dann in der Sierra. Was würde er mit seinem Leben anfangen, wenn er diese Suche nicht mehr hätte – wer wäre er dann? Unglücklich schlug er mit der Machete auf eine Bromelie ein, Singer schüttelte nur den Kopf.

Als die Männer die nächste Anhöhe erklommen hatten, ließ Berns den Blick über die weiße See schweifen, die sich in den tiefer gelegenen Tälern ausbreitete. Das war die Neblina, das war die Regenzeit. Nun würde er auf eine von Forgas Haciendas ziehen und monatelang Ingenieursarbeit verrichten müssen.

«Wo bist du?», brüllte Berns gegen die Neblina an, erst auf Spanisch, dann auf Quechua: «Wo bist du?»

Aber sein Schrei verlor sich in den Dunstschwaden, nur eine Harpyie stob auf, zog einige Kreise und flog davon. Schweren Herzens blickte Berns dem Greifvogel nach.

Vier Monate später ließen die Regengüsse nach. Vier Monate, die Berns auf Forgas Haciendas verbrachte, erst in Ollantaytambo, dann in Písac. Wassermühlen, Kalzinierungsöfen und Dampfmaschinen – das war mehr als genug Arbeit, um Geld zu verdienen und sich auf die nächste Expedition vorzubereiten. Die Plackerei auf den Höfen aber strengte an und langweilte zugleich. Pepe und Singer wuschen Gold in den nahegelegenen Flüssen, und so wenig sie auch fanden – sie waren immerhin auf eigene Rechnung unterwegs, und keiner sagte ihnen, was sie zu tun hatten.

Als die Trockenzeit anbrach, zögerte keiner der drei. Sofort schnallten die Männer die Rucksäcke wieder auf. Zwei Wochen, dann hatten sie sich zu der Stelle vorgearbeitet, an der sie die Expedition im Jahr zuvor abgebrochen hatten. Nach diesen vierzehn Tagen erinnerte sich Berns daran, was es mit dem Leben im Nebelwald auf sich hatte, und sehnte sich zurück zur Hacienda mit ihren weichen Betten und ihrem Komfort. Wieder musste jeder Schritt erkämpft werden; für die kurze Strecke bis zum Fluss Apurímac brauchten sie eine ganze Woche.

Die Steilwände am Ufer des Apurímac ragten dreitausend Fuß in die Höhe. Berns atmete auf, als er endlich die alte Hängebrücke erblickte. Das Wasser stand noch immer so hoch, dass der tiefste Punkt der Brücke nur eine Handbreit über den rauschenden Fluten hing.

Noch am selben Abend erreichten sie Santa Rosa, wo spanischstämmige Mestizen lebten, die Koka und Kaffee anbauten. Die Siedlung befand sich in einer Biegung des Flusses, genau unterhalb zweier Berge, deren Flanken durchbrochen waren von den Spuren alter Wege und Terrassen. Einige bescheidene Häuser lagen hingewürfelt im dichten Grün der Avocado- und Mangobäume. Neben jedem davon standen rot blühende Flammenbäume und wiesen den Weg zu den Holzverandas, über die man die Häuser betrat.

Das erste gehörte einem Don Alvarez, der nach Lektüre von Forgas Empfehlungsschreiben sofort einwilligte, die Expedition für die Nacht aufzunehmen. Er wollte den Männern alle Vorräte zur Verfügung stellen, die sie in der nächsten Zeit benötigen würden. Auch sicherte er ihnen zwei seiner indianischen Arbeiter zu, die sie am nächsten Tag zu einer, wie er sagte, *großen Ruine* begleiten sollten. Von einem bestimmten Namen wollte der Haciendero nichts wissen. Choquequirao? Das sage hier niemandem etwas.

«Aber Guaman und Atauchi kennen sich hier am besten aus mit den Ruinen», sagte Don Alvarez. «Fragt sie nur, was ihr wollt.»

Dann lachte er schallend, und Berns dachte augenblicklich an all die Reisenden, die davon berichteten, wie sie von ihren indianischen Führern in die Irre geleitet worden waren. Man muss schon selber seinen Kopf benutzen, dachte er, daran führt kein Weg vorbei.

Die Frau des Haciendero kochte starken, honigsüßen Kaffee für die Männer und blickte versonnen auf Berns' erblondeten Haarschopf. Am nächsten Morgen gab sie ihm eingesalzenes Schweinefleisch und ein Pfund Tabak mit auf den Weg. Als die Expedition aufbrach, drückte sie Berns einen Kuss auf den Nacken, und Berns erschauerte. Er nahm sich vor, Ana Centeno, sobald es ging, einen Brief zu schreiben und ihr von seinen Entdeckungen zu berichten. Ob sie wohl auf Bräutigamschau ging? Bei diesem Gedanken setzte es einen Stich in sein Herz. Wenn es etwas gab, wofür es sich einst lohnte, den Dschungel zu verlassen, so wäre es sie.

Guaman und Atauchi führten die Expedition die Abhänge über dem Fluss hinauf, und Berns befürchtete schon, es liege ein Missverständnis vor: Zu den Ruinen wollten sie, nicht zu den schneebedeckten Gipfeln! Aber Guaman und Atauchi lachten bloß und hießen die Männer ihr Lager aufschlagen, als sie am frühen Abend ein Felsplateau erreichten.

«Marampata», sagte Guaman.

«Schlafen», sagte Atauchi.

Pepe folgte der Anweisung nur unwillig. «Sie schinden Zeit», kommentierte er. «Wollen am Ende mehr Bezahlung verlangen.»

Berns ignorierte ihn und verbrachte den Abend damit, Guaman und Atauchi zu anderen, entlegeneren Ruinen zu befragen. Die beiden Männer saßen da, kauten ihr Maisbrot und schwiegen. Nicht einmal, als Berns in Quechua auf sie einredete, reagierten sie; erst als er *kancha* sagte – Tempel –, es wiederholte, so lange, bis Asistente aufsprang und ihn anbellte, sahen sie erschrocken auf.

«Du machst ihnen Angst», sagte Pepe.

Nun schwieg auch Berns beschämt.

In der Nacht drangen Vampirfledermäuse in das Zelt ein und saugten sich am Rücken der Männer fest. Berns wachte auf, weil Blut seine Schenkel hinablief. Als er die Lampe entzündete, war von den Vampiren nichts mehr zu sehen. Auch Singers Hemd hatte sich mit Blut vollgesogen; Berns presste ein Stück Stoff gegen die Wunde des Freundes und verließ das Zelt. Draußen empfing ihn Asistente. Am Rand des Plateaus beobachteten die beiden, wie die Sonne über dem Nebelwald aufging.

Mit den ersten Strahlen flog ein Kondorpärchen in den Cañon hinein; in aller Ruhe schwebten die beiden Geier so nah am Plateau vorbei, dass Berns ihre Halskrausen und die Zeichnung ihres Gefieders studieren konnte. Der Hund kläffte, als die Vögel näher kamen; da drehten sie und segelten tiefer hinab. Jetzt zählt es, dachte Berns. Heute würde er alle Ruhe und Konzentration brauchen, zu der er fähig war. Ausdauer und Gelehrtheit hatten viele kluge Männer weit gebracht – das Ziel hatten sie dennoch verfehlt. Choquequirao war eine große, eine wichtige Stadt gewesen; es musste schon mit dem Teufel zugehen, wenn sie nicht auf die *heilige* Stadt hinweisen würde.

Zum Frühstück aßen die Männer in Asche gegarte Kochbananen und tranken dazu Kaffee aus Santa Rosa. Unten am Fluss beobachteten sie Brillenbären und Tapire, die durch das Uferholz streiften. Berns war einigermaßen erstaunt, dass sich die beiden Indios noch bei ihnen befanden. Sie waren schweigsamer als zuvor und vermieden es, Berns in die Augen zu sehen.

Am Vormittag galt es, einen weiteren steilen Aufstieg zu bewältigen. Die Rucksäcke und Beutel, in denen die Männer ihre Ausrüstung transportierten, waren mit der Zeit fadenscheinig geworden; es knirschte und zog im Gewebe, und Berns betete, dass das Material noch einige Monate aushalten würde.

Als die beiden Indios den Grat des Berges erreicht hatten, blieben sie abrupt stehen. Schon wollte Berns sie antreiben weiterzulaufen, da schloss er auf und – vergaß, was er hatte sagen wollen. Auf dem Höhenzug gegenüber ragten Treppenfluchten und Häusergiebel aus dem Dschungel empor.

Das musste Choquequirao sein, das musste es sein, was denn sonst! Mehrere Gruppen von Gebäuden verloren sich dort zwischen Lianen und Bambus. Kanäle und Aquädukte liefen kreuz und quer. In der Mitte, vorbei an Giebeln und Wänden bis hinab zu den Terrassen und weit über sie hinaus, erstreckte sich eine mehrere hundert Fuß lange Treppe. Als hätte man den Nebelwald mit einem Messer entzweigeschnitten! Jahrhunderte des wilden Bewuchses hatten nicht vermocht, die Treppe zu verdecken. Weiter hinten aber, auf einem Grat in Richtung Bergkette, schoben sich einige Bauwerke empor, die besser erhalten zu sein schienen als alle anderen.

Berns lächelte und genoss das Kribbeln in seinem Bauch. Euphorie breitete sich in ihm aus: Er hatte Choquequirao erreicht! Das war sie, die Ruine, von der er so viel gelesen hatte.

Singer ließ vor Verblüffung seine Machete fallen; auch Pepe blieb stehen und nahm vor lauter Ehrfurcht den Hut ab.

Allein Berns hatte eine Vorstellung davon gehabt, was sie erwartete, und so setzte er sich als Erster in Bewegung. Gemeinsam durchquerten sie die Schlucht und stiegen schließlich in die Ruine hinauf. Berns wollte über die ausgedehnte Treppe bis ganz nach oben, zu den Häusern am höchsten Punkt; von dort würde sich ein Blick auf Nachbartäler und unweit gelegene Pässe eröffnen. Er spürte den Druck des Notizbuches gegen seine Brust; jetzt waren es nicht mehr die Entdeckungen der Alten, ihre Gedanken und Folgerungen, jetzt waren es seine eigenen Beobachtungen, die ihn weiterbrachten – oder scheitern ließen. Singer brüllte ihm nach, ob sie nicht graben wollten, Berns schrie zurück, dass hier seit Jahrzehnten geplündert worden sei. Dann überlegte er es sich anders: «Meinetwegen grabt!» Das gab ihm einige Tage Zeit, bis er alle Sichtachsen, alle Verbindungen und Bezüge der Ruine zu den umliegenden Bergen verzeichnet haben würde.

An den Mauern entlang der Treppe erkannte Berns die Lama-Mosaike, von denen Lavandais gesprochen hatte; mit den Händen fuhr er die weißen Steine nach. Atauchi war bereits vorangegangen und rodete Pfahlrohr inmitten der Häusergruppe, zu der Berns ihn geschickt hatte. Nach einer Stunde zeichneten sich die Fassaden der Häuser ab. Wie Berns vermutet hatte, handelte es sich um wesentlich größere, stattlichere Bauten als jene, die weiter unten gelegen waren. Eine Anlage wies besonders fein gearbeitete Fensteröffnungen auf. Berns stellte sich mal vor die eine, mal vor die andere. Dann holte er sein Skizzenbuch hervor und begann zu kombinieren.

Eine Woche später, Guaman und Atauchi hatten die Expedition längst verlassen und waren nach Santa Rosa zurückgekehrt, rief Berns Singer und Pepe herbei und breitete auf einem Felsen seine Zeichnungen aus. Wenn ihn nicht alles täusche, sagte er, befinde sich oberhalb von Choquequirao eine weitere Ruine. Auch sei er sich relativ sicher, dass hinter dem nächsten Pass eine dritte große Ruine liege. Die Hinweise seien genau hier zu finden, vor ihrer aller Augen.

Berns sollte recht behalten. Ohne sich um die schwindenden Reserven zu bekümmern, kam die Expedition in den nächsten Monaten durch Ruinen, so groß wie ganze Dörfer, und immer wieder auch zu kreisrunden Wehrtürmen und Häusern, die so aussahen, als seien sie eben erst verlassen worden. Berns verzeichnete Lage, Umgebung und Beschaffenheit jeder einzelnen Stätte. Wenn Zeit blieb, führten die Männer stichprobenartige Grabungen durch, und so kamen sie allmählich zu einer ansehnlichen Sammlung von Gegenständen aus Edelmetall.

Eines Tages jedoch bemerkte Singer: «Ich sag's nur ungern, mein Freund, aber Gold können wir nicht essen.»

«Das ist mir wohl bewusst», antwortete Berns. Er ärgerte sich, weil er genau wusste, worauf Singer hinauswollte: Über anderthalb Jahre schon trieben sie sich im Dschungel herum, der Proviant, obwohl immer wieder aufgestockt, ging zur Neige, das Material litt unter der Belastung, und von El Dorado war noch immer keine Spur. Langsam begannen in Berns wieder die Zweifel zu keimen. Was nützte es ihm schon, Ruinen lesen zu können? Das Gelände war riesig, die Cordillera Vilcabamba unübersichtlich, zerklüftet und gefährlich – hier zu reisen kostete mehr Zeit und Ressourcen, als irgendein Mann allein aufbringen konnte. Schweren Herzens ging er eine Ruine nach der nächsten ab, täuschte Freude vor, wenn sie in Höhlen oder bei Grabungen Gold und Artefakte fanden, aber in Wirklichkeit war ihm ganz schwarz vor Gram. El Dorado entzog sich den Suchenden, das wusste er – aber dass es sich auch *ihm* entzog, kam ihm vor wie eine bodenlose Frechheit.

Die Expedition hatte den Río Blanco längst hinter sich gelassen, da stieß sie zum ersten Mal seit längerer Zeit auf eine Indiosiedlung. Sie bestand aus einer Gruppe von einfachen schilfgedeckten Holzhütten auf plattgetrampeltem Lehmboden. Schon aus der Ferne begann Pepe, auf Quechua und drei verschiedenen Dschungelsprachen zu rufen. Kurz bevor sie die freie Lehmfläche erreichten, zogen sich Berns und Singer die Hemden aus – wie immer, wenn sie auf eine Indiosiedlung stießen.

«Damit die Indios euch als Menschen erkennen», hatte Pepe ihnen am Anfang der Expedition erklärt. Andernfalls könne man sie für Dämonen oder Geister des Waldes halten oder, noch schlimmer, für Soldaten aus Pizarros Armee. Das Zeitgefühl lasse in dieser Gegend etwas zu wünschen übrig.

Die Siedlung schien verlassen; die Häuser lagen verwaist da, die Spuren im Lehm, die warme Feuerstelle und die umgestoßenen Töpfe ließen vermuten, dass die Bewohner vor den Ankömmlingen geflohen waren. «Diese Menschen hier haben Angst», sagte Pepe, «große Angst vor den wilden Stämmen, die man nicht sieht. Es gibt Eingeborene, die hört man nicht, die sieht man nicht, man bemerkt sie erst, wenn sie einen mit ihrem tödlichen Pfeil treffen.»

«Wie bringen wir sie dazu zurückzukommen?», flüsterte Berns.

Singer hielt die Winchester fest umschlossen. Er plante nicht, im Dschungel umzukommen, o nein! Asistente zog den Schwanz ein und gab keinen Laut von sich.

Pepe erklärte, dass man in diesem Fall ein Gastmahl aus eigenen Vorräten zubereite, dass man Fleisch, Linsen und am besten eine Flasche Branntwein so platziere, dass alles selbst vom Waldrand gut zu sehen sei. Dann verlasse man den Ort, und erst wenn die Bewohner zurückgekehrt seien und man sehe, dass sie das Essen akzeptierten und davon nähmen, könne man sich zu ihnen wagen.

Es dauerte Stunden. Das Feuer unter dem Eintopf war längst erloschen, als die Bewohner wiederkamen – vier Männer und Frauen mit ihren nackten Kindern. Etwas ratlos standen sie um den Topf herum und führten schließlich den Linsenbrei zu ihren Mündern. Da traten Berns, Singer und Pepe langsam aus ihrem Versteck hervor und setzten sich an den Rand der Lichtung. Man komme in friedlicher Absicht, sagte Pepe, wiederum in vier verschiedenen Sprachen. Man wolle nur um etwas Fleisch bitten und fragen, ob es in der Gegend vielleicht Ruinen gebe, zu denen man sie führen könne.

Erst nach einer genauen Schilderung der bisherigen Reise glaubten die Männer Pepe schließlich und luden die Expedition ein, die Nacht in ihren Hütten zu verbringen. Ruinen suche man? Von Ruinen habe man natürlich schon gehört – in nördlicher Richtung gebe es große, bedeutende Ruinen, so werde immer wieder erzählt. Ganze Städte der alten Götter! Sie selber, sagten die Indios, seien allerdings niemals dort gewesen, zu gefährlich, zu weit weg. Berns und Singer tauschten einen Blick aus, Pepe seufzte.

Zum Abendbrot gab es in Bananenblättern geschmorten Kapuzineraffen. Singer langte zu, Berns schützte Müdigkeit vor und zog sich zurück.

In der Hütte, die man der Expedition zugewiesen hatte, legte sich Berns auf den schimmligen Strohboden und starrte hinauf zu dem Deckenbalken, der das Dach aus Schilf hielt. Tropfen prasselten auf die Hütte. Da war sie wieder: die Regenzeit. Zum ersten Mal spürte Berns, dass sich Ermüdung einstellte. Er dachte immer häufiger an Cuzco und an Ana Centeno. Der Gedanke, über der Vision von El Dorado womöglich das Wichtigste im Leben zu verpassen, quälte ihn. Als Singer in die Hütte kam, fragte er ihn, ob er noch an den Erfolg der Expedition glaube.

«Ich glaube, dass es darum geht durchzuhalten», sagte Singer. «Wenn du dir eine Schwäche erlaubst, ist es aus mit dir.»

Sie erreichten Quillabamba während eines tosenden Wolkenbruchs. Durch den Regenschleier erkannten sie Häuser, Scheunen und Wege, die sich im Dschungel verloren. Orientierung gab der höchste Giebel des Ortes. Nie zuvor war Berns so erleichtert gewesen, keine verlassene Ruine, sondern eine bewohnte Siedlung mit lebendigen Menschen darin zu finden. Noch dazu nicht irgendeine! Der Ort lag zwischen reichen Goldminen und einer besonders goldhaltigen Schleife des Urubamba, was Quillabamba Ansehen und Bekanntheit in der Umgebung verschaffte hatte.

«Ihr werdet sehen», hatte Singer kurz vor der Ankunft gesagt. «In drei Monaten werden wir dort zu mehr Gold kommen als in all der Zeit davor.»

Berns hingegen fragte sich still: Wenn dem so ist, warum standest du dann jemals auf dem Dach der Jesuitenkirche?

Singer war nicht entgangen, dass Berns vor sich hin brütete. Als er ihm schließlich vorschlug, das bisher gesammelte Vermögen einzusetzen, um es kraft seines Talentes in Quillabamba zu verzehnfachen, hatte Berns erst gezögert, dann eingeschlagen. Hatte Berns etwa nicht sein Leben lang alles auf eine Karte gesetzt? Beim Gedanken daran, dass Singer erfolgreich sein könnte, spürte Berns ein warmes Gefühl aufsteigen, und der Regen machte ihm nichts mehr aus; auch der Urubamba schien eine Spur freundlicher und einladender an ihnen vorbeizurauschen.

Nachdem sie völlig durchnässt und mit knurrenden Mägen im Ort angekommen waren, suchten sie Don Hermelindo Cilloniz auf, den Alkalden von Quillabamba. Sie fanden ihn auf der hölzernen Veranda seiner Hacienda. Die Veranda war von orange blühenden Ranken umgeben; während draußen der Regen niederströmte, huschten in ihrem Schutz Kolibris umher und füllten die Luft mit dem Schwirren der Flügel. Don Hermelindo saß in einem Schaukelstuhl und kraulte etwas, das Berns anfangs für ein riesiges Stück Moos hielt. Als er näher kam, bemerkte er, dass es sich um ein Faultier handelte, dessen Fell mit Algen überzogen war. Berns stellte erst sich, dann Singer und Pepe vor. Mit einer Verbeugung reichte er Don Hermelindo die Empfehlungsschreiben, die er mit sich trug.

Während Don Hermelindo umständlich die Briefe auffaltete, um sie zu studieren, erklärte Singer, dass er Mineraloge sei und sich für die Umgebung der Yanatawa-Mine interessiere. Seit Jahren schon sei er in Peru unterwegs und arbeite mit vielen Investoren im Ausland zusammen, die sich enorm –

«Berns?», fragte Don Hermelindo da. «*Augusto* Berns?»

«In der Tat», sagte Berns, «der bin ich. Harry Singer hier und ich sind Partner.»

«Schön und gut», antwortete Don Hermelindo. «Seit einigen Tagen liegt Nachricht bei mir, dass Forga Sie rufen lässt. Er hat einen Auftrag für Sie.»

«Die Regenzeit hat gerade angefangen», sagte Berns. «Ich kann nicht nach Cuzco gehen.» Um nichts in der Welt wollte er jetzt schon dorthin zurückkehren. Was würde er der Witwe erzählen? Lieber würde er im Dschungel bleiben, als sein Scheitern einzugestehen.

«Wieso Cuzco?», fragte Don Hermelindo. «Sie reiten nach Ollantaytambo, und zwar gleich morgen früh.» Er packte das Faultier um den Bauch herum und hängte es an einen Balken der Veranda. «Wenn Sie sich beeilen, schaffen Sie es vielleicht noch vor den großen Fluten. Aber jetzt, meine Herren, stoßen wir auf unsere Zusammenkunft an!»

Aus dem Umtrunk wurde rasch ein großzügiges Dinner, zu dem sich auch Nachbarn, Verwandte und deren Kinder einfanden. Gebratener Fisch wurde serviert, eigentümliches Gemüse aus dem Dschungel und mehr Branntwein, als irgendjemand trinken konnte.

Wie sich herausstellte, war Singer nicht der Einzige, der sich für Quillabambas Minen interessierte. Tatsächlich waren in den letzten Monaten so viele Agenten und Kapitalisten in den Ort gekommen, dass die meisten Minen längst verkauft oder optioniert waren.

«Und die, die noch übrig sind –», sagte Don Hermelindo, «nun ja.»

Singer wurde im Verlauf des Abends immer stiller. Er betrachtete nachdenklich das Faultier, wie es sich Stück für Stück am Balken voranschob. Als das Essen abgetragen wurde, war es kaum drei Fuß vorwärts gekommen.

In ihrer Kammer ließen sich Berns und Singer erschöpft auf die Holzdielen gleiten. Pepe, der sich lange vor ihnen zurückgezogen hatte, schlief bereits in einer Ecke. Berns zog Asistente eng zu sich heran und starrte in die Flamme der Lampe, die er in der Mitte des Raumes aufgestellt hatte. Die drei saßen eine Weile reglos da. Schließlich griff Berns nach dem Sack mit den ausgegrabenen Artefakten und schob ihn zu Singer. Der legte wortlos seine Hand darauf, erschrak aber über Berns' ausdrucksloses Gesicht. Er nimmt es zu schwer, dachte Singer, er spielt nicht, er meint es ernst, das ist sein Problem.

«Du bist niemandes Sklave», sagte Berns. «Nimm du das Gold und mach was draus. In Ollantaytambo kann ich damit sowieso nichts anfangen.»

«Warum gehorchst du Forga?», fragte Singer. «Ein alter Sack in Cuzco. Pfeif doch drauf!»

«Wir haben eine Vereinbarung, an die ich mich halten muss», antwortete Berns. «Ana hat für mich gebürgt. Was soll ich tun? So war es verabredet.»

Singer schnaubte und holte ein Objekt nach dem nächsten aus dem Sack. «Ich erzähle dir jetzt mal eine Geschichte. In San Francisco habe ich einen Kerl gekannt, der wollte ein Vermögen machen mit Gold. Hatte sogar einen Plan, wie er es anstellen könnte. Plan hat nicht funktioniert. Reich ist er trotzdem geworden. Und willst du wissen, wieso? Weil er einfach niemandem verraten hat, dass sein Plan nicht funktioniert. Der Kerl hat's einfach geheim gehalten. War dabei so überzeugend, dass kein Mensch gemerkt hat, was überhaupt vor sich ging.»

«Und dann hat er ein Schiff nach Callao genommen?», fragte Berns. «Und sein Geld anschließend beim Poker verspielt?»

«Das ist nicht der Punkt», sagte Singer. «Der Punkt ist, dass du dich zu stark festgelegt hast. El Dorado! Forga! Immer dieselbe Leier. Du musst flexibel bleiben. Beweglich.»

Berns nahm die Lampe und leuchtete Singer damit ins Gesicht. Das Richtige zu tun sei keine Zeitverschwendung, rang er sich ab. Das Richtige sei nun mal das Richtige. Jedenfalls, wo er herkomme. Im Übrigen werde er morgen früh losreiten und Pepe mitnehmen. Ihn, Singer, erwarte er nächsten April in Ollantaytambo.

9.

Eine Hacienda am Rand der Welt

Verehrte Ana, schrieb Augusto Berns am Abend des 3. April 1874, *heute ist es genau siebenhundertzweiunddreißig Tage her, dass wir einander das letzte Mal sahen, und mein Herz verlangt so stark nach Dir, dass ...* Berns schluckte und schloss kurz die Augen. Dann strich er den Satz und setzte neu an.

Verehrte Ana,
es gibt Grund zur Annahme, dass, wenn ich einst zurück-
kommen werde nach Cuzco, man nicht mehr vom Ingenieur
Berns sprechen wird, sondern vom Entdecker Berns. Vor gut
einem halben Jahr trieb mich die Pflicht fort aus Quillabamba.
Singer erwarb vom Erlös der letzten Expedition eine wenig
versprechende Mine und versucht seither, sie teuer an Eng-
länder oder Schweizer zu verkaufen. Gestern erst stieß er zu
mir und erstattete eingehenden Bericht. Wie es aussieht, ist
das Geld verloren – dabei könnten wir es, weiß Gott, gut
gebrauchen!

Auch diesen letzten Satz strich Berns wieder. Was bildete er sich nur ein? Damit Ana Centeno ihn auch nur in Betracht ziehen würde, musste er schon grundsolide sein, mehr als eine gute Partie – er musste so reich und berühmt werden, dass die Elite gnädig darüber hinwegsehen würde, dass er ein Desperado war vom Ende der Welt, ohne Geld,

ohne Familie. Mühsam unterdrückte Berns das ersticken-
de Gefühl, niemals gut genug zu sein, und schrieb weiter.

Aber! Die Zeit hier in Ollantaytambo war nicht vergebens.
Ein alter Indio auf der Hacienda berichtete mir von einer hei-
ligen Stadt der Ahnen, hoch in den Bergen. Angeblich befindet
sie sich keine fünfzig Meilen von hier, in einer Biegung des
Urubamba. Wenn man jedoch – so wie alle Reisenden – über
den Yanama-Pass ins Vilcabamba-Gebiet vordringt, schneidet
man jene Biegung ab und verpasst sie somit. Auch Singer und
ich haben damals den Weg über den Pass gewählt, und was sich
in der Biegung verbergen mag, blieb weiterhin unentdeckt. Ich
habe die Ersparnisse der letzten Monate in neue Ausrüstung
investiert. Diesmal gehen wir von Anfang an ohne Maultiere
los; der Cañon ist zu schmal, Singer und ich laufen und tragen
selbst. Pepes Begleitung ist nun nicht mehr vonnöten. Ein
letzter Versuch! Wenn Du diesen Brief liest, haben Singer
und ich Ollantaytambo längst wieder verlassen und befinden
uns auf dem Weg. Es kann sein, dass Du nichts mehr von mir
hören wirst – oder aber Du hörst von mir, und mit Dir die
ganze Welt.

Berns schob den Brief in einen Umschlag. Er versuchte
sich vorzustellen, wie es sich anfühlen würde, trium-
phierend in Cuzco einzureiten und Ana Centeno den
Hof zu machen – aber sosehr er sich anstrengte, er sah
nur sich selber in der Sierra. Wieder dachte er: Wenn
ich mich doch bloß mit Bahntrassen bescheiden könnte, mit Guano oder Kautschuk, wenn es mich doch bloß
nicht forttriebe, fort von den gewöhnlichen Menschen
und ihren Entwürfen, fort von den Handelskontoren, den
Haciendas und den Baustellen dieser Welt. Er verbat sich,

an die letzten Jahre und an Singers Mine zu denken; er wiederholte so lange, dass einzig das zählte, was kommen mochte, bis er schließlich wirklich daran glaubte.

Noch immer kehrte manchmal die Erinnerung an die Schlacht zurück, so auch in dieser Nacht. Berns meinte, entfernte Einschläge von Kanonenkugeln zu hören und Pulverrauch zu atmen, zu spüren, wie die Partikel in seine Lunge drangen. Er fing an zu husten. Singer wurde wach und richtete sich auf. Er brauchte nicht viele Worte: «Callao?»

Berns stürzte ans Fenster. Tiefe, gleichmäßige Atemzüge. Der Gletscher des Chicón leuchtete im Mondlicht hell auf, sein Anblick und die Geräusche der Nachtvögel beruhigten ihn etwas. Draußen unter dem Fenster bemerkte er Asistente, der dort eingeschlafen war, und für einen Moment bereute er den Entschluss, seinen Hund in Ollantaytambo zurückzulassen. Er holte ihn hinein in die Kammer und ging ein letztes Mal den Inhalt seines Rucksacks durch. Dann zurrte er ihn fest und schmiegte sich an Asistentes warmen Körper. So schlief er ein.

Am nächsten Morgen brachen Singer und Berns auf. Singer wollte nicht an die heilige Stadt glauben; für ihn war die Geschichte des alten Indios nichts als ein Märchen, das man Kindern oder dahergelaufenen Gringos erzählte. Weil er es aber gewesen war, der die Erlöse der letzten Expedition verloren hatte, verbat er sich jegliche Kritik. Es stimmte: Die Minen von Quillabamba hatten ihm kein Glück gebracht. Für Singer bedeutete es so viel wie ein Wunder, dass Berns ihm noch immer die Treue hielt. In Kalifornien hätte man ihm für weitaus weniger den Hals aufgeschlitzt. Aber das erzählte er Berns nicht. Lieber tat er so, als glaubte er noch immer, dass sie jederzeit über den entscheidenden Hinweis auf die große Ruine stolpern könnten, als sei die Entdeckung El Dorados etwas, was sich planen und wirklich vollbringen ließ.

Sei's drum, dachte Singer, als sie am Morgen aufbrachen, dachte: Berns hat Proviant und Ausrüstung, und etwas Besseres habe ich sowieso nicht zu tun. Der Tod wartet immer und überall. Dunkel erinnerte er sich an die Schindeln auf dem Dach der Jesuitenkirche. Da schien die Mission wieder etwas aussichtsreicher.

Berns wusste, dass sich Singer schwere Vorwürfe machte, daher zog er es vor, kein Wort über das Geld zu verlieren. Sein Schweigen wog ohnehin schwerer als jede Litanei. Berns brauchte Singer mehr denn je zuvor. Der Indio auf Forgas Hacienda hatte gesagt, zur heiligen Stadt führe kein Weg im herkömmlichen Sinne: Der Cañon des Urubamba sei der Weg, seine Stromschnellen die Wegehäuser, die Klippen die Rastplätze.

Abgesehen davon gab es andere Dinge, um die man sich sorgen musste. Schon nach der kurzen Strecke von der Hacienda zum Fluss schnitten die Riemen der Rucksäcke in die Schultern. Das Gepäck war so schwer, dass Berns und Singer sich bei jeder Gelegenheit gegen einen vorragenden Felsen oder einen Baum lehnten, um den Druck zu mindern. Auch stand der Urubamba ungewöhnlich hoch; zwar begann nun die Trockenzeit, aber die Regenfälle der vergangenen Wochen hatten ihn so sehr steigen lassen, dass die Weiden und Queñuabäume nahe dem Ufer mehrere Fuß tief im Wasser standen.

«Das ist Selbstmord, Berns», sagte Singer, nachdem er eine Weile den vorbeiströmenden Fluss betrachtet hatte. Berns folgte seinem Blick. Hinter der nächsten Biegung in östlicher Richtung ragten die Wände des Cañons steil aus dem Wasser empor. Von einem Weg oder wenigstens einem Trampelpfad war tatsächlich nichts zu sehen. Wie sollten sie hier vorankommen? Berns dachte: Vor diesem Flusslauf müssen selbst die Spanier zurückgescheut sein. Wie hoch das Wasser des Urubamba damals auch gestanden sein mag – denen ist das Herz genauso in die Hosen gesunken wie jetzt dem Singer.

Wenn aber der alte Indio die Wahrheit gesprochen hatte, mussten die Inka ganze Armeen hier entlanggeführt haben. Berns stieß sich vom Felsen ab und stieg über die Gesteinsbrocken, die das Ufer säumten. Als er schon fast hinter der nächsten Flussbiegung verschwunden war, fluchte Singer und setzte sich in Bewegung.

Gab es am Anfang noch Felsen und immer wieder plane Kiesbänke am Ufer, über die man laufen konnte, so waren Berns und Singer spätestens nach einer Meile darauf angewiesen, sich mühsam an den Klippen über dem Urubamba Stück für Stück voranzuhangeln. Der Cañon war nun so eng, dass das Flussufer nicht einmal genug Platz für Bäume oder Sträucher bot; einzig Agaven und das herabwallende Spanische Moos klammerten sich an die Böschung. Hoch oben über den Köpfen der Männer erhoben sich die schneebedeckten Gipfel der Cordillera Vilcabamba, dort musste der Yanama-Pass liegen, den sie bei ihrer ersten Expedition überquert hatten. Vor ihnen wand sich der Urubamba in Schleifen um die Abhänge herum. Die erste schien direkt auf eine unüberwindbare Wand zuzulaufen, das Wasser toste und schäumte gegen den Granit – unmöglich, dort entlangzuklettern.

Berns kam die Überquerung des Passes mit einem Mal geradezu komfortabel vor. Jetzt verstand er, warum alle seine Vorgänger über den Pass gezogen waren und die Flussbiegung gemieden hatten. Ein Blick zurück: Auch Singer krallte sich an den schieren Granit, mit einem Bein stützte er sich an einem Kaktus ab. Als er merkte, dass Berns einen Moment lang pausierte, hielt er inne. Dann hievte er sich voran; Steine lösten sich vom Abhang und prasselten hinab in die Fluten.

«Wir müssen zurück, da vorne geht's nicht weiter!», presste Singer hervor.

«Es *muss* weitergehen!», keuchte Berns. Eine Weile schob er sich voran, Fuß um Fuß, Handbreite um Handbreite. Stunden schienen vergangen. Dann hörte Berns, wie Steine ins Wasser schlugen, wie Singer fluchte. Er drehte sich um und erhaschte gerade noch einen Blick aus Singers aufgerissenen Augen.

Berns schrie, er solle stillhalten. Aber da stürzte Singer schon in den Strom. Hinabgezogen von seinem Rucksack, ging er sofort unter. Der Rucksack, der verdammte Rucksack, er musste ihn lösen! Berns warf sein Gepäck von sich und sprang hinterher.

Das Wasser, die Kälte, die bis an die Knochen drang. Sofort liefen die Stiefel voll, die Kleidung wurde schwer – selbst der Hut zerrte mit seiner Schnur am Hals. Eine Unterströmung erfasste die Beine und machte jede koordinierte Bewegung unmöglich. Berns wurde umhergerissen, schluckte Wasser, spie es wieder aus, wurde unter die Oberfläche gezogen.

Ein, zwei Biegungen weiter gelangte er prustend zurück an die Luft. Unweit von ihm entfernt, in der Flussmitte, erkannte er einige Felsen – und Harry Singer, der gegen sie gespült worden war. Er ließ sich zu ihm treiben und packte den Freund unter den Armen. Etwa dreihundert

Fuß weiter lag ein sicherer Uferstreifen. Überhaupt öffnete sich nun der Cañon; die Flanken des Waldes reichten am rechten Ufer bis an den Fluss heran, auch die Granitabhänge zogen sich etwas zurück und fielen in Stufen ebenmäßig zum Urubamba hin ab.

Wenn ich nur eine der Lianen packen könnte, die ins Wasser hängen, dachte Berns. Aber Singer war ein großer, schwerer Mann, viel größer und schwerer als Berns selbst, und langsam wurden die Beine taub, die Kälte kroch immer tiefer, und die Unterströmung zerrte unablässig.

Da stöhnte Singer auf, sein rechter Arm zuckte. Er war am Leben. Berns packte ihn eine Spur fester und stieß sich ab. Sofort riss die Strömung beide Männer mit sich. Berns streckte seinen Arm nach einer Liane aus und griff daneben. Plötzlich war ihm zum Lachen zumute, all das Wirbeln um sie herum, das Prusten und Wallen und Spritzen ... Der Schaum des Wassers verwandelte sich in den Küstennebel Callaos, aus dem Rauschen des Urubamba erklang Oberst Incláns Stimme, er schrie Berns etwas zu, ganz deutlich war da seine Stimme. Berns riss die Augen auf und fing an, mit den Armen zu rudern, aus dem Nebel wurde wieder Flusswasser. Der Urubamba spuckte ihn und Singer mit voller Kraft auf das Ufer. Sie waren gerettet.

Die verdammte Liane, dachte Berns, als er wieder zu sich kam. Kann ich denn nicht mal eine Liane packen? Dann fuhr er mit einem Schrecken hoch: Singer! Aber der lag neben ihm und spie Wasser.

Einer der Rucksäcke war flussabwärts an dem abgestürzten Blütenstamm einer Agave hängen geblieben; mit letzten Kräften zog Berns ihn aus dem Wasser. Als er feststellte, dass es sich um seinen eigenen handelte, schloss er kurz die Augen und sprach ein ehrlich empfundenes Dankesgebet.

Berns und Singer schleppten sich vom Ufer fort und auf den Waldrand zu. Zwischen Bäumen und Bergflanke hatte Berns eine Gruppe von Häusern entdeckt; als sie näher kamen, sah er, dass es sich um die Ruine einer kleinen Inkasiedlung und eine verlassene Hacienda handelte. Neben dem Lehmbau der Hacienda stand ein Palisanderbaum, dessen violette Blüten die Fassade bedeckten, am schmiedeeisernen Balkon rankte eine Orchidee empor. Berns überlegte nicht lange und führte Singer in das Haus. An den feuchten Wänden im Innern hingen Bahnen aus Moos und Flechten; eine smaragdgrüne Tapete, die sich im Spiel des Lichtes und der Neblina, die durch die Räume wogte, hin und her bewegte.

«Leben wir?», fragte Singer mit klappernden Zähnen. «Haben wir's geschafft?»

«Ist nicht ganz auszuschließen», sagte Berns und dachte: Jetzt überkommt ihn das Fieber. Verzweifelt versuchte er, sich daran zu erinnern, in welchen Rucksack er das Gläschen mit dem Chininpulver gesteckt hatte. Plötzlich packte ihn eine wilde, ungestüme Angst, und in seiner Verzweiflung schrie er Singer an. Der Blick seines Partners verschwamm. Erst als alle Bewusstseinshelle aus seinen Augen gewichen war, hielt Berns erschrocken inne und ließ ihn zu Boden gleiten. Dann zog er Singer und sich selber aus und entfachte unterhalb eines Fensters ein Feuer. Die triefende Kleidung hängte er daneben auf. Singer regte sich wieder; Berns zog ihn näher ans Feuer heran, dann durchwühlte er den Inhalt seines Rucksacks. Schließlich fand er das Gläschen mit dem Chininpulver, dazu eine kleine Flasche Branntwein. Er ohrfeigte Singer, bis der die Augen öffnete, und flößte ihm beides ein.

Der Kompass war voll Wasser gelaufen, der Proviant aufgeweicht. Noch würden sie davon zehren können, aber bald schon würde alles verschimmelt sein. Immerhin: Die Gewehre, die sie sich stets über die Schulter hängten, hatten die Schwimmpartie überstanden, genauso wie die Skizzenbücher, die Berns vorsorglich in eine Kautschuktasche eingeschlagen hatte. Als er regelmäßige Atemzüge von Singer vernahm, packte er eines der Bücher und ging aus dem Haus.

Über eine verfallene Mauer kletterte er auf das Dach der Hacienda und setzte sich auf den tragenden Balken. Der Schrecken saß noch immer so tief, dass er kaum einen klaren Gedanken fassen konnte. Konzentration, ermahnte er sich, sonst war alles umsonst. Wenn diese Hacienda einmal bewohnt gewesen war, wie hatte ihr Besitzer dann seine Waren abtransportiert? Aber nein, die Hacienda war zweitrangig. Drüben, die Ruine, die sich neben der Hacienda erstreckte … Was mochte es mit ihr auf sich gehabt haben? Eine Arbeitersiedlung, vermutete Berns, lauter einförmige, geduckte Häuschen in Reih und Glied. Sie standen parallel zum Fluss, nur die letzte Reihe verlief in einer Kurve hin zum Abhang. Was sich wohl dort befunden hatte: eine Festung?

Berns stand auf und drehte sich, nackt, wie er war, einmal um die eigene Achse. Tatsächlich konnte er in der Ferne, halb verdeckt von einem Hügel, einen Wall erkennen. Eine Wehranlage, dachte Berns, keine große Sache, aber immerhin. Dann bemerkte er etwas anderes, und er vergaß die Hacienda und den Wall. Die Abhänge und Flanken der Berge, sie waren übersät mit Mauern und Terrassen! Fast bis zu den Gipfeln hatten die Inka keinen Fußbreit ausgelassen, hatten jeden Fleck mit ihren Mauern eingefasst und so genug Anbaufläche geschaffen, um eine ganze Stadt zu ernähren.

Die heilige Stadt, El Dorado?

Berns, der im ersten Moment nicht wusste, ob er jubeln oder weinen sollte, schmiss sein Skizzenbuch in weitem Bogen von sich und vergrub das Gesicht in den Händen. So saß er eine Weile regungslos da. Dann sprang er vom Dach, sammelte sein Skizzenbuch auf und sah nach Singer und dem Feuer.

Es dauerte drei Tage, bis Singers Fieber wieder abgeklungen war. Einsilbig und mit eingefallenen Wangen saß er am Feuer, betrachtete einen kupferfarbenen Eisvogel, der sich in die Fensteröffnung gesetzt hatte, und sagte schließlich, dass es das Beste wäre umzukehren. Schon bald würden ihnen die Lebensmittel ausgehen, der Kompass funktioniere nicht mehr und Gott allein wisse, wie viele Stromschnellen der Urubamba noch zu bieten habe. Zurück?, fragte Berns. Den Weg, den sie bis hierher genommen hätten? Singer schwieg. Er wusste genau wie Berns, dass es nur einen Weg für sie gab, und der lag vor ihnen.

Hinter der nächsten Flussbiegung stießen sie auf einen Durchbruch im Felsgestein. Verwundert sahen die Männer in den Spalt und berieten sich. Weil Singer merkte, dass Berns zögerte, klopfte er ihm auf die Schulter und ging voran.

Als sie den Durchbruch hinter sich gelassen hatten, legten sie die Köpfe in den Nacken. Vor ihnen lag ein Tal, wie es keiner von ihnen je zuvor gesehen hatte. Das

Land hatte sich aufgetürmt und in steile Wände aus Granit verwandelt; steinerne Nadeln erhoben sich aus dem Fluss und ragten viele tausend Fuß hoch in den Himmel. Nebelschwaden breiteten sich dazwischen aus. Es war unmöglich, die Gipfel zu studieren, denn kaum hatte man einen ins Auge gefasst, verschleierte ihn schon die nächste Nebelsträhne.

«Was ist das?», fragte Berns. «Das Ende der Welt?»

Aber Singer antwortete nicht. Er hatte einen Brillenbären entdeckt, der auf einem umgestürzten Avocadobaum saß und die beiden Männer aufmerksam beobachtete. Der Bär ließ Singer so nah an sich herankommen, dass der versuchte, ihn mit ausgestreckter Hand zu berühren. Erst als Singer schon die Haare des Nackenfells an den Fingerspitzen spürte, kletterte das Tier vom Stamm herab und lief gemächlich um eine Helikonie herum, bevor es im Dschungel verschwand.

«Hast du das gesehen?», fragte Singer. Die Männer gingen weiter, vorbei an ausladenden Lorbeer-, Kampfer- und Mahagonibäumen, deren Kronen gewölbeartige Haine bildeten. Immer wieder blieben Berns und Singer stehen, um stumm hochzublicken und zu staunen. Von den Ästen hingen wundersam gewobene Baldachine aus Vanille-Orchideen herab und verströmten einen süßen Geruch; drehte man den Kopf ein wenig, um sie zu betrachten, schien sich ihr gelb-grünes Muster wie in einem Kaleidoskop zu bewegen und zu wandeln.

Einmal stolperte Singer beinahe über einen Tapir, der es nicht für nötig gehalten hatte, den Männern aus dem Weg zu gehen. Ein anderes Mal lief Berns gegen einen sonderbar elastischen Ast, der ihm den Hut vom Kopf streifte. Als er sich nach ihm bückte und wieder aufsah, stellte er fest, dass es sich um den Leib einer Anakonda handelte, die sich um die Zweige eines Queñuabaumes gewickelt hatte. Ihr Kopf ruhte nah am Stamm; ihr Körper wirkte so dick und behäbig, dass Berns es wagte, mit den Fingern ihre schwarzen Flecken nachzufahren. Was war das nur für ein Land?, fragte er sich und wusste keine Antwort zu geben.

Selbst Singer, der so matt und resigniert von der Hacienda aufgebrochen war, schien plötzlich belebt. Vor allem die Teakbäume hatten es ihm angetan, und als er einmal fast eine halbe Stunde brauchte, um ein besonders großes Exemplar zu begutachten, fragte Berns, ob er unter die Holzfäller gegangen sei.

Die Neblina hob sich etwas, Sonnenstrahlen fielen in das enge Tal. Berns schätzte, dass ihnen nur wenige Stunden blieben, bevor die Sonne hinter den Granitnadeln verschwinden würde. Sie durchwateten einen kleinen Fluss, der in den Urubamba mündete, und kamen in eine Gegend, wo sich das Tal etwas weitete. Auf den Wiesen, die sich nahe am Ufer erstreckten, ließ es sich rasch vorankommen. Nur eines wollte Berns nicht gefallen: Seit dem Zeitpunkt, da sie das Tal betreten hatten, schienen alle Spuren der Inka wie fortgewischt; nichts ließ darauf schließen, dass sie dieses Gebiet bewohnt hatten.

Unterhalb eines Wasserfalls machten Berns und Singer schließlich eine Entdeckung: Inmitten eines großen blühenden Gartens standen mehrere Hütten, und von einem der Dächer stieg Rauch auf. Menschen, hier! Singer schien unendlich erleichtert, Berns war etwas enttäuscht. In jedem Fall, dachte er, kann es nicht schaden, sich auszutauschen. Und wenn sich die Gelegenheit bietet, hier zu übernachten, umso besser.

Sie blieben stehen und berieten sich. Viel, was sie den Bewohnern als Geschenk überreichen konnten, besaßen sie nicht gerade. Zum ersten Mal bedauerte Berns, dass Pepe nicht bei ihnen war. Ob er diese Gegend je betreten hatte? Berns überlegte, ob er das Messer von Max hervorziehen sollte. Bevor er den Gedanken zu Ende führen konnte, hörte er ein Schaben und ein Knacksen. Singer hatte das Nugget abgebrochen, das als Visier seiner Winchester diente. Schimmernd lag es in seiner Hand.

«Für die Jagd werden wir's sowieso nicht brauchen», sagte er. «Hier schnappt man sich einen Tapir und fragt ihn, ob man seine Hinterseite liebenswürdigerweise übers Feuer halten dürfte.»

Berns war nicht zum Scherzen zumute. Er erinnerte sich an die Anweisungen, die Pepe ihnen gegeben hatte, als sie der ersten Siedlung im Dschungel begegnet waren. Sollten sie es nicht genauso handhaben? Singer rieb das Nugget an seiner Brust sauber; sofort funkelte es auf. Gemeinsam gingen sie auf eine der Hütten zu. Während sie noch zögerten, die kleine Laube zu betreten, die sich davor befand, löste sich ein Junge aus dem Schatten eines Trompetenbaums und grüßte sie auf Quechua. Bis auf ein Paar roter Hosen, die ihm bis zu den Knien reichten, ging er nackt; seine Haut war von einem tiefen, satten Kupferton.

Er hat uns die ganze Zeit beobachtet, dachte Berns. Ob er sie beide für gefährlich hielt? Berns und Singer zogen langsam ihre Hüte und erwiderten den Gruß. Berns fragte den Jungen nach seinem Namen. Singer, dessen Quechua schlechter war als das von Berns, hielt sich zurück.

Melchor sei sein Name, antwortete der Junge. Er lebe mit seinen Eltern und seinem Großvater in dieser Siedlung, die Mandor heiße. Etwa ein Dutzend Familien gebe es. Hier unten in Mandor bauten sie Bananen an und Zuckerrohr und Kakao; oben, in den Bergen, Quinoa und Amaranth, auch ihre Lamas und Alpakas würden dort grasen. Die anderen seien gerade bei den Tieren, Großvater und er verbrächten den Monat allein im Talgrund.

Berns nickte bedächtig, wiederholte das Wort, das er gelernt hatte: *Mandor*, und sagte schließlich, dass es ihm und seinem Partner eine große Ehre wäre, bei ihnen, Großvater und Melchor, unterkommen zu dürfen. Sie befänden sich auf Reisen und gewissermaßen – in einem Engpass. Mit knapper Not seien sie den Fluten des Urubamba entronnen, viel von ihrer Ausrüstung sei allerdings verlorengegangen.

Verwundert blickte Melchor immer wieder von Berns zu Singer und zurück.

«Der Urubamba hat euch wieder hergegeben?», fragte er schließlich. Er war sich nicht sicher, den Weißen verstanden zu haben, dieses Quechua war das merkwürdigste, das er jemals gehört hatte!

Berns wurde klar, warum Melchor zögerte. Er streckte seinen Arm aus und forderte Melchor auf, ihn zu berühren. Sie seien keine Geister der Berge, keine *Pishtacos*, sondern Wesen aus Fleisch und Blut.

Melchor fuhr mit der Hand über Berns' vernarbten Unterarm und verweilte kurz bei seinem Handgelenk. Dann lächelte der Junge und sagte, dass der Großvater gerade nicht hier sei, aber sicher bald zurückkomme. Das dort hinten sei Großvaters Hütte – am besten nehme man dort Platz, vielleicht sei noch Suppe da.

Melchor führte sie an Lilien und Kantutasträuchern vorbei zur größten Hütte. Gebückt traten die Männer ein und ließen sich im Halbdunkel nieder; Licht drang nur durch die Türöffnung, Fenster gab es nicht. Melchor entzündete ein Feuer und hob umständlich einen Topf in seine Aufhängung. Als die Flammen aufloderten, schwand das Zwielicht in der Hütte. In den Ecken stapelten sich Decken, Fässer und verschiedenes Gerät. Dazwischen, auf dem Erdboden, wuselten Meerschweinchen hin und her. Das Holz des Türrahmens war dunkel und verwittert; die Stämme dafür mussten vor langer Zeit geschlagen worden sein. Singer rieb sich die Augen, Berns aber war hellwach.

«Wohnt ihr schon lange hier?», fragte er den Jungen, der mit einem vor Schmutz starrenden Lappen zwei Schüsseln auswischte.

«Natürlich, schon immer.»

Melchor füllte Suppe in die Schüsseln und reichte sie den beiden Männern. Sie waren so hungrig, dass sie ihre Mahlzeit gierig hinunterschlangen.

Berns fühlte, wie sich Wärme in seinem Bauch ausbreitete. Als er sich an die Wand hinter ihm lehnte, drückte etwas gegen seinen Rücken: ein hölzernes Bord, das dort angebracht war. Darauf stand eine Blechbüchse, und daneben lagen, wenn Berns sich nicht ganz irrte, vier stattliche Klumpen Gold. Sprachlos starrte er sie an, dann trat er gegen Singers Stiefel und wies auf das Bord. Singer griff nach dem größten Nugget, hielt es in den Feuerschein, rieb daran und fuhr prüfend mit seinem Metalllöffel an der Seite entlang. Dann atmete er scharf ein: Es war echt, echtes Gold! Das Nugget von der Winchester konnten sie getrost in Singers Beutel lassen; wer so viel Gold besaß, konnte über derlei Kleinigkeiten nur lachen.

Der Junge, der aus einem Fass zwei Becher Chicha geschöpft hatte, drehte sich zu den Männern um.

«Melchor», sagte Berns mit belegter Stimme, «du weißt nicht zufällig, woher dieses Gold stammt?»

«Nein, das weiß ich nicht», sagte Melchor und stellte die Becher vor den Männern ab. «Großvater holt das Gold, wenn wir es brauchen. Nur er kennt den Ort des Goldes.»

Berns meinte, sich verhört zu haben: den *Ort des Goldes*?

Melchor, der kaum bemerkte, in welche Erregung seine Aussage Berns versetzt hatte, wiederholte noch einmal, dass nur der Großvater hinaufgehe, niemand sonst.

Hinauf, dachte Berns, *hinauf zum Ort des Goldes*. Die heilige Stadt, selbstverständlich, das musste sie sein! Er, Berns, hatte recht gehabt mit seinen Überlegungen und Theorien, El Dorado befand sich in der Cordillera Vilcabamba, am oberen Lauf des Urubamba. Kein Wunder, dass El Dorado nie von den großen Expeditionen gefunden worden war – der Weg hierher war nicht für viele Männer gemacht, sondern nur für einen, höchstens zwei.

«Der Ort des Goldes», wiederholte Berns auf Quechua. Jetzt musste er sich schon zwingen, klar zu sehen, musste gegen die Aufregung ankämpfen und gegen das Glucksen, das von seinem Zwerchfell aufsteigen wollte. Der Ort des Goldes! Berns sprang auf, nichts konnte ihn noch am Boden halten. Er packte Melchor an den Schultern, dankte ihm, dankte ihm immer wieder, von Herzen, von ihrer beider Herzen, ach was, von *allen* schlagenden Herzen dieser Welt! Aber jetzt müsse er, Melchor, seinen Großvater holen – ob er das wohl täte? Für ihn?

Melchor starrte verwirrt auf den Weißen, den es vor Erregung schüttelte – dann nickte er und lief rasch aus der Hütte.

«Hast du das gehört?», fragte Berns. Sicherheitshalber übersetzte er, was der Junge gesagt hatte. Singer stand noch immer vor dem Bord und untersuchte die Goldklumpen. «Unglaublich», sagte er. «Dieses Gold hier ist eingeschmolzen worden. Irgendwo da draußen muss es eine Schmiede geben.»

Melchors Rufe nach dem Großvater wurden leiser, und so begannen Berns und Singer, den Raum zu erkunden. Neben dem Chichafass lag ein Bündel Decken auf einem Stoß Holzscheite. Berns griff einen der Zipfel und zog die Stoffbahnen auseinander. Dort, inmitten von rubinroten Webtüchern, kam ein übergroßer menschlicher Schädel zum Vorschein. Über die linke Schläfe verlief eine markante Scharte.

Hinter dem Schädel blitzte etwas auf. Mit spitzen Fingern schob Berns ihn zur Seite. Unter einem weiteren Tuch lugte eine goldene Ecke hervor; eine Kante von etwas wesentlich Größerem. Als Berns es anfasste, glitt das Tuch wie von selbst herab und entblößte einen Brustschild aus massivem Gold.

«Singer», sagte Berns tonlos. So etwas hatte er nie zuvor gesehen. Das war mehr als nur Schmuck – wer diesen Panzer trug, der war *dorado*, golden, von überirdischem Wesen; der war ein Sohn der Sonne, ein Heiliger, der war vielleicht sogar: El Dorado.

Singer lehnte sein Gewehr gegen die Wand und griff nach dem Schild.

«Singer, du Idiot», flüsterte Berns. «Leg ihn wieder hin!»

Aber Singer war wie hypnotisiert, er hatte Berns nicht einmal gehört. Wie schwer der Schild war, und wie angenehm er in den Händen lag …

«Hör mal, Berns», sagte Singer. «Ich würde vorschlagen, wir schnappen uns den Schild und das Gold und suchen uns einen anderen Ort für die Übernachtung.»

«Bist du wahnsinnig?», sagte Berns. «Wir brauchen diese Leute hier. Leg das wieder hin!»

«Es ist mehr Gold, als wir in all den Jahren gefunden haben.» Singer hielt den Schild eng umschlossen.

«Das ist eine Investition, Singer. Und zwar eine, die sich auszahlt.»

«Das ist vielleicht die einzige Gelegenheit, um –»

Berns riss ihm den Schild aus den Händen und legte ihn zurück neben den Schädel, denn schon waren Stimmen zu hören, die sich der Hütte näherten. Rasch setzten sich die Männer wieder; zu spät bemerkte Berns, dass er übersehen hatte, die Decken über Schädel und Schild zu ziehen. Aber da betraten Melchor und sein Großvater bereits die Hütte, es gab nichts mehr zu richten.

Ein gebeugter Mann mit schlohweißem, zurückgebundenem Haar trat vor Melchor und grüßte die beiden Fremden in gebrochenem Spanisch. Er stellte sich als Lucho Arteaga vor; dies sei seine Hütte. Berns verbeugte sich so tief, dass er die nackten Füße des Mannes betrachten konnte – die gegerbte, fast steinerne Haut, die die Indios bekamen, wenn sie jahrelang in der hohen Sierra barfuß umherwanderten. Dieser Mann, das wusste Berns, kannte in dieser Gegend jeden Gipfel, jeden Abhang, jeden Felsen und – jede Ruine.

«Don Arteaga», sagte Berns und holte sein Solinger Messer hervor. Er überlegte kurz, dann entschied er, auf Quechua fortzufahren.

«Bitte akzeptieren Sie dieses Machwerk aus den Schmieden meiner Heimatstadt.» Damit legte er das

Messer in Arteagas Hände und dachte dabei an Max, der ihm hoffentlich verzeihen würde. Arteaga untersuchte das Messer und bedankte sich.

Wir brauchen eine Ausrede, warum wir hier sind, was wir hier machen, überlegte Berns. Einen guten Grund. Was konnte das nur sein? Fieberhaft dachte er nach.

«Wir sind Landvermesser und kommen vom Straßenbauamt», sagte er schließlich. «Wir verzeichnen und vermessen die Täler der Cordillera Vilcabamba. Könnten Sie uns dabei behilflich sein? Der Dank der Regierung wäre Ihnen gewiss.»

Lucho Arteaga willigte ein, die Männer für die nächsten Wochen in einer der kleineren Hütten wohnen zu lassen. Im Inneren stank es erbärmlich nach der Opossumfamilie, die sich darin breitgemacht hatte. Ranken und Lianen durchzogen den Raum, aber immerhin hatte die Hütte ein festes Dach, und bis zum Wasserfall, wo man Trink- und Waschwasser schöpfen konnte, war es nicht weit.

Berns wusste, dass Arteaga ihnen misstraute. Es hatte keinen Sinn, ihn um Auskunft zu bitten oder gar direkt nach dem Ort des Goldes zu fragen, von dem Melchor so offen berichtet hatte. Noch am selben Tag, an dem sie angekommen waren, hatte der Alte den Brustschild vom Deckenstapel fortgenommen, auch von der Blechdose und den Goldklumpen war später keine Spur mehr. Dafür thronte auf dem Bord an der Wand nun der Schädel. Auf die vorsichtige Frage, was es mit ihm auf sich habe, antwortete Arteaga, es handle sich um den Schädel seines Urgroßvaters. Ein Mann, der die Familie stets vor Fremden gewarnt hatte. Berns legte sorgenvoll die Stirn in Falten, als er das hörte: Es habe wohl immer wieder

Plünderer gegeben, die auf der Suche nach schnellem Reichtum durch die Sierra zogen? Nach Gold, das man bloß vom Boden aufzuheben brauche? Davor müsse man das Land seiner Ahnen schützen, das sei klar, koste es, was es wolle. Berns wirkte sichtlich bekümmert.

Dann wollte er dem Alten erzählen, wie sie die Strecke von Juliaca bis hinauf nach Cuzco trianguliert hatten, aber auf Quechua fehlten ihm die Worte. Er begann, von sich zu berichten: Aus einem fernen Land komme er und liebe Peru sehr. Schon als kleiner Junge habe er die Geschichte seiner, Arteagas, Ahnen studiert. Manchmal kämen ihm diese Ahnen näher und verwandter vor als die eigenen. Ob er, Arteaga, an Seelenwanderung glaube?

Arteagas Gesicht verfinsterte sich, als Berns das Quechuawort für Seele aussprach. Ohne zu antworten, machte er sich daran, Tee zu kochen, und so bedankte sich Berns nochmals für die Gastfreundschaft und zog sich zurück.

Am Abend hörte Berns, wie Arteaga seinen Enkel Melchor in die Hütte rief und erregt auf ihn einsprach. Der Wasserfall rauschte zu laut, als dass Berns die Worte hätte verstehen können, aber er begriff auch so.

«Der hat dir deine Geschichte nicht abgenommen», sagte Singer, der aus dem Rankengeflecht eine Unterlage zum Schlafen formte.

«Landvermesser vom Straßenbauamt? Warum hast du nicht gesagt, dass wir in der Holzwirtschaft tätig sind? Das wäre übrigens wirklich etwas, was sich hier lohnen würde.»

«Es musste eben schnell etwas her», sagte Berns. Er, Singer, hätte ja auch etwas sagen können. Aber nein, er stehe bloß in der Gegend herum und befingere alles, was ihm vor die Nase komme. Kein Wunder, dass der Alte ihnen misstraue!

Am nächsten Morgen war Lucho Arteaga verschwunden, und auf die Nachfrage, wo der Großvater sei, zuckte Melchor bloß mit den Schultern und wies mit dem Kinn unbestimmt nach draußen. Das Gesicht des Jungen wirkte verquollen, als hätte er in der Nacht kaum Schlaf gefunden. Während die Männer zum Frühstück Quinoaeintopf aßen, den Melchor gebracht hatte, ließ Berns den Jungen keinen Moment aus den Augen. Wie alt mochte er sein, zwölf, dreizehn?

«Hör mal, Melchor», sagte Berns. «Ich weiß, du bist kein Kind mehr. Keiner hier kennt die Gegend so gut wie du. Singer und ich brauchen einen Führer. Magst du uns nicht vorangehen? Mir scheint, du weißt sehr viel. Gestern hast du von einem Ort des Goldes erzählt, nicht wahr?»

«Nein, das habe ich nicht», sagte Melchor hastig. «Das Gold hat Vater einmal aus Cuzco mitgebracht, wir wissen nicht, warum oder wozu.»

«Aber du hast doch gestern selber –»

«Ich habe mich geirrt», sagte Melchor mit hochrotem Kopf und legte den Löffel auf seinen Teller. «Ich wollte bloß etwas erzählen, wirklich, damit ihr bleibt. Hier bei uns gibt es nichts außer Dschungel und Berge. Und wilde Tiere, viele wilde Tiere!»

«Melchor!»

Aber genau deswegen seien sie ja da, lenkte Singer in holperigem Quechua ein. Wegen des Dschungels und der Berge. Der Herr Großvater habe doch sicher nichts dagegen, wenn Melchor ihnen den Dschungel zeige und die

Berge, nicht wahr? Nichts weiter, nur das. Er solle ruhig mitkommen, denn sie hätten da ein paar Geschichten aus Cuzco zu erzählen, die jede Strapaze lohnten.

Wenn uns der Alte mal nicht irgendwo auflauert, dachte Berns. Insgeheim zweifelte er daran, dass Arteaga fortgegangen war – wer wusste schon, was der Alte wirklich trieb, vielleicht lag er im Dickicht und beobachtete jeden ihrer Schritte.

Als sie Melchor endlich überzeugt hatten, warf Berns noch einmal einen raschen Blick in Arteagas Hütte. Diesmal fehlte sogar der Schädel, das Bord an der Wand war leer.

Die Männer baten Melchor, sie zu einem Ort zu führen, von dem sie eine gute Aussicht auf das Tal haben würden. Schweigend reichte der Junge Berns und Singer zwei Macheten, dann brachen die drei auf. Sie überquerten den Pfad, der zu den Hütten führte, und bahnten sich einen Weg durch den Dschungel der angrenzenden Bergflanke.

Singer ging gleich hinter dem Jungen und verwickelte ihn in ein Gespräch. Wann immer er auf Quechua nicht weiterwusste, wechselte er ins Spanische. Melchor schien es nichts auszumachen. Erst redeten sie über den Anbau von Zuckerrohr, aber nach einer Weile erwähnte Singer wie nebenbei die Spanier, die ins Land gekommen wären und sich einfach alles genommen hätten, was …

«Oh nein», sagte Melchor da und blieb so abrupt stehen, dass Singer ihn beinahe überrannt hätte. «Die Spanier sind nie hier gewesen, das weiß ich von Großvater. Großvater sagte …» Nun schien sich Melchor an etwas zu erinnern, denn er brach ab und lief ohne ein weiteres Wort voran.

Berns und Singer nickten einander zu, dann folgten

sie dem Jungen durch eine verwilderte Bananenplantage. Immer wieder blieb Berns stehen und versuchte, durch die Wipfel auf das Tal zu blicken. Aber die Bäume des Urwalds hatten längst ihre Kronen über den Stauden geschlossen. Wahrscheinlich war es Zeitverschwendung, dem Jungen zu folgen, dachte Berns – egal, wie sehr Singer ihn bearbeitete, er würde sie so oder so nur an Orte führen, wo es rein gar nichts zu sehen gab. Eine Bananenplantage! Jetzt ärgerte er sich. Hoffnung auf jemand anderen setzen? Das war lächerlich und eines erwachsenen Mannes nicht würdig.

Er beruhigte sich erst, als sie Stunden später auf eine Schneise stießen, die den Höhenzug in zwei Hälften teilte. In ihrer Mitte, halb überwuchert vom Gestrüpp wilder Papayas und Avocadoschösslinge, schob sich eine riesenhafte Treppe aus dem Gestein. Berns stieß einen Pfiff aus: Ihre Blöcke führten schnurgerade den Hang hinauf. Die Spanier mochten es nicht bis hierher geschafft haben – die Inka hingegen waren nicht nur bis zu dieser Stelle vorgedrungen, nein, sie hatten hier sogar gebaut. Aber eine Treppe, unter der nichts weiter lag als ein Fluss und die Monotonie des Waldes? Nach oben hin war kein Ende zu erkennen, ihrem Verlauf hangaufwärts zu folgen war eine Aufgabe für mehr als nur einen Nachmittag.

Melchor drängte die Männer, ihm zum benachbarten Hang zu folgen – man wolle doch hoch hinaus, nicht wahr, oder habe er die Männer etwa falsch verstanden? Aber Berns war nicht von der Stelle zu bewegen. Nicht nur, dass er Melchor nicht weiter bis zum nächsten Hang folgen wollte; jetzt lief er auch noch in entgegengesetzter Richtung los, kletterte auf die steinernen Blöcke und stieg vorsichtig auf ihnen hinab zum Abhang. Dort unten, keinen Fuß von der Klippe entfernt, bildeten drei pechschwarze Felsen den Abschluss der Treppe. Der große Stein in der Mitte war so sorgsam zwischen zwei kleinere platziert worden, dass es gar keinen Zweifel geben konnte: Dies hier war eine Plattform, ein Ausguck.

«Nicht doch!», rief Melchor von weiter oben. Seine Stimme klang verzweifelt: «Nicht doch, lieber hierher, lieber hierher!» Schließlich kam er sogar die Stufen herunter und versuchte, Berns mitzuziehen.

Berns schüttelte Melchor ab und rief Singer auf Englisch zu, er solle ihm das Kind vom Leib halten, er müsse sich hier in Ruhe umblicken.

«Komm schon», sagte Singer zu Melchor. «Wir gehen voran. Lass den alten Knaben rasten!»

Erst als Singers und Melchors Stimmen leiser wurden, ließ sich Berns auf dem mittleren Felsen nieder, stützte das Kinn in die Hände und dachte nach. Eine Treppe von solchen Ausmaßen, mitten im Urwald …

Als Berns bemerkte, dass seine Gedanken abdrifteten und um den goldenen Brustschild kreisten, sprang er wütend auf und zwang sich zur Konzentration. Er stand doch genau hier, genau auf der Treppe, näher konnte er ihr nicht sein – warum also erkannte er nicht ihren Sinn?

Berns ließ den Blick über das Tal schweifen, über den Urubamba, der sich durch den Dschungel wand, über die Teakhaine, die Granitabhänge, die Wasserfälle. Schließlich blieb sein Blick an einer gegenüberliegenden Granitkuppel hängen. Sie befand sich auf gleicher Höhe wie die schwarzen Felsen, mit denen die Treppe endete. Da lachte er laut heraus: Was, wenn sich der Sinn der Treppe nicht aus der Nähe, sondern nur aus der Ferne erschloss? Wenn sie gar keine Treppe war, sondern eine Wegmarke?

Er kniff die Augen zusammen. Plötzlich war ihm, als hätte er an einem der Granitabhänge, die auf die Kuppel gegenüber zuliefen, einen waagerechten, schnurgeraden Pfad ausgemacht. Kaum hatte er sich aber besonnen, war der Pfad schon wieder verschwunden, unauffindbar. Jetzt brannten die Augen, vielleicht war Schweiß hineingeronnen. Doch so viel Berns auch rieb, der Pfad tauchte nicht wieder auf. Und die Kuppel gegenüber? Sie war von undurchdringlichem Dschungel bedeckt; auf ihrer Spitze konnten sich höchstens hundert, hundertfünfzig Fuß planer Erde befinden.

Berns überkam das sonderbare Gefühl, etwas übersehen zu haben, aber da hörte er schon Singer nach ihm rufen. Widerstrebend löste er sich von den Felsen und kletterte die Treppe hinauf. Wenn ihr unteres Ende auf nichts verwies, so doch sicherlich ihr oberes?

Noch zwei Mal kehrten Singer und Berns in den nächsten Wochen zur Treppe zurück. Beim ersten Mal senkte sich schwerer Nebel über das Tal, und sie konnten nicht einmal bis zur gegenüberliegenden Bergflanke blicken. Die Welt um sie herum schien ausgelöscht; es dauerte Stunden, bis sie den Weg zurück nach Mandor fanden. Vor dem zweiten Versuch warteten sie verlässlicheres Wetter ab. Berns plante, zwei bis drei Tage in den Bergen zu verbringen. Die Treppe führte den Hang hinauf, dahinter lag ein gewaltiger Höhenzug – ihn wollten sie erkunden.

Als es schließlich so weit war und die Männer seinen höchsten Punkt erreichten, hatte sich Berns längst an den Trott aus Gehen und Schlagen mit der Machete gewöhnt. In Gedanken verloren, wäre er beinahe in die Klamm gestürzt, die sich unversehens zu ihrer Linken auftat.

Heftig atmend blieb er stehen. Singer hatte hinter ihm aufgeschlossen und blickte mit Berns zusammen in den Abgrund. Er legte dem Freund die Hand auf die Schulter.

«Jetzt schlagen wir erst einmal das Zelt auf», sagte Singer. «Morgen sehen wir weiter.»

Zwei Tage lang folgten sie dem Verlauf der Treppe, wanderten an Flanken entlang und über Bergsattel. Manchmal verschwand die Treppe für eine ganze Etappe, nur um später so glatt und so frei aus dem Gestein emporzuwachsen, als habe eben noch jemand an ihr gebaut.

Am Mittag des dritten Tages hatten sie schließlich den kargen Höhenzug erreicht. Die Treppe, so schien es, verlor sich auf einem Grat, der weiter nach Osten führte. Eine baumlose Fläche erstreckte sich hier unter den Felsen; ein Kondor schwebte hoch über den Köpfen der Männer. Berns und Singer blieben stehen und blickten verblüfft auf das brusthohe Gras, das hier wuchs.

«Pause?», fragte Berns. Sie setzten die Rucksäcke ab.

«Ich sage, wir folgen dem Höhenzug so lange, bis wir –»

«Still», sagte Berns. Er hatte ein Geräusch gehört, das von den Felsen über ihnen gekommen war. Da: Ein Felsbrocken hatte sich gelöst und stürzte auf sie zu … Berns schüttelte den Kopf, erwartete, dass die Vision verfliegen würde, aber nichts dergleichen geschah.

«Singer –»

«Ein Stier!», schrie Singer.

Sie rannten los, das Getrappel der Hufe in den Ohren. Ein wildes Ungetüm jagte ihnen nach, rotbraunes Fell, gedrungener Körper, die Hörner lang und gebogen.

«Die Gewehre!», rief Berns, doch die lagen schon weit hinter ihnen. Der Furor und die schiere Masse des Stieres schienen ihn auf seinem Weg abwärts zu den Männern noch zu beschleunigen. Obwohl Singer und Berns rannten, wie sie konnten, schrumpfte ihr Vorsprung mit jeder Sekunde. Berns schrie Singers Namen und wies scharf rechts von sich, dort beschrieb die Flanke eine Kurve. Ihr folgten sie jetzt. Der Stier aber vollzog mühelos die Wendung mit.

Plötzlich hörte Berns neben dem Aufschlagen der Hufe ein anderes Geräusch, und das war das Schnauben des Stieres. Er sah über die Schulter: Das Tier hatte sie beinahe erreicht. Singer, der voranlief, blieb mit einem Mal abrupt stehen.

«Was zum –»

Da packte Singer Berns um den Brustkorb und schmiss sich mit ihm zusammen in einen Felsgraben.

Die Männer rappelten sich auf und blickten hoch. Keine Sekunde später schob sich der Rumpf des Stieres über die Schwelle des Grabens; mit den Vorderbeinen stemmte das Tier seinen Körper gegen den Untergrund und starrte aus blutunterlaufenen Augen zu den Männern hinunter. Bewegungslos betrachtete Berns den muskulösen Nacken, der sich zu ihnen herabsenkte. Geifer troff aus dem Maul. Der Stier begann, wütend zu scharren; Steine lösten sich aus der Erde, Staub wirbelte auf. Immer wieder setzte das Tier zum Sprung an, prüfte den Untergrund, zögerte. Rutschte es aus, würde sein Körper die beiden Männer unter sich begraben.

«Singer», hustete Berns. Es war kaum zu hören unter dem Schnauben des Stieres.

«Er kann nicht springen», gab Singer zurück. «Aber warten.»

Um den Stier nicht zu provozieren, verbat Singer jedes weitere Gespräch; so saßen sie schweigend bis zum

Abend da und sahen immer wieder hoch zu dem Tier, das weder müde noch überdrüssig zu werden schien. Erst als es Abend wurde und die Sonne schon fast hinter dem Höhenzug verschwunden war, senkte es seinen Kopf ein letztes Mal zu den Männern hinab und trottete schließlich davon.

Die ersten Sterne standen bereits am Himmel, als Berns und Singer sich aus dem Graben heraustrauten. Die Nacht verbrachten sie unter freiem Himmel, ihre Gewehre eng bei sich. Am nächsten Morgen machten sie sich auf den Weg zurück nach Mandor.

Auf Lucho Arteagas Nachfragen, wie sie mit dem Vermessen des Landes vorankämen, antwortete Berns in den folgenden Tagen ausweichend. Er betonte immer wieder, dass er großes Gefallen an diesem Tal gefunden habe. Wochenlang versuchte er, etwas über den Ort des Goldes aus Arteaga herauszubekommen; jedes Mal scheiterte er am verhärmten Schweigen und an der Sturheit des alten Mannes. Irgendwann weigerte sich Arteaga schließlich, überhaupt mit Berns zu sprechen, völlig egal, um welches Thema es ging. So musste Berns Singer vorschicken, als er etwas über die Geschichte Mandors und seiner Bewohner erfahren wollte. Aber auch Singer hatte keinen Erfolg.

«Voll wie ein Topf», sagte Singer, als er zurück in die Hütte kam. «Liegt in der Ecke und bringt kein Wort raus.»

«Was du nicht sagst.»

«Wo willst du hin? Hast du nicht gehört, was ich gerade gesagt habe?»

Es dauerte zwei Stunden und kostete Berns seinen Poncho. Dann aber gab Arteaga nach und sprach mit ihm, lallte und sang. Aus all dem Kauderwelsch hörte Berns immer wieder einen Namen heraus, und der lautete: Angulo.

Es war der Name einer Familie aus Cuzco, der anscheinend sämtliche Ländereien von Mandor bis hinab nach Ollantaytambo gehörten. Allerdings interessierten diese abgelegenen Gebiete herzlich wenig, und so ließen die Angulos auch die Hacienda von Torontoy, in die sich Singer und Berns kurz vor ihrer Ankunft im Tal gerettet hatten, verkommen.

«Angulo …», wiederholte Berns so lange, bis er in ihrer Hütte ankam und den Namen in sein Notizbuch eintrug.

«Angulo …», murmelte er noch am nächsten Tag, als Singer und er Richtung Osten wanderten, hinein in die engen Nebentäler und zu den Zuflüssen des Urubamba.

Unter dem weitem Dach eines Teakbaums blieb Singer schließlich stehen, löste seine Goldpfanne vom Lederriemen und begann, das Kiesbett des Flusses zu untersuchen.

«Angulo, Angulo», wiederholte er. «Was hast du nur mit diesen Angulos? Da, wasch Gold, mein Freund, das ist das Einzige, was jetzt noch hilft.»

Auch wenn Berns es nicht zugegeben hätte, Singer hatte recht. Wie lange wollten sie noch bei dem Alten wohnen und wahllos das Tal durchkämmen? Wann immer sie Arteaga nach Ruinen befragten, schüttelte der bloß stumm den Kopf. Sie hatten nicht den geringsten Anhaltspunkt, wo sich die verlorene Stadt befinden könnte.

Diese ganze Gegend, sagte Singer eines Abends, komme ihm vor wie die endlosen Wälder Michigans. Insgesamt deutlich vertikaler, aber genauso wüst und arm an Ruinen. Als befände man sich gar nicht mehr in Peru. Für Holzfäller ein Paradies, für Entdecker ein Albtraum.

Berns stocherte lustlos in seinem Fisch herum. Dieses Land ist nicht wüst, dachte er. Es war schlicht anders als die Gegenden, die sie vorher gesehen hatten – eigen, verschlossen. Da begriff er, dass er Lucho Arteaga die Wahrheit gesagt hatte: Er empfand Liebe für dieses Tal. Peru, Peru war nur ein abstraktes Wort, aber dieses Tal war konkret. Und weil es Liebe war, bedurfte es keiner weiteren Erklärung, keines anderen vernünftigen, sinnvollen Grundes. Liebe! Als ihm das klarwurde, dachte Berns an Ana Centeno, und er fragte sich, ob sie wohl zurzeit einen Gast beherbergte. Hatte sie seine Briefe erhalten? Traurig zog Berns die Gräten aus seinem Fisch. Singer redete noch immer.

Ohne ihn, das war Berns bewusst, wäre er wahrscheinlich nicht mehr am Leben gewesen. Singer war es, der ihn mit einem beherzten Stoß in den Graben befördert und so vor dem Stier gerettet hatte. Aber die Abende konnten so entsetzlich mühsam sein: die Gespräche, die immerwährenden Zweifel und Sorgen. Nach manchen Tagen wollte Berns sich nur noch ruhig auf den Rücken legen und seinen Geist nach innen kehren, wo er frei umherwandern konnte, ohne Hindernisse und Umwege.

So ging es ihm auch an diesem Abend. Berns war selbst zum Essen zu müde, aber Singer erklärte ihm lang und ausführlich, warum sie beide – Berns vielleicht noch ein klein wenig mehr als er, Singer – ausgewachsene Idioten seien. In der Gegend um Choquequirao hätten sie bleiben sollen, wo es Ruinen gab im Überfluss. Hätten mit mehr Männern und Schaufeln zurückkehren sollen, um nach Gold zu graben. El Dorado, was sei das schon – eine Fata Morgana, der sie nun seit Jahren hinterherjagten. Von irgendetwas müsse man leben, selbst er, Berns, brauche

Geld und Ressourcen. Ja, bei der Eisenbahn könne man viel Geld verdienen, jetzt, wo selbst nach Quillabamba eine Trasse gebaut werden solle. Ob er eigentlich wisse, was man dafür brauche? Schwellen, Schwellen aus Holz! Aber sicher, das sei nicht genug für *Herrn* Berns, *Herr* Berns treibe sich lieber herum und spintisiere tagein, tagaus!

«Bist du fertig?», fragte Berns erschöpft.

«Nein», sagte Singer, dem Berns' Schweigsamkeit gehörig auf die Nerven ging. War es sonst nicht der Preuße, der aus dem Palavern nicht mehr herauskam? Und jetzt, kaum gab es etwas Existenzielles zu besprechen, verstummte er und zog bloß Grimassen. «Komm schon, Berns, die Eisenbahn, die Schwellen! Bei all den Teakbäumen, die hier wachsen – wäre das nicht was? Sag schon!»

Berns stöhnte auf, nahm seinen Schlafsack und legte sich draußen unter den Sternenhimmel. Singer musste ihm gar nicht sagen, wie es um ihn stand: Er war ein mittelloser, zerzauster Mann von zweiunddreißig Jahren, ohne Arbeit, Frau und Kinder. In Berlin, dachte Berns, wäre ich nichts weiter als ein Clochard.

Im Morgengrauen des nächsten Tages stand Berns auf, um allein aufzubrechen. Machete, Gewehr, selbst den Rucksack mit dem Seil ließ er bei Singer in der Hütte zurück. Das Einzige, was er mitnahm, war der Wanderstock, den er sich aus einem Stück Bambusrohr geschnitzt hatte.

Langsam drangen die ersten Sonnenstrahlen durch die Nebelbänke und lösten sie auf, grasgrüne Sittiche schossen im Geäst zwischen Bromelien hin und her. Berns lief hinab zum Fluss und streckte den Kopf in den Wasserfall. Dann ging er über die Wiesen, immer weiter den Flusslauf hinab. Hellgraue Steinblöcke verteilten sich in der Mitte des Stromes, glucksend wand sich das Wasser an ihnen vorbei. Einer der Steinblöcke, der größte, wies an seiner Oberfläche Spuren von Werkzeugen auf, eine kleine Stufe, die hineingemeißelt worden war ... Vielleicht, dachte Berns, sehe ich nur das, was ich sehen möchte. Eine Stufe, na und! Von tausend Blöcken mochte wohl einer aussehen, als sei er bearbeitet worden, was hieß das schon. Er hob einen Flussstein auf und ließ ihn von einer Hand in die andere gleiten. Um ihn herum schossen die Granitwände in die Höhe, ein schwarzer, glänzender Streifen zog sich durchs Gestein, wo vermutlich einmal ein Blitz eingeschlagen war.

Berns lief weiter, aß zwischendurch eine Papaya, die er vom Baum pflückte. Er hielt erst an, als er den kleinen Strom erreichte, der im rechten Winkel in den Urubamba mündete. Von seiner Quelle herkommend, floss er durch ein niedriges, ebenmäßiges Flussbett den Hang hinab. Er rauschte so laut, dass alle anderen Geräusche der Umgebung verloschen. Bis auf ein paar knorrige Kampferbäume säumten nur lichte, lilienbewachsene Wiesen sein Ufer. Berns erinnerte sich: Auf dem Hinweg hatten sie den Fluss auf ein paar Steinen passiert, die ganz in der Nähe einen natürlichen Übergang bildeten. Nachdenklich betrachtete er die Strudel, die beim Zusammenfluss entstanden, und zerkaute die nach Pfeffer schmeckenden Körner der Papaya. Als die Schärfe sich in seinem Mund ausbreitete, hatte er den Übergang gefunden. Das Wasser schien seit ihrer Ankunft gesunken zu sein; die Steine waren überzogen mit einer dünnen Algenschicht.

Weiter oben am Hang, ganz in der Nähe des Flusses, stieg Dampf auf und verlor sich im Geäst eines Rhododendronbaumes. Dampf? Berns ließ von den Steinen ab und kletterte weiter den Hang hinauf. Am Baum angekommen, blieb er stehen und entdeckte zwischen den Felsen ein halb überwuchertes Becken. Berns ließ den Wanderstock fallen, schnürte die Stiefel auf und hielt seine Füße hinein.

Das Wasser im Becken war so warm, dass Berns unwillkürlich aufseufzte. Wie gut es tat, allein zu sein! Singer hätte jetzt alles kaputt gemacht. So aber flog das Hemd zur Seite, die Hose, die Stiefel und die Socken, zuletzt der Hut. Die Wärme des Wassers löste binnen Sekunden die Schmerzen in seinen Knien und Oberschenkeln. Berns tauchte bis zu den Schultern ein und lehnte den Kopf gegen einen moosigen Stein. Neben ihm rauschte und gurgelte der Fluss, über ihm schwankten die langen Wedel der Farne. Das Kaleidoskop ihrer feinen Blättchen wurde lebendig und begann zu flirren, kaum dass Berns hochsah und den Kopf hin und her neigte. Er schloss die Augen.

Erst wichen die Schmerzen, dann die Gedanken. Klarheit stellte sich ein, und in die Klarheit drang das Bild des kleinen Flusses, der sich so kraftvoll in den Urubamba ergoss. Nicht nur den Fluss, auch die Bäume sah Berns vor sich, die weiter unten im Tal zu wahren Riesen heranwuchsen. *Die Schwellen! Bei all den Teakbäumen, die hier wachsen ...* War es möglich, dass Singer recht hatte? Waren die Bäume die Lösung?

Der Erlös aus dem Verkauf ihres Holzes würde es ihm erlauben, über Jahre im Tal zu bleiben und es Stück für Stück weiter zu erforschen. Er konnte ein reicher Mann werden, lange bevor er ein berühmter Mann sein würde.

Berns lächelte. Das Bild des Flusses und der Wiesen

wandelte sich. Nun stand ihm die Vision klar vor Augen: Aus den Wiesen ragten Gebäude empor, Hütten, Häuser, Lagerhallen, Ställe und Speicher. In ihrer Mitte, direkt am Fluss, erhob sich ein stattliches Bauwerk, und im vorbeiströmenden Wasser drehte sich ein gewaltiges Rad. Eine Sägemühle! Geschäftiges Treiben, Leben und Tagewerk, Menschen liefen umher, holten Teak- und Lorbeerstämme heran, bereiteten Bahnschwellen vor für den Transport nach Ollantaytambo und Quillabamba. Zum ersten Mal, das wusste Berns nun ganz gewiss, hatte er einen Ort gefunden, den er lieben, und eine einträgliche Tätigkeit, der er nachgehen konnte. Hatte er sich in Dültgensthal nicht jahrelang um Wasserräder und ihre Getriebe gekümmert? Wusste er etwa nicht, wie man eine Transmission so anlegte, dass sich die Kraft gleichmäßig auf eine Säge übertrug?

El Dorado konnte warten, und er, Berns, ebenfalls. Es war nur eine Frage der Zeit, bis er es finden würde, und die Zeit, die würde er sich mit Holz erkaufen. Berns kletterte aus dem Becken, griff nach der Kleidung und hastete den Hang hinunter. Auf den Wiesen nahe der Flussmündung blieb er stehen und stieß seinen Wanderstock in den Boden. Hier und nirgendwo anders würden sie das Lager errichten, und es würde heißen: *Aguas Calientes*, Heiße Wasser.

Eigentlich wollte Singer an diesem Morgen ein Stück weiter flussaufwärts nach Gold schürfen. Die Voraussetzungen waren ideal: Das Wasser der Zuflüsse stand niedrig, die Neblina hatte sich früh zurückgezogen. Noch die kleinsten Goldflitter würden im Sonnenschein hell aufstrahlen.

Stattdessen saß er bis lange nach Mittag vor der Hütte. Über dem, was Berns ihm erzählte, ließ er seinen Kokatee kalt werden und vergaß, die Süßkartoffeln aus der Asche zu nehmen. Hatte man das schon einmal gehört – eine Sägemühle, mitten im Dschungel? Dieser Mann hier wollte das Holz keinen Fuß weit aus dem Nebelwald hinausbewegen, er wollte es an Ort und Stelle in Schwellen verwandeln.

Singer ersparte sich die Frage, ob Berns wahnsinnig geworden sei. Als dieser alles gesagt hatte, was es zu sagen gab, und sich zufrieden zurücklehnte, hatte Singer seinen Plan, heute noch nach Gold zu schürfen, längst aufgegeben.

«Eine Million Teakschwellen von Cuzco nach Juliaca», wiederholte Singer.

«Zu je drei Dollar das Stück», sagte Berns. «Eher mehr, je nachdem, wie wir den Vertrag aushandeln.»

Drei Millionen Dollar. Das war genug, um einen wie Harry Singer sein Frühstück vergessen zu lassen. Berns war es, der die Kartoffeln aus der Asche holte und sie von der verkohlten Schale befreite.

«Ein Sägewerk kostet sicher zwanzigtausend Dollar, Berns. So hoch willst du dich verschulden? Bei *Miguel Forga*?»

«Forga wird sich darum reißen, mir den Kredit zu geben», sagte Berns leichthin und schob sich etwas von der süßlichen Kartoffelmasse in den Mund. «Dafür werde ich schon sorgen. Mit seinem Kredit kaufen wir den Angulos in Cuzco das Land ab und bestellen eine Sägemühle aus den Vereinigten Staaten.»

Singer nickte und nagte selbstvergessen an seiner Süßkartoffel.

«Und wie willst du die Schwellen abtransportieren?»

«Wenn Cáceres merkt, wie viel Potenzial in unserem Unternehmen steckt, wird er eine Straße hierher bauen lassen. Direkt am Urubamba entlang, du wirst schon sehen!»

Jetzt sprang Berns auf. Das würde *sein* Geschäft werden, es war *sein* Plan! Und er war gut, das fühlte er, er kannte den Markt, kannte sein Metier und das Land.

Als er hinüber zu Melchors Hütte lief, stieß er auf halbem Wege auf Lucho Arteaga, der ihn fragte, ob die Herren Landvermesser langsam fertig seien mit ihrer Arbeit. Die Regierung erwarte doch sicherlich bald Bericht? Berns bejahte und sagte, dass er sich auf den Weg nach Cuzco machen werde. Für die erwiesene Gastfreundschaft sei er mehr als dankbar, und ja, Arteaga werde dafür in naher Zukunft entsprechend entlohnt. Schon hatte Berns sich vom Alten abgewandt, da drehte er sich noch einmal um und sagte: «Ich liebe dein Land, Arteaga. Wenn ich wiederkomme, werde ich es besitzen.»

10.

La Máquina

Im Morgengrauen des 3. September 1875 verlädt Mister John Gibbon in New Jersey die letzte Fuhre auf den Dampfer. Der Gatterrahmen ist dabei, die Sägeblätter sind verpackt, ebenso die Schäleisen, die Feilen, die Spaten und Trummsägen, die Kisten mit den Werkzeugen, die Docke, die Böcke, die Holz- und Eisenräder und die Versatzstücke für das Wasserrad. Mister Augusto R. Berns aus Peru bestellt die beste Sägemühle, die es für Geld zu kaufen gibt? Kann er haben! Auch wenn es heißt, dass sie viertausend Meilen transportiert werden muss, über zwei Ozeane, eine Landenge, ein Gebirge und durch den Dschungel.

Nachdem bei einem Sturm nicht viel mehr kaputtgegangen ist als die Speichen eines Holzrads und der Dampfer endlich Panama erreicht, befindet sich Andrés Avelino Cáceres, Präfekt von Cuzco, zusammen mit ebenjenem Augusto R. Berns im Straßenbauamt. Er unterzeichnet die Konzession für die Sprengung eines Maultierpfades von Ollantaytambo bis hinab zum Lager der Herrschaften Berns und Singer.

Sieben Wochen dauert es, bis Berns seine Lieferung in Empfang nehmen kann – sieben Wochen, in denen die Kisten auf einem Postschiff nach Callao reisen und per Eisenbahn über die Kordillere bis hinauf nach Puno. In Puno erwartet Berns seine Lieferung und verlädt die

Kisten auf die Rücken von dreißig Maultieren. Mit einer Gruppe von Maultiertreibern macht er sich auf den Weg über den Altiplano. Als die Karawane Ollantaytambo erreicht, fliegt Berns ein kleiner Hund in die Arme. So sieht für einen Augenblick lang das Glück aus. Dann streiken die Treiber: Der Weg bis nach Aguas Calientes ist noch nicht vollendet, und wo kein Maultierpfad, da keine Maultiertreiber.

Regen setzt ein und verwandelt den Dschungel ringsum in einen brodelnden, dampfenden Kessel. Berns zieht mit den Maultieren und nur zweien der Männer weiter. Sieben Meilen den Urubamba hinab sieht er aus dem Dschungel eine metallene Wand aufragen: Es ist, unverkennbar, der Bug eines Schiffes, das sich langsam durch das Laub des Waldes schiebt. Berns bleibt abrupt stehen, dann schüttelt er irritiert den Kopf und peitscht die Maultiere über das unvollendete Wegstück, das vor ihnen liegt. Geröll und Felsen bilden einen steilen Hang, Rinnsale laufen über die Steine. Da begeht Berns einen Fehler. Weil er die Tiere zur Eile antreibt, werden sie hektisch; eines der Maultiere rutscht aus und stürzt in den tosenden Urubamba. Berns greift sich an den Rücken, dann rennt er die Reihe der Maultiere ab und öffnet die Kisten. Sein Beutel, die Baupläne! Sie waren auf dem Tier, das abgestürzt ist.

Auf Singer ist Verlass. Wo der Río Máquina in den Urubamba mündet, haben Singer und die Arbeiter aus Mandor eine größere Fläche gerodet und eingeebnet. Das alles gehört Berns; mit Forgas Kredit hat er das Land der Familie Angulo aus Cuzco abgekauft.

Als Berns am Ziel ankommt, bemerkt er seinen Wanderstock, den er vor Monaten hier in den Boden gerammt hat: Er steckt noch immer an derselben Stelle, nur dass jetzt Zweige und Blätter aus ihm sprießen; dort, wo sich vorher der Griff befand, breitet sich feines Geäst aus.

Der Bau der Sägehütte beginnt verspätet. Die Arbeiter aus Mandor lassen sich Zeit. Unter den Bewohnern der Siedlung vermisst Berns zwei Gesichter: Sosehr er sie auch sucht, er findet weder Melchor noch seinen Großvater Lucho Arteaga. Wo sind sie hin? Keiner antwortet ihm auf seine Frage. Dass sie nicht da sind, ihre Hütten verlassen, kommt ihm merkwürdig vor. Aber Berns muss sich den Kopf über andere Dinge zerbrechen. Die Baupläne müssen rekonstruiert werden. Doch es ist wie verhext: Über all den Radschaufeln, Kamm-, Exzenter- und Holzrädern gleitet die Aufmerksamkeit immer wieder ab und verliert sich auf der unendlichen Schleife des Möbiusbandes. Dann denkt Berns über die Treppe am Hang nach, über die Terrassen an der Mündung des Cañons und das, was Melchor bei ihrem ersten Treffen über den Ort des Goldes gesagt hat. Die Seiten des Skizzenbuchs füllen zwar bald schon endlos lange Kolonnen von Berechnungen und ein dichtes Wirrwarr aus Rädern, Stangen und Riemen – quer darüber aber prangen zwei Worte in breiten Lettern: El Dorado.

Nach der Mühlenhütte werden das Wasserrad und die Transmission fertiggestellt. Es dauert Monate. Melchor und Lucho Arteaga lassen sich während der gesamten Zeit kein einziges Mal blicken. Bald ist Erntezeit, die Arbeiter ziehen ab, Singer und Berns sind wieder auf sich gestellt. Steinlager werden gefettet, Gerinne ausgerichtet, Radschaufeln justiert, Rinnenschütze montiert, Gatterwagen aufgebaut, Kamm- und Zahnräder mit dem Pleuel verbunden. Und schon unkt Singer, der einfache Lösungen bevorzugt, das Ganze könne nicht funktionieren: verworren, wie es ist. Als das Wasser aber endlich im richtigen Winkel auf das Wasserrad fällt, drehen sich die Räder, die Bänder laufen und erreichen das Gatter. Die Säge bewegt sich!

Der erste Baum. An einem Hang nahe Mandor hat Berns einen ausladenden Mahagoniriesen ausgemacht; aus seinem Holz sollen die ersten Schwellen entstehen. Gleich nach Sonnenaufgang schirren er und Singer die Ochsen an und treiben sie zusammen mit Asistente hinab zum Urubamba. Sie folgen seinem Verlauf, so weit es geht, dann binden sie die Tiere an und schlagen sich ein Stück die Anhöhe hinauf. Dort steht der Mahagonibaum. Hoch oben in der gewaltigen Krone, die das umliegende Blätterdach des Regenwalds überragt, glänzt das gefiederte Laub im Morgenlicht. Die Borke des Baums ist tief gefurcht und fast schwarz; die Brettwurzeln fühlen sich warm und lebendig an, wie der Leib eines vorsintflutlichen Tieres.

Vier Tage dauert es, dann stürzt der Baum hinab ins Tal. Berns und Singer werden von einer Laubwolke eingehüllt und lauschen der Stille, die sich jetzt einstellt. Selbst das Zwitschern der Vögel ist verstummt. Als sich die Blätter um sie herum gelegt haben, stehen sie vor einer Schneise, die der hinabstürzende Stamm in den Abhang gebrochen hat. Sie befreien den Stamm von seiner Krone und schichten die Äste aufeinander, später wollen sie die Stapel für ihre Feuer holen. Dann greifen sie zu den Schäleisen.

Wie viel Rinde hat ein Baum? Genug, um zwei Männer bis zu den Knien darin versinken zu lassen und ein ganzes Flussufer zu bedecken. Als die Rinde in den Urubamba gelangt, färbt sie das Wasser dunkelrot; erst kurz vor der nächsten Biegung verläuft es sich etwas und wird hell wie Blut.

In der Nacht erscheint Berns wieder El Dorado. Aus dem Dschungel leuchtet ihm das Gold der Tempel und Paläste entgegen. Die Stadt, das sieht er jetzt ganz deutlich, ist prachtvoller und kunstreicher als alle Paläste Cuzcos zusammengenommen. Im Traum steht er auf einer ihrer Außenmauern. Aber wie sonderbar: Er kann von hier oben die Sägemühle erkennen! Mehrere Meilen unter ihm erstreckt sich der Urubamba wie ein feines, silbernes Band. Fast verdeckt, hinter einer Flussbiegung, befindet sich das Lager, es ist zum Greifen nah.

Der Stamm wird auf den Gatterwagen gehoben und abtransportiert. Mit Kreide zeichnet Berns Linien auf den Querschnitt, dann wird angesägt. Erst tut sich gar nichts, dann verkeilt sich das Sägeblatt. Berns flucht, Asistente kläfft, Singer reißt sich den verschimmelten Strohhut vom Kopf. Als der Pleuel sich endlich wieder bewegt, steckt Berns einen Lorbeerkeil in den Anschnitt, jetzt läuft es besser. Stundenlang stehen Berns und Singer bei der Säge und schauen gebannt dabei zu, wie sie die Seiten des Stammes abkantet. Darüber wird es Abend und dunkel; das Gatter wird nur noch vom Schein der Petroleumlampe beleuchtet.

Als ein metallisches Prasseln einsetzt, stiebt Funkenregen auf und erhellt die Dunkelheit um sie herum wie ein Feuerwerk. Ein Funke hat Mehl und Holzspäne neben dem Gatterwagen entzündet. Sofort züngeln die Flammen hoch und hüllen die Hütte in orangefarbenes Licht. Der Hund jault auf und rennt davon.

Am Ufer des Flusses füllen Berns und Singer alle Eimer,

die sie finden können, und hasten damit zurück zur Hütte. Rauch erfüllt den Innenraum, dringt in die Lungen. Es geht hin und her, hin und her. Dann verschwindet Singer mit seinen Eimern im Qualm, einer der Riemen brennt lichterloh. Erst gestern hat Singer sie mit Lebertran eingefettet ... Als Berns das einfällt, ist es bereits zu spät. Singers ölgetränkte Lederschürze hat Feuer gefangen und brennt wie eine Fackel.

Singer taumelt. Berns zerrt ihn zum Fluss und wirft sich mit ihm in das eiskalte Wasser des Río Máquina. Dort kommt Singer zu sich und stammelt wirres Zeug. Berns zieht ihn auf einen Felsen am Ufer.

Das Feuer hat Singers Lederschürze verschmort, an den Oberarmen trägt er Verbrennungen davon. Sonst scheint er unverletzt.

Drüben, bei der Mühle, schwelt das Feuer weiter; die Schienen des Gatterwagens glühen rot in der Dunkelheit. Regen setzt ein.

Am nächsten Tag senkt sich die Nebelkappe über das Tal und füllt es mit tiefhängenden Schwaden. Regenzeit: Wolkenbrüche mit geraden, stahlgrauen Regenschnüren. Die Feuchtigkeit legt sich nun nicht mehr als Dunst um die Sägehütte, sondern trommelt als schwerer Platzregen ununterbrochen auf ihr Dach ein, trommelt so laut, dass manchmal selbst das Mühlrad nicht mehr zu hören ist.

Wie durch ein Wunder ist die Mühle vor größerem Schaden bewahrt worden. Teakholz brennt schlecht, und dank der Feuchtigkeit ist es an vielen Stellen gerade einmal verrußt. Allein die eingefetteten Lederriemen sind verschmort und müssen ersetzt werden.

«Wenigstens brennt's bei Regen schlechter», sagt Singer. Unfälle dieser Art erscheinen ihm mittlerweile als gerechte Strafe für das liederliche, ziellose Leben, das er bislang geführt hat.

Berns aber denkt: Nun habe ich mich doch ablenken lassen. Vielleicht bin ich keiner der Narren, die sich auf der Suche nach El Dorado verlaufen und sterben; ganz sicher aber bin ich einer der Narren, die auf der Suche danach etwa anfangen, Sägemühlen zu bauen und sich mit Bränden herumzuschlagen.

Am Nachmittag des 19. Oktober 1876 verwandelt sich die Umgebung der Sägehütte in einen reißenden Strom. Der Río Máquina ist angeschwollen und über die Ufer getreten; weiter flussabwärts hat der Urubamba längst den Weg verschluckt, der hinab nach Mandor führt. Am Abhang, parallel zum Río Máquina, bilden sich kleine Zuflüsse, die von Stunde zu Stunde größer und stärker werden. Berns und Singer handeln schnell: Sägewagen und Gatter werden aufgebockt, Kisten und Truhen hinauf in den Speicher gebracht, das Gerinne blockiert, das Wasserrad ummantelt. Dann wird gebetet. In der Nacht kauert sich Berns neben Asistente unter die Traufe der Sägehütte und starrt hinaus in die Nacht.

Als er eine Bewegung am Hang wahrnimmt, begreift er zuerst nicht, was er dort sieht. Im Mondlicht beginnt der Hang, in Richtung Urubamba zu gleiten; ohne Hast kriecht der Urwald auf die Sägemühle und den Fluss zu. Die Lawine hinterlässt einen Streifen kahlen Schlamms, und wo immer sie auf Bäume trifft, zieht sie deren Stämme nach unten, bevor auch diese vollends vom Mahlstrom erfasst werden. Dann aber passiert etwas Eigenartiges: Die Bäume, deren Wurzeln von Geröll und Erde gehalten werden, richten sich wieder auf und schieben sich aufrecht gen Talsohle. Berns zittert am ganzen Leib, als er einen Lorbeerbaum direkt auf sich zuwanken sieht. Unmittelbar vor der Sägemühle bleibt der Baum stehen, gerade und intakt, als sei er schon immer an jener Stelle aus dem Boden gewachsen.

Am nächsten Tag muss Schlamm aus dem Gatterwagen und dem Wasserrad entfernt werden; das Gerinne geleert und ausgebessert, der Mahagonistamm geschrubbt und gebürstet.

Am dritten Dezember sind Singer und Berns endlich so weit. Das Wasserrad ist repariert, die Transmission wieder aufgebaut. Als nichts mehr zu tun übrig ist, als den Hebel am Gatter hinunterzudrücken, sagt Singer, er ertrage es nicht, und verlässt die Hütte. Berns betätigt den Hebel, ohrenbetäubender Lärm setzt ein. Die erste Schwelle wird gesägt. Es ist keine Zufriedenheit, die er empfindet, sondern allumfassende, totale Erschöpfung.

Die Schwelle fällt mit einem lauten Knall vom Sägegatter. Berns kniet sich nieder und betastet die dunkelrote Maserung, die feinen Einschlüsse im Holz, seine Kanten. Er ruft Singer herbei, zusammen heben sie die Schwelle hoch und betrachten sie im Sonnenlicht.

Am Abend nimmt Berns die Schwelle mit nach oben in den Speicher, wo er sie poliert und schleift, so lange, bis das Mahagoniholz seidig glänzt und so zart ist wie die Oberschenkel von Ana Centeno. Als er fertig ist, bettet er seinen Kopf darauf. Schon morgen wird Singer versuchen, die Arbeiter aus Mandor wieder anzuwerben. Er, Berns, wird dann bereits aufgebrochen sein. Bei Sonnenaufgang will er nach Cuzco reiten, um im Büro der Eisenbahn eine Holzprobe vorzuzeigen. Tamayo und die Jungs werden begeistert sein. Danach will er Ana Centeno besuchen und ihr ein Geschenk überbringen ... Das Geschenk eines reichen, erfolgreichen Mannes, der sich durchgesetzt und bestanden hat im Angesicht der Elemente. Berns kann es kaum erwarten. Wird er ihr vielleicht sogar den Antrag machen? Endlich ist er ihr ebenbürtig, jetzt muss sie sich nicht mehr für ihn schämen.

Der Duft des Holzes steigt Berns in die Nase. Kurz bevor er einschläft, sieht er deutlich eine kleine Stadt vor sich, mit allerlei Häusern, Brücken über den Fluss, Geschäften, einer kleinen Plaza – selbst eine Kirche steht da, vielleicht sogar ein Rathaus! Ein Springbrunnen prangt in der Mitte des Platzes, rundherum Bänke, auf denen sich Spaziergänger ausruhen. Und am Rand der kleinen Stadt: eine vielstöckige Mühle, in der Dutzende von Männern gleichzeitig arbeiten und jeden Tag Hunderte von Schwellen herstellen. Auf der Straße nach Ollantaytambo herrscht so reger Güterverkehr, dass man kaum den Überblick behält, wer kommt und wer geht. Unweit der Mühle freilich befindet sich eine Villa; auf der ausladenden Veranda stehen Hand in Hand ein Mann und eine Frau, sie blicken zufrieden auf ihr Reich.

Was für ein prosperierendes, erstaunliches Städtchen, mitten im Regenwald! Nein, denkt Berns, auf der Plaza befindet sich kein Springbrunnen, sondern eine überlebensgroße Statue, sie trägt mein Gesicht und besteht aus reinem Gold.

Der Ritt nach Cuzco dauert kaum drei Tage. Als Berns das Stadttor erreicht, steigt er aus dem Sattel, gibt Asistente ein Stück Fleisch, tätschelt seinem Maultier den Hals und führt es am Zaumzeug hinein in die Stadt.

Diesmal kennt Berns jede Straße, jeden Winkel und

jeden Innenhof. Und wie er nun durch die engen Gassen läuft, vorbei an den ewigen Mauern der Inka, da kommt es ihm vor, als würden auch die Menschen ihn kennen und als hätten sie seine Ankunft längst erwartet. Kinder erstarren in ihrem Spiel und blicken ihn aus großen Augen an, Indios aus dem Hochland heben die Hüte, verschleierte Damen kichern und winken ihm zu, selbst die Gendarmen an den Kreuzungen treten zur Seite und salutieren. Berns' Aura elektrisiert.

Auf der Plaza, gegenüber der Kathedrale, setzt er sich in eine Wirtschaft und bestellt das teuerste Gericht. Dann lädt er alle Gäste des Hauses auf ein Glas Champagner ein. Dies hier ist ein Festtag – nur Trauerklöße trinken allein! Die Männer stoßen mit ihm an, bedanken sich wortreich, die Frauen zupfen immer wieder an ihren Schultertüchern und nippen aufgeregt an ihren Gläsern. Nach zwei weiteren Runden, mit geröteten Wangen und unbändiger Freude im Herzen, führt Berns das Maultier mit der Holzprobe in der Satteltasche hinüber zum Haus der Ana María Centeno.

Der Majordomus, wie immer barfuß und in schwarzem Anzug, verbeugt sich, als er Berns erkennt. Doña Centeno, sagt er, befinde sich bis heute Nachmittag in einer Séance bei Doña Gilhermina, selbstverständlich könne der Herr gerne im Salon auf sie warten.

Berns zögert. «Ich komme heute Abend wieder», sagt er schließlich, und der Majordomus verbeugt sich erneut.

Die Tür des Eisenbahnbüros steht weit offen. Doktor Tamayo springt von seinem Platz auf, und auch Sáenz und Donnelly kommen dazu, schütteln Berns die Hand und klopfen ihm auf den Rücken.

Berns fühlt Rührung in sich aufsteigen, als er den gealterten Tamayo mit Tränen in den Augen vor sich stehen sieht; er bittet ihn, einen Moment zu warten, und holt die Holzprobe herein.

«Wir haben es fertiggebracht», sagt er. «Mein Partner Singer und ich, draußen am Urubamba. Die Mühle steht, nach Monaten schwerer Arbeit.»

Da schlagen die Männer die Augen nieder und nicken. Donnelly bückt sich, um ein paar Zettel vom Boden aufzuheben, und sortiert sie beklommen. Berns erzählt, wie er die Mühle in Einzelteilen über die Sierra und durch den Dschungel geschafft hat, erzählt sogar von dem Schiffsbug, der mitten im Wald vor ihm aufgetaucht ist, erzählt von dem komplizierten Geflecht der Transmission und wie der Mahagonibaum sie beinahe erschlagen hat, erzählt vom Feuer und vom Bergrutsch. Singer und er seien beide – mehrfach! – nur knapp mit dem Leben davongekommen, hätten Verletzungen erlitten, und zumindest Singer habe über all dem fast den Verstand verloren.

«Aber es hat sich schließlich gelohnt.» Berns streicht über das solide, polierte Mahagoniholz. Ob sie wohl jemals eine so perfekte Probe gesehen hätten?

«Hör mal, Augusto», sagt Tamayo mit belegter Stimme.

«Ich weiß, was du sagen willst, Tamayo», unterbricht ihn Berns. «Aber es war ein Risiko, das ich auf mich nehmen musste. Ein Leben ohne –»

Weiter kommt er nicht, denn da betreten zwei Männer das Büro, und Berns lacht vor Freude laut heraus. Cáceres und Forga, beide zusammen, was für ein glücklicher Zufall! Er geht auf sie zu, umarmt erst Cáceres, dann sogar Forga.

«Es ist vollbracht!», ruft Berns und drückt Forga das Mahagoniholz in die Hand.

«Um Gottes willen, Augusto», sagt Cáceres und packt ihn am Arm. Er sucht Tamayos Blick, aber der schaut zu Boden, hochrot im Gesicht. Forga legt die Holzprobe auf den nächsten Schreibtisch, wirft einen vielsagenden Blick auf Asistente, der vor dem Eingang des Büros sitzt, und spuckt auf den Boden. Dann fragt er Berns, ob er seinen Brief nicht erhalten habe. Bei Gott, ob er denn nicht einmal seine Post lese? Oder die Zeitung? Zum Teufel mit den Hinterwäldlern dieser Welt!

«Welchen Brief?», fragt Berns.

Chinchero, Yucay, Urubamba. Landschaft, die mal gleich blieb, mal sich änderte, Farbe, die zu Form wurde und wieder zu Farbe; verschwommene Fassaden und Gesichter. Die Bewohner versicherten ihren Alkalden später, ein Berggeist sei auf einem fliegenden Puma an ihnen vorbeigeschossen, wie ein Blitz so schnell, nicht einmal am Brunnen habe er angehalten. Sein Gesicht sei so weiß gewesen wie die Gletscher des Ausangate und sein Blick so starr wie der eines Apus, der die Ewigkeit in sich trägt.

Aber Berns trug nicht die Ewigkeit in sich, sondern eine Stille, die dem großen, alles verschlingenden Chaos gefährlich nah war. Kurz vor dem Abstieg nach Ollantaytambo bekam die Stille einen Riss, und Wörter drangen heraus. Berns begriff nicht, was sie bedeuten sollten: Wirtschaftskrise? Rezession? Baustopp? Paralyse? Ihm schien, als logen die Wörter und ihr Zusammenhang sei nur eine infame Fabrikation, ein Trompe-l'Œil – nichts weiter.

Die Sägemühle war so gut wie wertlos geworden. Aufgrund der miserablen wirtschaftlichen Lage würde niemand im ganzen Land teures Hartholz kaufen und den Transport finanzieren. Wie aber sollte er, Berns, nun Forgas Kredit abbezahlen? Forga hatte ihm ein paar Jahre Aufschub gewährt. Fließe dann kein Geld, werde man das Land versteigern.

Erst als Berns erkannte, dass er sein Pferd beinahe in den Abgrund hineingepeitscht hätte, kam er zu sich und stieg zitternd ab. Das Pferd sackte zusammen. Man konnte sich hier so nah an den Abhang stellen, dass die Stiefelspitzen schon in die freie Luft hinausragten.

Ein guter Moment, um nachzudenken. Aber sosehr Berns auch sein Gehirn zermarterte, er kam nicht darauf, was er falsch gemacht hatte. Die Sägemühle war eine brillante Idee gewesen – auch sein Talent als Ingenieur stand außer Frage.

Es musste die Welt sein, die Welt an sich, die gegen ihn war. *Ruin* – das Wort stand ihm so deutlich vor Augen, dass er es fast mit den Händen greifen konnte. Es drehte sich um die eigene Achse, entschwand in den Äther, um dann erneut vor Berns zu erscheinen, aber diesmal in goldenen Lettern: *Ruine* stand, glänzte, gleißte da – so nah, man brauchte nur einen Schritt vorwärts zu tun, dann konnte man die Buchstaben berühren, sich an sie klammern und daran festhalten. Es gab keinen Trost mehr, es gab nur dieses Wort.

Wo war sein Vater, wo Singer? Berns rang nach Luft und trat einen Schritt vor. Kurz war ihm, als trüge ihn die Luft, dann aber stürzte er hinab, Asistentes Gebell im Ohr.

Aber in dieser Welt gab es nicht nur Forgas und Tamayos und Briefe und Worte, in dieser Welt gab es auch

Mesquitebüsche, die stolz und unbewegt an Abhängen wuchsen. Manchmal kam es genau auf sie an, weil sie das Einzige waren, was einen Sturz in die Tiefe noch verhindern konnte. Als Berns das Geäst unter den Händen spürte, griff er zu. Da wusste er, dass er nicht sterben wollte. Aber leben? Das war eine Frage, die er aufschieben musste.

Die Sägemühle schien verlassen. Vor der Rampe stapelten sich fünf oder sechs entrindete Baumstämme, aber von den Arbeitern war keine Spur. Das Stampfen des Wasserrads war das einzige Geräusch, die Säge schwieg. Aber was kümmerte das jetzt noch? Es war ja alles gleich, niemand brauchte mehr Schwellen, niemand brauchte mehr eine Säge. Berns wurde übel, als er die Mühle betrat und sich daran erinnerte, wie viel Hoffnung Singer und er in ihren Aufbau gesetzt hatten. Woher Kraft für einen neuen Plan nehmen?

Erst einmal einen neuen Plan haben, dachte Berns bitter und ging um das Sägegatter herum. Da bemerkte er, dass ein Riemen gerissen war, der zum Scheibenrad führte. Was war geschehen? Immer wieder rief er nach Singer, lief sogar hinauf zum Speicher, doch auch dort war er nicht. Dass die Arbeiter fort waren und sich nicht an Absprachen hielten, wunderte Berns kaum. Aber Singer? Der hätte nicht grundlos die Stellung verlassen. Berns war schon fast wieder bei der Mühle angekommen, da stutzte er und lief noch einmal zurück. Tatsächlich: Dort, in einer Ecke des Speichers, lagen Singers Rucksack und seine Machete.

Er kann nicht weit sein, dachte Berns. Sich ohne Machete auf den Weg zu machen, das sah Singer nicht ähnlich. Er nahm beides an sich und ging zur Mühle; dabei bemerkte er einen Indio, der neben einem Stapel fertiger Schwellen eingeschlafen war. Berns rüttelte ihn wach. Der Mann stank nach Alkohol und wusste auf keine der Fragen, die Berns ihm stellte, eine Antwort zu geben.

Es begann, dunkel zu werden. Die Sonne war schon fast hinter den Steilhängen verschwunden, Nebel zog herauf und löschte die letzten Strahlen aus. Berns setzte sich ratlos auf den Gatterwagen. Ob sie Singer umgebracht hatten? Sicher hätten sie nicht seinen Rucksack und seine Machete zurückgelassen. Wahrscheinlich würde Singer wiederkommen, Berns musste nur auf ihn warten. Am Ende war er nur Gold schürfen gegangen – und von der Dämmerung überrascht worden, die Nacht kam schnell. Da verschränkte Berns die Arme und ließ den Kopf sinken.

Schmerz hielt wach. Stunde um Stunde grübelte Berns darüber nach, was er mit seinem Leben hätte anfangen können, dachte an Berlin, das Geschäft, das Gymnasium – dachte sogar an Paul Güßfeldt und Onkel Peters Fabrik in Dültgensthal. Alles hatte ihm zu Füßen gelegen, und ihm war nichts Besseres eingefallen, als darauf herumzutrampeln. Wie viel schuldete er dem Forga? Dreißigtausend Dollar! Das war mehr, als er je in seinem Leben verdient hatte.

Gegen fünf Uhr morgens, es war noch dunkel, überkam Berns das Gefühl, keine Luft mehr zu bekommen. Er ertrug es nicht mehr, ruhig dazusitzen und zu warten. Auf seinem Brustkorb lastete ein Druck, als würde man ihm mit einem Lederriemen die Luft abschnüren. Berns erhob sich vom Gatterwagen. Eine Schleiereule flog über ihn und den Rio Máquina hinweg; leuchtend hell hob sie sich vom Himmel ab und stieß einen Schrei aus.

Berns fuhr sich über die Augen. Dann griff er nach Singers Rucksack und der Machete. Es war an der Zeit. Wenn er sich jetzt nicht bewegte, würde er verkümmern und für immer eins werden mit der Mühle.

II.

DAS FEINE LÄCHELN DES INKA

Nur klettern, nur gehen, immer weiter, und nicht
nachdenken, so lange, bis der Schmerz verflogen sein würde wie die Erinnerung an einen schlechten
Traum.

Mit Singers Rucksack auf dem Rücken und Asistente
an seiner Seite lief Berns am Ufer des Urubamba entlang.
An einer Stelle waren ein paar junge Mahagonibäume
gestürzt; ihre Kronen waren auf zwei großen Felsen gelandet, die sich in der Mitte des Stromes aus dem Wasser
erhoben. Berns konnte sich nicht erinnern, jemals den
Fluss überquert zu haben. Brücken gab es nicht, wohin
auch – auf der anderen Seite ragten Steilhänge empor, die
niemand, der bei Verstand war und Wert auf sein Leben
legte, erklimmen würde.

Wenige Minuten später betrat Berns das andere Flussufer und blickte in den Dschungel, der sich vor ihm ausbreitete. Dicht wie die Fasern eines Gobelins griffen die
Lianen und die Ranken der Luftpflanzen ineinander. Berns
schlug unablässig mit der Machete auf das Geflecht ein,
aber oft war es, als würde das Metall an den Pflanzen ab-
gleiten. Doch Berns hatte Zeit. Es tat gut draufloszuschla-
gen, zu schreien, bis man heiser war, und sich nicht um
den Geifer zu bekümmern, der einem das Kinn hinablief.
Die Pflanzen – waren sie nicht ein Sinnbild für die Dinge
dieser Welt, gegen die er stets hatte ankämpfen müssen?

Berns schlug sich so lange vorwärts, Fuß um Fuß, bis seine Hände bluteten und das Hemd in Fetzen von seinem Oberkörper hing. Als die Machete in einer Pflanze steckenblieb, meinte er schon, sie sei stumpf geworden und nutzlos. Kaum aber bog er die Lianen zur Seite, sah er, dass er den Berghang erreicht hatte. Die Machete steckte in einer Aloepflanze, die aus einer Felsspalte herauswuchs. Berns riss eines der Blätter ab und bestrich die Wunden an seinem Oberkörper mit dem dicken Saft, der aus ihnen troff. Den Rest drückte er sich in den Mund, die gallertartige Masse schmeckte bitter und süß zugleich. Dann befestigte Berns die Machete an seinem Gürtel und setzte den Fuß an die Böschung.

Asistente winselte und sprang umher, als er seinen Herrn aufwärtsklettern sah. Da stutzte Berns für einen Moment und überlegte. Er ließ sich fallen und öffnete Singers Rucksack; nur einige Süßkartoffeln und ein Poncho befanden sich darin. Berns packte Asistente, steckte ihn bis zu den Vorderpfoten hinein und legte den Rucksack wieder an. Dann griff er nach oben, tastete, erfühlte die Felsen und zog sich hoch.

Asistente spürte die Anspannung. Er gab keinen Laut von sich, bewegte sich nicht einmal. Nur von Zeit zu Zeit fühlte Berns, wie sein Hund ihm den Schweiß vom Nacken leckte.

Höher am Hang wuchsen nur mehr Gräser, die sich an Felsvorsprünge klammerten. Der Nebel hatte einen feuchten Film über die Halme gelegt; unmöglich, daran Halt zu finden. Immer wieder rutschte Berns ab und konnte sich nur im letzten Moment mit den Füßen abstützen.

Die Sonne stand bereits so hoch, dass sich der Nebel in der Hitze verflüchtigte. Augenblicklich wurde es so schwül, dass Asistente anfing zu hecheln und Berns immer wieder innehalten musste. Knie und Oberschenkel brannten bei jedem Schub. Wie weit war er gekommen? Nur ein Anfänger hätte nun nach unten oder weit nach oben gesehen; was zählte, war nur der nächste Abschnitt am Berg.

Bald bemerkte er über sich einen Felsvorsprung. Zehn, fünfzehn Minuten lang verharrte er regungslos darunter und sammelte Kraft; dann zog er sich hinauf. Er löste den Rucksack und ließ sich rückwärts auf das Plateau fallen. Die Wärme des Gesteins drang in die Striemen, die das Gepäck auf seinem Rücken hinterlassen hatte. Stöhnend richtete er sich auf und vergaß über dem Anblick, der sich ihm nun bot, zu fluchen.

Berns stand gut zweitausend Fuß über dem silbernen Band des Urubamba. Satter grüner Regenwald bedeckte die Höhenzüge, dahinter schoben sich die gletscherbedeckten Riesen der Cordillera Vilcabamba in den Himmel.

Als er wieder ganz bei sich war, untersuchte Berns den Felsvorsprung, auf dem er sich befand. Was er anfangs für kaum mehr als ein Plateau am Hang gehalten hatte, war in Wirklichkeit der Übergang zu einem bewaldeten Sattel, der zwischen zwei Gipfeln lag.

Durst. Am Felsvorsprung lief ein kleines Rinnsal hinab. Berns schöpfte mit den Händen Wasser ab und ließ auch Asistente davon trinken. Vor ihnen lagen die Gipfel der Sierra. Eine Zeitlang stand Berns da und schaute, dachte nichts, fühlte nichts. Als er nach Asistente griff, fasste er ins Leere. Wo steckte er? Eben war er noch da gewesen. Berns stemmte die Arme in die Seiten und sah gerade noch aus den Augenwinkeln, wie Asistente hinter ein paar Bäumen verschwand.

«Asistente!», brüllte Berns. Aber der Hund hörte nicht. Was war nur in ihn gefahren? Wahrscheinlich befürchtete er, nochmals in den Rucksack gesteckt zu werden. Jetzt hörte Berns ihn kläffen. Er seufzte und kletterte über den Felssporn hinweg. Verfluchter Köter! Wieder wollte Berns nach ihm rufen, aber da hob sich eine Nebelsträhne, entblößte die Bergflanke, die vor ihm lag, und Berns erstarrte. Unmittelbar vor ihm erstreckten sich Hunderte von überwucherten Terrassen, steinern eingefasst und intakt. Sie waren auf den Wald zwischen den beiden Gipfeln hin ausgerichtet.

Berns atmete tief ein. Kleine schwarze Fliegen strömten in seinen offen stehenden Mund, er bemerkte es nicht einmal. Als sich eine der Fliegen in seine Luftröhre verirrte, fing er an zu röcheln, dann krümmte er sich und hustete so lange, bis er zu Boden sank und seinen Fingern dabei zusah, wie sie sich in die Erde bohrten. Erde, so hoch am Berg?

Wenn Berns sich später an diesen Tag erinnerte, dachte er für gewöhnlich als Erstes an die merkwürdige Zerstreutheit, die ihn dort, bei jenem Felssporn, befallen hatte.

Sonderbar war das gewesen: Berns ertrug weder den Anblick der Terrassen noch den Gedanken daran, was sie bedeuten konnten. Lieber wandte er sich von ihnen ab und putzte zuallererst seine Stiefel. Dann holte er seinen Kamm aus der Hosentasche und kämmte sich sorgfältig die Haare, fuhr sich damit durch den Bart, pflückte Pflanzenteile von seinem zerrissenen Hemd, reparierte den Rucksack, holte endlich den Hund herbei, untersuchte das Fell nach Zecken … Von Zeit zu Zeit drehte er sich um und schielte nach der Bergflanke; der Anblick ließ ihn noch immer schwindeln, und so wandte er sich jedes Mal wieder ab. Wozu auch die Hast? Es gab noch so viel zu erledigen.

Also biss er ein Stück des überstehenden linken Daumennagels ab, zog den Wollponcho aus Singers Rucksack hervor und breitete ihn fein säuberlich vor sich aus. Dann kniete er sich darauf, faltete die Hände und sprach drei Ave-Marias und drei Vaterunser. Schon fühlte er sich etwas besser, und nun blieb nur noch, einen möglichst glatten Stein zu finden. Diese Aufgabe beschäftigte Berns eine gute halbe Stunde. Als er schließlich einen runden, geschmeidigen Stein in der Hand hielt, legte er ihn vorsichtig auf den Boden und sprach ein paar Worte auf Quechua. Dann drehte er sich um, warmer Felsen im Rücken, kalter Schweiß auf der Stirn.

«Jetzt», sagte Berns und stieß sich vom Gestein ab.

Über die breiteste Terrasse lief er die Bergflanke entlang. Spinnweben, so dicht wie Musselin, legten sich um seinen Oberkörper; immer wieder musste Berns sich freikämpfen, stolperte über Luftwurzeln und stieß sich den Kopf an Ästen, die sich kurz zuvor, das hätte er beschwören können, noch anderswo befunden hatten. Am Ende der Terrasse erklomm er die Begrenzungsmauer und blickte hinab auf den dichten Wald, der sich auf dem Bergsattel ausbreitete. Er zog sich bis weit nach hinten zur Granitnadel, die die Fläche am anderen Ende beschloss.

Berns tätschelte seinen Hund und stieg mit ihm gemeinsam in den Wald hinab. Moose und Flechten bedeckten die Bambusdickichte und verwoben sich mit ihnen zu einem Irrgarten; jetzt musste Berns sich auf Knien voranschieben und mit der Machete eine Schneise schlagen.

Er hatte kaum zwanzig Fuß auf diese Weise zurückgelegt, da wurde ihm von der Anstrengung übel, und er musste sich gegen einen Felsen lehnen. Abgeschlagene pinkfarbene Orchideen und Bromelien lagen ihm zu Füßen; er riss eine der Blüten ab und schloss für einen Moment die Augen. Noch immer war er umgeben von dichtestem Dschungelwerk. Nur wenn der Wind es bewegte, drangen Sonnenstrahlen hindurch. Berns setzte sich auf und betrachtete das Spiel der Lichttupfen auf dem Felsen vor ihm, folgte ihrem Tanz ...

Da sah er zwischen armdicken Bambusrohren etwas Weißes hervorblitzen. Er kniff die Augen zusammen, schüttelte den Kopf, fuhr sich über die Lider. Aber sosehr er seine Augen malträtierte, er sah sie klar vor sich: schneeweiße Steinquader! Berns erwartete, dass sich dieser Eindruck als Vision entpuppen würde, als Entwurf, der mit der Wirklichkeit enttäuschend wenig gemein hatte, aber die Farbe des Gesteins und die schnurgeraden Linien darauf blieben bestehen.

Berns zog sich an einer Liane hoch und schlug auf den Bambus ein, der den Weg zu den Quadern versperrte. Als er einige der Stämme beiseitegeschafft hatte, erkannte er keine drei Fuß vor sich eine niedrige Höhle. Die Quader, die er im Zwielicht gesehen hatte, rahmten ihren Eingang und schienen passgenau zwischen die umliegenden Felsen gegossen worden zu sein. Berns fühlte, wie ihm die Machete aus der Hand glitt, doch er kümmerte sich nicht darum.

Es war, als besäßen die Gesetze der Materie keine Geltung für die Steine, so aberwitzig füllten sie noch die kleinste Nische aus. Berns fuhr mit den Fingern die Fugen entlang. Konnte das tatsächlich Menschenwerk sein?

Nach oben hin war die Höhle durch eine überhängende Felsplatte begrenzt. Auf ihr ragte ein halbrunder, makelloser Turm in die Höhe. Es gibt nur einen Ort, dachte Berns, der entfernt mit diesem hier vergleichbar ist. Und das ist der Sonnentempel in Cuzco, der *Hof des Goldes*. Was auch immer er hier entdeckt hatte, es musste für die Inka von allerhöchster Bedeutung gewesen sein.

Berns ließ den Rucksack fallen und legte sich auf die fein ausgearbeitete Treppe, die in den Felsblock hineingeschlagen worden war. Tränen stiegen ihm in die Augen. Dann kratzte er ein paar Flechten von den Steinen, steckte sie sich in den Mund und schob sie entzückt mit der Zunge hin und her. Er erwartete, dass einmal mehr goldene Lettern vor ihm aufsteigen und einen Namen bilden würden – ein Zauber, der aus sich selber hervorging, sich auslöschte und erschuf zugleich. Aber die Lettern kamen nicht. Berns blieb liegen, bis sich die Flechten in seinem Mund aufgelöst hatten, dann machte er sich an die Arbeit.

Mit zittrigen Beinen wagte er den Aufstieg in den Turm, der sich oberhalb der Höhle befand. Sein Halbrund war präzise auf den Granitfelsen gesetzt worden. Sonnenlicht fiel durch eine der Fensteröffnungen und zeichnete ein Quadrat auf den steinernen Boden. Eine Weile betrachtete Berns die beleuchtete Stelle. Dann nahm er ein Stück Kreide aus seiner Hosentasche und schrieb auf die Innenwand des Turms:

ENTDECKT VON A. R. BERNS, 1876.

Plötzlich schien die Erde zu wanken. Berns sank unsicher auf die Knie. Bäuchlings legte er sich auf den Felsen und klammerte sich daran fest – der Wellengang vor Kap

Hoorn, so kam es ihm vor, war nichts gewesen im Vergleich dazu.

Als er erwachte, war das Quadrat aus Licht bereits über den Felsboden gewandert und beschien die Innenwand des Turms.

Ich bin noch immer hier, dachte Berns. Er schmiegte ein letztes Mal seine Wange an den Felsen, dann stand er auf. Seine Kehle war trocken. Neben dem Turm fand er eine steinerne Rinne, die Wasser führte. Gierig trank er davon. Noch während der letzten Schlucke fiel sein Blick auf den kleinen Kanal, der das Wasser zur Rinne leitete. Um ihn herum breitete sich der Dschungel aus, die Wurzeln der Bäume umschlangen die Steine, Schösslinge verdeckten mit ihren Blättern das Mauerwerk. Als Berns den Turm umrundete, bemerkte er jedoch eine steile Treppenflucht, die sich über die gesamte Bergflanke unterhalb des Sattels erstreckte. Hinter einer Wand aus Pfahlrohr und Bambus verbargen sich unzählige Häusergruppen, Innenhöfe, Becken und Altäre aus makellosem weißen Stein.

Da erstarrte Berns in der Bewegung. Andensittiche zirpten laut um ihn herum, er spürte den Wind auf seiner Haut. Das ist –, dachte er, das muss –

Sein Gesicht verzerrte sich zu einer Grimasse, als wollte er weinen. Berns verbarg es in den Händen und sog den Geruch seiner Haut ein. Aber das Gold, fragte eine leise Stimme in ihm, müsste die Stadt nicht aus Gold bestehen, oder wenigstens mit Gold bedeckt sein? Da fiel Berns der Sonnentempel in Cuzco ein, einer der heiligsten Bauten der Inka. Auch er bestand aus Granit; golden war lediglich seine Verkleidung gewesen. Und Verkleidungen lie-

343

ßen sich in Zeiten der Not abtragen und im Untergrund verstecken. Das Gold, es konnte nicht weit sein.

Berns ließ die Hände sinken und betrachtete die Linien auf den Handflächen, die Blasen und Kratzwunden. In seinem Leben hatte er genug grobe, unbedeutende Ruinen gesehen, um einschätzen zu können, worum es sich bei diesem Fund handelte – handeln musste. Etwas löste sich in ihm, und er begriff: Er hatte die verlorene Stadt der Inka entdeckt.

Berns stützte sich an einer Mauer ab und atmete tief ein. Dann nickte er, betont ruhig, als sei er zum Tanz aufgefordert worden, ohne die Schritte zu beherrschen. Bedächtig zog er die Stiefel aus, nahm sich die Zeit, die fadenscheinigen Socken zu falten, und krempelte schließlich die Hose hoch. Der warme Felsen unter seinen Füßen schien zu vibrieren. Von jetzt an sind wir eins, dachte Berns, ich und diese Stadt, ich und meine Entdeckung. Jeden einzelnen der Granitblöcke wollte er betasten; wollte sehen und verstehen.

Halbnackt, wie er war, lief er laut schreiend und wiehernd vor Lachen die Treppen auf und ab, warf Asistente in die Luft, riss Orchideen aus dem Mauerwerk und steckte sich ihre Blüten ins Haar, vollführte Tänze auf Plateaus und johlte laut auf, als er ein Nagetier davonstieben sah. Schließlich blieb er, ganz außer Atem, auf einer Stufe stehen. Er lachte, noch immer oder schon wieder, Tränen, Schweiß, alles war eins und zusammen, deckungsgleich Traum und Wirklichkeit, wer würde da nicht wahnsinnig werden?

Berns dachte an den Tod seines Vaters, an die Kälte in Dültgensthal, den Pulverrauch von Callao, an alles, was ihm jemals widerfahren war, und sah, es war gut. Es hatte ihn dorthin geführt, wo er gerade stand. Aber wo stand er denn? So viel musste gerodet werden, abgegangen und erschlossen … Berns ging zur Höhle zurück und nahm die Machete an sich.

Die schier unglaublichen Ausmaße der Stadt. Je höher Berns und Asistente kamen, desto mehr Wände, Mauervorsprünge und Giebel schoben sich aus dem Dickicht. Asistente lief voran, Berns folgte ihm, auch er immer wieder auf allen vieren – als müsste er sich ständig der Stadt und ihrer Verankerung in der Wirklichkeit vergewissern. Nichts wollte er jetzt verpassen, keine Nische, keine Abzweigung, nicht die geringste Unebenheit im Gestein.

Dies war seine große Entdeckung, die er studieren und besser kennenlernen wollte, als er je eine Stadt zuvor gekannt hatte. All die Bücher über Peru, die er gelesen hatte, waren hinfällig. Dies hier war *seine* Berufung. Nicht nur dass er diese Stadt gefunden hatte – er wusste auch, was sie bedeutete. Das unterschied ihn von den Historikern, die nie auch nur irgendetwas fanden, und von den Entdeckern, die kaum je ermessen konnten, was sie eigentlich gefunden hatten.

Nein, dachte Berns, diese Stadt gehört mir, mit all ihrer Geschichte und all ihrem Gold. Jeder Stein und jede Nische erfüllten ihn mit Begeisterung und mit Liebe. Bald würde er anfangen müssen, Details zu verzeichnen und aufzuschreiben, sonst würde sein Kopf über der Anstrengung, sich alles merken zu wollen, platzen.

Wie viel Euphorie erträgt ein Mensch? Immer wieder schloss Berns die Augen und konzentrierte sich auf ein Stück Moos oder eine Flechte, anders ging es nicht. Er hatte sich erst einen Plan zurechtlegen wollen, eine Richtung, die er verfolgen könnte, aber schon nach wenigen Schritten zog es ihn immer wieder hinein in die Hauseingänge, die Stichwege und die Höfe. In einem der Häuser entdeckte er zwei kreisrunde, in den Boden eingelassene Becken. Regenwasser hatte sich in ihnen gesammelt und reflektierte den Himmel. Berns beugte sich darüber und schreckte zurück: Sein Gesicht spiegelte sich darin, und er meinte, just in diesem Augenblick bemerkt und erkannt worden zu sein. Schnell steckte er die Hand ins Wasser, um das Bild zu verwischen. Wofür mochten die Becken verwendet worden sein? Asistente tollte darüber hinweg und schnappte nach dem Wasser.

Immer wieder fielen Berns steinerne Ösen und Zapfen auf; sie verwunderten ihn so sehr, dass er sie jedes Mal sorgfältig mit den Fingern abfuhr, so lange, bis seine Haut rissig wurde und grün vom Moos. Überall plätscherte Wasser aus Kanälen und Rinnen; es wand sich um Treppen, umspülte Becken, verschwand im Gestein, nur um hinter der nächsten Mauerecke wieder aufzutauchen und sich in einen Brunnen zu ergießen. Berns dachte daran, wie stolz Singer und er auf ihr Gerinne am Rio Máquina gewesen waren, und der Gedanke beschämte ihn. Er, ein Ingenieur? Erst hier oben, weit über den Wolken, hatte er seine Meister und ihr großes Werk gefunden.

In der Mitte der Ruine befand sich ein Steinbruch. Mannshohe Granitquader lagen dort lose beieinander, ganz so, als sei man noch während der Arbeit gezwungen gewesen, die Flucht zu ergreifen. Berns überlegte, wann die Stadt verlassen worden sein mochte. Er ging um die Quader herum und besah ihre Kanten, die Oberflächen, ihre Reliefs.

Mit einem prüfenden Blick zur Sonne stellte Berns fest, dass ihm wenig Zeit blieb, bis die Dunkelheit hereinbrechen und er die Nacht auf dem Berg würde verbringen müssen. Da durchfuhr ihn der Gedanke: Wenn mir hier oben etwas zustößt, wird niemals jemand erfahren, was ich entdeckt habe. Nie würde jemand das Gold, das unter den Steinen der Stadt verborgen liegen musste, zu Gesicht bekommen. Er, Berns, hatte die verlorene Stadt der Inka gefunden, und nur er allein war ihrer Reichtümer würdig. Wenn diese Stadt beschrieben und erklärt werden kann, dann nur von mir, dachte er. Ihr Gold wird meine Bezahlung sein, das ist nur recht und billig.

Schon suchten die nackten Füße besseren Halt, griffen die Hände gewissenhafter nach dem Bewuchs der Mauer. Man brauchte nur einen Augenblick lang nicht hinzusehen, und die Neblina konnte alles verschwinden lassen, was vor einem lag. Einen Augenblick nur, und fort waren der Wald, die Giebel, fort die Granitquader, vor denen man stand. Dann half nur, auf den nächsten Windstoß zu warten, der die Neblina zerfaserte und schließlich auflöste.

Jetzt war es wieder so weit. Der Nebel, der eben noch um Berns und den Steinbruch herumgeflossen war, hüllte die Granitnadel am Ende des Grates ein. Berns, der keine Minute ungenutzt verstreichen lassen wollte, ließ von den Quadern ab und rief Asistente zu sich. Sie folgten einem von Laub und Holzsplittern übersäten Weg, der zu einer kleinen Anhöhe führte. Bereits von unten ließen sich die Wipfel einiger Bäume erkennen – hielt man geradewegs auf sie zu, konnte man die Anhöhe kaum verfehlen.

Kurz bevor Berns die Bäume erreichte, streifte er versehentlich mit der bloßen Schulter eine Wand. Er sah die Stelle an, die er berührt hatte, und blieb überrascht stehen. Die Quader bildeten ein abstraktes geometrisches Gefüge, übermenschlich präzise und kunstvoll. Berns nahm Singers Poncho aus dem Rucksack und wischte damit vorsichtig die Mauer frei. Als er eine größere Fläche gesäubert hatte, setzte er sich davor nieder. Verzweiflung stieg in ihm auf: Wer würde ihm jemals Glauben schenken, wenn er berichtete, er habe eine Stadt gefunden, deren Gebäude prächtiger und elaborierter waren als jene von Cuzco? Wer würde ihm folgen und wirklich begreifen können, was die Inka vollbracht hatten?

Die verlorene Stadt der Inka hatte als Legende gegolten, als Mythos. Jetzt, da Berns vor ihr stand, kam sie ihm nur wenig realer vor; ihre Mauern und Bauwerke schienen so unwahrscheinlich und sagenhaft wie die Geschichte von El Dorado selber.

Überwältigt von den Eindrücken, ging Berns endlich weiter und stand bald unter den Bäumen, die er schon von unten gesehen hatte. Er lehnte sich gegen den dünnen Stamm eines Mahagonibaums und betrachtete ehrfürchtig den kleinen Platz. Drei Gebäude formten ein Hufeisen; sie alle bestanden aus nur drei Wänden, sodass sie vom Platz aus einsehbar waren. Die riesigen Blöcke, aus denen sie bestanden, mussten mehrere Tonnen wiegen.

An der Rückwand des mittleren Gebäudes lag ein ebenmäßiger, kniehoher Altar. Er erstreckte sich über die gesamte Längsseite; wie man ihn intakt hierhergeschafft hatte, war ein Rätsel. Berns ließ seinen Blick unschlüssig zu Boden gleiten, auf Laub und lockeren Sand. Was war wohl darunter zu finden? Prüfend bohrte er seine große Zehe in den Sand. Asistente bellte ausgelassen und begann ebenfalls, im Untergrund zu scharren.

In einer Wand des danebengelegenen Tempels befanden sich drei große Fensteröffnungen. Da stutzte Berns. Es dauerte einen Moment, dann erinnerte er sich daran, was er vor langer Zeit gelesen hatte: Der erste Inka, Manco Cápac, sollte einst aus einer Höhle in die Welt gekommen sein. Jene Höhle, Pacaritambo war ihr Name, hatte drei Öffnungen besessen, und Manco Cápac war aus der mittleren gestiegen.

Die Inka waren vor Hunderten von Jahren aus dem Dschungel in die Sierra gekommen – den Ort ihrer Abstammung hatten sie in eine heilige Stätte verwandelt, abgelegen und mysteriös. Berns schritt so gravitätisch, wie es barfuß und erschöpft möglich war, zu den Fensteröffnungen und blickte hinaus: Sie boten Ausblick auf den Urubamba, und das mittlere Fenster fasste genau die Flussbiegung ein, an der die Sägemühle lag. Berns und Singer hatten sich so gut wie in Sichtweite der verlorenen Stadt befunden, keinen Tagesmarsch entfernt.

Da wandte Berns sich lachend ab und betrachtete den Nebel, der über den Platz hinwegzog. Dort, in der letzten, weißen Strähne kurz vor dem Abhang, bemerkte er die Silhouette eines Menschen.

«Hallo?», rief Berns erst zögerlich und kaum hörbar, dann etwas lauter, bestimmter, auf Spanisch und Quechua. Asistente kläffte. Als die Nebelsträhne verflogen war, erkannte Berns, dass da kein Mensch war, sondern eine Statue. Sie stand auf einer kleinen Plattform, die sich über den westlichen Abhang hinauswölbte. Überlebensgroß, die Arme eng an den Körper gelegt, drehte sie Berns den Rücken zu. Dessen Puls beruhigte sich etwas, als er seinen Irrtum bemerkte.

Jetzt brach im Westen die Sonne durch und blendete ihn; den rechten Arm vor den Kopf geschoben, Asistente eng an seiner Seite, ging Berns auf die Statue zu und betrat schließlich die Plattform. Er wagte kaum aufzusehen. Erst als er der Statue genau gegenüberstand, hob er den Kopf und blickte empor. Vor ihm stand der Inka, der menschgewordene Sonnengott, in Stein gemeißelt. Stärker als vor jedem Kreuz, jedem Altar, drängte es Berns, sich vor ihm niederzuwerfen und so lange in tiefster Demut zu verharren, bis ihm geheißen wurde, sich zu erheben. Aber was sah jemand, der im Staub lag? Also fiel Berns auf die Knie und riss sich den Hut vom Kopf. Schweiß rann ihm in die Augen, aber er wagte es nicht, auch nur zu blinzeln.

Ganz anders als Jesus trat dieser Gott dem Betrachter als wehrhafter König und Kriegsherr entgegen. Auf dem Kopf trug er den Llautu der Inka, einen Turban, geschmückt mit drei Federn des Karakara-Vogels. In den Händen hielt er eine Streitaxt und einen Schild, auf dem das Sonnensymbol eingraviert war. Der Umhang des Inka fiel in sanft geschwungenen Falten, die schwere Kette, die das königliche Emblem trug, trat deutlich hervor, ebenso wie die Ohrläppchen, die von schweren Ringen hinabgezogen wurden. Das Schönste aber waren die Augen, die entschlossen auf die Sierra blickten, und das feine Lächeln, das die Lippen des Inka umspielte. Sein ganzes Gesicht wirkte so weich und organisch, dass man meinte, einen warmen, lebendigen Körper vor sich zu haben und nicht kalten Stein.

Lange betrachtete Berns den Inka, bevor er wagte, das Skizzenbuch hervorzuholen. Seite um Seite füllte er nun mit Zeichnungen. Aber es war wie verhext: Keine einzige seiner Skizzen vermochte das unergründliche Lächeln des Inka wiederzugeben. Er konnte es nicht zeichnen, weil er es nicht begriff. Als ihm einfiel, dass es den Sterblichen verboten war, dem Inka direkt ins Gesicht zu sehen, senkte er den Blick bis hinunter zu dem Sockel, auf dem der Sonnengott stand.

Die letzten Sonnenstrahlen trafen auf die Quader. In ihren Zwischenräumen glänzte etwas auf, und so kroch Berns heran und untersuchte sie. Das, was dort glänzte, waren Partikel von reinem Gold. Der Inka musste einst in Gold und Geschmeide gehüllt gewesen sein. Was war mit ihm und seiner Stadt geschehen?

Als es langsam dunkel wurde, ließ Berns von der Statue ab und versuchte, auf demselben Weg, auf dem er gekommen war, wieder nach unten zu gelangen. Die Höhle unter dem Turm, dachte er, wird mir genügend Schutz vor der Kälte und Feuchtigkeit der Nacht bieten. Jetzt erst fiel ihm auf, dass er so gut wie nackt war: der Oberkörper von der Sonne verbrannt, die Füße zerkratzt und voller Blasen, Hose und Hemd hingen ihm in Fetzen vom Leib.

Er fand nicht zum Turm zurück, und so blieb Berns nichts anderes übrig, als sich in der Nähe der Tempel mit der Machete einen Pfad durch das Dickicht zu schlagen. Nach einer Weile stieß er wieder auf die große Treppe. Daneben lag ein Becken mit hohen steinernen Wänden, eine wasserführende Rinne schloss oben an. Da der Abfluss mit Kieseln und Blättern verstopft war, hatte sich das Becken zur Hälfte gefüllt. Berns steckte seine Hand hinein, das Wasser war eiskalt. Ihm fielen die warmen Quellen hinter der Sägemühle ein. Weil aber seine Haut von Schweiß und Staub bedeckt war und vom Sonnenbrand schmerzte, zog er sich aus und kletterte in das Becken.

Berns hielt den Kopf unter die Rinne, ließ sich das

Wasser über das Gesicht laufen, prustete. Vom Becken aus sah man auf die grünen Hänge am Urubamba; am Hang direkt gegenüber erkannte Berns eine schnurgerade vertikale Linie. Die Treppe, dachte er. Es war die Treppe, die er damals zusammen mit Singer und Melchor Arteaga entdeckt hatte. Die Inka waren Teufelskerle – wie nur konnte man von der Stadt aus die Treppe sehen, nicht aber von der Treppe die Stadt?

Kein Wunder, dass diese Stadt den Spaniern verborgen geblieben ist, dachte Berns. Gebaut im unzugänglichsten Teil der Anden, inmitten eines gigantischen Felshangs, von unten unsichtbar und so aberwitzig, dass man sie sich kaum vorstellen konnte. Vielleicht lag genau darin ihr Wesen begründet: in der Unvorstellbarkeit. Man wähle den unmöglichsten aller Standorte, nehme die ärgsten Entbehrungen auf sich, um das Land zu roden, zu räumen, zu ebnen – und errichte dort eine Stadtanlage, die an Schönheit alles übertrifft, was es auf dem Kontinent zu bestaunen gab.

Als das kalte Wasser seine Haut betäubt hatte, stieg Berns aus dem Bad heraus und trocknete sich notdürftig mit Singers wollenem Poncho ab. Er zog sich an und lief los. Das Licht nahm von Minute zu Minute ab, und das, was er am Anfang für die Dämmerung gehalten hatte, war in Wirklichkeit ein heraufziehendes Unwetter.

Es fing an zu regnen, als Berns endlich eine Stelle für die Nacht gefunden hatte. Inmitten einer Häuseransammlung ragten zwei zerklüftete Felsen wie die Flügel eines Kondors auf. Unter den Felsen befand sich eine niedrige Höhle; sie würde als Herberge reichen. Berns stopfte Singers Poncho unter den Stein, dann wies er Asistente einen Platz zu, zuletzt kroch er selber hinein. Schon zuckten die ersten Blitze über den Himmel. Die Beine eng an den Körper gezogen, wickelte sich Berns in den Poncho und horchte auf den tosenden Donner. Bald schlief er ein, und er schlief so fest, dass nicht einmal ein in der Nähe einschlagender Blitz ihn zu wecken vermochte.

Zwei Stunden für den Weg hinab, das war so gut wie nichts. Der Urubamba war vom Unwetter der Nacht angeschwollen, doch die Baumstämme über den beiden Felsen hatte er nicht fortgeschwemmt.

Berns überlegte, wohin er gehen würde. In der Sägemühle gab es Werkzeuge und Materialien, aber keine Nahrung. In Mandor gab es Nahrung und Menschen, aber er hatte nichts bei sich, um damit zu bezahlen oder es einzutauschen. Schließlich entschied er sich für die Siedlung. Er hoffte, die Indios würden ihn noch immer als ihren Arbeitgeber anerkennen. Sie mussten ihm geben, was er verlangte, immerhin hatte er sie im Voraus bezahlt.

Kurz vor Mandor bemerkte Berns einige hundert Fuß vor sich einen Menschen. Langsam ging die Gestalt auf die Siedlung zu, hielt immer wieder an, fasste sich ans Gesicht, lief wieder los. Asistente bellte heiser und schoss auf sie zu. Berns rief laut einen Gruß, dann eilte er seinem Hund hinterher. Ein Mensch, ein Mensch! Es kam ihm vor, als läge eine Ewigkeit des Alleinseins hinter ihm.

Zwei Männer im Regen, der eine erschöpft, der andere fassungslos. Sie fielen einander in die Arme.

Wie sich herausstellte, war kurz nach Berns' Abreise einer der Riemen in der Sägemühle gerissen und hatte Singer so schwer am Kopf und am Schlüsselbein verletzt, dass er sich in Mandor von einer alten Indiofrau hatte pflegen lassen müssen. Als Berns ihn nach dem Verbleib der Arteagas fragte, antwortete Singer, dass die beiden noch nicht wieder aufgetaucht seien. Warum ihn das interessiere? Berns winkte ab.

Als Singer von dem geplatzten Vertrag hörte, wurde er so bleich, dass selbst die Wunde an seiner Schläfe eine Spur blasser wurde. Er setzte sich auf einen Felsen am Wegrand und legte den Kopf auf die Unterarme. Erst als Berns ihm die Zeichnungen der Statue vor das Gesicht hielt, blickte er fragend auf. Und Berns erzählte.

Innerhalb weniger Tage häuften sie Vorräte an und schafften von der Sägemühle zwei Lampen sowie Schaufeln, Äxte, Macheten, Seile, Spaten, Sägen, Decken, Brecheisen und eine Zeltplane herbei. Zweimal mussten sie den Abhang überwinden, bis sich die gesamte Ausrüstung oben auf dem Bergsattel befand. Es bereitete Berns Vergnügen, seinen Partner in Richtung des Felssporns zu führen und dabei sein Gesicht zu beobachten; sein Gesicht, das sagte: Berns ist wahnsinnig geworden, er glaubt, die verlorene Stadt der Inka entdeckt zu haben, dabei liegt vor uns bloß der nächste Abgrund, gnade uns Gott!

Dann aber die Terrassen, das Wäldchen, die Treppe und die Stadt. Singer, der an nichts mehr geglaubt hatte, fiel auf die Knie und schlug ein Kreuz. Vor ihm lag ein Wunder, nicht mehr, nicht weniger, und Wunder hatten immer etwas Göttliches an sich, selbst wenn sie auf einen Haufen Heiden zurückgingen. Berns führte Singer so stolz und sicher herum, als habe *er* die Stadt erbaut, als habe *er* all die Kniffe und Raffinessen ersonnen, die sie auszeichneten.

Er zeigte Singer den Stein in der Mitte des Turms, auf dem er gelegen hatte; führte ihn die Treppe hinauf und wieder hinab, und als Singer nach Luft schnappte, steckte er ihn in das Becken, in dem auch er gebadet hatte. Hier verkündete Berns, dass all das, diese Stadt, in gewisser Weise sein Lebenswerk sei. Jetzt, da er es gefunden habe, wolle er es erkunden und durchdringen. Dann erst würden sie sich daran bereichern. Ob er, Singer, das begreife?

Singer, der im kalten Wasser fror, sagte: «Wir brauchen Gold, um weiter nach Gold suchen zu können. Nur das Gold kauft uns mehr Proviant, bessere Ausrüstung und die Unterstützung von Arbeitern. Das ist das, was *ich* begreife.»

Einmal aus dem Becken heraus und abgetrocknet, ging es weiter zu der Anhöhe. So schlafwandlerisch Berns den Weg dorthin gefunden hatte, so unsicher wurde er nun. Irritiert blickte er sich immer wieder um. Dies hier waren doch die Tempel, und in ihrer Mitte befand sich der kleine Platz, auf dem er gestanden hatte, oder etwa nicht? Hier wuchs der kleine Mahagonibaum, gegen den er sich gelehnt hatte … Aber etwas stimmte ganz und gar nicht. Singer stürzte sofort zu den drei Maueröffnungen und besah den länglichen Altarstein, untersuchte die Wände und lachte immer wieder wie von Sinnen. Berns dagegen starrte auf die kleine Plattform, die sich auf der anderen Seite des Platzes über den Abhang hinausschob.

Sie war leer.

«Singer», sagte Berns, aber Singer hörte nicht, er war damit beschäftigt, einen Strauch herauszureißen und das Fundament einer Außenwand zu untersuchen.

Unter Umständen war alles ganz anders, und er hatte Singer zu einem anderen Ort geführt, unter Umständen gab es hier Hunderte von Plätzen, die sich zum Verwechseln ähnlich sahen … Aber da trat Berns auf die Plattform hinaus, erkannte die kleine Mauer, auf der er gesessen und gezeichnet hatte, und vor ihm lag ohne Zweifel der Sockel der Statue.

Singer zuckte mit den Schultern, als Berns ihn auf die Plattform zerrte und fragte, was er da sehe – nichts, korrekt – und ob er wisse, was das heiße. Das heiße nämlich, dass sie nicht allein seien.

«Lucho Arteaga», sagte Berns. Jetzt wusste er, wohin die Arteagas verschwunden waren. Am Ende wurden sie beide, er und Singer, gerade jetzt beobachtet! Berns spürte, dass sie sich in Gefahr befanden.

«Easy», sagte Singer. «Jetzt richten wir uns erst einmal ein Lager ein, dann kümmern wir uns um Besuch. Wenn der Arteaga dich vom Berg schaffen wollte, hätte er es längst getan.»

Berns versuchte sich einzureden, dass Singer recht hatte. Das Gefühl, nicht allein zu sein, wurde dennoch mit jeder Stunde stärker. Asistente hielt er jetzt stets eng bei sich.

Singer und Berns wählten eines der Häuser, von denen man einen guten Rundumblick hatte, fällten kleinere Bäume und legten deren Stämme so über die Zapfen an den Giebeln, dass sie die Zeltplane und Bündel von Bambus Schicht um Schicht darüberschieben konnten. Kaum war das Dach vollendet, holten sie den Rest der Ausrüstung herbei, die sie beim Felssporn gelassen hatten. Über den Türeingang hängten sie eine dichtgewobene Decke, die die Neblina und alles Getier draußen halten sollte. Schließlich ließen sie sich auf der Mauer nieder, die als Begrenzung einer Terrasse auf ihr Haus zulief, und aßen ein paar Bananen.

Als Singer fragte, wie sich das eigentlich anfühle, wusste Berns erst nicht, was Singer meinte. Er dachte noch immer an die verschwundene Statue. Immerhin, so beruhigte er sich, verfügten sie beide über Gewehre und Macheten. Für Berns gab es nun keinen Zweifel mehr daran, dass die Arteagas sich in der Nähe aufgehalten und die Statue fortgeschafft hatten. Nur wohin, und warum?

Erst als Singer ihm auf die Schulter schlug und sagte, dass er vollbracht habe, wovon er seit Jahren sprach – nein, monologisierte, faselte, delirierte –, nämlich, die verlorene Stadt der Inka zu finden, da sah Berns von seiner Bananenschale hoch. Wie also, wiederholte Singer, fühle es sich an, sein großes Ziel erreicht zu haben? Heimlich beglückwünschte er sich dazu, so lange an Berns' Seite ausgeharrt zu haben. All die Jahre hatten sich endlich ausgezahlt. Wenn nur Berns sich nicht allzu lange mit seinen Skizzen und Notizbüchern aufhalten würde, wenn sie nur bald anfingen zu graben!

Niederschmetternd, wollte Berns sagen, dann verbat er es sich. Eine andere Antwort aber wollte ihm nicht einfallen. Euphorie? Ein schwieriges Terrain. Einfacher war es, die nächsten Schritte zu bedenken.

«Ich habe nie wirklich daran gezweifelt, dass ich mein Ziel erreichen werde», sagte er schließlich und sah in Singers grünes Auge. Aus unerfindlichen Gründen war ihm das grüne stets lieber gewesen als das braune.

«Ist das so?», sagte Singer trocken. «In dem Fall sollten wir darüber nachdenken, wo wir anfangen. Wir haben eine riesige Ruine mit Dschungelbewuchs. Zu zweit kommen wir kaum gegen den Wald an. Lass uns Leute anheuern, die gegen eine geringe Beteiligung sägen, roden und graben. Je mehr sie dabei finden, desto mehr könnte man ihnen auszahlen. Als Anreiz. Die Ausbeute lagern wir in Ollantaytambo, bevor wir im Konvoi nach Cuzco ziehen.»

«Die würden uns schneller erledigen, als wir *Bitte nicht* sagen könnten. Was hielte sie schon auf? Später erzählen sie dann, wir seien abgestürzt. Nichts leichter als das.»

«Zwei Paar Hände, zwei Schaufeln und zwei Macheten. Was können die schon ausrichten?»

«Lass es uns wenigstens probieren. Wir untersuchen die Ruine, halten fest, was wir entdecken. Skizzieren, fertigen Pläne. Dann graben wir so viel wie möglich selber aus. Alles Gold, das wir zu zweit fortschaffen können. Es gehört uns, Singer. Warum teilen?»

Singer schmiss eine leere Bananenschale auf die Terrasse unterhalb des Hauses. Er rang mit sich, dann seufzte er.

«Also schön. Einen Versuch ist es vielleicht wert. Wie willst du vorgehen?»

«Die erste Aufgabe wird sein, eine der beiden Granitnadeln zu besteigen, die die Stadt begrenzen. Von dort aus können wir die Umgebung überblicken.»

Singer stöhnte, als er das hörte. Besteigen, besteigen! Er könne es bald nicht mehr hören, es sei ein Kreuz mit den Bergen. In jedem Fall dürften sie keine Zeit verschwenden. Die Vorräte seien begrenzt.

Berns lag noch lange wach in dieser Nacht, der Gedanke an die Statue und die Arteagas ließ ihm keine Ruhe. Beim geringsten Geräusch schreckte er hoch und erwartete, jemanden ins Lager treten zu sehen; jedes Mal aber war es nur der Wind oder ein Nagetier, das vorbeihuschte. Asistente spürte seine Unruhe und blieb dicht bei ihm. Gemeinsam harrten sie aus, bis die Dämmerung anbrach.

Berns und Singer entschieden sich für den Berg, der den Grat in südlicher Richtung beschloss. Mit geschliffenen

Macheten ging es durch einen Irrgarten aus Pfahlrohr; von Zeit zu Zeit hielten sie an, um sich auszuruhen oder weil sie etwas Ungewöhnliches bemerkten.

Sie waren gut eine Stunde unterwegs, als sie auf eine Treppe stießen, die auf ein Tor zuführte. Ein solider Granitblock bildete den Türsturz; steinerne Zapfen an den Seiten verrieten, dass dieses Tor einst verschließbar gewesen sein musste.

«Das Stadttor», sagte Berns und stellte sich unter den Granitblock. Zu den Seiten war nicht einmal Platz, um die Arme auszustrecken. Viel Verkehr konnte es nicht gegeben haben. Berns bemerkte, dass das Tor, wenn man die Stadt betreten wollte, makellos den Berg am nördlichen Ende einrahmte, wie ein Bilderrahmen ein kostbares Gemälde. Auch Singer hatte es gesehen und sagte, dass es viel zu tun gebe auf diesem Gelände. Ob sie nicht doch die Indios aus Mandor hochholen sollten?

Aber Berns schüttelte den Kopf. Immer wieder sah er über die Schulter, um zu prüfen, ob sie verfolgt wurden, doch alles lag ganz still da, nicht einmal die Wipfel des Bambus bewegten sich im Wind.

Bald schon entdeckten Berns und Singer einen Weg, dem sie folgen konnten. Eine Treppenflucht war in den Abhang geschlagen worden, die Stufen kaum so lang wie der Unterarm eines Kindes und gerade breit genug, um die Fußspitze daraufzusetzen.

Die Luft wurde mit zunehmender Höhe spürbar dünner, das Herz schlug schneller. Singer musste sich immer wieder am Hang abstützen. Obwohl er versicherte, es gehe ihm gut, seine Kopfverletzung sei längst verheilt, sorgte sich Berns um seinen Zustand.

Als es schließlich nicht mehr weiterging, keine Treppe

weiter nach oben führte, setzten sich Singer und Berns auf einen der Gipfelsteine und ließen die Beine hinabhängen. Von hier oben konnte man erkennen, dass die Stadt von zwei Wällen umgeben war; gleich dahinter schlossen sich die Terrassen an, bis die Hänge beinahe senkrecht abfielen. Singer schloss vor Erschöpfung die Augen; Berns konnte nicht anders, er musste nach unten blicken, auf den Wald, aus dem sich Giebel und Mauern erhoben. *Seine* Stadt ... Er erkannte die Treppe, überwuchert und verwachsen, konnte sogar die Stelle ausmachen, an der sich der Turm befinden musste. Und wie er da saß und hinabstierte, da verschwand plötzlich der Dschungelbewuchs in einem Wirbel aus kaleidoskopischen Bildfragmenten. Anstelle der Ruinen ragten nun goldvertäfelte Granitmauern und strohgedeckte Dächer, in die Halme aus Gold gewoben waren, aus dem Dschungel empor.

Eine Prozession von rot gewandeten Priestern stieg die Treppen hinauf zum Tempel – der Tempel, das sah Berns jetzt genau, bestand aus goldenen Platten, in die Edelsteine eingearbeitet waren. Golden schimmerten auch die Gefäße und die Idole, die die Priester zum Altar trugen ... Und auf der Plattform stand keine Statue, sondern der Inka, der lebendige Sonnengott selber. Er hielt die über und über mit Gold geschmückten Arme weit ausgebreitet, als wolle er sein Reich umarmen. Wohin Berns seinen Blick auch wandte, überall sah er nun ganze Häuser, die mit mannshohen Goldplatten verkleidet waren, Geländer, Brunnen, Nischen, Tassen, Teller, Krüge aus massivem Gold. Eine Gruppe von Jungfrauen in weißen Gewändern trug einen goldenen Schild hin zu einer kleinen Anhöhe; dort musste sich eine Art Plateau befinden, aber genau konnte Berns es nicht erkennen, denn die Kuppe des Hügels lag tief begraben unter einer Schicht von Figurinen und Statuetten aus Gold.

Jetzt kam die Sonne hinter einer Nebelsträhne hervor, der Inka riss die Arme hoch, und die Stadt strahlte auf, verwandelte sich in ein gleißendes Leuchten und löschte sich schließlich selber aus.

Im nächsten Moment lag über der Stadt wieder dichter Dschungel, und von den Tempeln war nichts mehr zu sehen. Berns seufzte und wandte den Blick ab.

«Was ist los?», fragte Singer.

Erst wusste Berns nicht, was antworten. Dann sagte er, dass ihm ganz schwindlig werde, wenn er an die großartige Vision denke, der die Erbauer dieser Stadt gefolgt seien.

Singer nickte: Eine Vision hatten sie gehabt. Aber die wichtigere Frage laute doch: «Wenn das hier El Dorado ist, wo steckt dann das Gold?»

Am Morgen darauf schlug Singer vor, als Erstes den Untergrund des Tempelplatzes zu untersuchen. Berns sah ein, dass Gold ihnen mehr Zeit auf dem Berg kaufen würde, und so stimmte er zu.

Zunächst musste so viel Holz und Buschwerk wie möglich beiseitegeschafft werden. Das Pfahlrohr wurde in Brand gesetzt und die Überreste fortgeschafft, auch der kleine Mahagonibaum musste weichen. Als der Untergrund frei vor ihnen lag, packten Berns und Singer ihre Brecheisen und stießen sie in die Erde. Eine dicke Wurzelschicht hatte sich über die Jahre im Boden ausgebreitet, und so ließen sich die Eisen zunächst kaum bewegen. Erst als die Männer sich gegen ihre Werkzeuge stemmten und hin und her zerrten, rutschten diese ein Stück tiefer, bekamen etwas mehr Spiel, und schließlich – Singer wollte schon eine erste Pause einlegen – sackten die Brecheisen mit einem laut vernehmbaren *klack* in die Erde hinein.

Berns riss sein Brecheisen aus dem Boden und schmiss es in hohem Bogen zur Seite. Fort damit, her mit den Schaufeln und den Spaten ... Die Stunden flogen nur so dahin, wenn man genug zu graben hatte. Als Singer schnaufend anmerkte, dass die Erforschung dieser Ruine eine Sache für ein ganzes Armeeregiment wäre und nicht für zwei Männer mit stumpfen Spaten und wunden Knien, da hielt Berns kurz inne und holte Luft. Die Feuchtigkeit hier oben machte ihm zu schaffen, und je mehr er sich bewegte, desto schlimmer wurde es.

«Ein Armeeregiment?», wiederholte er Singers Worte. «Die Armee, wenn sie überhaupt bis hierher käme, würde alles kurz und klein schlagen und sich das, was sie fände, in die eigenen Taschen stecken. Uns, Singer, bliebe nur der Dreck unter den Fingernägeln.»

«Die Stadt ist zu groß für uns beide», beharrte Singer.

«Man muss nur wissen, wo man graben –» Den letzten Satz sprach Berns nicht zu Ende, denn da stieß seine Schaufel mit einem Klirren auf Stein. Berns und Singer sanken auf die Knie. Gemeinsam hebelten sie den Felsen zur Seite. Darunter lag ein weiterer Felsen und um ihn herum immer mehr solcher Brocken, die sich im aufgelockerten Kiesgemisch abzeichneten. Der ganze Tempel schien auf einem Bett aus aufgeschichteten Felsen errichtet worden zu sein.

Berns und Singer hatten beinahe die Fensterwand erreicht, als Berns sich auf seine Schaufel stützte, die aus dem Boden beförderten Brocken um sich herum betrachtete und laut fluchte. Singer ließ sich nicht beirren, sondern grub weiter – so lange, bis er an dem Fundament der Außenwand angekommen war. Aber auch dort befanden sich nur Steine und lockeres Geröll. Nicht eine einzige Scherbe hatten sie gefunden, keine Perle, keinen Krug, nicht das kleinste Knöchelchen. Da riss sich Berns den Hut vom Kopf.

«Hier lag nie etwas im Boden», sagte er und lachte fassungslos auf. «Wir haben uns auf die falsche Fährte locken lassen, Singer.»

Auf dem größten, prächtigsten Tempelplatz hatten sie gegraben – das war mehr als naiv gewesen. Wollten sie sich in Zukunft nicht mehr nasführen lassen, mussten sie klüger werden, umsichtiger. Hatten die Inka wirklich das Gold El Dorados versteckt, so war ihre Wahl sicher nicht auf die prominenteste Stelle der gesamten Stadt gefallen.

Berns kletterte auf eine der Mauern und stellte sich auf den mächtigsten Fenstersturz. Die Stadt lag unter ihm; hätte der Wald sie nicht bedeckt, wäre jede ihrer Terrassen, jedes ihrer Häuser frei einsehbar und offen begehbar gewesen. Langsam stieg in Berns ein Verdacht auf. Jeder, der die Stadt einmal entdeckt hatte, würde zuerst in ihren Mauern suchen. Was, wenn das Gold gar nicht in ihr selber verborgen lag, sondern viel versteckter, abgelegener? Wenn dies die heilige Stadt der Inka war, der Ort ihrer Abstammung, so musste sich auch die Höhle Pacaritambo irgendwo hier befinden. Und Höhlen befanden sich meistens an Berghängen.

Es dauerte einige Tage, bis Berns Singer davon überzeugt hatte, nicht inmitten der Stadt weiterzugraben, sondern am Hang des Berges, der sie am nördlichen Ende beschloss.

«Nur damit ich es richtig verstehe», sagte Singer. «Du findest also El Dorado, oder das, was du dafür hältst, und willst trotzdem woanders nach dem Gold suchen.»

Aber da waren sie längst losgegangen, und Singer wusste, dass es keinen Sinn hatte, Berns von seinem Plan abhalten zu wollen.

«Der Berg gehört zur Stadt», antwortete Berns. «Wahrscheinlich gäbe es sie gar nicht ohne ihn.» Wie sonst war es zu erklären, dass so viele Fenster- und Türöffnungen auf genau diesen Berg ausgerichtet waren? Wenn es hier eine Höhle gab, in der die Inka ihr Gold versteckt hatten, so befand sie sich genau dort.

Am Fuße des Berges lag ein Plateau, auf dem eine schmale, hohe Felsplatte aufgerichtet worden war. Berns lief immer wieder um sie herum, kletterte auf einen Mauervorsprung, betrachtete sie von allen Seiten und hatte nichts übrig für Singer, der die Ausrüstung neben sich fallen ließ und davon sprach, dass ihnen die Zeit davonrenne. Sie besäßen kaum noch Nahrung für die nächste Woche, von den Indios in Mandor sei nichts mehr zu –

«Still», sagte Berns. «Die Inka, sie sprechen! Man muss nur hinhören, dann erzählen sie mehr, als man jemals hätte fragen können.»

Er sprang zu Singer hinab und zog ihn am Arm etwas von der Felsplatte fort, fuhr in der Luft ihre Konturen nach und wies schließlich auf die Bergkette, die sich dahinter abzeichnete. Jetzt sah Singer es auch: Die Felsplatte war dem Bergpanorama nachempfunden worden.

Dieses Mal, nahm sich Berns vor, würde er sich nicht auf eine falsche Fährte bringen lassen. Wenn der Berg die Stadt beschützte, so wachte er auch über ihr Gold. Das war für Berns ausgemachte Sache. Nun war der Berg aber groß und seine Flanken so steil wie der Aufstieg vom Flusstal hoch zur Stadt – wo würden sie ansetzen?

Singer, der gut geschlafen hatte und dem die Kost aus Maismehl und getrockneten Kartoffeln nichts ausmachte, war bereits dabei, eine Kletterroute festzulegen. Mit raschen Machetenhieben beseitigte er das Bambusgebüsch; darunter kam ein Treppenabsatz zum Vorschein.

«Da, ich hab's!», rief Singer. Sollte ihm später niemand nachsagen können, er hätte nichts beigesteuert! Winzige Stufen führten den Hang hinauf.

Sie hatten den Berg schon zur Hälfte erklommen, da blieb Berns stehen und gab vor, eine Pause zu benötigen. Und wirklich: Der Schweiß floss ihm nur so von der Stirn, und sein Hals leuchtete vor Anstrengung in tiefstem Rot. Aber es war nicht der Aufstieg, der ihm zu schaffen machte. Egal, wie weit sie schon gekommen waren, egal, wie akkurat die Stufen in den Felsen gehauen worden waren; er wurde das Gefühl nicht los, dass Singer und er wieder genasführt wurden.

Wer baute schon eine Treppe zu einem Versteck, das geheim bleiben sollte? Berns dachte: Da hätten die Inka gleich ein riesiges Kreuz auf den Berg malen können mit dem Quechua-Ausdruck für *Hier graben*. Singer war bereits hinter einer Biegung verschwunden. Heimlich fragte sich Berns, wie lange Singer noch bei ihm bleiben würde, wenn sie nicht bald etwas fänden.

Unfälle passieren, wenn man abgelenkt ist. Und über Freunde nachzudenken, wenn man eigentlich die Füße sorgsam auf schmale Stufen und die Hände auf Wurzeln dirigieren sollte, bedeutete Ablenkung. Berns rutschte auf einem Büschel Gras aus, riss im Fall eine Bromelie vom Felsen, schrie und landete schließlich auf dem Gerippe eines vertrockneten Gebüsches. Er befand sich jetzt weit unterhalb des Weges, den Singer eingeschlagen hatte. Als Berns aufsah, entdeckte er eine Schneise, die die Flanke des Berges hinabführte; sie wurde von einigen Felsbrocken offen gehalten.

Berns schüttelte probeweise den Kopf, versuchte, sich aufzustellen, und tastete sich ab. Bis auf ein paar Kratzer war ihm nichts geschehen. Da, jetzt rief Singer nach ihm! So, wie er klang, ging er wohl davon aus, dass Berns irgendwo am Hang lag, aufgerissen und leichtes Futter für die Kondore, die in den Aufwinden des Cañons schwebten. Berns rief, dass er etwas gefunden habe, er sei sich nicht sicher, was, aber er habe da so ein Gefühl …

«Ein was?», schrie Singer. Das feuchte Moos schluckte so gut wie jeden Laut.

«Ein Gefühl!», schrie Berns zurück. Er habe da so ein Gefühl, und wenn Singer nicht bald hier herunterkomme, dann …

Singer, einmal unten angekommen, wollte nur eine natürliche Gesteinsformation erkennen. Berns aber sah mehr darin: Die groben, unbehauenen Felsen zogen sich in klarer Linie an der Rückseite des Berges immer weiter hinab, womöglich bis tief unter den Bergsattel, auf dem die Stadt lag. Natürlich musste Singer ausgerechnet jetzt darauf bestehen, den eingeschlagenen Weg weiterzuverfolgen. Berns versprach, ihm seine Tagesration Branntwein abzutreten, erst dann willigte Singer ein, mit ihm nach unten zu steigen. Aber nicht länger als eine Stunde! Hätten sie nach einer Stunde nichts gefunden, skandierte er von weiter hinten, würde er sofort umkehren. Dort unten, da sei er sich so gut wie sicher, gebe es nichts außer dem Urubamba, das hätten sie doch gesehen!

Nach einer Stunde aber weitete sich der Hang zu einer lichten Wiese; in einiger Entfernung erkannten Berns und Singer einen Felsvorsprung, der von Queñuabäumen umstanden war. Als sie dort angekommen waren, bemerkten sie eine schnurgerade Mauer, die von der Erde bis zum oberen Ende des Felsvorsprungs verlief. Dahinter musste sich etwas befinden, womöglich der Eingang zu einer Höhle.

Pacaritambo.

Langsam wurde Singer es leid, dass Berns mit allem, was er sagte, recht behielt. Berns hingegen schmiss den Rucksack von sich, erklomm den steinernen Überhang und schrie aus voller Kehle: «Ihr seid mein, hört ihr? Mein, mein, und niemandes sonst!» Süß rann ihm der Triumph vom Scheitel bis zu den Sohlen. Jahrzehnte der heimlichen Vorbereitung zahlten sich nun aus; mochte doch Hotelier werden, mit Kautschuk handeln oder Messer schleifen, wer wollte! Er, Berns, hatte es vorgezogen, die Inka zu studieren, so lange, bis ihre Bauten zu ihm sprachen und er über ihr Erbe aus Gold und Granit herrschte.

Doch wie er da auf dem Felsvorsprung stand und Singer betrachtete, der sein Brecheisen zwischen die kruden Steine der Mauer stemmte, verspürte er plötzlich einen Anflug von Traurigkeit, und eine düstere Ahnung überkam ihn: Was, wenn Singer recht hatte und sich niemand für all das interessieren würde? Wer wäre bereit, sich in die geheime Sprache der Meister zu vertiefen? Sichtachsen? Türme, Tore, Fenster, verborgene Hinweise? Die Zeit, sie war vielleicht einfach noch nicht –

Da polterte schon der erste Stein aus der Mauer. Berns sprang hinab, um zusammen mit Singer die anliegenden

Steine herauszuschlagen, und so führte er den Gedanken nicht zu Ende. Sekunden später hatte er ihn schon vergessen. Tatsächlich befand sich hinter der Mauer ein Hohlraum. Singer kletterte durch das Loch in die Höhle und versperrte die Sicht auf all die Reichtümer, die sich darin befinden mochten. Dann tat er ein paar erste zögerliche Schritte hinein. Berns folgte ihm. Es dauerte, bis sich seine Augen an das dämmrige Licht und die Lungen an die stickige Luft gewöhnt hatten.

Die Wände unterhalb des Felsens zeigten feinstes Mauerwerk, geschmückt mit elaborierten Reliefs und makellosen Nischen. Die Nischen aber waren alle leer und die Höhle so steril, als habe man noch das letzte Blättchen, das kleinste Stöckchen daraus entfernt, bevor man sie versiegelt hatte.

«Besenrein», sagte Berns.

«Bastarde», sagte Singer.

Als sie wieder am Lager ankamen, war die Stimmung gedrückt. Auf dem Weg zurück hatte Berns immer wieder angesetzt zu erklären, warum es gut war und sinnvoll, das Terrain genau kennenzulernen und zu studieren; mit der Zeit aber war er immer schweigsamer geworden. Die Inka: Wieder hatten sie ihn vorgeführt. Wo zum Teufel hatten sie ihr Gold versteckt? Wo befand sich ihre Höhle?

Dieses Letzte schrie er laut heraus, aus der Ferne antwortete bellend Asistente, den die Männer im Lager gelassen hatten.

Was wohl in Singer vorging? Schweigend machte er vor dem Haus Feuer und schob die Kartoffeln in die Glut. Berns fütterte Asistente, setzte sich zu Singer und reichte ihm, wie versprochen, seine Ration Branntwein. Aber

Singer schüttelte bloß den Kopf und wollte nichts davon wissen: «Den brauchst du jetzt selber am allermeisten.»

«Was soll das heißen?» Berns meinte, sich verhört zu haben. Der Geruch der Kartoffeln stieg ihm in die Nase, mit einem Ast stocherte er in der Asche herum und zog eine Knolle heraus. Den Branntwein stellte er beiseite.

«Als wir losgezogen sind in den Dschungel, vor ein paar Jahren, habe ich dich einmal gefragt, woher du's wissen würdest. Woher du wissen würdest, dass es El Dorado ist, wenn du es einmal gefunden hast.»

«Zweifelst du etwa daran, dass ich es gefunden habe?» Berns roch Verrat und erhob sich. Ob er, Singer, nicht die Tempel gesehen habe? Den Turm und die Höhle? So elaboriert, so raffiniert, wie die Siedlung angelegt sei, könne es sich unmöglich um eine beliebige Stadt im Dschungel handeln, das müsse er doch wissen, sie hätten doch so viele unbedeutende Ruinen gesehen, sie beide, in all den Jahren …

«Also schön, also schön», sagte Singer und wartete, bis Berns sich wieder gesetzt hatte. «Nehmen wir einfach an, es ist wirklich El Dorado. Was nützt uns das? Wir graben jetzt schon eine ganze Weile und haben nichts gefunden. Was ist, wenn es hier nichts zu holen gibt, kein Gold, keine Schätze, keine Reichtümer? Was machen wir dann? Was ist dein Plan, Berns?»

Die Kartoffel, auf der Berns herumkaute, schmeckte wie schimmliges Pappmaché. Einen Plan wollte Singer haben, einen Plan! Da saßen sie buchstäblich auf der größten und wichtigsten Ruine, die je ein Mensch seit der Konquista entdeckt hatte, und Singer redete von einem *Plan*. Durchhaltevermögen brauchte man, und eine Vision!

Weil Singer immer noch auf Antwort wartete, sagte

Berns schließlich: «Dann besitze ich immer noch ausgedehnte Ländereien.» Er hasste, dass es überhaupt ausgesprochen werden musste. «Die Hacienda Torontoy gehört mir, und es bräuchte nur ein wenig Geld, sie für die Landwirtschaft zu erschließen.»

«Um sie zu erschließen, bräuchte es nicht nur ein wenig Geld, sondern eine ganze Menge», antwortete Singer. «Mehr, als du in Peru je auftreiben könntest.»

Berns stöhnte auf und warf einen Ast ins Feuer. Die Treppe vor dem Haus und die Wände der anschließenden Häuserreihen leuchteten hell auf in der Dunkelheit der Nacht. Schwärme von Nachtfaltern hatten sich auf den Wänden niedergelassen und überzogen sie mit bronzefarbenen, goldenen und chromoxidgrünen Arabesken. Überrascht stand Berns auf, gerade rechtzeitig, um eine Wolke von Insekten heranwallen zu sehen. Die Männer zogen sich ins Haus zurück; mit dem Pigmentrausch vor Augen schlief Berns ein.

«Wir haben noch Proviant für vier Tage», sagte Singer am nächsten Morgen. «Wenn wir bis dahin nichts gefunden haben, gehe ich zurück in die Staaten. Wenn du klug bist, Berns, kommst du mit. Wenn es irgendwo Kapitalisten gibt, die willens sind, in deine verkommene Hacienda zu investieren, dann dort.»

Vier Tage: genug Zeit, um neben dem Turm zu graben und in der Höhle darunter, in den Häusern mit den dicksten Mauern und in den auffälligsten Nischen; vor der Plattform, auf der die Statue gestanden hatte, auf den Terrassen unterhalb und bei dem Felsen, der aussah wie der Körper eines Kondors.

Die Ausbeute war ernüchternd. Nach tagelanger Arbeit

befanden sich auf der Decke im Lager etwa ein Dutzend silberner Figurinen, ein paar bronzene Tuchnadeln, Broschen und Pinzetten, dazu eine Handvoll silberner Perlen und ein länglicher, menschlicher Schädel. Singer hatte den Schädel in einer kleinen Höhle gefunden und darauf bestanden, ihn mit ins Lager zu nehmen.

Der verformte Menschenkopf befremdete Berns so sehr, dass er ihn, als Singer abends eingeschlafen war, vor die Tür legte. Am Morgen war der Schädel verschwunden. Singer warf Berns vor, ihn weggeworfen zu haben, was der von sich wies. Das Einzige, was Berns heimlich an sich genommen hatte, war eine kleine Silberfigurine. Kaum einen halben Fuß hoch, konnte man sehr gut ihre markanten Wangenknochen und die geschwungene Nase erkennen. Sah man genau hin, so lag auf ihren Lippen ein feines, kaum merkliches Lächeln. Berns hatte die Figurine in ein Tuch gewickelt und in seinem Rucksack verstaut – sie sollte ihn daran erinnern, dass er einst dem Inka selber gegenübergestanden hatte.

Mit dem Schädel aber hatte Berns nichts zu schaffen gehabt. Wer auch immer ihn in der Nacht fortgenommen hatte, war ihnen, während sie schliefen, sehr nah gekommen. Berns meinte, dass dies nur das Werk des Jungen Melchor gewesen sein konnte: Jeder andere hätte sie, die beiden Eindringlinge, sicher nicht verschont. Arteaga, Arteaga, dachte Berns: Ist das deine Stadt oder meine?

Singer hatte an einem höhergelegenen Punkt der Ruine eine Art Sonnenuhr gefunden; einen mächtigen Felsen, der penibel behauen worden war und sich nun als glattes, längliches Viereck über seine Umgebung erhob. Berns glaubte nicht daran, dass unter einer Sonnenuhr große Schätze zu finden waren. Dennoch ermutigte er Singer und lobte ihn für seinen Tatendrang – gleichzeitig kündigte er an, dass er sich für den Tag zurückziehen würde. Singer nickte lediglich.

Den letzten Tag wollte keiner von ihnen ungenutzt vorbeiziehen lassen: Singer musste graben, Berns musste nachdenken. Was brachte es schon, wie von Sinnen den Boden aufzureißen? Bevor die Inka die Stadt verlassen hatten, überlegte Berns, mussten sie alles Gold versteckt haben. Es fortzuschaffen von diesem Grat? Zu gefährlich. Nein, es musste sich noch hier befinden; und wenn dem so war, dann handelte es sich um eine gehörige Menge, eine ganze Flut, die schwerlich unter einer Sonnenuhr Platz fände – vielleicht nicht einmal unter einem Haus oder einem Tempel. So wäre auch die sonderbare Leere all der Orte zu erklären gewesen, die sie bis jetzt untersucht hatten.

Tief in Gedanken streunte Berns, immer gefolgt von Asistente, durch die Ruine, ließ von Zeit zu Zeit seine Machete durch ein Dickicht sausen, setzte sich mal hier, mal dort, starrte auf einzelne Treppenzüge und Felsblöcke, um sich schließlich auf einer Anhöhe hinter dem Stadttor wiederzufinden. Da stand die Sonne bereits im Zenit.

Ein Tag blieb ihm noch, aber nicht, weil Singer es sagte, sondern weil ihnen schon am Abend zuvor der Proviant ausgegangen war. Berns spürte, er würde seine Stadt niemals loslassen können. Sie war sein, mit all ihren Geheimnissen und Verheißungen. Und falls sie wirklich kein Gold barg?, hallte noch immer Singers Frage in ihm nach. Er wusste keine Antwort, keinen Rat.

Wenn man nur einen Tag hatte, machte man sich nicht die Hände schmutzig mit Schaufel und Spaten; schon gar nicht, wenn der Tag so klar war wie dieser. Kein Nebel, nirgends – nicht eine Wolke schwebte unter Berns durch das Tal, die Luft war so durchdringend rein, dass sich die Entfernungen zu relativieren schienen und die Berghänge ringsum näher rückten.

Berns sog gierig jedes Detail in sich auf und dachte: Wie schön dieses Land doch ist. Die bewaldeten Berghänge, die weißen Gletscher gleich darüber und überall die steilen Abhänge der Granitnadeln – eine Landschaft, wie sie unwahrscheinlicher kaum sein konnte. Dieses Grün, das noch in die entlegensten Winkel des Bewusstseins vordrang und es trunken machte vor Intensität … Dort unten lag der Bergsattel, die Stadtmauer zog sich an ihm entlang, dann, scheinbar in allernächster Nähe, die Granitklippen der anderen Uferseite, die Klamm zwischen den Abhängen, die Schluchten, die feinen Linien, die sich wie ein Netz im Dschungel ausbreiteten.

Ein Netz? Berns stand auf, aber die Klarheit ließ sich von der plötzlichen Bewegung nicht vertreiben. An den Hängen gegenüber, in der Klamm, überall bemerkte er Linien, alte Pfade und Wegsysteme, die ganze Bergflanken umschlossen. Je länger Berns schaute, desto mehr wurden es. Linien, Linien überall, so viele, dass der Dschungel sich aufzulösen schien in ein Geflecht von gigantischen Ausmaßen, alles war Spiegelung, Aufnahme, Parallele und Andeutung zugleich, alles war da gewesen, immer schon. Berns überkam das Gefühl, die Inka in all den Jahren nie wahrhaftig verstanden zu haben; als sei dies der erste richtige Einblick, und er selber nichts als ein blutiger Anfänger.

Natürlich, dachte Berns, bin ich nicht der Erste, dem eine solche Ungerechtigkeit widerfährt. Wie viele große

Meister hatten es nicht geschafft, ihr Werk zu vollenden? Halbleere Leinwände hatten sie zurückgelassen, unbehauene Marmorblöcke, leere Manuskriptseiten, Städte, die merkwürdig unproportioniert wirkten, betrachtete man den Berghang, auf dem sie lagen ...

Unproportioniert, wiederholte Berns in Gedanken. Unproportioniert? Das hätte es nicht gegeben, nicht bei den Inka, nicht bei ihrem großen Werk. Nachdenken, Berns, nachdenken! Vor Aufregung zwickte es in seinem Bauch. Dann lachte Berns auf: Die rettende Erklärung, sie war so nah! Er fühlte sich unendlich erleichtert. Warum schien die Stadt so seltsam flach, so eng geschmiegt an den obersten Zug des Grates? Doch nur, weil sich das wirklich Wichtige darunter befand! Pacaritambo, der heilige Herkunftsort der Inka, musste sich direkt unterhalb der Stadt befinden. Berns' Lippen umspielte jetzt ein Lächeln.

Weit unter der äußersten Stadtmauer und den Terrassen verlief ein schmales Gesims im Granit, auf dem Berns langsam vorwärts balancierte. Alle Wege, die ihn durch sein Leben und den Dschungel geführt hatten, mündeten in diesem Vorsprung. Mit der Zeit waren sie immer schmaler und ungangbarer geworden. Berns hatte jetzt endgültig eine Stelle erreicht, an der ihm niemand würde nachfolgen können, nicht einmal mehr Singer oder Asistente. Er zog seine Stiefel aus, dann krallte er sich mit Zehen und Fingern an den Granit und kletterte weiter, immer weiter, so lange, bis er einen Felssporn erreicht hatte. Stöhnend zog er sich hinauf und wischte sich über die Augen.

Vor ihm lag eine Kette von Höhlenkammern mit mehreren Fensteröffnungen. Dies war also der Ort, endlich groß genug, alles Gold aufzunehmen und zu verbergen. Eine der Kammern musste die Höhle Pacaritambo sein. Gleichmäßig schmiegten sie sich an die Biegung der Bergflanke, ungesehen und unberührt seit Hunderten von Jahren. Das Gesims verbreiterte sich nun wieder, sodass man den ganzen Fuß aufsetzen und sich an den Fensteröffnungen entlanghangeln konnte. Berns hatte die letzte der Höhlen erreicht, da stellte er voller Grauen fest:

Sie waren alle leer.

III. TEIL

12.

LITTLE GERMANY, NEW YORK

März 1877. Zwei Männer besteigen ein Schiff. Sie tragen Anzüge, die ihnen nicht ganz passen, und schweigen. Besteigen einen Zug, besteigen ein anderes Schiff. Einer der beiden Männer sitzt stets im Salon und spielt Poker, der andere steht an der Reling und schaut in die Gischt. Die übrigen Passagiere meiden ihn. Als das Schiff endlich die Küste New Jerseys hinter sich gelassen hat und der Kirchturm der Trinity Church am Horizont erscheint, entfährt dem Mann an der Reling ein Seufzen.

Ein kleines Mädchen in bauschigem Rüschenrock fragt ihn, warum er seufze, ob er Angst vor New York habe. Da drüben sei es nämlich, und an der großen Baustelle, auf die sie jetzt zuführen, da baue man die längste Hängebrücke der Welt. Über den ganzen East River solle sie sich spannen! In den Zeitungen stehe, die Brücke sei ein Weltwunder, gebaut werde sie von dem Sohn eines Deutschen, Washington Augustus Roebling heiße der, und …

Da scheint Leben in den Mann an der Reling zu kommen. Der Mann aus dem Salon stößt dazu und klopft ihm auf die Schulter.

«Was hast du gerade gesagt?»

Aber schon wird das Kind von seinem besorgten Vater weggezogen, das Schiff läuft ein, Vereinigte Staaten von Amerika, *we bid you welcome*.

«Und was jetzt?», fragt Berns.

«Jetzt musst du Peru erst einmal vergessen», sagt Singer.

«Dir mag das leichtfallen.»

«Es ist ein Spiel, Berns. Hast du ein schlechtes Blatt, versuchst du's mit dem nächsten. Je schneller du das begreifst, umso besser.»

Singer breitet die Arme aus. New York! Ob er schon einmal hier gewesen sei?

Berns schüttelt den Kopf. Er will nichts mehr, er erwartet nichts mehr. Es kommt ihm vor, als sei sein eigentliches Leben vorbei und alles, was jetzt noch passiert, ein eigentümliches, bedeutungsloses Nachspiel. Er hadert nicht, er weint nicht einmal – in seinem Innern hat sich ein Gefühl der Taubheit ausgebreitet, das jede Regung in sich einschließt und auslöscht.

Immerhin ist da Singer, der ihn vom Berg geholt hat, Singer, der immer dann über sich hinauswächst, wenn er bei anderen eine Schwäche bemerkt. Wie Berns hat auch er zahlreiche Neuanfänge hinter sich. Auf einen mehr kommt es ihm nicht an. Die Apathie des Freundes befeuert ihn: Reichen Yankees Ländereien in Peru schmackhaft machen, warum nicht? Plötzlich sieht er darin einen Weg aus der Misere.

So hat Singer Stillschweigen verordnet über alles, was sie am Berg gesehen haben, und lange nachgedacht. Berns muss sein Land entweder verkaufen oder profitabel bewirtschaften, um den Kredit zurückzuzahlen. Zehn Jahre hat Forga ihm gegeben, danach wird es versteigert. Singer setzt Berns immer wieder auseinander, dass sein Land, die Hacienda Torontoy, großes Potenzial habe. Wer wüsste besser als sie beide, wie viel Hartholz das Land berge? Wie viel Kautschuk, Kaffee, Kakao, Vanille?

Und müsse man nicht davon ausgehen, dass es hoch oben in den Bergen reiche Goldadern gebe? Was sie bräuchten, seien interessierte Kapitalisten. Und wie der Zufall es will, weiß Singer, wo sie die herbekommen.

Mit dem Geld, das Singer beim Pokerspiel in den Bars der Bowery verdiente, mieteten sie sich in ein winziges, stickiges Zimmer in Little Germany ein. In einer Ecke neben dem Bett lehnte Singers Winchester, die er jeden Abend sorgsam einfettete. Es war wie verhext: Seit der Seefahrt klemmte der Verschluss, der Lauf ließ sich nicht mehr gründlich reinigen, und auch das Auseinanderbauen ging langsamer vonstatten als zuvor. Mit dem Schleifvlies, das Singer in einem Krämerladen auf der Delancey Street gekauft hatte, konnte er kaum die Splitter am Kolben entfernen, das Leinöl drang entweder zu tief oder gar nicht in das Holz ein, und der Verschlusskasten aus Rotguss lief schwarz an, ohne dass Singer den Grund dafür finden konnte. Es war, als hätte die Winchester ihre eigene Hinfälligkeit beschlossen, und egal, wie sehr Singer sich anstrengte, er konnte es nicht richten.

Kaum hatte Berns ihr Zimmer in Little Germany betreten, verfiel er in ein dumpfes Brüten. Er aß nur das Wenigste von den Speisen, die Singer vor ihm ausbreitete, ignorierte den Wein und das Bier. In der Hand hielt er stets die silberne Inkafigurine aus Peru. Manchmal sprach er von Asistente, den er in die Obhut eines Hacienderos in Ollantaytambo gegeben hatte.

Die meiste Zeit aber redete Berns von der Stadt auf dem Berg. Immer wieder ging er in Gedanken die Kanäle entlang, lief die Terrassen hinab, hangelte sich an den Hängen empor – es gab unzählige Verstecke, endlos viele

Plätze, an denen sie nicht gesucht hatten. Das Gold, es musste dort irgendwo sein!

Singer war es schon bald leid, von Höhlen zu hören, von Absätzen im Gestein, von der Felsplatte im Norden der Stadt und dem rätselhaften Steinbruch in ihrer Mitte.

«Stadt, Stadt, Stadt», sagte Singer. «Wir sind in New York, was willst du mehr?»

Berns reagierte nicht. Er biss sich in seine linke Wange, den Blick nach innen gerichtet.

«Das Leben geht weiter, ob es dir gefällt oder nicht.»

Da verfiel Berns wieder in sein Schweigen, und als er Singers Blick auf sich bemerkte, schloss er die Augen und legte den Kopf auf die Tischplatte. Für alles andere fehlte ihm die Kraft. Singer schlug mit der geballten Faust auf den Tisch und stand auf.

Die Winchester und Berns, sie schienen von der gleichen Krankheit befallen. Es klemmte und hakte in ihrem Inneren, und er, Singer, musste den Fehler im Mechanismus finden. Da hieß es: alles noch mal sorgfältig auseinandernehmen, in der Hand wiegen und prüfen, erneut zusammensetzen. Was danach nicht wieder funktionierte, musste aufgegeben werden.

Singer drehte sich um und betrachtete den Freund, wie er, zusammengesunken und mit leerem Blick, am Tisch hing. Er stellte ihm ein Glas Wasser hin, dann packte er seine Jacke und verließ das Haus. Irgendjemand musste Geld verdienen, in New York gab es nichts geschenkt.

Beim Poker im Old Tree House lernte Singer Doktor Hayward kennen, einen Psychiater aus dem Bloomingdale Asylum; ihn fragte er nach einem Heilmittel für den Freund. Doktor Hayward hörte Singer zu und wies ihn an, für Zerstreuung zu sorgen. Der Freund befinde sich offenbar in einer schweren melancholischen Verstimmung, der man am ehesten mit Ablenkung beikomme. Ob sie sich schon in der Stadt umgesehen hätten? Wer etwas verdrängen wolle, sei hier bestens aufgehoben, Melancholie hin oder her. Dann schob er Singer ein Büchlein zu, auf dem in eleganten Lettern stand: The Gentleman's Companion. Singer steckte es ein und ließ Doktor Hayward aus Dank für das Gespräch einen nicht unbeträchtlichen Betrag gewinnen.

Falls es sich wirklich um Melancholie handelte, so litt Berns an einer außergewöhnlich starken Ausprägung. Was in seiner Umgebung stattfand, rauschte an ihm vorbei, nichts berührte oder erreichte ihn. Wenn er die Lider schloss, sah er die Stadt auf dem Berg so deutlich vor sich, dass er meinte, nach ihr greifen zu können. Sie war in ihm, und für nichts anderes gab es in seinem Bewusstsein Platz. Er, Berns, hatte die verlorene Stadt der Inka entdeckt und war nun doch kein Entdecker mehr. Was war er dann?

Hatte sich Singer anfangs noch abgemüht, Berns die Vorteile seines Grundbesitzes darzulegen, so begnügte er sich bald damit, ihn Tag für Tag aus dem Zimmer zu zerren und mit ihm durch die Stadt zu gehen. Zerstreuung war es, was Berns brauchte? Konnte er haben.

Der Körper funktionierte, daran lag es nicht. Folgsam trottete Berns während ihrer Spaziergänge durch Manhattan hinter Singer her, aber die Straßen von New York mit ihren Menschenmassen, den dreckigen Trottoirs, den Kutschen und Werbetafeln drangen kaum zu ihm durch.

New York war, wie es in den Fremdenführern stand, die modernste Stadt Amerikas. Als Singer etwas Geld verdient hatte, ging er mit Berns zu Lord & Taylor's, zu Arnold Constable's und zu A. T. Stewart's, den großen Kaufhäusern am Broadway, doch Berns ließ sich von den Vitrinen und funkelnden Auslagen nicht beeindrucken. So nahm Singer ihn mit zu einem Rundgang durch den Hafen, fuhr mit ihm auf der Fähre nach Brooklyn hinüber, besuchte mit ihm den Lotos Club, tingelte durch die Bordelle, die in Doktor Haywards Büchlein verzeichnet waren – erst The Dew Drop Inn, dann Palace Garden und am Ende selbst Tammany Free and Easy –, und versank mit ihm in Kneipen mit Namen wie Inferno, Cripple's Den und Mc Gurk's Suicide Hall. Als auch das nichts half, schleppte Singer ihn in die Academy of Music, wo sie eine Aufführung der *Walküre* von Richard Wagner sahen. Während des Orchestervorspiels meinte Singer zwar, eine Regung auf dem Gesicht des Freundes zu bemerken, aber sie verschwand so schnell, wie sie gekommen war.

Eines Nachts schließlich kam Singer von einer Pokerrunde nach Hause und fand das Zimmer leer vor. Berns' Schuhe und sein Mantel fehlten, dafür lag ein Zettel auf dem Tisch. Falls Berns eine Notiz hatte verfassen wollen, war er nicht über das erste Wort hinausgekommen. Auf dem Zettel stand in krakeliger Handschrift: *Ich*. Singer überkam eine böse Ahnung. Er stopfte den Zettel in die Manteltasche und lief los.

Drei Stunden später fand er Berns im Park von Castle Garden, unweit der Empfangsstation für Einwanderer aus Übersee. Der Morgen dämmerte bereits. Als er Berns auf der Bank sitzen sah, den Blick der Landestelle zugewandt, wo jeden Tag Tausende von Glücksuchenden in die Stadt strömten, fühlte Singer sich erst erleichtert, dann wurde er zornig. Der Rat des Psychiaters war völlig nutzlos gewesen. Nichts hatte geholfen! Eine Menge Geld hatte er, Singer, ausgegeben, das war alles. Die Winchester glänzte und schnappte wie zuvor. Hingegen der Schaden, den Berns davongetragen hatte – was, wenn er irreparabel war?

Ohne ein Wort zu sagen, ließ sich Singer neben ihm nieder. So blieben sie sitzen, eingehüllt in ihr Schweigen, bis die Glocken der Trinity Church zu ihnen herübertönten. Sie dröhnten so laut, dass ein paar Silbermöwen aufstoben. Singer schaute ihnen nach, wie sie in Richtung Broadway davonflogen. Schließlich blieb sein Blick am hoch aufragenden Kirchturm hängen, am vergoldeten Kreuz an seiner Spitze. Da fiel ihm etwas ein. Er hakte Berns unter und zog ihn mit sich.

Die Tür der Trinity Church stand offen. Morgenlicht brach durch die bunten Bleiglasfenster und erhellte die gewölbte Decke des Hauptschiffes.

Vom Vikar unbemerkt liefen Singer und Berns zum Aufgang in den Glockenturm. Singer ließ Berns den Vortritt. Der fragte erst gar nicht, was Singer vorhatte. Neunundneunzig Stufen lang ging es nach oben; über eine Leiter gelangten sie in die Stube, in der die Glocken hingen.

«Hier?», fragte Berns ruhig. Er hatte schon viel über sich ergehen lassen, aber ein Kirchgang, das musste er Singer zugestehen, das war neu.

«Weiter», sagte Singer. Berns blickte sich um. Weiter? Dies hier war das Ende des Aufstiegs, weiter ging es nicht.

Singer wies auf eine Falltür an der Decke. Mit einem Hakenstab, der an der Wand hing, zog er sie herunter. Wieder ließ er Berns vorgehen. Müde hangelte dieser sich an der Hängeleiter hoch und stieg durch die Öffnung auf das Dach des Turms. Ein umlaufendes Gesims verband seine Zinnen miteinander. Zögerlich setzte Berns einen Fuß darauf. Hinter ihm drängte Singer die Leiter hoch, und so stützte er sich mit der Hand am Dach ab und rutschte weiter. Jetzt kam auch Singer auf das Gesims und stellte sich neben ihn. Tief unter ihnen lag der Friedhof der Kirche; der Broadway verlief schnurgerade in Richtung Norden. Der Turm der St. Paul's Chapel schien greifbar; auch das Zollhaus, das Postamt und das Gebäude des New York Herald waren von hier oben deutlich zu sehen.

Singer atmete schwer vom Aufstieg und sah zu Berns. Der hielt sich noch immer am Dach fest, den Blick starr nach unten gerichtet, auf die winzig kleinen Kreuze des Kirchfriedhofs.

«Was machen wir hier?», fragte er schließlich.

«Lass los», sagte Singer.

«Wie bitte?»

«Lass los. Halt dich nicht fest. Die Arme locker hängen lassen, das Gewicht gleichmäßig auf beide Beine verteilt, in freiem Stand.»

«Ich weiß nicht, was du –»

Da packte Singer ihn am Oberarm und zog ihn von den Dachschindeln weg. Für einen Moment dachte Berns, sie würden das Gleichgewicht verlieren; aber sie fingen sich wieder und blieben schließlich auf Armeslänge voneinander entfernt stehen.

«Erinnerst du dich an das, was ich dir in Cuzco erzählt habe?», fragte Singer.

Berns presste die Lippen aufeinander.

«Da hätte ich auch beinahe das Blatt hingeschmissen. Stand oben auf einem Kirchturm. So wie du jetzt. Das hier, Berns, ist die Lösung all deiner Probleme. Es ist allerdings die *letzte* Lösung. Sie steht dir immer offen. Auch jetzt, in diesem Moment. Willst du? Dann tu's. Aber weißt du was? Der Tod kriegt dich sowieso, ob du dich für ihn entscheidest oder gegen ihn. Ist nur eine Frage der Zeit.»

Bei der Kreuzung von Wall Street und Broadway wurden ein paar Passanten auf die beiden Männer hoch oben aufmerksam. Sie blieben stehen und zeigten hinauf.

«Bis er dich holt, kannst du genauso gut noch mal ein Spiel wagen.»

«Ich habe keine Kraft mehr.»

«Nimm sie von hier oben mit. *Schwerkraft*, Berns. Nimm sie mit aus der Gewissheit, dass der Turm dir immer freisteht. Zu jeder Zeit, unter allen Umständen. Schön, du hast verloren. In gewisser Weise ist das die größte Chance deines Lebens.»

Singer schwieg, dann setzte er wieder an: «Sieh hinunter, Berns.»

«Die Toten?» Berns blickte auf den Friedhof.

«Die Lebenden. Sie sind dein neues Blatt. Spiel es richtig, und sie werden dich reich machen.»

«Ich habe kein Kapital.»

«Du hast Torontoy. Mach was draus.»

Ein Blauhäher ließ sich auf einer Zinne neben den Männern nieder; er wippte mit dem Schwanz, das hellblaue Köpfchen konzentriert auf einen imaginären Punkt in der Luft gerichtet. Berns streckte die Hand nach dem Vogel aus, aber die Bewegung vertrieb ihn. Mit einem Schrei flog er in Richtung Wall Street davon. Berns sah ihm nach, und dieses Mal ließ die Höhe ihn schwindeln. Er spürte, wie seine Handflächen feucht wurden, wie sein Herz schneller schlug, die Luft tief in seine Lunge hineinfuhr. Die Angst war das Erste, was zurückkehrte. Dann erst kam der Wille zu leben.

«Lass uns gehen», sagte Berns endlich.

«Über die Treppe?», fragte Singer. «Und was machen wir dann?»

Wie stellte man ein Unternehmen auf die Beine? Die Erfahrung mit der Sägemühle hatte Berns gelehrt, dass man alle nur denkbaren Umstände voraussehen und einkalkulieren musste. So hieß es also: ein Geschäftsmodell entwerfen, niederschreiben und wieder verwerfen, formulieren und neu formulieren.

Berns hatte wieder eine Aufgabe und Singer die Gewissheit, dass es nun voranging. Über die Zeit vor der Turmbesteigung sprachen sie nicht mehr. Dass die Worte *Trinity* und *Torontoy* so nah beieinanderlagen, deutete Berns als gutes Omen. Singers unerschütterliche Treue hatte ihn am Leben gehalten; die Arbeit half Berns, die Melancholie endgültig abzuschütteln. Nachdem er ein Heft vollgeschrieben hatte, fing er wieder an, Pläne zu schmieden, nach einem zweiten führte er wieder Monologe, und nach einem dritten wusste er, wie er verfahren wollte. Vor allem in einem waren er und Singer sich einig: Es galt, keine Zeit zu verlieren. Zwei der Untergrundpokerräume, die Singer frequentierte, waren von der Polizei ausgehoben worden, in einem dritten hatte jemand Feuer gelegt.

«Das war die Mafia», sagte Singer. «Hätte den Italienern insgesamt mehr Geschäftssinn zugetraut.»

In ihrem Zimmer in Little Germany sahen die Männer bald gemeinsam die Broschüre durch, die Berns für die *Torontoy Estate Company* verfasst hatte. Berns bot darin sein Land für fünfundfünfzigtausend Dollar zum Verkauf an – diese Summe, das hatte er ausgerechnet, würde genügen, seine Schulden bei Forga zu begleichen und die laufenden Kosten zu decken. Noch dazu war ein beträchtlicher Gewinn für Berns und Singer zu erwarten. Ganz lossagen aber mochte sich Berns nicht von Torontoy: Fände er Investoren, so wollte er sich – für ein großzügiges Gehalt – als Agent vor Ort um alle Belange des Unternehmens kümmern.

Minutiös beschrieb Berns die Abmessungen seines Besitzes, die Lage zwischen Pazifik und Amazonas, die Möglichkeiten der Anbindung und des Transports.

«Sehr ordentlich», kommentierte Singer. «Jetzt müssen die Herren Kapitalisten nur noch erfahren, was es in Torontoy zu holen gibt.»

Also schilderte Berns den Reichtum an Mahagoni, Teak und Zedernholz, an Kautschuk, Chinarinde, Schellack, Indigo, Vanille, Pfeilwurz und Yucca. Allein mit dem Anbau von Kaffee, Kakao und Koka, schrieb Berns, ließe sich ein Vermögen erwirtschaften. Natürlich, räsonierte er weiter, könne erst in großem Stil angebaut werden, wenn der Besitz vollends erschlossen sei mit Straßen, Brücken, einer Eisenbahntrasse und genügend Gebäuden, um die Arbeiter zu beherbergen.

Es dauerte kaum drei Wochen, und die Broschüre lag fertig vor ihnen. Als Berns das erste Mal darin blätterte, kam es ihm vor, als hätte ein anderer sie geschrieben. Wie einnehmend all das klang, was dort stand: Wasserwege, wertvollste Edelhölzer, Goldminen ... Goldminen? Berns wusste nichts von Minen auf seinem Land, aber Singer, der Mineraloge, versicherte ihm, dass er in Torontoy Hinweise auf größere Goldvorkommen entdeckt habe. Er sei so frei gewesen, das in die Broschüre aufzunehmen. Berns wunderte sich, ließ ihn jedoch gewähren und fragte nicht weiter nach.

Die Rollen waren von nun an wieder klar verteilt: Singer spielte Poker, Berns sich selber. Er perfektionierte sein Englisch, frisierte jeden Morgen sein Haar, brachte den Vollbart mit Pomade in Form. Die Mädchen, die ihm morgens Bagels verkauften, nannten ihn *Augie*, und er grüßte sie mit einem *How do you do*, das ihm jedes Mal leichter von den Lippen ging. Soviel er wusste, unterhielt Singer eine Beziehung mit einem der Bagel-Girls. Das stimmte ihn froh, und außerdem bezog er so Bäckereiprodukte zum halben Preis.

«Dein Englisch ist schon nicht schlecht», sagte Singer. «Jetzt musst du nur noch jemanden finden, an dem du es ausprobierst.»

In einem Delikatessengeschäft stieß Berns absichtlich mit einem älteren, soignierten Herrn zusammen, der sich sofort mit tremolierender Bassstimme entschuldigte. Der Mann stellte sich als Mister James Brady vor, Bankier aus Pittsburgh, und Berns tat so, als höre er Bradys Namen zum ersten Mal. Wortreich bedauerte auch er den Zusammenstoß und lud den Bankier zu einem Whiskey ein. Brady nahm an.

Als sie Platz genommen hatten, schien Berns einen Moment lang in Gedanken zu versinken. Dann schüttelte er sich und bat um Verständnis für seine kurze Abwesenheit. Er, Berns, sei ein Unternehmer aus Peru und die hiesigen Gepflogenheiten nicht gewohnt. Da habe er sich doch eben mit einer Gruppe von amerikanischen Gentlemen getroffen – und sei völlig am Ende. Wie sie ihn gelöchert hätten mit ihren Fragen, richtig bestürmt hätten sie ihn! Dabei habe er von Anfang an deutlich gemacht, dass er keine Partner für sein Unternehmen benötige. Brady solle dies auf keinen Fall persönlich nehmen – aber in Peru sei man irgendwie, nun ja, dezenter. Selbst bei reizvollen Gelegenheiten.

Brady nippte an seinem Whiskey und räumte ein, dass Amerikaner beizeiten etwas ungestüm sein konnten. Ob er sich denn erkundigen dürfe, um was für eine Art von Unternehmen es sich handle?

Berns wand sich auf seinem Stuhl – alles an ihm verriet, dass er nicht gern über seine eigenen Leistungen und Verdienste sprach. Er war eben, das erkannte jeder, der ihn so sah, ein zurückhaltender Mensch.

Als Brady insistierte, gab Berns nach und fing an zu berichten.

Drei Stunden später saßen sie noch immer beisammen und gingen alle Schritte durch, die es brauchte, um Torontoy wirtschaftlich rentabel zu machen. Erst das Holz, dann der Kautschuk, dann das Gold. Brady war begeistert; Berns überließ ihm die, wie er sagte, letzte Broschüre und nahm dafür ein Empfehlungsschreiben für Mister John Thompson entgegen, den Direktor der Chase National Bank. Brady versprach, sich in der nächsten Woche zu melden.

Mister Thompson war ein sehr beschäftigter Mann. Daran änderte auch ein Empfehlungsschreiben von Mister Brady nichts. Erst als Berns vor der Sekretärin kleinmütig zugab, Washington Augustus Roebling zu sein, wurde er durchgelassen. Mister Thompson staunte nicht schlecht, als nicht der berühmte Ingenieur, sondern Mister Augusto R. Berns sein Büro betrat und erklärte, hier gehe es um mehr als um eine Brücke, die die Ufer eines Meeresarms verbinde; hier gehe es um eine Brücke zwischen den Kontinenten.

«Sie sind ja wahnsinnig, Mann», sagte Thompson vergnügt. Weil er eine Schwäche für Enthusiasten hatte, ließ er Berns reden. Er glaubte, nicht richtig zu hören. In *Ländereien* sollte er investieren? In *Peru*? Soweit er wisse, herrsche dort Krieg. Eine unwägbare Situation. Berns glaubte ihm kein Wort. Krieg?

Mister Sullivan, den er danach aufsuchte, beschwerte sich, Zeit vergeudet zu haben, Mister Chisholm drohte Berns mit seinem Leibwächter, Mister Covington hörte ihn gar nicht bis zum Ende an, und der deutsche Konsul erkundigte sich, ob er, Berns, noch ganz bei Sinnen sei. Kein Mensch investiere heutzutage noch in Ländereien, die er nicht persönlich inspiziert habe. In Zeiten des Krieges! Überhaupt: Kautschuk? Teak? Das klinge nach Schufterei, ach was: Menschenschinderei! Dann schimpfte er Berns eine Kanaille und jagte ihn aus seinem Büro.

Schon dachte Berns daran, die Staaten wieder zu verlassen und nach Peru zurückzukehren.

«Das kannst du vergessen», sagte Singer und fragte ihn, ob er die Zeitung nicht gelesen habe. Mister Thompson habe recht: Krieg war ausgebrochen! Peruanische Truppen kämpften gegen die Chilenen, und Rückkehr wäre gleichbedeutend mit Selbstmord gewesen.

Diese Nachricht nahm Berns sich zu Herzen. Ohne Singer davon zu erzählen, fuhr er zum peruanischen Botschafter und erklärte, dass man das Vaterland nicht im Stich lassen dürfe.

«Welches Vaterland?», fragte der Botschafter überrascht. Jetzt stand dieser Gringo schon zehn Minuten lang vor ihm, und noch immer war er nicht schlau aus ihm geworden!

«Peru natürlich», antwortete Berns und fügte in Gedanken hinzu: Sie Ignorant. Dann berichtete er von seiner Idee, die peruanische Armee mit Waffen zu versorgen, und zwar über den Amazonas. Keine Kleinigkeit, aber durchführbar.

Der Botschafter entschuldigte sich, dringende Termine.

Vielleicht, räsonierte Singer nach einem halben Jahr, vielleicht war New York doch nicht die richtige Stadt, um ein Unternehmen aufzubauen. Bis auf Mister Brady hatte niemand Interesse an Torontoy geäußert. Der Tenor war immer derselbe gewesen: zu viel Arbeit, zu weit entfernt, zu mühsam. Die verdammten Yankees, dachte Berns, besitzen weder genug Verstand noch hinreichend Phantasie, um wirklich zu begreifen, welche Chancen ihnen geboten werden.

Glücklicherweise sei dies ein freies Land, sagte Singer. Abgesehen davon verfüge er über einige Bekanntschaften, die sich als nützlich erweisen könnten. So verließen die Männer New York und reisten durch New Jersey, Pennsylvania, Ohio, Indiana und Illinois. Überall fanden sich interessierte Geschäftsmänner; sobald es jedoch um eine verbindliche Zusage ging, zogen sie sich zurück. John Claflin von der H. B. Claflin & Co. sagte Berns gar, die Broschüre sei zwar ganz vielversprechend, aber, mit Verlaub, Berns selber … Er wisse nicht so recht. Ein unbeschriebenes Blatt, vielleicht sei es das?

Berns war so beleidigt, dass er die Suche nach Investoren fast ein Jahr lang ruhen ließ. In der Zeitung las er, dass in Michigan Ingenieure gesucht wurden. Singer behauptete, in Kalifornien eine entfernte Tante besuchen zu wollen – Berns glaubte ihm kein Wort –, und so verabredete man, vorerst getrennte Wege zu gehen. Singer stieg in einen Zug nach San Francisco, Berns in einen Zug nach Detroit.

Dort angekommen, mietete Berns sich in einer Pension ein. Wie es sich herausstellte, wurden in Michigan tatsächlich Ingenieure gesucht, und so hatte er die Wahl. Er entschied sich für das Architektenbüro Lloyd & Co., das Fachkräfte suchte, um die Fundamente dreier Häuser am Niagara zu errichten. Nach kaum einem halben Jahr hatte Berns die Aufgabe gemeistert und schrieb voller Stolz an Singer, dass kein einziger Arbeiter während der Konstruktion verletzt worden war.

Immer wieder aber fröstelte es Berns ein wenig; das stundenlange Stehen im kalten Wasser hatte ihm mehr geschadet, als er sich selber eingestehen wollte. Auch machte ihm zu schaffen, dass er stetig an das erinnert wurde, was hinter ihm lag. Jedes Wochenende hielt er in den vornehmen Clubs der Stadt Vorträge über Peru, schrieb Artikel für die *Detroiter Abendpost* und zeichnete Illustrationen für den bekannten Historiker Silas Farmer, mit dem er sich angefreundet hatte.

Dennoch wollte Berns die Stadt auf dem Berg nicht aus dem Kopf gehen. Manchmal schien es ihm, als habe sich sein Gemüt in zwei Hälften geteilt: eine, die sich im Geheimen mit der verlorenen Stadt der Inka beschäftigte, und eine andere, die sich notgedrungen mit seinen Geschäften und dem Unternehmen abgab. Berns fühlte sich schneller erschöpft als zuvor; wie ein alter Mann musste er sich dann rasch setzen und vortäuschen, etwas zu notieren.

John Farmer, der Bruder des Historikers, lud Berns als Hausgast ein und bot ihm sein Büro als Arbeitsplatz an. Abend für Abend saß Berns nun in Farmers Ledersessel und starrte auf die Karte, die den *Torontoy-Estate-Company*-Broschüren beigelegt war. Der Krieg würde bald vorbei sein, daran zweifelte er nicht. Was hatten die New Yorker über Hartholz und Kautschuk gesagt – zu viel Arbeit?

Die kleinen schwarzen Punkte auf der Karte markierten die größeren Teak- und Mahagonivorkommen. Die grünen Punkte verhießen Kautschuk; Braun bedeutete Koka, Kakao oder Kaffee. Die gelben Punkte, die Singer eingetragen hatte, wiesen auf mögliche Goldvorkommen hin. Gedankenverloren griff Berns zum Gläschen mit der dottergelben Gummigutt-Farbe und fügte oberhalb von Singers Markierungen zwei, drei neue Punkte hinzu. Er stand auf und betrachtete sein Werk. Dann griff er erneut zum Pinsel und säumte das gesamte rechte Ufer des Urubamba mit Goldminen. Schließlich nahm er sich noch einmal die Broschüre vor und fügte einen neuen Abschnitt ein: *Gold On The Estate.*

Gold, schrieb er, sei auf dem Besitz in allerlei Form zu finden. Flussgold etwa gebe es reichlich, genug um fünfzig Arbeitern ein Gehalt von je fünf Dollar am Tag zu sichern; außerdem seien die Sandbänke am Fluss durchsetzt von Nuggets und Goldkörnern in der Größe von Schrotkugeln. Auch sei der Quarz in den Felsen durchzogen von kristallinem Gold, und wenn man sich die Mühe mache, die Abhänge der Berge zu untersuchen, stoße man obendrein auf klar definierte Silberadern.

«Dieser Landstrich ist so reich an Gold», formulierte Berns, «dass er unbestritten die Quelle und das Zentrum des mineralischen Reichtums der Inka bildet. Seine natürliche Unzugänglichkeit und vereitelnde Maßnahmen, die zur Zeit der Konquista von den Inka ergriffen wurden, haben jegliche Entdecker und Prospektoren abgehalten. Bis jetzt.»

Dann schloss er das Anschreiben – *Yours respectfully* – und unterschrieb mit *A. R. Berns, ehemaliger Artillerie-Colonel der Peruanischen Armee.*

Kurz darauf war die neue Broschüre gesetzt, fünfhundertfach gedruckt und so gut wie verteilt. Dieses Mal blieben die Blicke derer, denen Berns seine Broschüre vorlegte, länger an der Karte haften; er hatte den Eindruck, man hörte ihm nun viel aufmerksamer zu.

«Das Gold», hörte sich Berns eines Abends sagen, «liegt so offen und klar im Flusssand, dass man es körbeweise forttragen könnte. Die Schwierigkeit besteht einzig darin, das Terrain zu roden, Straßen und Trassen zu bauen.»

Der Chefredakteur der *Detroiter Abendpost* vermittelte Berns an zwei Geschäftsmänner, Mister Mahon und Mister Nystrom. Die beiden waren von Berns' Plänen so beeindruckt, dass sie einwilligten, sich am Geschäft – wenn der Krieg beendet sei – als Partner zu beteiligen. Sofort schrieb Berns an Singer und Mister Brady. Singer antwortete umgehend: «Die Vorkommen an Edelmetall scheinen gut zu gedeihen! Ich bin begeistert. Jetzt warten wir noch ein Weilchen, dann ist ganz Torontoy eine einzige Goldmine und damit, alles in allem, eine bessere Geschichte.»

Dann passierte etwas Sonderbares. Während einer seiner Vorträge über Peru wusste Berns plötzlich nicht mehr weiter. Gerade hatte er vom östlichen Abhang der Anden berichten wollen – da packte ihn ein solches Unwohlsein, dass er sich entschuldigen und den Saal verlassen musste. Vor dem Portal des Gebäudes sank er zusammen, krümmte sich auf den Treppenstufen, so sehr schmerzte sein Unterleib, dann wieder die Lunge und schließlich der ganze Körper. Ein älterer, gutmütiger Herr trat aus dem Gebäude, stolperte über Berns und brachte ihn schließlich zu John Farmer nach Hause.

Berns fiel in einen tiefen Schlaf. Als er daraus erwachte, stellte er fest, dass seine Hände unaufhörlich zitterten. Auch der Schmerz im Unterleib setzte wieder ein. Da erinnerte er sich an seinen Onkel Wilhelm Dültgen, der vor Jahren vergeblich darauf gewartet hatte, dass sein Neffe zu ihm auf die Farm kommen würde. In größter Not setzte Berns noch in derselben Nacht einen Brief an ihn auf und packte seinen Koffer.

Zwei Tage später reiste er seinem Brief hinterher.

Wenn es einen Ort gab, an dem man genesen konnte, so war es Crawford's Quarry im äußersten Norden Michigans. Nicht viel mehr als eine kleine Siedlung am Ufer des Huronsees, lag es inmitten ausgedehnter, pfadloser Wälder, und das einzige Mittel, um seine Bewohner zu erreichen, war das Boot. Legte es am weißen Sandstrand von Crawford's Quarry an, war es nur noch ein kurzer Weg bis zu den Blockhäusern der deutschen, polnischen und französischen Siedler.

Das erste auf der linken Seite gehörte William Dueltgen, der vor über zwanzig Jahren ins Land gekommen war. Nach seiner Ankunft hatte er ein großes Blockhaus gebaut und darin eine Poststube und ein Gästehaus eingerichtet. Bald schon war es das Herz eines kleinen Ortes geworden, und jeder um den See herum kannte die

Dueltgens. Jemand suchte einen Arzt? Zu den Dueltgens! Einen Bestatter brauchte man? Nichts wie zu den Dueltgens! Eine Hebamme war gefragt, ein Sterbehelfer, Seelenretter, Beichtvater oder Ehevermittler? Die Dueltgens waren alles in einem.

Es brauchte keine Straßen, damit sich Neuigkeiten schnell verbreiteten. Ein kranker Herr aus Peru sei angereist und bei Mama Dueltgen in der Küche kollabiert! «Good morning, Ma'm», und «How do you do», habe er gesagt und sei daraufhin ohne weitere Erklärung auf dem Flickenteppich zusammengebrochen. An den rahmengenähten Schuhen habe noch der helle Ufersand geklebt, und sein Bart habe edel nach Pomade gerochen. Kein Trapper, der nicht davon gehört hatte.

Die nächsten Wochen verbrachte Cousin August unter der Obhut seiner Tante Mary. «Erschöpfung und nervliche Zerrüttung» hatte sie diagnostiziert, Berns auf das Küchensofa gebettet und ihm Ruhe verordnet. Bei Strafe hatte sie der Familie verboten, den armen Kerl mit Fragen zu löchern; natürlich hielt sich niemand daran.

Das Sofa nahm fast die ganze Länge der Wand ein und war ausstaffiert mit Quiltdecken und selbstgenähten Federkissen. Wer hier lag, blickte auf den Kohleofen, die Anrichte, über der ein Bildnis von Jesus Christus hing, und durch das Fenster hinaus auf die Wiese, die sich vor dem Haus ausbreitete. Hohe Pinien und Ahornbäume wuchsen dort und bewegten sich im Wind, der vom Huronsee herüberblies. Berns meinte, er müsse wohl in Detroit gestorben und unverhofft ins Paradies gekommen sein.

Vor allem Onkel William saß in jeder freien Minute bei seinem Neffen. Immer und immer wieder ließ er sich erzählen, wie Berns vor knapp zwanzig Jahren beinahe nach

Michigan gereist wäre und sich im letzten Moment doch für Peru entschieden hatte. Berns zeigte seinem Onkel die Silberfigur aus der Ruine. Williams schwere Hände schlossen sich um den Körper des kleinen Inka, bevor er sie Berns zurückgab und ihn fragend anblickte.

Jedes Mal, wenn sich der alte Mann zu ihm setzte, dachte Berns: ein Dültgen durch und durch. Die Nase, die Wangenknochen, die Stirn – genau wie bei meiner Mutter. Da packte ihn eine solche Sehnsucht, dass er sich vornahm, für ein paar Wochen nach Deutschland zu fahren.

Aber dann kamen die Herbststürme, und nach den Herbststürmen der Winter. Onkel William zeigte ihm die Holzschläge in der Umgebung und führte ihn in den Sägebetrieben der Monitor-Hoeft Lumber Company herum. Die Größe der Maschinen, der Lärm, der Dampf … Wenn Mama Dueltgen schimpfte, weil ihr Mann die verordnete Ruhe missachtet hatte und wieder mit Augie unterwegs gewesen war, so sagte William: «Du solltest ihn mal lächeln sehen, wenn er ein Sägewerk betritt. Blöde vor Glück!»

An Weihnachten aß Berns Truthahn und Christstollen und konnte sich nicht sattsehen am Tannenbaum, der über und über mit Schleifen aus Goldpapier geschmückt war. Als sie *Ihr Kinderlein, kommet* sangen, brach ihm die Stimme, und bei *Stille Nacht* musste er vor die Tür gehen und sich die Nase putzen. Draußen im Hof glänzte der Neuschnee, und durch die Holztür drang gedämpft Onkel Williams Geigenspiel. Berns versuchte, einen der armdicken Eiszapfen vom Dach abzubrechen, aber es wollte nicht gelingen.

Bei unzähligen Gläsern Eierpunsch schrieb Berns Briefe nach Dültgensthal, schrieb an seine Mutter, an Elise, an Max. Das Zittern der Hände hatte sich gelegt, auch konnte er wieder über Peru sprechen, ohne dass sein Herz schneller klopfte.

Die indianische Magd Portia verliebte sich in Berns; aus Anstand und weil sich das so gehörte, schlief er mit ihr, fühlte aber nichts dabei.

Berns begann, Schmiedearbeiten zu verrichten, freundete sich mit einigen Trappern an und saß jeden Abend mit den Dueltgens am Kamin. Häufig sprachen sie dabei über das Neue Testament, über Jesus und seine Kirchen auf der ganzen Welt. Die Dueltgens glaubten an das Gute im Menschen.

Ende April taute langsam das Eis an den Fenstern. Onkel William schlug Berns vor, in Crawford's Quarry zu bleiben; bei Monitor-Hoeft suchten sie ständig fähige Arbeiter. Und jetzt, da er so gut Englisch spreche … Er könne Portia heiraten und bei ihnen im Gästehaus wohnen. Kurz, sie hätten ihn lieb gewonnen und würden ihn gerne hierbehalten. «Du bist ein Dültgen, Berns hin oder her», sagte Onkel William. Berns lächelte. Crawford's Quarry hieß ein Paradies, für das er nicht gemacht war.

Am ersten eisfreien Tag packte Berns seine Sachen, bestieg das Postboot und fuhr zurück nach Detroit.

Wie sich herausstellte, waren Mahon und Nystrom noch immer an Torontoy interessiert. Peru, sagten sie, das sei wahrhaftiges Neuland – in einer Zeit, in der selbst Kalifornien überlaufen sei, ausgekundschaftet, leergesogen. Berns schrieb an Singer, der keine zwei Wochen später in Detroit eintraf und den Herrschaften Mahon und Nystrom als Partner vorgestellt wurde. Mit Bradys Kapital, so rechneten sie aus, wäre eine erste, gewinnbringende

Bewirtschaftung von Torontoy möglich. Gemeinsam verließen sie Michigan und fuhren nach New York.

Als sie bei Brady vorsprachen, gestand er ihnen allerdings, dass er sein Geld längst anderweitig investiert hatte. Schmuckgegenstände! Glitzer und Geschmeide! Das sei es doch, was die Leute wollten. Er habe es sich anders überlegt und Anteile von Tiffany & Co. erworben. Singer konnte sich kaum artikulieren vor Zorn, Berns hingegen war nicht einmal überrascht. Er brachte es sogar fertig, sich freundlich von Nystrom und Mahon zu verabschieden, die sich einige Tage Bedenkzeit erbaten. Berns prophezeite, dass sie die beiden nie wiedersehen würden, und Singer gab ihm recht.

Wieder bezogen sie das stickige Zimmer in Little Germany, wieder lehnte Singer seine Winchester in die Ecke neben dem Bett.

Es blieben noch gut einhundert Exemplare der Broschüre, die Berns in Detroit hatte drucken lassen. Singer dachte laut darüber nach, in Kalifornien sesshaft zu werden; Berns dachte an Crawford's Quarry und Portias weiches Haar. Aber es trieb ihn zurück nach Südamerika, zurück auf sein Land. Seine große Liebe wohnte in den Bergen; mal hieß sie Ana Centeno, mal Torontoy.

«Vergiss endlich die Witwe», sagte Singer, als er einen an sie adressierten Briefumschlag fand. «Dass du dir auch immer Dinge in den Kopf setzen musst, die unerreichbar sind!»

Zehn Wochen später erreichte Berns ein Brief aus Peru. Die Söhne Ana María Centenos, Eduardo und Adolfo Romainville, bedankten sich für den Brief, den Berns an ihre Mutter geschickt hatte. Dann informierten sie ihn darüber, dass Ana Centeno wenige Tage zuvor an einem

Herzleiden gestorben war. Ihre Sammlung würde nach Berlin verkauft werden, an das von Adolf Bastian geleitete Museum für Völkerkunde.

Unter den förmlichen Brief hatte Eduardo Romainville mit krakeliger Handschrift geschrieben: «Unsere Mutter hat stets viele Gäste beherbergt. Sie waren der Einzige, von dem sie noch kurz vor ihrem Tod gesprochen hat. Hochachtungsvoll, E. R.»

Da war es gerade September 1881, der Krieg in Peru dauerte noch immer an. Ana Centenos Tod aber wog schwerer auf Berns. Es wollte nicht in seinen Kopf hinein, dass Ana, seine Ana, einfach gestorben sein könnte.

«Was hast du erwartet?», fragte Singer. «Menschen tun das andauernd. Ohne Ankündigung.»

Singer lud eines der Bagel-Mädchen in ihr Zimmer ein, um Augie auf andere Gedanken zu bringen; aber es war vergebens. Berns trauerte, und er weigerte sich, mit Singer über seine Gefühle zu sprechen. Zwei-, dreimal ging er in die Trinity Church, zündete Kerzen an. Er vergab sich nicht, Peru jemals verlassen zu haben.

Als die schlimmste Zeit überstanden war, antwortete er Eduardo Romainville, kündigte seine baldige Rückkehr nach Peru an und fragte höflichst, warum die Centeno-Sammlung nach Berlin geschickt werden solle. Gehörte sie nicht zu Peru wie sonst kaum etwas? Dass es ausgerechnet Berlin sein musste, kam Berns vor wie eine groteske Laune des Schicksals. An Zufall war schwerlich zu glauben.

Berns war über die Jahre Peruaner geworden und litt an Heimweh. Er wusste, dass es keinen Sinn hatte, ohne Kapital zurückzukehren, und so zwang er sich, rational zu denken. Nach dem Krieg konnte es Jahre dauern, bis das

Land sich wirtschaftlich erholt haben würde. Die Pläne, Deutschland zu besuchen, hatte er aufgegeben. Dass ihm das Geld fehlte, hätte er seiner Familie gegenüber nie zugegeben.

Doch nicht nur das Reisen, auch das Leben in New York war teuer. Singer nahm wieder das Pokerspiel auf und Berns eine Stelle als Aufseher beim Bau der Brooklyn Bridge.

Eines Tages hörte er einen der leitenden Architekten, Wilhelm Hildebrand, vom Bau des Panamakanals sprechen. Die Franzosen hatten eine Konzession des Kolumbianischen Kongresses bekommen – und somit das Recht, durch den Isthmus der kolumbianischen Provinz Panama einen Kanal zu bauen. Seit zehn Monaten schon vermaß und rodete die Société Civile Internationale du Canal Interocéanique die Landenge. Neben Aufsehern, Ingenieuren und Maschinen, erzählte Hildebrand, hätten die Franzosen auch das metrische System mit nach Zentralamerika gebracht. Die Zukunft wurde, wie sie beteuerten, in Kilometern vermessen. In Kilo-Metern, zu drollig! In jedem Fall würden die Kanalleute seit Monaten die besten Ingenieure aus aller Welt abwerben, es sei sehr ärgerlich.

Da wusste Berns, wie er Ana Centenos Tod verwinden konnte. Und Singer würde mitkommen.

13.

Durchbruch in Panama

Panama-Stadt lag auf einer Landzunge, die ins Meer hineinragte. Pazifikdunst umwehte die Ansammlung hellbrauner Dächer, die Kuppeln und den Turm der Kathedrale. Vor den Toren der Stadt verteilten sich luftige, weiß gestrichene Villen; fuhr man mit dem Zug über die Landenge von Panama, der westlichsten Provinz Kolumbiens, so waren diese Häuser das Erste, was man von der Stadt sah.

«Willkommen im Paradies», sagte Berns zu Singer, als der Zug die Villen passierte. Sie waren umgeben von bewaldeten Hügeln, in deren sattes Grün sich die Blüten der Flammen- und Palisanderbäume mischten, ganze Schwärme von Papageien wogten über sie hinweg.

«Wohl eher in der Hölle», sagte Singer. Seit er mit Berns in der Hafenstadt Colón den Eisenbahnwagen bestiegen hatte, starrte er durch das offene Fenster auf die Gleise, die quer über die Landenge führten. «Panama ist ein Pestloch. Beim Bau dieser Eisenbahn sind Zehntausende verreckt. Pro Schwelle ein toter Mann. Hast du nicht die Geschichten gehört? Jeder, der ein bisschen Grips im Hirn hat, macht um diese Gegend einen großen Bogen.»

«In ein paar Jahren», sagte Berns, «macht niemand mehr einen Bogen um diese Gegend. Sondern fährt im Kanal mitten hindurch. Deshalb sind wir hier. Die

Franzosen suchen übrigens auch Mineralogen, habe ich gelesen.»

«Ich bezweifle, dass de Lesseps überhaupt weiß, was das ist.»

Berns rollte mit den Augen und wich einem ins Fenster peitschenden Ast aus. Wenn wir nur bald einen Poker-salon finden, dachte er, dann bessert sich auch Singers Stimmung. Alle Welt hielt große Stücke auf den Inge-nieur de Lesseps: alle, bis auf die Amerikaner.

Ferdinand Marie Vicomte de Lesseps, dem Präsidenten der Panamakanal-Gesellschaft, war Jahre zuvor ein Mam-mutprojekt gelungen. Unter seiner Ägide war der Suez-kanal erfolgreich fertiggestellt worden. Dass Monsieur de Lesseps sich längst im achten Lebensjahrzehnt befand, ließ niemanden an seiner Befähigung zweifeln, und auch die Tatsache, dass er Panama zuvor lediglich einmal be-sucht hatte, verwunderte nicht weiter. Ein Kanal, so hatte der alte Herr auf einem Kongress in Paris verkündet, sei nun einmal ein Kanal. Man grabe sich durch die Land-schaft. Dafür brauche es eigentlich nicht einmal Inge-nieure, sondern vor allem Imagination.

De Lesseps plante einen Kanal auf Meeresniveau. Die rund achtundvierzig Meilen, die die Landenge von Panama maß, zerfielen in drei Abschnitte: den atlanti-schen, den gebirgigen und den pazifischen. Mit ernst-haften Problemen rechnete de Lesseps nicht.

Berns wusste, in welchem Abschnitt er eingesetzt wer-den wollte. Er war ein Mann der Berge. Um die beiden Ozeane zu verbinden, musste Panamas Kordillere geteilt werden. Der Durchbruch des Culebra-Passes: Darin lag die eigentliche Herausforderung, dort würde man be-ginnen. «Durch Sümpfe und Marschland kann sich jeder graben, der eine Schaufel besitzt», sagte Berns, den Blick auf die Kordillere gerichtet. «Aber einen Pass zu durchbrechen, dafür braucht man eine Vision.»

De Lesseps' Plan gefiel ihm. Und die Gehälter, die die Panamakanal-Gesellschaft ihren Ingenieuren zahlte, waren angeblich überdurchschnittlich hoch.

Singer hingegen hatte für Visionen nicht mehr viel übrig, schwieg aber für den Rest der Fahrt. Eines traf jedenfalls zu: Grub man ein Land auf, kam eine Menge Gestein zutage. Das konnte man sich wohl ansehen.

Der Zug fuhr in das niedrige Bahnhofsgebäude ein. Berns beugte sich aus dem Wagen und klopfte auf die Außenwand. In Michigan hatte er Schmiedearbeiten übernommen und Fundamente konstruiert. Hier, über viertausend Meilen weiter südlich, lag eine viel größere Aufgabe vor ihm.

Durch enge, gewundene Straßen liefen die Männer zum Platz der Kathedrale. Zwischen den altersschwachen Bauten aus Bruch- und Backstein staute sich die Hitze, die Straßenhunde lagen im Schatten und wedelten matt mit den Schwänzen, wenn Singer und Berns an ihnen vorbeigingen.

«Bitte keinen vierbeinigen Assistenten», sagte Singer. Berns aber beachtete ihn gar nicht. Er hatte eine deutsche Bäckerei und ein Kaufhaus mit amerikanischen Waren entdeckt. Wie es aussah, würden sie hier auf keinerlei Annehmlichkeiten verzichten müssen. Freilich machte die Stadt auf den ersten Blick einen anderen Eindruck: Die Straßen bestanden aus Kies oder aufgebrochenem Pflaster, und aus den Nischen und Spalten der verfallenen Stadtpaläste quollen Orchideen, Liliengewächse und Farne. Blickte man hinauf zu den Giebeln und Traufen, sah man Kolonien von Fledermäusen, die sich an die Fassaden klammerten.

Berns und Singer besorgten sich in einer Bar Tamales sowie eine Flasche Eiswasser mit Zitrone und begaben sich damit auf eine Bank vor der Kathedrale. Hier saßen sie eine Weile, aßen, tranken und beobachteten die Passanten, die geschickt über das schadhafte Pflaster liefen. Als die Flasche leer war, schulterten sie ihr Gepäck und gingen einmal quer über den Platz zum Gran Hotel. Hier mieteten sie sich ein, so wie alle, die etwas in Panama werden wollten. Singer beklagte sich über die hohen Preise; Berns bezahlte die erste Nacht in bar. Der Direktor persönlich führte sie zur umlaufenden Holzgalerie im ersten Stock und zeigte ihnen ihr Zimmer.

Für seinen stolzen Preis enthielt es nicht viel mehr als zwei Einzelbetten, Moskitonetze, zwei Stühle und eine Hutablage. Auf diese stellte der Direktor zwei Flaschen Yuengling-Bier ab und wünschte einen angenehmen Abend.

Weil die Netze voller Löcher waren und das Zimmer voller Moskitos, nahmen Singer und Berns die Stühle und setzten sich hinaus auf die Holzgalerie. Das kalte Bier schmeckte köstlich; jetzt, da eine Brise vom Pazifik herüberdrang, wurde auch die Luft etwas kühler. Rundherum zirpten die Grillen, von den nahegelegenen Bars und Clubs drangen die Rufe der Croupiers und das Klimpern der Silberdollars hoch auf die Galerie. Eine Gruppe von Kindern zündete auf der Straße ein kleines Feuerwerk. Zischend flog die Rakete in den Nachthimmel und scheuchte einige Fledermäuse auf, die in Richtung Hafen davonflogen.

«Ich mochte New York», sagte Singer.

«Willst du nicht eine Runde Poker spielen gehen?»,
fragte Berns.

Früh am nächsten Morgen, Singer schlief noch, strich
Berns etwas Pomade in seinen Bart, verließ das Hotelzimmer und lief durch die Gassen der Stadt. Die Kühle der
Nacht hing noch in ihnen, und anders als am Nachmittag
zuvor herrschte bereits reges Treiben. Braungebrannte
Kinder spielten mit Äffchen auf Veranden, zierliche Damen liefen betont fatiguiert durch die Straßen, Ingenieure in adretten Anzügen eilten vorbei. Berns wusste, wohin
sie wollten: Sie alle hasteten zum Bahnhof.

Er selbst hatte noch Zeit. Um acht öffnete die Agentur
der Kanalgesellschaft; bis dahin wollte Berns sich in der
Stadt umsehen. Außerdem hatte er sich vorgenommen,
sein Französisch zu testen, bevor er sich beim Chefingenieur vorstellte. Pedro J. Sosa, so hatte er auf dem Dampfer von New York munkeln hören, sei ein erstaunlich
humorloser, dafür aber berechenbarer Kolumbianer. Ihm
zur Seite stehe Armand Reclus, der französische Agent
und Vertreter de Lesseps'. Man verständigte sich angeblich auf Französisch. Franz-zeesch am Koll-eesch! Berns
rechnete nach: Knapp fünfundzwanzig Jahre war es her,
dass er sich der Sprache bedient hatte.

Jetzt, da er wach war und ausgeruht, bemerkte er bei
seinem Gang durch die Straßen, dass die Geschäfte und
Restaurants der Franzosen das Zentrum der Stadt beherrschten. An jedem zweiten oder dritten Haus hing
die Trikolore. Die Agence Supérieure hatte Hunderte
von Ingenieuren und Facharbeitern aus Frankreich angeworben; die meisten davon waren mit Frau und Kindern
angereist, in der Hoffnung, die Geschichten, die man

sich über die Verhältnisse und das Klima vor Ort erzählte, seien übertrieben.

Berns betrat ein Café und beschloss, sein Französisch an dem Wirt zu erproben, der ihn freundlich grüßte. Der Kaffee schmeckte würzig und belebte ihn; dankbar legte er dem Wirt zwanzig Centésimos hin und machte ihm Komplimente bezüglich seiner Frisur.

«Sie sind wohl Ingenieur», lachte der Wirt.

«Jawohl, gerade angekommen.»

«Ist das nicht ein wenig spät?»

Berns bat ihn, sich zu wiederholen: spät? Da erzählte der Wirt, dass die ersten Ingenieure Panama bereits wieder verließen: das Wetter, die Miasmen, das Fieber. Erst habe die Agentur viele Ingenieure abgewiesen, die sich beworben hatten, nun suchte sie händeringend Fachkräfte. Panama sei eben doch nicht ganz Paris, es sei noch nicht einmal Lyon. Ob er eine zweite Tasse trinken wolle? Berns bedankte sich höflich und verließ das Café.

Während der zwanzig Minuten, die Berns bei seinem Kaffee verbracht hatte, war es bereits deutlich heißer geworden. Er blickte auf die Uhr: Ihm blieb noch eine halbe Stunde, und so ging er in Richtung Hafen. Dort ragten die Mauern der alten Festungsanlagen auf, der Geruch von Salz und Algen lag in der Luft. Berns lächelte: Da war er, der Pazifik … Er kletterte auf den Wall, und ein wenig war ihm, als begegne er einem alten Freund. Das Wasser hatte sich zurückgezogen, und die Riffe, von denen die Landzunge umgeben war, lagen frei; Fischerboote dümpelten in den Bassins, Pelikane und Kormorane stießen immer wieder hinab und angelten nach Fischen und Krebsen. Einer der Pelikane trug ein außergewöhnlich helles, fast weißes Gefieder. So einen hatte Berns schon einmal gesehen. *El pelícano!* Berns wunderte sich sehr, als er merkte, dass ihm plötzlich ein weiterer alter Freund in den Sinn kam: Andrés Avelino Cáceres. Ob auch er in den Krieg gegen die Chilenen gezogen war?

Berns schnalzte mit der Zunge und drehte sich um. Von den Festungsmauern hatte man exzellente Sicht auf die bewaldeten Hügel, die Berns und Singer am Vortag mit der Bahn durchquert hatten. Eine feine Rauchsäule stieg aus dem anbrandenden Grün auf; weiter oben, wo aus den Hügeln ein Höhenzug wurde, veränderte sich der Farbton, wurde eine Spur dunkler, grauer. Berns atmete laut aus, als ihm einfiel, was das war: der Nebelwald, über den sich, es war nur eine Frage der Zeit, dichte Neblina legen würde. Auch in Panama zerfiel das Jahr in eine Trocken- und eine Regenzeit.

Dieses Land, in dem die Zukunft gestaltet werden sollte – einen Moment lang kam es ihm vor wie die Vergangenheit. Die Befestigung am Hafen, die Pelikane über dem Pazifik, die Flammenbäume, die Schlingpflanzen, die von den hölzernen Balkonen herabhingen, der Dschungel, die Berge … Berns ließ den Blick schweifen, betrachtete die Hügel, die Ausrichtung ihrer Flanken; da meinte er, inmitten der Vegetation Felsvorsprünge zu bemerken, lichte Punkte, und schließlich selbst Giebel und Fassaden …

Lange schon hatte Berns nicht mehr an die verlorene Stadt der Inka gedacht. Jetzt fiel sie ihm wieder ein, und für einen kurzen Moment kam es ihm vor, als betrete er zum ersten Mal amerikanischen Boden, die Hände voller Kraft und das Herz voller Sehnsucht.

Aber Panama-Stadt war nicht Callao, 1882 nicht 1863, und er, Berns, kein unerfahrener junger Mann mehr. Er wusste, wer er war, was er konnte und womit er zu rechnen hatte.

«Fünftausend Dollar», sagte Berns. «Plus Spesen, Reisekosten, Garderobe, Einzelunterbringung, Freikarte für die Bahn sowie einen persönlichen Assistenten.»

Pedro Sosa, Chefingenieur der Kanalgesellschaft, und Armand Reclus, Agent Supérieur, musterten Berns verblüfft. Der blieb gelassen und lächelte die beiden Männer auf ihren Bürostühlen freundlich an. Sosa: ein uniformierter Kolumbianer mit zurückgekämmtem Haar und dunklem Teint. Reclus: ein schmächtiger Franzose mit gesträubtem Schnurrbart und einem hellen Tropenanzug, der eine Spur zu eng saß.

Als Berns den Zeichensaal der Gesellschaft im zweiten Stock des Gebäudes betreten hatte, waren die beiden Männer gerade dabei gewesen, sich gemeinsam über ein auseinandergebautes Nivelliergerät zu beugen. Mit einem flüchtigen Blick auf ein paar Papierbahnen erkannte Berns, dass die meisten der Ingenieure sich mit dem Problem der Flussläufe befassten. Es war kein Geheimnis, dass tropische Flüsse sich von unscheinbaren Bächen in reißende Ströme verwandeln konnten. Für die Schifffahrt auf dem Kanal bedeutete das eine große Gefahr.

«Fünftausend Dollar», beharrte Berns, «Spesen, Reisekosten, Garderobe, Einzelunterbringung, Freikarte für die Bahn, persönlicher Assistent sowie freie Hand, was die Anstellung neuer Fachkräfte in meiner Kompanie betrifft.»

«Sie scherzen.» Sosa nahm wieder die Zigarre in die Hand, die er zuvor auf ein Tellerchen gelegt hatte. «Wer sind Sie überhaupt? Haben Sie Referenzen?»

Berns ignorierte die Frage. «Darf ich Sie etwas fragen? Was halten Sie für das Hauptproblem des Kanalbaus?»

«Den Fluss.» Jetzt war es Armand Reclus, der antwortete.

«Kann man so sehen», sagte Berns. «Von einem gepolsterten Stuhl im Büro aus.»

Monsieur Reclus erhob sich. Sosa paffte an seiner Zigarre. Ein solches Maß an Impertinenz kam für beide überraschend. Ein Deutscher, der Widerworte gab? Das war neu.

«Das Hauptproblem», sagte Berns, «ist die Eisenbahn.»

«Sie delirieren ja», brach es aus Reclus heraus, «wenn ich Sie jetzt bitten darf, wir haben einen Kanal zu –»

«Hören Sie mich an. Ich habe jahrelang als leitender Ingenieur für die Eisenbahn in Peru gearbeitet, und von Dschungelvegetation und Gebirgslagen verstehe ich so einiges. Wie ich gehört habe, planen Sie, Gleise per fliegendem Aufbau zu verlegen. Schön. De Lesseps rechnet mit einem Abraum von hundertzwanzig Millionen Kubikmetern Schutt. Sie planen eine eingleisige Trasse? Auf der neben den Schuttwagen auch Arbeiter, Maschinen, Ausrüstung und Verpflegung transportiert werden sollen? Was Sie brauchen, ist keine Trasse, sondern ein Trassen-*system*.»

Monsieur Reclus setzte sich wieder. Untersuchte die Maserung der hölzernen Tischplatte, kontrollierte ein paar Skizzen, bellte Anweisungen in den Raum nebenan. Sosa, anscheinend abgelenkt, sah die Teile des Nivelliergeräts durch.

«Niemand hier hat einen persönlichen Assistenten», sagte Reclus schließlich. Die Arbeit beginne in zehn Tagen. Ferdinand de Lesseps selbst reise an, um die

Grabungen feierlich zu eröffnen. Von den Ingenieuren erwarte man Präsenz und Zurückhaltung zugleich.

«Meinetwegen», antwortete Berns. «Wo darf ich unterschreiben?»

Am Tag darauf wurde Berns in einem der höhergelegenen Holzhäuser am Rande des Dschungels einquartiert. Die Siedlung trug den Namen Emperador, und angeblich herrschte hier das gesündeste Klima des ganzen Kanalverlaufs. An klaren Tagen, hieß es, habe man uneingeschränkte Sicht auf die Gipfel der panamaischen Kordillere.

Berns' Holzhaus bestand aus nicht viel mehr als einem Innenraum und einer vorgelagerten Veranda. Von ihrem Geländer aus sah man bis hinab zur Schneise der Eisenbahnlinie, die Panama-Stadt am Pazifik mit Colón am Atlantik verband. Neben Berns wohnten Émile Jacquemin, ein hagerer, stets etwas besorgt dreinblickender Vegetarier und erster Ingenieur am Pass, sowie Pascal Mercier, ein untersetzter Herr aus Dieppe, der gerne davon sprach, reich werden zu wollen. Die Tropenhitze setzte ihm zu; um von seiner Müdigkeit abzulenken, riss er im Gespräch die Augen weit auf und lenkte es, wenn irgend möglich, auf belebende Themen wie Geld oder Anlagemöglichkeiten.

Berns mied die Gesellschaft der beiden Männer. Aus unerfindlichen Gründen war ihm Jacquemin zuwider, und Mercier erschien ihm primitiv und wehleidig. Immerzu das Gerede von Geld – wie erbärmlich, wenn es das Einzige war, was einen umtrieb. Musste es nicht mehr geben, ein Surplus an Wert und Sinn?

Im Inneren des Hauses befanden sich eine Bettstatt, die

nach Mottenkugeln stank, eine Kommode mit Wasch-bassin, eine Holztruhe, ein Stuhl und ein Tisch. Auf ihn stellte Berns die Inkafigurine aus Silber. Er versäumte, sie zu verstecken, bevor der erste Gast sein Haus betrat: Es war Singer, der aus Panama-Stadt herübergekommen war, um das neue Heim seines Freundes zu begutachten. Belustigt schnipste Singer gegen den Kopf der Statuette.

«Hast es immer noch nicht vergessen, was?», sagte er.

«Nein», antwortete Berns. «Wie könnte ich.»

«Dachte, der Kanal lenkt dich vielleicht etwas ab.»

Auf der Veranda stießen die Freunde mit lauwarmem Yuengling-Bier an. Singer erzählte, dass er beim Poker einen gewissen Mister George Duncan kennengelernt habe, Direktor der Emperador Mining Company. Der habe ihm eine Einstellung als Mineraloge und Prospektor in Aussicht gestellt. Wie es aussehe, werde er die Stelle akzeptieren.

Berns stellte seine Bierflasche geräuschvoll auf dem Boden ab. «Franzosen nicht zu mögen», sagte er, «ist wohl kein Grund, auf ihr Geld zu verzichten.»

Aber Singer war nicht zum Lachen zumute. Er hatte sich im Club Norteamericano mit einigen seiner Lands-männer unterhalten, die seit dem Bau der panamaischen Eisenbahn in der Stadt ausharrten. Was sie über de Lesseps' Finanzplan und die Qualität des Materials be-richteten, das er ins Land hatte schaffen lassen, klang so skandalös, dass Singer sich vornahm, nicht alles für bare Münze zu nehmen – und am Ende trotzdem erschüt-tert war. Wie man im Club Norteamericano erzählte, taugten die Maschinen der Franzosen vielleicht für die Champagne oder die Dordogne, gegen die Sümpfe Zen-tralamerikas aber würden sie niemals ankommen. Ganz abgesehen davon sei das Grundgestein so hart, dass kein Dampfbagger der Welt es brechen könne.

Berns, der sich über Singers Mutlosigkeit ärgerte und auch darüber, dass er ohne weiteres über sein respektables Gehalt hinwegging, hielt dagegen, dass sich momentan genug Dynamit in Kolumbien finde, um von hier bis nach Bogotá alle Probleme zu lösen. Und das Material? Schön, hätten die Franzosen also zarte Accessoires aus der Heimat importiert. Die Aufgabe eines Ingenieurs sei es doch, das Beste aus den gegebenen Parametern herauszuholen!

«Du verstehst nicht, Berns. 1850 sind hier Tausende von Männern verschlissen worden. Für eine Eisenbahn!»

«Von euch Amerikanern.»

«Und genau deshalb können wir die Schwierigkeiten einschätzen. Und die Kosten. De Lesseps veranschlagt vierhundert Millionen Dollar? Damit reicht der Kanal am Ende keine fünf Meilen weit.»

«Wart's ab, Singer. In einer Woche beginnen die Arbeiten am Culebra-Durchbruch. De Lesseps wird persönlich die erste Sprengung durchführen. Warte noch eine Woche.»

Eine Woche später standen die französischen Kollegen in Anzügen der neuesten Pariser Mode neben dem Rednerpodest, tranken Eiswasser, schwitzten und wischten sich verstohlen den Lehm von den Lederschuhen. Vom Dschungel her drangen das Krächzen der Tukane und das Schreien der Affen, unterbrochen nur vom Donnergrollen der über den Himmel irrlichternden Tropengewitter. Dabei war es Trockenzeit! Die feuchte Erde erfüllte die Luft mit einem intensiven Geruch von Holz und Zersetzung; nur manchmal fuhr eine Brise durch die Schneise und ließ die Palmenblätter ringsum erzittern.

Einigen der Herren rann die Pomade in dicken Tropfen vom Bart hinab, anderen verwelkte die Tropenblüte im Knopfloch. Die meisten der Ingenieure trugen Parfum und bestickte Taschentücher mit sich herum. Berns dachte: Gegen den Dschungel werden sie damit nicht ankommen.

Sein Blick suchte Singer. Als Berns ihn in der Menge fand, nickte er ihm zu. Singer tippte sich an den Hut und verzog den Mund zu einem Grinsen. Berns tat, als bemerke er es nicht.

De Lesseps, mit seinen vierundsiebzig Jahren noch immer ein stattlicher Mann mit durchgedrücktem Kreuz, stechendem Blick und imposantem Schnurrbart, schien über eine sonderbare Strahlkraft zu verfügen. Als er durch die Menge der Zuschauer schritt, die sich am Culebra-Pass versammelt hatte, bildete sich ein Freiraum um ihn herum – ganz so, als fürchteten die Menschen, sich an ihm zu verbrennen. Auch die Ingenieure der Culebra-Division traten beiseite und betrachteten scheu den großen Franzosen, wie er über zwei Treppenstufen das Podest erklomm, Sosa und Reclus begrüßte, rundum Hände schüttelte.

Als de Lesseps mit vibrierendem Altmännerbass zu seiner Rede anhob, bemerkte Berns, dass einige seiner Kollegen sich auffällig oft über die Stirn fuhren und das Standbein wechselten. Erst dachte er, sie hätten zu viel Eiswasser getrunken, dann begriff er, dass es die Sonne war, die ihnen zusetzte. Berns, der Hitze und Feuchtigkeit gewohnt war, stand unerschüttert und als Einziger mit ausladendem Strohhut vor dem Podest und fragte sich, wie lange es wohl dauern würde, bis de Lesseps die Sprengung durchführte.

In einem nahen Bohrloch, das tief in den Basaltfels hineinführte, lagerte bereits das Dynamit. Émile Jacquemin hatte entschieden, dass eine Sprengung per Zündmaschine zu profan sei für einen so feierlichen Anlass. Lediglich auf einen Knopf zu drücken sei *sans effet* – in diesem Fall, nur dieses eine Mal, wolle man doch auf die gute alte Lunte zurückgreifen.

Jetzt war es geschehen: Der erste Ingenieur kapitulierte vor der prallen Tropensonne und glitt ohnmächtig zu Boden. Mitleidig packte Berns zu und half, ihn in den Schatten eines Baumes zu ziehen.

De Lesseps, oben auf dem Podest, sprach noch immer mit bebender Stimme von der Menschheit und den Herausforderungen, die vor ihr lagen. Trotz seines Alters schien ihm die Hitze nichts auszumachen; selbst nach seinem Rundgang durch die Schneise wirkte er noch erholt, voller Esprit und Tatendrang. Der Anzug saß korrekt, der Blick schweifte forschend über die Hügel ringsum. Ein Ingenieur, wie er im Buche steht, dachte Berns. Als de Lesseps schließlich bemerkte, dass die Männer vor dem Podest in Bedrängnis gerieten, beschleunigte er seine Rede und trat unter allgemeinem Applaus vom Podest herab. Aus einer Truhe, die Armand Reclus ihm wies, holte er einige Flaschen Champagner und überreichte sie der Reihe nach den leitenden Ingenieuren.

Berns legte sich rasch ein paar Worte auf Französisch zurecht. Als de Lesseps endlich vor ihm stand, fragte er ihn leise, was sein Geheimnis sei: die eigene Vision, ob es auf die ankomme? Da sah de Lesseps ihm aufmerksam ins Gesicht. Die *eigene* Vision? Jetzt musste er lachen. Auf die sei es schwerlich je angekommen. De Lesseps beugte sich vor und sagte, dass es in Wirklichkeit auf die Vision der *anderen* ankomme. Nur die Übereinstimmung führe zum Erfolg: die Übereinstimmung der eigenen Idee mit der Vision der anderen.

Berns verstand nicht auf Anhieb, aber da fasste Jacquemin de Lesseps bereits am Arm, um ihn hinüber zum Sprengplatz zu führen.

Ein Malheur: Monsieur Jacquemin suchte in seinen Taschen nach Zündhölzern und fand keine. Auch Berns klopfte seinen Anzug ab, fand darin aber lediglich ein Stück weißer Kreide. Gemurmel wurde laut, de Lesseps rief etwas in die Menge, doch es war wie verhext: Niemand schien an Zündhölzer gedacht zu haben. Schon wollte Berns zur Ingenieurshütte laufen, da schob sich ein Mann durch die Menge und überreichte de Lesseps mit leisem Lächeln eine kleine Schachtel. Es war Harry Singer.

«Merci beaucoup», sagte de Lesseps.

«You're welcome», sagte Singer.

Monsieur Jacquemin forderte die Zuschauer auf, sich hinter die Trasse zurückzuziehen. Dann legte de Lesseps das Feuer und schritt ebenfalls hinter die Trasse. Die Lunte brannte, es zischte, Stille.

Nichts geschah.

Wie sich herausstellte, war das Dynamit im Gestein nass geworden. «Ein unglücklicher Zusammenfall», sagte de Lesseps. «Wir werden uns anders behelfen müssen.» Ein weiterer Ingenieur fiel in Ohnmacht, die Reporter von *Star & Herald* steckten ihre Notizhefte ein. Um nicht gänzlich tatenlos die Kanalzone zu verlassen, nahm de Lesseps einen Spaten in die Hand und grub ein etwa knietiefes Loch. Die Menge applaudierte, er wischte sich den Schweiß von der Stirn.

Schon am nächsten Tag reiste de Lesseps nach New York ab; wie es hieß, hatte er eine Verabredung zum Dinner mit Präsident Chester A. Arthur.

«Umso besser», kommentierte Berns, der das Grübeln mehr fürchtete als die harte Arbeit. «Jetzt geht es dieser Landbrücke an den Kragen.»

Aber das Land setzte sich zur Wehr. Ließ man nicht jeden Tag eine Hundertschaft mit Macheten durch die Schneise ziehen und allen Grünschnitt verbrennen, verschwand die Freifläche sofort unter einem Geflecht neuer Büsche und Sträucher. Den Ingenieuren standen zwölf französische Schmalspur-Dampflokomotiven der Marke Decauville zur Verfügung, mehrere hundert Kippwagen, um den Abraum fortzutransportieren, unzählige fliegend zu verlegende Gleise, ein Lager, bis an die Decke gefüllt mit Dynamit, und schließlich sechs dampfbetriebene Eimerkettenbagger. Jeden Tag fraßen sich die Bagger tiefer in den Boden des Culebra-Passes. Der Plan sah vor, den zweihundertzehn Fuß hoch gelegenen Durchlass immer tiefer hinabzuterrassieren, bis man Meeresniveau erreicht hatte.

«Beim Bau des Panamakanals», sagte Berns einmal zu Singer, «geht es vor allem um das Umherkutschieren von Dreck. Und hier gibt es mehr Dreck, als die Menschheit je gesehen hat.»

Darunter litt vor allem das Gleissystem von Decauville, für das Berns zuständig war. Unter seiner Aufsicht wurden überall dorthin Gleise verlegt, wo Dampfbagger benötigt wurden oder auch Arbeiter, Ausrüstung und Proviant. Schnell stellte er fest, dass Decauvilles Eisenbahnmaterial sich vorzugsweise für leichte Fahrzeuge mit niedriger Achslast eignete. Die Eimerkettenbagger hingegen, die randvoll mit Abraum beladenen Kippwagen und selbst die Lokomotiven, die Decauville geliefert hatte, drückten die Gleise tief in den Untergrund. Keine Woche verging, ohne dass ein Zug entgleiste oder ein Bagger umstürzte und, Arbeiter unter sich begrabend, den Hang hinabglitt. In seinem Notizbuch führte Berns eine Liste der Männer, die am Culebra-Pass ihr Leben verloren hatten. Nach zwei Monaten musste er ein neues Buch beginnen.

Als die Grube knapp sechzig Fuß tief war, begann die Zeit der Erdrutsche. Entgegen der Berechnungen der Ingenieure kollabierte das Gestein bereits bei einem Viertel der benötigten Tiefe; Schlamm brach aus den Hängen und lief in die Grube. Obwohl Trockenzeit, setzte Regen ein und wusch die Hänge aus. Tagelang standen die Lokomotiven still, Epidemien brachen unter den Arbeitern aus, und Jacquemin brummte, wenn das so weitergehe, müsse man sich von der Atlantik-Sektion Schwimmbagger schicken lassen.

Zwei Wochen später ließ der Regen nach. Berns erwachte noch vor Sonnenaufgang, es war ungewohnt still. Obwohl die Sirene erst um sieben Uhr zur Grube rief, kleidete er sich rasch an und lief los. Über den nachtblauen Himmel zuckten Fledermäuse; ein holziger, süßer Geruch lag in der Luft. Schlafwandlerisch ging Berns an einem Arbeiter vorbei, der wohl betrunken auf dem Fußweg eingeschlafen war, passierte die Stichwege, die zu den Dschungellauben der Ingenieure führten, die Holzhütten der Arbeiter und schließlich die ausrangierten Geräte. Dann blieb er abrupt stehen und rieb sich verblüfft die Augen. Dort, wo eigentlich ein gut sechzig Fuß tiefes

Loch klaffen sollte, brodelte und dampfte ein Sumpf aus Humus, abgerissenen Baumwipfeln, Basaltbrocken und Lehm.

Auf diesen bisher größten Erdrutsch hin kündigte ein Dutzend Ingenieure, Armand Reclus reiste für ein paar Wochen nach Caracas ab – aus gesundheitlichen Gründen, wie er behauptete –, und Émile Jacquemin erlitt einen so schweren Nervenzusammenbruch, dass er mehrere Tage am Stück nicht imstande war, sich zu artikulieren.

Berns aber setzte sich auf einen Klappstuhl an den Rand der Grube und grübelte. Zwei Tage lang verharrte er dort, bis Singer ihn abholte und zurück zu seinem Holzhaus brachte. Auf der Veranda, verkündete Singer, sitze es sich deutlich angenehmer, und brüten könne man hier ebenfalls.

Unter ihrem schützenden Dach schob er Berns einen Folianten hin. «Hab dir was mitgebracht.»

Auf den ledernen Einband waren dunkelgrün und golden schimmernde Lianen, Ranken und Vögel geprägt; darüber, in schwarzen Lettern: *Panama*.

«Ausgerechnet ein Buch über Panama?»

Singer grinste und wollte wissen, wann die Arbeiten weitergehen würden – eine Frage, die Berns nicht beantworten konnte. Zunächst müssten die Ingenieure, die gekündigt hatten, ersetzt werden. Und wie er, Berns, die Sache sehe, müsse ein neuer Plan ausgearbeitet werden, wie man mit der Humusauflage auf dem soliden Grundgestein verfahre. Vorher habe es gar keinen Sinn weiterzumachen.

Während die Emperador Mining Company freigelegte Hänge entlang des Kanalverlaufs untersuchte, schlief

Singer, um Geld zu sparen, zwei Monate lang in einer Hängematte auf Berns' Veranda. Die Winchester lehnte nun nicht mehr in einer Ecke, sondern baumelte an einer Schlaufe der Matte herab.

Berns wurde von Pedro Sosa persönlich in den Beraterstab berufen; erst wurde ihm ausdrücklich verboten, sich zu grämen, dann erhielt er eine Gehaltserhöhung. Abwechselnd fuhren Berns und Jacquemin nach Panama-Stadt, um das weitere Vorgehen am Culebra-Pass mit Sosa und Reclus abzustimmen.

Währenddessen war Singer mit Pascal Mercier aus dem Holzhaus nebenan ins Gespräch gekommen. Mercier hatte aufgehorcht, als Singer ihm von der Minengesellschaft berichtet hatte, für die er arbeitete. Als Singer ihm schließlich von den Goldvorkommen im Norden erzählte, öffnete Mercier eine Flasche Bordeaux und schenkte ihnen ein. Wie er sagte, sei er schon lange auf der Suche nach einer vielversprechenden Mine.

So machte ihm Singer in den nächsten Wochen ein Angebot nach dem nächsten, mit doppelten und dreifachen Expertisen. Mercier gab jedes Mal vor, interessiert zu sein, lehnte aber letztlich stets ab. Berns fiel auf, dass Singers Stimmung darunter litt, und fragte ihn schließlich geradeheraus, was es mit diesen Verkaufsanstrengungen auf sich habe. Da gab Singer zu, eine Frau in der Nähe von Colón kennengelernt zu haben. Er, Berns, werde lachen: Es handle sich um eine milchkaffeefarbene Witwe und Mutter dreier kleiner Kinder. Wer eine Familie habe, brauche Geld, so sei das nun mal.

Berns riet ihm, sich von Mercier fernzuhalten, er verschwende nur seine Zeit. Dann bot er an, Geld vorzustrecken – für Singers kleinen Eingeborenenstamm, wie er sich ausdrückte –, aber Singer lehnte ab mit der Begründung, dass man sich Geld am allerwenigsten von Freunden leihe. Bald darauf rief ihn die Minengesellschaft in den Darién, eine Region im Süden der Provinz Panama, um einige verschüttete Bergstollen zu untersuchen.

Fort waren nun Singer, Hängematte und Winchester. Weil er Mercier nicht ausstehen konnte, blieb Berns den abendlichen Treffen der Ingenieure fern. Lieber saß er auf seinem Klappstuhl und sah dabei zu, wie die Sonne über dem bewaldeten Sattel von Culebra unterging. Eines Abends rückte Berns den Tisch auf die Veranda, stellte die Lampe darauf und begann, Singers Folianten zu studieren.

Die Rolle, die Panama bei der Eroberung Südamerikas gespielt habe, so stand darin zu lesen, sei kaum zu überschätzen. Vom Gipfel des Gorgona aus habe Vasco Núñez de Balboa als erster Europäer den Pazifik erblickt. Berns blickte auf die Gipfel, die den Culebra-Pass umgaben. Der Gorgona!

Balboa habe sich, las Berns weiter, mit Stammeshäuptlingen angefreundet, die ihn reich mit Gold beschenkten. Auf die Nachfrage, wo das Gold herkomme, hätten sie auf ein fernes Land im Süden verwiesen. Dort gebe es ein Königreich voll unermesslicher Goldschätze, und sein Name laute: Peru.

Berns blickte abermals auf. Längst war die Nacht über den Pass gekommen, leichter Regen prasselte auf das Blattwerk des nahen Dschungelsaums.

Als Balboa von dem sagenhaften Goldland namens Peru hörte, stand ein Mann bei ihm, den diese Kunde nicht mehr losließ. Sein Name war Francisco Pizarro. *Pizarro*, hallte es in Berns nach, kurz bevor er einschlief.

Draußen wurde es gerade hell, als er erwachte. Vor ihm

lag der aufgeschlagene Foliant. Berns richtete sich auf und sah auf die Seite, die er vor dem Einschlafen gelesen hatte. Sie beschloss das erste Kapitel der panamaischen Geschichte. Der letzte Satz lautete: *Peru wurde von Panama aus erobert.*

Berns überlegte nicht lange, packte seinen Rucksack und lief los. Bis zum Fuß des Gorgona war es nicht weit, und der Aufstieg dauerte nur wenige Stunden. Auf dem Gipfel angekommen, schoss Berns der kühle Wind in die Hosenbeine und blähte sie auf. Um ihn herum: karges Gestein, kniehohe Kakteen, Tierknochen, die von Geiern hergetragen worden waren. Auf einem flachen Stein sonnte sich ein gutes Dutzend gefleckter Nattern. Berns stampfte neben ihnen auf, und sie verzogen sich in den trockenen Untergrund am Hang. Er wandte den Blick nach Westen: Hier lag der Pazifik. Vor fünfhundert Jahren hatte an dieser Stelle ein Mann gestanden und Weltgeschichte geschrieben. Im Osten lag der Atlantik, der Ozean, über den er gekommen war.

Berns streckte seine Arme zu beiden Weltmeeren hin aus. Weder Balboa noch Pizarro hatte es in Panama gehalten. Das Land schien kaum mehr als ein Tor zu sein, eine Brücke zum verheißungsvollen Kontinent. Und dort wiederum gab es nur ein einziges Land, auf das es wirklich ankam. Da spürte Berns, wie die Sehnsucht in ihm erwachte. Peru, das geheimnisvolle Land im Süden, wieder schien es zum Greifen nah.

Die Regenzeit setzte ein. Mensch und Material wurden auf die Probe gestellt: Die Maschinen rosteten noch schneller, Dampfkessel konnten nicht mehr in Betrieb genommen werden, Rinnsale schwollen an und brachten eine ungeahnte Menge an Moskitos. Schwerer aber wog – darin waren sich Ingenieure wie Ärzte einig –, dass die Wasserfluten die krankmachenden Miasmen aus dem Boden wuschen und in die Luft entließen.

Seit Baubeginn waren Tausende von Männern umgekommen. Als aber ein Schlammsturz Dutzende von Arbeitern auf einmal unter sich begrub, verlor Berns das letzte bisschen Glauben, das er sich an den lieben Herrgott bewahrt hatte. Statt in der Kapelle von Colón für die Seelen der Verstorbenen zu beten, fing er an zu fiebern und zog sich in sein Holzhaus zurück. Jetzt, dachte er, haben die Miasmen auch mich erwischt. Singer, der auf seine Nachricht hin sofort zur Stelle war, kochte Haferbrei und verordnete ihm nach einer Woche anhaltenden Fiebers einen Luftwechsel. An den Pazifik müsse er, wo die Luft rein war und frisch!

Kurz darauf wandte sich der Präfekt Cárlos Burboa mit einer Anfrage an die Emperador Mining Company. Burboa, ein rundlicher Mittvierziger, dessen Kraushaar sich bis weit über die Ohren lockte, hatte den Plan gefasst, mit einem kleinen Dampfer die nördliche Küste Panamas abzufahren, ihre Inselwelt zu kartographieren und die Vorkommen an Bodenschätzen zu erkunden. Ob die Emperador Mining Company vielleicht Fachkräfte für diese Expedition empfehlen könne?

Sofort fiel Singer jemand ein.

Berns wusste kaum, wie ihm geschah, da befand er sich schon zusammen mit Burboa und vier französischen Ingenieuren auf dem Dampfer Antiochia. Die Männer waren allesamt am Fieber erkrankt gewesen und wollten sich auskurieren. Berns kannte sie nur flüchtig. Man bewohnte gemeinsam eine Kajüte, weshalb man einander höflich grüßte; abgesehen davon hing jeder der Männer seinen Gedanken und Malaisen nach.

Cárlos Burboa hielt sich für einen Entdecker. Bereits am Tag der Abreise, Panama-Stadt war noch in Sichtweite, erklärte er, ins Unbekannte vordringen und die Pazifikküste Panamas urbar machen zu wollen. In der Stadt erzähle man sich, dass auf vielen der Inseln im Pazifik früher Bergbau betrieben worden sei. Dem wolle man nun gemeinsam nachgehen. Wenn es hier draußen Minen gab, wollte er, Burboa, der Erste sein, der sie erschloss.

Ins Unbekannte! Leise Häme stieg in Berns auf; belustigt lehnte er sich gegen die Reling und beobachtete, wie die Männer zum ersten Mal die Köpfe zusammensteckten und immer wieder sehnsüchtig zum Horizont blickten.

Wann immer die Männer auf eine Insel stießen, gingen sie an Land. Kokospalmen gab es da, manchmal auch Einheimische, die sie verwundert begrüßten, und immer wieder geheimnisvolle Schächte, die sich in die Inselberge hineinwanden. Nie konnte ihnen jemand sagen, was hier abgebaut worden war. Auch waren die Tunnel zu niedrig für einen ausgewachsenen Mann; es blieb ein Rätsel.

Eines Morgens, Berns war der Erste gewesen, der sich aus der Koje gezwängt hatte, erspähte er in der Ferne eine Insel, die den Männern tags zuvor nicht aufgefallen war. Obwohl die Expedition schon so gut wie beendet war – die Vorräte gingen zur Neige, und keiner der Männer wollte noch etwas von Kokosmilch oder frischem Fisch wissen –, verließ das Schiff die Bucht und nahm Kurs auf die Insel am Horizont.

Zwei Stunden später, Burboa hatte noch nicht den Anker heruntergelassen, sprang Berns schon ins hüfttiefe

Wasser und watete an Land. Eine Insel, wie sie ein Kind malen würde: In der Mitte ein hoher, zerklüfteter Berg, umgeben von dichtem Dschungel und gesäumt von weißem Sand. Ein unerklärliches Glücksgefühl durchströmte Berns; so rein, wie er es das letzte Mal als kleiner Junge empfunden hatte.

Am Dschungelsaum wuchsen Papayas, groß wie Pferdeköpfe, und die Krabben, die überall umherliefen, boten den Männern eine willkommene Abwechslung von der eintönigen Kost an Bord. Muscheln gab es am Strand, so glänzend schön, dass die Männer sie für ihre Frauen einsammelten. Als sich schließlich im Wald einige verwilderte Ziegen fanden, vergaßen die Männer ihr Vorhaben, rasch zurückzukehren. Tagsüber ließen sie sich auf dem kristallklaren Wasser der Bucht treiben und betrachteten die Fischschwärme unter sich; abends brieten sie am Strand Krabben und Ziegenfleisch in hoch auflodernden Flammen. Berns' Fieber war nun endlich ganz verschwunden. Er fühlte sich befreit und gelöst; zum ersten Mal seit langer Zeit sah er sich als einen Mann, der den besten Teil seines Lebens noch vor sich hatte.

Wie berichtet man vom Glück? Zurück am Kanal, stellte Berns fest, dass Singer noch nicht aus dem Darién zurückgekehrt war. Die Kollegen aus den benachbarten Häusern saßen im Hauptquartier beisammen und zerbrachen sich die Köpfe darüber, wo man den Abraum des Durchbruchs hinschaffen sollte, damit er nicht zurückfloss oder die Zubringerwege versperrte.

Berns wurde zur Begehung des Terrains hinzugezogen. Der Deutsche, das wusste man hier zu schätzen, fürchtete weder Feuchtigkeit noch giftige Dämpfe aus dem Dschungel. Doch Berns hatte noch nicht den ersten Strich in sein Skizzenbuch gesetzt, da kehrte mit voller Wucht das Fieber zurück. Zwei Arbeiter trugen ihn in sein Holzhaus. Jetzt war allen klar: Der Berns, der macht's nicht mehr lange in Panama.

Am Abend besuchte ihn Monsieur Mercier, der sich nach den Ergebnissen der Expedition erkundigen wollte. Berns konnte ihm kaum folgen. Mercier schien zu glauben, dass Berns zusammen mit Singer und der Minengesellschaft unterwegs gewesen war; sosehr Berns auch versuchte, von Cárlos Burboa und seinem Boot zu berichten, er schaffte es nicht, sich begreifbar zu machen. Sprach er Französisch? Oder war es Spanisch, oder gar Deutsch?

Merciers nasales Spanisch ging im Radau der Papageien draußen am Dschungelsaum unter; er redete wohl wieder einmal von den Reichtümern der Erde, von Adern und Minen ... Berns hörte jemanden sprechen und fragte sich, aus welchem Mund die Worte stammten. Da merkte er, dass es sein eigener war. Das Bett, er fühlte es ganz deutlich, schwebte über dem Fußboden, und Monsieur Mercier mit ihm. Wir hatten großes Glück, hörte Berns jemanden sagen. Doch wer war das: *wir*? Mercier unterbrach ihn nicht, und Berns redete weiter, flüsterte, keuchte, erzählte von der weit abgelegenen Isla Silva de Afuera und ihren Schätzen, in denen sie tagelang gebadet hätten. Was für ein unvermutetes, unverschämtes Glück das gewesen sei! Erzählte von seinem Folianten, von den Spaniern, die vor den Gewässern Panamas umhergefahren seien und auf den Inseln ihre Beute gesichtet hätten, Gold gewogen, Perlen gezählt ... Ein Zauber liege auf Silva de Afuera, flüsterte Berns – ihrer Reichtümer sei kein Ende.

Da tat Monsieur Mercier einen Schritt von der Bettstatt hin zum Schreibtisch, wo der aufgeschlagene Foliant und die Notizbücher lagen. Berns hörte, wie Seiten raschelten, wie Mercier, nach einer ganzen Weile, einen Pfiff ausstieß.

«Silva de Afuera», sagte Monsieur Mercier. «Sie wissen nicht zufällig, wem die Insel gehört?»

Berns vernahm das Krächzen der Tukane, das Heulen der Affen. Dann kamen immer neue Geräusche dazu: das Stampfen der Sägemühle, das Rauschen des Urubamba und die Winde vom Huronsee, die durcheinanderwirbelnden Stimmen von Mister Brady, der von Tiffany's Geschmeide schwärmte, Monsieur de Lesseps, der von den Visionen der anderen sprach, außerdem das Donnern der Haubitzen in Callao, die Glocken von Cuzco, berstendes Holz vor Feuerland, alles verdichtete sich zu einem Orkan, aus dem einzig die Stimme Singers klar hervortrat. Schließlich lösten sich Singers Worte und legten sich wie ein Banner über die verlorene Stadt der Inka: *eine bessere Geschichte*.

Als Berns am nächsten Morgen erwachte, war das Fieber verflogen, der Foliant samt Notizbüchern verschwunden und Mercier mit unbekanntem Ziel verreist.

Silva de Afuera, dachte Berns. Dann setzte er sich auf seinen Klappstuhl und dachte nach. Trotz der Regenzeit waren die Bauarbeiten am Culebra noch immer im Gange, sie wurden aber durch das Wasser, das vom Río Chagres eindrang, mehr und mehr behindert. Berns wurde klar, was keiner seiner Kollegen auch nur zu denken wagte: Der Bau des Panamakanals war mit den zur Verfügung stehenden Mitteln nicht zu bewältigen. Singer hatte von Anfang an recht gehabt. Alter Teufelskerl, dachte Berns. Wo steckte er überhaupt?

Auf Nachfrage sagte Mister Duncan, dass im Darién Gold gefunden worden sei und man nun jeden Mann für den Ausbau der Stollen brauche, so auch Singer. Ob er, Berns, nicht vielleicht einsteigen wolle? Berns zog sich mit höflichem Gruß zurück. Auch vom Kanal blieb er mit dem Verweis auf sein Fieber fern. Er hatte etwas Dringendes zu erledigen und musste damit Mercier zuvorkommen. Einen Tag verbrachte er auf dem Vermessungsamt, dann besuchte er den Bürgermeister von Panama-Stadt und schließlich den Präfekten Cárlos Burboa. Drei Tage später hatte er endlich, was er wollte. Jetzt musste er nur noch auf Singer warten.

In der Zwischenzeit studierte Berns die Zeitungen. Der Krieg zwischen Chile und Peru war vorbei. Peru, so stand dort, verhandle mit Großbritannien die Konditionen eines umfänglichen Schuldenerlasses. Bald schon werde wieder Geld im Land sein!

Vor allem die Artikel eines gewissen Luis Carranza erregten Berns' Aufmerksamkeit. Carranza war Chefredakteur von *El Comercio*, der wichtigsten Zeitung Perus, Sohn eines Nationalhelden, Mediziner und, mehr noch, ehemaliger Verteidigungsminister des Landes. Was Carranza schrieb, das wurde beachtet und hatte Gewicht.

Eines Tages las Berns, dass ein neuer Präsident in Peru gewählt worden war. Da warf er die Zeitung auf den Tisch, sprang auf und lachte laut heraus. War es möglich – Andrés Avelino Cáceres, Präsident von Peru? Eine Woche lang brütete Berns über Notizen, Zeichnungen, Skizzen, er verwarf und schrieb erneut. Dann wusste er, was zu tun war. Er würde wieder nach Peru gehen.

Als Singer endlich aus dem Darién zurückgekehrt war, lud Berns ihn auf seine Veranda ein. Singers Gesicht war zerkratzt und sonnenverbrannt, an seinem Hals befanden sich Dutzende feuerrote Pusteln.

So sieht einer aus, der aus dem Dschungel kommt, dachte Berns. Der Singer wird langsam zu alt dafür. Zeit, dass sich etwas ändert.

Er klopfte seinem Freund auf den Rücken, stellte zwei Flaschen Yuengling-Bier auf den Tisch und erzählte Singer von seinem Plan, nach Peru zurückzukehren. Allein.

Singer hörte sich an, was Berns zu sagen hatte, und trank mit bedächtigen Schlucken. Berns hatte sich diesen Moment immer wieder vorgestellt, hatte geplant, wie er Singer einweihen würde, wie er gefasst, aber doch wehmütig von den gemeinsamen Jahren sprechen und aufzählen würde, was er Singer alles zu verdanken hatte.

Auf der Veranda aber, Singer hatte sein Bier bereits geleert und starrte düster auf den Gipfel des Gorgona, da bekam Berns plötzlich kein Wort mehr heraus. Stattdessen fuhr er sich immer wieder durch den Bart, drehte die noch volle Flasche in den Händen hin und her. Unbeholfen fing er an, von der Wirtschaftslage in Peru zu reden, davon, dass Cáceres Präsident geworden sei; redete von Lima und seiner Bourgeoisie, die sich für die Geschichte des eigenen Landes zu interessieren beginne, Antiquitäten sammle und die Inka für sich entdecke.

Singer wiegte den Kopf. Er hatte, während Berns das Bier holen gegangen war, einen Blick in das aufgeschlagene Notizbuch geworfen. Von der peruanischen Wirtschaft hatte darin nichts gestanden. Dafür tauchten immer wieder dieselben Worte auf: *Huacas del Inca*, die Schätze der Inka. Neben dem Notizbuch stand die kleine

Inkafigurine aus Silber. Ihr Lächeln schien Singer jetzt noch eine Spur unergründlicher. Berns plant etwas, will es mir aber nicht erzählen, dachte er enttäuscht.

Berns sprach noch immer von den Möglichkeiten, die sich ausländischen Geschäftsmännern in Peru boten, erzählte von amerikanischen Brauereien in Lima, von großen Kaufhäusern, Bäckereien, modernen Arztpraxen und einer Oberschicht, die …

«Blödsinn», unterbrach ihn Singer. «Du bist vor zwanzig Jahren aus nur einem einzigen Grund nach Peru gegangen, und du gehst auch jetzt nur aus einem einzigen Grund nach Peru.»

Berns schwieg verdutzt. Singer musterte ihn einen Moment lang. Rechts grün, links braun.

Der Einzige, der je meinen Blick halten konnte, dachte Singer. Ein seltener Mensch.

«Haben viel zusammen erlebt», sagte Singer.

Berns nickte. Singer, wie er Chuqui Martínez überwältigte, Singer, wie er mit Pepe Feuer machte, Singer, wie er in den Río Máquina stürzte, wie er Gold wusch, beinahe im Urubamba ertrank, Eintopf kochte, Mauern aufbrach, Singer, wie er Berns pflegte, ihm die Stirn kühlte, Wasser einflößte und Tabletten in die Wange schob, sie beide auf dem Turm der Trinity Church in New York … Berns fühlte Tränen aufsteigen und konzentrierte sich rasch auf die Falten an Singers Hals. Wie zerfurcht er war – wie eine Landkarte!, durchfuhr es Berns, und es kam ihm vor, als hätte er diese Karte schon einmal irgendwo gesehen.

«Dein Plan muss es verdammt in sich haben, wenn du ihn nicht mal mit mir teilen willst.»

«Es ist noch zu früh, um davon zu berichten», sagte Berns. «Aber da du es ansprichst: Was immer mein Unternehmen erwirtschaftet, ich werde dich am Gewinn beteiligen. Das ist ein Versprechen, Harry Singer.»

«Dein Unternehmen? Die Torontoy Estate Company?»

«Nein», antwortete Berns. «Ganz und gar nicht. Die wird es in Zukunft nicht mehr geben. Ich gründe eine Aktiengesellschaft.»

«Huacas del Inca?», fragte Singer.

«So ist es.»

Singer lächelte und blinzelte Berns zu. Dann nestelte er in seiner Hosentasche herum und reichte Berns einen kleinen Beutel. «Ich habe dir aus dem Süden etwas mitgebracht.»

Berns löste die Schnüre; heraus fielen ein daumengroßes Goldnugget und ein tiefgrüner ovaler Smaragd.

«Startkapital», sagte Singer. «Und die Winchester nimmst du auch mit.»

«Das kann ich nicht annehmen.»

«Und ob du das kannst.»

«Schön. Ich habe auch etwas für dich.»

Berns holte aus seiner Weste einen Umschlag hervor.

«Der Mercier wird dir demnächst etwas abkaufen wollen. Zu einem unerhörten Preis.»

Singer öffnete den Umschlag und blickte verblüfft auf die Papiere. Das eine war die Besitzurkunde über die Isla Silva de Afuera, die Berns in Singers Namen erstanden hatte. Auf dem anderen stand Berns' vorübergehende Postanschrift. Sie lautete: Palast des Präsidenten, Lima, Peru.

14.

SENSIBLE GESCHÄFTE

Lima hatte sich verändert. Zehn Jahre war es her, dass Berns das letzte Mal in der Hauptstadt gewesen war. Er erkannte sie kaum wieder. Die chilenische Armee hatte geplünderte und zerstörte Häuser hinterlassen; vier Jahre nach Kriegsende aber arbeiteten die *limeños* längst an einer neuen, prächtigeren Metropole. Breitere und höhere Paläste ersetzten die morschen Bauten, ihre aufwendigen Holzbalkone übertrafen noch die ihrer Vorgänger. Selbst die Menschen sahen anders aus, kleideten sich nach moderner Art – Berns kam es vor, als ob sie sogar rascher redeten und sich hastiger bewegten.

Die Reichen konnte man neuerdings unterteilen in die alten Familien, die sich mit schwerem, vererbtem Silber schmückten, und solche, die, eben zu Reichtum gekommen, lieber Gold zur Schau trugen. Die adligen Familien und die Neureichen verachteten einander aufs herzlichste, und so gedieh, neben der Wirtschaft, der Tratsch. Die Hauptstadt mochte zwar mit *El Comercio* und *El Nacional* über zwei wichtige Presseorgane verfügen – die wichtigsten und heikelsten Meldungen aber verbreiteten sich geflüstert und im Halbdunkel der Salons.

Berns mietete sich im besten und teuersten Etablissement der Stadt ein: dem Hotel Maury in der Calle de Bodegones, einen Block entfernt von der Plaza de Armas. Es wurde geführt von einem dicklichen Franzosen, der mit

Hingabe an der Bestückung seines Weinkellers und dem Renommee seines Hauses arbeitete. Das Hotel besaß viele Vorzüge, über die sich Berns gründlich informiert hatte: seine Lage in der prestigereichsten Geschäftsgegend etwa, die jeden Gast sofort und umstandslos als Mitglied der Oberschicht auswies, seine opulenten Zimmerfluchten, die genug Platz für Privates wie Geschäftliches boten, den Billardraum, die Bar und nicht zuletzt den Frühstücks- und Dinnersalon.

Der größte Vorzug aber – und der Grund, weshalb Berns sich trotz der hohen Preise für das Hotel Maury entschieden hatte – war Monsieur Maury selber. Obwohl es in den Fluren seines Hotels vor Bediensteten wimmelte, bestand er darauf, jeden Tag an der Rezeption zu sitzen und sich mit seinen Gästen zu unterhalten. Monsieur Maurys Lounge, es war kein Geheimnis, diente als eine Art Umschlagplatz für Informationen. Jeden Nachmittag um fünf Uhr kehrten die Granden von Lima in der Lounge ein und horchten nach, was es für Neuigkeiten gab. Niemand, schon gar nicht die Zeitungsredakteure der Stadt, konnte es sich leisten, Monsieur Maurys Monopol zu ignorieren.

Darüber hinaus hatte sich Monsieur Maury als Sammler und Kenner von Antiquitäten einen Namen gemacht. Seine Kollektion von Artefakten der Inka- und der Mochekultur war stadtbekannt. Mehrere Dutzend antike Vasen, hüfthohe Krüge und Amphoren schmückten die Lounge seines Hotels; in den gläsernen Regalen hinter dem Tresen stellte er silberne Figurinen, Idole und kleinere Keramiken aus.

Berns für seinen Teil trug in einer glanzgestoßenen Ledertasche die Statuette des Inka mit sich, die ihn seit über zehn Jahren begleitete und ihn niemals vergessen ließ, was er, Berns, entdeckt hatte. Die Statuette, die einst silbern geschimmert hatte, gleißte nun, wann immer Berns die Tasche öffnete, golden auf. Singers Nugget, aufgelöst in einem Bad aus Königswasser und vermischt mit Ätzkali, hatte ausgereicht, um die Statuette mit einer soliden Goldschicht zu überziehen. Mit Prüfstein und Salpetersäure hatte Berns die Stärke des Goldes bereits so oft geprüft, dass er langsam vergaß, was sich darunter verbarg.

Noch am selben Tag, als Berns im Hotel Maury angekommen war, hatte er begonnen, Briefe zu schreiben und sie auf Monsieur Maurys Tresen zu legen, damit einer der Portiers sie auf die Post brachte. Jeden Tag lagen fortan etwa ein halbes Dutzend Briefe auf dem Tresen, die in die USA und nach Europa geschickt werden sollten. Die Kosten für das Porto beglich Berns sofort und ohne darauf angesprochen zu werden.

Am Anfang war Monsieur Maury Berns' Postverkehr kaum aufgefallen; die meisten seiner Gäste hatten geschäftlich in Lima zu tun, und so war der Gang zur Post tägliche Routine. Eines Tages aber – Berns wohnte bereits seit einigen Wochen im Hotel – sortierte Monsieur Maury persönlich die Post, die vom Briefträger für die Hotelgäste gebracht worden war. Berns hatte zwei Briefe aus den Staaten erhalten. Maury fuhr mit dem Daumen über die Briefmarken, dann über den Stempel. New York! Als Maury die Kuverts umdrehte und die Absenderadressen überflog, stockte ihm der Atem, und er musste sich setzen. Da standen die Namen John Jacob Astor III. und John D. Rockefeller.

Berns verzog keine Miene, als er die Briefe entgegennahm. Die Absender schienen ihm weder zu imponieren noch ihn zu verwundern. Genauso nonchalant empfing er in den nächsten Wochen Post von Frederick W. Vanderbilt, Adolph Sutro, Andrew Carnegie, Joseph Pulitzer und Nathan Straus. Berns beantwortete die Briefe sofort und ignorierte Maurys immer zudringlichere Fragen nach der Natur seines Geschäfts und dem Grund seines Aufenthalts in Lima.

Innerhalb kürzester Zeit hatte jeder in den Barrios Altos von dem geheimnisvollen deutschen Geschäftsmann gehört, der im Hotel Maury wohnte und mit den Reichsten der Reichen korrespondierte. Monsieur Maury versicherte, dass sich die Liste von Berns' Kontakten las wie ein Lexikon derer von Geld und Rang. Dabei verschwieg er, dass er wirklich eine angefertigt hatte. Umso mehr kränkte es ihn, von Berns nicht ins Vertrauen gezogen zu werden.

Als Berns an ein und demselben Tag Briefe von Baron Rothschild und Edward VII., Prinz von Wales, bekam, hielt Maury es nicht mehr aus. Er bestand darauf, Berns im größten Salon, über den sein Hotel verfügte, einzuquartieren. Sicher sei ein solcher Rahmen adäquater für Geschäfte wie die seinen? Maury beugte sich vor, um ja kein Wort von Berns zu verpassen. Berns nickte lediglich zerstreut, bedankte sich und bat um eine Tasse Kaffee. Er habe noch zu tun – das Geschäft, es lasse ihm einfach keine Ruhe.

Am 21. Februar 1887 traf ein Brief ein, dessen Absender lautete: The White House, Washington, D.C. Maury fühlte, wie sein Herz einen Schlag aussetzte. Augusto Berns korrespondierte mit Grover Cleveland, dem amerikanischen Präsidenten! Zwei Tage lang trug Maury den Brief mit sich herum, zeigte ihn Dutzenden von Männern, die ihn betasteten und begutachteten. Keiner wagte es, ihn zu öffnen, und doch kamen alle überein: Der Brief war echt. Die Briefmarke, der Stempel, die Absenderadresse. Wer, um alles in der Welt, war dieser Berns, und was trieb er in Lima?

Beim Herrenausstatter Colbert & Colbert ließ sich Berns einen *sack suit* auf den Leib schneidern, einen Anzug, wie ihn die Amerikaner seit neuestem trugen: ein schwarzes einreihiges Jackett mit modisch schmalem Revers, dazu eine eng geschnittene Hose aus dunkelgrauem Nadelstreifenstoff, ein weißes Hemd mit Kläppchenkragen und Doppelmanschetten. Darüber wurde eine Weste getragen, aus dem gleichen Stoff wie das Jackett, und eine dezente Krawatte, die Monsieur Colbert, ein Bretone aus Saint-Malo, mit raschem Griff zu einem Four-in-Hand-Knoten band. Während Monsieur Colbert seine Maße nahm, sagte Berns, dass er nur feinste Textilien wünsche; auf den Preis komme es nicht an. Sein Name sei Berns, er wohne im Hotel Maury. Er erwarte die Lieferung – in wie vielen Wochen? – jedenfalls, und das sei sehr wichtig, um Punkt fünf Uhr.

Keine Woche später stand im Atelier des besten Coiffeurs der Stadt ein unerhört gut gekleideter Mann mit schwarzem Derbyhut, halbhohen Schnürstiefeln und einer glänzenden Ledertasche. Señor Vargas, der Inhaber, wusste sofort, um wen es sich handeln musste. Maury hatte bei seinem letzten Besuch von nichts anderem als jenem Deutschen mit seiner Tasche gesprochen. Vargas ließ sich nichts anmerken.

Berns stellte sich vor – Berns, Ingenieur, Unternehmer und ehemaliger Oberst der peruanischen Armee –, bat um einen peniblen Kurzhaarschnitt, eine Rasur und eine

Tönung in Dunkelblond. Vargas trug seinem Assistenten auf, die anderen Kunden zu bedienen, servierte Berns einen Schnaps und beobachtete ihn lauernd, als der ihn trank. Während des Schneidens berichtete Vargas von den letzten Launen und Gewohnheiten der Hautevolee. Berns registrierte jeden seiner Kommentare, ob es um die Salons ging, in denen sich die Geschäftsmänner, Politiker und Mediziner zum Rauchen trafen, oder um die Bars, in denen sie zu Mittag speisten. Luis Carranza etwa, der Chefredakteur des *El Comercio*, erzählte Vargas, esse viel früher als die anderen und schaue vor dem Lunch stets bei der Druckerei vorbei; Präsident Cáceres hingegen erscheine zumeist recht spät und verzehre wenig. Die Amerikaner hingegen ... Nun, die schlängen und fräßen, es sei ein wahres Schauspiel.

Geschäftsmänner, alle miteinander. Im Übrigen ... Was ihn, Berns, zurück nach Peru führe?

Berns, der seine Ledertasche auf dem Schoß hielt, schwieg eine Weile und betrachtete die pastöse Masse, die Vargas auf seinem Kopf verteilt hatte.

«Ein sensibles Geschäft ...», sagte er endlich. «Ich bereite es für meine amerikanischen Partner vor. Mehr darf ich nicht sagen.»

Vargas seufzte bekümmert, wusch die Farbe aus und legte Berns' Haar zu einem Seitenscheitel. Dann griff er zur Klinge. Berns fuhr sich ein letztes Mal durch den Vollbart.

«Ein großer Schritt», sagte er.

«Ich verstehe», sagte Vargas. «Nun, glauben Sie mir, es ist der einzig richtige.»

«Meinen Sie wirklich?»

Vargas' Augen glänzten vor Vergnügen, als er die Klinge ansetzte und das Gesicht Stück für Stück freilegte. Als er fertig war, fühlte Berns sich nackt. Das Gesicht, das ihm aus dem Spiegel entgegenblickte, kam ihm unpassend jung vor und erinnerte ihn an seinen Bruder Max, der kürzlich ein Foto von sich geschickt hatte. Unter dem Foto stand: Max Berns, Hotelier, Solingen. Max hatte wirklich ein Hotel eröffnet! Der Bayerische Hof, hatte Max geschrieben, sei eine der besten Adressen am Platz, selbst in Berlin werbe er für das Hotel, und seinen geliebten Bruder Rudolph erwarte stets die Ehrensuite. Berns trug den Brief in der Westentasche mit sich. Sonderbar war das: Ihre Handschrift glich sich so sehr, als stammte sie von ein und derselben Person.

Auf Berns' Anweisung hin ließ Vargas einen Schnurrbart stehen und brachte ihn mit Clubman Moustache Wax in Form. Später würde Berns Crosby's Kaufhaus einen Besuch abstatten und sich mit jenem Wachs eindecken. Besorgen musste er sich auch das Makassar-Haaröl, das ihm Señor Vargas empfahl, sein Preis und sein Geruch nach Ylang-Ylang waren unvergleichlich. Die Nasen der Bourgeoisie waren geschult darin, den flüchtigen Duft an ihrem Gegenüber wahrzunehmen. Ein Detail, dachte Berns, das keines war. Mit den Fingern beider Hände fuhr er über die noch feuchten Konturen seines Gesichts.

«Eine kräftige Kieferpartie macht den Mann», sagte Vargas und nickte anerkennend. «Mit Verlaub, Señor Berns, Sie werden es weit bringen in dieser Stadt.»

Als Berns schließlich Maury um ein Gespräch unter vier Augen bat, lud der ihn sofort in sein Büro hinter der Rezeption ein und schloss vorsichtig die Tür. Was er für ihn tun könne?

Berns sah sich zuerst schweigend im Büro um, betrachtete die Keramiken und die silbernen Idole, die auf Monsieur Maurys Schreibtisch standen. Dann erst gab er unumwunden zu, beeindruckt zu sein von Maurys Sammlung; ganz außergewöhnliche Stücke gebe es hier zu besehen. Er, Berns, kenne sich ein wenig mit der Materie aus, allerdings könne er sich kaum einen Experten nennen, so wie er, Maury, es mit Recht tue. Ob er ihn um die Einschätzung eines Artefakts bitten dürfe, das er schon länger mit sich herumtrage? Die Angelegenheit sei etwas delikat. Sie stehe gewissermaßen in Verbindung mit dem Unternehmen, das er hier in Lima für seine amerikanischen Partner vorbereite.

Monsieur Maury versicherte Berns, dass sich sein Artefakt bei ihm, Maury, in besten Händen befinde und es ihm eine Ehre sei, Berns helfen zu dürfen. Worum es sich konkret handle?

Schon am nächsten Morgen toste die Kunde von Berns' goldener Statuette durch die Straßen, Clubs und Salons von Lima. Dass sie aus echtem Gold war, hatte Maury an einer diskreten Stelle, unten am Sockel, mit seinem Prüfstein festgestellt. Natürlich wog die Figur zu wenig, um aus massivem Gold zu sein – diese Tatsache aber war leicht mit einem Hohlraum in ihrem Inneren zu erklären. Die Statuette, urteilte Maury, sei einzigartig, nicht nur, weil sie aus Gold bestand, sondern auch, weil sie ungemein feine Gesichtszüge aufwies. Jeder, der sie betrachtete, meinte, das Lächeln des Inka gelte ihm persönlich.

Diskretion gehörte zum Repertoire eines jeden Hoteliers; an Monsieur Maury aber waren andere Maßstäbe anzulegen. Mehreren Gentlemen, die bei ihm verkehrten, wurde das Artefakt vorgeführt; einige wenige durften es gar in den Händen wiegen. Eine so makellose wie wertvolle Antiquität, darin waren sich alle einig, hatte man selten gesehen. Wie war Berns bloß an sie herangekommen? Die Ruinen in der Nähe von Lima hatte man längst gründlich untersucht und geleert.

Der Schatz kommt aus den Bergen, sagten die einen. Der Schatz geht in die Vereinigten Staaten, sagten die anderen. Gehörte das Sammeln von Antiquitäten etwa nicht zum guten Ton, selbst in den USA und in Europa? Rothschild und Rockefeller – wenn die mit Peru korrespondierten, dann nur, weil ein ganz großer Coup bevorstand. Hier ging es, so viel schien klar, nicht um einzelne Stücke, sondern um ganze Sammlungen. Und wenn selbst Präsident Grover Cleveland und Joseph Pulitzer von der Sache wussten, so war der Coup nicht nur golden, sondern auch eine außerordentliche Geschichte.

Berns spreche, so erzählte man sich bald, perfektes *castellano*, und um den Kern seines Geschäfts hier in Peru ranke sich ein Geheimnis, das nicht einmal Monsieur Maury habe ergründen können. Einige meinten, Berns von früher zu kennen, andere behaupteten zumindest, sie hätten schon von ihm gehört. Jener Deutsche, Augusto R. Berns – welcher Deutsche heißt Augusto? Egal! –, habe angeblich jahrelang als Offizier in der peruanischen Armee gedient und als leitender Ingenieur die Bahntrasse nach Juliaca gebaut, sei Haciendero in der Sierra gewesen, habe eigenhändig den Rhein und die Niagarafälle umgeleitet, den Sutro Tunnel sowie die Brooklyn Bridge erbaut und zuletzt am Panamakanal mitgewirkt. Und als ob all das nicht reichen würde, habe er vor ein paar Wochen mit den Franzosen eine lächerlich hohe Weibsfigur auf eine Insel vor New York gestellt. Was nur hatte dieser Mann mit peruanischem Gold zu tun?

Mitte März kam ein Brief zurück, der nicht ausreichend frankiert worden war; die Sendung hatte Marcus Goldman in New York nie erreicht. Allein in seinem Salon, fächelte sich Berns mit dem Brief ein wenig Luft zu, bevor er ihn öffnete und seine eigene, schwungvolle Handschrift betrachtete. Dort stand dasselbe wie in allen Briefen, die Berns in die USA und nach Europa versandt hatte: die Bitte um ein Autogramm.

Berns hatte längst keine Eile mehr. Er wusste, dass er mit jedem Tag, der verstrich, mehr Neugier, mehr Spekulation entfachte. Nun galt es, den perfekten Zeitpunkt zu finden, das maximal gesteigerte Interesse an seiner Person, bevor es in Gewöhnung und enttäuschte Erwartung kippte. Den Erfolg sah Berns so genau vor sich, als wäre er längst eingetreten und der Gedanke an ihn keine Vision, sondern entfernte Erinnerung. Es war auch gar nicht schwer: Man gründete eine Aktiengesellschaft, um eine Ruine zu erschließen, verkaufte die Aktien als Beteiligung am Erlös und versprach den Aktionären, alsbald gemeinsam in die Berge zu reisen.

Je länger Berns an seinem Plan feilte, desto fester glaubte er daran, sich bald schon auf den Weg zu machen und die Sierra zu durchqueren; er ertappte sich gar dabei, eine Liste für Moscosos Geschäft in Cuzco vorzubereiten. Die Vision war da, real, und das war alles, was zählte. Berns hoffte, dass seine Aktionäre ihn allein losschicken würden, um vor Ort Arbeiter anzuheuern und den Abbau zu leiten. Was, wenn sie mitkommen wollten? Das war die einzige Frage, die ihm manchmal schlaflose Nächte bescherte. Ansonsten hielt er sich an seine Vorgabe, Ruhe zu bewahren.

Jeden Morgen, bevor er aus dem Bett stieg, überschlug er, wie viel Geld ihm blieb. Das Leben in Lima war teuer, und er musste Gewinn machen, bevor er seinen letzten Silber-Sol ausgab. In Panama hatte er, alles in allem, nicht schlecht verdient. Wenn er richtig kalkulierte, blieben ihm noch einige Monate. Es gab viel zu tun. Mit seinen fünfundvierzig Jahren fühlte sich Berns wie ein Greenhorn, das zum ersten Mal nach Peru gekommen war. Beschämt nahm er sich vor, das neue Lima zu studieren, so lange, bis er die Stadt so gut kannte wie New York oder Panama-Stadt.

Singer schrieb, dass auch Panama-Stadt sich von Tag zu Tag verändere und man nie sicher sein könne, in welcher Stadt man aufwache. Vielleicht, räsonierte er, werde er doch eines Tages nach Lima kommen, eine Stadt, so vorgestrig und abgehängt, dass die Moderne sich wohl noch ein, zwei Jahrhunderte Zeit lasse, bevor sie dort Einzug halte. Berns lachte, als er Singers Brief las. Er wusste es besser. Lima, vorgestrig? Elektrische Beleuchtung säumte neuerdings die Plaza de Armas, den Hauptplatz der Stadt, und hatte im Umkreis sämtliche Öl- und Gaslampen verdrängt. Die neuartigen Laternen zogen sich die gesamte Calle Mercaderes hinab, bis hin zur Plaza de la Recoleta. Eine Dampfmaschine am Neptunspalast speiste unaufhörlich Strom ins Netz ein, ihr Stampfen und Zischen war weithin zu hören.

Eine Pferdebahn verband seit einiger Zeit die Distrikte der Stadt mit ihrem Zentrum. Die eigens für diesen Zweck in die Straßen eingelassenen Schienen führten vorbei an der Universität von San Marcos, der Nationalbibliothek,

an unzähligen Laboren, Praxen und Geschäften. Berns
fuhr mit der Pferdebahn, zählte die elektrischen Laternen und ging jeden Nachmittag an der Uferpromenade
des Flusses Rímac spazieren, wo die reichen Herren der
Stadt mit ihren Gattinnen, Kindern und Kindermädchen
flanierten. Er studierte ihre Haltung, ihre Kleidung und
selbst ihre Mimik, wenn ihr Blick über die Stadt glitt, als
gehörte sie ihnen.

Wer Geld besaß, investierte es genau jetzt, in eine Stadt
im Aufschwung. Wo es nichts oder kaum etwas gab, da
konnte etwas erschaffen werden! Unzählige Ausländer
waren ins Land gekommen, um Geschäfte zu machen, die
meisten von ihnen Amerikaner. Jacob Backus aus Brooklyn gründete die größte Brauerei Perus, die Backus &
Johnston Brewery Ltd., Francis Lewis Crosby aus New
York eröffnete ein Kaufhaus nach amerikanischem Vorbild, Ferdinand Umlauff Lenecke aus Hamburg handelte
mit Guano und Kautschuk, der Bremer Johann Gildemeister machte in Salpeterminen … Aufregung und die
Angst, eine Gelegenheit zu verpassen, lagen in der Luft.
Dies war die Zeit, in der man reich werden konnte, hatte
man nur im richtigen Moment die richtige Idee.

März, Spätsommer in Peru. Rotbrauner Staub lag auf
den Häusern der Stadt, die keinen Regen kannte. In den
Gassen stand die Hitze; die Rosen, die allerorts vor den
Türen und Portalen gediehen, ließen die Köpfe hängen,
die Stadt wirkte ungewaschen, abgekämpft und müde.

Kaum hatte Berns das Hotel verlassen, schwitzte er
schon in seinem Anzug. Noch hatte er sich keinen Plan
zurechtgelegt, was er mit dem Vormittag anfangen wollte,
und so lief er die Kontore und Büros der alteingesesse-

nen Unternehmer in der Calle Mercaderes ab. Er kannte jeden einzelnen ihrer Namen: Sie alle hatten vor knapp zehn Jahren Post von ihm erhalten, mit der Bitte um wohlwollende Prüfung der Möglichkeiten seiner Hacienda Torontoy. Von keinem hatte er je Antwort erhalten.

Düstere Gedanken kamen über ihn, als er die Straße hinabging, die glühend heiße Luft atmete, den Staub auf seiner Haut spürte. Was, wenn sein Unternehmen im Sande verliefe, er keine einzige Aktie verkaufte? Würde er dann nach Panama zurückkehren, oder zu den Dueltgens nach Crawford's Quarry, oder gar nach Solingen zu seinem Bruder Max? Die Ungewissheit quälte ihn, und mit einem Mal fühlte er sich wie ein einsamer Mann, der den Zenit seines Lebens überschritten hatte und nicht wusste, wohin mit sich. Berns blieb stehen, fuhr sich über die Augen. Er kannte solche Momente, wusste, dass sie vorüberzogen wie Wetterfronten.

Es waren kaum Menschen auf der Straße, und denen, die sich hinauswagten, tränten vom grellen Flimmern die Augen. Auch Berns hielt sie halb geschlossen, weil er meinte, das Licht verbrenne ihm sonst die Pupillen. Vor der Kreuzung mit der Calle de Lescano hob er die Lider, um sich zu orientieren, und blickte auf die Fahrbahn vor sich. Er stutzte: Der bröckelnde, schadhafte Straßenbelag hatte sich in ein Pflaster aus soliden Goldbarren verwandelt. Sie waren es, die das Licht der Sonne mit aller Wucht zurückwarfen und die Passanten blendeten! Berns sank unwillkürlich auf die Knie, doch er kam zu spät: Die Barren hatten sich wieder in Staub verwandelt, seine Finger griffen in Schmutz und Unrat.

Er verharrte einen Moment in der Hocke, dann schleppte er sich hinüber zu einem der Toreingänge und ruhte etwas im Schatten. Kurz darauf nickte er ein, und im halbwachen Dämmer war ihm, als befände er sich nicht in Lima, sondern in der menschenleeren Puna, dann wieder auf einem schneebedeckten Pass, am Huronsee oder am Hudson River in New York – schließlich glaubte er gar, vor einer applaudierenden Menge zu stehen, über der er einen Regen aus Goldmünzen niedergehen ließ.

Berns schreckte hoch, weil er meinte, ein, zwei Gassen weiter einen Schrei gehört zu haben. Als er eine dumpfe Erschütterung im Boden verspürte, erhob er sich. Der Lärm erfüllte ihn mit Unruhe; er wischte sich den Staub von den Schößen und sah die Calle Mercaderes hinab, aber es war niemand zu sehen. Den Hut tief ins Gesicht gezogen, trat er auf die Straße hinaus und wollte sich schon auf den Weg zurück zum Hotel machen, da hörte er ein Poltern und wieder einen Ausruf – auf Deutsch, wie ihm schien. Auf Deutsch? Das war eine Sprache, die er in den letzten Jahren selten gehört hatte. Mit schnellem Schritt lief Berns die Calle Mercaderes in entgegengesetzter Richtung hinunter.

In der Nähe der Kreuzung mit der Calle de Plateros de San Pedro schließlich sah er einige hundert Fuß vor sich eine merkwürdige Erscheinung, und einen Moment lang glaubte Berns an eine Spiegelung auf dem erhitzten Pflaster der Straße. Dort vorne ging ein Wasserträger, das Kreuz gebeugt, auf den wunden Schultern ein Balken, an dem zwei Bottiche hingen. In der Mittagshitze! Nicht einmal einen Hut trug der Kerl, sein Haar leuchtete, trotz allen Staubs und Schweißes, der darin kleben musste, karamellfarben. Er ging barfuß, die zerrissene Hose reichte ihm kaum bis zu den Knien.

Aus einem unbestimmten Impuls heraus folgte Berns

dem Mann. Der Vorsprung schrumpfte rasch; Berns ging zwar langsam, aber der Kerl mit den Wasserbottichen stolperte in einem fort, hielt kurz inne und schleppte sich dann weiter. Schon wollte er ihm etwas zurufen, ihn fragen, wer um diese Uhrzeit mit Wasser versorgt werden musste, aber da bog der Mann bereits in einen Innenhof ein.

Als auch Berns den Durchlass erreichte, sah er im Schatten einen dicken Alten sitzen. Zwei Nackthunde hatten sich auf den Wasserträger gestürzt, kläfften und schnappten nach ihm. Der taumelte, setzte mit einem Ruck die Bottiche ab und brach schließlich zusammen. Er schien ohnmächtig geworden zu sein; die Sonne brannte ihm ins Gesicht, ohne dass er es abwandte. Dem Anschein nach war er ein Europäer – welcher Amerikaner würde sich in so eine Lage bringen? –, ein junger Kerl, keine zwanzig Jahre alt.

Berns fragte sich, an wen ihn der Wasserträger bloß erinnerte. Da fiel es ihm ein: So hatte Rudolph August Berns ausgesehen, als er vor gut einem Vierteljahrhundert in Callao angekommen war.

«Wieder verschüttet», kommentierte der Alte aus dem Schatten heraus. «Und noch mal los.»

Berns betrat den Innenhof.

«Sind Sie wahnsinnig, Mann? Wissen Sie überhaupt, mit wem Sie es zu tun haben?» Berns vertrieb die Hunde mit ein paar Tritten und half schließlich dem Mann vom Boden auf.

«Das hier», schleuderte er dem Alten entgegen, «ist Rudolph Karl Tomasius Graf von Habsburg, und Sie, Sie Rindvieh, werden noch von mir hören.»

Der Alte stemmte die Arme in die Seiten und verzog

spöttisch den Mund, ließ ihn aber – zu verdutzt, um etwas zu entgegnen – gewähren.

Ohne weiteren Kommentar stützte Berns den jungen Mann und verließ mit ihm den Hof.

In einer nahegelegenen Gaststätte, vor zwei Gläsern purpurfarbener Maislimonade, fragte Berns den Mann nach seinem Namen. Er sprach ihn unwillkürlich auf Deutsch an, und zu seinem Erstaunen antwortete der Mann, nachdem er seine Limonade hinuntergestürzt hatte, mit schweizerdeutschem Einschlag.

«Arnoldo Hilfiker, Sire. Gerade angekommen aus der Heimat, auf der Suche nach Arbeit und Obdach.»

«Und was, bitte, haben Sie in diesem Innenhof getrieben? Haben Sie sich als Wasserschlepper anheuern lassen?»

Hilfiker schluckte, sein Blick flackerte über Berns' feinen Anzug, die goldene Uhrkette, die glänzenden Manschettenknöpfe. Dann schüttelte er den Kopf.

«Der Alte hat mich dabei erwischt, wie ich eine Wassermelone aus seinem Lager stehlen wollte. Ich war so durstig, verstehen Sie.»

Berns nickte. «Und warum Peru, wenn ich fragen darf?»

«Ich will Entdecker werden. Brauche Geld, um in die Berge zu kommen.»

Berns hatte Mitleid. Er kleidete Hilfiker ein, schickte ihn zum Coiffeur Vargas. Schon stand kein verwahrloster Tagedieb mehr vor ihm, sondern ein gut aussehender junger Mann, nach dem sich die Damen auf der Straße umdrehten. So kam Berns auf die Idee, dass er Hilfiker zu seinem Assistenten machen könnte. Er bat Maury, in einer Ecke des Salons ein Feldbett aufstellen zu lassen, und beschäftigte Hilfiker in den nächsten Wochen mit kleinen Botengängen und sonstigen Aufträgen. Hilfiker verrichtete alles, was Berns von ihm verlangte, mit solcher Gründlichkeit und Hingabe, dass Berns sich schließlich an ihn gewöhnte und ihn gernhatte. Er mochte nicht das Format eines Harry Singer haben – aber er war ein Gegenüber, und mit der Zeit wurde er zu einer Hilfe, auf die Berns nicht mehr verzichten wollte.

Eines Abends saßen sie an Berns' Schreibtisch beisammen und aßen Tamales, da erzählte Hilfiker von seinen Eltern und der Heimat, die er verlassen hatte. Er stammte aus einem winzigen Dorf bei Brienz im Berner Oberland. Aufgewachsen als vierter von insgesamt acht Söhnen eines frömmelnden Milchbauern, hatte er sich stets nach der Welt jenseits der schweizerischen Grenzen gesehnt. Schließlich sei ihm ein Buch von einem gewissen Tschudi in die Hände gefallen, Reiseskizzen aus Peru. Da habe er gewusst, wo er hinwolle. Ins Land der Inka, ins Land der sagenhaften Schätze!

Berns aß belustigt seine Tamales und spülte sie mit Eiswasser hinunter. Da fiel ihm ein, dass er Hilfiker noch immer nicht erzählt hatte, was der Inhalt seines Unternehmens werden sollte. Er betrachtete das aufmerksame, sonnenverbrannte Gesicht des jungen Mannes vor ihm. Intelligenz, Ehrgeiz, aber auch Ergebenheit lagen in seinen Augen. Berns prostete ihm mit seinem Glas Eiswasser zu, schnipste eine Scheibe Limette hinein und erzählte Hilfiker von seiner Zeit als Entdecker, von der Hacienda Torontoy, der Sägemühle und schließlich von der verlorenen Stadt der Inka, ihren unermesslichen Schätzen und Reichtümern.

Hilfiker wurde mit jedem Satz regungsloser. Sein Eiswasser hatte er längst vergessen, die Limette lag noch immer in seiner Hand. Als Berns ihm darlegte, wie er mit dem Kapital einer Aktiengesellschaft – *Huacas del Inca*, lern endlich Spanisch! – die Ruine systematisch erschließen und die Schätze unter den Aktionären aufteilen wolle, sprang Hilfiker auf, elektrisiert. Er packte Berns an den Schultern und fragte ihn, warum, um alles in Welt, sie beide nicht jetzt sofort in die Berge aufbrächen. Wofür brauchten sie denn Aktionäre, warum die Schätze teilen? Er, Berns, möge vielleicht nicht mehr ganz in Form sein, er, Hilfiker, dafür umso mehr … Kurz, es gebe nichts, was er sich nicht zutraue, und wenn es um El Dorado gehe … Das sei es doch? El Dorado? Hilfikers Augen leuchteten, als ob er fieberte.

Berns hatte Mühe, ihn davon zu überzeugen, dass der Dichte und Stärke des Dschungels nicht einfach beizukommen war. Er habe versucht, die Ruine freizulegen, sagte er schließlich. Zusammen mit seinem Partner. (Und meinem Hund, fügte er in Gedanken hinzu.) Ob er, Hilfiker, sich vorstellen könne, wie frustrierend es sei, die überbordenden Schätze vor sich zu sehen, sie aber nicht greifen und forttragen zu können? Hier, sagte Berns, brauche es mehr als zwei Männer, hier brauche es eine ganze Kompanie. Er stutzte nicht über seine Worte, sie kamen ihm weder fremd noch falsch vor. Dies hier war seine, Berns', ureigene, angestammte Wahrheit, und dass die Realität ihr nicht entsprochen hatte, war ein Detail, das ausgespart werden durfte.

In dieser Nacht sah Berns im Traum die Statue des Inka, die er in der verlorenen Stadt gefunden hatte. Der Inkaherrscher war lebendig geworden, bewegte sich, hob seinen Schild, und mit den Lippen formte er Worte, die

Berns galten. Aber der Inka blieb ohne Stimme, und sosehr Berns sich auch anstrengte, die Worte von seinen Lippen abzulesen, er schaffte es nicht. Schweißgebadet wachte er auf. Draußen war bereits die Sonne über Lima aufgegangen.

In den darauffolgenden Tagen erstellte Hilfiker Listen mit den wichtigsten Bars, Salons und Restaurants der Stadt. Jeden Mittag hatte er sich an einem anderen Ort aufzuhalten und genau zu notieren, wer für gewöhnlich wo erschien, sich mit wem unterhielt und mit wem befreundet war. Vor allem, das hatte ihm Berns eingeschärft, solle er sich genau einprägen, wie der Tagesablauf von Luis Carranza aussah.

«Vorbereitung ist alles», sagte Berns. «Das gilt für die Unternehmensgründung wie für Expeditionen, merk dir das.»

Als Hilfiker von einem seiner Rundgänge zurückkam, fand er Berns brütend über einer handgezeichneten Karte, die er vor sich auf dem Sekretär ausgebreitet hatte. Vor ihm stand die goldene Statuette, die er von Monsieur Maury zurückerhalten hatte – *kostbar, selten, unschätzbar, zum Verkauf?* – und die an Glanz alles überstrahlte, selbst Berns' Manschettenknöpfe und seine Uhrenkette. Hilfiker starrte sie gebannt an.

«Ich bin fertig», sagte Hilfiker nach einer Weile. «Es klingt vielleicht seltsam, aber es verläuft immer alles gleich. Die Herren essen stets zur selben Zeit am selben Ort, in der gleichen Gesellschaft. Als hätten sie es einstudiert. Nie gibt es auch nur die geringste Abweichung. Carranza trifft nie auch nur fünf Minuten zu spät in der Redaktion oder der Druckerei ein. Er ist außerdem immer der Erste, der sein Mittagessen einnimmt. Der Präsident speist grundsätzlich im Palast – außer mittwochs, dann isst er im Café Cardinal zu Mittag. Warum, kann ich nicht sagen. Es ist alles genau wie im Theater.»

«Wenn du das begriffen hast», antwortete Berns, «wirst du es noch weit bringen. Wenn du einen Ratschlag willst: Lern vernünftig Spanisch und setz nie einen Fuß in die Berge.»

Die Arbeiter in der Druckerei sagten später, sie seien wie hypnotisiert gewesen, so intensiv habe Señor Berns auf sie eingeredet. Am Anfang hätten sie gar nicht begriffen, was er in der Druckerei vorhatte, mit seinem feinen Anzug, der goldenen Uhrkette, den polierten Schuhen und den Papieren, die er aus seiner Ledertasche zog. Erst nach einiger Zeit sei ihnen klargeworden, dass er eine Broschüre drucken lassen wollte und sich für die Rotationsmaschine interessierte. Da hätten sie ihn bereitwillig herumgeführt, hätten ihm die Zylinder und die Papierbahn gezeigt, das Schneide- und das Falzwerk. Vor allem für die Druckformen habe er sich begeistert, und für die Geschwindigkeit, mit der die Papierbahn durchlief.

Und wirklich: Die massige, tosende Maschine imponierte Berns. Dennoch griff er alle paar Minuten nach seiner Taschenuhr und kontrollierte die Zeit. Es konnte nicht mehr lange dauern. Berns bemerkte, dass er nervös wurde. Die Arbeiter waren ihm plötzlich lästig; ihre Erklärungen wiederholten sich und kamen ihm kindlich und überflüssig vor. Natürlich konnte er jetzt nicht davonlaufen … So stellte er sich vor die Zylinder und gab vor, die vorbeifliegende Papierbahn zu studieren. Sein Blick aber ging haarscharf daran vorbei.

Als der Zeiger seiner Taschenuhr auf halb zwölf vorrückte, bedankte Berns sich bei den Arbeitern. Er schüttelte ihnen die Hände, die Tür dabei immer im Blick, und lief so schnell los, als sei ihm gerade erst ein dringender Termin eingefallen. Genau in diesem Moment kam ein Mann durch den Eingang: groß gewachsen, gepolstertes Jackett, Melone. Berns beschleunigte den Schritt, rief den Arbeitern einen letzten Dank zu – und wie er sich zu ihnen umdrehte und weiterlief, da prallte er mit voller Wucht gegen den Neuankömmling. Wie der Zufall es wollte, öffnete sich dabei seine glanzgestoßene Tasche, und heraus auf den Boden glitten allerlei Papiere und Dokumente. Berns stammelte eine Entschuldigung, dann breitete sich Bestürzung auf seinem Gesicht aus, und sofort begann er, die Papiere zusammenzuraffen und in seine Tasche zu stopfen, ganz egal, wie, Hauptsache, fort aus dem Blickfeld seines Gegenübers!

Der Herr aber war ein Gentleman, und mehr noch, er war im Bilde. Der aufgeregte Mann vor ihm – das konnte nur der Deutsche sein, von dem man in den Salons immer wieder hörte. Was hatte Maury gesagt? Er sei stets ausgezeichnet gekleidet, gebe sich allerdings, was seine Geschäfte in Lima angehe, wortkarg, und was er in seiner Tasche ständig mit sich herumtrage, das wisse kein Mensch. Der Herr bückte sich und griff nach einer Karte, die er aufhob und wie versehentlich entfaltete, bevor Berns sie ihm entwinden konnte. Ein Foto fiel heraus – das Foto Grover Clevelands, auf dem in kapitalen Lettern geschrieben stand: Für meinen Freund Augusto R. Berns.

«Luis Carranza, angenehm», sagte Luis Carranza, der nicht wusste, wohin zuerst gucken: auf das Foto des Präsidenten der Vereinigten Staaten oder auf die Karte mit dem silbernen Band, das sich in ihrer Mitte schlängelte, und dem goldenen Punkt daneben. Berns versuchte linkisch, die Karte zusammenzufalten. Es wollte einfach nicht gelingen.

«Und Sie sind?»

«Berns, Augusto Berns», sagte Berns, nachdem er seine Tasche geschlossen hatte und wieder aufgestanden war. «Unternehmer», fügte er noch hinzu, ganz so, als müsste er sich dieses Wort abringen, als sei schon dieses eine Wort zu viel Information, zu viel Preisgabe.

Carranza hingegen fiel nicht ein, sich als Chefredakteur der größten Wirtschaftszeitung des Landes vorzustellen. Er erkannte, dass die Situation seinem Gegenüber unangenehm war; am liebsten, dachte er, würde der Germane wohl kommentarlos davonlaufen und sich unter seinem Bett verstecken. Davon aber konnte keine Rede sein! «Interessant», sagte Carranza. «Sind Sie in der Druckereibranche tätig?»

«Keineswegs», antwortete Berns, winkte ab. «Ich habe mir lediglich erlaubt, mich umzusehen, mir ein Bild zu machen von der Modernisierung der Stadt.»

«Nun, wir haben hier eine solide Walterpresse, mit integriertem Schneide- und Falzwerk. Darf ich fragen, was Sie nach Lima führt? Arbeiten Sie mit jemandem zusammen?»

Berns sah Carranza scharf an, als müsse er seine Worte gut abwägen, bevor er sie aneinanderreihte. Er interessiere sich im weitesten Sinne für den Abbau von – nun ja, warum es nicht beim Namen nennen: Edelmetall. Allerdings hätten seine Analysen ergeben, dass Peru und selbst Lima noch nicht weit genug seien für ambitionierte Unternehmungen. Es sei weder genug Kapital noch genug Expertise im Land. Er habe sich schweren Herzens entschlossen, mit US-Investoren zusammenzuarbeiten.

«Ich befürchte, hier liegt eine Fehleinschätzung vor», sagte Carranza. Ob er bei einem gemeinsamen Lunch versuchen dürfe, sie zu korrigieren? Berns lächelte. Carranza durfte.

Das Café Cardinal befand sich unweit des Regierungspalastes. Sonnenlicht fiel durch das bunte Fensterglas und warf Kaleidoskopfarben an die vertäfelten Wände. Über dem Tresen und den etwa zwanzig Tischen hing eine schwere Kassettendecke. Noch waren die Plätze im Café kaum besetzt; Kundschaft würde erst in einer Stunde eintreffen.

Carranza bedeutete Berns, sich mit ihm an den Tresen zu setzen, und gab dem Barkeeper ein Zeichen. Berns – dessen Magen bereits auf der Straße geknurrt hatte – balancierte unbequem seine Tasche auf den Knien und fragte, ob es nicht ein wenig früh sei für ein Mittagessen.

«Mag sein», sagte Carranza, «aber ich schätze die Diskretion der frühen Stunde.» Die langen, schlaksigen Beine gespreizt, die Hände locker auf dem Tresen, schien Carranza die Ruhe selber. Berns spürte beinahe physisch, wie Carranza ihn unter den halb geschlossenen Lidern beobachtete, wie er ihn förmlich abtastete und zu begreifen suchte. Er, Berns, war ganz bei sich, bei seinem Geheimnis, das er wahren und verteidigen musste. Dies hier war kein Plan, kein Spiel, keine Phantasie. Dies hier, das fühlte er ganz deutlich, war die Realität.

Carranza begann einen Monolog über den Fortschritt Perus. Das zwanzigste Jahrhundert habe quasi schon angeklopft, und man beabsichtige durchaus, es hereinzulassen. Ein bisschen Glaube an Peru und auch, ja, Liebe brauche es natürlich dazu. Ein Patriot könne gar nicht anders, als dieses Land vorwärtsbringen zu wollen.

«Ich liebe Peru», sagte Berns mit belegter Stimme.

«Dann sind wir schon zu zweit.»

Der Kellner brachte Schälchen mit frittierten Yuccastücken, Maiskörnern und Süßkartoffeln, dann schenkte er den Männern zwei Gläschen Italia-Schnaps ein. Bevor er die Flasche wieder mitnehmen konnte, nahm Carranza sie ihm mit einer eleganten Drehung aus der Hand und stellte sie zwischen sich und Berns ab. Der verzog keine Miene und hob prüfend sein Glas.

«Sie haben mir nicht gesagt, was Sie beruflich tun.»

«Ich?», fragte Carranza, um sich ein wenig Zeit zu verschaffen. «Ich gehöre, im weitesten Sinne, zur Druckerei, wenn Sie so wollen. Außerdem bin ich praktizierender Mediziner und leidenschaftlicher Hauptstädter. Sehen Sie, mir war es nie vergönnt zu reisen. Wenn ich also Ausländer von weit her treffe, ist es mir ein Hochgenuss, mich mit ihnen über unser Land und diese Stadt auszutauschen.»

Sie stießen miteinander an – Salud, Santé – und leerten die Gläser. Berns schmeckte ein wenig dem Aroma der Weintrauben nach, dann begann er zu erzählen, wie er 1863 ins Land gekommen war, kaum einundzwanzig Jahre alt, ein Habenichts vom müden Kontinent. In die Armee sei er gegangen, habe geholfen, sechsundsechzig die Spanier nach Hause zu schicken.

«Sie waren in Callao?», fragte Carranza. «Dann sind wir Kameraden! In welchem Bataillon haben Sie gedient?»

Carranza nickte anerkennend, als er die Antwort hörte, und schenkte sich und Berns ein zweites Glas ein. Dann

457

gab er Anekdoten aus dem Krieg zum Besten, Berns aus der Zeit, in der er bei der Eisenbahn gearbeitet hatte, und gemeinsam lachten sie so lange, bis sie heiser waren. Die Flasche leerte sich zusehends, Berns spürte, wie er immer betrunkener wurde, und ließ es geschehen. Carranza wollte ein vertrauliches Trinkgelage unter Kameraden? Konnte er haben. Berns aß einige der fettigen Yuccastücke, so ging es etwas besser.

«Seit Monaten schon bin ich wieder im Land, habe mich mit kaum jemandem wirklich unterhalten. Und dann treffe ich Sie!»

«Der Mensch braucht Gesellschaft!», rief Carranza. Sein Haar war in Unordnung geraten, das Hemd hatte er aufgeknöpft. Sein Blick aber lag ganz ruhig auf seinem Gegenüber. Die vier Gläser Schnaps zeigten ihre Wirkung: Der arme Gringo schwitzte, lachte eine Spur zu laut und hatte seine Tasche endlich auf dem Boden abgestellt.

«Nun, ich habe selbstverständlich meinen Assistenten. Ohne ihn könnte ich kaum so schnell alle Erledigungen in der Stadt verrichten. Sie verstehen, ich bin etwas in Eile. Aber es ist nicht das Gleiche.»

«Ein zeitsensibles Geschäft?», fragte Carranza, plötzlich sehr deutlich und artikuliert. Er schenkte Berns ein weiteres Mal ein, sein eigenes Glas blieb leer.

Berns trank. Alkohol und Holzvertäfelungen, dachte er. Abscheulich. Er lockerte seine Krawatte. Schwül war es in der Bar geworden, die Luft dicker, man konnte kaum noch atmen.

«Die Regenzeit», presste er schließlich hervor. «Sind Sie vertraut mit Trocken- und Regenzeiten in der Cordillera?»

«Welche Cordillera?»

«Vilcabamba.» Berns blickte durch die bunten Glasscheiben hinaus auf die Straße. Hinter ihm klapperte es. Er meinte, die Tür gehen zu hören, vermied es aber, sich umzudrehen. Ruhig, Berns, ermahnte er sich. Betrunken oder nicht, Geschäft ist Geschäft.

«Von April bis November bleibt der stärkste Regen aus. Nur dann lassen sich Hänge und Bergflanken bezwingen; zögert man zu lange und geht in der Regenzeit, verwandelt sich das Terrain in einen brodelnden, tödlichen Schlammkessel.»

«Davon gibt es viele in unserem schönen Land», sagte Carranza. Er musste sich schon sehr zusammenreißen, um nicht sein Notizbuch herauszuholen. «Warum sollte sich irgendjemand für die Cordillera Vilcabamba interessieren? Lima ist wohl ein angenehmeres Pflaster.»

Jetzt nahm Berns schon selbst die Flasche und schenkte sich und Carranza nach. Der Schnaps schien es ihm angetan zu haben. Man muss nur wissen, wie man die Leute anzupacken hat, dachte Carranza. Ein Kinderspiel.

«Aber deutlich ärmer an Goldschätzen.»

Carranza schluckte.

Jetzt wagte es Berns, auf seine Taschenuhr zu blicken; ihm blieb noch eine gute halbe Stunde. Er hörte, wie sich jemand an einem der weiter entfernten Tische räusperte. Die Akustik in der Bar war vortrefflich, das hatte er Hilfiker mehrfach testen lassen. Die Holzvertäfelung warf noch das leiseste Wispern von einem Ende des Raums zum anderen. In Lima, dachte Berns, ist das geflüsterte Wort lauter vernehmbar als das laut herausgebrüllte, selbst wenn es gelallt und etwas schleppend hervorgebracht wird.

«Von 1872 bis 1874 war ich als Entdecker unterwegs.

Ich hatte mich auf unbekannte Städte der Inka spezialisiert. Ruinen, über die noch nie jemand geschrieben hat.» Berns senkte die Stimme. Instinktiv schob er seine Ledertasche mit dem Fuß ein wenig näher an den Tresen heran. «Verstehen Sie? Ich habe Peru mein Leben lang studiert und erkundet, um die verlorene Stadt der Inka zu finden.»

Berns legte Jackett und Weste ab und rollte die Ärmel seines Hemds hoch, sodass seine narbenübersäte Haut zum Vorschein kam. Schlagartig fühlte er sich nüchtern. Die Geschichte, die er erzählte, erregte ihn derart, dass er noch stärker schwitzte. Mit jedem Wort, das er aussprach, mit jedem Satz, den er an den nächsten fügte, spürte er, dass diese Geschichte der eigentlichen Wahrheit entsprach, in der er, Berns, beheimatet war.

«Die verlorene Stadt der Inka ist nicht mehr verloren, Carranza. Schon seit dreizehn Jahren nicht mehr. Der Krieg hat mich in den Staaten und in Panama aufgehalten. Ich bin zurückgekehrt, um die rechtlichen Aspekte zu klären. Sobald ich wieder in den Staaten bin, werde ich eine Aktiengesellschaft gründen, um die Erschließung der Ruine zu finanzieren.»

«Ich kann Ihnen nicht ganz folgen.»

«Schätzungen zufolge befindet sich in der Ruine etwa eine Tonne Gold.»

«Wessen Schätzungen sollen das sein?»

«Ich besitze das Gutachten eines renommierten US-amerikanischen Mineralogen. Und noch viel mehr: Das Land, auf dem die Stätte liegt, besitze ich ebenfalls. Ich habe mir den Grundbesitz sofort gesichert. Aber es bringt Unglück, von Gold zu sprechen, selbst wenn man es selber gefunden hat, noch dazu in solchen Mengen, dass man es unmöglich auf einmal hätte in Sicherheit bringen können. Die Ruine, sie ist –»

«El Dorado?», tönte es hinter ihrem Rücken. «Machen Sie sich nicht lächerlich, Mann!»

Berns und Carranza drehten sich auf ihren Stühlen um. Die Bar hatte sich mittlerweile gefüllt. Die Tische waren bis auf den letzten Platz besetzt mit schwitzenden, Zigarre rauchenden Männern, die unverwandt zur Theke sahen. Die meisten der Anwesenden hatten sich die Westen aufgeknöpft und die Krawatten gelockert.

Berns erkannte zwischen den Rauchschwaden drei Minister, fünf Honorarkonsuln, ein paar Ingenieure von der Eisenbahn, zwei französische Minenbesitzer und gut ein Dutzend amerikanischer Unternehmer. An einem der zentralen Tische saß der schwerreiche amerikanische Bierbrauer Jacob Backus. Mit ihm am Tisch saß sein Partner, John Howard Johnston. Gemeinsam hatten sie die Brauerei im Rímac-Distrikt aufgebaut. Johnston trug einen dunkelblauen Zweireiher; über den Bauch legte sich eine massive goldene Uhrenkette. In seinem Gesicht blitzten zwei intelligente Augen. Er saß weit zurückgelehnt, einen Arm hatte er über die Stuhllehne hinter sich gelegt. Kein Wort, das Berns gesagt hatte, war ihm entgangen.

«Das ist es doch, wovon Sie reden, richtig? Verlorene Stadt der Inka? Und wen haben Sie dort getroffen, den Mann im Mond vielleicht, oder Cinderella, oder die Zahnfee? Sie sind ja betrunken, Kerl!»

Die Amerikaner brüllten vor Lachen, Carranza sah unangenehm berührt auf seine Serviette. Berns gab sich alle Mühe, gefasst zu bleiben.

«Wie die Stadt heißt, die ich entdeckt habe, braucht Sie, oder irgendwen in diesem Raum, überhaupt nicht zu bekümmern. Ohnehin wird alles, was in naher Zukunft geborgen wird, über Mollendo und Callao verschifft und landet in New York. Lima ist dabei kein Faktor.»

Johnston grinste und zwinkerte Backus zu. Seine Stimme, das kam Berns etwas ungelegen, war lauter und durchdringender als die eigene.

«Ganz altes Spielchen. Selbst in Peru. Geschäft interessant machen, Geschäft rar machen, abwarten, bis die Investoren zu Türen und Fenstern hereingekrochen kommen. Glauben Sie, nur weil wir hier am Ende der Welt sitzen, bemerkt niemand, was Sie treiben? Sie sind nicht der Erste mit dieser Strategie. *Lima ist kein Faktor?* Das glaube ich Ihnen niemals.»

«Sehen Sie», sagte Berns und griff in das Schälchen mit den Yuccastücken, «wenn Sie Glaubensfragen verhandeln wollen, sind Sie bei mir an der falschen Adresse. Die Kathedrale befindet sich zwei Blocks weiter, das große Gebäude am Hauptplatz, Sie können es kaum verfehlen. Was mein Geschäft angeht: Selbstverständlich wird sich niemand darauf verlassen müssen, was ich sage. Meine Aktionäre werden gemeinsam mit mir zur Ruine reisen. Aber wie ich bereits sagte: Die wichtigste Ruine dieses Landes, dieses Kontinents, wird schon bald eine US-amerikanische Angelegenheit sein. *Just you wait.*»

Mit diesen Worten drehte sich Berns um, verlangte nach einem Glas Wasser und kontrollierte seine Taschenuhr.

Carranza strich sich über den Schnurrbart, ließ den Blick schweifen und sah, wie die Männer die Köpfe zusammensteckten. «Nehmen Sie es Johnston nicht übel», sagte er zu Berns. «Wie Sie wissen, herrscht in Peru kein Mangel an Schatzsuchern und Möchtegern-Entdeckern.»

Johnston aber wollte noch nicht klein beigeben.

«Wir kennen Sie nicht, nie gesehen. Sie können uns alles weismachen. Die Sierra ist weit entfernt. Das Vilcabamba-Gebiet ein einziges Schlangenloch.»

«Ihnen etwas weismachen?», fragte Berns. «Nichts läge mir ferner. Wenn Sie mich nun bitte entschuldigen würden.»

Berns drehte sich wieder zu Carranza und rollte mit den Augen. Er verspürte eine Unruhe, die nicht an die Oberfläche gelangen durfte.

Johnston ließ nicht locker: «Eine Aktiengesellschaft wollen Sie gründen, wie? Haben Sie einen Bürgen für den ganzen Zinnober?»

Berns seufzte voller Gram und Ennui. Schweiß perlte auf seiner Stirn.

«Allerdings. Den Präsidenten.»

«Den Präsidenten? Wovon? Der öffentlichen Bedürfnisanstalten?» Diesmal lachten die Amerikaner noch eine Spur unverschämter.

«Nein, ganz und gar nicht. Den Präsidenten von *Peru*, die Herrschaften.»

Jetzt öffnete sich die Tür. Berns stand vom Tresen auf, zog sich Weste und Jackett über und fuhr sich mit seinem Kamm durchs Haar. Die Tür fiel krachend ins Schloss, Stille kehrte ein.

Präsident Andrés Avelino Cáceres persönlich hatte die Bar betreten. Alle Blicke waren auf ihn geheftet: seinen ausladenden Backenbart, das starre linke Auge, die Epauletten auf den breiten Schultern, das kräftige Kinn. Berns lächelte; jetzt erst fiel ihm wieder ein, wie sehr er Cáceres gemocht hatte. Ein Freund war er ihm gewesen, einer, bei dem er Zuflucht gesucht hatte. Ein warmes Gefühl breitete sich in Berns aus, zu gerne wäre er Cáceres entgegengeeilt, aber das ging jetzt wohl nicht. Sie waren gestandene Männer; Cáceres noch dazu wirklich und wahrhaftig Präsident. Reif sah er aus, weise, ein rechter Staatsmann. Mit Backenbart! Am liebsten hätte Berns laut herausgelacht. Er konnte nicht anders – jetzt strahlte er über das ganze Gesicht. Dann hob er die Hand zum Gruß.

Andrés Avelino Cáceres machte die Hitze zu schaffen; an heißen Tagen wie diesem konnte er manchmal kaum einen klaren Gedanken fassen. Aber dieser Kerl an der Bar … Abgelenkt flackerte Cáceres' Blick über sein Gesicht, das sorgsam gescheitelte Haar, den Schnauzbart, den modischen Anzug. An irgendjemanden erinnerte ihn dieser Mann – an wen nur? Das breite Grinsen, die hohen Wangenknochen, die hellen Augen … Langsam schritt Cáceres durch die eilig geschaffene Gasse auf den Tresen zu. Die Stirn, die Schultern, der Ausdruck im Gesicht – als ihm einfiel, wer da vor ihm stand, blieb er abrupt stehen. Überrascht ließ er das Taschentuch sinken, mit dem er sich eben die Stirn hatte abtupfen wollen. Es war schier unglaublich, aber vor ihm stand tatsächlich –

«Augusto», sagte Cáceres.

«Andrés», sagte Berns, und daraufhin umarmten sich die beiden Männer, klopften einander auf die Schultern und sahen sich immer wieder in die Augen, ganz so, als hätten sie vergessen, dass sie sich in einer überfüllten Bar befanden, in der jedes ihrer Worte und jede ihrer Regungen aufs penibelste registriert wurden. Ein Raunen ging durch die Menge. Backus schlug die Augen nieder, Johnston stocherte geschäftig in seinen marinierten Rinderherzen.

Cáceres sprach ganz leise, gerührt, wie er war. Niemandem entging, was er sagte.

«Bist du zurückgekehrt, mein Freund? Wie kann ich dir helfen?»

Die Tageszeitung *El Comercio* veröffentlichte am 16. Juni 1887 folgenden Artikel aus der Feder ihres Chefredakteurs Luis Carranza:

Die peruanische Regierung hat soeben ein Dekret erlassen, das etwas Einzigartiges darstellt. In diesen Tagen wurde in Lima Geschichte geschrieben, und ich empfehle, sich den Namen Augusto R. Berns gut einzuprägen, denn seit seiner Ankunft lebt ein Ausnahmemensch in Lima.

Wer sonst könnte von sich behaupten, etwas so Bedeutendes entdeckt zu haben wie die sagenumwobene verlorene Stadt der Inka? Umgeben von dichtem Flechtwerk der Lianen, hoch oben auf einem Berggrat, war es Berns allein unmöglich, die Schätze der Stadt zu heben. So plant er nun die Gründung einer Aktiengesellschaft: Huacas del Inca. Mit ihrem Kapital soll eine Truppe von patenten Männern in die Berge entsandt werden, um die Ruine systematisch zu erschließen und den Abtransport der Fundstücke zu organisieren.

Die peruanische Regierung steht hinter diesem Unternehmen, und als wahrhaftiger Patriot überlässt Berns ihr zehn Prozent aller Gewinne. Finanzminister Irigoyen hat unterzeichnet, Präsident Cáceres spricht eine persönliche Empfehlung aus und verweist auf die Reichtümer, die Berns noch in diesem Jahr bergen wird. Gleichzeitig wird um Verständnis dafür gebeten, dass die genaue Lage der Ruine nicht preisgegeben werden darf, da jede Einmischung von außen den Erfolg des Unternehmens gefährden würde.

Heißen wir Señor Berns in unserer Mitte willkommen, und empfangen wir ihn mit offenen Armen!

Berns ist jetzt ein Faktor, mit dem man rechnen muss. In seiner Tasche trägt er das Dekret der Regierung mit sich; überflüssig, wie Hilfiker findet, denn Carranzas Artikel hat ohnehin jeder in Lima gelesen. Eine Handvoll Ehrenträger – Männer, zu denen aufgeschaut wird –, die gilt es noch zu finden. Zusammen mit Berns sollen sie das Direktorium von Huacas del Inca bilden. Ihre Namen werden dem Unternehmen, und viel wichtiger, seinen Aktien den letzten Glanz verleihen. Berns weiß genau, wen er dafür braucht. Bald schon soll der Verkauf der Aktien beginnen.

Zuerst schickt Berns einen Brief an Ricardo Palma, den berühmten Historiker und Direktor der peruanischen Nationalbibliothek: «Hochverehrter Señor Palma. Seit längerem schon befinde ich mich im Besitz eines der erstaunlichsten Werke der peruanischen Geschichtsschreibung, einer Chronik, die ein bislang völlig unbekanntes Kapitel in der Geschichte Perus und ganz Südamerikas behandelt. Dieser Foliant ist ein Unikat sondergleichen, das seinen angestammten Platz einnehmen muss. Es wäre mir eine Freude und eine Ehre, Ihnen das Werk persönlich überreichen zu dürfen. Hochachtungsvoll, Augusto R. Berns.»

Keine zwei Tage später erreicht Berns eine Einladung in die Nationalbibliothek. Mit einem riesigen, in braunes Packpapier geschlagenen Paket unter dem Arm, umgeben von einer Note Ylang-Ylang und dem kaum wahrnehmbaren Duft des Clubman Moustache-Wax, tritt Berns in den Hof, der zum Eingang des Gebäudes führt. Durch das Portal gelangt er in einen Vorsaal, dessen gesamte linke Wand von einem Gemälde ausgefüllt wird: Es zeigt das

Begräbnis Atahualpas, des letzten Inkaherrschers. Berns empfindet beim Anblick des ermordeten Inka einen so tiefen Gram, als handle es sich um ein Familienmitglied. Empört geht er weiter in den Lesesaal und lässt sich von einem der Konservatoren zu Ricardo Palmas Büro führen. Er wird längst erwartet.

Ricardo Palma ist ein vor der Zeit gealterter Mann mit wässrig blauen Augen, die stets ein wenig tränen, und einem Kopf, der zu groß scheint für den zierlichen Körper, auf dem er sitzt. Die Last der vergangenen Jahrhunderte wiegt schwer auf seinen Schultern; tatsächlich verlässt Palma sein Büro an Tagen eingehender Lektüre ein wenig schiefer und gebeugter als an Tagen, an denen er mit Politikern über Subventionen verhandelt und Briefe oder Aufsätze verfasst.

Die Begrüßung fällt freundlich, wenn auch etwas zerstreut aus. Palma nimmt das Paket vorsichtig entgegen und sagt, dass er – als Abonnent des *El Comercio* – selbstverständlich im Bilde sei, wen er vor sich habe. Huacas del Inca? So recht begreifen könne er nicht, was ein Unternehmer wie Berns mit alten Chroniken zu tun habe, aber was wisse er schon …

Berns lehnt sich zurück und beobachtet, wie Palma das Packpapier zur Seite und den Folianten aufschlägt. Palma blättert, von Sekunde zu Sekunde etwas schneller, hebt schließlich den Kopf und sagt: «Das Buch ist leer.» Ob es sich hier um ein Missverständnis handle – hatte Berns etwa nicht von einem unbekannten Kapitel der peruanischen Geschichte gesprochen?

«Das habe ich sehr wohl», sagte Berns. «Dass es bereits existiert, entspricht aber zugegebenermaßen nicht ganz der Wahrheit. Es muss noch geschrieben werden! Sie haben bereits von Huacas del Inca gelesen? Nun, dann wissen Sie, dass ich die verlorene Stadt der Inka entdeckt habe und plane, sie zu erschließen. El Dorado – vielleicht! Wer kann das schon so genau sagen? Geschäftsmänner, Politiker und Mediziner sicherlich nicht. Sehen Sie, ich bin Entdecker. Ich weiß, dass ich etwas gefunden habe. Aber wer genau es erbaut hat, unter welchen Umständen, die wahre Bedeutung für die Geschichte der Inka, Perus, ja, des Kontinents – entzieht sich meiner Kenntnis. Kurz: Im Direktorium fehlt uns der intellektuelle Unterbau. Es zerreißt mir das Herz, stelle ich mir vor, dass demnächst Hunderte von Arbeitern die Ruine durchwühlen könnten, bevor ein wahrhaft und universal gebildeter Gelehrter ihre Geschichte ergründet – und sie aufschreibt.»

Ob er, Palma, vielleicht jemanden kenne, der dieser Aufgabe gewachsen sei?

Dann José Mariano Macedo, berühmter Chirurg und bekanntester Antiquitätensammler Perus. Berns erlaubt sich, ohne vorherige Anmeldung in dessen Villa an der Calle del General La Fuente vorzusprechen.

Macedo, dessen wuchtiger Körper mit vierundsechzig Jahren gerne auseinandergegangen wäre, hält sich mit den zahlreichen Pflichten des Mediziners in Form. Viele Jahre lang war er Leibarzt des Präsidenten Ramón Castilla, außerdem Professor an der Medizinischen Fakultät von San Marcos und Chirurg in Diensten der peruanischen Armee. Zurzeit leitet er das Gefängnishospital von El Panóptico und baut, so wird in der Stadt geredet, eine zweite Antiquitätensammlung auf. Er stammt selber aus den Anden, spricht fließend Quechua, und so treibt ihn die Liebe für Inka-Artefakte um.

Noch während des Kriegs hat Macedo, wie Berns weiß, seine Sammlung von über tausend Artefakten an Adolf Bastian, Leiter des Museums für Völkerkunde in Berlin, verkauft. Berns wird schwer ums Herz, als ihm einfällt, dass auch Ana Centenos Sammlung an diesen Mann gegangen ist. Macedo verbindet mit dem Museumsdirektor angeblich eine enge Freundschaft, und so darf er darauf spekulieren, auch die zweite Sammlung an Bastian zu verkaufen. Es gibt niemanden in ganz Südamerika, der sich besser mit Antiquitäten und den Artefakten der Inka auskennt als José Mariano Macedo.

Berns nennt dem Majordomus seinen Namen und, als dieser sich nach seinem Begehr erkundigt, den Namen von Adolf Bastian. Man bittet ihn, kurz zu warten. Berns weiß sehr wohl – Hilfiker hat seine Arbeit gut gemacht –, dass sich Macedo jeden Mittwoch um drei Uhr mit einem seiner ehemaligen Studenten, dem berühmten Choleraforscher David Matto, trifft.

Die beiden Männer könnten Vater und Sohn sein: breite Gesichter, hohe Wangenknochen, der kupferfarbene Teint des Andenhochlands. Überrascht blicken sie den Ausländer an, der sich demütig und in Quechua vorstellt. Berns hat nichts verlernt. Matto, in Cuzco geboren und aufgewachsen, lacht laut heraus, steht auf und schüttelt Berns die Hand. Berns verneigt sich. Er zeigt den beiden Männern seinen Respekt.

«Nehmen Sie Platz», sagt Macedo schließlich mit wohligem Altmännerbariton und schenkt Berns eine Tasse Kokatee ein, wie er in der Sierra getrunken wird. «Berns, richtig? Ich habe von Ihnen gelesen. Wie kann ich Ihnen helfen?»

Berns entschuldigt sich für den unangekündigten Besuch, dann berichtet er vom Fortschritt seiner Unternehmung. Das Direktorium sei nun vollständig besetzt, die Männer allesamt Koryphäen auf ihren jeweiligen Gebieten. Ricardo Palma etwa werde die Ruine, um die sich alles dreht, historisch einordnen; um die Katalogisierung der Antiquitäten werde sich ein weiterer großer Experte kümmern. Berns macht eine kleine Pause und beobachtet Macedo, dessen Augen vor Neugier hervorzuquellen scheinen.

«Pierre Maury», sagt Berns. «Ein Enthusiast. Nun, wie Sie sich vorstellen können, geht die Anzahl der Artefakte, die wir aus der Ruine bergen werden, in die Tausende. Es ist ausgemachte Sache, die Sammlung, die Maury daraus zusammenstellen wird, nach Berlin zu verkaufen. Die Frage, über die wir gestern gestritten haben, lautet: Lohnt es sich, Textilien und Quipus in den Katalog aufzunehmen, oder sollte man sich auf Gegenstände aus Edelmetall beschränken? Wie schätzen Sie Doktor Bastians Interesse ein?»

José Mariano Macedo nimmt einen großen Schluck aus seiner Tasse. David Matto, der die Cholera im Griff hat, sich selber aber kaum, rutscht aufgeregt auf dem Stuhl umher. Berns ist mit Leib und Seele Unternehmer, und so kreisen seine Gedanken wahrhaftig nicht um das, was er Macedo erzählt hat, sondern allein um die Frage, was man Adolf Bastian nach Berlin schicken sollte. Darum geht es doch! Vor Eifer wird ihm ganz schwindelig. Berns ist, ohne dass er es selber merkt, glücklich.

«Pierre Maury, der Hotelier?», platzt Macedo heraus. «Den halten Sie für eine Koryphäe auf seinem Gebiet?»

«Ist er das etwa nicht?», fragt Berns. «In der Lounge seines Hotels stellt er einige ganz erstaunliche Stücke aus.»

Macedo ist nicht zum Lachen zumute. Jahrzehntelang baut er seine Sammlungen und seine Reputation auf – und jetzt, kaum wird eine Ruine von Rang entdeckt, soll ein zweitklassiger Hotelier den Vorzug bekommen? Er verzeiht Berns, immerhin ist er Ausländer und scheint die Verhältnisse in Peru nicht zu kennen.

«Erzählen Sie mir von der Ruine», bittet Macedo schließlich.

«Und dann von Ihrem Unternehmen», sagt David Matto.

Die wenigsten wissen, dass der junge Choleraforscher sich für die Geschichte und Kultur der alten Inka begeistert. Berns weiß es.

Als Nächstes sind die Amerikaner an der Reihe: Francis Lewis Crosby und Jacob Backus. Von einem Gespräch mit John Howard Johnston sieht Berns ab. Wofür sich aufreiben? Er, Berns, ist sich seiner Sache sicher. Er hat die verlorene Stadt der Inka entdeckt, und er allein kennt den Weg dorthin. Er ist ein Held, das ist in jeder Zeitung nachzulesen.

Obwohl in den Vereinigten Staaten geboren, genießen Crosby und Backus aufgrund ihres Geschäftssinns und ihres Reichtums hohes Ansehen in Peru. Die meiste Zeit verbringen sie im Salon des Hotels Americano in der Calle de Espaderos, wo Geschäfte besprochen, vereinbart und besiegelt werden. Gibt es einmal nichts zu besprechen, studieren sie die Landkarten, die an den Wänden hängen. Ist man wirklich in Peru, wenn man nur Lima kennt? Bald fällt ihnen auf, dass der deutsche Unternehmer, über den die ganze Stadt spricht, ebenfalls das Hotel Americano frequentiert, gerne in einem Sessel mit dem Rücken zum

Salon sitzt, in Magazinen blättert und Zigarre raucht. Spricht ihn jemand an, entschuldigt er sich, bietet ihm jemand Tabak an, lehnt er ab.

Was ihnen nicht auffällt: Im gegenüberliegenden Wandspiegel verfolgt Berns, was hinter ihm geschieht. Er weiß, dass Backus, wie alle Amerikaner, eine Schwäche für Gold hat und Crosby sein Kaufhaus leid ist. Beide wären gern Pioniere und können sich kaum verzeihen, dass sie es nicht sind. Backus hat sich trotz seiner Körperfülle eine gewisse Agilität bewahrt; sein volles, buschiges Haar lässt ihn obendrein jünger wirken, als er ist. Crosby wird durch den Betrieb in seinem Kaufhaus schlank gehalten; zudem ergeht er sich jeden Morgen in Leibesübungen. Seine hellbraunen Augen blicken so leidgeprüft in die Welt, als betriebe er einen schlecht laufenden Kiosk und nicht das renommierteste Kaufhaus Perus.

«Saturiert wie ein Fass Butter», sagt Backus. «Johnston hält ihn für einen Betrüger.»

«Johnston hält alle für Betrüger», sagt Crosby. «Fragen wir ihn doch mal, was das Business macht.»

Sie gehen also zu Berns hinüber und sprechen ihn an. Schnell stellt sich heraus, dass er nicht die geringste Lust hat, über sein Unternehmen oder das Direktorium zu sprechen, und so plaudert man über Lima und seine Stadtteile, über Callao und den Pazifik, über Schiffsverkehr und die Eisenbahnen, die das Land durchkreuzen. Fernando Umlauff, ein groß gewachsener deutscher Geschäftsmann aus Hamburg, kommt dazu und steckt sich eine Pfeife an. Viel sagt er nicht, aber wann immer das Gespräch ein Thema streift, dass ihn interessiert, glüht die Pfeife rot auf. Berns nickt ihm zu, Berns ist ein freundlicher Mensch, und Umlauff ist ihm sympathisch.

Backus berichtet von einem Ausflug nach Mollendo, wo er Bekannte habe. Ein wahres Abenteuer! Kalifornien sei nichts dagegen. Er macht eine abfällige Handbewegung, Crosby nickt versonnen, sein Blick gleitet über die Landkarten an den Wänden des Salons. Überdruss befällt ihn, als er an die bevorstehende Inventur im Kaufhaus denkt. Crosby seufzt.

Berns lächelt. Und erzählt von den menschenleeren Weiten der Puna, des Hochplateaus, erzählt von den Gletschern, den Kondoren, die über den Schluchten kreisen, von tosenden Strömen, tiefen Cañons und dem unendlichen Grün des Dschungels, erzählt vom heiligen Tal der Inka und schließlich von den Ruinen, die dort zu finden sind.

«*Jene* Ruinen sind alle bekannt, verzeichnet, vermerkt», sagt Berns.

Umlauffs Pfeife glüht auf. Backus beugt sich so weit vor, dass Berns seinen Atem hören kann. Crosby sieht aus, als würde er gleich anfangen zu weinen. Auch Berns selber ist ergriffen.

«Unweit des heiligen Tales aber beginnt das Amazonasgebiet. Man befindet sich hoch am östlichen Abhang der Anden, es ist dort weder schwül noch heiß, sondern neblig und kühl. Das Geflecht des Dschungels ist so dicht, dass man kaum vorankommt – und kommt man doch voran, stößt man auf senkrecht abfallende Granithänge. Das, meine Herren, ist die große Wildnis Perus.»

«Ist das die Gegend, in der Ihre Ruine liegt?» Crosby zieht ein Gesicht, das wohl unbeteiligt aussehen soll.

Berns macht eine vage Armbewegung und greift nach der Zeitung, ganz so, als sei das Gespräch für ihn beendet. Und wirklich: Der Gedanke an die Stadt am Berg hat ihm die Luft genommen. Vor seinem inneren Auge türmt sie sich in den Himmel, und errichtet ist sie nicht aus Granit, sondern aus reinem Gold.

Backus reicht es, er hat genug gehört. Er nimmt Berns die Zeitung aus der Hand und schlägt damit auf den Tisch. Umlauffs Gesicht entgleist, Crosby verschluckt sich.

«Und dorthin ziehen Sie mit einem Strauß von Ärzten und Intellektuellen?», fragt Backus. «In den Urwald, mit Kanaillen, die nie zuvor ein Gewehr oder eine Schaufel in der Hand gehalten haben?» Backus sagt, er habe sich erkundigt. Berns habe Macedo ins Direktorium gebeten, den Matto – der ja noch ein Kind sei, Cholera hin oder her! –, den Carranza und den Palma. Er, Berns, brauche doch aber Partner, die sich durchsetzen könnten im Angesicht der Natur! Gestandene Männer!

Crosby beeilt sich, Backus beizupflichten. «Haben Sie nicht lange Jahre in Amerika gelebt?», fragt er Berns. «Sie brauchen jemanden, der nicht nur mit seinem Vermögen für die Unternehmung einstehen kann, sondern auch mit Charakter und Leidenschaft. Männer, auf die Sie zählen können, die so denken wie Sie.» Crosbys Stimme hat sich um eine Oktave gehoben, in Umlauffs Pfeife glüht es hellrot.

«Was soll ich machen?», fragt Berns ehrlich bekümmert. «Ich kann es mir schließlich nicht aussuchen.» Sicher, ein paar handfeste Männer von Format wären ihm genehmer. Am liebsten natürlich Amerikaner. Oder – sein Blick schweift zu Umlauff – gar welche aus der alten Heimat. Aber woher solle er die bloß nehmen?

Juli 1887. Zu einer Aktiengesellschaft gehörten Dokumente, Satzungen, Bestimmungen und Erklärungen. Aktien gehörten auch dazu. Berns saß jetzt viel am Schreibtisch, und musste etwas besorgt werden, so schickte er Hilfiker. Zusammen mit Ricardo Palma verfasste Berns einen kurzen Abriss zur Geschichte der Inka, den er in seine Broschüre aufnehmen wollte. Palma war überrascht, dass Berns sich so gut auskannte und selbst die alten Schriften und Chroniken zitieren konnte – Berns aber winkte ab und sagte, ohne seine, Palmas, Mitarbeit wäre alles vergebens.

Manchmal, wenn Palma einen Absatz überarbeitete oder neu formulierte, starrte Berns abwesend vor sich hin. Palma hielt ihn dann für überlastet oder unausgeschlafen, doch das war es nicht. Berns schwebte in einem Zustand zwischen Gelöstheit und einer Konzentration, die ihn in jedem Moment ausfüllte. Er hätte nicht sagen können, ob er die Ereignisse steuerte oder ob sie von allein eintraten, einmal angestoßen und von einer sonderbaren, unerschöpflichen Energie erfüllt.

Bald skizzierte Berns den Entwurf einer Aktie. Gerahmt von Ornamenten, prangte ganz zuoberst der Name des Unternehmens, Huacas del Inca. Darunter standen die Nummer der Aktie und ihr Preis, fünfzig Soles aus reinem Silber. In die Mitte setzte Berns das Wappen Perus, ein Schild, auf dem ein Vikunja-Lama, ein Chinarindenbaum und ein von Goldmünzen überquellendes Füllhorn zu sehen waren. Zu den Seiten des Wappens zeichnete er je eine Figur: links Manco Cápac, den ersten, mythischen Herrscher der Inka, Sohn des Sonnengottes, und rechts den Inka, dessen Statue er in der verlorenen Stadt gesehen hatte. Er war der siegreichste aller Inka, Pachacútec Yupanqui, und sein Name bedeutete: *Weltenveränderer*.

Nur eines fehlte noch, und das war der eigentliche

Gründungsakt. Berns hatte die Statuten der Aktiengesellschaft längst verfasst, jetzt musste das Direktorium zusammenkommen und darüber abstimmen. José Mariano Macedo bot seinen Antiquitätensalon in der Calle del General La Fuente an; hierhin bestellte Berns Umlauff, Backus und Crosby sowie Matto und Palma. Die Männer trafen pünktlich ein und nickten einander feierlich zu, als sie am ovalen Tisch Platz nahmen. Hilfiker verteilte die Papiere und Dokumente, die Berns vorbereitet hatte. Macedo sollte Vizepräsident werden, darüber hatte man im Vorfeld abgestimmt, sein Bruder, José Rufino Macedo, würde den Posten des Sekretärs bekleiden und Fernando Umlauff den Posten des Schatzmeisters.

Auch Luis Carranza nahm an der Sitzung teil. Er brachte einen Abgeordneten der Regierung mit: Luis Esteves war Präsident der Wirtschaftskammer, ein bekannter Historiker und Verfasser eines viel beachteten Buches zur Lage der Nation. Berns und Carranza waren sich sofort einig, dass Esteves' Teilhabe und Reputation für das Unternehmen von Vorteil sei, und Berns bedankte sich für sein Erscheinen. Wie alle anderen sollte Esteves als Partner ins Direktorium aufgenommen werden – das gelte auch, wie Berns ausdrücklich anmerkte, für Arnoldo Hilfiker. Hilfiker traute sich kaum, die Stimme zu erheben; die Wichtigkeit der Anwesenden schien ihn förmlich zu lähmen. Wenn er den Blick hob, dann nur, um zu Berns zu sehen oder zur goldenen Statuette, die in der Mitte des Tisches stand.

Vor Macedos Fenstern hatte sich die Garúa ausgebreitet, dichter Nebel vom Pazifik. Die Stadt hatte sich verhüllt. Blickten die Männer aus den Fenstern, konnten sie die Palmen und Eukalyptusbäume im Garten nur schemenhaft erkennen. Macedos Salon hingegen strahlte so hell im Licht der Gaslampen, dass sich draußen an der Fensterscheibe Dutzende von Faltern tummelten und mit ihren bunten Flügeln kaleidoskopische Muster formten. Wenn ein besonders großer Falter gegen die Scheibe prallte, fuhren die Köpfe der Männer herum, und dann staunten sie über die farbenprächtigen Insekten, die es in Lima sonst nie zu sehen gab.

Ein Bediensteter schenkte Kaffee ein, Macedo hielt eine feierliche Ansprache. Als Vizepräsident und Gastgeber war es ihm ein Anliegen, die historische Dimension ihres Vorhabens zu betonen. Zugleich sei es an der Zeit, den Blick nach vorne zu richten: Mit Unternehmen wie ihrem habe Peru nun endlich den Weg in die Zukunft eingeschlagen.

Berns, der ebenfalls eine Rede vorbereitet hatte, lehnte sich zurück. Was blieb zu tun, wenn alles von allein geschah, alles schon gesagt wurde? Plötzlich war ihm, als sei er nur mehr Zuschauer in einem Stück, das schon vor über zehn Jahren inszeniert und einstudiert worden war – mit ihm, Berns, als Hauptdarsteller, Regisseur und Statisten in einem.

Als Macedo zum Ende kam, verwies Berns auf die ausgebreiteten Papiere und machte einige Vorschläge bezüglich der Anteile, die von den Partnern erworben werden sollten. Darüber hinaus stehe es jedem frei, zusätzliche Aktien anzukaufen.

Es war bereits weit nach Mitternacht, als sie zu einer Einigung kamen. Schon in der darauffolgenden Woche sollten Aktien wie Broschüren in den Druck gehen. Am 15. August würde der Verkauf beginnen. Carranza, der im Gründungsausschuss der Geographischen Gesellschaft saß, schlug vor, die kleine Stadtvilla, die man als ihren

Sitz auserkoren hatte, für den Festakt zu nutzen. Sie sei zentral in der Calle del Padre Jeronimo gelegen, verfüge über einen geräumigen Innenhof, eine umlaufende Galerie und mehrere repräsentative Salons. Ein würdiger Rahmen, kommentierte Carranza, und passend obendrein. Gehe es etwa nicht darum, das Land zu entdecken und zu erschließen?

Berns nahm dankbar an. Carranza versprach, in den verbleibenden Wochen mehrere Artikel über die Pläne von Huacas del Inca zu verfassen, und Umlauff und Crosby, die beide seit vielen Jahren Mitglieder der Hohen Loge waren, wollten bei den Freimaurern von Lima und Callao für das Unternehmen werben, außerdem im Club de la Unión und im Fortschritts-Club.

«Freimaurer im Dschungel?», rief Backus. «Als ob die sich die Hände dreckig machen würden!»

«Es reicht, wenn sie Aktien kaufen», antwortete Umlauff. «Nicht alle von uns werden mitreisen.»

«Durchaus einige», sagte Crosby. Er blickte zur Statuette und schlug die Augen nieder.

«Die Reise ist aufreibend und gefährlich», sagte Berns. «Wer kein geübter Reiter ist, braucht gar nicht erst mitkommen. Man muss klettern können, lange Strecken wandern, wissen, wie man Schlangenbisse und die Höhenkrankheit kuriert. Jedes unsichere Mitglied gefährdet den Ausgang der Expedition.»

Carranza sprang auf und beugte sich über die auf dem Tisch ausgebreitete Karte. Auch Ricardo Palma erhob sich und fragte, ob von den Anwesenden eigentlich irgendjemand begreife, dass sie vollbringen würden, was seit der Zeit der Konquista niemandem geglückt sei? Auf sie warteten immense Erkenntnisse!

«Ungesehene Artefakte», sagte Macedo.

«Eine Sensation», sagte Carranza.

«Eine Herausforderung», sagte Matto.

«Unberührtes Land», sagte Backus, und Hilfiker, so laut und deutlich, dass alle hochfuhren: «Gold!»

Die Männer sahen Hilfiker an, als hätten sie ihn erst jetzt bemerkt.

Carranza nahm die Statuette, wog sie in der Hand. «Sag schon, Augusto – wo ist sie?»

Berns befeuchtete sich mit der Zunge die Lippen. «Wo ist *was*?»

«Die Ruine natürlich. Wo genau in der Cordillera Vilcabamba befindet sie sich?»

Auch Palma und Crosby erhoben sich und sahen Berns fragend an. «Wir sind unter uns, Berns. Uns kannst du's doch sagen, nicht wahr?»

Jetzt stand auch Berns auf und stützte sich auf die Karte. Mit dem Zeigefinger fuhr er den Verlauf des Urubamba nach und verweilte kurz bei Aguas Calientes, dem Ort, an dem er und Singer die Sägemühle errichtet hatten.

«Ihr wollt wissen, wo die Ruine genau liegt? Wie schildert man denn eine genaue Lage in der Wildnis? Was hätte es für einen Sinn, Abhänge zu beschreiben, Flussbiegungen, die Ausrichtung von Bergflanken?»

«Du willst das Geheimnis für dich behalten.» Das war Backus, er fühlte sich zurückgesetzt.

Macedo intervenierte: «Hat er denn nicht jedes Recht dazu? Schließlich war er es, der sich jahrelang durch den Dschungel gekämpft hat.»

Carranza legte Berns die Hand auf die Schulter. «Vertraust du uns nicht, Augusto? Ist es das?»

Berns hielt seinen Blick, dann gab er sich einen Ruck.

«Schön, Backus hat recht. Es *ist* ein Geheimnis, und ich bin sein Hüter. Aber nicht für mein Wohl, sondern für das unseres Unternehmens. Carranza, müsstest du nicht am besten wissen, wie schnell etwas nach außen dringt?»

Vor den Fenstern waberte noch immer der Küstennebel vorbei. Die Zahl der Falter, die sich an der Scheibe tummelten, hatte weiter zugenommen; nun bedeckten sie beinahe die gesamte Breite der Fensterfront.

Vor dem Gewimmel der Falter hob sich die goldene Statuette ab, die Carranza noch immer in der Hand hielt. Für einen Moment schloss Berns die Augen, sah den Urubamba vor sich, die Berge und schließlich die Wipfel der Bambushaine hoch oben auf dem Grat. Weißer Granit schimmerte zwischen den Bambusrohren hindurch. Berns öffnete die Augen und blickte in zehn erwartungsvolle Gesichter.

«Die verlorene Stadt», sagte er leise, «ist das Größte, das Bedeutendste, was dieses Land, nein, dieser Kontinent je hervorgebracht hat. Die Inka haben ein Meisterwerk geschaffen, die Krönung ihrer Zivilisation. Und wie es einer Krone gebührt, haben sie ihr Meisterwerk über und über mit Gold verkleidet. Eine Huldigung an den Sonnengott – und an diejenigen, die einst finden würden, was unauffindbar ist.»

«Die Wände der Häuser – und die Treppen, und die Tempel: Sind sie alle aus Gold?»

Berns nahm Carranza die Statuette aus der Hand und stellte sie auf die Karte, genau auf die Biegung des Urubamba.

«Alles», sagte er schließlich. «Wer sich zu lange allein dort aufhält, wird schwachsinnig oder geblendet, oder beides. Der Nebelwald, der die Stadt umgibt –»

Berns fuhr sich mit einem Taschentuch über die Stirn, fing an zu husten, ihm wurde heiß, und er meinte, das panamaische Fieber sei zurückgekehrt. Macedo, der Berns' Unpässlichkeit bemerkte, sprang ihm bei und verkündete, dass das Treffen beendet sei. Carranza besprach mit Palma die letzten Änderungen in der Broschüre, zehn Minuten später verabschiedete man sich. Berns nahm seine Tasche an sich und ging als Erster durch den Garten hinaus auf die Straße. Einen Moment lang konnten die Männer Berns noch als Schemen erkennen, dann verschluckte ihn der dichte Küstennebel.

15.

HUACAS DEL INCA

Zum Briefeschreiben blieb nun keine Zeit mehr. «Keine Zeit» – so nannte es Berns gegenüber Hilfiker, wenn er eigentlich meinte: «Keine Kraft». Vor allem in Momenten der Ruhe, bei den Mahlzeiten oder während des Ankleidens, spürte Berns, wie ihn Müdigkeit ergriff. Macedo, der als Arzt die Menschen um sich herum stets genau beobachtete, empfahl Berns, für ein paar Tage die Stadt zu verlassen, um gute Luft zu atmen, etwa in Chorrillos oder Barranco. Berns lehnte ab.

Nur mit größter Mühe hatte er seine Partner – allen voran Crosby und Backus – davon überzeugen können, dass er die Reise in die Berge vorerst allein antreten würde. Es mussten, so hatte er erklärt, Vorbereitungen getroffen werden. In Cuzco selber mochte Huacas del Inca zwar längst ein Begriff sein. Auf dem Weg dorthin – und darüber hinaus – würden sie allerdings auf die Hilfe vieler Hacienderos angewiesen sein; ihr Vertrauen musste Berns gewinnen, ihre Unterstützung sichern. Wenn auch nur einer von ihnen Huacas del Inca misstraute und sich mit anderen Hacienderos gegen sie verbündete, konnte dies für sie alle lebensgefährlich werden.

Dieser Punkt schließlich hatte Macedo, Carranza, Palma und die anderen überzeugt. Berns, das gaben sie zu, kannte sich im heiligen Tal der Inka besser aus als sonst irgendjemand. So hatten sie vereinbart, dass Berns nach dem vollständigen Verkauf der Aktien abreisen würde und Macedo, Crosby und Backus auf Nachricht von ihm warteten, bis sie ihm nachreisen durften.

Berns hielt die Müdigkeit fern, indem er, angetrieben von der Begeisterung seiner Partner, in der Hohen Loge der Freimaurer Vorträge hielt, für *El Comercio* Artikel schrieb, in denen er von seinen Erfahrungen am Panamakanal und bei der peruanischen Eisenbahn berichtete, den Vaterland-Club besuchte, den Fortschritts-Club, den Club de la Unión, den Club Nacional. Selbst im Literarischen Salon der Clorinda Matto de Turner ließ Berns sich blicken und verlas dort einen kurzen Prosatext, in dem von einer geheimnisvollen Frau und einem Ozelotweibchen die Rede war. Der Applaus, so kam es ihm vor, fiel mehr als nur höflich aus; noch während er aber überlegte, ob er ein künstlerisches Talent vertan hatte, wurde ihm heiß und schwindelig. Das panamaische Fieber war zurück. Hilfiker brachte Berns nach Hause und verordnete Bettruhe.

«Was soll die ganze Aufregung?», fragte Hilfiker. «Du kannst ja doch nicht mehr Aktien verkaufen, als du gedruckt hast.»

Der Stapel Aktien lag auf dem Schreibtisch; es waren mehrere hundert, und sie alle schmückte das Gesicht des Inka, dessen steinernes Abbild Berns in der verlorenen Stadt gesehen hatte.

In regelmäßigen Abständen flößte Hilfiker dem Fieberkranken Maislimonade mit Chininpulver ein. Wenn es Berns zu sehr schüttelte, hängte Hilfiker eine Tür aus, schob sie auf den nass geschwitzten Körper und legte sich darauf. Eine bessere Kur gegen Malariaschübe gab es nicht. Wenn die Tür aufhörte zu vibrieren, stand Hilfiker auf und hängte die Tür wieder in ihren Rahmen. Er ließ sich weder davon beirren, dass Berns ihn in solchen Momenten Singer nannte, noch dass er ihn auf Deutsch und Englisch zugleich beschimpfte.

Berns hatte seinen Assistenten unterschätzt, das wusste er jetzt. Aus Dankbarkeit für Hilfikers Hilfe schenkte Berns ihm drei Aktien aus seinem persönlichen Bestand und ein Fläschchen Makassar-Haaröl, über das sich Hilfiker ehrlich freute. Von seinem Bett aus konnte Berns sehen, wie Hilfiker vor einem Spiegel im Salon stand und sich eine ganze Stunde lang frisierte. Der Geruch von Ylang-Ylang wurde so stark, dass Berns sich zum Fenster schleppte und es weit aufriss. Auf dem Fensterbrett fand er eine blau irisierende Feder; er hob sie auf und steckte sie später an seinen Hut.

Am 15. August war es schließlich so weit. Die Nebel vom Pazifik hatten sich aufgelöst, und die Klammheit der vergangenen Wochen war einer milden Brise gewichen. Der Winter hatte sich vor der Zeit zurückgezogen. Berns bekam von all dem nichts mit. Er war damit beschäftigt, im Saal der Geographischen Gesellschaft Stühle umherzuschieben, Tische anzuordnen, Gläser zu zählen, die Post durchzugehen, seine Rede vorzubereiten.

Doktor Macedo hatte dem Unternehmen eine antike Geldkassette zur Verfügung gestellt, die nun auf dem Tisch am Ende des Saales stand.

«Ein würdiger Behälter für einen würdigen Zweck», hatte Macedo gesagt, und Carranza: «Das Ding war schon zu Pizarros Zeiten veraltet.»

Immer wieder zog es Berns zu der Geldkassette hin. Sie war gut anderthalb Fuß lang, einen Fuß hoch und bestand aus fein poliertem Wurzelholz, das mit Messingbeschlägen, Zierrosetten und aufgenieteten Bandverstärkungen versehen war. Das Schlüsselloch befand sich, versteckt unter einer Nietenabdeckung, in der Mitte des Deckels. Drehte man den klobigen Schlüssel im Schloss und klappte den Deckel samt Schließmechanismus nach oben, kamen fünf Fächer zum Vorschein, die mit leicht abgewetztem, rötlich schimmerndem Samtfutter ausgekleidet waren. Noch waren sie leer; das Geld, das die Partner für ihre Anteile bezahlt hatten, lag in einem Geldschrank bei Macedo. Am Abend der Feier, so war vereinbart worden, würde man das Geld in die Kasse legen. Zusammen mit den restlichen Einnahmen würde man es am darauffolgenden Tag zur Bank bringen.

Berns fuhr über die Nieten, bediente immer wieder den Schließmechanismus. Selbst während er seine Rede probte, konnte er kaum von ihr lassen. Irgendwann reichte es Hilfiker. Er teilte Berns mit, Maury habe etwas Dringendes mit ihm zu besprechen, und lockte ihn so nach Hause; wie sich herausstellte, war Maury nicht einmal anwesend.

«Hast du ihn um die Kutsche für den Abend gebeten», fragte Berns sehr ruhig.

«Allerdings», sagte Hilfiker. «Noch fünf Stunden. Zeit, sich auszuruhen.»

Fünf Stunden! Berns verfluchte sich dafür, dass er die Feier für den Abend angesetzt hatte. Er aß, was Hilfiker ihm vorsetzte, und zog sich dann zurück. Seine Rede konnte er längst auswendig, nun wollte er die Briefe derjenigen durchgehen, die sich schriftlich angekündigt hatten. Kaum aber hatte er sich auf dem Schreibtischstuhl niedergelassen und die Post zur Hand genommen, wurde er so müde, dass sein Kopf auf die Tischplatte sank.

Nur einen Moment, dachte er, einen Moment, bevor es losgeht. Dann schlief er ein und wachte nicht einmal auf, als es an der Tür klopfte, Carranza sich lautstark nach ihm, Berns, erkundigte und Hilfiker, die Aktien sicher in einem Koffer verstaut, quer durch den Salon lief und die Tür hinter sich ins Schloss fallen ließ.

Um halb sechs wachte Berns auf und wusste nicht, wo er war; wusste nicht, um welchen Tag es sich handelte oder was er an seinem Schreibtisch hatte tun wollen. Benommen setzte er sich auf. Was war mit den Aktien geschehen? Der Platz, an dem der Stapel gelegen hatte, war leer, die goldene Inkastatuette aber war noch da. Als sein Blick die Garderobe streifte, er den Hut mit der Feder bemerkte, fiel ihm alles ein. Die Feier! Wo nur steckte Hilfiker? Warum hatte der ihn nicht geweckt? Berns rief nach ihm, aber er war allein. Ein Blick auf die Uhr: Ihm blieb kaum mehr eine halbe Stunde, um sich vorzubereiten und zur Geographischen Gesellschaft zu kommen.

Berns beruhigte sich mit dem Gedanken, dass man ohne ihn schwerlich beginnen konnte. Dann dachte er: Wahrscheinlich sitzt das Direktorium längst im Saal und hat es einzig deswegen nicht für nötig gehalten, mich herbeizuholen, weil bislang keine Käufer erschienen sind. Er hing dieser Vorstellung nach, während er sich ein frisches Hemd anzog, die Weste anlegte und die Uhr einsteckte. Dann zwang er sich, sachlich zu bleiben. Vermutlich war Hilfiker längst auf dem Weg. Den Hut auf dem Kopf, die Tasche in der Hand, blieb Berns an der Tür kurz stehen und blickte zurück in den Salon. Abendlicht drang durch die Fenster und fiel auf den Schreibtisch, die Chaiselongue, die Anrichte.

Berns holte tief Luft, dann trat er hinaus.

In den Straßen herrschte auffällig wenig Verkehr. In der Calle de Bodegones waren kaum ein Dutzend Menschen zu sehen, und nicht eine einzige Kutsche fuhr vorbei. Kurz vor der Kreuzung mit der Calle de Nuñez überkam Berns ein furchtbarer Verdacht: Was, wenn er etwas übersehen hatte? So leer war es auf den Straßen für gewöhnlich nur während eines religiösen Feiertags, oder wenn in der Stierkampfarena eine Corrida stattfand oder ein Zirkus irgendwo gastierte ... Berns beschleunigte seinen Schritt, seine Hand krampfte sich um den Henkel der Ledertasche.

Er fing an, sich zu grämen. Die Faszination der Peruaner am Stierkampf hatte er nie nachvollziehen können. Warum nur machte man sich gemein mit einer Nation, von der man sich gerade erst befreit hatte? Noch dazu, wenn es um solche Absonderlichkeiten ging? Dies hier war nicht Madrid, sondern Lima, es gab keinerlei Grund, Kondore auf den Rücken von Stieren zu binden und sie zur allgemeinen Belustigung zerfleischen zu lassen.

Auch die Gassen an der Calle Mantequería de Boza waren so gut wie leergefegt, und Berns sah sich in seiner Annahme bestätigt, dass das Volk sich am anderen Ufer des Rímac vergnügte. Da bot er den Menschen die Gelegenheit, in ein unerhörtes Unternehmen zu investieren, ihr Land voranzubringen, und sie zogen es vor, sich mit gegrillten Maiskolben vollzustopfen und sich am Todeskampf eines hochentwickelten Säugetieres zu ergötzen. Sollten die Leute doch zusammen mit ihrem erbärmlichen, rückständigen, ausgetrockneten Land verkümmern – er, Berns, hatte sich lange genug für sie aufgerieben, ein Vierteljahrhundert lang, das war länger, als manche lebten. Ungeheuerlich, dass sich die größten und sagenhaftesten Schätze dieser Welt in einem Land wie diesem verbargen, einem Land, in dem sich niemand, aber auch wirklich niemand für Geschichte oder Geographie zu interessieren –

Berns war gerade in die Calle de Bejarano abgebogen, da stutzte er. Am Ende der Straße wogte eine Menschenansammlung, die bis hinab in die Calle del Padre Jeronimo reichte, dorthin, wo sich das Haus der Geographischen Gesellschaft befand.

«Mein Gott», flüsterte Berns. Das bunteste Volk drängelte und rumorte hier: Hacienderos von außerhalb der Stadt in dunklen Anzügen und mit hohen Hüten, ältere Herren in bodenlangen Mänteln aus der Zeit des Vizekönigreichs, Jungspunde mit doppelreihigen, hüftlangen Sakkos, Kerle in grobem, verwaschenem Baumwollzeug, Städter mit Porkpiehüten und Sacksuits. Berns erblickte Geschäftsmänner von der Calle de Mercaderes, bemerkte die feine Garderobe der Freimaurer, der Händler und der Mediziner. Sie alle schienen unzufrieden; immer wieder riefen sie in den Innenhof hinein, schimpften und skandierten. Das Haus war voll. Berns merkte es nicht, aber er lachte über das ganze Gesicht.

Es schlug sechs Uhr. Berns, der noch immer nicht fassen konnte, warum weder Hilfiker noch einer der Partner ihn hatte holen lassen, drängte sich in die Menge. Er hatte sich schon so weit vorgearbeitet, dass er in den Innenhof sehen konnte, da wies ihn ein älterer Herr zurecht.

«Wir stehen hier bereits seit mehreren Stunden», sagte er. «Und jetzt kommen Sie daher und meinen, anderen Leuten die Aktien vor der Nase wegkaufen zu können?»

«Entschuldigen Sie vielmals», erwiderte Berns, «und seien Sie versichert, dass ich Ihnen weder Nase noch Aktien streitig machen werde. Mein Name ist Berns, ich bin der Direktor.»

Der ältere Herr und einige der Umstehenden sahen Berns verwundert an, aber bevor sie etwas sagen konnten, lehnte sich Carranza über das Geländer der Galerie, erblickte Berns und schrie: «Der Mann der Stunde! Lasst ihn durch! Berns, es ist Berns!»

Wie sich herausstellte, hatte das Direktorium sehr wohl jemanden entsandt, um Berns herzuholen. Macedo, Crosby und Carranza, die die gemeinsame Sorge um Berns umtrieb, waren allerdings übereingekommen, dass man den Direktor so lange wie möglich ruhen lassen musste. Sie selber hatten sich bereits zwei Stunden vor Beginn der Veranstaltung in der Stadtvilla eingefunden, um die Vorbereitungen zu inspizieren, mit denen Angestellte aus Crosbys Kaufhaus beauftragt waren. Es gab kaum etwas zu beanstanden: Die Galerie des Innenhofs war mit Wimpeln und Lampions in den Farben der Republik geschmückt, und über den Hof hinweg zog sich ein Banner mit den Worten *Huacas del Inca*. Im Eingangsbereich war ein riesiger Teppich ausgebreitet worden, den rosafarbene Bougainvilleen und Paradiesvogelblumen säumten. Crosby hatte sie kübelweise herbringen lassen, sehr zum Spott Luis Carranzas. Carranza war ein Freund gedeckter Farben und hatte mehrere Vormittage bei Colbert & Colbert zugebracht, um den perfekten Braunton für seinen Anzug zu finden. Der Baumwollstoff, für den er sich entschieden hatte, war vom selben satten Mokkaton wie sein sorgfältig gelegter Schnurrbart. Dafür wiederum belächelte ihn Macedo, der sich kaum um Äußerlichkeiten scherte. Aber Macedo hatte es leichter: Mit seinen vierundsechzig

Jahren, den schwermütigen Augen und seinem massigen Körper wirkte er stets würdevoll, da scherte es niemanden, dass er tagein, tagaus denselben hellgrauen Wollmantel spazieren trug.

Das Lob aller Anwesenden fand hingegen der Bierausschank, den Backus in einem Nebenraum des großen Saales hatte aufbauen lassen. «Investieren macht durstig», hatte Backus gesagt und sich auf den Schmerbauch geklopft, «und hungrig.» Sicherheitshalber hatte er angeordnet, noch ein paar mehr Töpfe mit frittierten Kartoffel-, Bananen- und Schwartenstücken herbeizuschaffen.

Der große Saal war ebenfalls mit Wimpeln versehen worden, die Lampen an den holzvertäfelten Wänden angezündet. Die Tische, an denen das Direktorium sitzen würde, schmückte eine drapierte Tischdecke und ein Blütengesteck; neben dem Gesteck lagen die Aktien, fein säuberlich aufgeschichtet, sowie Macedos Geldkassette.

Als alles vorbereitet war, hieß es warten.

Viel Zeit für Nervosität war den Männern nicht geblieben. Schon bald hatte sich der Saal mit Publikum gefüllt, und spätestens um fünf Uhr war er brechend voll gewesen. Auf den Stühlen hatten ausschließlich die Reichen und Berühmten der Stadt Platz gefunden; dafür hatte Rufino Macedo beim Einlass gesorgt. Zu beiden Seiten des Salons standen ihre Sekretäre und Bediensteten, die die Taschen und Köfferchen ihrer Herren trugen.

Immer wieder ging Hilfiker los, um weitere Stühle zu besorgen und die letzten Reihen zusammenzurücken. Schließlich hatten Macedo und Matto die Tische des Direktoriums so nah an die Wand herangezogen, dass sie mit dem Rücken beinahe an die Holzvertäfelung stießen.

Um Viertel vor sechs, als man Hilfiker nach Berns hatte schicken wollen, war man sich erst bewusst geworden, welches Ausmaß die Belagerung angenommen hatte. All jene, die Rufino Macedo im Innenhof abgewiesen hatte, waren auf der Straße stehen geblieben und hatten sich zu einer Meute zusammengeschlossen, die sich um die Gelegenheit ihres Lebens betrogen fühlte. Die verlorene Stadt der Inka wird entdeckt, und wer darf investieren? Die Pfeffersäcke, die es ohnehin nicht nötig hatten! Mehrere hundert Leute frönten vor dem Toreingang ihrer Empörung. Hilfiker hatte sich durch den Hintereingang hinausschleichen müssen, um nicht den Zorn der Menge auf sich zu ziehen.

Mit kerzengerade durchgedrücktem Kreuz führte Carranza den Direktor von Huacas del Inca durch die Reihen an das Stirnende des Saales, wo die Partner saßen. Vor dem einzigen noch freien Platz thronte Macedos Geldkassette. Hier sollte Berns sitzen.

Kaum hatten die beiden Männer den Raum betreten, war das Gemurmel und Füßescharren verklungen. Noch während sie auf ihren Platz zuschritten, erhob sich das Publikum und begann zu applaudieren. Berns nahm überrascht den Hut ab und verbeugte sich zu beiden Seiten des Ganges. Die blau irisierende Feder, die er sich an den Hut gesteckt hatte, glitt zu Boden; er bückte sich, tastete nach ihr, und als er sich wieder erhob – Feder zwischen Daumen und Zeigefinger –, da blickte er in eine laut Beifall klatschende Menge, Leiber, die beben, schwitzen, Gesichter, die sich röten, Uhrenketten Manschettenknöpfe Goldzähne blitzen, und über all dem der Geruch von Ylang-Ylang …

Da ist es wieder: Berns lacht, er kann gar nicht anders. Berauscht fühlt er sich, kommt sich abwechselnd vor wie im Traum oder betrunken. An den Tischen angekommen, schüttelt er seinen Mitstreitern die Hände, dann öffnet er seine Ledertasche, holt die Statuette heraus und platziert sie zwischen sich und Macedo.

Er erkennt Gesichter im Publikum, erkennt die Kaufmänner, die Händler, die Unternehmer aus der Calle de Mercaderes, die Bäcker, Bierbrauer und Importeure aus den Clubs der Stadt, erkennt Mediziner des Santa-Ana- und des Dos-de-Mayo-Krankenhauses, eine ganze Gruppe von Professoren der San-Marcos-Universität, erkennt Journalisten, Literaten, Forscher, Wissenschaftler, Statistiker, Architekten, Investoren, die die Pferdebahn und das elektrische Netz möglich gemacht haben; selbst Minen- und Plantagenbesitzer sitzen hier, sitzen neben Staatssekretären, ehemaligen Ministern und Abgeordneten des Partido Civil. Und mittendrin, wie es sich gebührt: Monsieur Maury, mit einem Glas Bier in der Hand und ins Gespräch vertieft mit drei Ministern auf einmal. Berns nickt ihm zu, mit aller Gravitas, derer er im Moment fähig ist.

José Mariano Macedo baut sich neben Berns und Carranza auf und ruft in den Applaus hinein: «Herrschaften, ich präsentiere Ihnen *Don* Augusto Berns, eine Ausnahmeerscheinung, eine historische Größe, den Helden unseres Vorhabens! Noch in vielen Jahren werden Sie an diesen Abend zurückdenken und voller Genugtuung wissen: Sie waren dabei, als in diesen Räumen Geschichte geschrieben wurde, waren dabei, als die Reise begann, dabei, als die verlorene Stadt der Inka dem Dschungel entrissen und den Menschen wiedergegeben wurde. Don

Augusto Berns, größter Entdecker unserer Zeit, Präsident und Gründer von *Huacas del Inca!*»

Der Applaus schwillt an und berauscht Berns immer mehr. Er dreht sich zur Seite: Neben ihm haben sich auch Macedos Bruder José Rufino Macedo und Fernando Umlauff erhoben, ihre Gesichter strahlen; Crosby hat gar feuchte Augen, Backus schaut ihn an wie seine eigene Mutter, Esteves deutet eine Verbeugung an, Palma und Matto lachen ausgelassen und schlagen Berns auf die Schulter, als seien sie seit Jahren beste Freunde, und Carranza nickt ihm von der anderen Seite verschwörerisch zu und flüstert in sein Ohr: «Gleich gibt es eine Überraschung. Werde bloß nicht ohnmächtig.»

Berns hat ihn kaum verstanden. Berns zählt. Bei fünf ist er eingestiegen, schnell ist er bei zehn angekommen, wenige Sekunden später schon bei dreizehn, dann siebzehn, am Ende bei einundzwanzig. Einundzwanzig Geschäftsmänner, die ihm damals abgesagt haben, als er für die Torontoy Estate Company geworben hatte, für sein Land und den Abbau von Mahagoni, Teak und Zedernholz, von Kautschuk, Chinarinde, Schellack, Indigo, Vanille, Pfeilwurz und Yucca, Kaffee, Kakao und Koka … Berns winkt Hilfiker zu, der gerade vom Hotel zurückgekehrt ist. Als der Applaus langsam verebbt, meint er gar, in der Mitte des Saales John Howard Johnston zu sehen, der als Einziger bis zum Schluss skeptisch geblieben war. Nun sitzt auch er hier, klatscht Beifall und nickt Berns zu. Berns nickt zurück und fragt sich: Was geschieht hier bloß?

Bevor er anheben kann, etwas zu sagen, legt Carranza ihm seine Hand auf den Unterarm und weist mit dem Kinn auf den Mann, der jetzt den Saal betritt und nach vorne schreitet. Publikum wie Direktorium erheben sich:

Es ist Andrés Avelino Cáceres, der Präsident von Peru. Wieder erklingt Applaus, dem Cáceres aber mit einer so energischen wie wohlwollenden Handbewegung Einhalt gebietet.

Auch ohne Uniform, in dunkelblauem Anzug, strahlt Cáceres etwas Staatstragendes aus. Vielleicht liegt es am schweren Gang, oder am ergrauten Backenbart. Um Cáceres' lahmes linkes Auge haben sich unzählige Fältchen gebildet. Berns denkt: Das rechte Auge blickt in den Sieg, das linke in die Niederlage. Ausgerechnet jetzt fällt ihm die Numancia ein, der Lärm des Krieges und die Ruhe, die man darin finden musste, um ihn zu gewinnen.

Cáceres schüttelt Berns und dessen Partnern die Hände, begrüßt das Publikum mit feierlichen Worten. Dann holt er aus einem Futteral einen breiten Silberring hervor und hält ihn dem Publikum entgegen.

«Dieser Ring», sagt Cáceres, «ist ein Duplikat des Siegelrings Francisco Pizarros.»

Raunen im Saal.

«Er gebührt keinem anderen als Don Augusto Berns. Der letzte Goldlandsucher, auf ewig verbunden mit dem ersten Goldlandsucher. Augusto, du bist mein Freund und der Stolz unseres Landes. Gib schon deine Hand her. Keine Angst, ich verheirate dich nicht, alter Knabe.»

Cáceres steckt Berns den Siegelring an den Ringfinger der linken Hand. Auf dem Schmuckstück ist das Wappen der Pizarros zu sehen: ein fruchtbehangener Baum, an dem sich zwei Bären aufrichten. Berns presst ihn gegen den Ballen der rechten Hand, ein Abdruck des Wappens bleibt zurück.

«Dies ist die größte Ehre, die einem Entdecker widerfahren kann», sagt Berns da. Sein silbrig klarer Bariton

494

dringt durch den ganzen Saal. «Ich werde den Ring mit Würde tragen, das versichere ich Ihnen, Herr Präsident, und allen, die hier mit uns sind.»

«Das solltest du auch», flüstert Cáceres ihm zu. «Ich habe im Museum das Duplikat gegen das Original ausgetauscht.»

«Das ist nicht dein Ernst. Ein Scherz, Andrés?»

«Der Präsident scherzt nicht.»

«Du bist wahnsinnig.»

«Und du?»

Berns lächelt. Schweiß perlt auf seiner Stirn.

«Das kann ich nicht akzeptieren.»

«Wirst du nun eine Rede halten oder nicht?»

Da greift Macedo ein und reicht Berns den Umschlag mit dem Barkapital, das vom Direktorium ins Unternehmen eingebracht wird. Berns nimmt den Umschlag entgegen und setzt an.

«Vor fünfundzwanzig Jahren bin ich nach Peru gekommen, kaum volljährig. Ein junger Preuße auf der Flucht vor allem, was der alte Kontinent für ihn vorrätig hielt. Damals hatte ich nur eines im Sinn.»

Berns schließt Macedos Geldkassette auf und legt jeden Zweihundert-Sol-Schein einzeln hinein, bevor er weiterredet. Keiner wagt es, auch nur zu husten.

«Gold», sagt Berns. «So wie alle, die nach Südamerika kommen. So wie Balboa, wie Pizarro, ja, so wie Meiggs, Thorndike, Umlauff, Backus, Crosby, Gildemeister und wie Sie alle heißen. Nun, viele von Ihnen sind in diesem Land bereits reich geworden, sehr reich, ist es nicht so? Was also, frage ich Sie, hat Sie heute hierhergeführt?»

Berns geht in dem schmalen Korridor, der zwischen den Tischen und der ersten Reihe geblieben ist, auf und ab. Carranza und Macedo werfen sich einen Blick zu, Präsident Cáceres sieht Berns amüsiert nach. Ihm fällt gerade ein, wie sie Berns damals im Fort von Callao genannt haben: *el tesorero*, der Schatzmeister. Das will er gleich zum Besten geben.

«Ich weiß, warum Sie hier sind: Das Gold aus den Ruinen der Inka ist von einem anderen Schlage als jenes, das man der Welt mühsam abringen muss. Und diejenigen, die sich auf die Suche nach ihm machen, sind von einem anderen Schlage als jene, die verzagt daheim bleiben. Alle, die hier versammelt sind, wollen Anteil haben an El Dorado und an diesem historischen Moment. Insofern hat unser Präsident unrecht … Nicht *ich* bin es, der Francisco Pizarros Erbe antritt, sondern wir *alle* sind es. Heute Abend, meine Herren, schreiben wir Geschichte. Wir sind keine Schatzjäger, wir sind Unternehmer. Mit unserem versammelten Kapital, unserer Expertise und Erfahrung, verehrte Herrschaften, werden wir ein Wunder vollbringen.»

Berns hält inne; dann aber fällt ihm die Rede ein, wie er sie geplant hatte. Er hebt wieder an.

«Die Cordillera Vilcabamba, meine Herrschaften, ist ein düsterer Ort, ein geheimer Ort. Durch sie hindurch fließt ein besonderer Fluss: der Urubamba. Keine zwanzig Meilen hinter Ollantaytambo formt er einen beinahe unzugänglichen Cañon. Jene Flussbiegung, müssen Sie wissen, liegt umschlossen von senkrecht aufragenden Granitnadeln; Berghängen, deren Flanken nicht den geringsten Halt bieten für Gewächse, umherstreunende Tiere oder Entdecker. Das ist der Grund, warum der Cañon seit der Zeit der Inka von keiner Menschenseele betreten wurde. Die Wolken hängen tief in diesem Teil der Anden. Wir befinden uns am Ostabhang, und unter uns breitet sich der Dschungel des Amazonasgebiets aus. Sehen Sie ihn? Schließen Sie die Augen, dann sehen Sie ihn besser!»

Berns legt eine Pause ein und nickt dem Publikum aufmunternd zu. Erst als alle Augen, die er erkennen kann, geschlossen sind, fährt er fort.

«Wenn die Neblina den Cañon freigibt, leuchtet der Gletscher des Salcantay zu uns herüber. Die meiste Zeit aber sind wir umgeben von Nebelschwaden, Feuchtigkeit liegt auf uns und der Welt um uns herum. Stellen Sie sich vor, Sie stehen am Ufer des Urubamba, haben einen großen Felsen erklommen, legen den Kopf in den Nacken und versuchen zu erkennen, was sich weit über Ihnen auf den Kuppen der Granitnadeln befindet. Sie stehen und starren, bis Ihnen schwindelig wird, aber Sie sehen: nichts.»

Berns blickt in weggetretene Gesichter; selbstvergessen und wie im Halbschlaf sitzt das Publikum da, einigen steht der Mund offen, anderen gleiten die mitgebrachten Broschüren zu Boden.

«Und doch befindet sich die verlorene Stadt direkt über uns. Das ist der große Zauber der Inka, meine Herren, und wir können ihn nur brechen, wenn wir uns mit den Fingernägeln an den schieren Granit klammern und uns Fuß um Fuß die Felswand hinaufkämpfen. Die Fingerkuppen fangen als Erstes an, wund zu werden, Sie spüren es jetzt ganz genau – dann kommen die Handflächen, aufgerissen vom rauen Granit. Bald schon werden die Muskeln lahm. Sie sind kurz davor aufzugeben, loszulassen, da erreichen Sie ein kleines Plateau, von dem Wasser rinnt. Sie löschen Ihren Durst und folgen einem schmalen Pfad, der über einen Bergsattel führt. Jetzt wundern Sie sich:

Der Untergrund kommt Ihnen so weich vor unter den Stiefelsohlen ... Sie stellen fest, dass Sie über Terrassen laufen, über angehäufte Erde. Ihr Herz schlägt schneller, als Sie vor sich, auf dem Grat, einen Wald ausmachen. Sie laufen los, erklimmen einen Felsvorsprung. Dann sehen Sie sie. Sehen Sie sie? Halten Sie die Augen weiter geschlossen, nur so können Sie wahrhaft erkennen. Dort, vor uns, mitten im Dschungel, liegt eine Stadt. Treppen führen durch sie hindurch, Kanäle laufen hier und dort entlang, verbinden Brunnen und Becken, Tränken und Wannen ... In ihrer Mitte, auf einer kleinen Anhöhe, liegen drei Tempel. Sie sehen es ja selber, meine Herren – womit sind diese Tempel über und über bedeckt? Sagen Sie es!»

«Gold», flüstern einige Herren in der ersten Reihe.

«Platten aus purem Gold, die Wände, Fassaden und Altäre zieren. Die Sonne bricht durch die Neblina, die Tempel strahlen gleißend hell auf, geblendet bedecken Sie Ihre Augen. Die verlorene Stadt, das wissen Sie jetzt, ist nicht mehr verloren, sie ist nur mehr *dorado*, do-ra-do, golden, durch und durch, sie ist: El Dorado. Wir alle sind ihre Entdecker, sie ist unser, und wir sind ihr Schicksal. Sie wartet seit Jahrhunderten. Lassen Sie uns noch heute Abend dem Warten ein Ende bereiten!»

Erst als Carranza und Macedo neben Berns anfangen zu klatschen, öffnen die Ersten wieder die Augen, und schließlich erfüllt Applaus den Saal, die Herren stehen auf, jubeln Berns zu, rufen seinen Namen. Dieser Abend, so werden sie später einander versichern, war etwas ganz Besonderes: ein Kaleidoskop intensiver Eindrücke, eine *soirée intime*.

Einzig Hilfiker am anderen Ende des Raumes denkt:

498

Einfach die Kasse öffnen hätte es auch getan. Das Geld hineingeschmissen hätten sie schon von ganz allein.

Nach Berns redet José Mariano Macedo, der Vizepräsident des Unternehmens, dann Luis Carranza, dann Ricardo Palma. Berns nimmt Platz, vor sich Macedos Geldkassette, sein Blick flackert über die Scheine, die bereits im roten Futter liegen, flackert über Pizarros Siegelring an seinem Ringfinger, über das Publikum, das aufmerksam den Reden seiner Partner folgt. Kein Wort mehr, bei niemandem, von Historie, Geographie, Entdeckung, kein Wort mehr von Herausforderungen, Antiquitäten oder der Wirtschaft an sich, jetzt ist nur noch die Rede von Gold, von *oro, oro*, hallt es immer wieder im Saal nach, *oro oro oro oro*, wie der Gesang eines exotischen Vogels, die Beschwörungsformel eines indianischen Schamanen, die Meditation eines besessenen Geistes. Auch das Publikum ist der Hypnose erlegen: Mit glasigem Blick und angehaltenem Atem horcht es den Worten nach.

Eine leise Wehmut dringt in Berns ein. Er hört jetzt nichts mehr, er sieht nur die Gesichter von Bekannten, Mächtigen, Berühmten, Berüchtigten. Als Palma mit seiner Rede zum Ende kommt, steht Berns auf, reicht ihm die Hand, gemeinsam lassen sie sich feiern. Berns lässt den Blick ein weiteres Mal über das Publikum schweifen und meint plötzlich, ein vertrautes Gesicht zu erkennen. Er stutzt und braucht eine Weile, um es einzuordnen: In der Mitte des Saales, daran gibt es keinen Zweifel, sitzt Don Miguel Forga.

Forga ist ein alter Mann geworden, fettleibig, arthritisch und stets außer Atem. Aber er ist noch immer *der Forga*, das weiß jeder, der es wagt, ihn anzusehen. Als Einziger bewahrt er Haltung und blickt Berns so eindringlich an, als habe er etwas zu sagen. Berns verspürt Angst. Wenn es jemanden gibt, der die Hypnose stören könnte, so ist es er, Forga.

Als der Applaus verebbt, steht Forga, mühevoll und zur Verwunderung aller Anwesenden, auf und räuspert sich.

«Ich kenne diesen Mann», sagt er.

Berns steht reglos da und dreht an Pizarros Siegelring. Alle Blicke sind auf ihn gerichtet, nun gibt es kein Entkommen.

«Hat mal einen Kredit von mir bekommen. Nie zurückgezahlt, übrigens. Jahrelang im Dschungel geschuftet. Sägemühle, hat er gesagt. Bodenschätze, hat er gesagt, Landwirtschaft und Wasserkraft.»

Die Stille im Saal wird eine Spur tiefer. Berns hält Forgas Blick. Hinten im Raum hebt Hilfiker fragend die Arme. Er merkt, dass der Alte Berns beunruhigt, und das kann ihm nicht gefallen. Soll er etwas tun? Er weiß nicht, was.

«Ein Irrer, habe ich damals gesagt, ein verzweifelter Narr, der Maschinen in den Dschungel schleppt. Warum sagst du's ihnen nicht, Augusto? Sag ihnen doch die Wahrheit!»

Berns krümmt sich unmerklich, dann heißt er Forga willkommen und verbeugt sich. Aber er bitte sehr um Entschuldigung: Was solle er, Berns, sagen?

Da lacht Forga.

«Dass deine Sägemühle nichts als ein Vorwand war! Warum hast du nicht gleich von deiner Entdeckung erzählt? Wir hätten schon vor Jahren ins Geschäft kommen können. Den Kredit kannst du selbstverständlich begleichen, wann es dir passt.»

Forga setzt sich, Berns weiß einen Moment lang nicht,

was er antworten soll. Da springt Macedo ein und fragt, ob man nun mit dem Verkauf der Aktien beginnen solle, der Abend sei bereits weit fortgeschritten. Endlich lässt Berns von seinem Ring ab.

«Herr Präsident, verehrte Herrschaften. Die Aktien sind, wie ich bereits erwähnte, nummeriert und limitiert. Wer zuerst kommt, mahlt zuerst. *Huacas del Inca* beginnt – jetzt.»

Fernando Umlauff sagte später, dass es ein Glück und ein Wunder gewesen sei, dass niemand niedergetrampelt oder totgeschlagen wurde. Keine ganze Stunde habe es gedauert, und die Aktien seien ausverkauft gewesen und Macedos Kasse so übervoll mit Scheinen, dass man sie nur mit Mühe habe schließen können. Der Verkauf sei so unübersichtlich, laut und chaotisch abgelaufen, dass man kaum allen Interessenten habe gerecht werden können. Berns sei am Ende so weit gegangen, Teile der ihm selber vorbehaltenen Aktien in den Verkauf zu geben, um einige der Würdenträger im Publikum nicht zu düpieren.

Kurz nach Mitternacht waren schließlich auch die letzten Investoren gegangen. Man schwieg, trank noch ein Glas Bier, schüttelte von Zeit zu Zeit den Kopf und blickte auf umgestürzte Stühle, zerbrochene Gläser, Straßendreck, zu Boden gesegelte Papiere, Taschentücher, Visitenkarten.

«Ein Wunder, dass die Gendarmerie nicht eingeschritten ist», sagte Matto.

«Der Präsident der Gendarmerie selber war anwesend und hat zehn Aktien gekauft», sagte Backus. «Hat zuvor Finanzminister Irigoyen einen Stuhl in den Weg geschoben, wenn ich es richtig gesehen habe.»

Wieder herrschte eine Weile Stille, dann fragte Macedo, ob Berns sich imstande fühle, in einer Woche in die Berge aufzubrechen – jetzt, da die Expedition finanziert sei. Ein leiser Zweifel schwang in seiner Stimme mit. Berns nickte und beschrieb die Vorkehrungen, die er für die Strecke nach Cuzco getroffen habe, nannte die Hacienderos, die er aufsuchen wolle. Der Weg sei bereitet, man müsse ihn nur noch beschreiten. Übrigens habe er mit der Banco del Perú abgesprochen, in den frühen Morgenstunden – noch vor der offiziellen Öffnungszeit – den Inhalt der Geldkassette einzuzahlen. Macedo erbot sich, die Kassette mit seinem Bruder José Rufino und David Matto in seine Villa zu bringen; Berns winkte ab und sagte, Maury habe auf seine Bitte hin eine Kutsche organisiert. Um fünf Uhr werde er vor der Bank stehen.

Es war der Kater nach dem Triumph: Man konnte sich kaum voneinander trennen, ohne sich leer und gleichzeitig überdreht zu fühlen. In drei Tagen, so vereinbarten die Männer, sollte das nächste Treffen stattfinden. Dann wollte man die Expedition erörtern und klären, wer Berns nun nachfolgen würde. Als sie sich schließlich verabschiedeten, war es, als seien sie nahe Verwandte, die einander auf lange Zeit Lebewohl sagten – und auch Berns fühlte sich so selig und voll des Aufbruchs, dass er darüber alles andere vergaß.

«Geliebte Mutter», schrieb Augusto Berns am nächsten Tag, «wer nach Peru geht, tut es, um das Unauffindbare zu finden und reich zu werden. Beides habe ich nun vollbracht. In den nächsten Wochen erwartet dich eine Sendung über tausend Dollar. Für immer Dein Sohn Rudolph.»

Am Mittag trug er den Brief zur Post. Wann immer er jemanden auf der Straße sah, den er meinte zu kennen, senkte er den Kopf, zog den Hut tiefer in die Stirn und wechselte die Straßenseite. Die Sonne ließ die Ausläufer der Küstenkordillere aufleuchten; als Berns die Berge sah, spürte er, wie sein Herz eine Spur schneller klopfte, und für einen Moment hatte er das Gefühl, sich bücken zu müssen, um seine Stiefel enger zu schnüren. In den Bergen war es gefährlich, wenn der Schaft nicht eng um den Knöchel saß, man konnte auf dem kleinsten Geröllfeld ausrutschen und sich verletzen …

Da wusste Berns, dass er vielleicht Lima verlassen konnte, nicht aber Peru. Fort! Das war ein sonderbarer Gedanke, ein fremder Plan, nach all den Monaten in der Stadt. Er wollte auf keinen Fall überhastet aufbrechen. Eine Woche, hatte er den anderen gesagt. Damit würde er auskommen.

Wie lange konnte ein Mensch schlafen? Als Berns in das Hotel zurückkam, lag Arnoldo Hilfiker noch immer wie tot in seinem Bett. Vom Geklapper der Teller und der Gläser wurde er schließlich wach und bestaunte, verschlafen und ungläubig, das Frühstück, das Berns auf dem großen Tisch im Salon aufbaute. Avocados, Ananas und Melone gab es da, außerdem Brote mit Ei und Tomate.

«Von Monsieur Maury?», fragte Hilfiker.

«Vom Markt», erwiderte Berns. «Der Mensch muss essen, hast du das nicht gepredigt?»

Hilfiker bedankte sich, und sie aßen. Es stimmte: Fing man erst an zu kauen, so kam der Hunger von allein herangesprungen, als habe er nur auf eine Gelegenheit gewartet, sich bemerkbar zu machen.

Berns war gerade dabei, die zweite Avocado aufzuschneiden, da klopfte es an der Tür. Draußen standen Macedo und Crosby, beide etwas verlegen und die Hüte in den Händen, und entschuldigten sich für die Störung. Berns bat sie herein, und noch während er sie aufforderte, sich zu ihnen an den Tisch zu setzen, marterte er sich das Gehirn, was ausgerechnet diese beiden herführen mochte. Er bot ihnen Eiswasser an, sie lehnten höflich ab.

Macedo wirkte aufgeräumt, wenn auch für seine Verhältnisse etwas angespannt. Crosby schien in Gedanken noch ganz bei den Ereignissen des Vortages, so versonnen blickte er drein. Da fiel Berns ein, warum Macedo ihm so rasch einen Besuch abstattete: die antike Geldkassette, natürlich, die wollte er wiederhaben! Erleichtert stand er auf und ging hinüber zur Anrichte, auf der, eingeschlagen in ein Samttuch, Macedos Antiquität lag.

«Señor Díaz, der Bankier, war fasziniert von der Kassette. Ich glaube, am liebsten hätte er sie behalten. Konnte sich kaum auf das Zählen der Scheine konzentrieren.»

Macedo schien nicht zu begreifen. Erst als Berns das Tuch zur Seite schlug, verstand er, worum es ihm ging. Berns spürte, dass sein Vizepräsident nicht deswegen gekommen war.

«Wir haben über dich gesprochen», sagte Macedo. «Besser gesagt, über einen bestimmten Eindruck, den du hinterlassen hast.»

«Einen Eindruck?», sagte Berns. «Ich verstehe nicht ganz.»

«Carranza, Matto, Crosby und ich …» Macedo hielt inne und studierte eingehend Berns' Gesicht. «Wir machen uns Sorgen um deine Gesundheit.»

«Mir geht es gut.»

«Das höre ich noch von Patienten auf dem Totenbett.

Meinst du, die Anfälle von Fieber und Schwindel sind mir nicht aufgefallen?»

«Das war lediglich der Schlafmangel wegen –»

«Höre, Augusto. Ich komme aus den Bergen, ich weiß, wie anstrengend eine Reise über den Altiplano ist. So eine Strapaze, allein? Das würde ich nicht einmal jemandem zumuten wollen, der vollkommen gesund ist.»

«Ich bin kein Anfänger, Macedo. Ich weiß, worauf ich mich einlasse.» Berns sprach langsam, wählte seine Worte mit Bedacht. «Wir haben gemeinsam einen Plan erstellt. Und der Plan sieht vor, dass ich zuerst allein reise und das Vertrauen der Hacienderos gewinne. Sie langsam mit unserem Vorhaben bekannt mache, bevor wir alle gemeinsam bei ihnen aufschlagen. Der gesamte Erfolg von Huacas del Inca hängt davon ab, dass wir diesen Plan genau befolgen.»

Das war Crosbys Stichwort. Er rückte näher an Berns heran. «Genau so ist es: Der Erfolg hängt davon ab, dass der Plan befolgt wird. Und wenn du – ganz auf dich gestellt – irgendwo zwischen Juliaca und Cuzco vom Maultier fällst, wer gibt uns Bescheid? Wer, frage ich dich, befolgt dann den Plan?»

Macedo legte Berns seine Hand auf den Arm. «Wir haben es uns eingehend überlegt, Augusto. Wir werden dich begleiten. David Matto, Crosby hier, und ich. Was ist schon dabei? Eine Gruppe von vier Männern wird schwerlich das Misstrauen der Hacienderos auf sich ziehen. Matto und ich stammen selber aus der Sierra, Quechua ist unsere Muttersprache. Wir sind keine Gefahr, Augusto, wir sind deine Partner. Und geben acht.»

Berns stellte sein Wasserglas geräuschvoll auf dem Tisch ab und rückte mit dem Stuhl zur Seite. Ihm wurde heiß, er spürte, wie er zu schwitzen begann. Macedo ließ ihn nicht aus den Augen.

«Das kommt nicht in Frage. Wie wir in der Sierra vorgehen, entscheide ich, Macedo. Als Direktor von Huacas del Inca.»

«Und als solchen werden wir dich unterstützen. Abgesehen davon halten wir einen zeitigeren Aufbruch für angebracht. Übermorgen geht ein Dampfer nach Mollendo, wir haben bereits die Passagen gelöst. Das gesamte Direktorium steht hinter uns. Ich als Vizedirektor von Huacas del Inca sage: Es ist *das Richtige*, Augusto.»

Berns blickte von Macedo zu Crosby und fragte sich, ob das schon Verrat war oder noch bloßes Aufbegehren. Dann meldete sich Hilfiker zu Wort: Er werde selbstverständlich mitkommen, er, Berns, müsse sich keinerlei Sorgen machen. Bis übermorgen hätten sie außerdem genug Zeit, hier vor Ort alles zu regeln, mit Monsieur Maury, dem Gepäck und dergleichen. Hilfiker lächelte zufrieden: Er hatte den Überblick, Berns konnte sich ganz auf ihn verlassen.

Es war zwecklos, Macedo und Crosby zu widersprechen. Berns erkannte, dass sie sich längst entschieden hatten und von ihrem Standpunkt nicht abrücken würden. So nickte er und sagte schließlich, dass er sich im Laufe des Tages melden werde. Es gebe viel zu tun – eine Woche durch zwei Tage zu ersetzen.

Macedo und Crosby erhoben sich, sichtlich erleichtert.

Crosby bedankte sich, «für alles», wie er sagte. Dann fiel die Tür hinter den beiden Männern ins Schloss.

Berns blieb einen Moment lang am Türrahmen stehen und lehnte sich mit der Stirn gegen das Holz. Gesundheitszustand? Dampferpassage? Was war geschehen?

Hilfiker redete nun von nichts anderem mehr. Er versicherte Berns, dass er, Hilfiker, persönlich dafür sorgen werde, dass Backus, Macedo und Crosby ihm nicht im Weg herumstehen würden. Sicher, es sei geplant gewesen, etwas später aufzubrechen. Aber was mache das schon für einen Unterschied? Jetzt, da es in die Berge gehe, könne er sich endlich richtig beweisen; sei er nicht eigens nach Peru gekommen, um die Sierra zu erkunden, ihre Hochebenen, Cañons und Kordilleren? Schon in früher Jugend habe er, Hilfiker, das Breithorn-Massiv überschritten und gemeinsam mit seinem Bruder das Nadelhorn bezwungen, er sei also keineswegs unerfahren … Cuzco, die Cordillera Vilcabamba! Hilfiker bekam rote Wangen, als er Berns erzählte, wie er jede Ruine untersuchen wolle, wie er Quechua lernen müsse und mit den Indios sprechen, wie er alles tun werde, um der verlorenen Stadt würdig entgegentreten zu können.

Berns hörte ihm nicht zu. In seinem Kopf entsponnen sich mehrere Gedankenstränge auf einmal und verflochten sich ineinander. Er sog tief Luft ein und trat ans geöffnete Fenster. Hilfiker redete noch immer, aber das spielte keine Rolle, sein Redefluss war längst zu einem Hintergrundgeräusch geworden. Ihm, Berns, blieben zwei Tage, das bedeutete Hast und Eile.

Der Nachmittag verging schnell unter der Grübelei und Hilfikers andauerndem Kommen und Gehen. Hilfiker hatte den Eindruck, dass Berns geistig abwesend war, und so empfand er es als seine Pflicht, entschlossen und zügig zu handeln. Macedo und Crosby, bei denen Hilfiker an diesem Tag mehrfach vorsprach und Details der Reise erfragte, schienen dankbar und sahen sich in ihrer Annahme bestätigt, Berns sei nicht mehr auf der Höhe seiner Kräfte.

Aber Berns war nicht abwesend. Er wartete. Wartete darauf, dass Hilfiker genug hatte, von den Schätzen der Inka zu reden, dem Gold, das im Dschungel verborgen lag, von den Geheimnissen der entlegenen Täler und der verlorenen Stadt der Inka. Wartete darauf, dass die Monatsmiete bei Monsieur Maury beglichen war, die Anreise zum Hafen nach Callao geplant, das Dienstmädchen instruiert, der Proviant beschafft und die Stiefel neu besohlt; dass Hilfiker einen geräumigen lederbezogenen Koffer besorgt und schließlich mittels Telegraphen mehrere Hotelzimmer in Mollendo reserviert hatte.

Als alles erledigt war, was es Hilfikers Meinung nach zu erledigen gab, setzte er sich zu Berns an den Tisch und bat darum, für den Abend freigestellt zu werden. Er würde auch, wie er sich ausdrückte, sicher nicht verschwinden, sondern am nächsten Morgen verlässlich bereitstehen. Berns wusste, dass Hilfiker eine Liebschaft irgendwo in den Barrios Altos unterhielt; er drückte ihm einen Silber-Sol in die Hand und sagte, dass er ausdrücklich nicht wünsche, Hilfiker vor zehn Uhr am nächsten Morgen wiederzusehen. Hilfiker lächelte und verstaute den Sol in seiner Westentasche. Gemeinsam standen sie auf und gingen zur Tür. Hilfiker war erleichtert, dass die Verabschiedung herzlich ausfiel, ja beinahe väterlich – Berns schien ihm nicht nachzutragen, dass er sofort Macedos und Crosbys Seite ergriffen hatte. Am Ende gab Berns sich gar einen Ruck und umarmte seinen Assistenten.

Als Berns allein war, ging er zur Anrichte und schenkte sich, ganz entgegen seiner Gewohnheiten, ein Gläschen Traubenschnaps ein. Das Glas in der Hand, trat er hinaus auf den geschlossenen Holzbalkon. Durch die Gitterstreben blickte er auf das abendliche Treiben vor dem Hotel

Maury, auf Gruppen von Spaziergängern, die durch die Calle de Bodegones bis hinab zur Plaza de Armas flanierten. Keiner der Passanten sah zu ihm auf; das Gitter ließ ihn für die Menschen auf der Straße so gut wie unsichtbar werden.

Pizarros silberner Wappenring klirrte gegen das Glas. Ob es sich wirklich um das Original handelte? Berns fiel ein, dass Pizarro in der Kathedrale von Lima begraben lag, keine siebenhundert Fuß vom Hotel Maury entfernt. Er trank einen Schluck und verzog den Mund. Wenigstens überdeckte der Alkohol den metallenen Geschmack, der sich auf seiner Zunge ausgebreitet hatte.

Vor dem Hotel versammelte sich eine Gruppe fein gekleideter Herren. Berns erkannte jeden Einzelnen von ihnen, selbst von oben und durch das Holzgitter. Gut die Hälfte davon hatte am Abend zuvor Anteile seines Unternehmens gekauft. Die schiere Anwesenheit der Männer machte Berns nervös. Beruhigung verschaffte ihm der Gedanke, dass hier jeden Abend hohe Herrschaften zusammenkamen, um Informationen auszutauschen und Gerüchte zu säen. Berns beobachtete die Passanten, die an den Herren vorbeigingen, mal schnell und zielgerichtet, mal langsam, gedankenverloren und ganz bei sich.

Eine Frau erregte seine Aufmerksamkeit. Ihr schwarzes Haar und ihre helle Haut erinnerten ihn an Ana María Centeno. Berns betrachtete sie eine Weile lang sehnsuchtsvoll: ihre milchweißen Hände, die schmale Taille. Die Frau ging langsamer als der Rest der Passanten, und gerade als sie an Berns' Balkon vorbeikam, schaute sie zu ihm hinauf. Berns konnte sich nicht erklären, wie sie ihn bemerkt hatte, und prostete ihr zu. Ein Lächeln glitt über ihr Gesicht, dann senkte sie den Blick und eilte davon.

Als auch die letzten Fußgänger und Händler aus den Straßen verschwunden waren und nur mehr die Straßenhunde umherirrten, trat Berns vor seinen Schrank und öffnete ihn. Auf dem untersten Brett, versteckt unter einem wollenen Poncho, lagen eine abgesägte Winchester, eine vergoldete Statuette und, eingeschlagen in braunes Packpapier, ein Vermögen in bar. Daneben lag ein Päckchen, auf dem Harry Singers Name stand.

Berns drehte an seinem Siegelring; drehte ihn einmal, drehte ihn ein zweites Mal. Dann fing er an zu packen.

* * *

In der Rubrik «Notizen aus Südamerika» schreibt Joseph Horowitzer drei Monate später in der *New York Times*:

Lima. In Peru hat sich ein bemerkenswerter Skandal ereignet. Wie zuvor in dieser Zeitung berichtet wurde, hatte der deutsche Ingenieur Augusto R. Berns behauptet, die verlorene Stadt der Inka entdeckt zu haben. Im August dieses Jahres gründete er ein Aktienunternehmen, um die Ruine zu erschließen und ihr Gold zu bergen. Unmittelbar nach dem erfolgreichen Verkauf der Aktien soll Berns mitsamt dem Firmenkapital verschwunden sein. Luis Carranza, Chefredakteur von El Comercio und Mitglied des Direktoriums, gibt an, Berns habe Aktionäre und Partner gleichermaßen betrogen. Innerhalb kürzester Zeit gelang es Berns, die Elite von Peru – Politiker, Geschäftsleute, Journalisten, Intellektuelle und Mediziner – mit seiner Mär von der verlorenen Stadt naszuführen. Eine peinliche Blamage und ein großer Schaden für alle Beteiligten.

Ob Berns überhaupt etwas in den Bergen gefunden hat, steht dahin. An dieser erstaunlichen Angelegenheit lässt sich wieder einmal ablesen, wie bereitwillig selbst die gescheitesten Leute alle Vorsicht fahrenlassen, wenn von Gold die Rede ist.

Der Amerikaner

Anfang 1911 plant Hiram Bingham, Dozent für Südamerikanische Geschichte in Yale, eine wichtige Reise. Geld stellt kein Problem dar; seine Ehefrau, Alfreda Mitchell, ist Erbin des Tiffany-Vermögens. Gemeinsam bewohnen sie ein Herrenhaus mit dreißig Zimmern in New Haven.

Bingham will nichts wie weg – und zwar nach Südamerika. Wohin genau, spielt eine untergeordnete Rolle, Hauptsache, die Reise macht ihn berühmt. Er schreibt Briefe an die Universität: Mal will er Mayaruinen in Mexiko erforschen, mal den ecuadorianischen Dschungel, dann wieder schlägt er vor, eine neue Route durch das westliche Amazonasbecken zu erkunden, von La Paz nach Manaus. Er findet keine Befürworter. Schon ermattet, kommt er auf eine letzte Idee: Nach Peru könnte er gehen! Nähme man sich einige Monate Zeit, könnte man auf einer einzigen Expedition den Vulkan Coropuna besteigen, den Parinacochas-See erkunden, gleichzeitig den 73. Meridian erforschen, der nie kartographiert wurde, und sich in der Sierra nach unentdeckten Inkaruinen umsehen.

Dieses Mal findet Bingham Unterstützer. Sechs Kollegen und ehemalige Kommilitonen, darunter der Professor Harry Foote aus Yale und der Mediziner Doktor William Erving, wollen Bingham nach Peru begleiten. Von seiner ersten Reise nach Südamerika weiß Bingham, dass Ausrüstung und sorgfältige Planung von größter Bedeutung sind. Jedem der Teilnehmer stellt er eine Pistole und ein Gewehr zur Verfügung; dazu kommen eine hervorragende fotografische Ausrüstung, Zelte, Klappbetten und Dutzende von Truhen mit Proviant, Medikamenten und Werkzeugen.

Die wichtigste Truhe aber ist die mit Binghams Kleidung: Ein Entdecker hat wie ein Entdecker auszusehen, gerade auf Fotos! Der neueste Katalog der Marke Abercrombie & Fitch trägt passenderweise den Titel «Komplette Outfits für Entdecker, Camper, Goldgräber und Fischer». Bingham bestellt sich daraus mehrere Paar khakifarbene Jodhpurhosen, hochgeschnürte Lederstiefel, eine reichlich mit Taschen versehene Jagdjacke, eine graue Strickjacke und einen breitkrempigen Fedorahut.

Wie der Zufall es will, hat Clements Markham, ein britischer Entdecker und Geograph, kurz zuvor ein allumfassendes Kompendium über die Inka von Peru zusammengestellt. Es wird Binghams ständiger Begleiter.

Im Juni geht es endlich los; das erste Ziel der Yale-Expedition ist Lima, wo Bingham Carlos Romero trifft, einen bekannten Gelehrten und Archivar. Bei ihm unterzieht sich Bingham einem Schnellkurs in Sachen Inka und peruanischer Eigenheiten. Erst danach geht es weiter nach Cuzco, wo die Männer ihr Hauptquartier einrichten wollen. Ein italienischer Kaufmann namens César Lomellini bietet ihnen hierfür seine Lagerräume an.

Bevor die Männer in die Sierra reiten, steht noch ein Besuch beim Präfekten an. J. J. Nuñez stellt dem gut aussehenden, hochaufgeschossenen Amerikaner nur zu gerne eine bewaffnete Eskorte an die Seite; Sergeant Carrasco wird sich fortan um den reibungslosen Ablauf der Expedition kümmern.

Kurz darauf machen sich die Männer auf den Weg. Sie beschließen, sich für den Moment aufzuteilen, und so gehen Geologen und Topographen ihrer eigenen Wege. Foote, Erving und Bingham, die sich für die Archäologie zuständig fühlen, folgen mit den Maultiertreibern dem Lauf des Urubamba. Die Reise verläuft zügig und ohne Zwischenfälle: Vor wenigen Monaten erst hat die Regierung den Maultierpfad am Ufer des Urubamba sprengen und erweitern lassen. Auf der ebenen Piste kommt man schnell voran, und so erreichen die Männer schon wenige Stunden, nachdem sie die blühenden Gärten von Ollantaytambo verlassen haben, einen wundersamen Cañon. Abhänge aus Granit stürzen hier senkrecht in den Nebelwald, Wasserfälle rauschen allerorts durch das Grün des Dschungels, und die Stämme der riesigen Teak- und Mahagonibäume sind übersät mit purpurfarbenen Orchideen und Bromelien.

Die Männer verstummen und führen, langsamer als zuvor, ihre Maultiere den Pfad entlang. An einem kleinen Zustrom entdecken sie eine verlassene Hütte, bei der sie Rast einlegen. Die Maultiertreiber nennen sie *La Máquina* oder *Maquinayoc* – der Ort der Maschine. Tatsächlich liegen hier einige verrostete Eisenräder lose beieinander, und ein Gerinne führt vom Fluss ab. Während Bingham an seinem Sandwich kaut, betrachtet er verwundert die solide Dachkonstruktion der Hütte. Foote und Erving zucken mit den Schultern, als Bingham sie darauf aufmerksam macht.

«Von den Inka wird sie wohl kaum stammen», brummt Foote.

Bingham notiert später in sein Tagebuch, dass es sich bei den Eisenrädern um die Überreste einer alten Zuckerfabrik handeln müsse, die wahrscheinlich nie in Betrieb genommen wurde; zu groß die Schwierigkeiten und Hindernisse des Dschungels.

Nach dem Snack geht es weiter, vorbei an Stromschnellen und gigantischen Granitabhängen. Keine Stunde später öffnet sich das Land zu einer kleinen Ebene, und bald darauf erreichen die Männer eine Handvoll schilfgedeckter Hütten. Sergeant Carrasco erklärt, dies sei Mandor. Er betritt die Siedlung und kommt mit einem älteren Indio zurück, der die Männer überrascht begrüßt. Sein Name ist Melchor Arteaga.

Arteaga bittet die Gäste, mit seiner Unterkunft vorliebzunehmen. In gewisser Weise sei es seine Spezialität, Reisende aufzunehmen und herumzuführen. Das mache er, seit er zwölf Jahre alt sei, alles habe angefangen mit dem Deutschen und dem Amerikaner, die …

«Schon gut, schon gut», unterbricht ihn Bingham, und Sergeant Carrasco erklärt auf Quechua, dass die verrückten Gringos nun mal lieber in ihren Zelten schliefen. Nahrung würde man ihm aber abkaufen.

Die Männer haben gerade ihre Zelte nahe Arteagas Hütten aufgebaut, als Bingham einen alten Mann in fadenscheinigem Sonntagsanzug den Pfad entlanglaufen sieht. Ein Weißer!, durchzuckt es ihn. Hatte man ihm in Cuzco nicht zugesichert, die Cordillera Vilcabamba sei so gut wie unberührt?

Bingham ruft ein ungelenkes *Buenos Días!*, woraufhin der Mann wie erstarrt stehen bleibt und sich umdreht. Bingham geht ihm entgegen. Er schätzt den Mann auf weit über sechzig; das Gesicht ist gegerbt von Sonne und Wetter, gezeichnet von tiefen Furchen. Der Schnurrbart hingegen liegt sauber und symmetrisch auf der Oberlippe, auch der Filzhut sieht gepflegt aus. Eine Note von Ylang-Ylang umweht den Mann; ein Geruch, der Bingham eigenartig vertraut vorkommt. Unter dem rechten Arm hält der alte Mann ein Bündel, das er nun rasch unter sein Jackett schiebt.

«Wer sind Sie?», fragt Bingham, diesmal auf Englisch.

Als der Alte diese Frage hört, zieht er sich den Hut tiefer ins Gesicht und setzt, ohne zu antworten, seinen Weg fort. Bingham sieht ihm verärgert nach, überlegt, ihm hinterherzulaufen, lässt es aber bleiben und begibt sich zurück zum Lager.

Arteaga, den er nach dem Mann befragen will, scheint ausgeflogen zu sein, er kann ihn nirgends finden. Foote und Erving schenken Binghams Bemerkungen über den Weißen keine Beachtung; sie sind ganz damit beschäftigt, eine Schmetterlingsfalle aufzustellen. Am Ufer des nahen Wasserfalls trifft Bingham auf einen Bewohner der Siedlung, der Spanisch versteht. Der Indio erzählt ihm, dass der Alte in einem geheimen Lager in den Bergen lebe, weit oberhalb des Flusses. Angeblich sei er einmal sehr reich gewesen; manche behaupteten sogar, dass ihm das ganze Land von hier bis nach Torontoy gehört habe. Das aber sei schon lange her. Manchmal sehe man ihn über eine Bergflanke ziehen, stets ausgerüstet mit einer Schaufel und einem Brecheisen. Quechua spreche er übrigens wie ein Indio.

«Wovon lebt der Kerl?», fragt Bingham, der sich nicht sicher ist, ob er den Indio, der immer angeregter erzählt, richtig versteht. Jetzt zuckt der Mann mit den Schultern. Wenn der Alte etwas brauche, so bezahle er mit Gold oder mit silbernen Münzen von der Küste.

Am nächsten Morgen, Foote und Erving schlafen noch, schält sich Bingham aus seinem Schlafsack, zieht sich an und lugt verschlafen durch einen Spalt nach draußen. Er ist sofort hellwach. Im Zelt gegenüber steht der Alte, öffnet eine Truhe nach der anderen und untersucht fachmännisch die Ausrüstung der Expedition. In der Hand trägt er eine Winchester mit abgesägtem Lauf. Der Anblick der Kodak-3-A-Spezial-Kameras fesselt ihn so sehr, dass er nicht bemerkt, wie sich Bingham vor dem Zelt postiert, die Arme in die Seiten stemmt und ihn beobachtet.

Auch die zehn faltbaren Dreibeine und Entwicklungseinheiten scheinen das Interesse des Mannes zu wecken; als er die Truhe mit den dreitausendfünfhundert Negativplatten öffnet, stößt er einen leisen Pfiff aus. Behutsam holt er eine der Platten heraus und wendet sie in den Händen hin und her. An seinem Ringfinger glänzt ein schwerer Siegelring. Jetzt hat der Alte die Behälter mit den Werkzeugen und den Vorräten gefunden. Vorsichtig gleiten seine Hände über Messer, Pinsel, Salben gegen Moskitostiche, Haarpomade – Haarpomade! –, Thunfischdosen, Mayonnaisetuben, Schokoladenriegel und einzeln verpackte Kuchen. Dann inspiziert er die Reisebündel der Männer, die Riemen und die Trinkflaschen.

Da bemerkt Bingham, dass der Kerl mit sich selber spricht; je länger er ihm zuhört, desto sicherer ist er, dass es sich weder um Spanisch noch um Quechua handeln kann. Jetzt hat er es: Deutsch, denkt Bingham, es ist Deutsch!

Erst als der Alte in Binghams Reisebündel eines der Tagebücher entdeckt, räuspert sich dieser und tritt einen Schritt auf den ungebetenen Gast zu. Der alte Mann fährt herum. Ylang-Ylang, denkt Bingham.

«Mein Name ist Hiram Bingham», sagt Bingham auf Englisch. «Wie lautet Ihrer?»

Ein scharfer, taxierender Blick aus gletscherblauen Augen.

Wie ein Röntgenstrahler, denkt Bingham. Sehr unangenehm.

«Warum wollen Sie das wissen?»

Das Englisch des Alten ist klar, der deutsche Akzent ohrenbetäubend. Bingham antwortet, dass er von der Universität Yale komme und deswegen *universal* interessiert sei.

Da lacht der Alte und überlegt einen Moment.

«Augusto Rudolfo Berns, sehr angenehm.» Er hält Bingham die Hand hin und verbeugt sich so formvollendet, dass es diesmal Bingham ist, der lachen muss. Als befänden sie sich in einem der piekfeinen Salons von Lima!

«Sie sind also Entdecker», sagt Berns und betrachtet die Schnürstiefel und das Seidenhalstuch des jungen Amerikaners vor ihm. Binghams Wange ist noch gezeichnet von den Nähten des Federkissens, auf dem er eben erwacht ist, und die Zunge schiebt ein Minzplättchen gegen den Morgenatem hin und her.

«In der Tat. Und die Herrschaften im Zelt, das sind Professor Harry Foote und Doktor William Erving aus Yale, Connecticut. Sie sind schon lange in Peru, wie?»

Der Mann blickt auf seine vernarbten Hände und greift nach der Winchester, die er gegen einen der Feldtische gelehnt hat.

«Ein ganzes Leben», antwortet er schließlich. Dann fragt er Bingham, die Stimme eine Spur rauer als zuvor, was ihn hierhergebracht habe. Ins Wunderland von Peru.

Bingham stockt. Wunderland von Peru? Das gefällt ihm, das wird er sich notieren. Er und seine Männer, sagt er, hätten leider nicht besonders viel Zeit. Genauer gesagt, blieben noch drei Monate, um die verlorene Stadt der Inka zu finden, den Coropuna zu besteigen und den Parinacochas-See zu vermessen; kurz, man sei in Eile.

Ob er, Berns, vielleicht von einer interessanten Ruine hier in der Gegend gehört habe?

ÜBER DEN HELDEN DIESES BUCHES

Augusto R. Berns hat wirklich gelebt.

2008 fand der amerikanische Forscher Paolo Greer in der Nationalbibliothek von Peru Briefe, Papiere und Prospekte eines gewissen A. R. Berns. Aus den Dokumenten ging hervor, dass Berns ein Unternehmen mit dem Namen «Huacas del Inca» gegründet hatte. Aber da war noch etwas anderes: Auf mehreren handgefertigten Karten war die genaue Lage jener legendären Inkastadt verzeichnet, die wir heute als Machu Picchu kennen. Wie es schien, hatte Berns als erster Europäer die Ruine entdeckt – mehr als dreißig Jahre bevor der Amerikaner Hiram Bingham sie fand und damit für eine Sensation sorgte.

Was die Dokumente nicht erzählten, ist Berns' Lebensgeschichte vor seinem Auftritt als schillernder Unternehmer. Diese wollte ich nachvollziehen: Über ein Jahr lang forschte ich in Archiven diesseits und jenseits des Atlantiks, in Deutschland, Panama und Peru, bis ich zurückverfolgen konnte, wo Berns aufgewachsen war und wie er seine Kindheit und Jugend verbracht hatte. Bei meiner Recherche stieß ich auf lebende Nachfahren der Familie Berns/Dültgen – sie wussten noch von einem jungen Mann aus der Familie, der im 19. Jahrhundert nach Südamerika ausgewandert war, um die Schätze der Inka zu suchen.

In der Nationalbibliothek von Lima existiert ein Dokument, das Berns' Lebensweg von seiner Ankunft in Peru bis zum Jahr 1887 nachzeichnet, dem Gründungsjahr von «Huacas del Inca». Tatsächlich liest sich diese Beschreibung – wer sie angefertigt hat, ist unklar, wahrscheinlich einer der späteren Partner von Berns – wie die phantastischen Geschichten des Barons Münchhausen. Einiges davon ist heute nicht mehr zu überprüfen, das meiste aber ließ sich mit meinen Recherchen belegen. Zudem sind zahllose Artikel und Berichte aus der Presse der Zeit erhalten. Das Publikum war hingerissen von Berns und seinem Versprechen, die Goldschätze der verlorenen Stadt zu bergen, und die peruanische Regierung erließ ein Dekret, das «Huacas del Inca» unterstützte.

Die Gründung des Unternehmens ist bestens dokumentiert. Im Archiv von Lima finden sich neben Broschüren, Korrespondenz und Kartenmaterial auch Listen der berühmten Mitglieder und Partner. Dokumentiert ist allerdings ebenfalls, was wenige Tage darauf geschah: Berns verschwand – zusammen mit dem Geld, das er aus dem Verkauf der Aktien gewonnen hatte.

Und ward nie wieder gesehen? Kurz vor einer weiteren Reise nach Peru stieß ich auf die Kopie eines Tagebuchs von Hiram Bingham, das später als Grundlage für sein berühmtes Buch *In The Wonderland Of Peru* diente. Unter dem Datum des 2. August 1911 fand ich ein merkwürdiges Detail, das Bingham offenbar so wichtig war, dass er es nachträglich in seinen mit der Schreibmaschine verfassten Text einfügte. Direkt unterhalb von Machu Picchu, nahe der Siedlung Mandor, begegnete er einem alten, zerlumpten Deutschen, der immer wieder das Gespräch mit ihm suchte – und schließlich eine bedeutende Ruine ganz in der Nähe erwähnte. Bingham hielt den Namen des alten Mannes nicht fest. Ich bin mir sicher zu wissen, wie er lautete: Augusto Berns.

Spuren von Berns finden sich heute noch in Aguas Calientes, dem Ort unweit Machu Picchus. Wer sich auf dem Hauptplatz genau umsieht, wird einige gusseiserne Räder entdecken – sie stammen von der Sägemühle, die Berns dort zusammen mit seinem Partner Harry Singer errichtet hat und die von den Bewohnern der Gegend nur die «Maschine» genannt wurde. Der Fluss, der hier in den Urubamba mündet, heißt bis heute «Rio Máquina».

DANK

Dieses Buch wäre nicht vollständig ohne die Danksagung an die Helfer, die mich während der Recherche und des Schreibens unterstützt haben. Es ist mir eine große Freude, endlich folgenden Menschen danken zu können:

Mark Adams und Kim MacQuarrie für ihre pfeilschnelle Kommunikation und Vermittlung. Damit hat alles begonnen. Paolo Greer in Fairbanks, Alaska, für seine inspirierende Recherche in amerikanischen und peruanischen Archiven, für den langen Austausch, die gemeinsamen Wanderungen in der Cordillera Vilcabamba und für den Unterricht im Goldwaschen (er sagt, ich solle besser beim Schreiben bleiben). Dan Buck in Washington, D.C., für seine scharfsinnigen Anmerkungen. Dr. Beate Battenfeld in Solingen für ihre Freundschaft und unablässigen Beistand, auch in historischen Fragen; ohne sie wüsste ich nicht halb so viel über die Zeit des jungen Rudolph August Berns in Dültgensthal. Dr. Alain Gioda in Montpellier für die Beratung in der Causa Augusto R. Berns und die großzügige Bereitstellung seiner Materialien über Huacas del Inca. Margret Bösinger und Klaus Sefzig für die fabelhafte Unterstützung bei der Recherche über die Familien Berns und Dültgen. Dr. Jens Murken vom Landeskirchlichen Archiv der Evangelischen Kirche von Westfalen für die Starthilfe bei der Recherche. Ralf Rogge und allen Mitarbeitern des Solinger Stadtarchivs, das

2015 für mich zu einer Art zweitem Zuhause wurde, für Ermunterungen, Hinweise und nimmermüden Beistand. Dieter Ortmanns und Dieter Rehbein vom Uerdinger Heimatbund für wichtige Einblicke in die Geschichte der Familie Berns in Uerdingen. Dr. Hubert Köhler und Stefan Austermann vom LWL-Freilichtmuseum Hagen für den freundlichen Empfang und genaue Erklärungen in Sachen Schmiedekunst, Transmission und überhaupt alles, was mit Holz, Feuer und Eisen zu tun hat. Dr. Ulrich Hunger vom Archiv der Universität Göttingen für die Suche nach einem Studenten namens Harry Singer. Dr. Manuela Fischer vom Ethnologischen Museum in Berlin für die Führung durch die «geheimen» Räume des Museums, die Sammlungen und ihre Schätze. Prof. Dr. Stephanie Gänger von der Universität Köln für ihre Expertise und zahlreichen Hinweise zu peruanischen Antiquitätensammlern des 19. Jahrhunderts. Michael Weingarten und Rüdiger K. Weng für die freundliche Bereitstellung des Scans einer Huacas-del-Inca-Aktie, die in Europa aufgetaucht ist.

Viel zu verdanken habe ich einer Schar von Familienforschern und -interessierten, die mir stets engagiert und unermüdlich weitergeholfen haben. Stellvertretend hervorheben möchte ich an dieser Stelle Gabi von der Linnepe, Achim Dültgen, Helmut Fischer, Silvia Goeltz, Renée Dultgen-Alcais und Jürgen von Bardeleben. Mein besonderer Dank gilt Bärbel Brand, einer Nachfahrin der Familie Berns. Sie hat meine Recherchen zur Familiengeschichte bestätigt und mit mir das Wissen geteilt, das sich in der Familie über Augusto R. Berns gehalten hat. Rolf Heimann, heutiger Besitzer der Dültgen-Häuser in Wald / Solingen, hat mir die Türen zu den liebevoll restaurierten Gebäuden geöffnet, mich geduldig herumgeführt und alle Fragen beantwortet.

José Bastante in Cusco und Donato Amado in Lima danke ich für die Unterstützung bei der Recherche in Peru. Ohne sie wäre ich an viele Dokumente gar nicht erst herangekommen. Dr. Stewart Redwood in Panama-Stadt danke ich für den Austausch über (Gold-)Minen in Panama, den Panamakanal und das Schicksal Harry Singers. Cheers! Anders Kjöll, Dora Elisa Cortijo Gonzalez und Gabriel Montoya Gonzalez in Lima danke ich für ihre Freundschaft und ihre Unterstützung bei meiner Recherche in der Biblioteca Nacional del Perú. José Antonio Raunelli, Cusco, danke ich für seine Hilfe mit peruanischen Behörden und Kirchenbüchern. Gracias por todo y siempre, amigo. Shirley Liss in Fairbanks, Alaska, danke ich für die Einsicht in die Geologie der Cordillera Vilcabamba und ihre Gesellschaft in Cusco und Aguas Calientes. Sandra Sánchez de Sánchez in Lima danke ich für ihr Stadtgespür und die langen Erkundungsgänge am Pazifik. Blanca Romero in Lima danke ich für ihre historische Expertise und ihre Begleitung nach Callao. Erwin Rosa in Mandor danke ich für die Schulung im Umgang mit der Machete und den Treck hinauf zu Berns' Treppe, wo wir mit Rheinwein angestoßen haben.

Meinen Freunden Julia Franz, Kai Splittgerber, Katharina Fritsch, Hannah Janz, Ralf Heimann, Eva Grafe, Dr. Thorsten Merse und Martin Kintrup danke ich für inspirierenden Austausch und ihren Glauben an das Buch, außerdem für ihre Geduld in den letzten Jahren und für ihre Treue. Phin Spielhoff in Berlin danke ich für seine Gastfreundschaft und die Ermutigungen.

Meinem Verleger Gunnar Schmidt danke ich für die

Vision, die er von diesem Buch hatte, und für unschätz-
bare, konstruktive Kritik. Meinem Lektor Frank Pöhl-
mann danke ich für seinen präzisen Blick und die konzentrierte Zusammenarbeit. Ohne ihn wäre Augusto
R. Berns wohl in der Sierra verschollen. Meiner Agentin
Karin Graf danke ich für ihre wertvollen Kommentare,
für ihre Begleitung über die Jahre und für ihre Freundschaft.

Meinem Mann Benjamin Küchenhoff und unserer
Tochter Mila, denen dieses Buch gewidmet ist, danke ich
für ihre Geduld und ihr Verständnis, für die Hilfe und
Unterstützung während der letzten Jahre. Wann immer
ich den Wald vor lauter Bäumen nicht mehr gesehen
habe: Benjamin kannte den Weg.

Zuletzt und mit all meiner Liebe danke ich meiner
Mutter Alicja Janesch für ihren amazonenhaften Kampf-
geist und für ihren untrüglichen Spürsinn.

INHALT